하야시 후미코 1

林芙美子

하야시 후미코 1

林芙美子

하야시 후미코 지음

김효순 번역

어문학사

하야시 후미코(林芙美子)

본 간행 사업은, 고려대학교 글로벌 일본연구원 〈일본 근현대 여성문학연구회〉가

2018년 일본만국박람회기념기금사업(日本万国博覧会記念基金事業)의 지원을 받아 기획한 것이다.

EXPO'70 FUND

（公財）関西・大阪21世紀協会

제1부

방랑기 이전   8

매춘부와 밥집   20

벌거숭이가 되어   32

목표를 지우다   45

백면상   58

붉은 슬리퍼   70

덜렁이의 눈물   85

뇌우   98

가을이 왔다   112

탁주   126

외로운 여행   137

오랜 상처   150

여자의 담배꽁초   163

가을의 입술   176

시모야下谷의 집   190

제2부 속 방랑기

연일戀日   204

가야바초茅場町   216

삼백초三白草 꽃   229

여자 불량배   242

얏쓰야마호텔   255

바다의 축제   268

고향 여행   281

항구 마을의 여수 294

붉은 방랑기 317

후미코는 강하다. 325

술집 2층 329

잠자리가 없는 여자 342

자살 전 354

방랑기 이후의 인식 365

제3부

폐가 노래한다 376

십자성 398

제7초음관第七初音館 412

우는 여자 433

겨울 나팔꽃 444

술안경 459

팔레르모의 눈 474

흙속의 유리 488

하느님과 겨神樣と糠 504

니시카타초西片町 518

갈라티아 534

제4부 미완

신이세모노가타리 550

이전짜리 동전二錢銅貨 563

작가 소개와 작품 소개 및 연보 579

역자 소개 594

제1부

방랑기 이전

나는 기타규슈北九州의 어느 소학교에서 이런 노래를 배운 적이 있다.

깊어가는 가을밤 정처 없는 여행길
쓸쓸한 생각에 홀로 고뇌하니
그리운 고향 사랑하는 부모님

나는 숙명적으로 방랑자다. 나는 고향이 없다. 새아버지는 시코쿠四国의 이요伊予(지금의 에히메현愛媛県) 출신으로 포목 행상꾼이었다. 어머니는 규슈 사쿠라지마桜島 온천장 딸이다. 어머니는 외지사람과 사귀었다 해서 가고시마鹿児島에서 쫓겨나 새아버지와 정착할 곳을 찾았는데, 그곳이 바로 야마구치현山口県 시모노세키下関라는 곳이었다. 내가 태어난 곳은 바로 그 시모노세키였다. ──나는 고향으로 돌아갈 수 없는 부모를 가졌고, 따라서 내게는 여행이 고향이었다. 그런 연유로 숙명적으로 나그네인 나는 그리운 고향이라는 노래를 아주 쓸쓸한 기분으로 배웠다. ──여덟살 내어린 인생에도 폭풍이 불어 닥친 것이다. 포목 행상으로 상당한 재산을 모은 새아버지는 나가사키長崎 바닷가의 아마쿠사天草에서 도망친 하마浜라는 예기를 집에 들였다. 눈이 내리는 음력 설을 마지막으로 나의 어머니는 여덟살 되는 나를 데리고 아버지의 집을 나와 버렸다. 와카마쓰若松라는 곳은 나룻배를 타야만 갈 수 있는 곳이라고 기억하고 있다.

지금 나의 아버지는 새아버지이다. 이 사람은 오카야마岡山 출신으로 너무 고지식할 정도로 소심하면서도 비정상적일 만큼 투기심이 강해서 인생의 절반을 고생을 하며 지낸 사람이다. 어머니가 나를 데리고 이 새아버지와 함께 살게 되고부터 나는 집이라는 것을 거의 모르고 살아왔다. 어디를 가든 싸구려 여인숙 생활이었다. '아부지는 집을 싫어해서 말이여. 살림살이를 싫어하는지라……' 어머니는 나에게 늘 이렇게 이야기했다. 그래서 나는 평생 도처의 싸구려 여인숙에 대한 추억만 있고 아름다운 자연도 모르고 새아버지와 어머니에게 이끌려 규슈 일대를 행상을 하며 떠돌았다. 내가 처음으로 학교에 간 것은 나가사키에서였다. 잣코쿠야라는 여인숙에서 당시 유행하던 모슬린 개량복을 입고 난킨초南京町 근처의 소학교에 다녔다. 그것을 시작으로 사세보佐世保, 구루메久留米, 시모노세키, 모지門司, 도바타戸畑, 오리오折尾 순으로 4년 동안 일곱 번이나 학교를 바꿔서 나는 친한 친구가 한 명도 없다.

"아부지, 나 이제 학교 가기 싫지라예……"

도저히 견딜 수 없어 나는 소학교를 그만두었다. 나는 학교에 가는 것이 싫었다. 그것은 마침 우리가 나오카타直方의 단코마치

炭坑町에 살던 때로 열두 살 때의 일이었을 것이다. "후 짱[1] 도 뭔가 장사를 시키고 싶은데……" 그냥 놀리기에는 아까운 나이였다. 나는 학교를 그만두고 행상을 하게 되었다.

나오카타라는 동네는 일 년 열두 달 하늘이 늘 칙칙하고 어두웠다. 모래에서 걸러낸 철분이 많은 물 때문에 혀가 꼬이는 것 같았다. 다이쇼마치大正町의 우마야馬屋라는 여인숙에 들어앉은 것은 7월이었고, 늘 그렇듯이 새아버지는 나를 숙소에 처박아 두고는 짐수레를 빌려 메리야스류, 버선, 신모슬린, 배둘레 같은 것을 고리에 담아 어머니에게 밀게 하고 탄광이나 도기제조소로 행상을 다녔다.

내게는 처음 보는 낯선 고장이었다. 나는 용돈 3전을 받아 그것을 허리에 차고 매일 마을로 나가 놀았다. 모지처럼 활기찬 동네는 아니었다. 나가사키처럼 아름다운 동네도 아니었다. 사세보처럼 여자가 아름다운 동네도 아니었다. 해탄骸炭이 울퉁불퉁한 길에 깔려 있고 시커멓게 먼지에 전 처마가 뿌연 하품을 하는 것 같은 동네였다. 막과자가게, 우동집, 넝마주이집, 이불집 등 마치 화물열차 같은 마을이었다. 그 가게들 끝에는 거리를 돌아다니는 여자들과는 정반대의, 이 또한 건강하지 못한 여자들이 골이 난 표정을 하고 돌아다녔다. 무더운 7월의 햇볕을 받으며 지나가는 여자

1 '짱'은 이름 뒤에 붙이는 애칭.

들은 소매가 없는 속치마에 지저분한 허리띠를 두르고 있을 뿐이다. 저녁이 되면 삽을 든 여자들과 빈 삼태기를 든 여자들이 떼를 지어 삼삼오오 재잘거리며 길게 늘어선 살림집으로 돌아갔다.

「오이토코소우다요」² 라는 노래가 유행하고 있었다.

내 용돈 3전은 휴대용 작은 책인 「쌍둥이 미인」이나 얼음찰떡 같은 것으로 사라졌다. ――얼마 안 있어 나는 소학교에 가는 대신 일급 23전을 받고 스자키초須崎町의 밤과자 공장에 다녔다. 그 무렵 소쿠리를 들고 쌀을 사러 다녔는데 아마 값이 18전이었던 것으로 기억된다. 밤에는 근처 세책방에서 「우데노 기사부로腕の喜三郎」³ 나 고집쟁이 「후쿠시마 마사노리福島正則」, 「호토토기스不如帰」⁴, 「계모와 의붓자식なさぬ仲」⁵, 「소용돌이渦巻」⁶ 등을 빌려 읽었다. 그런 이야기를 읽고 무엇을 배웠을까? 행복한 결말을 내멋대로 즐기는 공상과 히로이즘과 센티멘탈리즘이 해면처럼 내 머리로 녹

---

2 미야기현(宮城県)의 민요 「오이토코부시(おいとこ節)」. 센다이시(仙台市)를 중심으로 동북지방에서 유행. 명칭은 추임새 '오이토코소우다'에서 유래.

3 가와타케 모쿠아미(河竹黙阿弥) 작 가부키(歌舞伎) 교겐(狂言). 3막이며 본제목은 「고코가에도코우데노타테히키(慈江戸小腕達引)」. 에도시대 협객 우데오 기사부로 이야기를 각색한 것.

4 도쿠토미 로카(徳富蘆花)의 소설. 1898년~99년『국민신문(国民新聞)』에 연재. 젊은 부부의 행복한 결혼생활이 메이지(明治) 사회의 현실앞에서 허무하게 무너지는 비극을 그린 가정소설.

5 『오사카매일신문大阪毎日新聞』에 1912-1913년에 연재된 야나가와 슌요(柳川春葉)의 소설.

6 1913년에 발표한 와타나베 가테이(渡辺霞亭, 1864-1926) 의 소설.

아들었다. 내 주위에서는 아침부터 밤까지 하루 종일 돈 이야기뿐이다. 나의 유일한 이상은 여자 갑부가 되는 것이었다. 며칠이고 비가 계속 내려 새아버지가 빌린 짐수레가 비를 맞고 있으면 아침저녁 하루종일 호박밥만 먹는 것이 정말이지 슬펐다.

이 여인숙에는 통칭 신경神經이라 불리는 갱부 출신 미치광이가 있는데, 여인숙 사람들 말로는 이 사람은 다이나마이트 폭발사고를 당해 바보가 되었다고 한다. 매일 아침 마을 여자들과 광산의 무개화차無蓋貨車를 밀러 가는 마음씨 고운 미치광이이다. 신경은 자주 내 이를 잡아 주었다. 그는 후에 광산의 지주부支柱夫로 출세했다. 그 외에 시마네島根 쪽에서 흘러 들어온 제문祭文을 읽어 주는 의안義眼을 한 남자와 부부 갱부 두 쌍, 살모사술을 파는 사람, 엄지손가락이 없는 매춘부. 서커스보다 재미있는 집단이었다.

"무개화차에 치어 손가락이 잘렸다는데 거짓뿌렁이제. 누군가한테 잘렸을 기다…"

우마야 아주머니는 한쪽 눈을 찡긋하고 웃으며 엄마에게 그렇게 말하곤 했다. 어느 날, 나는 손가락이 없는 그 매춘부와 목욕탕에 갔다. 물때가 덕지덕지 낀 음산한 목욕탕이었다. 그 여자는 배를 휘 둘러 배꼽 쯤에서 빨간 혀를 쏙 내밀고 있는 뱀문신을 하고 있었다. 내가 규슈에서 그런 끔찍한 여자를 본 것은 그것이 처음이었다. 나는 아직 어린아이였기 때문에 푸르스름하고 무서운 그 뱀문신을 빤히 쳐다보았다.

여인숙에 묵고 있는 부부들은 대개 자취를 하고 있어서, 자취를 하지 않는 사람들도 쌀을 사다 밥을 해 달라고 했다. 그 무렵 타는 질냄비처럼 더운 나오카타 마을 한 구석에 카튜사 그림 간판이 섰다. 이국 처녀가 머리에 모포를 뒤집어쓰고 눈이 내리는 정차장에서 기차 창문을 두드리는 그림이다. 그리고 얼마 안 있어 머리한 가운데를 둘로 나눈 카튜사의 머리가 유행을 하게 되었다.

　사랑스런 카튜사 이별의 괴로움
　차라리 담설이 녹기 전에
　하느님께 소원을 빌어 볼까요

정겨운 노래다. 이 카튜사 노래는 이 탄광마을에서 순식간에 유행이 되었다. 러시아여인의 순애는 잘 모른다. 그래도 나는 영화를 보고나서 아주 로맨틱한 소녀가 되었다. 샤미센三味線에 맞추어 부르는 속요 말고는 연극을 보러 간 적이 없던 내가 혼자서 몰래 카튜사 영화를 매일 보러 다녔던 것이다. 한동안 카튜사가 된 기분이었다. 석유를 사러 가는 길에 하얀 협죽도夾竹桃가 피어 있는 광장에서 동네 아이들과 카튜사 놀이나 탄광놀이를 하며 놀았다. 탄광놀이란 여자아이들은 화차를 미는 흉내를 내고 남자아이들은 탄광노래를 부르며 흙을 헤집고 다니는 동작을 하는 것이다.

　그 무렵 나는 아주 활달한 아이였다.
　한 달 정도 23전을 받고 근무하던 밤과자 공장도 때려치우고, 나는 새아버지가 떼 온 부태나 화장품을 쥐색 보자기에 싸서 등에 지고 온가강遠賀川을 건너 터널을 넘어 탄광 사택이나 갱부집으로 행상을 다니게 되었다. 탄광에는 온갖 행상인들이 드나들었다.

당시 내게 '더워 죽겠어' 하며 친근하게 말을 걸어 주는 친구 둘이 있었다. '마쓰松 짱'. 그 아이는 가쓰키香月에서 걸어오는 막과자장수로 나이 열다섯의 귀여운 소녀였는데, 얼마 안 있어 칭타오青島에 게이샤芸者로 팔려가 버렸다. '히로ひろ 짱'. 그 아이는 건어물을 파는 열세 살짜리 소년이었는데, 어엿한 갱부가 되는 것이 이상했다. 술도 마실 줄 알고 곡괭이를 높이 치켜들면 사람들이 깜짝 놀라기도 했으며 마을 연쇄극도 공짜로 볼 수 있었다. 나는 달이 뜬 온가강변을 따라 히로 짱들의 이야기를 들으면서 집으로 돌아왔다. ──그 무렵 균일이라는 말이 크게 유행을 했는데, 잉어 그림이나 칠복신七福神, 후지산富士山 그림이 그려진 내 부채도 10전 균일가였다. 부챗살은 튼튼한 대나무가 일곱 개 정도 되었다. 부채는 녹색 페인트칠이 벗겨진 사택의 아낙네들보다 갱부들의 단칸방을 도는 것이 훨씬 더 잘 팔렸다. 그 외에 나팔 나가야長屋[7] 라고 해서 한 동에 열 가족이나 모여 사는 조선인들의 나가야도 있었다. 금방동사니 다다미 위에는 껍질을 벗겨 놓은 양파 같은 아이들이 알몸으로 서로 겹쳐 놀고 있었다.

뜨거운 태양 아래에는 파헤쳐진 흙이 입을 벌리고 있고, 멀리서는 화차가 구르는 소리가 천둥 소리처럼 들려왔다. 점심때가 되

---

7 칸을 막아서 여러 가구가 살 수 있도록 길게 만든 연립공동주택.

면 개미탑같이 재목을 얼기설기 얽어 놓은 어두운 굉도 입구에서 거품처럼 뿜어져 나오는 갱부들을 기다리며 어린 나는 여기저기 부채를 팔러 다녔다. 갱부들의 땀은 물이 아니라 숯제 검은 엿 같았다. 방금 전 자신들이 파헤쳐 놓은 석탄토石炭土 위에 벌러덩 누워서는, 금붕어가 빠끔거리듯 공기를 들이마시며 잘도 잠을 잔다. 마치 고릴라 무리들 같았다.

그렇게 해서 그 조용한 경치 속에서 움직이고 있는 것이라고는 동棟에서 동으로 움직이는 옛날식 삼태기이다. 점심식사가 끝나면 여기저기에서 카튜사 노래가 흘러 나왔다. 이윽고 박꽃 같은 칸데라 등이 희미하게 빛을 발하며 땅바닥을 기어가면 요란한 경적 사이렌 소리가 난다. 고향을 떠날 때는 옥 같았던 살갗⋯⋯별 것도 아닌 노랫말이지만 먼지로 자욱한 석탄토 산을 보고 있노라면 어쩐지 어린 마음에도 짠한 느낌이 들었다.

부채가 팔리지 않게 되면, 나는 한 개에 1전 하는 팥빵을 팔러 다녔다. 탄광까지 근 십리나 되는 길을 쉬엄쉬엄 팥빵을 뜯어 먹으며 가곤 했다. 새아버지는 그 무렵 장사 일로 갱부와 싸움을 하고 수건으로 머리를 질끈 동여매고는 여인숙에 들어앉아 있었다. 어머니는 다가신사多賀神社 옆에서 바나나 노점을 열었다. 역에서 무수히 밀려 들어오는 사람들은 갱부 무리들이다. 한 무더기에 얼마 하는 식으로 파는 바나나는 비교적 잘 팔렸다. 나는 팥빵을 팔아치우면 어머니 옆에 바구니를 놓고 종종 다가신사에 놀러 갔다. 그리고 많은 여자들, 남자들과 함께 말 동상에 대고 소원을 빌었다. 좋은 일이 생기기를. ——다가신사 제일에는 꼭 비가 왔다. 많은 노점상들은 역 차양이나 다가신사 경내를 왔다갔다 하며, 비가 내리는 하늘을 올려다보곤 했다.

10월이 되자 탄광에서 스트라이크가 일어났다. 거리는 숨이 멎은 것처럼 조용해졌고 탄광에서 오는 갱부들만 살기 등등했다. 스트라이크, 알고 보니 그것은 괴롭구나. 나는 그런 노래도 기억이 난다. 탄광은 늘상 스트라이크가 일어났고 갱부들은 부지런히 다른 탄광으로 옮겨간다고 했다. 그럴 때마다 마을 상인들의 거래는 말살이 되기 때문에, 갱부들에게는 물건을 외상으로 줘도 좀처럼 그 대금을 받을 수가 없었다. 그래도 상인들은 갱부를 상대로 하는 장사는 시원시원해서 기분이 좋다고 한다.

"당신도 마흔을 넘었지 않았는겨. 일 좀 열심히 해 주소. 딱한 양반이요……"
나는 작은 램프 아래에서 열심히 탐정소설 「지고마Zigomar」[8] 를 읽고 있었다. 옷자락 옆에 누워 있는 어머니는 새아버지에게 늘 그렇게 불평을 했다. 밖에서는 오랫동안 비가 내렸다.
"집도 한 칸 없으니 이럴 땐 곤란하지라."

---

8 프랑스의 레온 사지(Lon Sazie,1862-1939) 의 괴도소설 시리즈. 혹은 그것을 원작으로 한 영화. 당시 일본에서 폭발적 인기.

"참말로 시끄럽네 마."

새아버지가 작은 목소리로 고함을 치니 들리는 건 빗소리뿐이었다. ――그 무렵에 손가락이 없는 매춘부만 늘 신나게 술을 먹었다.

"전쟁이라도 시작하려나."

이 매춘부의 지론은 늘 전쟁 이야기였다. 세상이 확 뒤집혔으면 좋겠다고 했다. 탄광에서 금이 잔뜩 쏟아지면 좋겠다고 했다. "자넨 정말이지 타고났제"라는 우리 어머니의 말을 듣고 손가락이 없는 그 매춘부는,

"아주머니까지 그렇게 생각하신다니……" 하며 창문으로 무언가 내던지며 쓸쓸히 웃고 있었다. 스물다섯이라고는 하지만 노동자 출신다운 톡톡 튀는 젊음이 있었다.

11월이 시작되는 소리가 들릴 무렵이었다.

구로사키黑崎에서 돌아오는 길에 새아버지와 어머니, 그리고 나는 큰 소리로 떠들며 가벼운 짐수레를 끌고 어두운 온가가와 둑방길을 걷고 있었다.

"엄마하고 너는 수레에 타거래이. 아직 한참 더 가야 하니 걸어가려면 힘들 기다……"

엄마하고 내가 수레 위에 올라타자 새아버지는 힘찬 목소리로 노래를 부르며 우리들을 태우고 갔다.

가을이 되니 수없이 많은 별들이 떴다. 이제 곧 마을 입구이다. 뒤쪽에서 "아재요!"하고 부르는 소리가 났다. 떠돌이 갱부가 부르

는 것 같았다. 새아버지는 짐수레를 멈추고 "뭔 일이여!"하고 대답했다. 갱부 두 명이 기어왔다. 이틀이나 굶었다고 했다. 새아버지는 도망친 거냐고 물었다. 두 명 모두 조선인들이었다. 오리오까지 갈 거니까 돈을 빌려 달라며 몇 번이나 고개를 숙였다. 새아버지는 아무 말 않고 50전 은화를 두 장 꺼내 각자에게 쥐어 주었다. 둑방길 위로 차가운 바람이 지나갔다. 망망한 두 조선인들 머리 위에서는 별이 빛나고 있었고 우리들은 이상하게도 덜덜 떨고 있었지만, 두 사람 모두 1엔을 받자 우리 수레를 뒤에서 밀며 한참동안 말없이 마을까지 따라왔다.

얼마 후 새아버지는 할아버지가 돌아가셔서 오카야마로 전답을 처리하러 돌아갔다. 자본을 조금 만들어 와서 도자기 행상을 하고자 하는 것이 유일한 목적이었다. 뭐니 뭐니 해도 탄광촌에서 제일 잘 팔리는 것은 식료품이다. 어머니가 파는 바나나와 내가 파는 팥빵은 비만 안 오면 두 사람이 먹고살 만큼은 팔렸다. 우마야의 숙박비는 한 달에 2엔 20전으로 지금은 어머니도 집을 한 채 빌리는 것보다 이쪽이 더 편하다고 했다. 하지만 아무리 애를 써도 우리는 너무 비참했다. 가을이 되자 신경통으로 어머니는 며칠이고 장사를 쉬었고 새아버지는 전답을 팔아서 겨우 40엔 밖에 가지고 오지 못했다. 새아버지는 그 돈으로 도자기를 사들여 혼자서 사세보에 일을 하러 가 버렸다.

"조만간 둘을 부를 테니께……"

이런 말을 남기고 새아버지는 오래 입어 바랜 무명 작업복만 달랑 걸치고 기차를 타고 떠났다. 나는 하루도 쉬지 않고 팥빵 장사를 다녔다. 비가 오면 나오카타 거리의 처마 밑으로 팥빵을 팔러 다녔다.

그 당시 추억은 평생 잊지 못할 것이다. 나는 장사는 조금도 힘들지 않았다. 한 집 한 집 돌아다닐 때마다 5전, 2전, 3전 하는 식으로 내가 만든 지갑에는 돈이 두둑해졌다. 그리고 나는 내가 얼마나 장사를 잘 하는지 어머니에게 칭찬을 받는 것이 즐거웠다. 나는 두 달이나 팥빵을 팔며 어머니와 살았다. 어느 날 시내에서 돌아오자 어머니는 예쁜 비파색 허리띠를 기우고 있었다.

"웬 허리띠?"

나는 경이에 차서 눈이 휘둥그레졌다. 엄마는 시코쿠四國에 계신 새아버지가 보낸 거라고 대답했다. 나는 어쩐지 가슴이 뛰었다. 얼마 안 있어 데리러 온 새아버지와 함께 우리 셋은 나오카타를 정리하고 오리오행 기차를 탔다. 매일 걷던 길이다. 기차가 온가가와 철교를 지나자 둑방길을 따라 난 하얀 길이 사라져 가는 것이 내 눈에 슬프게 비쳐졌다. 흰 돛단배 한 척이 강 상류로 올라가고 있는, 정겨운 풍경이었다. 기차 안에서는 쇠사슬과 반지, 풍선, 그림책 등을 파는 장사꾼이 오랫동안 떠들어 대고 있었다. 새아버지는 내게 빨간 유리 구슬이 들어간 반지를 사 주었다.

그러고나서 십수 년 나는 여전히 인생의 방랑자이다. 불혹이 지난 새아버지는 여전히 관서 지방 시골을 어머니를 데리고 전전하며 방랑하고 있다. 여자 갑부가 되고 싶다는 나오카타 시절의 이상은 지금은 지난 이야기기 되었다.

매춘부와 밥집

12월 × 일

땅끝 마을 역에 내려서서
눈 빛에 의지하여
쓸쓸한 마을에 들어서네

　눈이 내린다. 나는 이 다쿠보쿠啄木[9] 의 노래가 문득 떠올라 향수가 느껴졌다. 화장실 창문을 여니 대문에 걸어 놓은 희미한 저녁 등불이 옛날 신슈信州의 산에서 본 빨간 석남꽃같이 매우 아름다웠다.

　"얘, 아가 좀 업어 주렴!"
　아주머니 목소리가 난다.
　아아, 저 유리코百合子라는 아이는 나는 질색이다. 울기도 잘 울

---

9 이시카와 다쿠보쿠(石川啄木,1886.2.20 ~ 1912.4.13). 일본의 가인(歌人), 시인, 평론가. 사회주의 사상을 추구했으며 청년의 계몽을 위해 노력하기도 했다. 1910년 처녀가집『한 줌의 모래』를 간행하여 가단의 주목을 끌었고, 죽은 후에 간행된 가집『슬픈 완구』(1912)의 비평정신을 매개로 한 '생활의 노래'는 이후의 가단에 많은 영향을 주었다.

고 선생님을 닮아서 신경이 예민해서 정말이지 불덩어리를 업고 있는 것 같다. 겨우 이렇게 화장실에 들어가 있을 때가 제일 내 몸이 내 몸 같다.

─바나나에 장어, 돈카쓰에 귤, 그런 것들을 원 없이 먹어 보았으면.

나는 마음이 가난해 지면 이상하게도 낙서를 하고 싶어진다. 돈카쓰에 바나나, 나는 손가락으로 벽에 적어 보았다.

저녁 준비가 다 될 때까지 아기를 업고 복도를 몇 번이나 왔다 갔다 했다. 슈코秋江 씨 집에 온 지 오늘로 1주일 좀 넘었지만 앞으로 어떻게 하겠다는 목표는 없다. 이곳 선생님은 하루에도 몇 번씩이나 계단을 오르락거리고 있다. 마치 생쥐 같다. 그 예민한 신경은 정말이지 견딜 수가 없다.

"우쭈쭈쭈! 잘 잤나!"

내 어깨로 넘겨다보고는 선생님은 안심한 듯이 옷자락을 허리춤에 질러 넣고 2층으로 올라갔다.

나는 복도에 있는 책상자에서 오늘은 체홉을 꺼내 읽었다. 체홉은 마음의 고향이다. 체홉의 숨결은, 모습은 모두 살아서 어둠이 짓든 저녁 내 마음에 낮은 목소리로 말을 걸어 온다. 부드러운 책의 촉감, 이곳 선생님의 소설을 읽고 있자니 다시 한 번 체홉을 읽어도 좋을텐데 하는 생각이 들었다. 교토京都의 유녀 이야기 같은 것은 내게는 먼 세계의 이야기이다.

밤.

가정부 오키쿠 씨가 맛있어 보이는 고모쿠즈시[10] 를 만들고 있는 것을 보고 기분이 아주 좋아졌다. 아기를 목욕을 시키고 조용히 한 숨 돌리니 벌써 11시이다. 나는 아기는 딱 질색이지만 신기하게도 아기는 내 등에 업히면 곧 쌔근쌔근 잠이 들어 집안사람들이 신기해 했다.

덕분에 책을 읽을 수 있었다는 것.

나이가 들어 아이가 생기면 일도 손에 잡히지 않을 정도로 걱정이 되는가보다. 반감이 들 정도로 선생님이 아기 때문에 안절부절 못하는 것을 보면, 식모는 평생 할 것이 아니라는 생각이 들었다.

클로버에도 예쁘고 하얀 꽃이 핀다는 것을 선생님은 모르는 것일까?……. 아주머니는 시골에서 자란 사람이니만큼, 놀고 있는 사람 같았지만 이 집에서 제일 좋은 사람이다.

12월 × 일

일을 그만두었다. 딱히 갈 곳도 없다. 커다란 보따리를 들고 기찻길 위에 놓인 육교 위에서, 받은 종이꾸러미를 펼쳐보니 겨우 2엔이 들어 있었다. 2주일 남짓 일하고 금 2엔이라니 발끝에서 피가 끓는 느낌이었다.

---

10 야채나 해산물에 양념을 해서 초밥에 섞은 것.

터덜터덜 커다란 보따리를 들고 돌아다니다 보니 까칠한 기분이 되어 이도저도 모두 될 대로 되라 싶은 기분이 되었다. 지나가는 길에 파란 기와지붕을 한 문화주택을 세를 놓는다고 해서 들어갔다. 마당은 넓었고, 에이는 듯한 12월의 바람에 유리창은 차갑게 빛나고 있었다.

피곤하고 졸려서 쉬어 가고 싶은 기분이었다. 부엌문을 열어 보니, 녹슨 빈 깡통이 여기저기 뒹굴고 있고 방의 다다미는 진흙으로 지저분해져 있었다. 낮 동안 비어 있는 집은 쓸쓸한 법이다. 희미한 사람 그림자가 여기저기 서 있는 것 같고 추위가 몸에 사무치게 파고든다. 어디로 가야겠다는 생각도 없다. 2엔으로는 아무것도 할 수 없다. 뒷간에서 돌아오자 다 망가진 툇마루 옆에서 여우 같은 눈을 한 개가 물끄러미 쳐다보고 있었다.

"아무 일도 아니야. 아무 일도 없을 거야."

그렇게 말해 주려고 나는 툇마루 위에 오도카니 올라섰다.

어떻게 할까……. 도저히 답이 없네!

밤.

신주쿠 아사히마치旭町의 여인숙에서 잠을 잤다. 절벽 아래에서 눈이 녹아 길이 팥죽처럼 질퍽거리는 거리에 있는 여인숙에서 1박 30전을 내고 물에 젖은 솜같이 무거워진 몸을 쉴 수가 있었다. 다다미 세 장짜리 방에 전등을 켠, 마치 메이지시대明治時代에도 이런 방은 없을 것 같은 방에서, 당장 내일 어떻게 될지 모르는 나는 나를 버린 섬 남자에게 두서없이 긴 편지를 써 보았다.

　　모두 거짓투성이 세계였다
　　고슈甲州 행 마지막 열차가 머리 위로 달려간다
　　백화점 옥상 위처럼 적막한 모든 생활을 내던지고
　　나는 싸구려 여인숙 이불 속에서 정맥을 뻗치고 누웠다
　　열차에 산산 조각난 사체를
　　나는 다른 사람처럼 끌어안아 보았다
　　한밤중에 검게 그을린 장지문을 활짝 열자
　　이런 곳에서도 달이 희롱거리고 있었다

　　여러분 이제 안녕!
　　나는 뒤틀린 주사위가 되어 되돌아왔고
　　이곳은 싸구려 여인숙 다락방입니다
　　나는 퇴적된 여수旅愁에 사로잡혀
　　표표히 바람에 날리고 있었다.

　　한밤중이 되어도 사람들이 언제까지고 시끄럽게 드나들고 있다.
　　"실례합니다.……"
　　라고 하며 드르륵 장지문을 열고는 머리를 뒤로 묶은 여자가 갑자기 내가 덮고 있는 얇은 이불 속으로 거칠게 파고들었다. 바로 그 뒤에서 저벅저벅 발자국 소리가 나더니 모자도 쓰지 않은 지저분한 남자가 장지문을 빠끔히 열고 소리를 질렀다.

"어이! 야, 너 일어나!"

이윽고 여자가 한 두 마디 무어라 중얼거리며 복도로 나가자 찰싹하고 뺨을 때리는 소리가 연신 들렸다. 그러더니 얼마 안 있어 바깥은 음산하고 오수汚水 같은 막막한 정적이 흘렀다. 여자가 흩트려 놓고 간 방안의 공기가 좀처럼 진정이 되지 않는다.

"지금 무슨 일 하고 있지! 원적은? 어디로 가는 거지? 나이는, 부모는?……"

지저분한 남자가 다시 내 방에 들어와서 연필을 핥으며 내 머리 맡에 서 있다.

"야, 너 저 여자 아는 사이야?"

"아니요, 갑자기 들어왔어요."

크누트 함순[11] 도 이런 경험은 하지 못했을 것이다. ――

형사가 나가자 나는 팔다리를 쭉 뻗어 베개 밑에 넣어 둔 지갑을 만져 보았다. 남아 있는 돈은 1엔 65전. 달이 바람에 흔들리고 있는지 뒤틀린 높은 창문에서 색색가지 무지개색이 고개를 들이민다. ――피에로는 높은 곳에서 뛰어내리는 것은 잘 하지만 뛰어오르는 묘기는 쉽지 않다. 하지만 어떻게든 되겠지. 굶어 죽으라는 법은 없을 거야…….

---

11 크누트 함순 (Knut Hamsun, 1859.8.4.~1952.2.19). 노르웨이 소설가. 고독한 방랑자의 애환을 격조 높은 시적 문체로 묘사하거나 근대사회를 통렬히 비판하였다. 대표작 『흙의 혜택(Markens Grøde)』으로 1920년 노벨문학상을 수상하였다.

12월 ×일

아침에 오우메靑梅 가도 입구에 있는 밥집에 갔다. 뜨거운 차를 마시고 있는데, 지저분한 행색의 일꾼들이 뛰어들 듯이 달려 들어 왔다.

"누님! 10전으로 뭐 좀 먹을 수 있수? 10전짜리 하나 밖에 없어."

큰 소리로 묻고는 똑바로 서 있다. 그러자 열대여섯 되는 여자 아이가 물었다.

"밥에 두부고기면 될까요?"

일꾼은 갑자기 싱글거리며 평상에 걸터앉았다.

커다란 덮밥. 파와 잘게 썬 고기두부. 탁한 된장국. 이렇게 해서 10전짜리 영양식이다. 일꾼은 천진난만하게 입을 크게 벌리고 밥을 쑤셔 넣는다. 눈물겨운 광경이었다. 벽에는 한 끼 10전부터 라고 적혀 있는데, 10전짜리 이 일꾼은 순순히 큰 소리로 다짐을 했다. 나는 눈물이 날 것 같았다. 내 밥그릇보다 밥이 많이 담긴 것 같았지만 저것으로 괜찮을까 하는 생각도 들었다. 그 일꾼은 아주 쾌활했다. 내 앞에는 잡탕에 장아찌가 차려졌다. 정말이지 초라한 산해진미이다. 도합 12전을 지불하고 포렴을 나서자 여종업원이 대단히 감사합니다라고 인사를 한다. 차를 잔뜩 마시고 아침인사를 나누었는데 12전이다. 막다른 세계는 광명의 세계와 종이 한장 차이로 정말이지 명랑한 것 같다. 하지만 마흔 가까운 그 일꾼을 생각하면 역시 10전짜리 동전은 실망, 수렁, 타락 등과는 종이

한 장 차이가 아닐까 한다— —.

어머니만이라도 도쿄에 와 주면 어떻게든 일을 할 수 있을 것
같은데,……나는 가라앉을 대로 가라앉아 침몰해 버린 난파선과
같았다. 물보라를 맞는 정도가 아니다. 어푸어푸 바닷물을 마시니
결국 나도 어젯밤 그 매춘부와 별반 다르지 않다는 생각이 들었다.
그 여자는 서른이 넘었을지도 모른다. 내가 만약 남자였다면 어젯
밤 그 여자에게 바로 푹 빠져 오늘 아침에는 둘이 죽겠다는 이야기
라도 하고 있을지도 모른다.

낮에는 짐을 숙소에 맡기고 간다神田의 직업소개소에 가 보았
다. 어디를 가도 모래벌판처럼 적막한 느낌이 들고 가슴이 갑갑했
다. 내가 너한테 붙어서 일을 할 것 같아?

바보!

얼간이!

멍충이

여자가 얼마나 쌀쌀맞고 거만하던지.— — 분홍색 압지 같은
카드를 소개소에서 접수일을 하고 있는 여자에게 건넸다.

"월급은 30원정도래요……"

접수 담당 여사는 이렇게 중얼거리더니 내 얼굴을 보고 깔깔
웃었다.

"식모는 안 되나?……사무원은 여학교 출신들이 잔뜩 있어서
안 돼. 식모자리라면 얼마든지 있는데."

나중에는 예쁜 여자들이 무리를 지어 몰려 들어왔다. 당연한 일이었다. 내 상대가 아니었다. 지친 그녀들 사이에서도 겨울답게 은은한 향수 냄새가 난다. 득 되는 일이라곤 조금도 없다.

　　소개장은 먹물회사와 가솔린 양, 이탈리아 대사관 식모 세 가지였다. 내 지갑에는 이제 19전밖에 남아 있지 않았다. 저녁 때 숙소에 돌아오자 예인들이 화분처럼 거울 앞에 늘어서서 얼굴에 회색분을 발라 대고 있었다.

　　"어젯밤에는 2할밖에 못 팔았어."

　　"사팔뜨기를 누가 사!"

　　"흥, 그래도 좋다는 사람이 있으니까……"

　　"네 대단하시네요."

　　열네댓살 되는 소녀들끼리 하는 이야기이다.

12월 ×일

　　하하하하. 우물의 두레박. 마치 미치광이가 된 것 같은 착각이 든다.

　　성냥을 켜서 그것으로 눈썹을 그려 보았다. ― ―

　　오전 10시. 고지마치麴町 산넨초三年町의 이탈리아 대사관에 가 보았다. 웃으며 살아야 돼. 하지만 어쩐지 얼굴이 일그러진다. 문에서 외국인 아이가 말을 타고 나왔다. 문 옆에는 허름한 수위실 같은 것이 있었고, 예쁜 자갈이 현관까지 쭉 깔려 있었다. 나 같은 여자가 올 곳이 아니라는 느낌이 들었다. 지도가 있고 빨간 융단이 깔린 넓은 방으로 안내를 받았다. 흰색과 검정색 복장, 외국인 부인이란 역시 아름답구나 라고 생각했다. 멀리서 보고 있어서 그런지 더 아름다웠다. 아까 말을 타고 나갔던 남자아이가 코를 쿵쿵거리며 돌아왔다. 남자 외국인도 나왔는데 대사가 아니라 서기관이라든가 했다. 부부 모두 키가 커서 압박감이 느껴졌다. 흰색과 검은색 복장을 한 부인이 요리실을 보여 주었다. 콘크리트 상자 안에는 양파가 뒹굴고 있었고, 곤로가 두 개 놓여 있었다. 식모가 이 곤로로 자기가 먹을 만큼 음식을 한다고 한다. 마치 폐가 같은 식모방이다. 검은 미늘창이 내려져 있고 비누 냄새 같은 외국인 냄새가 난다.

결국 요령 부득인 채로 문을 나와 버렸다. 호사스런 산넨초의 저택가를 빠져나와 언덕을 내려가자 몰아치는 12월의 바람에 상점의 붉은 깃발이 펄럭이는 것이 가슴으로 파고들었다. 인종이 다르면 인정도 알기 힘들 거야, 어딘가 다른 자리를 찾아 봐야지. 전차를 타지 않고 도랑가를 따라 걷고 있자니 어쩐지 고향으로 돌아가고 싶어졌다. 아무런 목표도 없이 정처도 없이 도쿄에서 우물쭈물하고 있다가는 아무 일도 안 될 거란 생각이 들었다. 전차를 보고 있으면 죽고 싶은 생각이 든다.

혼고本鄕의 집으로 돌아와 보았다. 아주머니는 차가웠다. 지카마쓰 씨에게서 우편물이 와 있었다. 이쪽으로 올 때 주니소十二社에 있는 요시이吉井 씨에게 식모가 필요하니 어쩌면 너를 돌봐 줄 수 있을 것이라는 선생님의 말씀이 있었는데, 그 편지는 엷은 묵으로 쓴 거절장이었다. 문사란 박정한 것인가 보다.

저녁 때 신주쿠 거리를 걷고 있자니 어쩐지 남자에게 매달리고 싶어졌다. 누군가 지금의 나를 도와줄 사람이 없을까?……신주쿠역 육교에 보라색 시그널이 흔들리며 빛나는 것을 보고 있는데 눈물로 눈꺼풀이 부어오르며 나도 모르게 어린아이처럼 흐느껴 울었다.

무슨 일이든지 부딪혀 보자고 생각했다. 숙소 아주머니에게 솔직하게 말을 해 보았다. 일자리를 찾을 때까지 아래층에서 같이 있어도 된다고 말해 주었다.

"너 파란 버스 차장 한 번 해 볼래? 좋은데 걸리면 70엔 정도는 받을 수 있다고 하던데……"

어딘가에서 도루묵이라도 굽고 있는지 진한 냄새가 풍겨왔다. 70엔이나 벌 수 있다면 괜찮겠는데. 어쨌든 붙어 있을 곳을 찾아야 한다……십 촉짜리 전구가 켜진 계산대에서 화로불을 쬐며 어머니에게 편지를 썼다.

――난처하게도 병이 났으니 3엔 정도 마련해서 보내 주세요.

일전에 보았던 매춘부가 유부초밥을 입에 잔뜩 집어넣고 먹으며 들어왔다.

"그저께는 정말 혼이 났지. 너도 참 칠칠치 못하겠스리."

"아저씨 화났어요?"

전기불 아래에서 보니 벌써 마흔 정도 되는 여자로 푸석푸석 흐트러진 모습을 하고 있었다.

"나라면 그런 것을 올빼미라고 해서, 여러 남자를 밤중에 데리고 오는데 별로 고마운 손님은 아니지. 우리 주인 양반, 경찰한테 닦달을 당했다고 엄청 화를 냈어요."

사람은 좋지만 겉늙어 보이는 아주머니는 차를 타면서 그 여자 욕을 하고 있었다. 밤에는 우동을 얻어먹었다. 내일은 이 집 아저씨 주선으로 파란 버스 차고로 시험을 보러 가야지. 한해가 저물어 가는데 안주할 곳이 없어 처량하지만, 꾸물대고 있어 봐야 어떻게도 안 되는 세상. 믿을 것은 건강한 몸 하나뿐이다.

웽웽 전선이 바람에 울고 있다. 호텔이 죽 늘어선 가도 한쪽 구석에서, 이 작고 힘없는 여자는 더러운 이불에 속에 누워 벽에 붙은 승려 아내의 얼굴을 보며 구름 위 궁궐에 있는 공상을 하고 있다.

고향에 돌아가서 시집이나 갈까?

-1924년-

벌거숭이가 되어

4월 × 일

오늘은 메리야스 가게 야스安 씨의 안내로 가게 자리를 빌려준
다는 주인이 있는 곳으로 술을 한 되 받아 가지고 갔다. 도겐자카道
玄坂 반찬가게 골목 입구에서 토목청부土木請負 간판이 달린 곳으로
들어가 깨끗하지는 않지만 반들반들 윤이 나게 닦아 놓은 격자문
을 여니, 언제나 주간에 자리를 빌려 준다는 할아버지가 화로가에
서 차를 마시고 있었다.

"오늘밤부터 밤장사를 한다니 밤에도 하고 낮에도 하면 곧 돈
을 쌓아 둘 창고라도 지어야겠네요."

인심 좋아 보이는 할아버지가 큰 소리로 웃으며 내가 가지고
간 술 한 되를 기분 좋게 받아 주었다.

아는 사람이 아무도 없는 도쿄니 이면체면 가릴 때가 아니다.
무슨 일이든 일어날 수 있는 도쿄다. 벌거숭이가 되어 무슨 일이든
악착같이 해 보자. 나는 이것보다 더 힘든 과자공장 일을 했던 것
을 생각하니 이런 일쯤은 아무렇지도 않은 것 같아 마음이 가벼워
졌다.

밤.

나는 여주인이 하는 만년필 가게와 딱히 목적도 없이 문패를 쓰고 있는 할아버지 사이에 가게를 냈다. 나는 메밀국수 집에서 빌린 덧문 위에 메리야스로 된 잠방이를 늘어 놓았다. '20전 균일'이라는 가격표를 걸어 놓고 만년필 가게 전기불을 받으며『란데의 죽음』[12]을 읽었다.

숨을 크게 들이켜니 봄기운이 느껴졌다. 이런 바람 속에는 아득한 추억이 실려 있는 것 같다. 사람의 홍수다. 도자기가게 앞에서는 초라한 대학생이 계산기를 팔고 있다.

"여러분 몇 만 몇 천 몇 백 몇에 몇 천 몇 백 몇을 더하면 얼마가 될까요. 잘 모른다구요? 참 이렇게 바보들만 모여 있다니."

많은 군중들을 대상으로 고압적으로 나온다. 이런 장사법도 재미있다고 생각했다.

기품 있는 부인이 잠방이를 20분이나 뒤적거리다 겨우 한 장을 사서 갔다. 어머니가 도시락을 싸 주었다. 따뜻해지자 이상하게도 옷의 때가 눈에 띤다. 어머니 옷도 보풀이 일기 시작했다. 목면을 한 필 사 드려야지.

"내가 잠깐 교대를 해 줄 테니 니는 밥을 먹으래이."

야채절임에 둥그런 오뎅이 층층으로 된 자기 찬합에 들어 있었다. 길쪽으로 등을 돌리고 차도 없고 국도 없이 식사를 하고 있자

---

12 미하일 아르치바셰프(Mikhail Petrovich Artsybashev, 1878~1927)의 장편소설로 1907년 발표. 자유연애와 육욕의 해방을 그림.

니, 만년필가게 언니가,

"여기에도 있고 저기에도 있는 물건이 아닙니다. 손으로 한 번 잡아 보세요."

라고 큰 소리를 내고 있다.

갑자기 찝찔한 눈물이 흘렀다. 어머니는 겨우 한숨을 돌리게 된 지금의 생활이 기쁜지, 작은 목소리로 시대색이 있는 옛날 노래를 부르고 있었다. 규슈에 가 있는 새아버지만 잘 계시면, 당분간은 어머니의 노래는 아니지만, 만사형통이다.

4월 ×일

거리를 돌아다니는 처녀아이들이 물이 흐르는 듯한 무늬의 숄을 걸치고 있다. 저런 것 하나쯤은 갖고 싶다. 4월의 양품점 장식창은 금과 은, 벚꽃으로 눈이 부시다.

하늘로 쭉쭉 뻗은 벚꽃나무 가지에
아련히 핏빛이 물들면
보라, 보라색 가지 끝에서 꽃 빛 실이 늘어지고
정열의 제비뽑기

먹을 것이 없어 보드빌vaudeville[13] 에 뛰어들어
알몸으로 춤을 추는 무희가 있다 해도
그것이 벚꽃의 죄는 아니다.

한 줄기의 정과
두 줄기의 의리
푸른 하늘에 흐드러지게 핀 벚꽃에
살아가고자 하는
모든 여자의
알몸의 입술을
스르륵스르륵 기묘한 실이 더듬고 있습니다.

꽃이 피고 싶은 것이 아니라
강권자가 꽃을 피게 하는 것입니다.

가난한 처녀아이들은
밤이 되면
과실처럼 입술을
허공에 던진답니다.

---

13 춤·곡예·희극 등을 섞은 쇼.

푸른 하늘을 물들이는 복숭아색 벚꽃은
그런 가련한 여자의
어쩔 수 없는 입맞춤입니다
휑 토라진 입술의 흔적입니다

솔을 살 돈을 마련할 생각을 하니 너무 요원한 것 같아, 값을 좀 깎아서 활동사진을 보러 갔다. 필름은 「철로의 흰 장미」[14]. 조금도 재미가 없다. 도중에 비가 내려 상연관을 뛰쳐나와 가게로 갔다. 어머니는 바닥에 깐 거적을 정리하고 있었다. 늘 그랬듯이 둘이서 짐을 지고 역에 가자 꽃구경을 하고 돌아가는, 금붕어 같은 아가씨들과 신사들이 밤의 역으로 쏟아져 나와 여기저기 수초처럼 떠도는 통에 엄청 북적거렸다. 두 사람은 사람들 사이를 헤집고 전차를 탔다. 비가 억수같이 퍼부었다. 기분이 좋았다. 더 퍼 부어라, 더 퍼부어. 꽃이 모두 져 버렸으면 좋겠다. 캄캄한 창문에 볼을 대고 밖을 보니 어린아이처럼 기운 없이 휘청휘청 서 있는 어머니의 모습이 유리창에 비쳤다. 전차 안에까지 심술쟁이들이 모여 있다.
규슈에서는 아무 소식이 없다.

---

14 프랑스 아벨 강스(Abel Gance)의 영화 〈바퀴(La Roue)〉(1922년 제작, 1924년 개봉).

4월 × 일

어머니가 비를 맞아 감기에 걸려서 야시장에 혼자서 장사를 하러 갔다. 책방 앞에는 아직 잉크가 마르지도 않은 것 같은 새 책들이 잔뜩 장식되어 있었다. 아무래도 사고 싶었다. 길이 질척거려 걷기가 나빴다. 도겐자카의 길은 팥소를 쏟아 놓은 것처럼 질척거렸다. 하루 쉬면, 계속에서 비가 올 때 힘들어지기 때문에, 억지로 가게를 열기로 했다. 찐득찐득 여러 색이 배어 있는 거리에는 내 가게하고 고무신을 파는 가게뿐이다. 여자들이 내 얼굴을 보며 키득키득 웃으며 지나갔다. 얼굴이 너무 빨개졌나? 아니면 머리모양이 이상한가? 나는 여자애들을 쩨려 봐 주었다. 여자만큼 몰인정한 것은 없다.

날씨는 좋은데 길은 나쁘다. 점심무렵 옆에 다리장수가 좌판을 폈다. 자릿세가 2전 올랐다고 투덜거렸다. 낮에는 우동을 두 그릇 먹었다. 16전이다.

학생이 혼자서 물건을 다섯 개나 팔아 주고 갔다. 오늘은 장사를 일찌감치 정리하고 시바에 물건을 떼러 가야지 하고 생각했다. 집에 가는 길에 도미구이를 10전어치 샀다.

"얘야, 야스安 씨가 전차에 치어서, 위독하다는기라……"

집에 돌아가자 어머니는 잠자리에 누워 이렇게 말했다. 나는 짐을 진 채로 멍하니 서 있었다. 어머니는 점심때가 지나서 야스 씨 집에서 소식을 전하러 왔다고 하며, 병원 이름을 적어 둔 종이를 찾고 있었다.

밤에 시바에 있는 야스 씨 집에 갔다. 젊은 아내가 울어서 퉁퉁 부은 눈을 하고 병원에서 돌아온 참이었다. 돈을 주고, 만들어진 물건을 조금 가지고 돌아왔다.

세상은 정말이지 상처받은 사람들이 이렇게나 많구나 라고 생각했다. 어제까지 건강하게 미싱 패달을 밟고 있던 야스 씨 부부를 생각했다. 봄이라는데, 벚꽃이 피었다는데, 나는 전차 창문에 기대어 하염없이 아카사카赤坂의 해자에 있는 등불을 바라보고 있었다.

4월 ×일

새아버지에게서 소식이 왔다.

장마에 거의 굶다시피 하는 생활을 하고 있다고 한다. 어머니는 화병에 모아 둔 14엔의 돈을 모두 부쳐 주라고 한다. 내일 일은 내일 알아서 하면 된다. 야스 씨가 죽고나서 그렇게 가볍고 편한 잠방이도 만들지 못하게 되어 버렸다. 이제 완전히 지친 나는 만사가 귀찮아졌다.

"죽는 게 나았다."

14엔을 규슈에 부쳤다.

"우리는 다다미 세 장짜리 방 하나면 되지. 여섯 장 짜리 방은 어디 빌려 줄까?"

셋방, 셋방, 셋방. 나는 아주 신이 나서 어린아이처럼 마구 써서 나루코자카 거리에 그것을 붙이러 갔다.

자나 깨나 이야기는 결국은 죽어 버리고 싶어진다는 것이지만, 어딜! 가끔은 쌀을 다섯 되나 사고 싶은 법이라며 웃는다. 어머니는 근처에 옷 빠는 일이라도 하러 갈까 라고 했고, 나는 여급과 게이샤 광고가 눈에 들어와서 어쩔 수가 없다.

툇마루에 앉아 볕을 쬐고 있는데, 검은 흙 위에서 모락모락 아지랑이가 피어오르고 있었다. 이제 곧 5월이다. 내가 태어난 5월이다. 뒤틀린 유리문에 빤 천조각을 덕지덕지 붙이고 있던 어머니는 문득 생각이 난 듯이 말했다.

"내년에는 니 운세가 좋을 거래이. 올해는 니도 그렇고 아버지도 그렇고 사방팔방이 막혀 있는기라.······"

이렇게 사방팔방이 막혀 있는데 내일부터 어찌할 셈인지! 운세고 나발이고 알 게 뭐냐구요. 이렇게 끝없이 악운의 연속인 걸요, 어머니!

속치마도 사고 싶다.

5월 ×일

셋방은 너무 지저분해서 아무도 빌리러 오지 않았다. 어머니는 야채가게에서 외상으로 주었다며 큰 양배추를 사왔다. 양배추를 보니 따끈따끈하게 김이 나는 돈카츠가 먹고 싶어졌다. 휑뎅그레한 방 안에 누워 뒹굴거리며 천정을 보고 있자니, 쥐처럼 작아져서 여러 가지 음식을 뜯어먹으며 돌아다니면 기분이 좋아질 것이라는 생각을 했다. 밤에 목욕탕에서 어머니가 듣고 왔다며 파출부일이라도 하면 어떻겠냐고 의논을 했다. 그것도 좋을지 모르겠지만, 바탕이 야성적인 나이고 보니. 부자집 가풍에 머리를 조아리는 것은 할복을 하는 것보다 더 서글픈 일이다. 풀이 죽은 어머니의 얼굴을 보고 있자니 한없이 눈물이 쏟아졌다.

배가 고파도 배가 고프지 않다며 도리질을 하고 있을 때가 아닌 것이다. 당장 내일부터 우리는 굶어야 한다. 아아 규슈에 보낸 14엔은 잘 갔을까? 도쿄가 싫어졌다. 새아버지가 빨리 여유를 찾으면 좋겠다. 규슈도 좋고 시코쿠도 좋다.

밤이 깊어져서 어머니가 연필에 침을 발라가며 새아버지에게 편지를 쓰는 것을 보며 누군가 이런 몸이라도 사 줄 사람이 없을까 하고 생각했다.

5월 x일

아침에 일어나 보니 나막신을 벌써 빨아 놓았다.

사랑하는 어머니!

오오쿠보大久保 햐쿠닌초百人町에 있는 파출부소개소에 가 보았다. 중년 여자 두 명이 가게에서 바느질을 하고 있었다. 사람 손이 부족했는지 그곳 주인은 소개장 같은 것과 지도를 내게 주었다. 내가 가는 곳의 일은 약학생薬学生 일을 거드는 것이라고 한다.

나는 길을 걷고 있을 때가 제일 기분이 좋다. 5월의 먼지를 뒤집어쓰며 신주쿠의 육교를 건너 시영 전철을 타니 거리의 풍경이 정말로 천하태평이라고 깃발을 내세우고 있는 것처럼 보였다. 이런 거리를 바라보고 있으면 괴로운 사건 같은 것은 없을 것 같았다. 사고 싶은 것은 무엇이든지 다 나와 있다. 나는 전차 유리창문을 보며 모모와레桃割[15]로 묶은 머리를 매만졌다. 혼무라마치本村町에서 내려서 고급주택가 골목 안쪽에 그 집이 있었다.

"실례합니다!"

참 큰 집이구나. 이렇게 큰 집인데 조수가 될 수 있을까?……나는 문 앞에서 몇 번이나 돌아갈까 하고 생각하며 멍하니 서 있었다.

"얘, 파출부구나! 파출부 소개소에서 아까 출발했다고 전화가 왔는데, 여태 안 와서 도련님이 화를 내고 계시잖아."

안내를 받아 들어간 곳은 좁은 서양식 응접실이었다. 벽에는 빛이 바랜 밀레의 〈만종〉이 걸려 있었다. 밋밋한 방이었다. 의자는 원래 모습이 어땠는지 알 수 없을 정도로 낡아서 울룩불룩하다.

"늦어서 죄송합니다."

잘은 모르겠지만 이 사람의 아버지는 니혼바시日本橋에서 약방을 한다던가 하며, 내 일은 약 견본을 정리하는 것으로 간단한 일이라 했다.

---

15 16-17세 가량의 소녀의 머리 모양의 하나로 머리채를 좌우로 고리처럼 갈라붙여 뒤꼭지에서 묶고 살쩍 부분을 부풀림.

"하지만 조만간 내 일이 바빠지면 정서를 좀 해 주었으면 해요. 그리고 1주일 정도 후에는 미우라미사키三浦三崎 쪽으로 연구를 하러 가는데 같이 가 주겠어요?"

이 남자는 스물네다섯쯤 되어 보인다. 나는 젊은 남자의 나이는 조금도 모르겠어서 키가 큰 그 남자의 얼굴을 가만히 보고만 있었다.

"차라리 파출부 일을 그만두고 매일 와 주겠습니까?"

나도 물건 취급을 받는 것 같은 파출부 일보다는 그쪽이 낫겠다 싶어, 한 달에 35엔을 받기로 하고 약속을 해 버렸다. 홍차와 양과자가 나왔는데 소녀시절 일요일에 교회에 갔던 일이 생각났다.

"자네 몇 살인가?"

"스물 하나입니다."

"그럼 이제 어른이 다 됐네."

나는 얼굴이 빨개졌다.

매달 35엔을 계속 받을 수 있으면 좋겠다. 하지만 이것 역시 믿을 수 없다.

어머니는 오카야마에 계신 할머니가 위독하다는 전보를 받았다. 나도 그렇고 엄마도 그렇고 연이 없는 할머니지만 단 한 분계신 새아버지의 어머니였고 게다가 시골에서 쓸쓸히 끈을 만드는 공장에 다니고 있는 이 할머니가 위독하다니 가여웠다. 어떻게든 해서 가야만 했다. 규슈에 계신 새아버지한테는 마침 너댓새 전에 돈을 보낸 참이고, 오늘 간 곳에 돈을 빌리러 가는 것도 너무 뻔뻔스러웠다.

4월 집세도 밀려 있는데도, 나는 어머니와 함께 집주인에게 갔다. 10엔을 빌려 왔다. 이자를 많이 쳐서 갚겠다고 생각했다. 남아 있던 밥으로 도시락을 만들어 보자기에 쌌다.

밤기차를 타고 혼자서 하는 여행은 쓸쓸한 법이다. 게다가 나이도 들고 심란한 상태로 새아버지의 고향에 보내고 싶지 않았지만, 두 사람 모두 절체절명의 위기상황에 몰려 있었기 때문에 말없이 기차를 타는 수밖에 없었다. 오까야마행 기차표를 사 드렸다. 희미한 등불 아래 시모노세키下關 행 급행열차가 많은 배웅객들을 끌어당기고 있었다.

"사오일 안에 가불을 받을 거고 그러면 보낼 게요. 조심해서 다녀오세요. 마음 단단히 하세요."

어머니는 어린아이처럼 눈물을 뚝뚝 흘리고 있었다.

"바보같이. 기차삯은 어떻게든 보낼 테니까 마음 푹 놓고 할머니를 돌봐 드리고 오세요."

기차가 출발하자 아무것도 아닌 일이 갑자기 슬프고 처량하게 느껴져 눈물이 핑 돌았다. 성선省線[16] 을 타려다 그만두고 도쿄역 광장으로 나왔다.

---

16 민영화 이전 철도성과 운수성이 관리하던 철도선.

오랜동안 크림을 바르지 않아서 얼굴이 따끔거렸다. 바보같이 눈물이 흘렀다.

믿음이 있는 자여 오라 주님께로……

멀리서 구세군 악대 소리가 들렸다. 믿음이 있다는 게 도대체 무슨 말인가? 내 자신을 믿지 못하는 가난한 사람들은 예수든 석가든 믿을 여유가 없다. 종교가 대체 뭐란 말인가? 저 사람들은 먹고 살 여유가 있으니까 거리에서 음악을 연주하는 것이다.

믿음이 있는 자여 오라니…… 저런 음침한 노래는 정말이지 질색이다. 아직 세련된 봄노래가 있구나. 차라리 긴자 근처 아름다운 거리에서 화족華族의 자동차에 치여 산산이 피를 토해 버리고 싶다. 가엾은 어머니. 지금 당신은 도쓰카戶塚, 후지사와藤沢 쯤 가셨을까요? 삼등열차 구석에서 무슨 생각을 하고 있을까요? 어디쯤 가고 계시나요?……35엔짜리 일을 계속할 수 있으면 좋겠다. 해자에는 반짝거리는 제국극장 불빛이 비치고 있었다. 나는 기차가 달리는 선로 옆 경치를 공상하고 있었다. 세상 모든 것이 조용히 서 있다. 천하 태평이로소이다인가?

1923년

목표를 지우다

11월 ×일

덧없는 세상 멀리 떠나 깊은 산속에 틀어박혀……

이런 비속한 노래에 둘러싸여 나는 매일 셀룰로이드 장난감에 색칠을 하러 다닌다. 일급 75전의 여공이 된지 오늘로 네달째. 내가 색칠을 한 나비 모양 손잡이 버클은 정겨운 기념품이 되어 지금쯤 그 어디메를 날아다니고 있을까?……

닛포리日暮里 가나스기金杉에서 온 오치요千代는 아버지가 요릿집 샤미센三味線 연주자로 동생들이 여섯 명이나 되는 살림살이라고 한다.

"저하고 아버지하고 벌지 않으면 먹고 살 수 없는 걸요……"

오치요는 창백한 얼굴을 치켜들고는 쓸쓸히 나비에 빨간 물감을 덕지덕지 바르고 있다.

이곳은 여공이 스무 명, 남공이 열다섯 명인 소규모 셀룰로이드 공장. 납처럼 생기 없는 여공들의 손에서 큐피[17] 가 장난을 치

---

17 큐피(Kewpie)란 1909년 미국 일러스트레이터 로즈 오닐(Rose O'Neill, 1874.6.25.-1944.4.6)이 큐피드를 모티프로 한 일러스트로 발표한 캐릭터.

고 있거나 야시장에서 파는 머리핀, 벨트 등 하층계급을 상대로 하는 여러 가지 조잡한 제품들이 매일매일 우리들의 손에서 떠나 홍수처럼 시장으로 흘러갔다. 아침 일곱 시부터 저녁 다섯 시까지 우리들 주위는 데친 오징어 색깔을 한 셀룰로이드 나비나 큐피로 가득차 있었다. 글자 그대로 고무냄새가 났고, 우리들은 그들 제품에 파묻혀 일이 끝날 때까지 고개를 들고 창문도 제대로 보지 못하는 상태였다. 사무소에서 회계를 보는 아주머니는 우리가 지쳐 있는 것을 알아채고 닦달을 하러 온다.

"빨리빨리 하지 않으면 안 돼."

흥, 자기는 우리와 같은 여공이 아닌가?

"우리는 기계가 아니라구요."

발송부 남자들은 그 여자가 오면 혓바닥을 쑥 내밀며 히죽거렸다. 다섯 시가 되면 20분은 우리들의 노력을 덤으로 바치게 된다. 일급봉투가 담겨 있는 소쿠리가 돌아오면 우리들은 잠시 심한 쟁탈전을 개시하며 자신의 일급봉투를 찾아낸다.

저녁에 앞치마를 벗지도 못한 채로 공장문을 나서자 오치요가 뒤에서 따라왔다.

"언니, 오늘 시장에 안 들려? 난 오늘밤 반찬거리 사러 갈 건데……"

한 접시에 8전 하는 꽁치는 파랗게 반짝이는 기름과 함께 나와 오치요의 두 손에 들려 두 사람의 위에 진한 비린내를 통과시켰다.

"언니, 이렇게 길을 걷고 있을 때만큼은 즐겁다고 생각한 적 없어?"

"맞아, 나도 마음이 놓여."

"아, 언니는 혼자니까 부러워."

오치요의 묶은 머리에 하얗게 먼지가 쌓여 있는 것을 보니, 거리의 화려한 모든 것들을 다 태워 버리고 싶은 흥분이 느껴졌다.

11월 × 일

왜?

왜?

우리들은 언제까지고 이렇게 바보같이 살아야만 하는 것일까? 언제까지고 한없이 셀룰로이드 냄새에 파묻혀 셀룰로이드와 생활해야 한다.

밤이고 낮이고 덕지덕지 삼원색을 발라 대며 굼벵이처럼 태양에서 격리된 일그러진 공장에서 꾸역꾸역 한도 끝도 없이 긴 시간과 청춘과 건강을 착취당하고 있었다. 젊은 여자들의 얼굴을 보고 있으면 나는 괜시리 울컥해지며 슬퍼진다.

하지만 기다려 주세요. 우리가 만들고 있는 큐피나 나비모양 머리핀이 가난한 아이들의 머리를 축제처럼 장식할 것을 생각하면 그 창문 아래에서는 조금 아주 조금 미소를 지어도 좋을 것이다. ㅡㅡ

다다미 두 장짜리 좁은 방에는 질냄비와 밥그릇, 쌀이 담긴 골판지 상자, 옷궤짝, 책상이 마치 평생의 나의 부채처럼 힘을 내고 있고 비스듬히 깐 이불 위에는 천장 창문으로 들어온 아침 햇살이 반짝반짝 비치며 뽀얀 먼지가 줄무늬가 되어 흘러들어 온다.

대체 혁명이란 어디에서 불고 있는 바람이란 말인가?……꽤나 멋진 말들을 잔뜩 알고 있는 일본의 인테리겐차, 일본의 사회주의자들은 동화속 세계를 공상하고 있는 것은 아닐까?

빵보다 따끈따끈한. 저 갓태어난 아기들에게 비단 기저귀와 면 기저귀로 얼마나 많은 격차를 만들어야 하는 것일까?

"얘, 후미야 너 오늘은 공장 쉬는 날이냐?"

아주머니가 장지문을 두들기며 고함을 지르고 있었다.

"시끄러워! 조용히 하라구요!"

나는 혀를 끌끌찼다. 심각하게 머리 밑에 두 손을 넣고 새삼 중대한 일을 생각하려 했지만 이상하게도 눈물이 나올 뿐이었다.

어머니에게서 편지 한통.

하다못해 50전이라도 괜찮으니 보내 달라. 나는 류마티스로 고생을 하고 있다. 너와 아버지가 이 집으로 어서 돌아오기를 고대하고 있다. 아버지쪽도 신통치 않다는 소식이고 너도 사는 게 만만치 않다는 이야기를 들으니 사는 게 고달프다.

띄엄띄엄 가나로 쓴 편지. 마지막에 '귀하, 엄마로부터' 라고 적혀 있는 것을 보니 손으로 한 대 툭 치고 싶을 만큼 어머니가 귀여워졌다.

"어디 몸이라도 안 좋은가요?"

이 바느질집에 나와 마찬가지로 세 들어 사는 인쇄공 마쓰다松田 씨가 조심성 없게 장지문을 열고 들어왔다. 키가 열대여섯 살 애처럼 작고 머리를 어깨까지 길러 내가 제일 싫어하는 점을 유감없이 갖추고 있는 남자였다. 천정을 보고 누워 생각에 잠겨 있던 나는 몸을 홱 돌려 등을 보이며 이불을 뒤집어썼다. 이 사람은 고마울 정도로 친절한 사람이다. 하지만 대면을 하고 있으면 우울해질 만큼 기분이 나빠진다.

"괜찮아요?"

"아, 예, 온몸 마디마디가 쑤셔요."

가게 쪽에서는 아저씨가 팔 작업복을 꿰매고 있는 것 같았다. 드르륵 하고 뭔가를 단단히 꿰매는 재봉틀 소리가 난다.

"60엔 정도 있으면 둘이서 살기에 충분하다고 생각해요. 당신의 차가운 마음이 너무 참잡하네요."

머리맡에 석상처럼 앉아 있는 이 작은 남자는, 이끼처럼 어두운 얼굴을 숙이며 내 몸 위로 겹쳐져 왔다. 남자의 거친 숨결이 느껴지자 안개처럼 눈물이 흘렀다. 지금까지 이렇게 따뜻한 말로 나를 위로해 준 남자가 한 명이라도 있었던가? 다들 나를 일만 시키고 헌신짝처럼 버리지 않았던가? 이 사람하고 함께 살게 되면 작은 연립셋방에서 살 수도 있고 살림도 할 수 있지 않을까 하고 생각한다. 하지만 그것도 너무 참담한 이야기이다. 마쓰다 씨하고는 얼굴을 십 분만 대하고 있어도 가슴이 답답해지니 말이다.

"미안하지만 저는 몸 상태가 좋지 않아서요. 이야기를 하는 것이 어쩐지 거북해요. 저쪽으로 좀 가 주세요."

"당분간 공장 일을 쉬세요. 그 동안 일은 내가 할 테니까. 설사 당신이 나하고 결혼을 해 주지 않는다 해도 난 마음 상하지 않아요."

아, 뭐가 뭔지 뒤죽박죽인 세상이다.

밤.

쌀을 한 되 사러 나갔다. 나간 김에 보따리를 든 채 아이소메교 逢初橋 야시장을 돌아다녔다. 꽃꽂이가게, 러시아빵, 팬케익가게, 건어물가게, 야채가게 등 오랜만에 보는 산책길이다.

12월 × 일

아아, 거리는 벌써 크리스마스라고 한다. 구세군의 자선남비도, 장식창의 칠면조도 신문도 잡지도 모두 일제히 거리로 쏟아져 나왔고 광고지와 광고깃발은 혈안이 되어 있는 것 같다.

세모다. 급행열차다. 저 창문에 바람이 저렇게 불고 있다. 능률을 올려야 한다며 지저분한 벽에 걸린 칠판에는 여공 스무 명의 도색 실적이 매일매일 숫자가 되어 마치 일기 예보처럼 우리를 위협하는 것 같았다. 350이라는 규정을 채우지 못 했을 때는 5전 삭감, 10전 삭감 하는 식으로 일급 봉투에 테이프 같은 전표를 덜렁덜렁

붙여 놓는다.

"지겨워졌어.……"

여공은 마치 대 끝을 잘게 쪼개어 묶어 만든 솔처럼 엉거주춤한 자세로 제작을 한다. 같은 화공이라도 이는 너무 우스꽝스러워 도미에[18]의 만화 같지 않은가?

"마치 인간을 쓰레기 취급한다니까."

시계가 다섯 시를 알려도 일은 계속해서 밀려들어오고 일급 봉투는 좀처럼 돌아올 기색이 없다.

네 시 무렵에 회계를 담당하는 공장주의 아내가 어린 아이들을 데리고 자동차로 나가는 것을 가장 어린 오밋光 짱이 변소 창문으로 보고 여공들에게 보고하자, 연극을 보러 가는 것이라느니 설빔을 사러 간 것이라느니 하며 손을 놀리면서 여공들 사이에 의견이 분분했다.

7시 반.

아침부터 밤까지 일을 하고 노동의 댓가로 60전을 받은 후 질냄비를 곤로에 올려 놓고 책상 위에 밥그릇과 젓가락을 차려 놓자 사는 게 이런 거구나 하는 생각이 절실했다. 정신사납게 불평을 늘어 놓는 애들의 뺨이라도 때려 주고 싶었다. 밥이 되고 있는 동안

---

18 도미에(Daumier, Honoré, 1808-79). 프랑스의 화가. 유화·소묘 외에 석판화·조각에도 뛰어남.

어머니에게 보내는 편지에 오랫동안 모아 놓은 50전 짜리 분홍색 지폐 다섯 장을 넣어 봉했다. 바로 지금 뭐하고 뭐가 없으면 기분이 좋아질까 라는 공상을 하다 보니, 5엔 하는 집세가 터무니없이 비싸게 여겨졌다. 다다미 두 장짜리 방이 5엔이다. 하루 일을 해서 쌀 두되면 끝, 평균 60전이다. 다시 전과 같이 카페 여급으로 되돌아갈까 하는 생각도 해 보고, 나와 함께 몇 번이나 고비를 넘겨 지칠 대로 지쳐 벽에 걸린 명주 기모노着物를 보고 있자니 정말이지 한심해졌다. 그래 그래, 나 후미는 룸펜 프롤레타리아지. 아무 것도 없어. 아무 것도 없는 거야.

위험해! 위험해! 위험한 무산자이니 폭탄을 손에 넣을 수 있으면 기꺼이 있는 작자들에게 던져 버릴 거야. 여자가 이렇게 혼자서 꾸역꾸역 살아가느니 차라리 일찌감치 꽝꽝 두 조각으로 박살내 버릴까?

뜨거운 밥 위에 어젯밤에 먹다 남은 꽁치를 복병伏兵 삼아 한입 집어넣자 살아 있는 것도 뭐 그다지 나쁜 것만은 아니었다. 단무지를 사서 싸 온 헌 신문에, 홋카이도北海道에는 아직 몇 만 정보町步나 되는 황무지가 있다는 기사가 실려 있었다. 아아, 그런 미개척지에 프롤레타리아의 유토피아가 생긴다면 좋겠는데.

비둘기 구구 비둘기 구구 하는 노래가 생길지도 모른다. 모두 사이좋게 날아오라는 노래가 유행할지도 모른다.

목욕탕에 갔다 돌아오는 길에 어두운 골목길에서 마쓰다 씨를 만났다. 나는 잠자코 빠져나왔다.

12월 ×일

"뭐 그렇게 체면 차리지 말고, 모처럼 마쓰다 씨가 빌려 준다는데, 아가씨도 빌리면 되지 않겠수? 사실 우리 집은 당신들 집세로 살아가고 있어서 말이유."

머리숱이 적은 아주머니 얼굴을 보고 있자니, 나는 이대로 집을 나가 버리고 싶을 만큼 분했다. 외출할 때는 이런 식으로 전쟁을 치룬다. 서둘러 네즈根津 거리로 나가니 마쓰다 씨가 술집 우체통 옆에서 엽서를 넣으며 나를 기다리고 있었다. 싱글벙글 정말 좋은 사람인데 나는 어째서인지 이 사람만 보면 울컥 화가 나서 견딜 수가 없다.

"아무 말도 하지 말고 빌려 가세요. 나는 그냥 줘도 괜찮은데 당신이 거절하면 안 되니까."

마쓰다 씨는 그렇게 말하며 휴지조각에 정성들여 싼 돈을 내 허리춤에 찔러 주었다. 나는 빠듯한 구식 하오리羽織[19]에 신경을 쓰며 묘하게 겸연쩍어져서 홱 뿌리치고 전차에 올라탔다.

---

19 일본옷의 위에 입는 짧은 겉옷.

어디로 갈지 막막했다. 정반대로 가는 전차를 타 버린 나는 맥없이 추운 우에노上野에 내려 내 그림자를 밟았다. 미친 사람처럼 높이 걸려 있는 직업알선업소의 광고등이 난파선 신호처럼 바람에 흔들리고 있었다.

"희망하는 일은?……"

조방꾸니 같은 책임자의 질문을 받고 나는 침을 꼴깍 삼키며 상품 같은 구인광고 전단지를 올려다보았다.

"힘든 일을 해도 한 세상, 편한 일을 해도 한 세상, 아가씨 잘 생각하는 게 좋을 거요."

다 큰 처녀인 이 초라한 여자를 상대로 값을 매기기 시작했는지 책임자는 실눈을 뜨고 내 행색을 노골적으로 살펴보고 있었다. 우에노 시타야下谷에 있는 초밥집 종업원 자리 소개를 부탁하니 1엔 하는 수수료를 50전으로 깎아 줘서 공원에 갔다. 당장이라도 눈이 내릴 듯한 날씨인데 벤치에는 부랑자들이 명랑하게 코를 골며 자고 있다. 사이고 다카모리[20]의 동상도 떠돌이 무사의 유물이다. 당신과 나는 같은 고향 출신이에요. 가고시마鹿児島가 그립지 않으세요? 기리시마야마霧島山가, 사쿠라지마桜島가, 시로야마城山가…. 따끈한 차에 팥앙금이 들어간 카르칸과자가 맛있는 계절

---

20 사이고 다카모리(西郷隆盛, 1828.1.23 ~ 1877.9.24). 사쓰마번(薩摩藩) 출신의 무사로 에도막부(江戸幕府)를 타도하고 메이지유신(明治維新)을 성공으로 이끈 유신삼걸(維新三傑) 중 한 사람이다. 정한론(征韓論)을 주장하였으나 받아들여지지 않아 귀향하였다가 정부와의 갈등이 격화되어 세이난전쟁(西南戰爭)을 일으켰다.

이네요.

당신도 나도 추운 것 같네
당신도 나도 가난하네

점심 때부터 공장에 나오네
산다는 것은 고달픈 일.

12월 × 일

어젯밤부터 책상 서랍에 들어 있던 마쓰다 씨의 성의표시. 집
세를 내면 될 거야. 빌릴까? 약한 자여 그대 이름은 가난이어라.

집에 돌아갈 시간이 된 것을
딱 하나 더 하기로 하고
오늘도 일을 하네.

이시카와 타쿠보쿠는 이렇듯 즐겁게 집으로 돌아가는 노래를
부르고 있지만, 나는 공장에서 돌아가면 돌덩이처럼 굳은 다리를
다다미 두 장짜리 방에 쭉 뻗고 입이 찢어져라 하품을 한다. 그것이
유일한 즐거움이다. 두 치 정도 되는 큐피를 하나 몰래 가져 와서
찬장 위에 올려 놓아 본다. 내가 그린 눈, 내가 그린 날개, 내가 낳은
큐피, 된장국에 찬밥을 뚝뚝 말아 우적우적 쓸쓸히 먹는 야식.

마쓰다 씨가 이상하게 크게 기침을 하며 창문 옆을 지나가나 싶더니 부엌 쪽으로 들어와서 말을 걸었다.

"벌써 식사하세요? 잠깐만 기다리세요. 지금 고기를 사 왔어요."

마쓰다 씨도 나처럼 자취생활을 한다. 꽤 야무진 사람인 것 같다. 석유곤로에 지지직 하고 고기를 굽는 냄새에 애달프게도 침이 나온다.

"미안한데 이 파 좀 썰어 줄래요?"

어젯밤에 무단으로 남의 방 책상 서랍을 열고 돈봉투를 넣어 둔 주제에, 단돈 10엔의 돈을 빌려 주었다고 격의 없이 파를 썰게 하려 한다. 사람이 이렇게 뻔뻔하게 나오는 것이 제일 견딜 수 없다.……멀리서 활기 차있게 떡을 찧는 소리가 들린다. 나는 입을 다물고 오독오독 무절임을 씹고 있었다. 부엌 쪽에서는 쓸쓸하게 숙숙 파를 썰고 있는 것 같았다.

"휴, 다져 드릴게요."

아무 말 않고 있는 것은 참을 수 없이 슬픈 일이라, 장지문을 열고 마쓰다 씨의 식칼을 집어들었다.

"어젯밤에는 고마웠어요. 5엔은 아주머니께 집세로 내고 5엔 남았으니까 나머지 5엔은 돌려 드릴게요."

마쓰다 씨는 입을 다물고 대나무껍질에서 뚝뚝 떨어지는 듯한 붉은 살점을 냄비에 집어넣었다. 문득 올려다본 일그러진 마쓰다 씨의 얼굴에 작은 눈물방울이 반짝였다. 안채에서는 화투가 시작되었는지 익숙한 아주머니의 히스테릭한 목소리가 천정을 찌르며 빠져나왔다. 마쓰다 씨는 묵묵히 쌀을 일기 시작했다.

"어머, 밥이 아직 안 되었나요?"

"네, 당신이 밥을 먹고 있길래 고기요리를 빨리 하려고."

양식 접시에 나누어 담은 고기가 어떤 느낌으로 내 식도를 지났는지. 나는 여러 사람의 모습을 떠올렸다. 그리고 모든 것이 쓸데 없이 여겨졌다. 마쓰다 씨와 결혼을 해도 되겠다고 생각했다. 저녁을 먹은 후 처음으로 마쓰다 씨 방에 놀러가 보았다.

마쓰다 씨는 부스럭부스럭 신문을 펼치면서 설날 떡을 이것저것 가지런히 소쿠리에 담고 있었다. 그렇게도 온화하게 풀려 있던 기분이, 다시 팽팽한 화살처럼 전보다 더 팽팽하고 날카로워져서 그냥 내 방으로 돌아왔다.

"초밥집도 별 볼일 없고,……"

밖에서는 폭풍이 불고 있다. 큐피여, 어서 〈비둘기 구구〉[21] 를. 휘몰아쳐라, 휘몰아 쳐, 폭풍이여, 눈보라여.

1924년

---

21 〈비둘기 구구(鳩ぽっぽ)〉는 동요. 히가시 구메(東くめ, 1877-1969) 작사, 다키 렌타로(瀧
廉太郎(1879.8.24.-1903.6.29) 작곡. 비둘기에게 모이를 주는 어린이의 시점에서 부른 노
래.

백면상

4월 ×일

지구여 두 조각으로 쫙 갈라져 버려라. 그렇게 외쳐 봤자 나는 한 마리 검은 고양이이다. 세상은 곁눈질을 하며 조용조용히 이야기하고 있다.

오늘 아침도 또 쓸쓸히 눈을 떴다. 얇은 벽에 걸린 검은 양산을 물끄러미 바라보고 있자니 그 양산이 여러 가지 형태가 되어 나타난다. 오늘도 이 남자는 또 벚꽃이 핀 화사한 오솔길을 우리 프롤레타리아여 라며 젊은 여배우와 손을 잡고 연극 대사를 주고받으며 걷고 있겠지. 나는 옆에서 등을 돌리고 자고 있는 남자의 머리카락을 가만히 보고 있었다. 아아 이대로 이불입구가 꽉 막혀서 밖으로 나갈 수 없다면 어떻게 될까?……

—어이, 자백해—라고 이 남자에게 피스톨을 들이대면 쥐처럼 빙글빙글 춤을 출 것이다. 당신은 고작 배우가 아닌가? 인텔리겐차에게 빌붙어 살면서 우리 프롤레타리아여 라고 하는 것도 추한 일이다. 나는 이제 당신들에게는 오만정이 다 떨어졌습니다. 당신

의 그 검은 가방 안에는 2천 엔의 통장과 연서가 밖으로 나오고 싶어서 두 손을 내밀고 있었습니다.

"나는 이제 먹고 살 수 없게 될 거야. 어느 극단에라도 들어가면 좋겠는데……나도 내 자신에 대한 절조도 있고."

저는 남자한테는 마음이 약한 여자입니다.

그런 말을 들으면 눈물을 펑펑 흘리며, 그럼 거리로 나가 일을 해 볼까요 라고 말을 해 본다. 그리고 나는 근 너댓새 동안 일할 곳을 찾으러 나가서 물고기 창자처럼 지쳐서 돌아왔다. 그런데.……이 거짓말장이 남자! 나는 당신이 늘 경계를 하며 잠궈 놓은 그 가방을 어젯밤에 살짝 엿봤어요. 2천 엔이라는 돈은 당신이 우리 프롤레타리아 라고 할 만큼 적은 돈은 아니지 않나요? 나는 그렇게 아름다운 눈물을 흘린 것이 한심해졌다. 2천엔과 젊은 여배우가 있다면 나도 당분간은 오래 살 수 있다.

아아, 세상은 참 고달프구나.

이렇게 누워 있는 동안은 원만한 부부다. 하지만 차가운 입맞춤은 질색이다. 당신의 체취는 7년 동안 함께 한 아내와 여배우의 냄새로 가득하다. 당신은 그런 여자의 정욕을 품에 안고 일삼아 내 목에 팔을 두르고 있다.

아아, 매춘부라도 될까? 그것이 차라리 찝찝하지도 않고 얼마나 마음이 편한지 모른다. 나는 벌떡 일어나 남자의 베개를 걷어챘다. 거짓말쟁이! 남자는 석탄처럼 푸석푸석 무너져 버렸다.

흐드러지게 꽃이 핀 4월의 화창한 하늘이여. 지구 밖에는 뜨거

운 바람이 휘휘 불고, 어이, 어이 하며 보이지 않게 누군가를 부르
는 목소리가 4월 하늘에 울려퍼지고 있었다. 뛰쳐나가자! 아무도
모르는 곳에서 일을 하자. 뿌연 안개 속에서 나는 신의 손을 보았
다. 새카만 신의 팔을 보았다.

4월 ×일

처음에는 위안 삼아 두 번째는 거짓말
세 번째는 혹시나 하는 마음에……
밉살스런 나의 번뇌여, 나는 여자였습니다.
역시 애절한 눈물이 앞을 가린다

닭의 생간에
불꽃이 퍼지며 밤이 찾아왔다.
동서東西! 동서!
이제 슬슬 남자와 끝장을 낼 때가 왔다.
일도양단으로 자른 남자의 장에
송사리가 팔딱거리며 헤엄을 치고 있다

역겹고 역겨운 밤이여!
아무도 없으면 도둑질을 하러 들어가겠어요!
나는 가난해서 남자도 달아나 버렸습니다.
아아, 시커먼 복면을 한 밤이구나

바닥을 바라보며 걷고 있자니 자꾸만 슬퍼지고 병든 강아지마냥 바들바들 떨려온다. 제기랄! 이래서는 안 되지. 아름다운 거리의 포도를 오늘도 나는,—나를 사 줄 사람 없을까? 나를 팔아야지—라고 하며 들개처럼 방황했다.

붙잡으려 해도 붙잡아 둘 수 없는 인연이라면 이 남자하고도 깨끗이 헤어지는 수밖에 없지⋯⋯. 창밖에는 이름 모를 커다란 나무가 가지를 늘어뜨리고 있었고, 그 가지에 흐드러지게 핀 하얀 꽃에는 작고 하얀 나비가 무리지어 향긋한 냄새를 발하고 있다. 저녁때 달빛이 비치는 툇마루에 나와 남자의 연극대사를 듣고 있자니, 문득 소녀시절의 추억이 꽃향기처럼 내 머리를 가로질렀고, 나는 큰 목소리로 어디 좋은 남자 없나요 라고 달님에게 외치고 싶어졌다. 이 남자가 맡은 역할은 일찍이 예술좌芸術座의 마쓰이 스마코松井須磨子[22] 가 했다는, 「면도칼」이라는 연극이었다. 나는 소녀시절, 규슈의 연극무대에서 그 사람의 「면도칼」이라는 연극을 본 적이 있다. 스마코가 연기한 카추샤도 좋았다.

그 일이 있고나서 세월이 많이 흘렀다. 이 남자도 마흔이 다 되었다.

"역시 배우의 아내는 배우가 좋아요."

혼자서 연습을 하고 있는, 불빛에 비친 남자의 그림자를 보고

---

[22] 마쓰이 스마코(松井須磨子, 1886.11.1.-1919.1.5). 일본 신극 여배우, 가수. 「햄릿」(1911)의 오펠리아 역, 「인형의 집」의 노라 역. 「부활」의 주제가 〈카츄사의 노래〉를 불러 2만여장의 레코드가 팔림.

있자니 역시 이 사람도 가여운 사람이구나 하는 생각이 밀려왔다. 보라색 등갓아래에서 대본을 들여다보고 있는 남자의 옆모습이 초점이 흐려지며 내 눈에서 멀어져 갔다.

"홍행 여행을 하게 되면 나는 항상 같은 숙소를 잡았어. 그녀의 가방을 들어 주었지 ……그래도 그녀는 내 눈을 속이고 잠옷을 입은 채로 다른 남자의 방에 몰래 숨어 들어갔어."

"나는 그녀를 울리는 일에 흥미를 느끼고 있었어. 그녀를 때리면 마치 고무같이 탕탕 튕기며 온 몸에 힘을 주고 우는 것이 보고 있는 것 만으로도 기분이 아주 좋아졌다구."

둘이서 툇마루에 다리를 걸치고 앉아 있는데 남자는 갑자기 불을 끄고 7년이나 함께 했던 헤어진 여자 이야기를 하고 있다. 나는 권외로 잊혀진 유일한 등장인물이었다. 멍하니 밤하늘을 보고 있자니 누군가 이 남자도 이제 글렀어 라고 했다. 악귀가 어디에선가 비웃고 있었다.

나는 슬퍼지면 발바닥이 가려워진다. 혼자서 떠들고 있는 남자 옆에서 나는 살짝 달쪽으로 거울을 기울여 보았다. 눈썹을 짙게 그린 내 얼굴이 소용돌이처럼 빙글빙글 돌기 시작했다. 온세상이 달빛처럼 밝으면 좋겠다.……

"역시 헤어져야겠어. 어쩐지 혼자 있고 싶어졌어……이제 어떻게 되든 상관없으니 혼자 살고 싶어."

남자는 정신이 돌아온 듯 깊은 한숨을 쉬며 눈물을 찔끔거리고는 이별이라는 말이 갖는 쓸쓸한 센티멘탈에 하염없이 울며 나를 안으려고 했다. 이것도 쓸데없는 연극인가? 휴, 이제부터 바빠질 거야. 나는 남자를 뿌리쳐서 2층에다 떼버리고 도자카動坂 마을 쪽으로 달려갔다. 아무하고라도 악수를 해야지. 나는 완탕 포장마차에 머리를 디밀고 중국술을 마시며 한심한 남자의 여수를 토해 냈다.

4월 × 일

"그럼 다녀오겠습니다."

거리 모퉁이에서 나도 그 남자도 남보다 더 차갑게 헤어졌다. 남자는 시민좌市民座라는 작은 아마추어 극단을 만들어서 매일 다키노가와瀧ノ川 연습장에 다니고 있다.

나도 오늘부터 출퇴근을 하게 되었다. 남자가 벌어다 주는 돈으로 먹고 사는 것은 진흙을 씹어 먹는 것보다 괴롭다. 허울만 좋은 일보다는 낫겠지 하고 내가 찾은 직업은 쇠고기요리집 종업원.

"로스구이 한 접시 부탁해요."

또각또각 계단을 오르다 보면, 아름다운 노래를 부르고 싶은 생각이 절실하다. 홀에 모여 앉은 얼굴 모두가 하얀 필름 같다. 고기 접시를 들고 계단을 오르내리는 동안 내 허리춤에도 그에 상응하는 돈이 조금씩 모였다. 대체 어디에 가난한 바람이 부냐는 듯, 방안은 고기가 익는 맛있는 냄새로 가득하다. 하지만 오르락내리락 하는 동안 순식간에 녹초가 되어 버린다.

"이삼일 지나면 곧 익숙해 져."

이렇게 말하며 머리를 묶은 고참 여종업원 오스기ぉ杉 씨가 몰래 허리를 두드리고 있는 나를 보고 위로해 주곤 했다.

12시가 되어도 이 가게는 장사가 너무 잘 됐고, 나는 집에 돌아갈 일이 걱정되어 제 정신이 아니었다. 나하고 오미쓰滿 만 빼고 모두 먹고 자며 일하는 사람들로, 태연하게 남아 있는 손님들과 모여 치근거리고 있다.

"다 씨, 나 과자……"

"어머 난 닭고기국수……"

마치 야생의 무리들 같다. 웃고 먹고 웃고 먹고, 시간이 무한정으로 흘러 버려 나는 초조해지지 않을 수 없었다. 내가 겨우 가게를 나왔을 때는 벌써 한시 가까운 시각으로 가게 시계가 늦어서인지 시전市電은 벌써 끊겼다. 간다神田에서 다바타田端까지 갈 길을 생각하니 나는 그만 털썩 주저앉아 버릴 만큼 슬펐다. 거리 가로등은 마치 여우불처럼 하나 둘 씩 꺼져갔다. 할 수 없이 걷기 시작한 내 눈에도 차츰 불안해 보였다. 우에노공원 근처까지 오자 도저히 산밑이 무서워서 그만 꼼짝도 못하고 망부석처럼 멈춰서 버렸다. 비를 품은 바람이 부는 바람에 양쪽 귀밑머리가 새처럼 날개짓을 했고, 나는 명멸하는 인단 광고등을 정신없이 바라보고 있었다. 어떤 사람이라도 괜찮으니까 함께 가 달라고 해야지…… 나는 멍하니 히로코지広小路 쪽을 보고 있었다.

이렇게까지 고생을 하면서 나는 그 사람에게 진실해야 하는 것일까? 갑자기 직공옷을 입은 사람이 자전거를 타고 연기처럼 내 눈앞을 쌩하고 지나갔다. 나는 이판사판이라는 기분으로 달려가서 큰 소리로 물어 보았다.

"이봐요, 야에가키초八重垣町 쪽으로 가시는 것 아니에요?"

"네 그런데요."

"죄송하지만 다바타까지 가야 되는데 당신 가는 곳까지 같이 데려가 주실 수 있을까요?"

이제는 필사적이다. 나는 꼬리를 흔드는 강아지처럼 달려가서 그 직공 같아 보이는 남자에게 매달려 보았다.

"저도 일이 늦어지긴 했는데 만약 괜찮다면 자전거 뒤에 타세요."

아무려면 어떠냐 싶은 나는 나막신을 벗어 한 손에 들고 옷자락을 말아올린 후 그 사람 자전거 뒤에 올라탔다. 작업복을 입은 그 사람의 어깨를 꽉 잡고 심야 자전거를 탄 이 기묘한 여자는 문득 자신이 우스워져서 눈물을 흘리고 있다. 무사히 돌아가게 해 주세요 라고 나는 무언가에게 기도를 하지 않을 수 없었다.

밤에 봐도 하얗게 염색이라고 쓰여 있는 작업복을 보자 안심이 되었다. 나는 다시 힘이 났고 웃음도 저절로 나오려 했다. 네즈 마을에서 그 직인과 헤어지고 나서 나는 다시 표표히 노래를 부르며 길을 서둘렀다. 물건처럼 차가운 남자 옆으로……

4월 ×일

고향에서 바다내음이 나는 비싼 이불을 보내 왔다. 보내 준 이불을 햇빛이 잘 드는 툇마루에 펼쳐 놓고 보니 어쩐지 아버지, 어머니 하고 입밖에 내어 노래를 부르고 싶어졌다.

오늘밤에는 시민좌 공연회가 있다. 남자는 일찍부터 화장품상자와 옷을 들고 나가 버렸다. 나는 오랜동안 물을 주지 않은 화분처럼, 말라비틀어진 열정으로 이층 창문으로 남자의 허겁지겁하는 뒷모습을 내다보고 있었다. 저녁 때 요쓰야四谷의 미와회관三輪会館에 가 보니 장내는 벌써 사람들로 가득했다. 무대에서는 예의「면도칼」을 공연 중이다. 남자의 남동생은 재빨리 나를 알아보고 눈짓을 하며 형수님은 왜 무대대기실에 가지 않느냐고 물어 보았다. 목수 일을 하고 있는, 마음씨 좋은 이 동생은 형하고는 전혀 다른 세계에 사는 사람이었다.

무대에서는 거칠게 부부싸움을 하고 있었다. 아 저 여자구나. 몹시도 자신만만하게 이야기를 하고 있는 그 남자의 상대 여배우를 보고 있자니 나는 처음으로 여자로서 질투를 느끼지 않을 수 없었다. 남자는 평소 입는 파자마를 입고 있었다. 오늘 아침 등쪽이 두 치 정도 뜯어져 있었지만 나는 일부러 꿰매 주지 않았다. 독선적인 남자는 딱 질색이다.

나는 몇 번이나 재채기가 계속 나와서 그만 돌아가고 싶어졌다. 시인 친구 두세 명과 따뜻한 밖으로 나갔다. 날씨가 이렇게 좋은 날에는 옷을 홀딱 벗고 달리기라도 하면 기분이 유쾌할 것이 틀림없다.

4월 ×일

"내가 전보를 치면 바로 돌아와."

나는 이렇게 말을 해 주었지만, 그 사람은 아직도 거짓말을 하는 것 같다. 나는 분했지만 15엔의 돈을 받고는 정든 정류장으로 서둘러 갔다.

나는 바다내음이 배어 있는 고향으로 돌아가는 것이다. 아아 이것저것 다 없어져 버려. 나한테는 아무 소용이 없다구.

남자와 나는 세이요켄精養軒의 흰 식탁에 앉아 일본요리를 먹으며 작은 이별파티를 열었다.

"저는 당분간 그쪽에서 쉴 생각이에요."

"나는 이렇게 헤어져도 분명히 당신이 그리워질 거야. 다만 지금은 아무래도 어쩔 수 없는 기분이야. 정말이지 어떻게 해야 이런 기분이 없어질지 모를 만큼 멍한 기분이라구."

기차를 타고나니 담배라도 피워 볼까 하는 생각이 들었다. 역 매점에서 파란 배트를 대여섯 갑 사고는, 기차 창문으로 손을 내밀어 아주 차갑게 악수를 했다.

"잘 가. 몸조심 하구."

"고마워요 ……잘 지내요……"

눈을 꼭 감고 있다가 눈꺼풀을 휙 들어 올리니 참고 있던 눈물이 일시에 쏟아져 나왔다. 아카시明石 행 삼등객차 구석에 짐 하나 없는 나는 다리를 아무렇게나 하고 앉아 제멋대로 흐르는 눈물을 그대로 두었다.

옛생각이 나게 하는 배트의 은박포장을 열어 보았다. 도중에 재미있어 보이는 곳이 나오면 내려 볼까 하고 생각했다. 머리위에 붙어 있는 지도를 가만히 올려다보며 역이름을 읽었다. 새로운 곳에 내려 보고 싶네, 시즈오카靜岡에서 내릴까, 나고야名古屋에서 내릴까? 하지만 그것도 어쩐지 불안했다.

캄캄한 창문에 기대어 달리는 인가의 불빛을 바라보니, 마치 거울을 보는 것처럼 내 얼굴이 또렷이 비치고 있다.

남자하고도 헤어졌다!
내 가슴 속에서 어린이들이 빨간 깃발을 흔든다
그렇게도 기뻐해 주는 것일까?
이제 나는 아무데도 가지 않고
모두와 함께 빨간 깃발을 흔들며 살 것이다

그렇게 모두 뛰쳐나와 달라
그리고 돌을 쌓아 달라
그리고 나를 위로 치켜들어

돌로 쌓은 성 위에 올려 달라

그래 남자하고도 헤어졌다 울지 않을 거야!

힘차게 힘차게 깃발을 흔들어 달라
가난한 여왕의 귀환이다

밖은 캄캄한 어둠. 뚝 잘렸다가 다시 달리는 창밖 풍경을 바라보며, 나는 눈, 코, 입을 유리창에 찰싹 대고 짭쪼름한 건어물처럼 들러붙어 있었다.

나는 지금 도대체 어디로 가고 있는 것일까? ……역에서 물건을 파는 장사꾼들의 목소리가 들릴 때마다 나는 두려운 마음으로 눈을 뜬다.

아, 사는 게 이렇게도 힘든 것이라면 차라리 거지가 되어 전국을 유랑하며 돌아다니면 재미있을 텐데. 유치한 공상에 잠겨 울다 웃다 장난을 치다 문득 창문을 보자 이 역시 기묘한 나의 백면상이었다.

이렇게 재미있는 인생도 있구나. 나는 다시 한 번 자세를 고치며 딱딱한 쿠션 위에 털썩 앉아서는 아련하고 가련한 내 자신의 백면상을 정신없이 들여다보고 있었다.

1924년

붉은 슬리퍼

5월 ×일

나는 부처님을 사랑했습니다
희미하고 차가운 입술에 입을 맞추면
너무나 아까울 만큼
마음이 아려옵니다

아까운 마음에
평탄한 혈조가
역류합니다

얄미울 만큼 침착한
그 남자의 행동에
내 영혼은 완전히 휘둘러 버리고 말았습니다

부처님!
너무 무정한 것 아닌가요?
벌집처럼 흐트러진
내 심장 속에……

부처님
나무아미타불 무상함을 깨닫는 것이
능사도 아닐텐데
그 남자의 행동으로
불꽃처럼 타오르는 내 가슴에
뛰어 들어와 주세요

속세에 더러워진
이 여자의 목을
죽을 만큼 꽉 졸라 주세요
나무아미타불
부처님!

이상하게 쓸쓸한 날이다. 미칠 것 같은 날이다. 날씨 탓인지도
모르겠다. 아침부터 내리던 비가 밤이 되자 바람을 섞으면서 몸도
마음도 찌르는 듯이 내리고 있다. 이런 시를 써서 벽에 붙여 보았
지만 내 심장은 늘 그렇듯이 아주 얌전히 나를 깔보고 있다.
――당장 와. 돈 필요해?
푸르스름한 전보용지가 팔락팔락 내 머리에 떠오르니 참 묘하다.
바보, 바보, 바보, 바보 천 번이고 만 번이고 외쳐 볼 만큼 처량
한 내 신세다. 다카마쓰 숙소에서 정말로 그 사람의 전보를 받아
든 나는 기뻐서 눈물을 흘리고 있었다. 그리고 미어질 만큼 선물을

잔뜩 안고 지금 이 다바타의 집으로 돌아와 있다.

반달도 지나지 않아 또 별거다. 남자가 두 달치 방세를 치러 주자 나는 멀쩡하게 그 집에 남아 있다. 남자는 금붕어처럼 꼬리를 살랑살랑 흔들며 혼고本郷의 하숙집으로 이사를 갔다. 어제도 빨래를 해서 잔뜩 안고 마치 연인을 만나러 가기라도 하는 것처럼 남자의 하숙집 계단을 서둘러 올라갔다.

아아, 나는 그 때부터 비행선이 갖고 싶어졌다.

등불이 켜지기 시작한 뽀송뽀송한 방에서, 내 가슴에 대고 울었던 그 사람이 모모와레로 머리를 올려 묶은 그 여배우와 단 둘이서 물고기처럼 뒤얽혀 있었다. 물처럼 밋밋한 냄새가 흐르는 어두운 복도에서 나는 눈에 눈물을 가득 머금고 초여름 하모니커 소리를 듣고 있었다. 얼굴 전체가 아니 온몸이 철사로 만든 인형처럼 딱딱하게 굳어서 초라했지만 말이다.

"아아……"

나는 어린아이처럼 천진난만하게 웃으며 시종일관 초라한 눈을 책상의 다리 쪽으로 향하고 있었다.

그리고 오늘날까지 나는 다시 엉망진창인 세계에서 방랑하고 있다.

"15전에 키스해 줘!"

이렇게 말하며, 술집에서 떼를 쓰던 일도 마음에 남아 있다. 남자란 모두 한심하지 않아? 걷어차고 짓밟아 주고 싶은 분노가 타올

라 위스키건 일본주건 짬뽕으로 마서 대던 나는 지금은 이렇게 조
용히 빗소리를 들으며 가만히 잠자리에 누워 있다. 그 남자는 지금
쯤 바람이 불어 잔뜩 부풀어오른 모기장 속에서 여배우의 목을 끌
어안고 있겠지……그런 생각을 하니 나는 비행기를 타고 폭탄이
라도 던져 버리고 싶은 기분이 들었다.

나는 숙취와 공복으로 비틀거리는 몸을 일으켜 남아 있던 쌀
한 되를 탈탈 털어 질냄비에 담아 우물가로 갔다. 아래층 사람들은
모두 목욕을 가서 나는 신경쓰지 않고 큰 소리를 내며 쌀을 박박
문질러 씻었다. 비를 맞으며 그저 흘러 가는 한 줄기 흰 물의 감촉
을 혼자서 즐기고 있었다.

6월 × 일

아침.

상쾌하고 기분 좋은 날씨다. 덧문을 여니 하얀 나비가 눈처럼
무리를 지어 노닐고 있고 남성적 계절의 냄새가 나를 자극한다. 구
름이 저렇게나 하얗고 파란 색으로 떠다닌다. 정말로 좋은 일을 해
야겠다고 생각했다. 화로에 잔뜩 어질러져 있던 담배꽁초를 치우
고 나니 다락방에서 혼자 사는 것도 괜찮을 것 같았다. 몽롱했던 기
분도 오늘 아침에는 청량한 공기를 들이마시자 상쾌해졌다. 하지
만 고대하던 우편배달부가 전당포에 잡힌 물건이 팔렸다고 알리러
와서 기분이 꽝이 되었다. 이자가 4엔 40전이나 되다니, 빌어먹을.

나는 줄무늬 기모노에 노란 허리띠를 묶고 양산을 돌리며 행복한 아가씨 모습을 하고 거리에 나가 보았다. 예의 그 고서점을 찾았다.

"아저씨 오늘은 좀 비싸게 사 주세요. 좀 멀리서 와서요……"

이 도자카의 고서점 주인은 늘 사람 좋은 모습으로 주름진 얼굴에 미소를 지으며 내가 내민 책을 두 손으로 살짝 받아 들고는 보고 있다.

"그게 무엇보다도 지금 인기 있는 책이에요. 금방 팔릴 거예요."

"음 그래 ……슈티르너의 『자아경自我経』[23] 인가요? 1엔 드리죠."

나는 50전짜리 은화 두 장을 손바닥 위에 올려 놓았다가 양쪽 소매에 하나씩 집어넣고 눈이 부시는 밖으로 나왔다. 그리고 평소처럼 밥집으로 갔다.

정말이지 언제쯤이면 세상 다른 사람들처럼 아담한 식탁을 둘러싸고 단란하게 밥을 먹을 수 있는 처지가 될까 하고 생각한다. 동화 한두 개로는 만족스럽게 먹고 살 수 없을 것이고 그렇다고 해서 카페에서 일하는 것은 지긋지긋하고 남자한테 붙어서 얻어먹고 사는 것은 슬프고 역시 책을 팔아서 먹고사는 것은 그때그때 순

---

[23] 막스 슈티르너(Max Stirner, 1806.10.25.-1856.6.26). 독일의 철학자, 개인주의적 무정부주의자. G.W.F.헤겔, 슐라이어마허의 영향을 받았다. 『유일자(唯一者)와 그의 소유』(1845)를 저술하여 자아주의(自我主義)를 철저히 추구하였다. 그를 실존철학의 계열로 보는 견해도 있다. 위에서 『자아경』이라 한 것은 쓰지 준(辻潤)의 일본어역 『자아경: 유일자와 그 소유(自我経:唯一者と其所有)』(冬夏社, 1921)를 말함.

간을 넘기는 것일 뿐이다.

저녁때 목욕을 하고 나서 손톱을 자르고 있는데 그림을 배우는 학생인 요시다 씨가 혼자서 놀러 왔다. 사생을 하러 간다고 하며 10호 풍경화를 들고 물감냄새를 진동을 시키고 있다. 시인 아이카와相川[24] 씨의 소개로 알게 되었을 뿐, 딱히 좋지도 싫지도 않은 사람인데, 한 번, 두 번, 세 번 거듭 찾아오자 좀 부담스런 기분이 들었다. 보라색 전등갓 아래에서 피곤하다며 누워 있던 요시다 씨는 벌떡 일어나더니,

눈꺼풀, 눈꺼풀, 살짝 감은 눈꺼풀을 찔러
싹독 도려내어 두 눈을 뜨게 한다
나가사키長崎의, 나가사키의
인형 만들기, 얼마나 끔찍한가!

"이런 노래 알고 있어요? 하쿠슈白秋[25] 의 시예요. 당신을 보면 이 시가 생각나요."

---

24 아이카와 도시타카(相川俊孝, 1889.12.24.-1940.11.18). 시인. 무로 사이세이(室生犀星)에게 자극을 받아 시를 씀. 시집에 『단지(壺)』, 『잠자는 산맥(眠れる山脈)』.
25 기타하라 하쿠슈(北原白秋, 1885 ~ 1942)를 말함. 일본의 시인·가인(歌人). 남국적 정서가 풍기는 강렬한 감각의 시집을 잇달아 발표하였다. 주요 저서에는 시집에 『추억』, 『수묵집(水墨集)』, 민요 『하쿠슈 고우타집(白秋小唄集)』, 『갈대잎』 등이 있다.

풍경이 내 마음을 간질이고 있었다. 서늘한 마루 끝에 발을 내리고 있던 나는 등불 옆으로 무릎 걸음으로 다가가 남자의 가슴에 얼굴을 기댔다. 타오르는 듯한 숨소리가 들렸다. 크게 일렁이는 늠름한 가슴의 움직임에 나는 잠시 돌처럼 넋을 잃고 있었다. 애잔하고 슬프다. 여자의 업이라고 생각했다. 나의 동맥은 이런 사람에게도 분수처럼 물보라를 뿜어낸다.

요시다 씨는 떨며 잠자코 있다. 나는 유화 물감 속에 숨어 있는 에로틱한 냄새를 이 때 만큼 기쁘게 생각한 적이 없다.

오랫동안 우리들은 정열을 극복하기 위해 애를 썼다.

키가 큰 요시다 씨의 그림자가 문으로 사라지자 나는 모기장을 가슴에 끌어안은 채 울어 버렸다. 아아, 내게는 헤어진 남자의 추억이 너무나도 생생한 것을……나는 헤어진 남자의 이름을 부르며 마치 제멋대로 굴어 감당이 안 되는 아가씨처럼 으악 하고 소리를 질렀다.

6월 x일

오늘은 다다미 여덟 장 짜리 옆방에 헤어진 남자의 친구인 이소리五十里[26] 씨가 이사를 오는 날이다. 나는 어쩐지 그 남자의 혼

---

26 이소리 신타로(五十里幸太郎, 1896.4.13.-1959.5.25). 소설가, 평론가. 아나키스트 문예지 『모순(矛盾)』 편집 겸 발행인. 저서에 『노동문제(勞働問題)』, 『음악무용 15강(音樂舞踊

이 함께 있는 것 같아 마음이 불안했다.

밥집에 가는 길에 지장보살에게 선향을 사서 올렸다. 집에 돌아와서 머리를 감고 가벼워진 마음으로 단고자카團子坂에 있는 시즈에静栄 씨 하숙집에 갔다. 「두 사람二人」이라는 시의 팜플렛이 완성되었을 것이라는 생각에 신이 나서 언덕을 달려 올라갔다.

창문의 파란 커텐을 살짝 걷어올리고, 언제나 그렇듯이 창문에 기대어 시즈에 씨와 이야기를 나누었다. 이 사람은 언제 봐도 젊다. 풍성한 단발머리를 갸우뚱하게 들고 있는데, 눈동자가 촉촉하게 빛나고 있다. 저녁때 시즈에 씨와 인쇄소로 팜플렛을 가지러 갔다. 겨우 8쪽 분량이지만 마치 과일처럼 신선하고 뿌듯했다. 돌아오는 길에 난텐도南天堂에 들려 모두 한 부씩 돌렸다. 일을 해서 이런 팜플렛을 오랫동안 계속 만들고 싶었다.

차가운 커피를 마시고 있는데, 쓰지 씨가 일손을 잠시 쉬고 어깨를 두드리며 찬사를 보내 주었다.

"아주 좋은 것을 출판했어요. 계속하세요."

표표한 쓰지 씨의 취한 모습에 미소를 보내며 나도 시즈에 씨도 행복한 기분이 되어 밖으로 나왔다.

十五講』, 수필 『험난한 길(險難の道)』, 소설 『다라스트라이키(ダラストライキ)』등.

6월 x일

『씨뿌리는 사람種まく人』[27]이 이번에『문예전선文芸戦線』이라는 잡지를 낸다고 해서, 나는 셀룰로이드 완구공장에 색칠을 하러 다니던 때 있었던 일을 시로 적어「여공이 노래하는工女の唄える」이라는 시집을 냈다. 오늘은『미야코신문都新聞』에 헤어진 남자에 관한 시를 게재했다. 이제 이런 시 따위 집어 치워야지. 다 소용 없어. 더 공부를 해서 훌륭한 시를 써야지 하고 결심했다. 저녁때 긴자에 있는 쇼게쓰松月라는 카페에 갔다. 돈 잣키[28]의 시 전람회가 그곳에서 열렸는데, 나의 서툰 글이 맨앞에 장식되어 있었다. 하시즈메橋爪[29]를 만났다.

6월 ×일

이파리에 사락사락……빗소리가 들린다.

화창한 봄 이삼월陽春二三月

---

27 1921년에서 1923년에 걸쳐 고마키 오미(小牧近江), 가네코 요분(金子洋文), 이마노 겐조(今野賢三) 들이 중심이 되어 반전, 평화, 인도주의적 혁신사상을 기조로 발행한 동인잡지.

28 돈 잣키(ドン·ザッキー, 1901.7.11.~1991.7.8). 본명은 쓰자키 도모오(都崎友雄) 와세다 대학(早稲田大学) 출신으로 전투적 다다이스트 시인. 1925년 시집『백치의 꿈(白痴の夢)』(ドン社) 간행. 같은 해 잡지『세계시인(世界詩人)』을 주최하여 주체적 예술혁명운동을 전개하고, '돈창조주의'를 제창. 세계시인 예회(例会)나 공연회 등도 기획하고 같은 해 11월 제1회 강연회를 쓰키지소극장(築地小劇場)에서 개최. 도쿄일본고서협동조합 이사와 그 기관지『고서월보(古書月報)』편집 담당.

29 하시즈메 이사오(橋爪功, 1941.9.17.~)를 말함. 일본의 배우. 연극집단《엔(円)》대표. 『부장형사(部長刑事)』, 『3학년 B반 금발 선생님(3年B組金八先生)』제3시리즈 등.

수양버들은 모두 꽃을 피웠네楊柳齊作花

춘풍은 하룻밤 사이 규방 문안으로 들어오고春風一夜入閨闥

버들꽃을 바람에 날려 남가南家에 떨어지게 하네楊花飄蕩落南家

정情을 품고 문을 나서니 다리엔 힘이 없는데含レ情出レ戶脚無レ力

버들개지 주우니 눈물이 가슴을 적시네拾二得楊花涙沾レ臆

가을에 떠났다 봄에 돌아온 한 쌍의 제비야秋去春來双燕子

버들개지 물고서 둥지 안으로 돌아와 주렴願銜二楊花一入窠窟[30]

등불 아래 비스듬히 앉아 흰꽃을 사랑한 영태후靈太后의 시를
읽고 있자니 여행을 하고 싶은 마음이 간절해졌다. 이소리 씨는 이
사를 오고나서는 항상 밤 1시가 넘어서야 늦게 귀가한다. 아래층
에 있는 사람은 회사원이라 9시쯤이면 잠을 잔다. 가끔씩 다바타
역을 지나가는 기차 소리가 파도소리처럼 들릴 뿐, 이 주변은 깊은
산속처럼 조용했다. 사람이 더없이 그리워진다. 「양백화」처럼 아
름다운 사람이 있으면 좋겠다. 책을 덮으니 초조해져서 아래층으
로 내려갔다.

"이 시간에 어디를?"

아래층 아주머니는 바느질 하던 손을 멈추고 나를 보았다.

"할인을 해서요."

---

30 영태후(靈太后, ?~528년)의 노래「양백화(楊白花)」. 영태후는 북위 선무제의 비이자 효
명제의 생모. 정식 시호는 선무영황후(宣武靈皇后). 호태후(胡太后), 영태후 호씨라고
도 함. 선무제 사후 황태후가 되어 북위의 실권자가 됨.

"기운도 좋군 그래.……"

뱀눈 모양을 한 양산을 쓰고 도자카 활동사진관에 가 보았다. 간판에는 〈영 라자The Young Rajah〉(파라마운트사, 1922)가 걸려 있었다. 나는 할인된 〈영 라자〉에 연심을 느꼈다. 〈태호선太湖船〉[31]의 동양적 오케스트라도 비오는 날에 안성맞춤이었다. 하지만 결국은 어디를 가도 쓸쓸한 외톨이. 영화가 끝나자 나는 다시 시궁창쥐가 되어 방으로 돌아왔다.

"누군지 손님이 와 있는 것 같던데……"

잠결에 부스스한 아주머니의 목소리를 뒤로 하고 지친 몸으로 내 방에 올라가보니, 요시다 씨가 종이를 둘둘 말아 주머니에 넣고 있는 참이었다.

"늦은 시간에 미안합니다."

"아니예요, 저 활동사진 보고 왔어요."

"너무 늦어서 메모를 남기려는 참이었어요."

별로 할 이야기도 없는 완전 남이었지만 요시다 씨는 나에게 응석을 부리려고 한다. 문지방을 턱 막고 서 있는 키가 큰 요시다 씨를 보고 있자니 나는 무엇인가에 짓눌리는 느낌이었다.

"비가 어지간히도 내리네요. ……"

이렇게라도 시치미를 떼고 모르는 척 하지 않으면 오늘밤에는

---

[31] 중국 강남의 악곡명. 작곡연대 미상. 강소성(江蘇省)의 태호(太湖)에 떠 있는 배가 해질 녘에 열은 달빛 아래에서 잔잔한 바람을 받으며 조용히 떠가는 정경을 묘사함.

어쩐지 폭발을 해 버릴 것 같아서 겁이 났다. 그 사람은 벽에 기대서서 내 얼굴을 응시하고 있었다. 나는 이 남자가 너무 너무 좋아서 난처한 지경이 되었다. 하지만 나는 이제 만사가 다 지긋지긋하다. 나는 얌전히 두 손을 책상 위에 올려 놓고 불빛을 따라가며 보고 있었다. 내 손 끝이 가늘게 떨리고 있었다. 하나의 막대기를 둘이서 열심히 밀고 당겼다.

아아, 그런 눈으로 보시면... 저는 너무 약한 여자입니다. 애정에 굶주려 있는 나는 가슴 설레이며 두근거리고 있었다.

"당신 저를 가지고 놀고 있는 것 아닌가요?"

"왜요?"

얼마나 얼빠진 응수였는지. 키스를 한 번 한 것도 아니고 있는 그대로의 내 감상에 말려들었을 뿐 아닌가요……나는 입안에서 중얼거리며 이 사람을 이대로 오지 못하게 하는 것도 서운한 마음이 들었다. 아아, 친구가 있었으면. 이렇게 상냥한 마음을 가진 친구가 있으면 좋겠는데……어느새 내 눈에서는 눈물이 뚝뚝 떨어지고 있었다.

차라리 단숨에 죽어 버리고 싶은 생각도 들었다. 그 사람은 나를 쏘아보며 죽일지도 모른다. 헛바닥 위에 군침이 돌았다.

"용서해 주세요."

엎어져 우는 것은 그 사람의 마음을 더한층 심란하게 하는 것 같았지만, 나는 내 자신이 비참한 생각이 들어 견딜 수가 없었다.

헤어진 남자하고 몇 달을 보낸 이 방에 여러 가지 환영이 떠돌아 견딜 수가 없었다.

　- 이사를 해야 해. 도저히 견딜 수가 없어. 나는 책상에 엎드린 채, 교외의 상큼한 여름풍경을 머릿속에 이리저리 그려 보았다. 비는 한층 더 정열적으로 내렸다.

　"저를 사랑해 주세요. 아무 말 말고 저를 사랑해 주세요."
　"그러니까 아무 말 않고 나도 사랑하고 있는 거 아닌가요?'
　하다못해 손을 잡는 것만으로 이 청년의 마음이 치유될 수 있다면.……나는 이제 남자들 사이를 방랑하는 것이 무섭다. 아무리 정조가 없는 내 몸이지만, 아직 어디에선가 평생을 의탁할 남자가 다 타나지 말라는 법도 없다.

　하지만 이 사람은 피 냄새가 난다. 두꺼운 가슴, 파란 눈썹, 태양 같은 눈동자. 아아, 나는 격류와 같이 거세게 내 두 입술을 그 사람의 입술에 갖다 대고 말았다.

　6월 × 일

외롭습니다
따분합니다
돈이 있으면 좋겠습니다

홋카이도에서 아카시아 향기가 풀풀 나는 가로수길을 혼자서 마음껏 걸어 보고 싶다.

"일어났어요?"
웬일로 이소리 씨 목소리가 났다.
"네, 일어났어요."
일요일이라 이소리 씨하고 시즈에 씨하고 셋이서 오랜만에 기치조지吉祥寺에 있는 미야자키 미쓰오宮崎光男 씨의 아메초코하우스에 놀러 갔다. 저녁때 베란다 쪽에서 개와 놀고 있는데, 우에노야마 기요쓰구上野山清貢라는 서양화가가 놀러 왔다. 내가 이 사람하고 만난 것은 두 번째이다. 내가 어렸을 때 지카마쓰近松 씨 집에 여자 서생으로 들어갔을 때 이 사람은 막막한 표정으로 소그림을 팔러 온 적이 있다. 아이가 디프테리아에 걸려 매우 초라한 행색을 하고 있었다. 구두를 정리하면서 보니, 밑창이 마치 하마 입처럼 떨어져서 벌어져 있었다. 나는 작은 못을 가져다가 살짝 고정을 시켜 준 적이 있다. 아마 눈치를 채지 못 했을 것이다. 우에노 씨는 홀짝홀짝 술을 마시며 이야기를 잘도 했다. 우에노 씨는 밤에 혼자 돌아갔다.

지구의 회전의자에 앉아
휙하고 한 바퀴 돌면
끌려오는 빨간 슬리퍼가

한쪽으로 날아가 버린다

쓸쓸하구나……
어이 하고 불러도
아무도 내 슬리퍼를 집어 주지 않는다
마음을 단단히 먹고
회전의자에서 뛰어내려
날아간 슬리퍼를 가지러 갈까?

겁이 많은 내 손은 회전의자에
꼭 달라붙어 있다
이봐요, 아무라도 괜찮으니
있는 힘껏 내 뺨을
후려갈겨 주오
그리고 신고 있는 슬리퍼도 날려 주오
나는 푹 잠들고 싶다

편치 않은 잠자리 안에서 나는 이런 시를 머리 속에 그렸다. 아
래층에서는 비둘기 시계가 세시를 알리는 소리가 났다.

1924년

덜렁이의 눈물

5월 × 일

세상은 별과 사람으로 이루어졌다.

거짓말쟁이! 에밀 베르하렌[32] 의 「세계世界」라는 시를 읽다 보니, 이런 구절이 있었다. 무슨 일이든 따분해서 하품만 나오는 세상이다. 나는 이 소심한 시인을 경멸해 주어야지.

사람들이여 오르기 힘든 산이 아무리 높다 해도
날아오르고자 하는 마음만 끊이지 않으면
두려워 말라 불가능한
금준마金駿馬를 채찍질할까나

창문을 가로지르며 빨간 풍선이 날아간다
멍하니 멍하니 멍하니……얼마나 고달픈 세상인가

---

32 에밀 아돌프 구스타프 베르하렌(Émile Adolphe Gustave Verhaeren, 1855.3.21.-1916.11.27).
19세기 후반에서 20세기초 벨기에의 시인이자 극작가. 프랑스 시단에서 활약하였으며,
베를레느, 랭보 등과 함께 상징파의 일익을 담당.

고향에서 편지가 왔다.

— 실속을 잘 차려서 네가 먹고 사는 일에 대해서는 이쪽에 걱정을 끼치지 않았으면 좋겠다. 재능을 믿고 우쭐대서는 안 된다. 엄마도 이제 기력이 많이 떨어졌다. 한번 집에 다녀가라. 네가 할 일 없이 빈둥빈둥대는 것은 반대다. —

5엔짜리 환어음을 무릎 위에 올려 놓고 고마워했다. 나는 한심한 생각이 들어 먼 고향을 향해 혀를 낼름 내밀었다.

6월 × 일

앞에 있는 시신실에 오늘밤에는 파란 불이 켜져 있다. 병사가 또 한 명 죽은 것이겠지. 파란 창문의 등을 가로지르며 장례식 전 밤을 새는 병사 두 명의 그림자가 희미하게 비치고 있다.

"어머나! 반딧불이가 날고 있네."

우물가에서 구로지마 덴지黒島伝治[33] 의 아내가 하늘을 멍하니 올려다보고 있었다.

"정말?"

---

33 구로지마 덴지(黒島伝治, 1898.12.12.-1943.10.17). 가가와현(香川県) 빈농출신으로 문학에 뜻을 두고 상경 와세다대학(早稲田大学) 예과에 입학했지만 징병되어 시베리아에 출병. 가슴에 병이 나서 귀국.『문예전선(文芸戦線)』동인으로 농민소설, 반전소설 집필. 대표작은 시베리아 출병을 제재로 한『소용돌이치는 까마귀 무리(渦巻ける烏の群)』,제남사건(済南事件)에서 취재한『무장하는 도시(武装せる市街)』등.

누워 있던 나도 마루로 나가 보았지만 이제 아무것도 보이지 않았다.

밤에 이웃집 쓰보이壺井 부부, 구로지마 부부가 놀러 왔다.

쓰보이 씨가 말했다.

"오늘은 아주 재미있었어. 구로지마 군하고 둘이서 시장에 고무대야를 사러 갔지. 그런데 돈도 내지도 않았는데 3엔이나 되는 거스름돈하고 고무대야를 줘서 식겁했지 뭐야."

"우와! 그것참 부럽네. 아마 크누투 함순의 『굶주림』이라는 소설에도 양초를 사러 갔다가 5크로나의 거스름돈과 양초를 공짜로 받아오는 부분이 있었죠?"

나도 남편도 쓰보이 씨 이야기는 좀 부러웠다.

올빼미가 울고 있는 울창한 숲속의 진흙 위에 떠 있는 배처럼 얼마나 쓸쓸하고 초라한 셋방들인지. 병영의 시체실과 묘지와 병원, 싸구려 카페에 둘러싸인 이 태자당太子堂[34]의 어두운 집도 이제 지긋지긋했다.

"근데, 내일은 죽순 밥 해 먹을까?"

"죽순 서리하러 갈까?……"

세 남자는 길 건너, 대나무숲을 등지고 있는 이발소 2층에 사는 이이다飯田 씨를 꾀여 뒤쪽 구릉으로 죽순 서리를 하러 갔다.

---

34 도쿄 아다치구에 있는 쇼토쿠테자(聖德太子)를 모신 사당.

여자들은 거리의 불빛을 보고 싶었지만 단념하고 태자당 축제 거리를 걸어 보았다. 대나무숲 오솔길에 늘어선 노점의 등불이 분수처럼 냄새를 발하고 있었다.

6월 × 일

화창하고 맑은 날씨니, 언덕 위의 비단 같은 녹음을 보자며 오랜만에 가난한 여자와 남자들은 산보를 하기로 이야기가 되었다. 문을 잠그고 한 발 늦게 나오자 어느 쪽으로 갔는지 남자의 모습이 보이지 않았다. 불안불안한 마음으로 햇볕이 쨍쨍 내리쬐는 언덕길을 왔다갔다 했는데, 참 이상하기도 하다. 엉겅퀴 줄기처럼 몹시 화가 난 남편은 내 등을 거세게 밀어제치더니 문이 잠긴 집으로 달려갔다.

"이봐, 열쇠 이리 던져."

또 시작이군……도둑고양이처럼 부엌문으로 해서 들어가니 남편은 갑자기 수세미랑 밥그릇을 내 가슴에 던져댔다.

아아, 당신은 이 소탈한 덜렁이가 그렇게도 미운가요?……나는 풀이 폭 죽어 우물가에서 파란 구름을 올려다보았다. 오른쪽으로 갈 것을 왼쪽으로 잘 못 갔다 해도 바보같이 라고 한 마디 하면 끝날 일 아닌가? 나는 내 자신의 쓸쓸한 그림자를 보고 있자니, 문득 초등학교 시절 내 그림자를 보다가 하늘을 올려다보니 그 그림자가 하늘에도 비치고 있는 신기한 세계가 있었던 시절의 일이 생각나서, 높디높은 하늘을 올려다보았다.

슬픈 눈물이 흘렀다. 나는 땅바닥에 쭈그리고 앉아 카이로의 물장수처럼 향수의 노래를 부르고 싶어졌다.

아아, 세상은 온통 아버지와 어머니로 가득하다. 아버지와 어머니의 애정이 유일한 것임을 나는 사는데 바빠서 잊고 있었다. 앞치마를 두른 채 대나무숲과 실개천, 서양식 건물을 지나 지루하게 언덕을 내려오니, 공장에서 증기선처럼 폭폭 폭폭 하는 소리가 났다. 아아, 오노미치尾道의 바다! 나는 바다 가까이 온 것으로 착각을 하고 어린아이처럼 언덕길을 달려 내려갔다. 파출소 옆 공장에서 모터 소리가 웡하고 소리를 내고 있을 뿐, 그곳은 휑한 벌판이었다.

미슈쿠三宿 정류장에서 전차를 타려는 사람처럼 잠깐 서 있었는데, 배가 고파서 현기증이 날 것 같았다.

"이봐요! 당신 아까부터 서 계시는데 뭔가 걱정거리가 있는 거 아니에요?"

아까부터 나를 빤히 보고 있던 노파 둘이 싹싹하게 말을 붙이며 다가와서는 내 신체를 노골적으로 살펴보았다. 이 친절한 할머니들은 웃으면서 눈물을 흘리고 있는 나를 데리고 천천히 걸으면서, 깊은 신앙으로 다리가 굽었던 사람이 걸을 수 있게 되었다든가 괴로운 일이 있던 사람이 신의 자식으로서 건강하게 생활의 즐거움을 느끼게 되었다든가 하는 천리교 이야기를 해 주었다.

강변에 있는 그 천리교 본부의 정원에는 보기만 해도 시원하게 물이 뿌려져 있고 단풍나무의 파란 잎이 울타리 밖으로 삐져 나와 있었다. 두 할머니는 넓은 신전에 엎드려 절을 하더니 이윽고 두 손을 펼치고 이상한 춤을 추기 시작했다.

"고향은 어디신가요?"

하얀 기모노를 입은 중년 남자가 나에게 팥빵과 차를 권하면서 나의 초라한 행색을 훑어 보았다.

"딱히 정해진 고향은 없습니다만, 원적은 가고시마현 히가시 사쿠라지마東桜島입니다."

"어이쿠……꽤 멀리서 오셨군요……"

나는 이제 참을 수가 없어서 맛있어 보이는 팥빵을 한 입 베어 물었다. 한 입 먹자 의외로 딱딱해서 부슬부슬 빵가루가 무릎에 떨어졌다.

아무것도 없다. 아무것도 생각할 필요가 없다. 나는 벌떡 일어나 신전에 절을 하고 그대로 신을 신고 밖으로 나왔다. 빵가루가 충치 구멍 속에서 자꾸 물크러져도 괜찮다. 그냥 입에 미각이 있기만 하면 된다.

집 앞에 가 보니 마치 그 남자처럼 현관문이 굳게 입을 다물고 있다. 나는 쓰보이 씨 집에 가서 편히 다리를 뻗고 잠을 잤다.

"댁에 쌀 좀 있으세요?"

사람 좋은 쓰보이 씨 아내도 파김치가 되어 내 옆에 눕더니 쌀 한 줌을 밥그릇에 담아 와서 사는 게 지겨워졌다고 이야기했다.

"다이코 씨 신슈信州에서 쌀이 왔다고 하니까 그곳에 가 볼까
요?"

"그럼, 좋겠네요……"

옆에 있던 덴지 씨의 아내는 손뼉을 치며 아이처럼 기뻐했다.
정말로 천진난만한 사람이다.

6월 × 일

오랜만에 도쿄에 나갔다. 신초샤新潮社에서 가토 다케오加藤武
雄[35] 씨를 만났다. 『문장구락부文章俱楽部』의 시 원고료로 6엔을 받
았다. 늘 눈을 꼭 감고 다니던 가구라자카神楽坂도 오늘은 멋지고
즐거운 거리가 되어, 상점 하나하나를 즐거운 마음으로 구경하며
지나왔다.

이웃이니
육친이니
연인이니
그게 다 무엇이더냐
생활 속에서 먹고 사는 것이 만족스럽지 못하다면

---

[35] 가토 다케오(加藤武雄, 1888.5.3.-1956.9.1). 소설가. 가나가와현(神奈川県) 출생. 신초샤
에 입사하여 『신초(新潮)』 편집, 『문장구락부(文章俱楽部)』 편집주임. 『톨스토이연구
(トルストイ研究)』 창간. 『메이지 다이쇼 문학 속성 이해(明治大正の文学早わかり)』,
『향수(郷愁)』, 『꿈꾸는 날(夢見る日)』 등.

마음에 그리는 꽃은 시들어 버린다
기분 좋게 일을 하고 싶어도
욕설과 잡담 속에서
나는 처량하고 작게 웅크리고 있다

두 손을 높이 들어 보기도 하지만
이렇게 사랑스런 여자를 배신하고 떠나가는 인간들뿐인가
언제까지고 인형을 끌어안고 말없이 있을 내가 아니다
배가 고파도
일이 없어도
아악! 소리를 내어서는 안 된다
행복한 분이 눈썹을 찌푸리신다

피를 뿜으며 몸부림치며 죽어도
꿈쩍도 하지 않는 대지가 아닌가
진열상자에
보드랍게 부풀어 오른 빵이 있지만
내가 모르는 세상은 얼마나
피아노처럼 경쾌하고 아름다울까

그래서 처음으로
하느님 개자식 하고 외치고 싶어진다

오랜동안 전차에 흔들리다 다시 아무런 위안도 되지 않는 집으로 돌아가야만 했다. 시를 쓰는 것이 유일한 위안. 밤에 이이다 씨와 다이코 씨가 노래를 하며 놀러 왔다.

우리 집에
저 아름다운
꾀꼴 꾀꼴 우는 새가
있었으면 좋겠네

쓰보이 씨 집에서 콩밥을 먹었다.

6월 ×일

오늘밤은 태자당 축제다. 집 툇마루에서 앞에 있는 씨름경기장이 잘 보여서 모두 모여서 보았다.

"서쪽! 마에다가와前田河." 라고 하는 심판의 목소리에, 처마 끝에서 발꿈치를 들고 구경을 하던 우리들은 와하고 웃음을 터트렸다. 아는 사람의 이름이 불리우면 너무 재미있었다. 가난하다 보면 모두 우정 이상으로 자신을 있는 그대로 드러내며 하나가 된다. 모두 이야기를 잘도 했다. 이야기가 괴담으로 흐르며 다이코 씨는 지바千葉 해안에서 본 유령이야기를 했다. 이 사람은 산골마을 출신이라 그런지 아주 아름다운 피부를 하고 있다. 역시 남자 고생을 하는 사람이다. 밤 한 시까지 화투놀이를 했다.

혁명은 오지 않고, 하기하라萩原[36] 씨가 놀러 왔다. 술은 마시고 싶고 돈은 없고, 해서 요 한 채를 고물상에 1엔 50전에 팔고 소주를 샀다. 쌀이 모자라서 우동 사리를 사서 함께 먹었다. 청주 대신 소주를 사 왔다.

맨손으로
눈보라에 젖은 얼굴을 닦네
친구 공산주의가 되었네

술을 마시면 귀신같이 파랗네
커다란 얼굴이여
슬픈 얼굴이여

아아, 젊은이여! 괜찮지 않나? 괜찮지 않아? 노래를 모르는 우리들은 다쿠보쿠를 소리 높여 부르며 우동을 안주로 소주를 마시고 있다.

그날 밤 모두와 함께 하기하라 씨를 전송하러 간 남편이 돌아오자, 우리는 모기장이 없어서 방문을 다 닫고 모기향을 피우고 잠자리에 들었다.

---

36 하기하라 사쿠타로(萩原朔太郎, 1886,11.1.-1942.5.11)는 일본의 시인. 다이쇼시대 근대시의 새로운 지평을 연 '일본근대시의 아버지'로 평가. 대표시집은 『달에 짖다(月に吠える)』.

"이봐, 일어나, 일어나라구!"

저벅저벅 많은 사람들의 발자국 소리가 나며 보리밟기처럼 땅이 덩덩 울리며 머리에 전해졌다.

"자는 척 하지 말라구……"

"안 자구 있지?"

"일어나지 않으면 불을 켤 거야."

"이봐! 무를 뽑아 왔어. 맛있어. 일어나지 않을래?……"

이이다 씨와 하기하라 씨의 목소리가 섞여서 들려왔다. 나는 미소를 지으며 입을 다물고 있었다.

7월 × 일

아침에 잠자리에서 멋진 신문기사를 읽었다.

모토노本野 자작부인이 불량소년소녀 구제활동을 한다고 해서 원만한 표정의 사진이 신문에 대문짝만하게 실려 있었다. 아아, 이런 사람한테라도 매달려 보면 어쩌면 내가 살 길이 열릴 지도 몰라. 나도 조금은 불량해 보이기도 하고 아직 스물세 살이니. 나는 기운을 차리고 벌떡 일어나서 신문에 실려 있는 모토노 부인의 주소를 오려 아자후麻布에 있는 부인의 저택으로 찾아갔다.

아무리 단정해도 유카타浴衣는 유카타이다. 나는 유카타를 입고 머리를 공상으로 가득 채우고 찾아갔다.

"빵을 만드시는 그 하야시 씨이신가요?"

하녀가 그렇게 물어 보았다. 아니 천만에요, 빵을 얻어먹으려

온 하야시입니다 라고 마음 속으로 중얼거리며 말을 해 보았다.

"잠깐 뵙고 싶어서요……"

"그래요? 지금 애국부인회 쪽에 가 계시는데 이제 곧 돌아오실 거예요."

하녀에게 안내를 받아 육각형처럼 툭 뛰어나온 창가 소파에 앉아 아름답고 우아한 정원을 정신없이 바라보고 있었다. 파란 커튼 사이로 선선한 바람이 불어 온다.

"무슨 볼일로……"

이윽고 땅딸막한 부인이 매미처럼 얇은 검은 하오리를 입고 응접실로 들어왔다.

"저 먼저 목욕을 하시지 않겠습니까?……"

하녀가 부인에게 물었다. 나는 불량소녀라고 하기가 싫어져서, 남편이 폐병으로 살기가 힘이 드니 불량소년소녀를 도우시고 남은 것을 좀 주셨으면 좋겠다고 이야기해 보았다.

"신문에 뭔가 기사가 난 것 같습니다만, 그런 사업을 아주 약간 돕고 있을 뿐이에요. 너무 힘이 드시면 구단九段에 있는 부인회婦人会에 가서 일을 하시는 게 어떨까요?……"

나는 보기 좋게 쓰레기처럼 밖으로 쫓겨났다. ――지금쯤 그녀가 눈썹을 치켜세우며 왜 그런 여자를 안에 들였느냐며 하녀를 야단을 치고 있을 것을 떠올리고는 침이라도 뱉어 주고 싶은 심정이었다. 쳇, 도대체 뭐가 자선사업이고 뭐가 공공사업이라는 것이지? 저녁때가 되어, 아침부터 아무것도 먹지 못한 두 사람은 어두운 방안에 웅크리고 앉아 하릴없이 원고를 썼다.

"저 있잖아, 양식 먹을까요?……"

"뭐라구?"

"카레라이스, 카쓰라이스, 아니면 비프스테이크?"

"돈이 있어?"

"네, 그래도 금강산도 식후경이라고. 그러니까 저녁에 양식을 주문하면 적어도 내일 아침까지는 돈을 받으러 오지는 않겠죠?"

양식을 먹고나니 비로소 고기 냄새를 맡을 수 있었고, 느끼한 기름을 핥으니 현기증이 날 만큼 기쁘다. 한입 정도는 남겨 두지 않으면 이상하지. 배가 조금 불러오자 다시 살아난 듯 우리들은 다시 사상의 푸른 싹을 틔웠다. 정말이지 먹을 것이 없어 쥐도 나오지 않는 상황이었으니까 말이다. -

귤상자를 엎어 놓은 책상에 기대 동화를 쓰기 시작했다. 밖에서는 빗소리가 난다. 다마가와玉川 쪽에서 철포를 쏘는 소리가 끊임없이 들려온다. 심야인데도 활기찼다.

하지만 언제까지 이런 구더기 같은 생활이 계속될 것인지. 고개를 숙이고 어린아이들의 천진난만한 이야기를 쓰고 있자니 그만 눈시울이 뜨거워졌다.

마음이 비뚤어진 남자와 인식이 부족한 여자는 평생 가야 흰쌀밥을 먹을 수 있을 것 같지가 않았다.

1925년

뇌우

7월 × 일

가슴이 얼어붙을 듯 외롭다.

저녁 때 머리가 벗겨진 남자가 말하기를,

"나는 이제부터 여자를 사러 갈 건데, 그래도 네가 더 좋아졌네. 어때……"

나는 하얀 에이프런을 둘둘 말고 눈물을 머금었다.

"어머니! 어머니!"

이것저것 다 싫어져서 2층에 있는 여급 방 한쪽에서 뒹굴거렸다. 쥐가 무리를 지어 뛰어다녔다. 어두움에 눈이 익숙해지자 보따리가 여기저기 돌덩어리처럼 사방에 어지러이 굴러다니고 있다. 벽에는 잠옷이나 허리띠 등이 해초처럼 정신없이 걸려 있는 것이 보였다. 끓어 오르는 듯한 시끌벅적한 소음이 나는 아래층과는 달리 이 여급의 방은 유령이라도 나올 듯 고요하다. 뚝뚝 떨어지는 눈물과 개스처럼 뿜어져 나오는 슬픔의 범람. 뭔가 제대로 된 생활을 하고 싶다. 그리고 차분히 책을 읽고 싶다.

집요하게 강하게

집안의 가난, 술버릇, 노는 버릇,

다 그렇다

아아, 아아, 아아,

칼로 내려 쳐라 그것들을

뛰쳐 나와라, 걷어 차라

나는 몇 번이나 외쳤던가, 괴롭다, 외롭다

피를 토하듯이 예술을 토해내고

미친 사람처럼 기뻐 춤추자

가이타槐多[37] 는 이렇게 계속 외쳤다. 이렇게 초라한 생각이 드
는 날 체홉이여, 알치바셰프[38] 여, 슈니츨러[39] 여. 나의 마음의 고향
을 읽고 싶다. 일하는 것이 힘들다는 생각은 한 번도 하지 않았지
만 오늘은 안식이 필요했다. 하지만 지금 그런 것은 모두 다 동화
같은 이야기이다.

---

37 무라야마 가이타(村山槐多,1896.9.15.-1919.2.20). 서양화가이자 시인. 대표작 〈꽃
　(花)〉(1913), 〈정원의 소녀(庭園の少女)〉(1914), 〈나부(裸婦)〉(1914-15) 등.

38 러시아의 작가 미하일 페트로비치 알치바셰프(1878-1927). 작품에 「질투에 대해서」,
　「아내」 등.

39 아르투어 슈니츨러(Arthur Schnitzler, 1862.5.15-1931.10.21). 오스트리아 의사, 소설가, 극
　작가. 프랑스 문학영향하의 〈젊은 청년(Jung Wien)〉의 일원. 우수, 섬세미를 특징으로 하
　는 빈의 세기말 분위기를 기조로 예리한 심리분석과 세련된 인상주의 기법으로 연애와
　죽음을 묘사. 대표작은 『아나톨』, 『윤무』 등.

어두침침한 방에서 나는 나오야直哉[40]의 「화해和解」를 떠올렸다. 이렇게 시끄러운 카페에 묻혀 있으면 일기를 쓰는 것도 힘들다.

우선 참새가 우는 곳, 화창한 아침 해가 한가로이 빛나고 있는 곳, 햇빛을 받은 푸른 잎의 소리가 비처럼 향기를 내는 곳……가 이타는 아니지만, 지금 바로 지금 혼자 살 거처가 미칠 듯이 그리워졌다. 사방팔방이 온통 공허했다. 어두워서 그냥 가만히 눈을 감고 있다.

"이봐 유미[41] 쨩은 어디로 갔지?"

아래층에서 여주인이 부르고 있었다.

"유미 쨩 거기 있어? 아주머니가 찾고 있어."

"이가 아파서 누워 있다고 전해 주세요."

야에 쨩이 후다닥 아래층으로 내려가고나자 어디가 아픈지도 모르게 막막하게 아픈 기분이 점점 심해지더니 차라리 죽어 버렸으면 좋겠다는 노래를 부르고 싶어졌다. 메피스토펠레스가 슬슬 춤을 추기 시작한 것이다. 옛날에 훌륭한 루나차르스키[42] 라던가 하는 분이, 생활이란 무엇인가, 살아 있는 유기체란 무엇인가라는

---

40 시가 나오야 (志賀直哉, 1883.2.20.-1971.10.21). 소설가. 객관적인 사실과 예리한 대상파악, 엄격한 문체로 독자적인 사실주의를 형성하였다. 대표작으로는 「암야행로(暗夜行路)」, 「화해」 등.

41 하야시 후미코의 여급으로서의 이름.

42 아나톨 바실리에비치 루나차르스키(Anatoliy Vasilievich Lunacharsky, 1875.11.23.-1933.12.26). 러시아 혁명가. 소련의 정치가. 교육부장관. 예술평론을 중심으로 문필가로 활약.

질문을 던진 적이 있다. 루나차르스키가 아니더라도 생활이란 대체 무엇이란 말인가! 살아 있는 유기체란 무엇이란 말인가! 영락한 막달라 마리아여.

하하하, 하하하

죽는 거야!

죽는 거야!

자기 보존 능력을 때려 부수는 것이다. 나는 머리 밑으로 두 손을 집어넣고 죽는 공상을 했다. 독약을 먹는 공상을 했다.

"여자를 사러 가는 것보다 네가 좋아졌다."

인생이란 얼마나 시시하고 명랑한 것이냐?

어차피 고향도 없는 나. 하지만 홀로 계신 어머니를 생각하면 마음이 아프다. 도둑이 되어 버릴까? 여자 마적이라도 될까? ……

헤어진 남자의 얼굴이 뜨거운 눈꺼풀 위를 누르기 시작한다.

"이봐! 유미 짱, 일손이 모자란 것은 잘 알고 있겠지? 어지간하면 참고 아래층으로 내려와 줘."

여주인이 가시돋친 말투로 나를 부르러 계단을 올라왔다. 아 뭐가 뭔지 모두가 다 연기이고, 모래이고, 진흙이다. 나는 에이프런의 끈을 다시 묶고 경쾌하게 노래를 부르며 바닷속같이 번잡스런 아래층으로 내려갔다.

7월 × 일

아침부터 비.

산지 얼마 안 된 코트를 빌려 간 여자는 끝내 돌아오지 않았다. 여자는 하룻밤을 자고 코트를 빌려서는 나방처럼 다른 곳으로 날아가 버렸다.

"네가 쑥맥인 거지. 예부터 사람을 보면 도둑이라고 생각하라는 말이 있잖아."

야에 짱이 하얀 복사뼈를 긁으며 나를 비웃고 있다.

"헐! 그런 말이 있었어? 그럼 나도 야에 짱 우산이라도 훔쳐서 도망갈까?"

내가 이렇게 말하자 누워서 뒹굴거리던 요시曲 짱이 말했다.

"세상이 온통 도둑뿐이라면 통쾌할 것 같아……"

요시 짱은 열아홉으로 사할린 태생이라 흰 피부가 자랑거리였다. 상반신을 벗고 있는 야에 짱의 갈색 피부에 창문의 파란 빗물의 그림자가 가늘게 비치고 있다.

"인간이란 참 시시해."

"하지만 나무가 더 시시해."

"불이 나도 그렇고 홍수가 나도 그렇고 도망을 가지 못하잖아……"

"바보!"

"후후후후, 누구나 다 바보 아냐?——"

여자들의 수다는 여름날 푸른 하늘처럼 명랑하다. 아아, 나도

새나 뭐 그런 걸로 태어났으면 좋았을텐데. 전기불을 켜고 사다리
타기를 했다. 나는 4전. 여자들은 파운데이션을 덕지덕지 바른 채
아스파라거스처럼 아무렇게나 누워서 꿀에 잰 콩을 먹고 있다.

　　비가 확 걷히고 창문으로 서늘한 바람이 들어온다.
　　"유미 짱, 너 좋은 사람 있는 거 아냐? 난 딱 보면 알아."
　　"있었는데 멀리 떠났어."
　　"멋진데!"
　　"어머나, 뭐가?"
　　"나는 헤어지고 싶어도 헤어져 주질 않아."
　　야에 짱은 텅 빈 스푼을 핥으며 지금 사귀는 남자와 헤어지고
싶다고 하고 있다. 어떤 남자든 같이 살다 보면 다 똑같다고 내가
말하자,
　　"그럴 리가 없어. 비누만 하더라도 10전짜리하고 50전짜리는
질이 다르다구."

　　밤.
　　술을 마신다.
　　술에 빠진다.

　　받음 - 2원 40전. 고맙다. 송구하다.

7월 × 일

마음이 떠나면 걸리는 것이 많게 마련이다. 거센 빗속을 뚫고 내가 탄 자동차는 하치오지가도八王子街道를 달리고 있다.

더 빨리!

더 빨리!

어쩌다가 자동차를 타면 기분이 좋아진다. 비가 오는 마을에 불빛이 하나둘씩 켜진다.

"어디 가는 거야?"

"어디든 상관없어. 기름이 떨어질 때까지 달려 줘."

운전대에 앉은 마쓰松 씨의 머리는 약간 대머리이다. 젊은 대머리인가?

오후부터 공휴일인데 하릴없이 시간을 때우고 있자 자동차를 가지고 있는 마쓰 씨가 차를 태워 주겠다고 했다.

다나시田無라는 곳까지 오자 붉은 흙 위에 자동차가 푹 빠져 버려, 비가 내리는 상수리나무 숲 길에 딱 멈춰 버리고 말았다. 멀리 보이는 눈썹만한 산자락에 불이 켜져 있을 뿐. 죽죽 퍼붓는 빗소리와 함께 땅이 울릴 듯 천둥이 치고 벼락이 치는 소리가 들렸다.

벼락이 치면 활기가 차서 기분이 좋지만 고물 쉐보레 자동차라서 비가 유리창에 부딪힐 때마다 차안으로 안개 같은 물보라가 들어온다. 해질녁, 상수리나무 숲 오솔길을 자동차가 한 대 지나갔을 뿐, 빗소리의 노호怒號와 벼락의 네온사인.

"비가 이렇게 오니 큰 길로 나갈 수도 없겠어."

마쓰 짱은 말없이 담배를 피우고 있다. 이렇게 선량한 남자에게 연극보다 더 연극 같은 이렇게 좋은 구실은 없다. 일이 생각한 대로 술술 잘 풀리는 기분일 것이다.

벼락도 비도 떠나갈 듯이 소리를 내 주어라.

자동차는 비를 맞으며 밤새 상수리나무 숲에 멈춰 버렸다.

나는 어쩐지 이 남자가 갑갑하게 여겨졌다. 기계기름 냄새가 나는 파란 작업복에 눌리자 나는 이상하게도 웃음이 밀려 올라왔다. 열일고여덟의 처녀도 아니니 나는 도망칠 길을 잘 알고 있었다. 나는 남자의 목에 팔을 두르고 말했다.

"당신 나를 사랑한다는 말도 하지 않았잖아……폭력적으로 찾아오는 애정, 나는 질색이야. 나를 사랑한다면 더 얌전하게가 아니면 싫다구."

나는 남자의 팔뚝에 암늑대처럼 잇자국을 냈다. 눈물로 가슴이 메었다. 남자의 약점과 여자의 약점의 투쟁이다. 천둥과 비……날이 샐 무렵 남자는 세수도 하지 않은 지저분한 얼굴을 쭉 빼고 잠이 들어 있다. 쳇, 패잔병인가!

멀리서 푸른 하늘을 알리는 닭울음 소리가 났다. 상쾌한 여름날 아침. 어젯밤의 정열 따위는 싹 잊은 듯이 바람이 비단처럼 부드러운 소리를 내며 불어 왔다. 이 남자가 그 사람이었다면……우스꽝스런 남자의 얼굴을 자동차에 내버려 둔 채 나는 진흙투성이 길을 걸어서 내려왔다. 절체절명의 어젯밤 일로 지쳐서 퉁퉁 부은 눈에 바람을 맞으며 오랜만에 후련한 마음으로 교외의 길을 걷고 있었다.

후미코는 경멸스러운 여자입니다!

상수리나무 숲을 빠져나오자, 피폐해진 나는 마쓰 씨가 가엾어졌다. 지쳐서 어린아이처럼 자동차에서 자고 있을 남자를 생각하니 다시 달려가서 깨워 줄까?……하지만 창피스러워 할까봐 망설여졌다. 나는 마쓰 씨가 차분하게 운전대에서 담배를 피우고 있을 것을 생각하니 역시 또 징그럽게 여겨져서 아아 잘됐다 하고 후련한 기분이 들었다.

누군가 나를 사랑해 줄 사람은 없는 것일까?……멀리 떠난 남자가 생각났지만, 아아 7월의 하늘에 떠도는 구름이 흘러가고 있다. 저것은 나의 모습이다. 들꽃을 꺾고 또 꺾으며 플로방스의 노래를 불렀다.

8월 × 일

여급들에게 편지를 써 주었다.

아키타秋田에서 온지 얼마 안 되는 오미키 씨가 연필에 침을 바르다 곯아 떨어져 있다. 술집에서는 여주인이 위스키 킹 오브 킹스

한 병을 물을 섞어 일곱 병으로 만들고 있다. 먼지와 무더위, 얼음을 많이 먹으면 머리카락이 빠진다며 얼음을 먹지 않는 요시 짱도 냉장고에서 얼음덩어리를 몰래 가져와서는 혼자서 오도독오도독 씹어 먹고 있다.

"잠깐만 좀 봐 줘! 러브레터는 처음에 무슨 말로 시작하면 돼?……"

야에 짱이 새까만 눈을 이리저리 굴리며 빨간 입술로 말을 하고 있다. 아키타와 사할린과 가고시마와 지바의 시골 여자들이 가게의 테이블을 둘러싸고 먼 고향으로 편지를 쓰고 있는 것이다.

시내에 나가 메린스 허리띠를 하나 샀다. 1엔 2전――8척――. 어디 안착할 만한 직업이 없을까 하고 신문 안내란을 찾아 보지만 마땅한 곳이 없다. 늘 오던 의전 학생들 무리가 들어왔다. 발랄한 남자들의 체취가 썰물처럼 방으로 밀려왔고, 학생을 좋아하는 야에 짱은 쓰다만 러브레터를 집어 치우고 두 손으로 유방을 누르며 교태를 부리고 있다.

2층에서는 요시 짱이 사할린 시절의 업보라며 내게 들킨 것이 부끄러워 냄새가 풀풀 나는 약을 치우고 벌러덩 누워 있었다.

"세상 사는 거 재미없네."

"전혀 재미없어.……"

나는 오요시 씨의 하얀 피부를 보고 있으면 이상하게도 괴로운 기분이 들었다.

"나 이래 뵈도 아이를 둘이나 낳았어."

오요시 씨는 하얼빈 호텔 지하실에서 태어난 것을 시작으로 여러 곳을 돌아다닌 것 같다. 아이는 조선의 어머니에게 맡기고 아이를 낳지 않은 남자하고 도쿄로 흘러 들어 왔는데, 그 남자를 먹여 살리기 위해 카페 생활을 시작했다는 것.

"기모노 한두 벌을 사면 긴자에 진출할까 해."

"이런 일 언제까지고 할 수 있는 일이 아냐. 몸이 맛이 가지."

하루오春夫[43]의 「차창 잔월의 기車窓殘月の記」를 읽고 있자니, 어쩐지 모든 것이 꿈과 같다는, 눈길을 확 잡아끄는 상냥하고 부드러운 한 구절이 있다. 모든 것이 꿈처럼……, 침착하게 시와 소설을 쓰고 싶다. 유미 짱이 휘발유로 보라색 옷깃을 닦으며 눈물을 글썽이고는 내게 말했다.

"유미 짱! 어디로 가든 소식 줘야 해."

유미 짱이 눈물을 글썽이며 내게 이렇게 말했다.

응, 모든 것이 꿈처럼 말이지……

"그런 책 재미있어?"

"음, 전혀."

---

43 사토 하루오(佐藤春夫, 1892.4.9.-1964.5.6). 일본의 근대 시인, 작가. 권태와 우울을 그린 소설을 중심으로 문예평론, 수필, 동화, 희곡, 평전, 와카(和歌) 등을 발표. 대표작은 「전원의 우울(田園の憂鬱)」(1914), 「도회의 우울(都会の憂鬱)」등.

"좋은 책 아냐?……나 다카하시 오뎅高橋おでん[44] 소설 읽었어."
"이런 책 읽고 있으면 기분이 우울해질 뿐이지."

8월 ×일

다른 카페라도 찾아 볼까?

마치 아편이라도 피운 것처럼 이 일에 질질 빨려 들어가는 것이 슬프다. 매일 비가 내린다.

오후 2시. 멍하니 카운터 옆 거울을 보며 머리를 만지작거리며 있자니, 떠돌이 만년필 장수 두 명이 뛰어 들어왔다.

"아 정말 깜짝 놀랐어. 우메 자식이 순사가 온다고 도망가라며 널 부추긴 거지."

두 사람은 진흙이 묻은 만년필을 보자기에 싸면서 말했다.

"누님! 중화메밀국수 보통으로 두 그릇 주쇼."

바늘처럼 가늘게 내리는 비가 거울에 비쳐서 보이고 있었다. 나는 규슈 나가사키 추억으로, 도자기를 팔던 시절 새아버지가 종종 순사에 얻어맞았던 일이 떠올랐다.

– 여기서 우리는 예술의 두 가지 길, 두 가지 견해를 이끌어낼

---

44 다카하시 오뎅(高橋お伝, 1850.-1879.1.31). 살인범. 가나가키 로분(仮名垣魯文)의 「다카하시 오뎅전 야인담(高橋阿伝夜刃譚)」의 모델이 되어 메이지시대 독부의 대명사가 됨.

수 있다. 인간이 어떤 길로 나아가는가, 몽상! 미의 작은 오아시스를 탐구하는 길로 나아갈지 아니면 능동적인 창조의 길로 나아갈지는, 물론 일부는 이상의 높이와 관련이 있다. 이상이 낮으면 낮을수록 그만큼 인간은 실제적이며 이상과 현실 사이의 심연이 그에게는 보다 적고 절망적으로 여겨진다. 하지만 주로 그것은 인간의 힘의 분량, 에너지의 축적, 그 유기체가 처리하고 있는 영양의 긴장력과 관련이 있다. 긴장된 생활은 자연히 창조, 투쟁의 긴장, 갈망을 보상받는다.

여자들이 모두 목욕을 가서 텅 빈 대낮의 여급방에서 루나차르스키의 실증미학의 기초를 읽고 있자니 이런 이야기들이 쓰여 있었다. 과학적으로 처리되어 있는 말을 보면, 도저히 움짝달짝할 수 없는 지금의 생활과 감정의 룸펜적 요소가 선명하게 모습을 드러내서 마음이 어두워졌다.

공부를 하고 싶은 마음이 생기고나서부터는, 터무니없이 칠칠치 못하고 부도덕한 야성이 내 온몸을 헤집고 다닌다. 앞날이 어찌될지 모르는 생활, 죽든지 살든지 선택을 해야 하는 창백한 길……

밤이 되면 백인들에게 팔려 간 니그로처럼 쓸쓸해 져서 두서도 없이 노래를 부른다.

메린스 기모노는 땀 때문에 옷자락이 들러붙으면 바로 북 찢어져 버린다. 밑도 끝도 없이 이렇게 더우니 다 집어 치우고 커틀릿이나 한 접시 먹을까!

아무런 조건 없이 한 달에 30엔만 주는 사람이 있다면, 나는 야심차게 좋은 시와 소설을 쓰고 싶다.

1925년

가을이 왔다

10월 ×일

사방으로 한 척이 되는 네모난 천정을 바라보며 처음으로 보라색으로 물든 투명한 하늘을 보았다. 가을이 왔다. 요리사의 방에서 밥을 먹으며 나는 먼 고향의 가을을 얼마나 그리워했던가. 가을이 오니 좋다……

오늘도 여자 한 명이 왔다. 마시멜로처럼 하얀데, 좀 재미있어 보이는 여자.

싫어졌다. 어쩐지 사람이 그립다. 그러면서도 어느 손님의 얼굴이나 모두 하나의 상품으로 보이고 어느 손님의 얼굴도 피곤해 보였다. 아무래도 좋은 나는 잡지를 읽는 흉내를 내며 곰곰이 이런저런 생각을 했다. 견딜 수가 없다. 어떻게든 하지 않으면, 정말이지 내가 내 자신을 말려 죽일 것 같다.

10월 ×일

넓은 식당 홀을 정리하고나니 비로소 내 몸이 내 몸인 것 같은 기분이 들었다. 정말로 뭔가를 쓰고 싶다. 매일 밤낮으로 그런 생각을 하면서 방으로 돌아오는데, 하루 종일 서 있었기 때문에 완전히 녹초가 되어 꿈을 꿀 새도 없이 잠이 들어 버린다.

외롭다. 정말이지 사는 게 시시하다……먹고 자며 일을 하는 것은 힘들다. 조만간 출퇴근을 할 수 있는 방을 구하려고 하는데, 당분간 나올 수도 없다. 밤에 그냥 잠을 자는 것이 아까워서 어두운 방안에서 가만히 눈을 뜨고 있으면, 아마 도랑 쪽에서 나는 것일 것이다, 찌륵찌륵 벌레 우는 소리가 난다.

차가운 눈물이 하염없이 흐르고, 울지 않으려고 생각하는데도 흐느껴 울며 나오는 눈물을 어찌 할 수가 없다. 어떻게든 해야지라고 생각하면서 헌 모기장 안에서 사할린 여자, 가나자와 여자 이렇게 셋이서 베개를 나란히 하고 있는 것이 어쩐지 가게 앞에 팔려고 늘어 놓은 가지 같아서 씁쓸하다.

"벌레가 울고 있네……"

나는 옆에 있는 오아키秋에게 이야기했다,

"정말이지 이런 날은 술이라도 한 잔 하고 자고 싶어."

계단 아래에서 베개를 베고 있는 오토시俊까지 덧붙였다.

"쳇, 그 남자 생각이 나나보지?……"

모두 쓸쓸한 산속에서 혼자 우는 새처럼 외로운 처지.

뭔가 쓰고 싶다. 뭔가 읽고 싶다.

냉랭한 바람이 모기장자락 사이로 지나간다. 12시다.

10월 × 일

용돈이 조금 모여서 오랜만에 일본식 머리를 묶었다. 일본식 머리는 좋다. 미용사가 머리 밑둥을 확 모아서 꽉 묶으면 눈썹이 당겨지고, 물을 잔뜩 축여 꼬리빗으로 앞머리를 빗어올리면 앞머리가 소복하게 이마로 내려와 다른 사람처럼 나도 예뻐진다.

거울에 대고 색을 써 봤자 거울이 반할 뿐. 일본머리는 여성스럽다. 머리도 이렇게 예쁘게 묶었는데, 어딘가 가고 싶다. 기차를 타고 멀리 멀리까지 가고 싶다.

이웃에 있는 책방에서 은화를 1엔짜리로 바꿔 고향에 계신 어머니에게 쓴 편지 속에 넣어 보냈다. 기뻐하겠지. 편지 안에서 돈이 나온다면 나도 기쁠 거야…….

도라야키[45] 를 사서 다 같이 먹었다. 오늘은 심한 태풍에 비도 내린다. 이런 날은 쓸쓸하다. 발이 유리처럼 딱딱하고 시리다.

10월 × 일

조용한 밤이다.

"너 고향 어디야?"

금고 앞에 누워 있던 주인이 얼마 전에 온 도시 짱에게 말을 건넸다.

---

45 약간 부푼 원반(円盤) 모양의 카스테라풍 빵 두 장에, 팥소를 넣은 화과자.

"저 말입네까?······사할린이야요. 도요하라豊原라고 아십네까?"

"뭐, 사할린에서? 너 혼자 왔어?"

"그렇시요······"

"아이구 너 대단한 여자구나."

"오랜동안 하코다테函館 의 아오야기초青柳町 에 있던 적도 있시요."

"좋은 곳에 있었네. 나도 홋카이도야."

"그럴 거라고 생각했습네다. 말에 그 쪽 사투리가 좀 있어서 말입네다."

다쿠보쿠의 시가 생각나면서 정말로 도시 짱이 좋아졌다.

하코다테의 아오야기초는 슬프구나

친구의 사랑노래

수레국화꽃

좋아. 살아 있는 것도 좋아. 정말로 뭔가 인생도 즐겁게 느껴졌다. 모두 좋은 사람들 뿐이다.

초가을이다. 쌀쌀한 바람이 분다. 외로우면서도 어쩐지 여자다운 정열이 타오른다.

10월 × 일

어머니가 류마티스 때문에 몸이 안 좋다는 연락이 왔다. 수입이 하나도 없다.

손님이 없는 틈을 타서 동화를 쓴다. 제목은 「물고기가 된 어린이 이야기」. 11매.

어떻게든 고향에 돈을 보내 드려야지. 늙어서 돈도 없고 의지할 사람도 없다면 얼마나 비참할까? 불쌍한 어머니, 돈을 달라고 전혀 조르지 않으시니 어떻게 지내고 계실지 더 걱정이 되었다.

"너 언제 조만간 우리집에 놀러 가지 않을래? 시골은 좋아."

이 집에서 3년이나 여급을 하고 있는 오케이_ホ 짱이 남자 같은 말투로 나에게 권했다.

"네……가고 싶어요. 아무 때나 재워 준다구요?"

나는 그 때까지 돈을 좀 모아 두어야지 라고 생각했다. 좋구나. 이런 곳에 있는 친구들이 오히려 더 친절하고 배려심이 있다.

"나는 말야, 사랑을 하네 연모하네 당신에게 반했네, 평생 배신하지 않겠네 같은 입에 발린 소리는 질색이야. 아 이런 세상에서 말야. 그런 약속 아무것도 아니지 않니? 나를 이렇게 만든 남자는 지금 대의사代議士를 하고 있는데 말야. 나한테 애를 낳게 하고는 소식을 뚝 끊었지. 우리들이 사생아를 낳으면 모두, 걔 모던걸이야, 뻔뻔스럽군 하지……너무 웃기는 세상 아냐? 요즘은 진심 같은 것은 약에 쓰려 해도 없어. 내가 이렇게 3년이나 이런 일을 하고 있는 것은 내 아이가 불쌍해서야……후훗후훗."

오케이 씨의 이야기를 듣고 있자니 초조했던 마음이 갑자기 확 밝아졌다. 멋지고 좋은 사람이다.

10월 × 일

유리창을 바라보고 있자니 비가 전차처럼 지나갔다. 오늘은 돈이 좀 됐다. 도시 짱은 불경기라며 투덜거리고 있다. 그래도 선풍기 받침대에 앉아서 우울하게 신세 한탄을 하는데 정직한 사람이었다. 아사쿠사浅草의 큰 카페에 있다가 친구가 못살게 굴어 나와 버렸는데, 아사쿠사에서 점쟁이한테 물어보았더니 간다의 오가와마치小川町 근처가 좋다고 해서 이쪽으로 온 것이라고 했다. 오케이 씨가,

"얘, 이곳은 니시키초錦町가 될 거야."라고 했더니,

"어머, 그래……"라고 하며 별 관심 없는 얼굴을 하고 있었다. 이 집에서는 가장 예쁘고, 가장 정직하고, 가장 재미있는 이야기를 많이 가지고 있었다. 메리[46] 의 눈을 하고 스완슨[47] 같은 체구를 하

---

46 픽포드메리 픽포드(Mary Pickford, 1892.4.8.-1979.5.29). 캐나다 토론토 출신의 여배우, 프로듀서. 무성영화시대의 대스타로, '미국의 연인'으로 불렸다. 주요작품은 「불쌍한 부잣집 소녀」(1917)와 「서니브룩 농장의 레베카」(1917), 「키다리 아저씨」(1919).

47 글로리아 스완슨(Gloria Swanson, 1897.3.27.-1983.4.4). 아담한 전설적인 체구의 미녀로 할리우드의 화려함을 상징하는 무성 영화 시대 여성 코미디언. 유성 영화 드라마에서 극적인 여주인공을 연기하여 화면상 강렬한 존재감을 드러냄. 대표작에 「남편을 바꾸지 마라」(1919)와 「남자와 여자」(1919).

고 있었다.

10월 ×일

일이 끝나고나서 목욕탕에 들어가면 시원하다. 넓은 식당을 치우고 있는 동안 요리사나 설거지를 하는 사람들이 먼저 탕에 들어갔다가 2층 대형 홀에 누워 있으면, 우리들은 언제까지고 목욕을 즐길 수가 있었다. 탕 안에 들어가 있으면, 아침부터 한시도 앉아 있을 수 없었던 우리들은, 모두 피곤해서 몽롱한 상태가 된다.

아키 짱이 노래를 부르고 있어서, 나는 매트 위에 벌러덩 누워 모두가 탕에서 나갈 때까지 정신없이 듣고 있었다.

당신 한 사람으로 인해 몸도 세상도 버렸다
나는야 첫사랑에 시든 꽃

어쩐지 진정으로 나를 사랑해 주는 사람이 있었으면 좋겠다. 하지만 남자들은 모두 거짓말쟁이. 돈을 모아서 여유롭게 여행이라도 해야지.

─ 아키 짱에 대한 재미있는 이야기가 있다. 아키 짱은 말씨가 아주 예뻐서 30전 하는 점심 정식을 먹으러 오는 대학생들은 그녀를 마가렛처럼 환영했다.

열아홉 살 처녀로 대학생을 좋아한다.

나는 사람들 뒤에서 능수능란하게 움직이는 눈동자를 보고 있었다. 거므스름한 눈가, 그리고 생활에 찌든 옷깃의 주름을 보고 있으면 도저히 열아홉 젊은 여자의 모습은 아니었다.

어느 날 모두 목욕을 하러 가는데, 아키 짱은 쓸쓸한 듯이 풀이 죽어 복도 한쪽 구석에 서 있었다.

"얘! 아키 짱. 목욕을 해서 땀을 빼지 않으면 몸이 찌푸둥할 거야."

오케이 씨는 쓱쓱쓱쓱 양치질을 하며 큰 소리로 불러댔다. 이윽고 아키 짱이 수건으로 가슴을 가리고 두 평 정도 되는 목욕탕으로 들어왔다.

"얘 너! 아기 낳은 적 있지?……"

—마당은 온통 하얬다.

너 잊지 않았겠지! 류바? 자 봐라, 저렇게 긴 가로수길이 마치 쭉 늘려 놓은 가죽 허리띠처럼 한없이 똑바로 이어지고 달 밝은 밤이면 반짝반짝 빛이 나고 있다.

너 기억하고 있지? 잊지 않았지?

—………

—그래. 이 벚꽃 동산까지 빚쟁이들에게 넘어갔으니까 말야. 아무래도 이상하다고 해 봤자 소용이 없지…….

이렇게 『벚꽃 동산』의 가예프의 대사를, 헤어진 그 남자는 자주 입에 담았다. 나는 어쩐지 찝찝한 추억에 잠겨 일그러진 유리창에 하얗게 비친 달을 보고 있었다.

오케이 씨의 새된 목소리에 깜짝 놀라 오아키 씨를 보았다.

"그래요, 저 두 살배기 사내아이가 있어요."

아키 짱은 전혀 주저함이 없이 유방을 드러내며 풍덩하고 탕 속으로 들어가며 뜨거운 물보라를 일으켰다.

"후훗……난 처녀야. 그래도 이상하지. 나 네가 처음 왔을 때부터 눈여겨 봤어. 하지만 너도 뭔가 슬픈 사정이 있어서 왔을 텐데, 남편은 어떻게 됐어?"

"폐가 안 좋아서 아이하고 집에 있어."

살이 쪄서 모델처럼 나긋나긋한 팔다리를 씻고 있던 도시 짱이 깜짝 놀라 소리쳤다.

"난 세달 된 것을 지워 버렸어. 하지만 신경질이 나서 말야. 호호훗……나는 도요하라豊原 온 동네에서 모르는 사람이 없을 만큼 화려한 생활을 하고 있었어. 내가 시집을 간 집은 지주였는데 마음이 아주 넓어서 나한테 피아노를 배우게 해 줬지. 피아노 교사라고 해도 도쿄에서 흘러 들어온 피아노 연주자였어. 그 자식한테 완전히 속아서 애를 배게 되었지 뭐야. 그 자식 애인 것은 확실했으니까 말을 해 줬지. 그랬더니 그 자식 뭐라는 줄 알아? ―남편 아이로 해 둬―이러는 거야. 그래서 너무 분해서 그런 자식의 아이 낳았다가는 큰일 날 것 같아서 겨자를 밥공기에 한 가득 타서 먹어 버렸어. 후후훗. 어디로 도망을 가든 세상 끝까지 따라가서 침을 퉤 퉤 뱉어 줄 거야."

"아유 참……"

"너 참 대단하구나……"

비슷한 심정에서 한동안 찬사가 그치지 않았다. 오케이 씨는 벌떡 일어나서 목욕물을 몇 번이고 도시 짱 등에 끼얹어 주었다. 나는 숨이 막힐 만큼 안타까워하며 감탄을 했다. 약한 나, 약한 나……나는 침을 뱉어 줘야 할 배신남의 머리를 생각하고 있었다.

말도 안 되게 제일 심각한 바보는 나였다! 사람이 좋다는 말이 무슨 위로가 될까−

10월 ×일

문득 눈을 떠 보니 도시 짱은 벌써 준비를 하고 있었다.

"늦잠을 잤네. 서둘러야겠어."

욕실에 짐을 모두 운반하고 나서 잠시 한숨 돌렸다. 허리띠를 조용히 메고 머리 손질을 하고 나는 두 사람분의 신발을 봉당에서 살짝 가지고 왔다. 아침 7시인데 요리집은 찍찍 쥐가 울고 사람 좋은 주인은 평온하게 코를 골고 있었다.

오케이 씨는 아이가 병이 나서 지바에 있는 집으로 돌아갔다.

정말이지 학생이나 정식을 먹는 손님들만으로는 어떻게 할 수가 없었다. 그만두어야지 그만두어야지 하고 도시 짱하고 둘이서 몰래 이야기를 하고 있기는 했지만, 바쁜 것을 뻔히 알고 있고 여급이 부족한 것을 생각하면 역시 마음이 약한 두 사람은 참고 있어야만 했다. 돈이 되지 않아서 마음 편히 이런 일도 할 수 없는 우리들은 도망을 치는 수밖에 었었다.

아침에 아무도 없는 휑뎅그레한 식당 안은 끔찍하게 한산해서 시멘트로 만든 식당 연못에 빨간 금붕어가 빠끔빠끔 헤엄을 치고 있을 뿐 탁한 잿빛 공기가 자욱했다. 도시 짱은 골목쪽 창문을 열고 남자처럼 땅바닥으로 폴짝 뛰어 내리더니 욕실 창문쪽으로 내려 놓은 보따리를 가지러 갔다. 나는 책 두세 권과 화장도구를 싼 작은 보따리 하나가 있을 뿐이었다.

"어머나 짐이 이렇게나 많아?……"

도시 짱은 갓 상경한 촌뜨기 같은 모습으로 뱀눈 모양을 한 하늘색 양산을 들고 있다. 거기에 큰 항아리 같은 보따리를 들고 있었는데 그 모습이 마치 절박한 만화 같았다. 오가와마치小川町 정류장에서 전차를 네다섯 대나 기다렸지만 등교시간이어서 그런지 모두 학생들로 만원이었다. 오가는 사람들에게 비웃음을 당하며 상쾌한 아침햇살을 받고 있는 우리들은 어젯밤부터 세수도 하지 않아서 아마 매춘부로 보였을 것이다.

견디다 못해 두 사람은 메밀국수집으로 뛰어들고 나서야 비로소 뻐근한 다리를 쭉 뻗었다. 메밀국수집 배달부의 친절로 엔택시 한 대를 불러서 약속해 둔 신주쿠 야채가게 2층으로 옮겨갔다. 자동차를 타고 있자니 정말이지 살아갈 자신이 없어졌다. 온몸이 바짝 말라서 미친 듯이 목이 말랐다.

"괜찮아! 그런 집에서 나오는 게 나아. 내 자신의 의지로 움직이면 후회는 없는 거야."

"힘을 내서 일하자. 너는 열심히 공부를 하면 돼.……"

나는 눈을 감자 또 눈물이 펑펑 흘렀고, 설령 도시 짱이 한 말이 센티멘탈한 소녀의 꿈 같은 말일지라도 지금처럼 의지가지 없는 내 처지에는 그저 고마울 뿐이었다.

아아! 고향에 돌아가야지……달려서 어머니 품속으로 돌아가야지……자동차 창문으로 건강한 아침의 푸른 하늘을 내다보았다. 뒤로 달려가는 지붕들이 보였다. 검은 색으로 녹슨 가로수의 나뭇가지에 참새들이 자갈들처럼 뿅뿅 뛰어다니는 것이 보였다.

영락하여 이토異土의 비렁뱅이가 되어도
고향은 멀리서 생각하는 것……

전에 어딘가에서 이런 시를 읽고 감동을 한 적이 있었다.

10월 × 일

소슬한 바람이 불게 되었다. 도시 짱은 예전 남편이 찾아와서 사할린으로 데리고 돌아가 버렸다.

"이제 곧 추워질 테니까……"

라고 하며 갈색과 황색 줄무늬가 있는 솜을 둔 누비옷을 선물로 두고 도쿄를 떠났다. 나는 아침부터 아무것도 먹지 못 했다. 동화나 시를 서너 개 팔아 봤댔자 하얀 쌀밥을 한 달도 목구멍으로 넘길 수 없었다. 배가 고프면 머리도 같이 몽롱해져서 내 사상에도 녹이 슬게 된다. 아아, 내 머릿속에는 프롤레타리아도 없고 부르주아도 없다. 단지 하얀 쌀밥 한 술을 먹고 싶을 뿐이다. 차라리 미친 사람처럼 거리에 나가 개처럼 짖어 볼까?

"밥을 먹게 해 주세요."

눈썹을 찌푸릴 사람들을 생각하면 차라리 황량한 바다의 거친 정열 속으로 몸을 던져 버릴까 싶은 생각이 들었다. 저녁때가 되자 세속적인 것을 모두 그러모은 듯 밥그릇이 달그닥거리는 소리가 아래층에서 들려 온다. 꾸룩꾸룩 배에서 나는 소리가 들리면 나는 어린아이처럼 슬퍼져서 멀리 밝은 유곽에 있는 여자들이 문득 부러워진다.

많던 책들도 이제 두세 권뿐이고 맥주 박스에는 젠조善藏[48] 의 「아이를 데리고子を連れて」와 「노동자 세이료프労働者セイリョフ」, 시가 나오야의 「화해和解」가 겨우 남아 있을 뿐이다.

---

48 가사이 젠조(葛西善藏,1887.1.16.~1928.7.23). 일본 소설가. 히로사키시(弘前市) 출생. 도요대학(東洋大學) 중퇴. 도쿠다 슈세이에 사사(師事). 후에 소마 교후, 히로쓰 가즈오, 다나자키 세이지 등과 동인지『기적(奇蹟)』을 발간. 대표작 「아이를 데리고(子を連れて)」(1918).

"다시 요리점에라도 나가서 돈을 벌까?"

서글프게 단념을 해 버린 나는 쓰러지면 일어나고 쓰러지면 일어나는 오뚝이처럼 갑자기 휘청거리는 몸을 일으켜 칫솔, 비누, 수건 등을 소매에 넣고 바람이 부는 저녁 거리로 나갔다.

— 여급구함 — 이라는 전단지가 붙어 있을 만한 카페를 들개처럼 차례차례 찾아다니며……단지 먹고 살기 위해 무엇보다도 내 위장은 뭔가 고형물을 원하고 있었다.

아아, 어떻게든 먹고 살아야 한다. 거리에는 온통 맛있는 음식물로 가득하지 않은가?

내일은 비가 올지도 모른다. 묵직한 바람이 휑휑 불 때마다 흥분한 내 콧구멍에 대고, 상쾌한 가을 과일가게에서 얼마나 향기로운 냄새를 풍기던지.

1925

탁주

10월 ×일

군밤 장수 목소리가 그리운 계절이 되었다. 유곽을 지나가는 군밤 장수의 둔탁한 목소리를 들으며 서글프고 어두운 방안에서 나 혼자 초라하게 창밖을 내다보고 있었다.

나는 어렸을 때부터 겨울이 될 무렵이면 자주 이가 아팠다. 아직 어머니 품안에 있을 때는 방바닥을 데굴데굴 구르며 울부짖다가 매실 절임을 얼굴 전체에 끈적끈적 발라 주면 엉엉 울었다. 하지만 인생도 이제 절반에 달했고 떠돌이 신세에 이렇게 쓸쓸한 카페 2층에서 이가 아파 누워 있으니 바로 고향의 산과 들, 바다, 헤어진 사람들의 얼굴이 떠올랐다. 멀건 눈을 보고 이야기를 하는 구세주는 일그러진 창밖에 표표히 떠 있는 달님뿐⋯⋯.

"아직도 아파?⋯⋯"
살짝 올라온 오키미君의 앞머리가 달빛을 받아 거뭇거뭇 내 위에 겹쳐지자 오늘 아침부터 아무것도 먹지 못한 내 콧구멍에 김 냄새가 물씬 풍겨 왔고, 오키미는 머리맡에 초밥 접시를 살짝 내려 놓았다. 그리고 눈을 뜬 내 눈을 말없이 보고 있었다.

따뜻한 마음씨였다. ……나도 모르게 눈물을 글썽이며 얇은 이불 밑에서 지갑을 살짝 꺼냈다. 그러자, 기미 짱은

"바보같이."

라며, 두꺼운 종이로 때리는 것처럼 살짝 아프게 내 손을 탁 치더니 이부자락을 꼭꼭 눌러 덮어 주고 다시 뒤쪽 계단으로 내려갔다.

아아, 정이 있는 세계다.

10월 x일

바람이 분다.

새벽이 다 되어서 가느다란 물색 뱀이 땅바닥을 슥슥 기어 가는 꿈을 꾸었다. 게다가 연분홍빛 허리띠가 묶여 있어서, 묘하게도 일어나자마자 가슴이 두근거리는 멋지고 즐거운 일이 일어날 것 같은 예감이 들었다.

아침 청소가 끝나고 가만히 거울을 들여다보니 퍼렇게 부은 얼굴은 생활에 지쳐 피폐해져서, 나는 아아 하고 긴 한숨을 쉬며 벽 속으로라도 들어가 버리고 싶었다.

아침에도 진흙 같은 된장국과 찬밥을 먹을 생각을 하니 중화메밀국수가 먹고 싶어졌다. 나는 아무것도 바르지 않은 멍한 내 얼굴을 보고 있다가 갑자기 마음이 불안해져서 입술에 새빨갛게 루즈

를 발라 보았다.

그 사람은 어떻게 지내고 있을까?……A도 B도 C도 끊어져 가는 밧줄을 잡으려고 했지만, 너희들은 역시 풍경 속 가로수에 불과해……신경쇠약에 걸렸는지 접시를 몇 장이나 가지고 있는 것이 끔찍해졌다.

가게 포렴 너머로 상쾌한 봉당 위의 액막이 소금을 보고 있는데, 그것을 여학생들이 건드러서 확 흩어지며 슬슬 무너져 내려갔다. 내가 이 집에 온 지 딱 2주일 된다. 그 동안 돈벌이는 좀 됐다.

친구는 두 명. 오하쓰初짱이라는 여자애는 이름처럼 풋풋했고 이초가에시銀杏返し[49]로 묶어 올린 머리가 잘 어울리는 귀여운 아가씨였다.

"나는 요쓰야四谷에서 태어났는데 열두 살 때 친척 아저씨가 만주로 데려가 버렸어. 바로 게이샤집에 팔려 가서 그 아저씨 얼굴도 금방 잊어버렸지만……난 그곳에서 모모치요桃千代라는 아가씨하고 넓고 빤질빤질한 복도에서 자주 미끄럼을 탔지. 꼭 거울 같았어.

내지에서 연극단이 오면 모포를 뒤집어쓰고 장화를 신고 보러

---

[49] 여자의 속발(束髮)의 하나. 뒤꼭지에서 묶은 머리채를 좌우로 갈라, 반달 모양으로 둥글려서 은행잎 모양으로 틀어 붙임.

갔지. 땅이 얼어 버리면 나막신을 신고 돌아다녔어. 하지만 목욕을 하고 나면 귀밑머리가 얼어서 삐죽해지는데 아주 재미있지. 한 6년 정도 있었는데 만주의 신문사 사람이 데리고 와 주었어."

손님이 마시다 간 후에 흘린 술로 테이블 위에 글씨를 쓰면서 귀여운 오하쓰 짱은 무거운 어조로 그런 이야기를 했다.

또 한 사람 나보다 하루 빨리 들어온 오키미君는 키가 크고 모성적인 마음씨가 고운 사람이었다. 유곽 입구에 있는 이 가게는 의외로 차분한 분위기여서 이 두 여자들하고 금방 친해졌다. 이런 곳에서 일하는 여자들은 처음에는 아무리 심술궂게 신경을 쓰며 경계를 하고 마음을 열지 않다가도 뭔가 계기가 있어서 진심을 보이게 되면 맥없이 바로 마음을 놓고 마치 십년지기나 친자매처럼 되어 버린다.

손님이 뚝 끊기면 우리들은 종종 달팽이처럼 몸을 둥글게 웅크리고 이야기를 했다.

11월 ×일

잔뜩 찌푸린 날씨.

기미 짱하고 둘이서 가만히 마주보고 있는데, 노르스름한 꽃에서 옛날에 맡아 본 적이 있는 향기가 났다. 저녁때 전차로에 있는 목욕탕에 갔다 오니, 늘 술에 취해 헤롱거리는 대학생 미즈노水野 씨가 하쓰 짱에게 술을 따르게 해서 마시고 있다.

"너 드디어 맨몸을 보였어."

오하쓰 짱이 웃으면서, 옆머리를 빗고 있는 내 얼굴을 거울너머로 넘겨다보며 말했다.

"네가 목욕을 하러 가고 얼마 안 있어서 미즈노 씨가 와서 너어디 갔냐고 하더라구. 그래서 목욕을 갔다고 했어……."

술이 잔뜩 취한 대학생은 바람처럼 가는 손을 흔들며 머리를툭툭 치고 있었다.

"거짓말!"

"어머! 지금 말했지?……미즈노 씨가 그러는데 전차로에 서둘러서 가길래 무슨 일이냐 했더니 돌아와서 하는 말이 여탕을 열어봤다지 뭐야. 카운터에 있는 사람이 이쪽 여탕이예요 라고 하더래. 그래서 아아, 병원인 줄 알았어요 하고 가만히 있는데 마침 네가옷을 벗어서 맨몸이 되었다는 거야. 미즈노 씨 정말 엄청 좋아했다구……."

"홍, 어지간히도 끔찍한 이야기네."

나는 아무렇게나 루즈를 바르고 있는데, 대학생이 곤약같이 얇은 두 손을 모으고는,

"화났어? 용서해 줘!"

알몸이 보고 싶으면 벌건 대낮에 홀딱 벗고 보여 줄게! 라고 크게 호통을 치고 싶었다.

밤새도록 마음이 무거워서 나는 삶은 달걀을 일곱여덟개나 테

이불에 대고 탁탁 깼다.

11월 ×일

꽁치를 굽는 냄새는 계절의 전령사다.

저녁이 되자 유곽 안에서는 오늘도 꽁치 냄새. 유녀들은 매일 꽁치만 먹어서 온몸에 비늘이 돋았을 거야. ……

밤안개가 뽀얗다. 가느다란 전신주의 모습이 바늘 같은 그림자를 늘어뜨리고 있고, 포럼 밖으로 부웅하는 소리를 내며 달려 가는 전차를 보고 있자니, 어쩐지 부러워져서 코끝이 찡하니 뜨거워졌다. 나사가 풀린 축음기에서는 어제도 에헤라디야 오늘도 에헤라디야.

사는 게 정말이지 시시해졌다. 이런 곳에서 일을 하고 있다 보니 피폐해질 대로 피폐해져서, 좀도둑이라도 되고 싶어졌다. 여자 마적이라도 되고 싶다. 매춘이라도 하고 싶어졌다.

젊은 언니 왜 울어?
박정한 남자가 그리워서…….

모두가, 정말이지 모두가 와하하하, 와하하하 웃고 있다. 아아, 지구여 두 조각으로 쫙 쪼개져라. 나를 비웃는 얼굴들이 몇 개나 우글거리고 있다.

"킹 오브 킹즈를 열 잔 마셔 봐. 십 엔 걸게!"

어딘가 한가한 도련님이 징그럽게 번들거리는 머리를 들고 문신을 한 것 같은 십 엔짜리를 테이블 위에 픽 하고 던졌다.

"아무 일도 아냐!"

나는 한심한 모습을 밝디 밝은 전깃불에 드러내 놓고 그 위스키를 열 잔이나 홀짝홀짝 마셔 버렸다. 번쩍거리는 대머리는 멍하니 나를 바라보더니 오기 띤 웃음을 보이고는 점잖게 사라졌다. 신이 난 것은 카페 주인뿐이다. 아이구, 아이구 한 잔에 1엔 하는 킹 오브를 이 아가씨가 열 잔이나 마셔 주었으니 말이다.……웩 웩 웩 토할 것 같다. ――눈이 타오른다. 이놈 저놈 다 꼴 보기 싫다. 아아, 나는 정조가 없는 여자입니다. 어디 한 번 알몸으로 춤이라도 추어 볼까요? 고상하신 분들은 눈썹을 찌푸리며 별이여, 달이여, 꽃이여 하고 있겠지! 나는 들에서 자라서 아무한테도 신세지지 않고 살아갈 심산이라서, 징징거리며 울고 있을 수만은 없다. 남자한테 얹혀 살려면 그 몇 배는 일을 해야 한다구. 정말이지 동지라고 하는 친구들조차도 비웃고 있다.

노래를 들으니 우메카와梅川여
잠시 정을 버렸으면 해
어디서나 사랑에 농락당하고

그래 주베에忠兵衛의 덧없는 꿈 이야기[50]

시를 읊고 나니 기분이 좋아져서 나는 장식창을 열고 밤안개를
가득 들이마셨다. 그런 싸구려 위스키를 열 잔이나 마시다니 ……
아아, 저 하늘을 올려다보세요. 찬란한 무지개가 떴네요.

기미 짱이 눈이 휘둥그레져서 그래도 괜찮아? 그래도 가슴이
아프지 않아? 너 마음에 상처 받은 것 아냐 라고 하며 나를 꼭 잡고
있다.

마음이 따뜻하구나 나이도 젊고
아직 첫사랑도 맛보지 못하고
손에 손을 잡고 가는 사람이여
무엇을 숨기고 있나 그 모습에[51]

일찍이 좋아했던 노래. 눈물이 뚝뚝 떨어지며 내 몸과 마음은
멀고 먼 땅 끝으로……뒷걸음질 치기 시작했다.

---

50 시마자키 도손(島崎藤村)의 『와카나슈(若菜集)』의 「우산 속(傘のうち)」의 일부. 「우산
　 속」은 지카마쓰 몬자에몬집(近松門左衛門集) 하권 권두에 있는 「명토의 파발꾼(冥土の
　 飛脚)」의 주인공 주베(忠兵衛)와 신마치의 유녀 우메카와(梅川)의 비련 이야기를 소재로
　 한 시.
51 시마자키 도손의 『와카나슈(若菜集)』의 「풀베개(草枕)」의 일부.

슬슬 시계의 나사가 풀리기 시작하자 '예의 그 달은 희미한데 뱅어의'[52] 라고 성대모사를 하는 시건방진 꼬마가,

"있잖아요, 손님, 생각 있으세요?……네? 손님 생각 없으세요?……."

이제 그런 있으나마나한 불구자는 내쫓아 버리세요! 뭔가, 거칠고 진한 분을 바른 그런 불쌍한 아이들의 얼굴을 보고 있으면 누군가에게 매달리고 싶어 견딜 수가 없다.

11월 ×일

안에서 식사를 세 번 다 하면 주인 눈치가 보이고, 그렇다고 해서 손님한테 얻어먹는 것은 정말이지 질색이다. 두 시까지 영업을 한다고 하지만, 유곽에서 돌아가는 손님들이 들이닥치면 모르는 척 하고 주인은 새벽까지 문을 닫을 기색이 없다. 콘크리트로 된 바닥이 딩딩 울리고 동맥이 다 얼어붙을 듯이 소름이 돋는다. 시큼한 술 냄새가 나서 마음을 불안하게 한다.

"정말 싫다……"

하쓰 짱은 맥주에 젖어 축축해진 소매를 짜면서 멍하니 서 있었다.

"맥주!"

---

52 가와타케 모쿠아미(河竹黙阿弥) 작 가부키(歌舞伎) 「기치사 삼인의 첫 유곽체험(三人吉三廓初買)」(1860) 의 오조키치사(お嬢吉三)의 명대사.

벌써 네 시도 넘어서 멀리서 들려오는 닭 우는 소리가 정말이지 반갑다. 꼬기요, 꼬꼬! 뿌우웅 뿌우웅 신주쿠 역 기차의 기적 소리가 울리자 제일 마지막 내 차례로 겉만 뺀지르르해 보이는 남자가 들어왔다.

"맥주 줘!"

할 수 없이 나는 맥주를 따서 컵에 찰랑찰랑 따랐다. 속상하게 천장만 빤히 쳐다보던 남자는 맥주 한 잔을 홀랑 마시더니 아무 일 없었다는 듯이,

"뭐야, 에비스잖아. 맘에 안 들어."

하고 아무렇게나 한 마디 내뱉고는 미련없이 안개가 짙게 깔린 보도로 나가 버렸다. 기가 막힌 나는 갑자가 화가 나서 남은 맥주병을 들고 그 남자의 뒤를 쫓아갔다. 은행 모퉁이를 돌려는 그 남자의 시커먼 그림자에 대고 나는 있는 힘껏 맥주병을 홱 던졌다.

"맥주가 마시고 싶으면, 자, 마시게 해 주지."

요란한 소리를 내며 맥주병은 보기 좋게 산산조각이 나고 물보라가 튀었다.

"무슨 짓이야!"

"바보 같은 자식."

"나는 테러리스트다."

"뭐라구? 별 테러리스트가 다 있네.……의외로 별 볼 일 없는 테러리스트네."

걱정이 되어서 달려온 오키미 짱과 두세 명의 자동차 운전자들

이 오자 재미있는 테러리스트는 골목으로 휙 사라졌다.

이런 장사는 집어 치울까?
이런 상황에 홋카이도에서 온 새아버지의 편지에는, 계속 고생을 하고 있고 지금은 돌아갈 여비도 없으니 돈을 좀 보내 달라는 긴 글이 적혀 있다. 추위로 다 죽어 가는 아버지. 어떻게든 4, 5십 엔은 보내 드려야 한다.
조금 더 일을 하다가, 나도 홋카이도로 건너가서 새아버지와 함께 행상을 해 볼까?……
마침 잘 됐다.

수증기가 모락모락 나는 오뎅집 포장마차에 머리를 집어넣고 젓가락에 오뎅을 끼워 먹던 하쓰 짱이 가게 불을 끄고 찻물로 지은 밥을 열심히 먹고 있었다.

나도 흥분된 마음을 가라앉히며, 에이프론을 벗어 기미 짱에게 주고는 오뎅을 안주 삼아 잠들기 전에 탁주를 한 잔 즐겼다.

외로운 여행

12월 ×일

아사쿠사浅章는 좋다.

아사쿠사는 언제 와도 좋은 곳이다…….

템포가 빠른 등불 사이를 휙휙 돌아다니는 나는야 방랑하는 카튜샤. 오랜동안 크림을 바르지 않은 내 얼굴은 도자기처럼 딱딱해졌고 술에 취한 나는 아무도 무서운 사람이 없었다.

쳇! 혼자 취한 여자입니다.

술에 취하면 흐느껴 울며 팔이고 다리가 마비되어 각자 노는 듯한 유쾌함. 술이라도 마시지 않으면 세상은 너무나 한심해서 맨 정신으로는 다닐 수가 없다. 그 사람이 다른 여자가 생겼다 한들 그게 뭐 대수냐. 현실은 슬프지만 술은 세상을 넓게 보라고 한다. 마을의 불이 다 꺼지고 어두워지자 활동사진관 벽에 일그러진 얼굴을 갖다 대고, 아아 내일부터 공부를 해야지 라고 생각한다.

꿈속에서 들려오는 듯한 영화 속 악대 소리에, 내가 너무 젊어서 어쩐지 악에 바치는 느낌이 들고 정나미가 뚝 떨어진다. 빨리 나이가 들어서 좋은 작품을 쓰고 싶다. 나이를 먹으면 좋겠다. 술에 취해 정신을 못 차리는 내 자신을 문득 돌아보니, 대로에서 연극을 하는 것은 아니지만 보기 좋게 잘 꾸미고 돌아다니고 싶다.

아사쿠사는 술을 마시기에 좋은 곳
아사쿠사는 술이 깨도 좋은 곳

한 잔에 50전 하는 단술! 한 개에 2전 하는 닭꼬치는 얼마나 당당한 음식인가?……
팔락팔락 나부끼는 금붕어 같은 영화관의 깃발. 그 깃발 안에는 일찍이 사랑했던 남자의 이름도 눈에 띠고, 후훗……후훗…… 그 자식의 목소리는 나를 비웃고 있다.
그럼 여러분 안녕……몇 년 만에 올려다보는 차가운 밤하늘. 내 머플러에는 인견이 섞여 있습니다. 다른 사람이 내 어깨에 손을 올린 것처럼 살갗에 바람이 숭숭 지나갑니다.

12월 ×일

아침 잠자리에서 우선 담배를 피우는 것은 외로움을 타는 여자에게는 더 없이 좋은 위안. 모락모락 원을 그리며 떠가는 보라색 연기가 좋다. 머리에 햇살을 듬뿍 받고, 자 오늘은 좋은 일이 있기를.

빨강, 검정, 분홍, 노랑, 지친 옷가지를 다다미 세 장짜리 방안 가득히 여기저기 벗어 던지고, 여자 혼자니 마음 푹 놓고 꾸벅꾸벅 졸고 있는 나는 햇볕을 쬐는 새끼거북이 같다. 카페니 고기집이니 하는 번거로운 일보다 차라리 포장마차라도 차려서 오뎅집이라도 해 볼까 생각한다. 누가 뭐라고 비웃든 악담을 하든 이면체면 가릴 것 없이 뭐든 해 보는 거지. 포장마차라도 하나 차려서 어떻게든 이 한 해를 마무리해 보고 싶다. 곤약, 두부, 갖가지 오뎅, 맵싸한 고추 맛이 나는 안주에 입안 가득 차 버릴 듯한 술을 사용하고, 파릇파릇한 시금치 무침. 힘을 내자.

어느 지점까지 오자 다시 풀이 폭 죽어 버렸다. 설령 그것이 별거 아닌 일이라도 그런 공상을 하고 있으면 어린아이처럼 기쁘다. 가난한 어머니와 새아버지에게 붙어 살 수도 없고 그렇다고 해서 이런저런 일을 하며 떠돌아 다녀 봤자 한 달에 책 한두 권을 살 수 있을 뿐. 그냥 아무 생각 말고 먹고 마시고 하며 돌아다닌다. 다다미 세 장짜리 방을 한 칸 빌려서 최소한도의 생활을 해도 저축을 하기에는 빠듯하다.

이렇게 생활방침이 서지 않아 암담해지면 도둑질을 하고 싶다. 하지만 바로 코 앞에서 단번에 붙잡힐 생각을 하면 문득 우스운 생각이 들어 벽에 대고 깔깔 웃어댄다.

어떻게든 돈이 필요하다. ……나는 몽롱하니 착각을 하다가 맥없이 꿈속으로 빠져들어 저녁때까지 정신없이 자 버리고 말았다.

12월 x일

오키미가 부르러 왔다. 둘이는 다시 뭔가 좋은 장사거리를 찾으려고 오려낸 신문기사 조각을 들고 요코하마橫浜 행 성선을 탔다.

일하던 카페에 손님이 줄자 오키미도 같이 그곳을 그만두었다. 오키미는 오랫동안 이타바시板橋에 있는 남편 집에 돌아가 있었다. 오키미의 남편은 오키미보다 서른여살이나 위여서, 이타바시에 있는 그 집을 처음 찾아갔을 때는 그녀의 아버지인 줄 알았다. 오키미의 시어머니와 아이들로 북적대는 그 가정이, 번잡스러운 것은 딱 질색인 나로서는 좀 이해하기 힘들었다.

오키미도 그런 말은 하지 않았다. 나도 그런 일에 대해 물어보는 게 가슴이 아팠다. 두 사람 모두 말없이 전차에서 내려서 푸르디 푸른 바다를 바라다보며 언덕 위로 올라갔다.

"오랜만이네, 바다……."

"춥기는 하지만……좋네, 바다는……."

"그럼 좋지. 이렇게 사내다운 바다를 보고 있으면 옷을 홀렁 벗고 뛰어들어 보고 싶어. 마치 파란 색이 녹을 것 같지 않아?"

"맞아! 무서워……."

넥타이를 펄럭펄럭 나부끼며 서양인 두 명이 선창 계단에 앉아 거칠게 파도치는 바다의 경치를 정신없이 바라보고 있었다.

"저기가 바로 호텔이네!"

눈이 밝은 기미 짱이 찾아낸 것은 닭장같이 생긴 하얗고 조그만 술집이었다. 2층의 일그러진 창문에는 잔뜩 얼룩이 진 모포가 파란 햇볕을 쬐고 있었다. 말할 수 없이 환멸스러웠다.

"돌아가자!"

"호텔이라는 게 이런 거야?"

주홍색 기모노를 입은 귀엽게 보이는 여자가 호텔 포치에서 검은 개를 얼르며 혼자서 깔깔대며 웃고 있었다.

"실망이야……."

두 사람 모두 다시 입을 꾹 다물고 아득히 먼 망망한 바다를 보았다.

까마귀가 되고 싶다.

작은 가방이라도 들고 여행을 하면 좋겠다……. 일본식으로 내린 기미 짱의 앞머리가 바람에 흐트러져서 눈 내리는 날 버드나무처럼 애처로워 보였다.

12월 x일

바람이 부는 하얀 하늘!

차갑고 멋진 겨울 바다

미친 사람도 빙글빙글 춤을 추며

눈이 번쩍 뜨일 듯한 대해원大海原
시코쿠四国까지 한 줄기 항로

모포가 20전 과자가 10전
삼등객실은 미꾸라지가 쭉 뻗어 버린 추어탕
부글부글 끓어 오르고 있다

물보라, 비가 내리는 듯한 물보라
아득히 멀리 하얀 하늘을 바라보며
11전 재중在中 지갑을 꼭 잡고 있다

아아, 배트라도 피웠으면
오오! 하고 외쳐도
바람이 불어 흩어져 버린다

하얀 창공에
나에게 식초를 먹인 남자의 얼굴이
저렇게나 크게, 저렇게나 크게

아아 역시 외로이 홀로 하는 여행!

뱃속을 뒤흔드는 것처럼, 멀리서 부-웅 부-웅 하는 증기 소리에

납빛으로 흐려진 작은 소용돌이 몇 개가 바다 저 쪽에서 하나하나 사라지고, 신음을 하는 차가운 12월 바람이 흐트러진 내 옆머리가 뺨에 찰싹 달라붙도록 불어 댄다. 겨드랑이쪽으로 두 손을 집어넣고 유방을 가만히 누르고 있자니 차가운 유두의 감촉이 까닭 없이 나약하게 눈물을 자아낸다.

　-아아, 다 실패하고 말았다.

　멀리 도쿄를 떠나 파란 바다 위를 달리고 있자니, 알고 지내던 남자, 여자 얼굴들이 하나 둘 하얀 구름사이에서 살금살금 나를 엿보고 있는 것 같았다.

　어제는 하늘이 너무 파래서 오랜만에 고향이 그리워졌고, 나는 무리를 해서 기차를 타 버리고 말았다.

　오늘은 다시 나루토鳴門 바다다.

　"손님! 식사요!"

　아무도 없는 새벽, 갑판 위에서 뒤틀린 내 공상은 다시 고향을 등지고 도시로 달려가고 있다. 여행이 고향이니, 딱히 금의환향할 필요도 없지만 어쩐지 쓸쓸한 기분이 가득하다. 움막 같은 어두운 삼등선실로 돌아와서 내 모포 위에 앉자 붉은 칠이 벗겨진 밥상 위에 맛없이 보이는 톳조림과 된장국이 차려져 있었다.

　어두운 등불 아래에는 많은 순회공연 배우들과 순례자들이 아이를 동반한 어부의 아내들과 뒤섞여 있어, 어쩐지 나까지 여수가 느껴졌다. 내가 머리를 이초가에시로 묶고 있으니까, "어디서 오셨수?"라고 묻는 노인도 있는가 하면, "어디까지 가슈?"라고 묻는 젊은 남자도 있었다. 두 살 정도 되는 아기와 같이 잠을 자던 젊은 아기 엄마가 작은 목소리로 〈고향가는 길〉이라는, 어디선가 들어본 적이 있는 자장가를 부르고 있었다.

자장자장
잘 자거라
아침에도 일찍 일어나고
밤 바다 바람은 몸에 스며드니
밤에는 어서어서 자거라

역시 여행은 좋다. 뿌연 도시 한 구석에서 녹초가 되기보다는 이렇게 산뜻한 기분으로 자유롭게 마음껏 숨을 들이마실 수 있으니, 아아 역시 산다는 것은 좋은 것이구나 라고 생각한다.

12월 x일

싯누렇게 그을린 장지문을 열고, 사르륵사르륵 녹고는 다시 펄펄 내리는 눈을 보고 있노라리, 세상 만사 모든 일이 잊혀진다.
"어머니! 올해는 눈이 꽤 일찍 오네요."
"그라제."
"아버지도 추워서 고생하고 있겠죠?"

홋카이도에 간 지 벌써 4개월 남짓. 너무 멀리까지 가서 장사도 마음처럼 되지 않고, 시코쿠로 돌아오는 것은 내년 봄이나 되어야 한다고 새아버지한테서 편지가 왔다. 이곳도 꽤 추워졌다.

건물 지붕이 낮은 도쿠시마德島 거리도 날씨가 추워지면서 우동집의 국물 우리는 냄새는 진해지고, 마을을 흐르는 작은 강물에서는 모락모락 물안개가 피어올랐다. 자고가는 손님도 점점 줄어들자 어머니는 가게 등불을 켜는 것도 주저했다.

"추워지면 사람들이 움직이질 않는 데이……."

변변한 고향을 갖지 못하는 우리 가족 세 명이 처음으로 정착을 한 것이 도쿠시마였다. 여자가 아름답고 강물이 아름다운 이 마을 한쪽 구석에서 낡은 여인숙을 시작해서, 나는 도쿠시마에서 봄가을을 맞은 적이 있다. 하지만 그것도 어렸을 적 일이다.……지금은 벌써 이 여인숙도 낡을 대로 낡아서 어머니 혼자 근근히 하는 소일거리가 되어 버렸다.

새아버지와 어머니를 버리고 오랫동안 도쿄를 방랑하다 지쳐서 돌아왔지만 낡은 옷장 바닥에서 옛날에 쓴 서툰 연애편지와 앞머리를 내린 커다란 사진을 들쳐 내 보니 그리운 옛날의 꿈이 차차 되살아났다.

나가사키의 노란 짬뽕, 우동, 오노미치 센코지千光寺의 벚꽃, 니유강에서 배운 〈조가시마城ヶ島〉의 노래, 아아 모두 그립다! 그림을 배우기 시작했을 무렵 그렸던 서툰 데생 몇 장이 누렇게 변색되

어 광안에서 들고 나오니 마치 다른 세상에 있던 나를 보는 것 같았다.

밤에 화롯불을 쬐고 있자니, 가게 방에 세들어 살고 있는 월금月琴 연주자 부부가 소슬하니 쓸쓸한 노래를 부르며 월금을 타고 있었다. 밖에서는 사륵사륵 소리를 내며 싸락눈이 내리고 있다.

12월 x일

오랜만에 바닷가다운 날씨.

이삼일 전부터 숙박을 하고 있는 나니와부시浪花節[53] 소리꾼 부부 두 사람이 모두 검은 목도리를 두르고 아침 일찍 나가 버리자, 검게 그을린 부엌에는 나와 어머니 둘만 달랑 남아 정어리를 굽고 있다. 아아, 시골도 시시해졌다.

"네도 이제사 멀리 가지 말고 적당히 이쪽에서 정착을 하는 게 우짷겠노?……너한테 시집을 오라는 사람이 있데이…"

"네에? 어떤 남자!"

"본가는 교토京都의 성호원聖護院이라는 센베집이라 뒤를 이어야 하는 긴데, 지금은 이쪽에 와서 시청에서 일을 하고 있다카드라……좋은 남자래이."

---

53 샤미센(三味線)을 반주로, 주로 의리나 인정을 노래한 대중적인 창(唱).

"…………"

"우얗노?"

"만나 볼까? 재미있겠는데."

모든 것이 유치하고 유쾌했다.

시골처녀가 되어 풋풋하게 얼굴을 붉히며 차를 드시겠어요 라고, 평생에 한 번은 그런 연극을 해 보는 것도 괜찮을 것이다. 끼익 끼익 도르레 우물의 두레박을 올렸다내렸다 하고 있노라니, 나도 처녀처럼 마음이 설레어 온다. 아아, 정열의 송충이. 나는 한 남자의 피를 족제비처럼 쪽 빨아먹어 버리고 싶다.

추워지면 이불이 그리워지는 것처럼 남자의 살도 그리워지는 법이다.

도쿄에 갈까?

저녁 때 산보를 하다가 어느새 발길이 닿은 곳은 역. 역 시간표를 보고 있자니 눈에 눈물이 고였다.

12월 ×일

빨간 구두끈을 풀고 그 남자가 올라오자 묘하게 속이 메슥거려서 나는 정면에서 눈살을 찌푸리고 말았다.

"당신 몇 살?"

"저 말입니까? 스물 둘이에요."

"아 그러면……내가 위네."

짙은 눈썹에 두꺼운 입술, 그 얼굴을 어디선가 본 것 같은데 생각이 나질 않았다. 문득 나는 갑자기 표정이 밝아지며 휘휘 휘바람이라도 불고 싶어졌다.

달이 밝은 밤이다. 별이 높이 떠서 흐르고 있다.
"조기까지만 바래다 드릴까요?……"
이 남자는 어쩐지 여유가 있는 풍경이다. 거두어들이는 것을 잊어서 아직도 내걸려 있는 국기 아래를 지나 달 밝은 거리로 나오자, 일시에 탁한 숨을 내뱉었다. 1정ㅜ[54] 을 걸어도 2정을 걸어도 두 사람 모두 말이 없었다. 묘하게도 강물이 슬프게 가슴에 와 닿아서 내 자신이 한심스러웠다. 남자란 남자는 모두 불을 질러서 태워 죽여라. 나는 부처님하고나 연애를 해야지……. 나무아미타불, 부처님은 요즘 이상하게 섹시한 눈빛을 하고 내 꿈에 찾아오신다.
"그럼 이만 안녕히. 당신도 좋은 신부를 맞이하세요."
"네?"
사랑스런 남자여. 시골 사람은 좋다. 내 말을 알아들었는지 못 알아들었는지 긴 달그림자를 남기며 옆 마을로 사라졌다.

내일은 짐을 싸서 집을 나서야지…….
오랜만에 집 앞에 불을 켠 여관의 등불을 바라보고 있었다.

---

54 거리의 단위. 109.09m.

"춤제?……술이라도 마시 것나?"

거실에서 어머니와 마주 앉아 1홉의 술에 기분이 거나해져서 문득 부모자식이 뭔지를 깨달았다. 부모 자식이란 좋은 거구나. 아무 신경 쓰지 않고 마음 편하게 늘어난 어머니의 주름살을 보았다. 쥐가 시종 들락거리는 시커멓게 때가 탄 천정 아래에 어머니를 두고 또 떠나는 것은 안쓰럽고 애달팠다.

"그런 사람 싫어."

"마음씨가 좋은 사람인 것 같구먼.……."

쓸쓸한 희극!

도쿄의 친구들이 모두 그리워하게 할 편지를 써야지.

1925년

오랜 상처

1월 × 일

바다는 순백이었습니다 도쿄로 떠나는 그 날
첫물로 딴 파란 귤을 한 바구니 담아
시코쿠 바닷가에서 덴진마루天神丸에 올랐습니다.

바다는 까탈스럽게 거칠었습니다만
하늘은 거울같이 빛났고
당근등대의 진홍색은 눈에 박힐 듯이 붉었습니다.
섬에서 있었던 번거롭고 슬픈 일들은
싹 잊어버려야지
나는 안개처럼 차가운 바람을 받으며
멀리 달려가는 범선을 보았습니다.

1월의 흰 바다와
첫물로 딴 귤 향기는
그 날의 나를
팔려가는 여자처럼 외롭게 했습니다.

1월 x일

너무나 무섭게 눈을 품은 하늘이다.

아침 밥상 위에는 하얀 된장국에 두부와 검은 콩, 모두 심심한 맛이다. 도쿄는 슬픈 추억 뿐. 차라리 교토나 오사카에서 생활을 해 봐야겠다……

덴보산天保山 싸구려 숙소 2층에서, 나는 야옹야옹 울고 있는 고양이 소리를 들으며 쓸쓸히 누워 있다. 아아, 산다는 것은 이다지도 힘든 것인가? ……나는 몸도 마음도 지칠 대로 지쳤다. 바다 냄새가 나는 이불은 마치 물고기 내장처럼 미끌미끌 때에 절어 있다. 쌩! 쌩! 바람은 바다를 두드려 대고 파도소리는 높다.

저는 텅 빈 껍데기 같은 여자입니다.…… 살아갈 재주도 없고 살아갈 부도 없으며 살아갈 아름다움도 없다. 결국 있는 것이라곤 혈기 왕성한 몸 뿐. 나는 심심해지면 한쪽 다리를 접고 학처럼 빙글빙글 홀 안을 한 바퀴 휘 둘러본다. 오랫동안 글하고 멀어진 눈에는 하얗게 벽에 붙어 있는 1박에 1엔부터라는 문구가 들어올 뿐이었다.

저녁 때-눈이 펑펑 내렸다. 이쪽을 봐도 저쪽을 봐도 낯선 하늘. 고향 시코쿠로 다시 돌아갈까? 너무나 쓸쓸한 쥐의 숙소 같다.

– 오래된 상처, 사랑의 망토 향해 기울이는 술 –

술이라도 즐기며 조용히 보내고 싶은 저녁이다. 단 한 장의 엽서를 바라보며, 언젠가 배운 하이쿠俳句를 읊어 대고는 도쿄에 있는 많은 친구들의 얼굴을 떠올렸다. 모두 자기 일에 정신없이 바쁜 사람들의 얼굴뿐이다.

뿌우! 뿌우! 기적 소리를 듣고서 나는 창문을 있는 대로 활짝 열고 눈 내리는 밤 조용히 침잠해 있는 항구를 바라보았다. 몇 척이나 되는 배가 파란 불을 켜고 잠들어 있다. 너나 나나 모두 배가본드.

눈, 눈. 눈이 내리고 있다. 생각해 본 적도 없는, 멀리 떠난 첫사랑 남자가 갑자기 그리워졌다. 그날 밤도 오늘 같았다. 그 남자는 〈조가시마〉라는 노래를 부르고 있었다. 〈침종沈鐘〉이라는 노래도 불렀다. 그리운 오노미치의 바다는 이렇게 파도가 거칠지 않았다. 둘이서 망토를 쓰고 그 안에서 성냥불을 켜고 서로 바라본 얼굴, 키스 한 번 한 적도 없이 싱겁게 끝난 별리였다.

일직선으로 추락한 여자여! 라는 마지막 소식을 받아든지 벌써 7년이나 된다. 그 남자는 피카소 그림을 논했고 가이타의 시를 사랑했다.

이래도! 아니 이래도 더! 더, 더. 내 머리를 거세게 내리치는 억센 손의 통증을 느꼈다. 어딘가에서 샤미센 소리가 난다. 나는 멍하니 앉아서 언제까지고 휘파람을 불고 있었다.

1월 ×일

자 이제! 멋지게 처음부터 다시 시작하는 거다.

시 직업소개소 문을 나서서 덴만天満 행 전차에 올라탔다. 소개를 받은 곳은 담요 도매상으로, 나는 여학교 졸업 여사무원. 흐릿하게 달려가는 가로수를 바라보면서 나는 오사카도 재미있다고 생각했다. 아무도 모르는 곳에서 일하는 것도 재미있지 않은가? 낙엽이 진 버드나무가 허리를 비벼대며 강가에서 흔들리고 있었다.

담요도매상은 의외로 큰 가게였다. 건물이 안쪽으로 깊고 폭도 넓은 그 가게는 마치 조개껍질처럼 어두웠다. 일을 하는 일고여덟 명의 점원들은 병적으로 창백한 얼굴을 하고 서서 바쁘게 일하고 있었다.

꽤 긴 복도였다. 모든 것을 구석구석 반짝반짝 윤이 나도록 손질을 해 두는 오사카인다운 취향의 아담한 홀에서 나는 처음으로 나이든 여주인과 마주했다.

"도쿄에서 어떻게 여기까지 오셨능겨?"

원적을 엉터리로 도쿄로 적은 나는 잠시 뭐라 대답해야 할지 몰랐다.

"언니가 있어서요……."

이렇게 말을 해 버린 나는 또 늘 그랬던 것처럼 귀찮은 생각이 들었다. 거절당하면 그 뿐이었다.

얌전해 보이는 허드렛일을 하는 여종업원이 아름다운 과자접시와 차를 가지고 왔다. 오랜 동안 차 구경도 못했고 단 것도 입에 넣어 보지 못했다. 세상에는 이렇게 온화하고 편안한 집도 있다.

"이치로─郎 씨!"

여주인이 조용히 부르자 옆방에서 아들같이 침착해 보이는 스물대여섯 되어 보이는 남자가 돌덩이처럼 딱딱한 모습으로 들어왔다.

"이 분이 와서 늦기는 했지만 말이제……."

배우처럼 호리호리한 그 젊은 주인은 빛나는 눈으로 나를 보았다. 나는 어쩐지 망신을 당하러 온 것 같아서 찌릿하고 다리가 저려 오는 것 같았다. 나하고는 너무나 연이 먼 세계다. 나는 빨리 물러나고 싶은 생각뿐이었다.

덴보산의 배숙소로 돌아왔을 때는 벌써 날도 저물고 배도 많이 들어와 있었다.

도쿄의 오키미 짱에게서 엽서가 한 장.

─ 왜 그렇게 꾸물대고 있어요. 빨리 오세요. 재미있는 일거리가 있습니다.

아무리 불행한 일을 겪어도 그녀는 활기찼다. 나도 오랜만에 하하하하 하고 웃었다.

1월 x일

안 될 거라고 생각했던 담요도매상에서 근무를 하게 되었다. 닷새 만에 덴보산의 싸구려 숙소를 정리하고 바구니 하나 달랑 들고 나는 분양된 강아지처럼 담요도매상에 입주하여 일을 시작했다.

안채에서는 낮에도 켜진 개스등이 타닥타닥 소리를 내고 있었다. 삭막한 오피스 안에서 수많은 봉투를 쓰면서 내 자신도 알 수 없는 꿈을 꾸었다. 그러다 몇 번이나 실수를 하고는 내 얼굴을 때렸다. 아아, 유령이라도 될 것 같았다. 파란 가스등 아래에서 두 손을 가지런히 해 보면 손톱 하나하나가 노랗게 물이 들어 있었고, 열 손가락은 누에처럼 투명해 보였다.

세 시가 되면 차가 나오고 찹쌀에 팥을 넣은 야쓰하시를 가게로 잔뜩 들여온다. 점원들은 모두 아홉 명이다. 그 중에서 어린 점원 여섯 명이 배달을 하러 가기 때문에 누가누군지 나는 아직 알 수가 없었다.

여종업원은 허드렛일을 하는 오쿠니國 씨하고 고참격인 오이토糸 씨 두 명. 오이토 씨는 옛날 장군가의 하녀처럼 졸리운 듯한 표정을 짓고 있었다.

간사이關西 여자들은 행동거지가 부드러워서 무슨 생각을 하는지 확실히 알 수가 없다.

"멀리서 오시서 이런 곳 신기하제요?……"

오이토 씨는 모모와레로 야무지게 올려 묶은 머리를 갸우뚱하니 하고 실을 쓱쓱 훑으며 본 적도 없는 천조각을 꿰매고 있었다. 젊은 주인 이치로 씨에게는 열아홉 되는 아내가 있다는 사실도 오이토 씨가 가르쳐 주었다. 그 아내는 이치오카市岡에 있는 별택에 아이를 낳으러 가 있다고 하는데, 집안은 뭔가 기가 빠진 듯 조용했다.

밤 여덟 시에는 벌써 대문을 잠그고 아홉 명이나 되는 지배인과 사동들이 모두 어디에 틀어박히는지 한 명 한 명 사라져 버린다. 풀을 잔뜩 먹인 빳빳한 이불에 발을 편안하게 쭉 뻗고 가만히 천정을 올려다보고 있자니, 내 자신이 불쌍하고 초라하다는 느낌이 절실했다.

오이토 씨와 오쿠니 씨와 함께 쓰는 침상에 굽 높은 나막신 같은 검은 상자 모양의 베개가 딱 두 개 나란히 놓여 있고, 윗부분만 빨간 오이토 씨의 속옷이 이불 위에 던져져 있었다. 나는 마치 남자가 된 기분으로 그 빨간 속옷을 언제까지고 보고 있었다. 다른 식구들이 목욕을 다 하고 난 물에 몸을 담그고 있는 두 젊은 여자는 웃음 소리 하나 내지 않고 착착 물을 끼얹고 있었다. 솜털이 뽀송뽀송한 오이토 씨의 아름다운 손을 만져 보고 싶었다. 나는 완전히 남자가 된 기분으로 빨간 속옷을 입은 오이토 씨를 사랑하고 있었다. 아아, 내가 남자라면 온 세상의 여자를 사랑해 줄 텐데……입을 꼭 다문 여자는 꽃향기를 멀리까지 날라다 주는 법이다…….
눈물이 고인 눈을 감고, 나는 등불이 눈이 부셔 머리를 돌렸다.

1월 ×일

나는 이제 매일 아침 먹는 고구마 죽에도 익숙해졌다.

도쿄에서 먹는 빨간 된장국이 그리웠다. 통통한 고구마를 얇게 썰어서 소송채小松菜하고 같이 끓인 된장국은 맛있다. 소금에 절인 연어 살을 한 조각 한 조각 떼어 먹는 것도 맛있다. 무를 썰어 놓은 것처럼 둥근 오사카의 해를 보고 있자니, 사무를 보는 나는 짭짤한 반찬이라도 챙겨서 맛있는 차에 만 밥이 먹고 싶다며 담담하게 유치한 공상을 하게 된다.

눈이 내릴 즈음이 되면 나는 늘 발가락이 터서 힘이 들었다. 저녁 때 짐상자를 쌓아 놓은 뒤에서 사람들 몰래 마음껏 발을 긁고 있었다. 발가락이 빨갛게 성이 나서 볼록볼록 부어올라 바늘로 찌르고 싶을 만큼 가려워서 견딜 수가 없었다.

"아유……발이 엄청 텄네."

지배인 가네키치兼吉 씨가 놀랐는지 들여다보았다.

"튼 데는 담뱃대로 문지르는 게 최고야."

젊은 지배인은 힘차게 담뱃대를 뽑더니 몇 번 뻑뻑 빨고는 불에 데서 부풀어오른 것처럼 새빨간 내 발가락을 몇 번이나 슥슥 담뱃대 머리로 문질러 주었다. 돈 버는 이야기만 하고 있는 이런 사람들 사이에도 이런 인정이 있다.

2월 x일

"니는 칠적금성七赤金星이라 금은 금이라도 금병풍의 금이기 때문에 깔끔한 일을 하지 않으면 안 된 데이."

어머니는 이런 말을 자주 하셨는데, 이런 고상한 일은 얼마 안 있어 바로 지겨워진다. 싫증을 잘 내고 소심하고 금방 사람들한테 질려서 이유도 없이 사람들과 어울리지 못하는 내 천성이 싫다……. 아아, 아무도 없는 곳에서 으악 하고 소리를 지르고 싶을 만큼 마음이 초조하다.

좋은 시를 쓰자.

활기찬 시를 쓰자.

그래, 와일드의 『옥중기De Profundis』(1897) 라도 즐겁게 읽어야지.

– 나는 11월의 잿빛 하늘에서 내리는 비를 맞으며 나를 조롱하는 군중들에게 둘러싸여 있었다.

– 옥중에 있는 사람들에게 눈물은 일상적 경험의 한 부분이다. 사람이 옥중에서 울지 않는 날은 그 사람의 마음이 단단히 굳은 날이지 그 사람의 마음이 행복한 날이 아니다. 매일밤 이런 글들을 보고 있으면 정말로 가슴이 아파온다.

친구여! 육친이여! 이웃이여! 알 수 없는 슬픔으로 정직하게 나는 나를 비웃어 줄 친구가 그리워졌다.

오이토 씨의 연애에도 축복 있으라!

밤에 목욕을 하면서 천정을 가만히 올려다보니 별이 반짝반짝

거리며 쏟아져 내렸다. 잊고 있던 것을 문득 기억해 낸 것처럼 혼자서 골똘히 별을 바라보았다.

늙어 빠진 내 마음에 반비례하는 육체의 이 젊음이여. 빨개진 팔을 쭉 펴고 욕조 가득 몸을 뻗어 보니 나도 모르게 여자다워 보였다. 결혼을 해야겠다! 나는 진지하게 분 냄새를 맡았다. 눈썹도 그리고 입술도 짙게 바르고 나는 전신거울 속 환영에 천진난만한 미소를 지어 보았다. 자개장식의 핀도 꽂아 보고 분홍색 댕기도 매어 보고 머리를 틀어 올려서 묶어도 보고 싶다. 약한 자여 너의 이름은 여자라. 결국은 세상에 더럽혀진 저입니다. 아름다운 남자는 없는 것일까?……

그리운 프로방스의 노래라도 부를까요. 가슴이 타오르는 느낌으로 나는 욕조 안에서 물고기처럼 몸을 움직여 보았다.

2월 x일

거리는 신춘 대방출로 붉은 깃발이 가득하다.

여학교 시절 친구인 오나쓰夏의 편지를 받고나서, 나는 다 내던지고 교토로 가고 싶어졌다.

─고생 많았지……라고 하는 편지를 보니 아니 별말씀을. 마음 따뜻한 아가씨가 보내 준 소식은 남자가 아니더라도 기분 좋은 법이다. 이상하게 유치하면서도 뭔가 좋은 향기가 물씬 난다. 이것이

함께 학교를 나온 오나쓰에게서 온 편지다. 8년이라는 세월에 두 사람 사이는 백 리는 더 멀어졌다. 시집도 가지 않고 조용히 일본 화가인 아버지의 착실한 조수로 효도를 하고 있는 오나쓰!

눈물이 날 만큼 반가운 편지다. 조금이라도 친한 사람 옆에 가서 여러 가지 이야기를 해야지 —

가게에서 휴가를 하루 받아서는 코끝이 잘려 나갈 듯이 추운 바람을 무릅쓰고 교토로 출발했다.

오후 6시 20분.

오나쓰는 검고 북실북실한 숄에 창백한 얼굴을 묻고 나를 맞이하러 나와 주었다.

"알았어?"

"응."

두 사람은 말없이 차가운 손을 서로 잡았다.

빨간 색이 주조를 이룬 복장을 가슴에 그리고 있던 내게 오나쓰의 모습은 의외였다. 마치 미망인이라도 된 듯이 온통 검정 색으로, 입술만이 내 시선을 끌었다. 동백꽃처럼 멋지고 예쁜 입술.

두 사람은 어린아이처럼 손을 꼭 잡고 안개가 잔뜩 낀 교토 거리를 두서없이 이야기를 하며 돌아다녔다. 교토의 끝인 교고쿠京極 입구에는 옛날 그대로, 일찍이 우리들의 가슴을 설레게 했던 봉투들이 장식창에 전시되어 있다. 교고쿠 거리를 어슬렁어슬렁 걸어내려 와서, 옆으로 끊긴 골목 안에서 기쿠수이菊水라는 우동집을 발견하고 우리는 오랜만에 밝은 전등 아래에서 얼굴을 마주했다. 나는 독립을 했지만 가난했고, 오나쓰는 부모에게 얹혀 사는 처지로 물론 용돈도 그렇게 많지는 않았다. 두 사람은 지갑을 서로 보이며 유부우동을 먹었다. 여학생이 된 편안한 심정으로 두 사람은 허리띠를 풀고 추가를 해서 더 먹었다.

"너처럼 거처가 자주 바뀌는 사람도 없어. 내 주소록을 지저분하게 하는 것은 너 뿐이야."

오나쓰는 검고 큰 눈을 조금도 깜빡거리지 않고 나를 보았다. 어리광을 부리고 싶은 생각으로 가득했다.

마루야마공원円山公園 분수 옆을 두 사람은 마치 연인처럼 가까이 붙어서 걸었다.

"가을의 도리베야마鳥辺山는 아름다웠지. 낙엽이 져서. 있잖아, 우리 둘이서 오슌덴베おしゅん伝兵衛[55]의 무덤을 참배한 적이 있었지……."

"가 볼까!"

오나쓰는 놀란 듯이 눈이 휘둥그레졌다.

"너는 그래서 고생을 하는 거야."

교토는 좋은 곳이다. 밤안개가 가득 낀 맞은편 숲속에서 끼익끼익 밤새가 울고 있다.

---

55 조루리(浄瑠璃), 가부키(歌舞伎) 제재의 하나. 교토에서 일어난 동반자살사건의 주인공.

시모카모下加茂에 있는 오나쓰 네 집 앞은 바로 파출소인데 오도카니 빨간 불이 켜져 있었다. 문에 내건 등롱 아래를 지나 2층으로 살짝 올라가자 먼 절에서 천천히 종을 치는 소리가 울려 퍼졌다. 번잡스운 이야기를 꾸역꾸역 하느니 가만히 입을 다물고 있어야지……오나쓰가 불을 가지러 아래층으로 내려가자 나는 창문에 기대어 크게 하품을 했다.

1926년

여자의 담배꽁초

7월 ×일

언덕 위에 소나무 한 그루
그 소나무 아래에서
가만히 하늘을 올려다보던 저입니다

새파란 하늘에 노송나무 잎이
바늘처럼 빛나고 있었습니다
아아 산다는 것은 얼마나 고달픈지
먹고 사는 것이 얼마나 힘든지

그래서 나는
가난한 옷자락을 가슴에 대고
고향에 있던 무렵
그 그리운 동심으로
똑똑 똑똑 소나무 줄기를 두드려 보았습니다

이 노송 시를 문득 떠올리고 나는 몹시 외로워져서, 녹음이 짙은 수풀 사이를 들개처럼 돌아다녔다. 오랜만에 내 가슴에는 에이프런도 없다. 화장도 엷다. 양산을 빙글빙글 돌리며 나는 고향을 생각하면서 언덕 위에 있던 그 노송나무를 떠올렸다.

하숙집으로 돌아오자 남자의 방에는 커다란 책상자가 늘어났다. 아내를 카페에서 일을 시키고 자기는 이런 식으로 책을 상자로 사고 있다. 늘 그렇듯이 20엔 정도의 돈을 원고용지 밑에 넣어 두고는 아무도 없다는 편안한 마음에 마음 놓고 장롱에 때가 꼈는지 살펴보고 있다.

"저, 편지입니다."

하녀가 가지고 온 편지를 보니 6전짜리 우표를 붙인 꽤 두툼한 여자의 글씨. 나는 이상하게도 손톱을 깨물며, 예삿일이 아니라는 불안감에 가슴이 두근거렸다. 나는 내 자신을 비웃으며 옷장 구석에 숨겨 둔 상당히 두툼한 여자의 편지다발을 발견했다.

――역시 온천이 좋네 라든가
――당신의 사와코紗和子로부터 라든가
――그날 밤 주무시고 가시고 나서 저는 이라든가

나는 닭살이 돋는 듯한 달콤한 편지에 전율을 하며 벌떡 일어서고 말았다.

두 사람 사이는 상당히 깊은 것 같다. 온천행 편지에 저도 돈을 준비하겠지만 당신도 조금 준비해 주세요 라고 적혀 있는 것을 보고 나는 그 편지를 방안에 내동댕이 쳤다. 원고용지 아래에 두었던 20엔의 돈을 옷소매에 집어넣자, 눈물이 쏟아져서 밖으로 나왔다.

그 남자는 나를 만날 때마다 너는 박정하다라든가 하는 식이었고, 잡지에 쓰는 시나 소설은 나를 매도하는 내용 뿐 아니었던가. 남자의 글에서, 돼지! 매춘부! 온갖 저주를 보았다.

나는 폐병으로 미친 사람 같은 그 불행한 남자를 위해서 랜턴 아래에서 '당신 한 사람 때문에 몸도 세상도 버렸다⋯⋯'라고 노래해야만 했다.

저녁 무렵 선선한 바람을 맞으며 와카마쓰초若松町 거리를 걷고 있자니 신주쿠 카페로 돌아가는 것이 내키지 않았다. 다 쓰고 2푼 남았나, 문득 이런 말이 생각났다.

"너! 나하고 온천 가지 않을래?"

내가 너무 취해서 정신을 차리지 못하니, 도키 짱은 그날 밤 쓸쓸한 눈빛으로 나를 보고 있었다.

7월 × 일

아아, 인생은 도처가 무덤이다. 남자에게서 사과 편지가 왔다.

밤.

도키 짱 어머니가 왔다. 5엔을 빌려 드렸다. 추잉검을 씹는 것
보다 재미없는 세상. 모든 것이 담배꽁초 같았다. 저금이라도 해서
오랜만에 어머니 얼굴이라도 보고 올까?

나는 조리실에 가는 김에 위스키를 훔쳐다 마셨다.

7월 × 일

생선가게 물고기처럼 서글픈 심정으로 잠에서 깼다. 네 여자는
물렁물렁 녹아내린 하얀 액체처럼 만사태평으로 자고 있다. 나는
머리맡에 있던 담배를 피우면서 아무렇게나 던져져 있는 도키 짱
의 팔을 보고 있다. 아직 열일곱으로 피부가 분홍빛을 띠고 있다.
어머니는 조시키雜色에서 얼음가게를 하고 있는데, 아버지가 병이
들어 이삼일 걸러 뒷문으로 도키 짱에게 돈을 받으러 왔다.

커튼도 없이 파란 하늘을 담아내는 유리창을 보고 있자니, 서
양지나요리라는 빨간 깃발이 마치 나처럼 팔랑팔랑 바람을 품고
있다. 카페에서 일을 하게 되자 남자에게 품고 있던 환상이 꿈처럼
사라지고 모두 한 무더기에 얼마 하는 식으로 싸구려 같아 보인다.

이제 딱히 그 남자에게 돈을 벌어다 줄 필요도 없으니, 오랜만
에 바다 내음을 품은 고향의 바람이라도 쐬어볼까? 그래도 가엾은
그 사람.

그것은 질척질척한 거리였다.
고장난 자동차처럼 나는 서 있다
이번에야말로 몸을 팔아서 돈을 벌어
모두를 기쁘게 해 줘야지 라고
오늘 아침에는 그 멀리서 열흘만에 다시
도쿄로 돌아오지 않았던가

어디를 찾아 봐도 사 주는 사람도 없고
활동사진을 보고 50전짜리 장어덮밥을 먹으면
나는 이제 죽어도 좋다고 했다
오늘 아침 남자의 말이 떠올라
나는 눈물을 펑펑 흘렸다

남자는 하숙을 하니
내가 있으면 하숙비를 더 내야 했고
나는 돼지처럼 냄새를 맡으며
카페에서 카페로 떠돌았다

애정이라든가 육친이라든가 세상이라든가 남편이라든가
뇌가 썩어 가고 있는 내게는
모두 다른 세상의 이야기인 것 같다

소리칠 용기도 없는 탓에
죽고 싶어도 죽을 힘도 없다
내 옷자락에 매달려 장난을 하던
새끼 고양이 오테쿠는 어떻게 되었을까……
시계가게 장식창을 나는 여자 도둑이 된 눈빛으로
들여다보아야지 라고 생각했다
세상에는 얼마나 겉치레뿐인 인간들로 득실거리고 있는지!

폐병은 말똥즙을 먹으면 낫는다며
고통스러워하는 남자에게 먹이는
마음이란 어떤 것일까?

돈이다 돈이다
세상을 돌고도는 것이 돈이라지만
내게는 일을 하고 일을 해도 돌아오지 않는다

뭐 기적이 일어나지는 않는 것일까
뭐 어떻게든 되지는 않는 것일까
내가 일해서 버는 돈은 어디로 도망을 가는 것일까!

그리고 결국은 박정한 사람이 되고
나쁜 년이 되어

죽을 때까지 카페 여급에 식모에 여공에
나쁜 년이 되어
나는 일만 하다 죽어야 하는 것인가!
병으로 마음이 뒤틀린 남자는
넌 붉은 돼지라고 한다

화살이든 대포든 날아오라지
속이 썩어 문드러진 남자와 여자 앞으로
후미코의 내장을 보여 주고 싶다

일찍이 당신이 나를 너무나 무자비하게 대해서, 나는 이런 시를 잡지에 써서 당신에게 대항한 적이 있다. 경박하게 돈을 벌고 있어서 당신이 나를 초조하게 하는 것이라고 선의로 해석하고 있는 나는 바보도 그런 바보가 없다.

그렇다 돌아갈 차비 정도는 있으니까 기차를 타 보자. 그 쾌속선의 물보라도 유쾌하지 않은가? 주황색 당근등대와 푸른 바다, 뿌웅, 뿌웅. 밤기차, 밤기차. 전송하는 사람 하나 없는 나는 장례식에 가는 듯한 슬픈 마음으로, 몇 번이나 불행을 겪고 탔던 동해도선에 몸을 맡겼다.

7월 ×일

"코베神戶에나 내려 볼까. 뭔가 재미있는 일이 굴러 들어오지 않을까?······"

아카시행 삼등열차는 고베에서 내리는 사람들뿐이었다. 나도 바구니를 내리고 먹다 남은 도시락을 조심스럽게 싸서 뭔가 찜찜한 기분으로 고베역에 내려 버렸다.

"이렇게 하다 또 일이 없어서 먹고 살 수가 없으면 염색약 힌켈 만액은 아니지만 더러운 세상의 죄를 짓게 되겠지."

햇살이 뜨겁다.

하지만 내게는 아이스크림도 얼음도 필요 없다. 플랫홈에서 세수를 하고 미지근한 물을 배불리 마시고나서 노랗게 때가 낀 거울에 이삭여뀌같이 초라한 내 얼굴을 비춰 보았다. 그래 화살이든 대포든 날아오라지이다.

딱히 목적도 없는 나는 도중에 내려 버린 차표를 잘 간수하고 난코楠公[56]를 모신 미나토가와신사湊川神社로 슬슬 걸어갔다.

낡은 바구니 하나.

정맥이 부러진 양산.

담배꽁초보다 쓸데없는 여자.

---

56 구스노키 마사시게(楠木正成, 1294,?-1336.7.4)를 말함. 가마쿠라시대(鎌倉時代) 말기에서 남북조시대(南北朝時代)에 걸친 무장.

나의 전투준비는 이렇게 딱 세 가지 뿐이다.

모래먼지가 이는 미나토가와신사 경내에는 흔히 있는 비둘기와 엽서가게. 나는 물이 마른 육각형 분수의 바위에 앉아 양산으로 부채질을 하며 바다내음이 나는 푸른 하늘을 바라보았다. 햇살이 너무 강해서 모든 것이 노골적으로 축 처져 있다.

아마 몇 년 전의 일일 것이다. ―

열다섯 살 때였던가? 나는 터키인이 경영하는 악기상에서 일을 하던 때가 기억났다. 니이나라는 두 살짜리 아이를 보는 일로 검은 바퀴에 의자가 높이 달린 유모차에 잘 태워서 외국선박이 정착하는 부두에 가곤 했다.

구구⋯⋯구구⋯⋯비둘기가 발치로 모여든다. 사람은 비둘기로 태어나야 한다.

나는 도쿄에서 만난 남자를 생각하고 눈물을 흘렸다.

평생 가면 내가 몇 천 엔, 몇 백 엔, 몇 십 엔을 단 한 분 계신 어머니에게 보내 드릴 수 있을까? 나를 사랑해 주시고, 행상을 해서 어머니를 부양하고 있는 가엾은 새아버지를 위로해 줄 수 있을까! 아무것도 제대로 할 수 없는 여자. 남자들을 찾아 방랑하고, 직업을 찾아 방랑하는 나. 아아, 정말이지 골치 아픈 이야기다.

"저 이 보그래이. 덥지 않은교? 이쪽으로 들어 오우⋯⋯"

분수 옆에서 비둘기에게 주는 콩을 팔고 있는 할머니가 돼지우리 같은 가게에서 말을 붙여 주었다. 나는 싹싹하게 웃으며 할머니의 친절에 보답을 하려고 머리가 닿을 만큼 낮은, 거적을 깔아 놓은 가게 안으로 들어갔다. 문자 그대로 이것은 오두막으로, 바구니에 앉자 그래도 좀 시원했다. 불린 대두가 석유통 안에 들어 있었다.

유리 뚜껑을 덮은 두 개의 상자에는 복권하고 딱딱한 다시마가 들어 있는데 먼지를 폭 뒤집어쓰고 있다.

"할머니 그 콩 한 접시 주세요."

5전짜리 백동을 꺼내자 쭈글쭈글한 손으로 노파는 내 손을 뿌리쳤다.

"돈은 필요 없데이."

이 할머니에게 연세가 어떻게 되냐고 묻자 칠십 여섯이라고 했다. 벌레가 먹은 히나인형[57] 처럼 귀엽다.

"도쿄는 이자 지진은 진정이 되었능교?"

이가 없는 할머니는 행주를 짠 것 같은 입으로 상냥한 표정을 짓는다.

"할머니 드세요."

내가 바구니에서 도시락을 꺼내자 할머니는 생글생글 웃으며

---

57 3월 3일의 여자 아이의 명절인 히나마쓰리(雛祭り)에 제단(祭壇)에 장식하는 일본 옷을 입힌 작은 인형들.

계란말이를 입에 넣고 우물거린다.

"할마시 덥지 않응겨?"

할머니 친구인지 등이 굽어 초라한 노파가 가게 앞에 쭈그리고 앉았다.

"할마시, 뭐 좋은 것 없능겨? 내사 마 너무 빈둥빈둥하고 있다고 말이제. 회장도 표정이 좋지 않아서 말이제. 왜 그런 생각이 안 들겠능겨."

"그러게 말이제. 사카에마치米町 여관 말인데, 이불빨래하는 일이 있다는데 어떻능겨?······20전이나 준다던디······"

"그럼 좋제. 이불 두 장만 빨아도 먹고 살겠데이······"

아무 거리낌 없이 나누는 두 노파의 대화를 듣고 있자니 이런 곳에는 또 이런 세계가 있구나 싶어 씁쓸했다.

드디어 밤이 되어 버렸다. 항구에 등불이 하나 둘 켜질 무렵에는 정말로 이제 어디로 가야 하는 기분이 들었다. 하지만 아침부터 땀이 밴 옷을 입고 있는 나는 엉엉 울고 싶을 만큼 서글퍼졌다. 이래도 괜찮다구? 이래도? 뭔가 머리를 짓누르는 것 같아 나는 아직 입속으로 중얼거리며 정처 없이 이집 저집 처마 밑을 돌아다니고 있었다. 바구니를 든 모습이 노래를 부르며 돌아다니는 약장수보다 처량맞아 보였다. 할머니에게서 들은 여관은 금방 눈에 띄었다.

고향에 돌아가도 별 뾰족한 수도 없는 나였다. 할머니가 부엌

일을 하는 사람은 있다고 했는데,……

해안 도로로 나오자 혀를 끌끌 차며 지나가는 선원무리들이 많았다. 뱃사람은 활기차고 용감해서 좋구나 – 나는 여관이라고 적힌 등을 발견하고는 귀밑까지 빨개지면서 숙박료가 얼마인지 물어보러 들어갔다. 친절해 보이는 여주인이 카운터에 있다가 잠만 자고 가는 거면 60전이면 된다고 하며 나그네의 마음을 위로하듯이 들어오라고 해 주었다.

다다미 세 장짜리 방으로 벽지가 파란 것이 이상하게 서글펐지만, 아침부터 입고 있던 옷을 갈아입고는 숙소 여주인이 가르쳐 주는 공중목욕탕에 갔다. 여행은 무서운 것 같지만 동시에 마음이 편한 법이다. 여자들은 마치 연꽃처럼 작은 욕조를 둘러싸고 낯선 말로 수다를 떨고 있다. 여행을 하는 길에 공중목욕탕에 가서 활기찬 표정을 지었지만, 오늘 밤 그 파란 벽에 눌리어 잠을 자며 꿈을 꿀 생각을 하자 문득 서글퍼졌다.

7월 ×일

도련님이 비녀를 산다고 하네.……창문 아래에서 인부들이 도사타령土佐節을 부르며 지나간다. 상쾌한 바람에 모기장이 파도처럼 날려 정말로 즐거운 기분으로 아침잠에서 깼다. 향수를 불러일으키는 도사타령을 듣고 있자니 다카마쓰高松 항구가 그리워졌다.

내 추억에 아무 얼룩도 없었던 시코쿠의 고향. 역시 돌아가야
할까?……부엌데기가 되어 봤자 별 수도 없고.……

어이 바보야!
암컷!
붉은 돼지!
나는 헤어진 남자의 욕설을 노래처럼 천정에 걸어차 버리고 배
트를 뻑뻑 피우고 있다. '어이, 어이'하며 선원들이 서로를 부르고
있다.

나는 숙소 아주머니에게 부탁해서 도중에 하차한 오카야마 행
티켓을 방충용 국화를 중개하는 사람에게 1엔에 팔고, 효고兵庫에
서 다카마쓰 행 배를 타기로 했다. 힘을 내야지. 어떤 경우에라도
기가 죽으면 안 된다.

작은 가게에서 센베를 한 상자 사고나서 나는 효고의 다카마쓰
행 낡은 선박 티켓을 샀다. 역시 고향으로 돌아가야겠다. 투명한
창공에 어머니의 정열이 전선 한 줄이 되어 어서 돌아오라고 부르
고 있다. 박복한 딸이다.

나는 지저분한 손수건에 얼음조각을 싸서 뺨에 대고 눌렀다.
어린아이처럼, 어린아이처럼 모든 일을 천진난만하게 생각하며
세상을 살아가야지.

가을의 입술

10월 ×일

　멍하니 계단 위 지저분한 지도를 보고 있자니 푸르디푸른 저녁 햇살에 지도 위는 역력한 가을 빛이었다. 누워 뒹굴며 담배를 피우고 있는데 까닭 없이 눈물이 고이며 어쩐지 처량해졌다. 지도 위에서는 겨우 두세 치 사이인데 불쌍한 어머니는 시코쿠 해변에서 밤이나 낮이나 나를 걱정하며 지내실 것이다. ―

　목욕을 다녀왔는지 아래층에서 여자들의 시끄러운 목소리가 난다. 이상하게 머리가 아프다. 할 일도 없는 저녁이다.

　외로우면 찬란하게 바다로 들어가자
　찬란하게 바다에 들어가면 바닷물이 가슴까지 차오른다
　헤엄을 치면 흘러간다
　있는 힘껏 버텨라 바위 위 남자

　가을 하늘이 너무나 파래서 나는 하쿠슈의 이런 노래를 생각했다. 아아 이 세상은 겨우 이 정도의 즐거움 밖에 없는 것일까? 뚜둑 뚜둑…… 나는 손가락을 꺾으며 조금 가엾은 내 나이를 생각했다.

"오유미 씨, 전등 좀 켜 줘요."

여주인의 새된 목소리가 난다.

오유미 씨라고? 이름을 오유미라고 붙인 것은 참 잘 붙인 것이다. 우리 어머니는 아와阿波의 도쿠시마德島十郎兵衞[58].

저녁반찬은 평소처럼 오징어졸임에 곤약, 옆에서는 주문해서 배달이 된 어마어마한 커틀릿이 시위를 하듯 노랗게 튀겨져 있다. 나의 식욕은 벌써 훌륭한 기계가 되어서 오징어를 씹기도 전에 물로 그것을 목으로 꿀꺽 삼켜 버렸다. 25엔 하는 축음기는 오늘밤에도 전래동요 〈주이주이준코로바시〉[59] 를 들려 주고 있다.

공휴일이라 아침부터 놀러 가 있던 주코十子가 돌아왔다.

"무지 재미있었어. 신주쿠 대합실에서 네 명이나 나를 기다렸어. 난 모르는 척하고 봐 줬지.……"

그 무렵 여급들 사이에서는 몇 명이나 되는 손님에게 공휴일 하루를 같이 지내자는 약속을 해서 같은 장소에 집합을 시키고는 모르는 척 하는 것이 유행이었다.

"나 오늘은 여동생을 데리고 활동사진 보았어. 각자 자기 부담이라 빈털터리가 되었네. 돈을 벌지 않으면 자릿세도 못 내겠어."

---

58 아와노 주로베(阿波十郎兵衞, 1646-1698). 에도시대 전기의 촌장. 인형극 「게이세이 아와노나리몬(傾城阿波の鳴門)」의 주인공. 아내는 오유미(お弓).

59 일본의 전래동요.

주코는 더러워진 에이프런을 벌써 가슴에 걸고 모두에게 선물로 단 낫토를 나눠 주고 있었다. 오늘은 월경. 가슴이 답답하고 서 있는 것이 힘들다.

10월 x일

새벽 한 시. 부러진 연필처럼 여자들은 뒹굴뒹굴 누워 있다. 잡기장雜記帳 끝에 이런 편지를 써 본다.

–시즈에静栄 씨.
살 수 있는 만큼 오래 살고 싶습니다.
꽤 오랫동안 뵙지 못 했네요. 간다神田에서 헤어진 것이 마지막이군요. ……이제 너무나 외로워서 못 견디겠어요. 이 넓은 세상에 사랑해 주는 사람이 없어졌다고 생각하니 울고 싶습니다. 늘 외톨이라서 남한테서 따뜻한 말을 듣고 싶어하는군요. 그리고 조금이라도 따뜻한 말을 들으면 눈물이 납니다. 심야에 큰 목소리로 노래를 부르며 거리를 돌아다니고 싶습니다. 여름부터 가을에 걸쳐 몸이 이상한 상태가 되어 일을 하고 싶어도 일을 하지 못하므로 자연히 먹고 살기가 힘들어집니다.
돈이 있으면 좋겠습니다. 흰 쌀밥에 아삭아삭 단단한 단무지를 반찬으로 먹으면 더 이상 말할 나위 없습니다. 가난하면 아기처럼 되죠.
내일은 매우 기쁜 날입니다. 얼마 안 되는 원고료가 들어옵니다.

지도만 바라보고 있습니다. 정말이지 아무 재미없는 이 카페 2층에서 나를 공상가로 만드는 것은 계단 위에 있는 지저분한 지도 뿐입니다.

어쩌면 서일본쪽 이치부리市振라는 곳에 갈지도 모릅니다. 살든지 죽든지 어쨌든 여행을 하고 싶습니다.

약한 자여 라는 말은 말 그대로 내게 하는 말이지만 그래도 괜찮습니다. 야생적이라 예의범절을 모르는 저는 자연에 몸을 던질 수밖에 없습니다. 이 상태로 가면 고향에 송금도 못하고 내 사람에게 미안한 일투성이입니다.

나는 참을성 있게 웃어 왔습니다. 여행을 떠나면 당분간은 시골 하늘과 땅에서 건강한 공기를 실컷 들이마시며 일을 하고 올 생각입니다. 무엇보다 몸이 좋지 않아서 힘이 듭니다. 게다가 또 그 사람도 병이 들고 싫어졌습니다. 돈이 있었으면 합니다.

이카호伊香保 쪽으로 허드렛일하는 식모일이라도 하러 가기로 매듭을 지었습니다만, 1년간 가불 백 엔은 너무 가혹하다고 생각합니다. 뭣 때문에 여행을 하냐고 생각하겠지만, 어쨌든 이대로 있으면 나는 파열되어 버릴 것입니다.

배려심 없는 사람들이 아무렇게나 내던지는 말을 들으며 살아 왔습니다만, 이제 무슨 말을 들어도 상관없을 만큼 나는 지쳐 버렸습니다. 겨울이 되면 일당백으로 강해져서 뵙지요. 어쨌든 갈 데까지 갈 겁니다. 유일한 나의 아내이자 남편인 샛노란 시원고를 들고 서일본을 다녀오겠습니다. 몸조심하시고 안녕히 계세요. ——.

– 여보.

그 동안 소식을 뚝 끊어서 미안해요.

몸은 괜찮으신가요? 신경이 날카로워져서 당신에게 이런 편지를 보내면 비웃으시겠죠? 실은 저는 눈물이 납니다. 아무리 헤어졌다고 해도 병든 당신을 생각하면 슬퍼집니다. 힘들었던 일도 기뻤던 추억도 당신의 뒤틀린 처사를 생각하면 원망스럽고 한심스럽습니다. 1엔짜리 두 장을 넣어 보냅니다. 화내지 마시고 요긴하게 쓰세요. 그 여자하고 헤어졌다구요. 내가 너무 생각이 앞서나간 걸까요?

내 입술도 차갑게 식어갑니다. 당신과 헤어지고 나서 말예요…….

다이 씨도 몰래 일을 하고 있습니다.

– 어머니.

송금 늦어져서 죄송해요.

가을이 되어 이것저것 일이 생겨서 늦어졌습니다.

몸은 건강하시지요? 저도 잘 지냅니다. 일전에 보내 주신 코약, 편지 보내는 김에 조금 보내 주세요. 달여서 먹으니 머리로 피가 쏠리는 것도 나아지고 향기도 좋습니다.

돈은 평소처럼 도장을 찍어 두었으니 그대로 우체국에 찾으러 가세요.

아버지한테서는 소식이 있어요? 무슨 일이건 때가 올 때까지 마음 편히 하고 계세요. 저도 올해는 삼재가 끼어서 조신하게 가만히 있는 중입니다.

무엇보다 몸 건강하시길 바랍니다.

봉투 넣어 둡니다. 답장 주세요.

후미 올림.

나는 온 얼굴이 눈물투성이가 되었다. 흑흑 흐느끼며 울어도 울어도 울음이 그치지 않는다. 이렇게 황량한 카페 2층에서 편지를 쓰고 있자니, 가장 마음에 걸리는 것은 고향에 계신 어머니였다. 제가 어떻게든 되기 전에 돌아가시지 말아 주세요. 이대로 그 바닷가에서 돌아가시게 하는 것은 너무 가엾다.

내일 우체국에 가서 제일 먼저 보내 드려야지. 허리춤에는 꼬깃꼬깃한 1엔짜리가 예순일곱 장이나 들어 있다. 저축 통장에는 넣다 뺐다 해서 얼마 없다. 목침에 머리를 베고 누워 있자, 유곽에서 새벽 2시를 알리는 딱따기 소리가 딱딱하고 들렸다.

10월 × 일

창밖은 소슬하니 가을색이 완연하다. 작은 바구니에 모든 것을 집어넣고 나는 오키쓰興津행 기차에 올라탔다. 도케土気를 지나자 작은 터널이 나왔다.

샘플롱simplon[60]. 옛 로마순례를 하던
잘 모르는 길을 나와 남쪽으로 가네

내가 좋아하는 만리万里[61] 의 시이다. 샘플롱은 세계에서 가장
긴 터널이라는 이야기를 들었는데, 혼자서 정처 없이 여행을 떠났
다가 터널을 만나게 되면 어쩐지 숙연한 기분이 든다. 바다에 가는
것이 두려워졌다. 그 사람의 얼굴과 어머니를 생각하면 위로가 된
다. 바다까지 달려가는 것이 무서워졌다.

미카도三門에서 하차했다.
등불이 하나둘씩 켜지고 역 앞은 뽕나무밭. 드문드문 초가지붕
이 눈에 들어온다. 나는 바구니를 든 채 멍하니 역 앞에서 버리고
말았다.
"이 근처에 여관이 있나요?"
"여기서 조자마치長者町까지 가시면 있습니다."

나는 히아리하마日在浜를 똑바로 걷고 있다. 10월의 소토보슈外
房州 바다는 거뭇거뭇 부풀어올랐고, 무서우리만치 정열적인 바다

---

60 스위스 중남부 발레주(州)의 브리크와 이탈리아 북동부 이셀레 사이에 있는 알프스 고
   갯길에 있는 터널.
61 히라노 반리(平野万里. 1885.5.25.-1947.2.10). 시인, 가인. 가집 『젊은 날(わかき日)』
   (1907), 유고에 『아키코 감상(晶子鑑賞)』.

는 나를 흥분시켜 버렸다. 그저 온통 바다와 하늘과 모래사장, 이것들도 저물어 가기 시작한다. 자연스러운 일이다. 인간의 힘이란 얼마나 보잘 것 없는 것인가? 멀리서 개짖는 소리가 난다.

잔무늬가 있는 겉옷을 입은 아가씨가 검은 개 한 마리를 데리고 노래를 부르며 서둘러 왔다. 갑자기 파도가 치며 물보라를 일으키자 개는 무서운지 멈칫하며 목을 똑바로 들고는 바다에 대고 짖어댔다. 멍멍! 멍멍!

천둥 같은 바다소리와 검은 개가 울부짖는 소리는 뭔가 신비로운 힘을 느끼게 한다.

"이 근처에 여관 있나요?"

이 주변에 유일한 인간인 이 가련한 소녀에게 나는 물어보았다.

"저희 집은 여관은 아니지만 괜찮으시면 주무시고 가세요."

불안한 기색 하나 없이 그 아가씨는 막막한 풍경 속에서 단 하나의 빨간 입술로 연보라빛 참고둥 껍질을 삑삑 불며 나를 데리고 오던 길을 되돌아가 주었다. 히아리해변에서 뚝 떨어져 조자마치에서 가까운 해변에 있는 조그마한 난파선 같은 찻집이다. 이 찻집의 노부부는 기분 좋게 목욕물을 데워 주었다. 이렇게 거침없이 자연 그대로의 모습으로 살아갈 수 있는 세계도 있다.

나는 도시의 피폐한 술집 분위기는 생각만으로도 끔찍해졌다. 천정에는 무슨 물고기인지 꼬리가 바싹 마른 생선이 매달려 있다.

이 방의 등불도 어둡고, 그런가 하면 여행을 하는 이 여자의 마음도 어둡다.

무엇을 해도 만족스럽지 못하고 그렇게 동경을 하던 서일본의 가을도 볼 수 없게 되었지만 이 소토보슈는 서일본보다 더 후한 것 같다. 이치부리에서 오야시라즈親不知에 걸쳐 있는 민가 지붕에 군데군데 놓여 있는 절임돌 같은 돌, 철도 선로 위까지 흰 물보라가 튀는 저 창망한 풍경, 무너진 절벽 위에 불긋불긋 하늘을 향해 피어 있는 엉겅퀴 꽃, 모두 몇 년 전의 그리운 추억이 되었다.

나는 바다 내음이 밴 이불을 뒤집어쓰고는 바구니에서 클로로포름 병을 꺼내 한두 방울 손수건에 적셨다. 이대로 사라져 버리고 싶은 마음에 이런 저런 생각이 밀려오는 것을 견딜 수가 없어서 나는 싫어하는 클로로포름 냄새를 책갈피 사이에 눌러 둔 꽃잎처럼 코에 대고 맡아 보았다.

10월 × 일

번개 같은 파도 소리와 창문을 때리는 소슬한 빗소리에 몽롱하게 잠에서 깬 것은 10시 무렵이다. 클로로포름의 시큼한 냄새가 아직 방안에 떠도는 것 같아서, 창문을 살짝 열었다 .

강어귀까지 들어와 있는 바다에 파란 비가 안개처럼 내리고 있었다. 촉촉한 아침이다. 안채에서 말린 정어리를 굽는 냄새가 풀풀 난다.

낮부터 머리가 너무 지끈지끈 아파서 어제 그 아가씨하고 둘이서 검은 개를 데리고 히아리해변으로 나가 보았다. 바닷가 어부의 집에서는 여자 아이들이 삼삼오오 무리를 지어 날정어리를 꼬치에 꿰고 있었다. 비가 개이자, 병사들처럼 늘어서 있는 꼬치에 꿴 날정어리에서 엷은 햇살이 은빛을 발하고 있었다. 아가씨는 날정어리를 양동이에 가득 넣어 달라고 하더니, 주변에 있는 풀을 뽑아 덮었다.

"이렇게 해서 10전이에요."

돌아오는 길에 아가씨는 무거운 듯이 양동이를 내 앞에 내밀며 이렇게 말했다.

저녁에는 초간장에 담근 정어리에 해초조림과 날달걀. 그 아가씨는 오노부信 씨라고 하는데, 날씨가 좋은 날에는 지바千葉에서 기사라즈木更津로 말린 생선 행상을 하러 다닌다고 한다. 가게에서 차를 홀짝거리며 노부부와 오노부 씨하고 잡담을 하고 있는데 물색 게가 사각사각 문지방 위로 기어올랐다.

생활에 지칠 대로 지친 나는 바위처럼 움직이지 않는 이 사람들의 생활을 보고 있자니 어쩐지 부럽기도 하고 애처롭기도 했다.

바람이 불고 있는지, 근뎅근뎅하는 덧문이 난파선처럼 끼익끼익 흔들려서 체홉의 소설에라도 나올 듯한 고풍스런 해변의 여관. 11월에 들어서자 벌써 발바닥이 차갑고 시리다.

11월 × 일

후지를 보았다
후지산을 보았다
빨간 눈이라도 내리지 않으면
후지를 좋은 산이라고 칭찬할 수는 없다

저런 산에 내가 질 것 같아?
기차의 창문에서 몇 번이고 반복하는 회상
뾰족이 솟은 산의 마음은
무너진 나의 생활을 위협하며
나의 눈동자를 차갑게 내려다본다

후지를 보았다
후지산을 보았다
까마귀여!
저 산등성이에서 정상으로 훌쩍 날아오르라
새빨간 입으로 까악 하고 한 번 비웃어 주라

바람이여
후지는 눈의 대비전大悲殿이다
쌩쌩 불어 제쳐라
후지산은 일본의 이미지다

스핑크스다

진한 꿈의 노스탤지어다

마魔가 사는 대비전이다

후지를 보라!

후지산을 보라!

일찍이 호쿠사이北斎[62]가 그린 네 모습 안에

젊디젊은 너의 불꽃을 보았지만……

지금은 늙어 말라 비틀어진 흙덩어리

희번덕거리는 눈을 늘 하늘로 향하고 있는 너 –

왜 너저분하고

불투명한 구름 속으로 도피를 하고 있느냐!

까마귀여! 바람이여!

저 하얗고 투명한

후지산의 어깨를 두드려 주어라

그것은 은으로 된 성이 아니다

---

62 가쓰시카 호쿠사이(葛飾北斎, 1760.10.31.-1849.5.10). 에도시대 후기의 풍속화인 우키요
에(浮世絵) 화가. 대표작에 「후가쿠36경 가나가와 앞바다 파도(富嶽三十六景神奈川沖
浪裏)」, 「후가쿠36경 개풍쾌청(富嶽三十六景凱風快晴)」, 「호쿠사이 만화(北斎漫画)」,
「낙지와 해녀(蛸と海女)」.

불행이 깃든 대비전이다

후지산이여!
너에게 머리를 숙이지 않는 여자가 여기 혼자 서 있다
너를 조소하고 있는 여자가 여기에 있다

후지산이여
후지여!
대담한 너의 불 같은 정열이
쌩쌩 신음소리를 내며
고집 센 이 여자의 목을 칠 때까지
나는 유쾌하게 휘파람을 불며 기다리리

나는 다시 원래의 오유미 씨, 가슴에 에이프런을 하고 이층 창문을 열어 가니 저 멀리 희미한 후지산이 보인다. 아아, 저 산 아래를 나는 불행한 마음으로 몇 번을 지나갔던가. 하지만 설령 작은 여행이라도 이틀 동안 맛본 소토보슈의 그 적막한 풍경은 나의 몸도 영혼도 때를 쏙 빼서 아름답게 바꿔 주었다.

여행은 좋은 것이다. 들판에 서 있는 한 그루 소나무 같은 나는 하다못해 이런 즐거움이라도 없으면 견딜 수가 없다. 내일부터 단풍 데이라서 우리들은 미친 사람들처럼 모두 새빨간 기모노를 맞취 입는다 한다. 도시 인간들은 이렇게 끝없이 유치한 발상을 하는 취향을 갖고 있다.

새 여자가 또 한 명 와 있다. 오늘밤에도 귀신처럼 새하얗게 화장을 하고 이중의 미소로 사람들을 속이는 것일까……덧없는 세상이란 말은 바로 이런 때 쓰는 말인가 보다. −

집을 비운 사이 어머니한테서 표백을 한 무명 속옷 두 벌이 와 있었다.

시모야(下谷)의 집

1월 × 일

카페에서 취객에게서 받은 반지가 의외로 도움이 되어서 13엔에 저당을 잡아 주었다. 그 돈으로 나와 도키 짱은 센다기千駄木 거리를 장을 보며 돌아다녔다. 헌 가재도구를 파는 집에서 네모난 화로와 작은 밥상을 사고 단무지와 밥그릇, 찻잔 일습을 샀다. 나머지로 반 달치 남짓한 방세를 내고 나니 빠듯하다.

원고용지도 살 수가 없다. 허무한 13엔.

하얀 입김을 내뿜으며 둘이서 무거운 짐을 양쪽에서 같이 들고 집에 돌아왔을 때는 10시가 다 되었다.

"후미 짱! 앞에 있는 집 고우타小唄[63] 교습소야. 자 봐. ······잘됐지?"

우산을 써서
가리네, 유곽의 흩날리는 꽃

---

63 에도시대의 속곡(俗曲).

수건을 쓰고 지나갈 무렵
보라색 향기 나는 에도의 봄

엎어지면 코 닿을 만큼 가까운 골목 맞은편 2층에서 너무나 차분해질 만큼, 듣기 좋은 샤미센 소리. 살짝 열린 덧문 뒤로는 밝은 등불에 장지문의 가는 살이 보인다.

"목욕은 내일 하기로 하고 자자……덮을 이불은 빌렸어?"

도키 짱은 장지문을 쓱 닫았다.

요는 다이 씨하고 나하고 같이 있었을 때 쓰던 것인데, 다이 씨가 고보리小堀 씨에게 시집을 갔기 때문에 남아 있었다. 그 사람은 냄비도 식칼도 요도 모두 두고 갔다. 제일 미운 정 고운 정을 남긴 혼고 술집의 2층이 생각났다. 같이 살던 군인출신 남자, 2층에서 기저귀를 빨던 그 아내, 마음씨 좋은 술집 부부. 일이 정리되면 그 무렵에 쓴 일기라도 꺼내 읽어 봐야겠다.

"어떻게 지내고 있을까, 다이코 씨?"

"이번엔 행복해졌겠지. 고보리 씨, 아주 듬직한 사람이니까, 누가 오더라도 흔들리지 않을 거야.……"

"언제 같이 데리고 놀러 가 줘."

"아, 알았어.……"

두 사람은 아래층 아주머니에게서 빌려온 이불을 뒤집어쓰고 일기를 썼다.

13엔 중에서

1. 밥상: 1엔

2. 네모난 화로:1엔

3. 시클라멘 화분 하나: 35전

4. 밥그릇: 20전 2개

5. 국그릇: 30전 2개

6. 고추냉이절임: 5전

7. 단무지: 11전

8. 젓가락: 5전 5인분

9. 다도기, 쟁반: 1엔 10전

10. 복숭아 모양 뚜껑이 달린 그릇: 15전

11. 접시: 20전 2장

12. 일수 방세: 6엔(다다미 3장짜리 방이 9엔)

13. 부젓가락: 10전

14. 석쇠: 12전

15. 알루미늄 국자: 10전

16. 밥주걱: 3전

17. 휴지 1롤: 20전

18. 살색 미안수美顔水: 28전

19. 술: 25전 1홉

20. 이사 인사 메밀국수: 30전(아래층에 줌)

* 잔액: 1엔 26전

"불안하네……"

나는 연필심으로 뺨을 누르며 코가 오똑 하니 높은 도키 짱의 얼굴을 내 쪽으로 향하라고 하고 일기를 썼다.

"숯은?"

"숯은 아래층 아주머니가 단골한테서 월말에 대금을 주기로 하고 주문해 주었어."

도키 짱은 안심이 된 듯이 이초가에시로 올려 묶은 머리를 가는 손가락으로 들어 올리며 내 등에 팔을 둘렀다.

"괜찮다니까. 내일부터 힘을 내서 열심히 일할 테니까 후미 짱은 힘을 내서 공부해. 아사쿠사浅草 일 그만두고 히비야日比谷 근처 카페라면 출퇴근해도 될 거라고 생각해. 술 손님이 많대, 그 근처는……"

"노는 것이라면 둘이서도 즐겁지. 혼자서는 밥도 맛이 없고."

나는 번잡스러웠던 오늘 하루 일을 생각했다.

하기하라 씨 집에 있는 오세쓰節 짱에게서 쌀도 두 되 얻었고, 화가 미조구치溝口 씨는 모처럼 홋카이도에서 보내 왔다는 떡을 보자기에 싸서 나눠 주기도 하고 반지를 전당포에 맡기러 가 주기도 했다.

"당분간 둘이서 열심히 일하자. 정말로 힘을 내자구……"

"조시키에 있는 어머니한테는 30엔 보내면 되니까."

"나도 원고료가 조금은 들어오니까 가만히 입을 다물고 일을 하면 돼."

눈이 오는 소리일까? 창문에 뭔가 사락사락 닿는 소리가 난다.

"시클라멘은 향기가 나쁘네."

도키 짱은 머리맡에 있는 빨간 시클라멘 화분을 살짝 밀쳐 내더니 머리핀을 뽑았다.

"자 이제 자자."

어두운 방안에서 꽃향기만이 진하게 우리를 괴롭혔다.

2월 x일

쌓이는 담설淡雪, 쌓였나 해서 보려니
녹아서 흔적도 없는 허무함이여
버드나무 나긋나긋 흔들리지만
봄은 변덕스런 마음에…….

도키 짱의 콧노래에 저절로 잠이 깨서 보니 머리맡에 하얀 다리가 나란히 놓여 있다.

"벌써 일어났어?"

"눈이 왔어."

일어나 보니 물도 벌써 끓고 있고, 창밖의 판자 위에서 밥도 부글부글 끓어 넘치고 있었다.

"숯이 벌써 왔어?……"

"아래층 아주머니에게 빌렸어."

평소 부엌일을 해 본 적이 없는 도키 짱이 신기한 듯이 밥그릇을 닦고 있었다. 오랜만에 손바닥만한 밥상 위에서 근래 없이 느긋하게 차를 마시고 있다.

"야마토관 사람들한테도 그렇고 당분간 우리가 어디 있는지 아무한테도 알리지 말자."

도키 짱은 고개를 까딱하고는 작은 화로에 불을 쬐고 있다.

"눈이 이렇게 내리는데 나갈 거야?"

"응."

"그럼 나도 『시사신문時事新聞』의 시로키白木 씨나 만나고 와야겠네. 동화를 내 놓았으니까."

"돈 받으면 뜨끈한 것 만들어 놔. 여기저기 가 볼 거라서 난 좀 늦을 거야."

"옆방 다다미 여섯 장짜리 방에 사는 헌옷가게 부부하고도 처음으로 인사를 나눴다. 비계공 작업반장을 한다는 아래층 아주머니네 아저씨하고도 만났다. 모두 시원시원한 게 서민들답다.

"이 집도 전에는 도로에 면해 있었어요. 하지만 불이 나서 이렇게 쑥 들어와 버려서……앞에는 첩의 집이 있었고, 골목 끝 쪽에는 기요모토清元[64] 교습소인데 남자 선생이예요. 시끄럽기는 시

---

64 '기요모토부시(清元節)'의 준말. 에도 시대 후기, 조루리(浄瑠璃)로부터 나온 샤미센

끄러워요."

나는 이를 검게 물들이고 있는 여주인을 신기한 듯이 바라보았
다.

"첩이라고? 어쩐지, 한 번 봤는데 괜찮은 여자였어."

"그래도 아래층 아주머니가 너 보고 이 근방에는 없는 참한 아
가씨래."

두 사람은 이초가에시로 묶은 머리를 나란히 하고 눈이 내린
거리 쪽으로 나갔다. 눈은 마치 기운이 빠진 거품처럼 눈도 코도
다 덮어 버릴 만큼 거세게 내리고 있었다.

"돈 벌기 힘드네."

펄펄 내려라. 내가 파묻힐 만큼. 나는 고집스럽게 우산을 빙글
빙글 돌리며 걸었다. 창문마다 불이 켜진 야에스八重洲 대로에서는
퇴근을 하는 여사무원들이 알록달록한 코트를 입고 내리는 눈을
거스르며 걷고 있다. 코트도 입지 않은 내 소매는 흠뻑 젖어서 비
참한 두꺼비 같다.

시로키 씨는 벌써 퇴근한 것인가? 나 원 참. 이래서 역시 카페
에서 일을 하겠다고 하는데 도키 짱은 자꾸 공부를 하라는 것이다.
신문사의 넓은 접수대에서 이 비참한 여자는 거칠게 끝이 갈라진
글씨를 써서 처지가 딱하니 원고료를 어떻게 좀 해 달라는 메모를
남겼다. 하지만『시사신보』의 도어는 재미있다. 물레방아처럼 빙

(三味線) 음악의 일종

글빙글 돈다. 빙글빙글 두 번 누르자 다시 앞으로 되돌아온다. 우체부가 웃고 있었다.

얼마나 힘없는 인간들인가? 빌딩을 올려다보니 네까짓 것 한 명 죽든가 살든가 무슨 상관이냐고 한다. 하지만 저런 빌딩을 사면 쌀값도 월세도 다 내고 고향에 긴 전보도 칠 수 있겠지? 벼락부자가 될 거라고 하면 무자비한 친척도 매정한 친구들도 놀랄 것이다.

딱하구나 후미코
사라져 버려라

도키 짱은 추위에 꽁꽁 얼어 이 눈 속을 들개처럼 돌아다니고 있을텐데. -

2월 x일

아아, 오늘밤도 하염없이 기다린다.

화로불로 차를 데우고 때 지난 밥을 먹는다. 벌써 1시가 넘었는데 -

어젯밤에는 2시, 그저께는 1시 반, 평소 12시에는 꼭 귀가를 하던 사람이었는데, 도키 짱 만큼은 그럴 일이 없겠지만⋯⋯.

밥상 위에는 와카쿠사若草에 보낼 원고 두세 장이 흩어져 있다. 이제 집에는 10전 밖에 없다.

나한테 차곡차곡 맡겨 두었던 10엔 좀 못되는 돈을 어느새 가지고 나가 버려서, 어제도 물어보려다 못 물어봤는데, 대체 어떻게 된 것일까 하고 생각한다.

몇 번이나 데웠다 식혔다 해서 밥은 질척질척했다. 대합조갯국도 졸아붙어 버렸다. 복도 없지. 원고도 쓸 수가 없어서 경대 옆으로 밀어 놓고 쓸쓸히 이부자리를 폈다. 아아, 미장원에 가서 머리를 다시 묶고 싶다. 벌써 열흘도 넘게 이초가에시를 하고 다니니 두피가 가렵다. 사람이 돌아오면 쓸쓸할 것 같아서 전등을 켜고 보라색 천으로 덮어 놓았다.

3시.
아래층 여주인의 중얼거리는 소리에 잠을 깨니 뚜벅뚜벅 도키 짱이 큰 발자국 소리를 내며 올라오고 있다. 잔뜩 취한 것 같았다.
"미안해!"
창백한 얼굴에 머리는 헝클어지고 보라색 코트를 입은 도키 짱이 이부자락에 푹 쓰러져 마치 떼를 쓰는 아이처럼 울기 시작했다. 나는 그렇게나 벼르고 있었는데 한 마디도 못하고 입을 다물고 있었다.

"잘 있어, 도키 짱."
젊은 남자의 목소리가 사라지자 골목입구에서 얼빠진 자동차 경적소리가 났다.

2월 x일

두 사람 모두 민망한 기분으로 밥을 먹었다.

"요즘 좀 게으름을 피웠으니, 계단을 닦아, 나는 빨래를 할 테니까……"

"내가 할 테니까 여기는 그냥 내버려 둬."

잠이 부족해서 푸석푸석한 도키 짱의 눈꺼풀을 보니 너무나 가엾다.

"도키 짱, 그 반지 뭐야?……"

가냘픈 약지에 찬란하게 빛나는 하얀 보석이 빛나고 있었고 반지는 플래티넘이었다.

"그 보라색 코트는 어떻게 된 거야?"

"……"

"도키 짱 가난한 것이 싫어진 거지?"

나는 아래층 아주머니 얼굴을 볼 생각을 하니 뜨끔했다.

"아가씨! 도키 짱 좀 어떻게 된 것 같아요."

수돗물과 함께 아저씨의 말이 마음 아프게 들려왔다.

"동네 사람들 체면도 있구. 한 밤중에 부릉부릉 자동차 소리를 내네. 동네 입구여서 조금이라도 나쁜 소문이 나면 귀찮아서 말이지……"

아아, 당연하지. 빨래를 하고 있는 내 등을 저런 말들이 와서 콕콕 찌른다.

2월 x일

도키 짱이 돌아오지 않은지 닷새째.

오로지 도키 짱의 소식을 기다리고 있다.

그녀는 그런 반지와 보라색 코트에 져 버리고 말았다. 살아갈 길이 막막한 그녀가 걸어야 할 길인지도 모른다. 가난은 결코 부끄러운 것이 아니라고 그토록 말했건만……열여덟 그녀는 진홍색 코트도 보라색 코트도 갖고 싶었던 것이다. 나는 5전 남은 동전으로 막과자 다섯 개를 사다가 이불 속에서 헌 잡지를 읽으며 먹었다.

가난은 부끄러운 것이 아니라고 했지만, 과자 다섯 개는 끝내 내 위장을 구원해 주지 못했다. 손을 뻗쳐 옷장을 열어 보았다. 남은 배추를 뜯어 먹으며 하얀 쌀밥의 촉감을 공상해 본다.

아무것도 없다.

막막하다.

눈물이 글썽거린다.

불이라도 켜자. ……과자로는 안 되는지 뱃속에서 꼬르륵꼬르륵……짜증나게 소리가 난다. 헌옷장수 부부가 사는 옆방에서는 지직 하고 꽁치를 굽는 진한 냄새가 난다.

식욕과 성욕!

도키 짱은 아니지만 하다못해 밥 한 그릇이라도 있었으면.

식욕과 성욕!

나는 울고 싶은 기분으로 이 말을 꾹 참았다.

2월 x일

후미언니께.

아무말 없이 이렇게 되어서 죄송합니다. 반지를 받은 사람에게서 협박을 당해 아사쿠사의 요정에 있습니다. 이 사람에게는 아내가 있지만 아내는 내쫓아도 된다고 합니다. 비웃지 말아 주세요. 이 사람은 청부업자로 지금 마흔 둘 되는 사람입니다.

기모노도 많이 사 주었습니다. 당신 이야기도 했더니 매달 40엔 정도는 주겠다고 했습니다. 저는 기쁩니다.

차마 읽을 수 없는 도키 짱의 편지 위에 이럴 리가 없다고 눈물을 줄줄 흘렸다. 이가 쇠조각처럼 덜덜 떨렸다. 내가 언제 그런 부탁을 했느냐 말이다! 바보, 멍충이. 열여덟 여자는 이다지도 나약하단 말인가! 눈이 퉁퉁 부어서 보이지도 않을 만큼 펑펑 운 나는 도키 짱 이름을 불러 보았다. 장소를 알려 주지도 않고 아사쿠사의 요정이라니……

기모노, 기모노.

반지는 뭐고 기모노는 뭐냔 말이다. 신념도 없는 여자여!

아아, 그래도 나리꽃처럼 가련한 그 모습, 곱디 고운 분홍빛 살결, 검은 머리. 그 여자는 아직 처녀였었다. 무엇 때문에 처녀를 그런 바람둥이 포플라 같은 남자에게 바쳐 버린 것일까?……사랑스런 고개를 굽히고.

봄은 변덕스런 마음에……

나에게 노래를 불러 주었던 그 소녀가……마흔두 살의 남자
여! 저주 받으라!

"하야시 씨, 등기 우편이요!"
보기 드물게 활기찬 아주머니의 목소리에 계단에 놓여 있는 일
본 봉투를 집어 들어보니, 『시사신보』의 시로키 씨에게서 온 등기
우편.
금 23엔이다. 동화의 원고료.

당분간 굶어 죽지는 않게 되었다. 가슴이 뛴다. 미친 사람이 물
을 먹은 듯. 하지만 어쩐지 마음 한 구석이 슬프다. 기뻐해 줄 친구
가 마흔두 살 메피스토펠레스에게 안겨 있다.

시로키 씨의 편지.
늘 하는 말이지만 기운 내서 분투하길 바란다.

나는 창문을 활짝 열고 우에노의 종소리를 들었다. 밤에는 초
밥이나 먹어야지.

1927년

제2부 속 방랑기

연일(戀日)

1월 × 일

나는 들판에 던져진 붉은 공

거센 바람이 불면

하늘 높이

독수리처럼 날아오른다

아아, 바람이여 몰아쳐라

타오르는 듯한 공기를 품고

오오, 바람이여 빨리

붉은 공 나에게 몰아쳐라

1월 × 일

눈 내리는 하늘.

무슨 짓을 해서라도 섬에 갔다 와야 한다. 섬에 가서 그 사람을
만나고 와야지.

"우리가 한물 간 거지. 무시하고 있는 거잖아."

어머니는 내가 혼자 섬에 가는 것을 찬성하지 않는다.

"그럼 이번에 어머니가 섬에 갈 때 데려가 주세요. 아무래도 이야기를 하고 오고 싶어요……."

내게 『사닌』[65]을 보내 주었고, 사랑을 가르쳐 준 남자가 아니던가? 처음으로 도쿄에 데리고 간 것도 그 남자다. 믿어도 된다고 말한 그 사람의 말이 가슴에 다가온다.

방파제에는 배가 닿았는지 낮게 드리운 음산한 구름 위에 배 연기가 나부끼고 있다. 바닷바람이 가슴을 크게 부풀린다.

"상대는 아무 생각이 없는데 따라가는 거 아니제?…… 마, 재난을 당했다고 생각하고 에미하고 같이 다시 도쿄로 돌아가는 게 좋을 기라."

"그래도 한 번 만나서 이야기를 해 보지 않으면 누구나 오해는 할 수 있어요. ……."

"생각해 보그래이. 벌써 작년 11월부터 소식이 없지 않드나? 어차피 지금은 정월이고 정말로 마음이 있으면 왔것제. 남자가 좀 소심해서 어쩔 수가 없는기라. 닭띠는 아무래도 맘에 안드는기라."

나는 남자와 처음으로 도쿄에 가서 1년 남짓 생활했던 일을 떠

---

65 러시아의 작가 M.아르치바셰프의 1907년 장편소설. 정치활동의 좌절을 섹스의 자유에서 보상받으려는 청년들의 모습을 뛰어난 관능적 수법으로 묘사하였으며, 극단적인 개인주의와 니힐리즘, 섹스의 해방을 찬미하는 주인공의 사상은 사니즘이라는 말을 유행시킴.

올렸다.

　만춘의 5월.

　산책을 하러 나간 조시가야雜司谷 묘지에서 배를 부딪치며 울던 내 모습. 나를 도쿄에 내팽개치고 감감무소식으로 있다가 적당히 아무 소식이나 휙 던져 주던 남자. 그런 남자의 아이를 낳으면 안 되겠다 싶고, 모든 것이 낯설고 무서워서 나는 달려가서는 묘지의 비석에 배를 철썩철썩 부딪치고 있었던 것이다. 어쩌나 얄팍하던지. 남자의 편지에는 미국에서 돌아온 누님 부부가 너무나 강경하게 반대를 한다고 했다.

　집을 나와서라도 나와 함께 있겠다고 하며 졸업 후 1년간의 대학생활을 나와 함께 조시가야에서 보냈으면서, 졸업을 하자 자기 혼자 돌아가 버렸다. 그렇게 철썩같이 믿고 있었건만. 아버지, 어머니도 잊고 이렇게 열심히 일했건만. 나는 젊은 날의 가벼운 사랑의 나날들이 물거품보다 더 덧없는 것으로 여겨졌다.

　"이삼 일 지나면 나도 장사를 하러 갈 기라. 네도 한 번 가서 만나 보면 좋을 기다."

　주판알을 굴리던 새아버지는 이렇게 말씀해 주셨다.

　2층은 다다미 여섯 장짜리 방 두 칸, 아래층은 배의 돛을 만드는 천과 담배를 파는 노부부.

　"이 집도 어지간히 낡았네."

　"네가 태어날 무렵 이 집을 지었제. 십사오 년이나 전 이야긴

기라. 그 때는 아직 이 길은 바다였었는데 매립을 해서 바다가 저만치 물러났제."

1904년생 다 낡은 바닷가 2층 집에 세를 살면서 우리 세 방랑자 가족은 평온했다.

"기차에서 보면 이 오노미치는 아주 아름다운기라."

항구 마을은 생선도 맛있고 야채도 맛있어서 오노미치로 다시 돌아온 것을 기뻐하며 어머니는 도쿄에 있는 내게 편지를 보냈다. 돌아와 보니 집은 바뀌었어도 모든 것이 정겹다. 고리짝에서 책을 꺼내자 옛날 내 책상자에는 사랑이란 글자가 늘어서 있다.

옆방에는 목수 부부. 아주머니는 매춘부 출신으로 화장을 짙게 하는 여자였다.

오늘밤은 간세교寒施行[66] 라서 어둡고 추운 항구 마을에 등불이 여기저기 켜져 있다. 팥밥에 튀김, 목수댁 아주머니는 분 냄새가 나는 손으로 그런 음식들을 잔뜩 가져다 주었다.

"아지매, 이삼 일 안에 섬에 가시능교?"

"오는 15일이 공장 임금계산일이니께, 메리야스를 좀 가져가려고 생각하는기라……"

"우리 집 양반도 뱃일은 할 수 있는 날이 많지 않으니께, 무슨

---

[66] 추위에 먹이가 부족한 여우나 너구리에게 음식을 베풀어 주는 것. 굴 앞이나 논두렁, 산길 등에 음식을 놓아 둔다.

장사라도 하면 우얄까 하고 공단으로 만든 버선 재생품을 물어보던디 어떻능교?"

"그것 참 좋겠제. 직공들은 요즘 경기가 좋은기라. 물건만 좋으면 사 것제. 장사는 재미있을지도 모르니 내하고 가 보고 이 후미코에게 도와달라고 하면 되것제."

"그러면 아지매하고 같이 가는 걸로 부탁드리요."

배의 목수일도 공임이 싸고 사람이 많은데다 추운 바닷가에 나가는 것은 수지가 맞지 않는다고 한다.

저녁.

도크에서 일하고 있는 가네다金田가 「자연과 인생自然と人生」[67] 이라는 책을 가져다 주었다. 가네다는 나의 초등학교 친구다. 책을 읽는 것을 좋아하는 사람이다. 반질반질한 분홍색 카드가 들어 있고 표지에는 갈대 잎 같은 그림이 그려져 있었다.

— 이기면 관군官軍, 지면 적이라는 오명을 쓰고 쌓이는 눈을 낙화落花처럼 걷어찬다. ……. 어두워질 때까지 비료를 쌓아 둔 방파제에서 책을 읽었다. 보라색 피부를 가진 소녀의 이야기. 비 개인 날 밤, 얼굴이 살짝 얽은 여자. 어쩐지 젊은 내 가슴에 향기를 가져다 준다. 가네다는 어쩐지 이 지렁이 잠꼬대 같은 이야기가 재미있다고 한다.

---

67 도쿠토미 로카(德富蘆花)의 수필 소품집. 1900년 간행.

10시 쯤 산에 있는 학교에서 돌아와 보니, 새아버지가 화투를 하러 갔는데 아직 돌아오시지 않는다며 어머니가 걱정을 하고 있었다. 이렇게 추운 날에도 너벅선이 뜨나 하며 새아버지를 마중하러 항구에 나갔는데, 선창계단에 딸린 작은 증기선에서 희끗희끗 하얀 여자의 얼굴이 유령처럼 보였다. 나도 차라리 거친 바다에 몸을 던져서 그 남자에게 정열을 보여 줄까, 아니면 아무 생각 말고 곧바로 달려가서 추락을 해서 저 여자들 무리에 섞여 들어갈까?-

1월 × 일

섬에서 어머니와 헤어지고 나서 나는 해변가를 따라 남자의 집에 갔다. 1엔으로 산 과자봉지를 소중하게 안고 인노시마因島의 물받이통같이 좁은 거리를 빠져 나가니 춥고 차가운 푸른 바다가 한없이 막막하게 펼쳐져 있었다.

이유도 없이 가슴이 타들어 가는 느낌. 그 사람하고는 벌써 세 달이나 못 만났는데, 도쿄에서의 그 힘들었던 생활을 기억해 주면 좋겠다.…….

구릉 위는 온통 귤산. 등불처럼 열매가 열린 레몬나무가 뭔가 소녀 시절의 풍경 같아서 아주 기뻤다.

소 한 마리.

썩은 초가지붕.

레몬 구릉.

당닭이 꽃처럼 무리지어 있는 마당.

1월의 태양은 이런 곳에서도 안개처럼 빛을 발하고 있다. 다다미를 걷어낸 바깥 방에는 남자의 하오리가 걸려 있었다. 이렇게 한가한 풍경 속에서 살고 있는 사람이 어떻게 나한테 말뼈다구라느니 소뼈다구라느니 했을까?

말없이 먼지를 뒤집어쓰고 있는 툇마루에 앉아 있는데 아마 그 남자의 어머니일 것이다. 시커멓게 그을고 등뼈가 없는 지푸라기 인형 같은 노파가 닭을 쫓으며 뒤쪽에서 나왔다.

"저, 오노미치에서 왔습니다만……"

"누굴 찾아오신기라?"

어쩐지 목소리에 가시가 돋친 것이 냉랭한 느낌이 들었다. 나는 누구를 찾아왔냐는 질문을 받자 소녀처럼 눈물이 흘렀다. 오노미치 이야기, 도쿄 이야기. 나는 일 년 남짓 그 사람과 함께 살았던 이야기를 해 보았다.

"내는 아무것도 모르능기라. 조만간 다시 누군가하고 의논을 해 봐야 것제."

"본인을 만날 수는 없을까요?

안에서 그 사람 아버지인지 육십은 되 보이는 노인이 담뱃대로 연기를 뻑뻑 내뿜으며 나왔다. 결국은 미국에서 돌아온 누님 부부가 반대를 한다는 것. 게다가 요즈음에는 본인도 조선소 서무과에서 일을 하게 되어서 행복하게 살고 있으니 풍파를 일으키지 말아 달라는 것이었다. 이렇게 칙칙한 레몬나무 산자락에 수만 엔이나 되는 재산을 지키며 그날그날 먹을 것을 아끼며 살아가는 농삿군의 생활. 너무 매정하다고 생각했는지 그 사람의 아버지는 오늘은 잿날이니 밥이라도 먹고 가라고 했다. 여자는 나이를 먹으면 왜 사악해지는 것일까? 노파는 여전히 뚱한 표정으로 허리에 새끼줄을 두른 차림으로 외양간으로 들어갔다. 시커멓게 찐 곤약, 튀김, 고구마, 잡어조림 이것이 잿날 음식이다. 툇마루에서 눈물을 머금고 있는데 이름을 불러서 돌아보니 거친 논두렁으로 그리운 얼굴이 돌아오고 있었다.

나를 보더니 마음 약한 남자는 깜짝 놀라 눈만 꿈뻑꿈뻑 하고 있었다.

"당분간은 혼자서 일하고 싶다고 하니 집에 와도 화내지 말고 느긋하게 기다리고 계시이소. 어쨌든 즈이 누이가 말하기로는 집 한 채도 없는 집 딸을 들일 수는 없다고 하니 말이제.……"

아버지 말씀이다. 그 사람은 입을 꾹 다물고 고개를 숙이고 있다. 아무리 따져 봐도 그렇게 용감하다고 생각했던 남자가 입을 꾹 다물고 한 마디도 해 주지 않는 것은, 내가 백 번을 이야기해도 움직여 줄 부모들이 아니다. 나는 처음으로 막막한 생각이 들었다. 그렇게 철썩같이 믿었던 남녀의 약속이 이렇게나 허무하게 깨져 버리다니. 나는 그곳에 과자상자를 놓고 귤산에 쨍쨍 내려쬐는 노란 햇볕을 받으며 산길로 들어섰다. 그 남자는 일찍이 그 입으로 이렇게 이야기한 적이 있었다.

"넌 오랫동안 너무 고생만 해서 사람을 자주 의심하는데, 아이가 된 셈 치고 나를 믿어 봐,……"

차갑고 푸르게 빛나는 바닷가로 나와서, 나는 멍하니 바다를
바라보고 있었다.

"어머니가 이런 거 받을 이유가 없으니 돌려주고 오라고 해
서."

나를 뒤따라온 남자의 모습, 기가 막힐 정도로 쩔쩔매는 모습
이었다.

"받을 이유가 없다구? 그래, 그럼 바다에 던져 버리든지. 못하
겠으면 내가 할게요."

남자한테서 과자상자를 잡아채어서 나는 있는 힘껏 그것을 바
다에 던져 버렸다.

"그 사람들 고집은 도저히 당할 수도 없고, 또 집을 나온다고
해도 시골에서는 아는 사람 도움으로 일을 할 수 있지만 도쿄에서
는 대학을 나와도 밥을 먹고 살 수 없어서 말이야."

나는 말없이 울고 있었다. 처량하게도 도쿄에서 일 년 동안 일
을 해서 이 남자한테 걱정 끼치지 않고 지낸 일이 떠올랐다.

"어찌 되든 상관없잖아요. 내가 화가 나서 과자상자를 바다에
던져 버렸다고 해서 당신한테 집을 나오라고 하는 것도 아니잖아
요. 나는 이제 곧 도쿄로 돌아갈 거예요."

모래사장의 지저분한 해초를 밟으며 걷고 있자니 남자도 어느
새 개처럼 입을 다물고 따라 왔다.

"바래다 주지 않아도 괜찮아요. 그렇게 눈에 빤히 보이는 친절 따위 필요 없어요."

마을 입구에서 남자와 헤어지자 차가운 바람이 온몸을 뚫고 지나가는 것 같았다. 만나면 이런 말도 해야지 저런 말도 해야지 하고 마음 먹었던 것이 맥없이 무너져 내렸다. 도쿄에서 그리고 있던 이미지가 바보같이 무너져 버리자, 고개를 바짝 쳐들고 벽처럼 한없이 이어진 회색 산을 올려다보았다.

조선소 입구에 가게를 열었던 새아버지와 어머니가 목수댁 아주머니하고 벌써 장사를 마치고 뒷정리를 하고 있었다.

"이 보그래이, 이 버선은 종이로 만들었나. 신자마자 찢어지는 기라."

약으로 검게 물을 들여 놓은 것인데, 신으면 바로 북하고 찢어지는 것 같다.

"아지매! 지는 이제 돌아가겠어예. 모두 화를 내며 쫓아 올 것 같아서 무섭제요.……"

목수댁 아주머니는 재생제품인 버선을 한 켤레에 70전에 팔고 있으니 참 뻔뻔하기도 하다. 목수댁 아주머니가 하나 더 일찍 가는 배로 돌아간다고 해서 나도 같이 가기로 하고 선착장에 갔다.

"자 이제 배 출발합니다!"

선장이 종을 울리자 따각따각 나막신 소리를 내던 목수댁 아주머니는 선창을 건널 때 아직 반이나 남아 있던 버선 보따리를 바다에 풍덩 떨어뜨려 버렸다.

"너무 비싸게 팔아 먹어서 벌 받은 기라."

아주머니는 아이구 아이구 하며 막대기로 보따리를 건져내고 있었다.

무슨 일이든 지나가 버린다. 배가 내가 지나온 모래사장이 있는 바다를 나오자 불이 붙은 듯 붉은 색이 도는 산이 저녁 어스름에 어둑어둑해졌다. 세 달이나 믿고 공상을 하던 나였는데. 나는 바닷바람을 거스르며 언제까지고 갑판에 나와 서 있었다.

1월 × 일

"네는 생각이 좀 왔다갔다 해서 안 되는 기라!"

새아버지는 도쿄행 보따리를 싸고 있는 내 뒤에서 말했다.

"하지만 임자, 이런 곳에 있어도 별 수도 없고 조만간 우리도 도쿄에 갈 거니께 조금 빨리 가나 늦게 가나 마찬가지 아닝교."

"우리하고 같이 가는 게 아니니께 그라제. 혼자서는 위험하다 아이가?"

"게다가 네는 뭐든지 아무 방침도 없이 하니께 말이제."

물론이죠. 갑갑하게 방침 같은 것만 세워서는는 믿을 수 없지 않아요? 지금의 내 기분은 방침 같은 거 세울 수도 없는 상태다. 목수댁 아주머니가 바나나를 사 주었다.

"기차 안에서 도시락 대신 먹그래이."

정류장의 검은 나무울타리에 기대어 어머니는 눈물을 훔치고 있었다. 아아, 마음씨 좋으신 새아버지! 마음씨 좋은 어머니! 나는 벼락부자가 되는 멋진 공상을 했다.

"어머니! 당신은 세상이니 의리니 인정이니 라는 말씀을 자주 운운하지만 우리를 얼마나 도와주었다고 하는 거예요? 우리 세 식구의 세계는 어디에도 없으니까요. 똥 밟았다 생각하세요. 이제 그 남자하고도 헤어지고 왔으니까요."

"우리 식구 셋이서 함께 살 수 없다는 기가?……"

"나는 일을 해서 보란 듯이 부자가 될 거예요. 다른 사람들은 무서워서 믿을 수 없으니까, 혼자서 몸이 가루가 되도록 일을 할 거예요."

언제까지고 내 마음에서 사라지지 않는 어머니, 나는 무슨 일이든 있으면 어머니에게 전보를 쳐서 어머니를 기쁘게 해 주고 싶었다. ——차츰 햇빛이 비치기 시작하는 항구마을을 가로지르며 기차는 겹겹이 이어지는 산기슭 해안을 따라 달리고 있다. 내 추억에서 민들레 홀씨 같은 슬픔이 바다 위로 폴폴 날라 갔다. 바다 위에는 헤어진 사람의 모습이 무지개처럼 커다랗게 떠올라 있었다.

1924년

가야바초(茅場町)

6월 ×일

이글거리는 태양이 구름을 뚫고 나와 반짝거리고 있다. 허리춤에 끼워 둔 두 통의 이력서는 땀에 흠뻑 젖어 버렸다. 덥다. 신토미新富 하안의 다리를 곡선으로 꺾어지면서 전차는 신토미좌新富座를 들이받을 듯이 썩은 나무다리를 건너간다. 사카모토초坂本町에 내리자 지저분한 공원이 눈앞에 나타났다. 돈이라도 있으면 얼음물이라도 한 잔 마시고 가겠지만, 아아 이렇게 진득진득한 땀냄새는 부르조아 인종들이 경멸할 것임이 틀림없다. 나는 돌에 고정시킨 긴 파라솔대에 얼굴을 기대고 지저분한 공원 벤치에 앉아 시원한 바람을 쐬이고 있었다.

"이봐! 누님, 5전만 좀 주쇼……"

깜짝 놀라 돌아보니 때에 쩔은 수건을 목에 두른 부랑자가 내 뒤에 서 있었다.

"5전? 저 2전밖에 없어요. 기차표 한 장하고 달랑 이것뿐……"

"그럼 2전 주슈."

서른도 더 됐을 법한 이 건장한 남자는 나한테서 땀에 쩔은 2전을 받자 공중변소 쪽으로 사라져 버렸다. 그 사람한테 2전을 주었고 그 사람이 그렇게 기뻐했으니 나에게도 틀림없이 좋은 일이 일어날 것이다. 장난감상자를 홱 뒤집어 놓은 것 같은 공원 안에는 나무하고 똑같이 먼지를 뒤집어쓴 인간들이 여기저기 어슬렁거리고 있다.

가야바초茅場町 교차점에서 오른쪽으로 조금 간 곳에 이와이라는 주식사무실이 나왔다. 쇠창살이 쳐진 어둑어둑한 사무실에는 한량으로 보이는 남자에, 바쁘게 뛰어다니는 어린 점원에, 마치 인종이 다른 곳에 온 느낌이 들었다.

"월급은 도시락제공에 35엔이고요. 아침에는 9시부터, 저녁에는 4시까지입니다. 그런데 주판알은 굴릴 줄 아나요?"

"주판알이라뇨?"

"부기 말이예요."

"조금은 할 수 있을 겁니다."

와우, 월급에 도시락제공에 35엔이라니! 얼마나 멋진 무지개 같은 세상인가? ―― 35엔, 그 돈만 있으면 나는 효도도 할 수 있어.

어머니!

어머니!

당신에게 10엔씩이나 보낼 수 있다면 딸이 출세했다고 춤이라도 덩실덩실 추시겠죠?

"네 주판알이든 뭐든 할게요."

"그럼 해 보세요. 그리고 이삼일 있다가 확실히 정하죠. ――"

하얀 실크 와이셔츠를 돛처럼 선풍기 바람에 부풀리고 있는 이 대머리 남자는 나를 사무용 책상 앞으로 데리고 갔다. 마치 커다란 바위 같은 사무용 책상 앞에 서니, 35엔의 압박감이 온몸으로 느껴져서 장부기입이든 뭐든 할 수 있다고 한 일이 무서워졌다. 점원이 가지고 온 커다란 서양식 장부를 펴 보니 그것은 복식부기로 내가 좀 알고 있는 부기하고는 차원이 다른 것이었다. 눈앞이 캄캄해지고 땀이 났다. 태어나서 한 번도 본 적도 없는 긴 숫자의 행렬, 숫자를 매일 기입하고 주산을 해야 한다고 한다면 나는 하루 만에 완전에 미쳐 버릴 것이다. 하지만 나는 주산알을 아주 보란 듯이 따닥따닥 움직이면서 어렸을 때 산수는 미만 받은 일을 생각해 내고는 가슴이 오싹해지는 기분이 들었다. 이렇게 긴 숫자가 우리 인생에 얼마나 필요한 것일까? 문득 고개를 들어 보니 어린 점원이 간식으로 팥빙수를 가져다 주었다. 나는 한심하게도 눈물이 날 것 같았다. 얼음과 숫자, 붉은 색과 푸른 색 선, 부기봉으로 머리를 딱딱 두들기며 숫자를 아무렇게나 기입한 것이 겁이 났다.

돌아와 보니 전보가 와 있었다.

출근할 필요 없음.

쳇! 그렇게 큰 숫자를 매일매일 기입해야만 하는 세계 따위, 나도 가고 싶지 않아요다. 벼락부자가 되겠다는 이상도 그렇게 큰 숫자에 주눅이 드는 걸로 봐서는 평생 그른 것 같다.

6월 ×일

2층에서 보니 옆집 마당에 붉은 칸나 꽃이 피어 있었다.

어젯밤 뭔지 알 수 없는 슬픔으로 이리 뒤척 저리 뒤척 하며 울고 있던 내 눈동자에 모기향 불이 빨갛게 비쳤다.

옆집 마당의 칸나 꽃을 보고 있자니 어젯밤의 슬픔이 다시 밀려올라와서 뜨거운 눈물이 흘렀다. 새삼 생각해 보니, 생활다운 생활도 연애다운 연애도 공부다운 공부도 해 보지 못 한 한심한 내 신세가 잔잔한 바다의 배처럼 처량하게 여겨졌다. 이번에는 아주 좋아하는 사람이 생기면 눈 딱 감고 죽어 버려야지. 이번에 생활이 편해지면 행복이 쑥 빠져나가기 전에 죽어 버려야지.

한 순간 아름다운 칸나 꽃의 신분이 부러웠다. 다음 생에는 이렇게 아름다운 칸나 꽃으로 태어나면 좋겠다. 낮에는 지요다바시 千代田橋 근처 주식사무실에 가 보았다.

ーー 1 2 3 4 5 6 7 8 9 10 ーー

이렇게 긴 숫자를 몇 번이나 쓰라고 해서 쓰고는 많은 응모자들과 문밖으로 나왔다. 여사무원을 구한다고 하는데 또 부기를 하라고 하는 것일까?……하지만 많은 응모자들을 보니, 당분간 나는 오갈 데 없는 신세다.

쪼글쪼글한 견옷을 입은 여자도 메린스를 입은 여자도 밖으로 한 걸음 나오자 서로 노려보던 태도는 어디로 갔는지 말을 붙였다.

"댁은 어느 쪽이세요?"

나는 이 물고기 떼 같은 여자들과 헤어져서 긴자銀座까지 걸었다. 긴자를 돌아다니다 보니 어쩐지 전당포에 갈 생각이 들었다. 진열상자 속에 든 작은 수족관에서는 식물의 줄기같이 생긴 은어가 먼 고향을 생각하며 거리를 내다보고 있었다. 긴자의 포도가 강물이 된다면 재미있을 것이다. 긴자의 늘어선 건물들이 산이 되면 좋겠다. 그리고 그 산 위에 눈이 반짝반짝 거리고 있다면 얼마나 좋을까?……

　　붉은 벽돌로 된 포도의 한쪽 구석에 2전짜리 팽이를 팔고 있는 꼬질꼬질한 할아버지. 인간이란 이런 모습을 하면서까지 살아야만 하는 것일까? 숙명이라든가 운명이라는 것은 여우에 홀린 사람이 하는 말이겠지. 할아버지! 나폴레옹 같은 전술가가 되어서 그런 2전짜리 팽이로 정체되는 일은 그만 두어 주세요. 동정을 구하는 팽이장수 할아버지의 눈동자를 보고 있자니 묘하게 비웃어 주고 싶어졌다. 저런 존재와 동족이라니, 아아 더러운 것과 아름다운 것을 분간할 수 없는 온통 착각 투성이로 뒤죽박죽된 긴자……집에 가면 당분간 이력서는 끝이다.

　　하늘과 바람과
　　강물과 나무
　　모두 가을의 씨앗
　　흐르고 날고

밤.

불을 끄고 다다미에 누워 있는데, 구름 한 점 없는 밤하늘에 달이 커다랗게 떠 있다. 일그러진 달을, 손가락을 둥글게 해서 요지경처럼 들여다보니 여자의 살결에 있는 검은 사마귀처럼 보였다. 어디에선가 사각사각 얼음을 깎는 소리와 풍경 소리가 들려왔다.

"나도 이렇게 청춘이 있다구요. 정열이 있다구요, 달님."

두 손을 활짝 벌려 무엇인가를 꼭 껴안고 싶은 외로움. 나는 달빛에 빛나는 내 둥근 어깨를 이 때 만큼 아름답다고 생각한 적이 없었다.

벽에 기대자 남자 냄새가 난다.

몸을 쾅하고 부딪치면서 뭔가 분해서 온몸의 피가 부글부글 끓는 느낌이 들었다.

하지만 멍하니 눈을 뜨자 피가 끓는 소리는 사라지고 이웃집에서 틀어 놓은 축음기에서 나는 마주르카, 피치카토가 잔뜩 들어간 태풍 소리. 대륙적인 그 바이올린 소리를 듣고 있자니, 당장 내일 어찌될지 모르는 내 신세이지만, 살지 않으면 다 거짓인 것 같은 느낌이 새록새록 했다.

6월 x일

그저께 갔던 주식 사무실에서 속달이 왔다. ×일부터 출근을 부탁한다. 나는 가슴이 두근거렸다. 오늘부터 주식 사무실 점원인가? 나는 눈앞이 확 밝아지는 느낌이 들었다. 양산을 고물상에 팔았다. 20전.

히다치상회日立商会. 이것이 내가 이제부터 근무하게 될 곳. 옆 사무실은 환전소. 앞에는 지요다千代田교. 옆은 닭고기가게, 다리 맞은편이 담배가게. 전차에서 내리자 풍요로워진 기분에 여러 가지가 눈에 띄었다. 오기야 후미코荻谷文子, 이 여자가 나의 파트너로, 사무용 책상에서 처음으로 마주하고는 두 사람 모두 웃고 말았다.

"인연이 있었네요."

"네, 정말로 잘 부탁드립니다."

이 여자는 바지를 입고 있는데, 나도 바지를 입어야만 하는 것일까?……

두 사람의 일은 고객에게 안내장을 발송하는 일과 간단한 장부 정리를 배우는 것이었다.

파트너인 그녀는 기후岐阜 출신으로 초등학교 교사를 하고 있었다던가 한다. 말투가 꽤 강하다.

"그리고 말야!"

어린 점원 둘이 흉내를 내며 웃는다.

점심 도시락은 맛있다.

빵가루를 입혀서 튀긴 연어, 파란 풋강낭콩, 토란줄거리. 붉은 칠을 한 도시락을 껴안고 나는 멀리 계시는 어머니를 생각했다.

2회, 세 번 함!

자전거를 타고 어린 점원이 돌아오자 사무실 사람들은 바쁜 듯이 그것을 칠판에 적거나 전화를 하고 있다.

"안에 계신 손님께 차 한 잔 드리세요."

중역으로 보이는 사람이 내 어깨를 툭 치며 안을 가리켰다. 차를 가지고 도어를 열자 검은 안경을 쓴 흰 피부를 한 여자가 난방계 표 같은 종이에 빨간 연필로 표시를 하고 있었다.

"어머, 이것 참, 고마워요. 아유 여기는 여자도 있네. 덥죠?"

온통 시커먼 복장을 한 여자는 허리춤에서 5전짜리 은화 두 장을 꺼내더니 얼음이라도 사 드시라며 내 앞에 내밀었다. 월급 이외에 받아도 되는 것일까? ……앞에 있는 중역으로 보이는 사람에게 물어보니 주는 것은 받아 두라고 했다.

회사에서 돌아오는 길에 다리 위에서 아직 높이 떠 있는 해를 바라보며 이렇게 편한 일이라면 공부도 할 수 있을 것이라고 생각했다.

"당신 아직 혼자에요?……"

바지를 입고 신발소리를 내고 있는 그녀는 가볍게 휘파람을 불며 내게 말했다.

"난 스물여덟이야. 35엔정도로는 먹고 살 수 없어."

나는 웃고 있었다.

7월 x일

일도 어느 정도 익숙해졌다.

아침 출근은 특히 즐겁다. 전차를 타고 있으면 회사에 출근하는 여자들이 셀룰로이드로 된 둥근 손잡이가 달린 핸드백을 들고 있다. 정말 하이칼라네. 월급 받으면 나도 사고 싶다.

아래층에 사는 아주머니가 요즘에는 기분이 좀 좋다.

회사에 가니 아직 파트너는 보이지 않고 젊은 중역인 사가라相良 씨가 혼자서 2층의 하얀 중역실에서 신문을 읽고 있었다.

"안녕하세요."

"어, 그래!"

사무복으로 갈아입으면서 펜이나 잉크를 책상서랍에서 꺼내고 있는데,

"여기 선풍기 좀 틀어 줘."

나는 쓰레기통을 엎어 놓고 올라가서 높은 상인방에 달려 있는 스위치를 비틀었다. 하얀 방안에 거품이 이는 듯한 선풍기 소리.

"어머!"

나는 남자의 두 팔 안에 안겨 있었다. 아무런 마음의 준비도 하지 않은 나의 얼굴에 커다란 남자의 숨결이 느껴지자 나는 두 발로 선풍기를 차 버렸다.

"허허허허, 지금 장난한 거야."

나는 계단을 달려 내려가서 어두컴컴한 화장실 안에서 수도물을 촥촥 틀어 놓았다. 뺨을 거세게 누르고 있던 남자의 입술이 아직도 찰싹 달라붙어 있는 것 같아서 나는 거울을 보는 것이 두려웠다.

"지금 장난한 거야.⋯⋯"

아무리 세수를 해도 그 말이 달라붙어 지워지지 않았다.

"화가 났구나! 넌 참 바보야⋯⋯"

물을 좍좍 틀어 놓고 있는 나를 보고 따라 내려온 남자는 웃으며 지나갔다.

낮.

검은 부인과 함께 주식회사에 갔다.

높은 베란다 같은 곳에서 딱딱이 소리가 나자 양복을 입은 젊은 남자가 두 손을 벌려 손뼉을 딱딱 친다.

"샀다! 샀어!"

베란다 아래에서는 토란 같은 사람들의 머리. 부인은 검은 안경을 머리 위로 올리고는 뭔가를 메모하고 있었다.

부인을 자동차 있는 곳까지 모셔다 주자 작은 봉투에 1엔을 넣어서 주었다. 어쩐지 이런 행운도 손가락 사이로 쑥 빠져 나갈 것 같았다.

사무실로 돌아오자 도박사들이랑 어린 점원들이 주사위로 내기를 하고 있었다.

"저, 하야시 씨! 우리도 할까? 재미있을 것 같아."

밥그릇을 엎어 놓고 주사위를 흔들고는 모두 잔돈을 내고 받고 하고 있었다.

"어이, 언니들! 들어와······"

"······"

"들어오면 재미난 것 보여 줄게. 태어나서 처음 보는 것이라며 좋아할 것을 보여 줄게, 어때?"

하얀 작업복을 아무렇게나 입은 도박사 한 명이 내 손에서 펜을 받아들고는 저쪽으로 가 버렸다.

"어머! 그렇게 재미있는 것을······그럼 들어갈게요. 돈은 없으니까 조금만이요."

"음 조금만 하는 거야. 다 같이 유부초밥 먹기로 했다니까······"

"그럼 보여 줘!"°

파트너가 펜을 내 던지고 사람들 옆으로 가니 커다란 함성이 울려퍼졌다.

"하야시 씨, 어서 이리로 오세요."

나도 그 소리에 이끌려 사무실 안쪽으로 들어가 보았다.

작업복에 잔뜩 그려져 있는 새빨간 선정적 그림에 나는 두 손으로 얼굴을 가렸다.

"쑥맥이네······"

사람들이 도망치는 내 뒤에서 웃고 있었다.

밤.

혼자서 잔뜩 취해 신주쿠新宿 거리를 돌아다녔다.

7월 ×일

"아, 여보세요, 여보세요. 하기노야萩の家인가요? 여기는 스자키須崎입니다만, 저 오늘은 좀 가실 수 없어서 내일 밤에 가시겠다고 합니다. 언니에게 그렇게 전해 주세요."

또 중역이 어딘가 게이샤집에 전화를 걸게 했나보다. 하기야 씨라는 언니의 이름이 귓전에 맴돈다.

"있잖아, 하야시 씨. 오늘밤 스자키 씨가 말야, 아사쿠사에서 한 턱 내신대……"

우리들은 업무를 빨리 끝내고 점원 한 명하고 스자키, 하기야, 나 이렇게 네 명이서 자동차를 탔다.

이 스자키라는 남자는 조슈上州의 지주로 고풍스런 하얀 하마치리멘浜縮緬[68] 허리띠를 허리에 둘둘 두르고 있는데 돼지처럼 살이 쪘다.

"진야에라도 가서 묵을까?"

나도 그렇고 하기야도 그렇고 풋 하고 웃고 말았다. 고기와 술을 먹고 마시며 이 돼지 같은 남자의 자기자랑을 듣고 있는데, 테이블 위에는 접시가 죽 늘어섰다. 나는 가슴이 턱턱 막히는 것 같았다.

진야를 나오니, 어이쿠 이번에는 데이쿄좌帝京座였다. 나는 머리가 아파왔다. 붉은 치마와 허연 정강이. 군중도 무대도 한 무리가 되어 뭔가 웅웅거리고 있다.

---

68 시가현(滋賀県) 나가하마시(長浜市) 일대에서 생산되는 고급견직물.

이런 세계는 한 번도 구경한 적이 없는 나는 이상하게 기분이 들떴다. 흥행장을 나오니 라무네[69] 와 아이스크림 집이 즐비. 조수 출신의 이 중역분께서는,

"이야, 축제 같은디."

나는 머리가 아파서 집으로 돌아왔다.

하기야는 이상하게 나긋나긋 스자키 씨 곁에 찰싹 달라붙어 있었다.

흰 하마치리멘과 시커먼 갈색 하카마가 자동차를 타고 사라지자 나는 큰 소리를 내어 웃었다.

"둘이서 요정에라도 갈 요량이겠지."

점원은 스자키 씨한테서 받은 전차표 두 장을 내게 찢어 주었다.

"안녕히 가세요. 내일 뵈요."

집에 돌아오자 야채가게와 쌀가게, 숯가게에서 외상 물건이 와 있었다. 일당을 받아도 좀 남을 것이고 다음 달에는 고향으로 좀 보내야지.

아래층에서 전분반죽을 해 놓았다고 불러서 갔다. 잠자리에 든 것은 열한 시. 이웃집 마주르카가 들려온다.

흥분해서 잠이 안 온다.

1922년

---

69 청량 탄산수에 시럽·향료를 가미한 음료의 한 가지. 병에 담아 유리 구슬로 마개를 함.

삼백초(三白草) 꽃

9월 × 일

오늘도 또 그렇게 흐렸다.

뭉게뭉게 흘러가는 구름을 나는 대낮에 모기장 안에서 바라보고 있었다.

오늘은 꼭 주니소十二社까지 걸어가 봐야지.——그리고 새아버지하고 어머니가 어떻게 지내시는지 보고 와야 해. ……나는 옆에서 보따리에 기대고 있는 대학생에게 말을 걸었다.

"신주쿠까지 가는데 괜찮을까요?"

"아직 전철도 안 다니고 자동차도 없어요."

"그야 걸어서 가면 되죠."

이 청년은 묵묵히 음산한 구름을 보고 있었다.

"당신은 언제까지 노숙을 할 생각인가요?"

"글쎄요. 이 공장 사람들이 모두 물러날 때까지? 나는 원시생활로 돌아간 것 같아서 아주 재미있습니다."

쳇 어설픈 철학자.

"당분간 부모님이 계신 곳에서 지낼 건가요?"

"제 부모님은 저하고 똑같이 가난해서 세를 살고 있어서 오래 있을 수는 없어요. 주니소쪽은 불에 타지는 않았겠죠?"

"글쎄요. 교외는 자경단自警団[70] 으로 엄청나다고 해요."

"그래도 다녀 오죠."

"그래요? 스이도바시水道橋까지 바래다 드릴까요?"

청년은 바닥에 꽂아 두었던 파라솔을 집어 들고 빙글빙글 돌려서 구름 사이로 안개처럼 내리고 있는 재를 날려 버렸다.

나는 다다미 네 장 반 넓이의 모기장을 개고는 다 무너져 가는 하숙집으로 달려갔다. 하숙집 사람들은 사브작사브작 짐을 싸고 있었다.

"하야시 씨 괜찮아요? 혼자서……"

모두 걱정을 하는 것을 뿌리치고 나는 면으로 된 보자기 한 장을 들고 재와 먼지로 뒤덮인 거리로 나갔다.

네즈의 전차길에는 노숙인들이 지렁이처럼 길게 자리를 차지하고 있었다.

청년은 시커멓게 몰려든 인파를 헤치고 검은 우산을 빙글빙글 돌리며 걷고 있다.

---

70 비상시 자위를 위해 조직한 민간 경비단체. 여기에서는 1923년 관동대지진 직후의 계엄령 하에서 '불령선인단속(不逞鮮人取締り)'을 위해 경찰이 재향군인, 청년단, 소방단을 중심으로 조직한 단체를 말하며, 이로 인해 곤봉, 죽창, 엽총 등으로 통행인을 검문하여 조선인(중국인 포함)으로 보이면 박해, 학살했다. 이러한 사정에서 본 작품의 초판에서는 이 부분이 '교외는 조선인으로 대단하다고 해요.'로 되어 있다.

나는 어젯밤 하숙집에 방세를 내지 않은 것이 뭔가 기적 같았
다. 태양을 상대로 행동하는 새아버지들의 일을 생각하면 30엔 정
도 되는 이 월급도 제대로 쓸 수가 없었다. 도중에 한 되에 1엔 하
는 쌀을 두 되 샀다. 그 외에 아사히朝日를 두 갑 샀다. 마른 우동을
50전어치 샀다. 어머니들이 얼마나 기뻐하실까? 햇볕이 쨍쨍 내리
쬐는 더위에 양산이 없는 나는 청년의 긴 그림자를 밟으며 걸었다.

"세상에 어쩌면 이렇게 다 홀랑 탔을까?"

나는 두 되의 쌀을 지고 걷고 있었기 때문에 생쥐 같은 체취가
진동하는 것이 싫었다.

"수제비라도 먹을까요?"

"전 늦어질 것 같아서 먹지 않을래요."

청년은 한참동안 서서 땀을 닦더니 양산을 빙글빙글 돌리고는
그것을 내게 내밀며 말했다.

"이걸로 50전 빌려 주세요."

나는 동화 같은 청년의 행동이 마음에 들어 미소를 지어 보였
다. 그리고 기분 좋게 50전 짜리 분홍색 지폐 두 장을 청년의 손에
쥐어 주었다.

"당신 배가 고프군요."

"하하핫……."

청년은 즐거운 듯이 크게 웃었다.

"지진이라니 참 멋지군!"

주니소까지 바래다 주겠다는 청년을 억지로 말리고 나는 전차로를 터벅터벅 걸었다.

그렇게 아름다웠던 여자들이 단 이삼일 만에 모두 재투성이가 되었고 그들이 입은 분홍색 속치마가 지금은 아무 쓸모없는 꽃이 되었다.

주니소에 도착했을 무렵에는 벌써 날이 다 저물었다. 40리는 될 거다. 나는 돌처럼 딱딱하게 굳은 다리로 새아버지들이 세들어 살고 있는 집으로 발걸음을 옮겼다.

"아이구 길이 엇갈렸네요. 오늘 이사 가셨어요."

"아니, 이런 난리통에요?"

"아니요, 저희들이 이쪽을 정리하고 귀향을 해서요."

나는 뒤통수를 한 대 맞은 기분이 들었다. 관서쪽 사람답게 박정하게, 번지수고 뭐고 아무것도 물어보지 않았다고 하는 머리숱이 적은 이 여자가 밉살스러웠다. 나는 둑방 위 수도 옆에 쌀을 내던지듯이 내려 놓고 담배를 뻑뻑 피웠다. 소녀처럼 눈물이 아른거렸다. 멀리까지 이어진 둑방 위에 핀 클로버 꽃은 병사들처럼 모두 땅바닥에 털썩 웅크리고 앉아 있다.

별이 떠서 반짝반짝 빛나고 있었다. 노숙을 하기로 마음먹은 나는 될 수 있는 한 사람들이 많은 곳으로 가려고 둑방을 내려왔다. 입구가 일그러진 이발소 앞에 포플라로 둘러싸인 광장이 있었다. 그리고 두 세 가족이 모여 있었다.

"혼고부터 큰일났네요……"

마음씨 좋아 보이는 이발소 여주인은 가게에서 거적을 가지고 와서 나를 위해 잠자리를 만들어 주었다. 키가 큰 포플라 나무가 바람에 휘청거리기 시작했다.

"이런데 비라도 내리는 날에는 걷잡을 수 없겠는데."

야경夜警을 서러 가는 나이 든 주인이 머리끈을 묶으며 하늘을 보고 중얼거렸다.

9월 x일

아침.

오랜만에 미장원에 있는 오래된 거울을 본다.

마치 갓 상경한 식모 같다. 나는 씁쓸히 웃으며 머리를 빗어올렸다. 윤기 없는 머리가 이마 위로 부스스 내려왔다.

미장원에 쌀 두 되를 감사 표시로 두고 왔다.

"이러시면 안 돼요."

여주인은 무거운 쌀을 안고 1정丁이나 쫓아왔다.

"실은 무거워서요."

그렇게 말려도 아주머니는 두 되의 쌀을 어려울 때가 있을 거라면서 내 등에 억지로 지워 주었다.

어제 왔던 길이다. 여전히 다리는 돌덩이처럼 무겁다. 와카마쓰초까지 오니 무릎이 아파 왔다.

무엇이든 천진난만하게 부딪쳐 보자. 나는 통조림 상자를 잔뜩 싣고 있는 자동차를 보자 앞뒤 가리지 않고 소리를 질렀다.

"태워 주세요."

"어디까지 가세요?"

나는 어느새 두 손으로 통조림 상자를 붙잡고 있었다.

준텐도順天堂 앞에서 내려 주자, 나는 던지듯이 아사히 네 개피를 운전수들에게 주었다.

"고마워요."

"아가씨, 잘 가.……"

내가 네즈의 곤겐権現[71] 광장으로 돌아왔을 때 대학생은 늘 그렇듯이 그 커다란 파라솔 아래에서 음산한 구름을 보고 있었다. 그리고 그 파라솔 한쪽 구석에는 셔츠를 입은 새아버지가 초라하게 담배를 피우고 있었다.

"엇갈린 게 아니었네.……"

이제 두 사람 모두 눈물을 흘리고 있었다.

"언제 왔어요? 밥은 먹었어요? 어머니는 어떻게 하고 계세요?"

잇다른 나의 질문에, 새아버지는 어젯밤에 조선인으로 오해를

---

71 일본에서 신의 칭호의 하나. 부처나 보살이 중생을 구하기 위해 일본에 임시 권도로 신으로서 나타난 것.

받아 겨우 혼고까지 왔는데 나하고 길이 엇갈린 일, 너무 피곤해서 돌아갈 수 없어서 학생하고 밤새도록 이야기를 나눈 일 등을 이야기했다.

나는 새아버지에게 쌀 두 되와 반 정도 남은 아사히, 우동 봉지를 들려 주고는 땀투성이가 된 10엔짜리 한 장을 건네주었다.
"이걸 받아도 되겠나……."
새아버지는 어린아이처럼 가슴이 설레이고 있었다.
"네도 같이 돌아가지 않겠나?"
"어디 사시는지 번지수만 알아 두면 돼요. 이삼일 안에 다시 갈게요.……"

소리를 지르며 지나가는 사람들을 보고 있자니, 새아버지도 나도 애잔한 마음이 들었다.
"산파 안 계신가요?……누구 산파 아시는 분 계신가요?"

9월 × 일

길모퉁이 전봇대에 처음으로 신문이 붙여졌다. 오랜만에 그리운 소식을 듣는 것처럼 나도 많은 사람들 머리 뒤에서 신문을 들여다보았다.

—— 나다灘의 양조가酒造家에서 거래처에 한해 술화물선으로

오사카까지 무료로 태워 드립니다. 정원 50명.

아아, 나는 기뻐서 어쩔 줄을 몰랐다.

내 가슴은 공상으로 부풀어올랐다. 술집이면 어떤가?

여행을 가야지.

아름다운 고향으로 돌아가야지.

바다를 보고 와야지. ――.

나는 홑옷 두 벌 정도를 보자기에 싸서 허리춤에 끼우고 아무에게도 말하지 않고 표연히 하숙집을 나왔다.

만세이바시万世橋에서 마차를 합승하고 마치 고장난 배드민턴 채처럼 고개를 달랑달랑 흔들며 시바우라芝浦까지 갔다.

차비는 금 70전이다.

비싼 것 같기도 하고 싼 것 같기도 하다. 내릴 때는 엉덩이가 지리지리 저렸다. 수제비――삶은 팥――지에밥――과일――이런 것들이 혼잡스럽게 먼지를 뒤집어쓰고 있는 노점들을 지나가니 두엄 냄새가 진동을 했고, 짓코築港에는 갈매기같이 하얀 수병들이 무리지어 있었다.

"나다의 술배는 어디서 뜨나요?"

그 사무실은 날치처럼 보트가 잔뜩 늘어서 있는 임시건물 옆 천막 안에 있었다.

"당신 혼자인가요?……"

사무원들은 나의 초라한 행색을 빤히 살펴보았다.

"네, 그래요. 아는 사람이 술집을 하고 있어서 신문을 보여 주었어요. 꼭 태워 주셨으면 합니다.……고향에서 모두 걱정을 하고 계셔서요."

"오사카에서는 어느 쪽으로 가시나요?"

"오노미치요."

"이럴 때는 뭐 할 수 없죠. 태워 드리죠. 이거 잃어버리지 말고 가지고 가세요.……"

반질반질한 후쿠무스메富久娘[72] 상표 뒤에 나의 도쿄 주소와 이름, 연령, 행선지를 쓴 것을 건네주었다. 이것 참 재미있게 되었다. 오노미치에 몇 년 만에 가는 것일까? 아아 그 바다, 그 집, 그 사람. 새아버지하고 어머니는 빚이 산더미처럼 쌓여 있어서 무슨 일이 있어도 오노미치에는 가지 말라고 했지만 소녀시절을 지낸 그 바닷가 마을을 홀로 있는 나는 연인처럼 그리워했다.

"무슨 상관이야. 아버지도 어머니도 모르면 돼지."

갈매기 같은 수부들 사이를 빠져나가 그리운 술향기가 나는 술화물선에 올라탔다. 70명 정도 되는 사람들 중에 여자는 나하고 좋은 거래처의 따님으로 보이는 물색 옷을 입은 아가씨, 아름다운 무늬의 유카타浴衣[73] 를 입은 여자하고 딱 세 명뿐이다. 그 두 아가씨

---

72 효고현(兵庫県) 후쿠무스메주조(富久娘酒造) 회사가 제조 판매하는 청주 브랜드명.
73 여름철에 입는 무명 홑옷.

들은 시종일관 파란 거적 위에 누워 잡지를 읽거나 과일을 먹거나 했다.

나하고 비슷한 나이일 텐데, 나는 늘 헌 술통 위에 앉아 있을 뿐이고 그녀들은 나를 보고 한 마디도 말을 걸지 않는다.

"쳇! 비싸게 굴고 있네."

너무 처량해서 소리를 내어 중얼거려 보았다.

여자가 적어서 선원들이 모두 내 얼굴을 보고 있다. 아아, 이럴 때야 말로 예쁘게 태어났으면 좋았을 텐데 하는 생각이 들었다. 애잔해진 나는 배 아래층으로 내려갔고 거울이 없으니 니켈로 된 비누갑을 무릎에 대고 문질러 얼굴을 비추어 보았다. 하다못해 기모노라도 갈아입어야지. 우물정자 무늬가 있는 유카타로 갈아입자 진정이 된 내 귀에 파도소리가 철썩철썩하고 들려온다.

9월 × 일

벌써 5시정도 되었을까? 잠을 자고 있는 여러 사람들의 굉장한 숨소리와 모기에 시달려서 밤새 잠을 이루지 못했다.

나는 살그머니 갑판 위로 나와 휴하고 한숨을 쉬었다. 아름다운 새벽이다. 서늘한 젖빛 물보라를 헤치며 이 낡은 술화물선은 휙휙 내달리고 있다. 희미한 달도 아직 빛나고 있었다.

"더워서 견딜 수가 없네!"

파란 작업복을 어깨에 걸치고 기관실에서 올라온 늠름한 선원이 구릿빛 피부를 드러내며 시원한 바닷바람을 부르고 있었다. 아름다운 풍경이다. 마도로스의 아내도 나쁘지는 않겠군. 무의식적으로 아름다운 포즈를 하고 있는 그 선원의 모습을 물끄러미 바라보고 있었다.

그 포즈 하나하나에 괴로웠던 지난날의 격정이 떠올랐다. 아름다운 새벽이다. 시미즈항清水港이 꿈결처럼 다가왔다. 뱃사람의 아내도 나쁘지는 않겠군.

오전 8시 반, 된장국과 밥, 절인 야채로 아침식사를 마치고 차를 마시고 있는데, 선원들이 갑판을 울리며 달려갔다.

"비스켓을 구웠으니 오세요!"

윗 갑판으로 나오자 갓구운 비스켓을 양쪽 소매 가득 주었다. 아가씨들은 가난뱅이에게 적선이라도 하는 양 바라보며 웃고 있었다. 그 사람들은 내가 여자라는 사실을 모르는 것 같았다. 이틀째이다. 한 마디도 말을 걸지 않는다.

이 배는 어느 항구에도 들르지 않고 곧장 서둘러 가서 좋다. 요리사가 '안녕하세요'하며 말을 걸어 주길래, 어젯밤 잠을 자지 못한 이야기를 했다.

"실은 이곳은 술을 싣는 곳이라서 모기가 많은 거예요. 오늘은 선원실에서 주무세요."

이 요리사는 마흔 정도 되었을까? 나하고 키가 비슷해서 아주 재미있다. 나를 방으로 안내해 주었다. 커튼을 열어 제치자 옷장 같은 침실이 있다.

그 요리사는 카네이션 우유를 폭, 폭 하고 따서 여러 가지 과자를 만들어 주었다. 어린 보이가 내 짐을 정리해서 가져다 주었고 나는 침대에 길게 누웠다. 고개를 잠깐 드니 둥근 창문 밖으로 커다란 파도가 물보라를 일으키고 있었다. 오늘 아침에 본 아름다운 기관사도 아삭아삭 비스켓을 먹으며 잠깐 들여다보고 지나간다. 나는 부끄러워서 잠든 척 하고 얼굴을 가리고 있었다. 지글지글 고기를 굽는 냄새가 난다.

"나는 외국 항로 요리사인데 이번에 도쿄의 지진을 보고 싶기도 해서요. 항해를 한 번 쉬고 이쪽으로 오게 해 달라고 했어요."

아주 정중한 말씨를 쓰는 사람이다. 나는 높은 침대 위에서 다리를 달랑거리며 음식을 먹었다.

"나중에 몰래 아이스크림 만들어 드릴게요."

이 사람은 정말로 호인물인 것 같다. 고베에 집이 있고 아이들이 아홉이나 된다고 투덜거렸다. 배에 불이 켜지자 오늘밤에는 모두 아래층에 모여 술파티를 한다고 했다. 요리사들은 이리 뛰고 저리 뛰며 바쁘다.

나는 불을 끄고 창문으로 강물처럼 흘러드는 바닷바람을 들이키고 있었다. 나는 발끝에 문득 뜨뜨미지근한 사람의 피부가 닿는 느낌이 들었다. 사람의 손이었다! 나는 머리맡에 있는 스위치를 비틀었다. 크고 검은 손이 커튼 너머로 쑥 사라지고 있었다. 이상하게 몸이 덜덜 떨렸다. 어찌된 셈인지 나는 크게 재채기를 했다.

커튼 밖에서 요리사가 고함을 치는 소리가 났다.

"건방지게! 지저분한 짓 하면 가만 안 둘 거야!"

커튼이 홱 밀쳐지자 번쩍거리는 식칼을 들고 젊은 남자의 등을 쿡쿡 밀며 들어왔다. 땡땡 부은 그 얼굴은 본 적이 없지만 검은 손은 확실히 본 기억이 있었다. 뭔가 당장이라도 끔찍한 싸움이 일어날 것 같아서 그 식칼이 움직일 때마다 나는 식은땀이 났고, 몇 번인가 요리사의 어깨를 말렸다.

"버릇이 된다구요!"

기관실에서 친근한 엔진 소리가 난다.

손을 떼고 나는 말없이 엔진 소리를 듣고 있었다.

1923년

여자 불량배

2월 ×일

아아, 이것저것 다 개나 줘 버렸음 좋겠다. 뒹굴거리며 거울을 보고 있자니 일그러진 얼굴이 소녀처럼 보이고 온몸이 이상하게 뜨거워졌다.

머리를 이렇게 산발을 하고 검붉은 색으로 변한 꽃무늬 이불에서 쑥 나오자, 내 가슴이 여름 바다처럼 거품을 일으키며 출렁거리기 시작했다. 땀이 난 얼굴을 방바닥에 찰싹 대 보기도 하고 맨발을 거울에 비추어 보기도 하며 부딪쳐 오는 격한 정열을 느끼고, 이불을 걷어차고 창문을 열었다.

――생각해 보니 모든 것이 처량하고 슬프다. 세상은 외롭고, 가엾고, 배고프고, 가난하고, 춥고, 뭔가 아쉽고, 덧없고, 한심하고, 의지가지할 데 없고, 잘 알 수 없고, 표현할 수 없고, 입밖으로 말을 할 수 없고, 잊어버리기 쉽고, 변하기 쉽고 나약하니, 요컨대 부처님은 아니지만 이 세상은 헛되도다.

――초콜렛 색 아틀리에 연기를 보고 있자니 문득 하쿠슈白秋

의 이런 시를 중얼거리고 싶어졌다. 정말로 의지가지할 곳 없는 세상이런가?

3층 창문으로 내려다 보니, 커튼 사이로 여자 모델의 맨몸이 보인다. 파란 페인트칠이 벗겨진 교사 뒤 햇빛이 비치고 있는 씨름판에서는 끈이 긴 루바시카[74]를 입은 그림을 배우는 학생들이 한없이 태평스럽게 씨름을 하며 놀고 있다. 위에서 휘파람을 불자 상고머리를 한 학생들이 모두 3층을 올려다보았다. 자, 그 씨름판 위로 이 3층에 있는 여자가 뛰어 내릴게요 라고 고함을 지른다면 모두 기뻐하며 손뼉을 쳐 주겠지.

가와바타그림학원川端画塾 옆에 있는 석수장이 아파트로 이사 온 지 오늘로 벌써 열흘 남짓. 추운 날씨에 매일같이 초콜렛색 스토브 연기를 바라보며 나는 스무 통도 넘는 이력서를 썼다. 원적을 가고시마현鹿児島県, 히가사사쿠라지마東桜島, 후루사토古里, 온천 지대라고 하면 너무 멀어서 아무도 믿어 주지도 않는다. 그래서 원적을 도쿄로 고쳐 쓰니 훨씬 부담이 줄고 설명도 필요치 않았다.

"이 봐."

장지문에 사락사락 모랫바람이 불자 아래쪽 씨름장에서 그림 학원 학생들이 캬라멜을 돌멩이 던지듯이 던져 준다. 그 캬라멜이

---

[74] 러시아에서 입는 민족 의상으로, 전통적으로 두꺼운 리넨으로 만든 스목풍의 블라우스 또는 상의. 깃을 세우고, 왼쪽 앞가슴에서 단추를 여며 허리를 끈으로 맨다.

얼마나 맛있었던지. ……

　이웃집 여학생이 돌아왔다.
　"잘 하고 있네!"
　내 방문을 거칠게 걷어차며 도구를 내팽개치더니 내 어깨에 손을 얹고,
　"좀, 그림쟁이 양반. 더 좀 내버려 두라구. 한 명 더 늘었으니까……"
　"……"
　아래쪽에서는 놀러가도 좋냐고 그림학원 학생들이 사인을 보내고 있다. 그러자 이 열일곱 여학생은 손가락 두 개를 내 보였다.
　"그 손가락은 무슨 뜻이지?"
　"이것! 아무것도 아냐. 오세요 라는 뜻으로 받아들여도 되고, 안 돼, 안 돼 하는 뜻으로 이해해도 돼.……"
　이 여학생은 불량 아빠와 둘이서 이 아파트에 세를 얻어 살고 있는데, 아빠가 귀가하지 않으면 내 이불 속으로 기어들어오는 귀여운 소녀였다.
　"우리 아버지 사쿠라세제 사장이야."
　그래서 나는 비누보다 이 세제를 얻어 쓰는 일이 많았다.
　"아, 시시해. 나 월사금 못 내서 학교 그만 두면 좋겠어."
　화로가 없기 때문에 곤로에 휴지를 태워 숯불을 피웠다.
　"아래층 7호에 이사 온 여자 말야. 시계가게 첩이래. 아주머니

가 얼마나 오냐오냐 하는지 얄밉다니까……"

　그 여자애를 부르는 호칭은 몇 가지나 돼서 잘 알 수 없지만, 나
는 베니라고 불렀다. 베니의 아버지는 오랫동안 하와이에 가 있었
다든가 해서, 맥주 박스로 만든 커다란 침대에 베니하고 둘이서 잤
다. 무슨 일을 하는지 통 짐작이 가지 않았지만 빈 사쿠라세제 봉
지가 방안에 잔뜩 있는 경우가 있었다.

　"우리 아빠 저렇게 항상 웃고 있지만 실은 많이 외로워 해. 언
니가 시집와 주면 안 돼?"

　"무슨 소리야, 베니. 나는 그런 노인네 질색이야."

　"그래도 우리 아빠가 그러는데 혼자 내버려 두는 것은 아깝대.
젊은 여자가 혼자서 뒹굴거리는 것은 엄청 손해라고."

　썰렁한 이 3층짜리 아파트 불이라도 나서 다 타 버리지는 않을
까? 뒹굴거리며 신문을 보고 있으면, 꼭 눈이 가는 곳은 게이샤와
아내 구함, 대금貸金, 식모란이다.

　"언니, 이번에 도키와좌常盤座에 가 보지 않을래? 세 관館 모두
공통으로 아침부터 볼 수 있어. 나 가극 여배우가 되고 싶어 죽겠
어."

　베니는 벽에 손등을 부딪치며 콧소리를 섞어 리골렛토를 멋들
어지게 부르고 있었다.

　잠.

　마쓰다松田 씨가 놀러 왔다. 나는 이 사람에게 10엔 정도 빚이

있었고 그것을 갚지 못하는 것이 너무 괴롭다. 그 미싱집 방을 정리하고 이렇게 가난한 아파트로 이사를 왔지만, 첫째 이유는 마쓰다 씨의 친절에서 벗어나고 싶어서였다.

"당신에게 바나나를 먹여 주고 싶어서 왔어요. 먹지 않을래요?"

이 사람이 하는 말은 하나하나 뭔가 속셈이 있는 것처럼 들렸다. 실은 좋은 사람이지만 쩨쩨하고 집요하고 소심한 것이 제일 마음에 들지 않았다.

"나는 내가 소심해서, 결혼을 하게 되면 대담한 사람하고 결혼하고 싶어."

항상 이렇게 말했는데 이 사람은 매일 놀러 왔다. 안녕히 가세요 하고 돌아가면 몹시 미안한 생각이 들어, 다음에 만나면 따뜻하게 대해야지 라고 생각해도 또 다시 만나 보면 셔츠가 너무 하얀 것이 눈에 거슬렸다.

"언제까지고 돈을 갚지 못해 정말 죄송합니다."

마쓰다 씨는 술이라도 취했는지 보란 듯이 푹 엎드려서 눈물을 흘리며 한숨을 쉬었다. 사쿠라세제가 있는 곳으로 가는 것이 싫었지만, 내가 좋아하지 않는 엉뚱한 사람의 눈물을 보고 있는 것도 힘들어서 살짝 문밖으로 나왔다.

아아, 10엔이라는 돈 때문에 이렇게도 마음 무겁게 눈물을 보아야 하는 것일까? 그 10엔은 모두 미싱집 아주머니 지갑으로 들어가서, 내게는 쑥 들어왔다 휙 빠져나갈 뿐인 10엔이었다.

셀룰로이드 공장 일.

자살을 한 오치요 씨의 일.

미싱집 다다미 두 장짜리 방에서 맞이한 가난한 설날.

아아, 모두 지난 일인데 작은 소심한 남자의 뒷모습을 보고 있자니, 같은 꿈을 꾸는 듯한 착각을 일으킨다.

"오늘은 어떻게든 이야기를 하고 싶어서 왔어요."

마쓰다 씨의 품에는 면도칼 같은 것이 번쩍이고 있었다.

"누가 잘못 했다는 거예요! 엉뚱한 짓 말아 주세요."

이런 곳에서 좋아하지도 않는 남자의 손에 죽는 것은 견딜 수 없이 싫었다. 나는 갑자기 나를 버리고 간 섬에 있는 남자가 떠올랐고, 이런 아파트 한쪽 구석에서 나 혼자 괴로운 것이 처량했다.

"아무 짓도 하지 않아요. 이것은 내 자신에게 하는 이야기예요. 죽어도 좋겠다는 생각으로 이야기를 하러 온 것이예요."

아아, 나는 늘 마쓰다 씨의 상냥한 말씨에는 손을 들어 버리고 만다.

"어떻게 할 수도 없지 않습니까? 헤어지기는 했어도 언제 돌아올지 모르는 사람이 있어요. 게다가 나는 너무나 이상한 사람이라 글러먹었어요. 빚도 갚지도 못하고 너무 괴롭지만, 사오일 정도 어떻게든 할 테니까……."

마쓰다 씨는 일어서서 미친 사람처럼 허둥지둥 계단을 내려가 버렸다.

깊은 밤.

섬에 있는 남자한테서 온 편지를 읽는다.

이것은 모두 거짓이었던 것일까? 아파트 꼭대기가 날아갈 듯이 바람이 분다. 요컨대 부처는 아니지만 모두 헛되도다.

3월 × 일

유리창문으로 보이는 노란 유채꽃이 넓은 시골 들판을 생각나게 한다. 그 꽃집 옆을 꺾어지자 장생산원長生産園이라고 페인트로 쓴 간판이 나와 있다. 몇 번이나 포기를 했다가 결국은 산파라도 되어 볼까 해서 찾아온 센다기초千駄木町의 장생산원. 뒤틀린 격자문을 열자 현관에 있는 작은 방에 세 명 정도 되는 여자들이 화로 옆에서 뒹굴뒹굴 누워 있었다.

"무슨 일이죠?……"

"신문을 보고 찾아왔습니다만,……조수 견습직원이 필요하다고 하셨죠?"

"이렇게 좁은데 그이는 또 조수를 둘 생각인가?"

2층 빨랫대에 널린 마른 기저귀는 반쯤 열린 덧문에 착착 부딪치고 있었다.

"여기는 여자들뿐이니 마음 편히 있어도 돼요. 나는 여기저기 불려 다니니 사무를 좀 봐 주면 돼요."

이렇게 초라한 장생산원 주인 치고는 너무 예쁜 여자가 내게

따끈한 홍차를 권했다. 아래층에 있는 여자들이 그이라고 한 것은 이 여자를 말하는 것인가? 비싼 향수 냄새가 풀풀 나고 2층의 이 다다미 네 장 반짜리 방은 호사스런 가재도구들이 갖추어져 있다.

"실은 아래층에 있는 여자들 모두 출신이 나빠서 아이가 태어 나면 그냥 내빼 버리는 치들 뿐이예요. 그러니까 오늘부터라도 내 가 없는 동안 좀 봐 주었으면 하는데 어때요?"

반질반질 윤기가 있는 희고 부드러운 손을 볼에 대고 나를 보 는 이 여자의 눈동자에는 뭔가 번득이는 냉정함이 있었다. 이야기 는 아주 친절하게 하는 것 같은데 눈동자는 먼 곳을 보고 있다. 먼 곳을 보는 그녀의 눈동자에는 하늘도 없는가 하면 산도 없고 바다 도 없다. 그러니 인생의 여수도 없다. 지나인형의 눈동자 같은 차 가우면서도 끝없는 야심이 빛나고 있었다.

"네, 오늘부터 조수를 해도 됩니다."

낮.

여주인은 검은 털목도리에 볼을 묻고 나갔다. 소녀가 부엌에서 지글지글 양파를 볶고 있다.

"아, 좀! 지겨워. 또 양파에 시큼한 국이야?"

"그래도 이것밖에 당할 수가 없는 걸 어떻게 해……."

"홍! 매일 50전이나 받으면서 마치 개 취급을 하네."

빤히 쏘아보던 눈동자에 냉소를 띠더니 그녀들은 담배를 피우

며,

"이봐 조수 양반! 추우니까 지저분하기는 하지만 이쪽으로 와서 불을 쬐지 않겠어?"

뭔가 원인을 알 수 없는 우울한 기분에 미닫이문을 여니 지저분한 현관에 여자들이 여섯 명이나 복닥거리고 있었다. 이렇게 많은 임산부들이 어디서 나타난 것일까?

"조수양반, 고향은 어디에요?"

"도쿄에요."

"어머, 어머. 그렇군요. 어쩐지 좀 부지런하다 했어."

여자들은 아하하아 하고 웃으며 뭔가 내 이야기를 하고 있었다.

점심 밥상. 간장으로 간을 한 볶은 양파, 절인 경채京菜에 묽은 된장국. 여덟 명의 여자가 원숭이처럼 작은 테이블을 둘러싸고 젓가락 질을 한다.

"아이를 뗀다고 하며 그 사람 하루 연장할 때마다 나한테서 돈 뜯어낼 궁리만 하고 있어. 그리고 영양식으로 비타민B가 필요하냐고 하더라구. 매춘부 주제에."

여급이 세 명.

시골 게이샤가 한 명.

식모가 한 명.

과부가 한 명.

여자들이 떠난 후 소녀가 여섯 명의 여자에 대해 설명을 해 주었다.

"우리 선생님은 산파가 본업이 아니에요. 그 여자들 전부터 우리 선생님을 그런 식으로 돕고 있었어요. 도와주는 댓가도 엄청나요."

매춘부! 아무렇게나 지껄인 여자의 말뜻을 알고 나니 내 자신이 수직으로 추락하는 기분이 들면서, 갑자기 마쓰다 씨 얼굴이 떠올랐다. 불운한 직업만 찾아다니는 나. 이제 아무 말도 하지 말고 그 사람하고 같이 살까?

아무렇지도 않은 척 하며, 현관으로 나왔다.

"왜 그래? 짐을 들고. 벌써 돌아가는 거야?……"

마치 전단지처럼 정사 사진을 머리맡에 흩으러 놓고 있던 여자가 벌떡 일어나서 그것을 방석으로 가리고는 말했다.

"그게 좀 말야, 선생님이 돌아오기 전에 가 버리면 안 돼…… 우리가 야단을 맞는다고. 게다가 무엇을 가지고 가는 지도 모르겠고."

얼마나 구제 불능인 여자들인지. 무엇이 재미있는지 모두 눈가에 냉소를 머금고 내가 없어지고 나면 일시에 확 웃음을 터트릴 기세였다.

어느새 누가 왔는지 현관 옆 정원에는 빨간 색 남자구두를 벗어 놓았다.

"보세요. 책 한 권하고 잡다한 것을 기록하는 공책 한 권이에요. 아무 것도 훔쳐 가지 않아요."

식모로 보이는 여자가 가장 불쾌했다. 배가 불러지면 이렇게나 마음이 비뚤어지고 동물적으로 되는 것일까? 그녀들의 눈동자는 마치 원숭이 같았다.

"당신들이 곤란해지는 것은 제가 알 바 아니에요."

어둑어둑해져서 주눅이 들어 유채꽃이 있는 꽃가게 앞까지 오자 비로소 한숨 돌릴 수 있었다. 아아, 고향의 유채꽃. 그 여자들도 이 유채꽃의 향수를 알까?……하지만 이렇게 기약 없이 몇 년이고 도쿄에서 생활하다 보면 나도 그 여자들처럼 될지도 모른다. 거리의 유채꽃!

청순한 기분으로 살고 싶다. 어떻게든 무엇인가 목표를 정하고 싶다. 지금 만나고 온 여자들의 얼토당토않은 인정을 느끼고 보니, 나를 버리고 떠난 섬 남자가 저주스러워 등불이 켜진 추운 3월의 거리에 우두커니 멈춰 서 있었다.

양파하고 시큼한 국. 공중변소 같은 악취. 대체 그 여자들은 누구를 저주하고 있는 것일까…….

3월 × 일

아침에 섬 남자에게서 환어음이 왔다. 어머니에게서 엽서 한 통.

믿을 수 없는 나를 믿지 말고 좋은 인연이 있으면 결혼하세요. 나는 당분간 부모님에게 얹혀 살아야 하니 앞으로 내가 어떻게 생활해야 할지 나도 모르겠어요. 당신을 생각하면 너무 마음이 아프지만, 두 사람 사이는 평생 절망상태일 것입니다. ――

남자의 부모들이 다른 지역 처녀는 절대로 허락하지 않는다는 사실을 생각하고는 아이처럼 울고 말았다. 그래, 이 10엔짜리 환어음으로 마쓰다 씨의 빚을 갚자. 그렇게 해서 마음이 후련해졌으면 좋겠다.

새아버지가 규슈에 가니, 나는 너에게 갈지도 모른다. 기다리고 있거라. ――.

있는 힘껏 소리를 지르며 초등학생처럼 책을 읽고 싶다.

비둘기, 콩, 팽이, 기대하며 기다리라고!

우체국에서 돌아오니 옆방 베니의 방에 형사 두 명이 와서 무엇인가를 찾고 있었다. 창문을 여니 3월의 햇살을 받으며 그림학원 학생들이 씨름을 하거나 벽에 기대어 서 있다. 저렇게 한가롭게 살면 기분이 좋겠지. 나도 그림을 그린 적이 있어요. 보세요. 고갱이다 뒤피(Raoul Dufy)다 좋아하지만 가슴이 갑갑할 때가 있어요. 피카소에 마티스, 그런 사람들 그림을 보고 있으면 살고 싶은 생각이 들죠.

"그쪽 아파트에 빈 방 있어요?"

신선하고 경쾌한 청년들의 웃음소리가 터져 나오더니 남자들의 눈동자가 일제히 나에게 쏠렸다. 그 눈동자에는 하늘, 산, 바다, 향수가 촉촉하고 아름답게 빛나고 있었다.

"방 두 개 비어 있어요!"

나는 베니 흉내를 내어 손가락 두 개를 펴 보였다. 베니의 방에서는 뭔가 가택수색을 하고 있는 것 같았다. 맥주 상자로 된 침대를 움직이는 소리가 났다.

초조한 마음. 여자는 고달프다. 인생은 고달프다.

1924년

얏쓰야마호텔

3월 ×일

아래층 부엌으로 내려가 보니 누가 사 왔는지 아네모네가 피어 있는 작은 화분이 창가에 놓여 있었다. 어수선한 부엌 창문에 스커트를 잔뜩 펼친 어린아이들의 모습. 벌써 4월이 다 되어 가는데 눈이라도 내릴 듯이 추운 날씨. 오늘은 뭔가 따뜻한 것을 먹고 싶다.

"언니 있어?"

개지도 않고 이불 위에 그대로 앉아서 부업으로 책갈피에 그림을 그리고 있는데, 학교에서 돌아온 베니가 문을 열고 들어왔다.

"저기 있잖아. 굉장히 좋은 일거리를 찾았어. 한 번 봐봐.……"

베니는 조그맣게 오린 신문지를 내 앞에 내 놓고는 손가락으로 가리켰다.

――지방순회 여배우 모집, 가불 가능…….

"봐, 좋지? 처음에 시골에서 착실하게 수업을 해 두면 언제든 도쿄에 돌아올 수 있잖아. 언니도 같이 가지 않을래?"

"나? 여배우라니 별로 내키는 장사가 아니야. 옛날에 잠깐 취미 삼아 연극을 한 일이 있기는 하지만 적성에 맞지 않아, 연극은……그런데 네가 그런 일을 하면 아빠가 걱정하지 않을까?"

"상관없어. 그런 불량아빠. 요즘엔 7호실 첩에게 가루세제를 주고 있다니까."

"그런 것은 상관없지만 아빠도 형사가 오고 하면 곤란하잖아."

낮에 베니의 이력서를 대필해 주었다. 아래층 모퉁이에 어두운 방을 빌려서 살고 있는 목수댁 아이가 간장을 발라 구운 고구마를 갖다 주었다.

베니 아빠가 소개해 준 백화나무 책갈피 그림그리기는 아주 재미있다. 모양을 오려서 그 위에 디스템퍼distemper[75] 를 덕지덕지 바르기만 하면 끝. 클로버도 백합도 튤립도 팬지도 마음껏 활짝 피어 있는 이 봄날의 화원은 아파트 다락방에 만개하여 내 위장을 구제해 준다. 이 백화나무 책갈피들은, 격렬한 사랑의 추억과 격렬한 우정을 어디로 가지고 가는 것일까?……다다미 세 장짜리 방은 온통 파라다이스다.

밤.

가스가초春日町 시장에 가서 쌀을 한 되 사왔다. 아래층에 내려가는 것이 귀찮아서 3층 베란다에서 몰래 씻었다. 석수장이 댁 아주머니는 파는 물건인 석재만큼이나 아주 시끄럽게 아침, 점심, 저

---

[75] 호분(胡粉)을 섞어서 만든 된 그림물감.

녁 내도록 아파트를 기숙사처럼 돌아다니고 있다. 여자가 폐경이
되는 마흔이 되면, 손톱 밑의 때까지 남들이 하는 일은 신경에 거
슬리나보다. 홍, 이런 떠돌이들이 사는 아파트 불이나 나서 타서
없어져 버려라! 베란다에서 부글부글 밥을 짓고 있는데 창문 아래
그림 학원에서는 야학이라도 하는지 데생용 크레용 콩테를 움직
이는 여자의 머리가 보였다. 자기가 하고 싶은 공부를 하는 사람은
부럽다. 같은 그림을 그리더라도 내가 그리는 것은 개성이 없는 페
인트칠이다. 셀룰로이드 색칠도 그렇고……. 내일은 날씨가 좋으
면 이불을 말리고 이 한심한 화원을 깨끗이 청소를 해야겠다.

3월 × 일

어젯밤 늦게까지 부업을 했기 때문에 아침에 잠이 깬 것은 아
홉시가 다 되어서였다. 이부자락 끝에 엽서가 두 장 와 있다. 아파
서 입원을 했다는, 마쓰다 씨에게서 온 엽서. 그리고 오는 x일 만세
교바시 역에 나와 주길 바란다, 하얀 손수건을 들고 있으면 좋겠다
고 내 앞으로 온 엽서. 누가 보낸 것인지 짐작이 가지 않아, 이리저
리 생각한 끝에 문득 베니를 떠올렸다.

아빠에게도 알리지 않고 몰래 혼자 사는 내 이름을 이용했는지
도 모른다. 손수건을 들고 있으면 좋겠다고 하는데……그래 봤자
매춘부로 팔려가기까지야 더 하겠나 하는 생각이 들었다. 일찍이
혼고 뒷골목에서 본 여자 불량배 무리들 생각이 났다. 베니는 거칠
고 제 멋대로 사는 여자애라서, 그런 무리에 한 번 빠지면 끔찍할

것 같았다.

오늘은 바람이 거셌다. 우에노의 벚꽃은 피었을까?……벚꽃 구경을 못 한지도 몇 년 되었는데, 어서 새싹이 돋았으면 좋겠다. 저녁에 베니의 아빠가 시내에서 돌아왔다.

"하야시 씨! 우리 애는 어디로 갔을까요?"

"글쎄요. 무슨 일인지, 오늘은 여기 저기 돌아다닌다고 했으니까요……"

"어쩔 요량인지. 이렇게 추운데."

"베니 짱은 이제 학교는 그만둔 것인가요? 아저씨."

외투를 천천히 벗으면서 내 방문을 연 베니의 아빠는 교활하게 웃었다.

"학교는 신학기부터 그만두었어요. 애가 아무래도 마음을 잡지 못해서…….'

"아깝네요. 영어도 잘 했는데…….'

"엄마가 없어서 그래요. 그래서 말인데, 하야시 씨 엄마가 되어 주세요."

"어머, 제 나이가 아저씨보다 차라리 베니하고 더 가까워요."

"그래도 오한초에몬お半長右衛門[76] 도 있잖아요."

나는 싫어서 입을 꾹 다물어 버렸다. 이런 수완가하고는 말을

---

[76] 가부키(歌舞伎), 조루리(浄瑠璃)의 등장인물들. 14세 처녀 오한(お半)과 38세 조우에몬 (長右衛門)이 관계를 맺고 동반자살함.

나눌수록 불리해 질 것이다. 얼마 후 베니가 코끝을 빨갛게 하고는 돌아왔다.

"언니! 우동사리 많이 사 왔으니까 줄게."

"응, 고마워. 아빠 일찍 돌아오셨어."

베니는 한쪽 눈을 찡긋하면서 쿡 하고 웃더니 일어서서 벽 너머로,

"아빠!"

하고 불렀다.

"엽서가 와 있어. 하얀 손수건 들고 오라고 써 있어. 향수라도 바르고 가면 좋겠네."

"어머, 너무해!"

7호실에서는 첩이 샤미센三味線을 연주하고 있다. 강 옆에서 아이들이 활동연극을 경계한다니 어쩌니 하는 일요학교의 이상한 노래를 부르며 지나갔다. 260장이나 되는 일을 했다.

마쓰다 씨는 무슨 병이 나서 입원을 한 것일까? 멀리 떨어져서 생각하면 눈물이 날 만큼 좋은 사람이지만, 막상 만나 보면 숨이 턱 막히는 마쓰다 씨의 온정주의. 그게 제일 문제다. 조만간 뭔가 좀 가지고 병문안을 가야지. 밤에 류노스케龍之介[77] 의 「희작삼매

---

77 류노스케는 아쿠타가와 류노스케(芥川龍之介, 1892.3.1.-1927.7.24). 일본의 소설가. 대표작에는 「마죽(芋粥)」, 「덤불속(藪の中)」, 「지옥변(地獄変)」 등.

경戱作三昧」을 읽었다. 「마술魔術」 이것은 옛날이야기처럼 감상적이다. 인도인과 마술, 일본의 대나무숲과 비오는 날 밤. 내 작품하고는 좀 거리가 있는 작품이다.……. 짙은 안개에 바람은 조용하다. 베니는 뭔가 노래를 부르고 있다.

4월 ×일

베니가 돌아오지 않는 날이 계속된다.

"너무 걱정하지 말라고 애한테서 엽서가 오기는 했지만, 벌써 나흘이나 되어서요."

베니의 아빠는 걱정스러운 듯이 눈을 껌뻑껌뻑하고 있다.

화창한 날씨. 이제 퇴원을 했을지도 모른다고 생각하면서, 식물원 뒤에 있는 마쓰다 씨가 입원한 병원에 갔다. 그곳은 외과의원이었다. 공장에서 돌아오는 길에 트럭에 치였다고 한다. 어깨와 다리를 붕대로 칭칭 감고 있었다.

"3주 정도 되면 낫는다고 해요. 워낙 건강해서 별 것 아니에요."

마쓰다 씨는 유이 쇼세쓰由井正雪[78] 처럼 머리를 길게 기르고 있어서, 소름이 돋을 만큼 보기 흉한 모습을 하고 있었다. 예전에 「독초毒草」라는 영화를 보았는데, 거기에 나오는 곱추하고 똑같았다.

---

[78] 유이 쇼세쓰(由井正雪,1605.-1651.9.10). 에도시대 전기 군학자. 게이안의 변(慶安の変, 1651)의 주모자.

조금 감상적이 되어 이 사람하고 같이 살아도 되겠다고 곰곰이 생각했지만, 역시 싫었다. 다른 방법으로 고마운 마음을 갚아줄 수 있을 것이다. 귤껍질을 벗겨 주었다.

병원에서 돌아와 보니, 베니가 죽 펴 둔 이불 위에 누워 있었다. 허리띠며 버선이며를 여기저기 벗어서 던져 놓고,

"하얀 손수건을 들고 오라는 곳에 갔지? 아빠가 꽤 걱정했어."

베니는 허전한 듯이 천장을 바라보고 있었다. 한 마리 지친 흰 고양이처럼, 그녀는 갑자기 이상한 여자의 모습을 하고 있었다.

"아빠한테는 말하지 말아."

"밥 먹을래?"

베니는 자기 방에 아무도 없는데도 돌아가는 것이 거북한 것 같았다.

석간에는 벚꽃이 피었다는 기사가 나 있었다.

벚꽃. 오노미치 센코지의 벚꽃도 아름답겠지? 그 벚나무 가로수 안에서는 나의 연인이 커다란 사과를 먹고 있었다. 바닷가를 따라 난 벚나무 가로수, 바다 쪽에서도 연분홍 벚꽃이 소담하게 피어 있는 것이 보였다. 나는 그림을 그리는 그 연인을 아주 사랑했지만, 내가 빨리 만나러 가지 못한 것을 오해하고 그 사람은 마을에 있는 간호사와 결혼해 버리고 말았다. 베니처럼 무턱대고 일을 저지르지 않으면 버림을 당한다. 벚꽃은 다시 새로운 모습으로 피기 시작했다.

베니는 아빠가 돌아와서, 허리띠와 버선을 두 손으로 챙겨 남의 집에 가는 것처럼 쭈뼛쭈뼛 돌아갔다. 딱히 고함소리도 들려오지 않았다. 그 아빠라는 이는 유들유들해서 의외로 현명한지도 모른다. 베니가 버리고 간 종이조각을 펴 보니 여관 계산서.

14엔 73전. 얏쓰야마 호텔.

시나가와品川에 간 것일까? 둘이서 14엔 70전, 게다가 이것이 나흘 동안의 체재비라니. 얏쓰야마호텔의 일그러진 풍경이 눈에 선하다.

4월 × 일

시들어 버린 은방울꽃을 그리는 것도 튤립을 그리는 것도 이제는 시들해졌다. 백화나무 책갈피를 코에 갖다 대니 향기로운 산냄새가 난다. 이 나무는 깊은 산속에 산다고 하는데 그 잎은 무슨 모양을 하고 있을까?……엄숙한 그 모습을 마음에 그리며 나는 매일 이렇게 디스템퍼를 덕지덕지 바르고 있다.

처마 하나를 사이에 두고 풍경이나 정물, 나체를 그리고 있는 학생들이 있고, 정해진 틀에 디스템퍼를 바르며 먹고 사는 여자가 있다. 신문을 보니 아르스의 기타하라 데쓰오北原鉄雄[79] 라는 사람의 집에서 식모를 구한다고 하니, 공부를 시켜 주려나 하는 생각도

---

79 기타하라 데쓰오(北原鉄雄,1887.9.5.-1957.3.28). 사진이나 문학을 전문으로 하는 출판사 아르스 설립자이자, 대표. 시인 기타하라 하쿠슈(北原白秋)의 동생.

들었다. 내 작품에 대해 좀 더 엄정한 평가를 받고 싶다. 아무런 방침도 없는 생활은 정말이지 견딜 수 없으니 말이다.……내일은 한 번 가 봐야겠다. 오후에 베니가 목욕탕에 간 사이에, 손수건의 남자가 나를 찾아왔다. 베니는 내 이야기를 어떻게 한 것일까? 아래층으로 내려가니 머리에 반질반질 기름을 바르고 안경을 쓴 남자가 딱 버티고 서 있다.

"제가 하야시입니다만"

하고 방으로 안내를 하니, 키가 큰 이 남자는 바로 다리를 꼬고 앉아서 담배에 불을 붙였다.

"허, 그림을 그리시는군요."

"네, 부업으로 하는 겁니다."

대체적으로 이런 남자는 질색이다. 이 남자의 눈에는 이 허름한 아파트와 부업을 하는 여자의 모습이 광고청부업을 하는 것으로 보였을지도 모른다.

"어제 신에쓰信越 여행에서 돌아왔는데, 도쿄는 따뜻하군요."

"그래요?"

신극은 굉장히 인기가 있다는 이야기였다.

베니가 돌아왔다. 그녀는 여자답게 마치 소리가 나지 않는 꽈리처럼 몸을 둥글게 말고는 대답을 하고 있다.

"당신도 연극을 하셨다고 하던데, 연극 쪽 일을 좀 도와주실 수 있나요? 여배우가 부족해서 좀 힘이 듭니다."

"여배우라니 도저히 저하고는 안 맞아요. 내 자신으로 살아가는 것도 힘든데, 무대에서 우상의 이야기를 연기하다니 저로서는 너무 귀찮아서 도저히 못하겠어요."

"당신 참 재미있는 말씀하시네요."

"앞으로 자주 놀러 오겠습니다."

열일고여덟 되는 처녀애란 이렇게도 심미안이 없는 것일까? 어디를 눌러 봐도 고름이 나올 것같이 지저분한 남자 앞에서 베니는 눈알을 이리저리 굴리며 잠자코 있었다.

밤에 베니가 자고 가겠다고 한다. 아빠는 아직 돌아오지 않았다. 체홉의「갈매기」를 읽어 주었다.

"재미있어요."라고 했다.

"자신만 후회스럽지 않다면 무엇을 해도 상관없지만, 하찮은 감정에 휩쓸려서 돌이킬 수 없는 일을 저지르면 안 돼. 베니 짱은 순수하고 재미있는 사람이기는 한데, 온실속의 화초처럼 자랐으니 여러 가지로 보는 눈을 기르기 전까지는 조심하는 것이 좋을 거야."

그녀는 눈물을 살짝 글썽이면서 눈이 부신 듯이 전깃불을 바라보고 있었다.

"그래도 도망칠 수가 없었다구."

"얏쓰야마호텔이었지?"

"응."

베니는 이상하다는 표정을 지었다.

"남자가 지불한 계산서를 가지고 오면 안 돼지. 아기 같잖아. 14엔 73전. 이런 거 흘리고 다니면 보기 흉해."

"그 사람 가류 하루미[80] 를 안다느니 어쩌느니 하며 엉터리 이야기만 하더라구. 놀려 줄 생각이었지.……"

"네가 놀림을 당한 거겠지. 잘 먹었어."

아빠가 없는 베니는 쓸쓸해 보였다. 강물 소리를 들으며 고독하다는 생각이 들었는지, 베니는 손가락을 깨물며 울고 있었다.

4월 × 일

아침.

신문을 보고 히가시나카노東中野라는 곳에 갔다. 지카마쓰近松 씨 집에 있던 일이 생각났다. 바지런해 보이는 부인과 시어머니 한 분.

"딱히 힘들지는 않지만 우리 집은 목욕물이 큰일이야."

어두운 느낌이 드는 집이었다. 기타하라 하쿠슈 씨의 동생 집 치고는 수수한 집. 가는 동안에는 뭔가 의욕에 불탔지만 막상 가 보니 썰렁한 느낌. 요컨대 나는 청개구리인지도 모르겠다.

---

80 가류 하루미(花柳はるみ,1896.2.24.-1962.10.11)는 일본의 여배우. '쓰키지소극장(築地小 劇場)'에서 유명한 신극 여배우. 일본 영화여배우 1호. 대표작 「깊은 산골 소녀(深山の 乙女)」, 「빛나는 삶(生の輝き)」 등.

버드나무는 버드나무.

바람은 바람.

베니의 아빠가 사기횡령죄로 잡혀갔다고 한다. 돌아와 보니, 형사 세 명이 작은 보따리를 싸고 있었다. 베니는 겁에 질려 그것을 보고 있었다. 온 아파트에 있는 여자들이 3층 베니네 집으로 몰려와 있었다.

세상 인심 참 박정하기도 하다. 방값은 방값대로 받고 딱히 이 아파트에 피해를 준 것 같지도 않은데 말초적인 일들을 모두 침소봉대하며 여자들은 제각각 뭐라고 떠들어 대고 있었다. 형사가 돌아가자 부엌은 온 아파트의 여자들의 입에서 토해낸 거품 같았다. 첩이라는 여자는 태연하게 샤미센을 뜯고 있었다. 키가 훤칠한 여자다.

"언니, 나 가나자와金沢로 돌아갈래. 아빠가 그러라고 했어. 다 남이야. 그래도 아직 본 적도 없는 친척은 남보다 더 힘들어. 실은 돌아가고 싶지 않아."

"그래, 이쪽에 있을 수 있으면 좋을 텐데."

"아파트에서는 바로 방을 빼 달라고 하고……"

밤에 베니하고 초라한 잔치를 열었다.

"잊지 않을게. 한 2, 3년 그쪽에서 지내다가 도쿄로 꼭 다시 돌아올 거야. 시골 생활은 어떤 건지 도통 상상이 안 돼."

서둘러서 우에노에 갔다.

"벚꽃이라도 보러 갈까?"

우리 둘은 말없이 공원 안을 돌아다녔다. 이렇게 어깨를 나란히 하고 걷고 있는 여자가 2시간 후에 가나자와로 가는 기차 안에서 정말로 참담한 기분이 들지 않도록, 두르고 있던 장미색 모직 머플러로 베니의 어깨를 감싸주었다.

"아직 추우니까, 이거 줄게."

우에노의 벚꽃은 아직 앳된 모습이다.

1924년

바다의 축제

7월 ×일

전혀 알지도 못하는 사이에 각기병에 걸렸고 또 게다가 위장도 뿌리부터 아파 와서 요 이틀 동안 식사도 마음대로 못하고 물고기처럼 몸이 축 늘어져 버렸다. 약도 사지 못하고 비참한 기분이 들었다. 가게는 너무 더운 탓에 손님이 없어서, 손님을 끌어 모으려고 빨강, 노랑, 보라색 풍선을 달아 놓고 호객을 한다고 한다. 매장에 오도카니 앉아 있노라니, 잠이 부족해서 그런지 길에 쨍쨍 내리쬐는 햇살이 날카롭게 눈을 찔러서 머리가 아프다. 레이스니, 보일보일voile[81] 손수건이니, 프랑스제 커튼, 와이셔츠, 칼라, 가게 안은 온통 비누거품처럼 하얗다. 모두 얇은 것들뿐이다. 여유 있고 고급스런 이런 수입상품점에서 일급 80전을 받는 나는 인형 같은 판매원이다. 하지만 인형 치고는 너무 지저분하고 배가 고프다.

"당신, 그렇게 책만 읽고 있으면 안돼요. 손님이 오시면 싹싹하게 인사도 하고요."

---

81 가볍고 투명한 평직의 천이다. 목면·우스티드·실크·레이온·아세테이트 등의 강연사 (强撚絲)를 쓴다. 줄무늬로 된 것이 많고 무지나 프린트가 주종을 이루고 있다.

신 것을 먹었을 때처럼 이가 들뜨는 것 같았다. 책을 읽고 있는
것이 아닙니다. 이런 여성잡지 따위 나랑 전혀 상관없어요. 반짝반
짝 빛나는 거울을 좀 들여다보세요. 하늘색 사무복과 유카타가, 배
경하고 배우가 따로 놀고 있는 것처럼 얼마나 우스꽝스럽고 보기
싫은 모습인지…… 얼굴은 여급 풍인데, 그것도 시골바닷가에서
갓 올라온 기름기가 번질번질한 얼굴. 몸매는 식모풍으로, 이 역시
산골에서 올라온 뒤룩뒤룩한 모습. 그런 야생의 여자가 가슴에 물
결치는 하늘색 레이스가 달린 사무복을 입고 있는 것입니다. 이건
뭐, 도미에의 만화 같아요. …… 얼마나 웃기는 뒤죽박죽 암탉 같
은 모양인지요. 마담 레이스나 미스터 와이셔츠, 마드모아젤 핸커
치프 같은 어리석은 치들에게 이런 모습을 드러내는 것이 싫은 것
입니다. 게다가 서비스가 좋지 않다고 하시는 당신의 눈이 내 목을
언제 자를지도 모릅니다. 그러니 될 수 있으면 나라는 판매원에게
관심을 갖지 않도록 아래쪽만 보고 있는 것입니다. 너무 오래 참으
면 피곤해지니, 차츰차츰 눈에 띠지 않는 사람이 되려고 훈련을 하
는 것입니다.

그 남자는 너야말로 눈에 띠는 사람이 되어서 투쟁을 하지 않
으면 거짓이라고 합니다. 그 여자는 당신은 언제까지고 룸펜으로
있어서는 안 된다고 합니다. 그런데 용감하게 싸우고 있어야 할 그
와 그녀는 어디에?

그는 어디에 있을까요. 흰 손을 한 인테리겐차.

그녀는 어디에 있을까요. 부르주아 부인.

동지들끼리 서로 질투를 하며 타오릅니다.

그와 그녀들이 프롤레타리아를 먹잇감으로 삼고 권력자가 되는 날을 생각하면 우주는 어디서 끝나는 것일까 라는 생각이 들며 인생의 여수를 느낀다.

역사는 늘 새로 쓰여진다. 그래서 문지르면 타오르는 성냥이 부럽다.

밤 9시.

성선을 내리니 길이 어두워 하모니커를 불며 돌아왔다. 이렇게 단순한 소리지만, 시보다 소설보다 음악이 좋다.

7월 ×일

아오야마의 수입상품점도 고가선 저편이 되었다. 2주일 노동의 댓가는 11엔. 도쿄의 생활전선은 자주 잘리는 법이다. 옆집 미싱 생도가 이를 갈 듯이 드르륵드르륵 소리를 내며 미싱 페달을 밟고 있다.

그날그날 생활의 단편을 자주 호소하는 아키타秋田 출신 아가씨이다. 고향에서 15엔씩 송금을 해 주면 나머지는 미싱으로 어떻게든 돈을 벌어 생활을 하는 이 아가씨는 나랑은 다른 세상에 사는 사람이다. 좋은 사람이다.

그녀에게 소개장을 받아 신흥여성신문사에 갔다. 혼고의 오이

와케追分에서 내려 구불구불 함석으로 이어진 울타리를 돌아서니 녹색 페인트칠이 벗겨진 엄청나게 큰 3층짜리 하숙집 처마에 반딧불이 만한 회사이름이 나왔다.

식은 죽 먹기보다 쉽게 여기자가 된 나는 이제 지저분한 녹색 페인트칠도 아무것도 아니라고 생각했다.

낮.

하숙집에서 점심을 먹고 입맛을 다시고 있다가, 여기자가 된 지 두세 시간도 되지 않은 나는 연필과 원고지를 받아 담화를 받아 적었다.

다다미 네 장 반정도 되는 방에 거대한 사무용 책상이 하나, 엷은 색안경을 쓴 사장과 신흥여성신문발행인 사원이 한 명, 나를 포함하여 셋이 하는 신흥여성신문. 보잘 것 없는 사무실이었다. 다시 생활전선이 잘리지는 않을까 걱정했지만 어쨌든 나는 거리로 나왔다.

방문한 곳은 아키타 우자쿠秋田雨雀[82] 씨 집. ─

요즘 나의 이 감상은……나는 이 말을 마음속으로 되뇌이며 조시가야 묘지를 빠져나와 귀자모신鬼子母神[83] 옆에서 번지수를 찾

---

82 아키타 우자쿠(秋田雨雀, 1883.1.30.-1962.5.12)는 일본의 문학자이자 사회운동가. 대표작은 희곡『파묻힌 봄(埋れた春)』(1913), 『세개의 혼(三つの魂)』(1918).
83 불교의 여신(女神)의 하나. 순산·부부 화목 등의 소원을 들어준다고 함.

왔다. 혼잡스런 혼고에서 이 근처로 오자 어쩐지 안정이 되는 느낌
이 들었다. 한두 해 전 5월 무렵 소세키의 묘에 참배를 한 적이 있
었는데……

아키다 씨는 감기에 걸렸다며 코를 풀고 또 풀고 계셨다. 마치
소년처럼 반짝 반짝 빛나는 눈동자. 대단히 엑조틱한 느낌이 드는
사람이다. 따님은 지요코千代子 씨라고 해서 처음 간 나를 십년지
기 친구처럼 대하며 이야기를 해 주셨다.

두꺼운 앨범이 나오자 한 장 한 장 넘기며 설명을 해 주신다. 이
배우는 누구고, 이 여배우는 누구고, 그 중에는 헤어진 남자의 프
로필도 있었다.

"여배우는 누구를 좋아해요? 일본에서는……"

"전 잘 모르지만 나쓰카와 시즈에夏川静江[84] 가 좋아요."

나는 태어나서 지금까지 나한테 이렇게 친절하게 대해 준 여자
를 본 적이 없었다.

2층에 있는 아키타 씨의 방에는 거뭇거뭇한 장식장이 있었다.
다카무라 고타로高村光太郎[85] 씨의 작품으로 아리시마 다케오有島武

---

84 나쓰카와 시즈에(夏川静江, 1909.3.9.-1999.1.24)는 일본의 여배우. 본명은 사이토 시즈
   에(斎藤静江). 대표작은 「도쿄행진곡(東京行進曲)」(1929年), 「젊은 사람(若い人)」(1937).
85 다카무라 고타로(高村光太郎, 1883.3.13.-1956.4.2)는 일본의 시인, 조각가, 화가. 대표작
   은 『도정(道程)』, 『지혜자초(智惠子抄)』 등.

郎[86] 씨가 가지고 있었다든가 했다. 방은 정말이지 잡다해서 고서점 같았다. 담화를 받아 적어야 하는데 담화를 따라가지 못해서 식은땀을 흘리고 있자, 아키타 씨는 내 노트를 두세 장 수정해 주셨다. 초밥을 먹었다. 손님이 몇 명 왔다. 날이 저무니 보내 주셨다. 묘지에 붉은 달이 떴다. 불빛이 하나 둘 들어온 거리에서는 사각사각 얼음을 깎는 소리가 났다.

"나는 산보를 좋아합니다."

아키타 씨는 즐거운 듯이 또각또각 구두소리를 냈다.

"저기가 스즈란!"

마치 무대 같은 카페. 누군가에게 별난 마담이 있다는 이야기를 들었다. 아키타 씨는 긴자에 갔다. 나는 흥분이 되어서 뭔가 쓰고 싶어져서 잠자코 에도가와쪽으로 걸어갔다.

7월 x일

아래층 아저씨가 이틀 정도 고향에 다녀온다고 하며 아침에 집을 봐 달라고 부탁하러 2층에 올라왔었는데, 회사에서 돌아와 보니 옆방에 있는 미싱 아가씨가 빼꼼이 열려 있는 미닫이 사이로 허

---

86 아리시마 다케오(有島武郎, 1878.3.4.-1923.6.9)는 일본의 소설가. 시가 나오야(志賀直哉), 무샤노코지 사네아쓰(武者小路実篤) 들과 동인 『시라카바(白樺)』에 참가. 1923년 가루이자와(軽井沢) 별장에서 하타노 아키코(波多野秋子)와 동반자살. 대표작에 『카인의 후예(カインの末裔)』, 『어떤 여자(或る女)』, 평론 『아낌없이 사랑은 빼앗는다(惜しみなく愛は奪ふ)』가 있다.

리띠를 풀고 있는 나를 불렀다.

"저, 잠깐만 이리 와요!"

낮은 목소리로 이야기하길래 나도 무릎걸음으로 조용조용 다가갔다.

"너무 해요. 아래층 아주머니가 다른 남자하고 술을 마시러 갔어요."

"상관없잖아요? 손님일지도 모르고."

"하지만 열여덟 정도 되는 여자가 그렇게 흘게 남편 아닌 다른 남자하고 술을 마셔도 되는 걸까요?"

허리띠를 두르고 유카타를 갠 후, 아래층으로 세수를 하러 가보니, 열여덟 되는 신부는 장지문으로 된 창문 너머로 평화롭게 남자하고 손을 잡고 뒹굴고 있었다. 옛 애인일지도 모른다는 생각이 들었다. 단지 부러울 뿐으로, 미싱 아가씨처럼 흥미가 일지도 않았다. 밤에는 밥을 하는 것이 귀찮아서 동네 야채가게에서 한 송이에 10전 하는 바나나를 사다 먹었다. 여자 혼자 사는 것은 편하다고 생각했다. 풀기가 빠진 다다미 세 장 크기의 면 모기장 안에서 팔다리를 쭉쭉 뻗고 쿠프린[87]의 『야마(Yama)』를 읽었다. 야무진 매춘부가 자기가 좋아하는 대학생에게 엄청난 순정을 보이는 방대한

---

87 쿠프린(Aleksandr Ivanovich Kuprin, 1870.9-1938.8.25)은 러시아의 소설가. 대표작에『탐욕의 신(Molokh)』(1896), 『야마(Yama)』(1915).

책인데, 머리가 피곤해진다.

"저 잠깐만요, 아직 안 주무시나요?"

벌써 10시는 되었는지 옆방 싱어 미싱 씨가 돌아온 것 같다.

"네 아직 안 자요."

"잠깐만요! 큰일났어요."

"무슨 일이예요?"

"마음도 편하네요. 아래층에서 그 남자하고 같이 모기장 안에 들어가서 자고 있어서요."

싱어 미싱 양은 마치 자기 애인이라도 빼앗긴 듯이 눈을 두리번거리면서 내 모기장 안으로 들어왔다. 자나깨나 미싱 소리만 내고 내 방으로 들어오는 일은 좀체 없을 만치 행동거지가 반듯한 그녀가, 허락도 없이 내 모기장으로 뛰어 들어오더니 크게 숨을 몰아쉬며 다다미에 귀를 갖다 댔다.

"사람 잘 못 봤지. 주인 돌아오면 다 말해 줄 거야. 나보다 열 살이나 어린 주제에 앙큼하네……"

전차로를 성선이 치익 폭 하는 소리를 내며 지나간다.

한 번도 시집을 간 적이 없는 그녀가 질투심에 숨을 헐떡거리며 마치 몽유병 환자처럼 광태를 연출하려고 하고 있다.

"오빠일지도 모르잖아."

"오빠라도 같은 모기장에서 자지는 않아."

나는 어쩐지 씁쓸한 피가 가슴에서 밀려올라왔다. 그녀는,

"눈이 아프니까 전기 끌게요."

라고 하더니 분연히 일어나 말없이 나갔다. 이윽고 통통 소리를 내며 계단을 내려갔는가 싶더니,

"당신 남편이 우리한테 당신을 봐 달라고 했어요. 이런 일 남편 되는 분이 알아도 돼나요?"

라고 하는 소리가 띄엄띄엄 들려왔다. 한 번도 결혼을 하지 않으면 그렇게 심한 말을 할 수도 있는 모양이다. ……나는 이불을 얼굴까지 끌어올리고는 눈을 꼭 감았다.

7월 x일

─ 병. 즉시 돌아오너라. 부탁한다.

어머니에게서 온 전보.

정말일지도 모르지만 거짓일지도 모른다. 하지만 거짓말을 할 어머니가 아니다. 출근전이기 때문에 서둘러 여행준비를 하고 여비를 빌리러 회사에 갔다.

사장에게 전보를 보여주고 5엔 가불을 부탁하자 가불은 절대 불가라고 한다. 하지만 내가 일한 돈을 받으면 15엔 정도는 될 것이다. 불안해졌다. 복도에 둔 바구니가 이상하게도 싫어졌다. 소중한 시간을 빌리는 것으로, 그것도 정당한 권리를 주장하는데 안 된다고 한다. 그렇다면 이런 상황에서는 정확히 판단을 하는 것이

좋을지도 모른다.

"그럼 빌리지 않겠습니다! 그 대신 그만둘 테니까 지금까지의 보수를 주세요."

"자기 마음대로 그만두는 것이니까, 회사는 알 바 아닙니다. 만족스럽게 일을 해야 보수를 주는 것이지, 아직 12,3일 밖에 일하지 않았잖아요."

누렇게 바랜 바구니를 들고 나는 다시 2층 다락방으로 돌아갔다. 미싱 양은 그 날 이후 아래층 여자하고 껄끄러워져서 이사를 할 생각인 것 같은데, 돌아와 보니 어디 마땅한 곳을 찾았는지 짐을 나르고 있었다.

그녀의 유일한 재산인 미싱만이 어색하게 짐수레 위에 올라가 앉아 있다. 모든 것은 아아 무상하다. ―

7월 x일

역은 산이나 바다로 가는 흰 복장을 한 여행객들로 시원해 보였다. 아래층 여자에게 5엔을 빌렸다. 오노미치까지 7엔 정도. 지갑을 탈탈 털어 겨우 표를 사서 자리를 잡고는 우선 손가락을 꺾었다. ― 몇 번째 귀향일까? ―

닭의장풀 줄기
거친 벽에 얼기설기

만리 장성

뭔가 초라한 느낌이 강하다. 옛날에 지은 내 시의 모두 부분이
생각났다.

이도저도 다 싫어졌다. 하지만 니힐의 세계는 아직 갈 길이 멀
다.
이 어설픈 니힐리스트는 복통이 나으면 바로 배가 고프고, 좋
은 풍경을 보면 풀이 죽고, 좋은 사람을 만나면 눈물을 흘리고. -

바구니에서 호가 지난 『신청년』을 꺼내 읽었다. 재미있는 우스
갯소리가 하나 있다. -
ㅡ죄수 왈, "저 벽에 붙어 있는 사람은 누구입니까?"
ㅡ선교사 대답하여 왈, "우리의 아버지 그리스도요."
죄수가 출옥하여 병원의 심부름꾼으로 고용이 되었는데 벽에
훌륭한 사진이 걸려 있었다.
ㅡ죄수, "저것은 누구인가요?"
ㅡ의사, "예수의 아버지요."
죄수, 매춘부를 사서 그녀의 방에 갔는데 훌륭한 여자의 사진
을 보고,
ㅡ죄수, "저 여자는 누구지?"
ㅡ매춘부, "저 분은 마리아죠. 예수의 어머니예요."

그러자 죄수가 탄식하여 말하기를, 자식은 감옥에, 아버지는 병원에, 어머니는 매춘부가 되었네. 나는 키득키득 웃어 버렸다. 한가한 밤기차를 타서 심심해 하고 있던 차에 이런 유쾌한 콩트가 걸려들었다. 잔다.

7월 × 일

오랜만에 보는 다카마쓰의 풍경도 더워지자 이상하게 마음이 불안해지고 위축되었다. 어딘지 모르게 늙고 초췌해진 어머니는 보자마자,

"기다렸다 아이가! 나도 이제 영 힘이 없어서 말이제……"

하며 눈물을 글썽이고 있었다.

오늘 밤에는 바다축제 오쇼로나가시[88]가 있는 밤이다. 저녁에 동쪽 창문을 가리키며 어머니가 나를 불렀다.

"불쌍타이. 끔찍하데이……"

창문 밖 하늘에 조선의 소가 매달려 빙글빙글 돌고 있다. 조개 구름이 뭉게뭉게 떠 있는 방파제 위에 우뚝 솟은 시커먼 배의 기중기. 그 기중기 끝에 조선의 소 한 마리가 네 다리를 묶인 채 불쌍하

---

88 오쇼로나가시(お精霊流し). 오봉(お盆)에 맞이한 조상의 영혼을 보내드리는 행사로 어른들이 해변에서 5m정도 되는 볏짚으로 만든 배에 장식을 하여 오쇼로를 태우면 어린 아이들이 헤엄을 치면서 바다로 끌고 간다.

게 신음을 하고 있었다.

"저런 것을 보면 먹을 수가 없데이……"

구름 위에 매달려 있는 그 소는 이삼일 안에 도살되어 보라색 도장을 찍히는 것을 생각하고 있는 것일까?……아니면 고향을, 친구를…….

시야를 아래쪽으로 향하니 헌 솜 같은 소떼가 갑판 위 우리에서 신음을 하고 있었다.

조개구름이 얼레지처럼 줄기를 쭉 뻗어가니 소 떼도 어느새 사라지고 기중기도 팔을 내렸다. 희미한 저녁달이 바다 위를 비추고, 벌써 오쇼로 배 두세 척이 떠가고 있었다. 불을 피우면서 아름다운 종이배가 선창 계단을 떠나 바다 쪽으로 나가고 있었다. 항구에는 고풍스런 거룻배들이 밀집해 있다. 그 사이를 불타는 종이배가 달처럼 떠내려 갔다.

"소를 잡아먹고 오쇼로를 흘려 보내고, 인간도 모순이 많네요, 어머니."

"그게 인간이란기라.……"

고향은 좋은 거구나 -

1925년.

고향 여행

8월 × 일

바다가 보인다. 바다가 보인다.

5년 만에 보는 고향바다! 기차가 오노미치 바다에 접어들자, 칙칙한 작은 마을의 지붕이 등불처럼 펼쳐져 왔다. 센코지의 붉은 탑이 보이는 산에는 상큼한 새싹들이 돋아 있다. 숨이 막힐 듯 푸른 바다 저편의 도크에 있는 배의 돛대가 팽팽하게 하늘로 뻗어 있다.

나는 눈물이 났다.

빚투성이인 우리 가족 세 명이 도쿄행 밤기차를 탔을 때 마을 한쪽에서 큰 불이 났는데…….

"있잖아요, 어머니! 우리가 도쿄에 가는데 불이 난 것은 필시 좋은 일이 생길 징조예요"

풀이 푹 죽어 자꾸 숨으려는 어머니들을 나는 이렇게 위로를 했다……. 하지만 도쿄에서 우리를 맞이한 사람은 학교에 다니고 있는 내 남자친구 한명 뿐이었다. 하지만 그 일이 있고 햇수로 이제 6년. 나는 풀이 푹 죽어 다시 고향 오노미치로 돌아오고 있는 것이다. 그 남자도 학교를 졸업하고는, 우리를 남겨 두고 오노미치

건너편에 있는 인노시마因島로 돌아가 버렸다.

　마음이 약한 부모님을 끌어안은 나는 어제까지 정처 없이 번잡한 도쿄를 방랑하다가, 아아 지금은 고향 바닷가를 여행하고 있다. 해안을 따라 늘어선 유녀집들의 등불이 동백처럼 점점이 하얗게 빛나고 있다. 낯익은 지붕들, 낯익은 창고, 일찍이 우리 집이었던 바닷가에 있는 낡은 집은 5년 전의 평화로운 모습 그대로다. 모든 것이 정겨운 모습을 하고 있다. 소녀시절 들이마시던 공기, 헤엄치던 바다, 사랑을 하던 산 속의 절, 속절없이 모든 것이 거꾸로 돌아가 있는 느낌이었다.

　오노미치를 떠날 때의 나는 옷이 커서 소매를 집어 올렸지만, 지금 내 모습은 머리는 이초가에시로 묶고 옷은 몇 번이고 빨아 빛이 바랜 홑옷. 이런 모습을 하고 딱히 가고 싶은 집도 없지만, 어쨌든 벌써 기차는 오노미치로 들어서서 거름 냄새가 나고 있다.

　오후 5시.
　배의 시계가 5시를 가르키고 있다. 대합실 2층에서 마을의 불빛을 보고 있자니, 이상하게 눈시울이 뜨거워졌다. 찾아가려면 찾아갈 집도 있겠지만 그것도 귀찮다. 표를 사고 나니 이제 50전 짜리 동전이 하나 달랑 남은 지갑을 들고 맥없이 섬 남자를 생각하고 있었다. 낙서 투성이 기선 대합실 2층에 목침을 빌려 누워 있으니 배가 부두에 닿았는지 뿌우하고 기적 소리가 난다. 사람들이 밀려 내려오는 번잡스런 소리가 문득 슬프게 들렸다.

"인노시마행 배가 출발하는 것은 아닐까?……"

호객꾼이 삐걱거리는 계단을 올라와서 안내를 하자, 나는 햇빛에 바랜 줄무늬 우산과 작은 보따리를 들고 부두로 내려갔다.

"라무네 필요하지 않아요!"

"달걀 사세요."

저녁 선착장에 장삿꾼들 목소리가 이리저리 오갔다. 보라색 파도에 흔들리며 인노시마행 보트가 하얀 물을 토하고 있었다. 막막한 세상이다.

저 마을 등불 아래에서 생피에르의 「폴과 비르지니」[89]를 읽은 날도 있었다. 빚쟁이가 와서 어머니가 변소에 숨어 있는데 학교에서 돌아온 나는 '어머니는 이틀 정도 이토사키糸崎에 다녀온다고 했어요……'라고 둘러대서, 어머니가 쓸쓸하게 칭찬을 해 준 적이 있었다. 그 시절 마을에는 〈조가시마〉나 〈침종沈鐘〉이라는 노래가 유행했다. 라무네를 한 병 샀다. 남은 돈은 47전.

밤.

"여러분 이제 도착했어요!"

선원이 로프를 풀고 있다. 작은 선착장 옆으로 하얀 병원의 불

---

89 베르나르댕 드 생피에르(Bernardin de Saint-Pierre, Jacques Henri, 1737-1814). 프랑스의 박물학자·소설가. 연애 소설 「폴(Paul)과 비르지니(Virginie)」는 문명 죄악설의 실례를 보인 것으로 낭만주의에 영향을 끼쳤음.

빛이 바다에 비치고 있었다. 이 섬에서 오랜동안 나를 일을 시켜 먹고 학교에 다니던 남자가 편안히 숨을 쉬고 있다. 조선소에서 일을 하고 있다.

"이 근처에 싼 숙소 있을까요?"

운송업자 여주인이 나를 여인숙까지 데려다 주었다. 실처럼 가는 마을의 길을 헌 옷가게와 게이샤집이 즐비하게 늘어서 있다. 나는 조선소에서 가까운 산 옆에 있는 여인숙에 도착했다. 2층에 있는 다다미 여섯 장 크기의 허름한 방바닥에 보따리를 내려 놓고는 덧문을 열고 바다를 바라보았다. 내일은 찾아가야지. 나는 47전 남은 지갑을 소매에 집어넣고 겨우 라무네 한 병을 먹어 허기진 상태로 바다냄새가 나는 이불에 다리를 길게 뻗었다. 어디에선가 멀리서 벌집에서 나는 소리처럼 웽웽 시끄러운 소리가 들려온다.

8월 × 일

머리맡에서 하늘색 게가 사각사각 소리를 내며 기어다니고 있다. 마을은 스트라이크 상태다.

"만나러 가신대도 큰일인교. 그보다는 사택 쪽으로 가는 게 나을 기요.……"

나는 불안하게 우엉을 씹고 있었다. 사원들은 전부 서류를 가지고 클럽에 모여 있다고 한다. 나는 멍하니 밖으로 나왔다. 만리장성처럼 구불구불 콘크리트벽을 둘러친 도크의 건물들을 산 위에서 내려다보니, 파란 작업복을 깃발에 달고 정문으로 보이는 곳에 직공들이 검은 개미떼처럼 모여 웅성거리고 있었다. 산길을 아이를 데리고 아주머니와 할머니들이 드문드문 올라오고 있었다. 6월의 바다는 은가루를 뿌린 듯 빛나고 있고 뒤엉킨 나무의 색깔은 상쾌한 향기를 풍기고 있었다.

"오노미치에서 경찰관이 잔뜩 왔다는 기라."

뒷머리를 한껏 부풀린 젊은 아주머니가 도크를 내려다보았다. 경찰관과 직공들이 실갱이를 하고 있다.

"힘내이소!"

"지면 안 되능교!"

"와……"

한낮에, 벌거벗은 직공들의 늠름한 피부를 보고 있다가 나도 두 손을 들고 소리를 질렀다. 여행을 하는 고향의 말로,

"단디, 했뿌려."

"당신 창기여?"

나는 말없이 웃어 보였다.

"남편이 저기에 있기가? 우리집 양반은 이렇게 된 이상 이제 죽어도 좋다는 각오로 한다고 하능기라."

나는 이유 없이 눈물이 흘렀다. 사무원 일을 하며 몸과 마음을 다 바친 남자가 대학을 나오더니, 조선소 사원이 되어 아무 일 없다는 듯이 살고 있다. 어떻게든 만나고 가야 한다.

"여기에서 보면 저런 문정도는 배에서 쓰는 다이나마이트를 던지면 간단히 부숴질 거인디 말이제."

"직공들은 정직해서 안 된데이. 다 함께 몸으로 부딪쳐야 한데
이."

문이 무너졌다.
검은 점들이 벌떼같이 흩어졌다.
반질반질한 바다 위를 작은 배가 사방으로 무수히 흩어져 간다.

파도치는 소리를 들었는가!
막막히 펼쳐진 바다 위 규환叫喚을 들었는가!

그을린 램프등을 아내들에게 맡겨 두고
섬의 직공들은 해변의 자갈을 걷어차며
노을진 해변으로 모여들었다

멀리 파도치는 소리를 들었는가!
몇 천 명이나 모여든 인간의 소리를 들었는가!
여기는 내해의 조용한 조선소다

조개가 입을 다물어 버린 것처럼
인노시마의 좁은 길에
기름으로 얼룩진 바지와 푸른 작업복 깃발이 나부끼고
뼈와 뼈가 부딪히며 공장 문이 무너지는 소리

그 소리는 쿵쿵

섬 전체로 울려 퍼진다

두둑……두둑……두둑……

푸른 페인트칠을 한 정문이 모여든 어깨들에 밀리자

민활한 카멜레온들은

직공들의 피와 기름으로 얼룩진 청산장부를 끌어안고

눈 오는 날 여우같이 휙휙

보트에 올라탄다

일그러진 표정에 잔뜩 굳은 직공들의 얼굴에서

분노의 눈물이 솟구쳐서

뚝뚝 소리를 내고 있지 않은가?

도망을 친 보트를

투망처럼 퍼져 있는 순경들의 배가 가로지르지만

그래도

이 작은 섬에서 모인 직공들과 도망친 보트 사이는

그저 한 줄기 하얀 물보라로 사라져 버린다

이를 악물고 이마를 바닥에 문질러도

하늘은 –

어제도 오늘도 변함이 없는

평범한 구름은 흘러간다

그래서!

머리가 떨어질 듯이 미친 직공들은
파도를 부르고 바다에 울부짖으며
도크의 파선破船 안에 소용돌이를 일으키며 밀려들 들어갔다

파도치는 소리를 들었는가!
저 멀리서 파도가 울부짖는 소리를 들었는가!
깃발을 들어라!
하늘 높이 번쩍 들어라

힘찬 젊은이들이
반짝반짝 빛나는 피부를 드러내고
쭈욱 쭈욱 쭈욱
찢어진 붉은 돛의 줄을 있는 힘껏 당기니
방파제를 뚫고
붉은 배는 바람이 웅얼대는 바다로 나갔다!

그래! 깃발을 들어라!
혁명가를 불러라!
썩었지만
힘차게 바람을 품은 붉은 배는
하얗게 물보라를 가르며 바다로!
바다 한 복판으로 화살처럼 달려 나갔다

하지만……

어이 어이

차가운 바람이 부는 고진산荒神山 위에서 부르고 있는

파도처럼 힘찬 규환에 귀를 기울여라!

불쌍한 아내와 아이들이

저렇게 목을 쭉 빼고

하늘 높이 부르고 있지 않은가!

멀리서 파도치는 소리를 들었는가!

파도가 노호怒号하는 소리를 들었는가

……

산 위 고목 아래에서

고목과 함께 두 손을 흔들고 있는

아내와 아이들의 눈에는

불똥처럼 달려가는

붉은 배가 언제까지고 비치고 있다

　　숙소에 돌아오니 창백한 남자의 얼굴이 멍하니 천정을 바라보
고 있었다.

　　"여관 아주머니가 데리러 와서 깜짝 놀랐어."

　　"………"

　　나는 어린아이처럼 눈물이 솟구쳤다. 아무런 의미도 없는 눈물

이다. 속절없이 아무 생각 없이 눈물이 흘러 말없이 문지방에 서서 울었다. 저녁 하늘을 소쩍새가 소쩍소쩍 하고 울며 날아간다.

"이곳에 오기 전까지는 매달릴 수 있으면 매달려 보려 했는데, 여관 아주머니 말씀으로는 아내도 있고 아이도 있다고 들었어요. 게다가 마을의 스트라이키를 보고 당신을 만나니 아무래도 매달리면 안 되겠다고 생각했어요."

묵묵히 앉아 있는 두 사람의 귀에 웅웅거리는 외침소리가 들린다.

"오늘밤 연극 극장에서 직공들의 연설이 있어서 좀 들여다 봐야 해서……"

남자는 자신의 손목시계를 방바닥에 던지고는 서둘러 마을로 나갔다. 나는 혼자 방에서 멍하니 남아 훌쩍거리며 고가의 금색 손목시계를 손목에 살짝 끼워 보았다. 눈물이 뚝뚝 떨어졌다. 도쿄에서 고생한 일, 벌거벗고 문을 부수던 한낮의 직공들이 돌아가며 떠올랐고, 시계의 하얀 배 부분을 보고 있자니 눈이 빙글빙글 도는 것 같았다.

6월 x일

여관 아가씨와 함께 해변을 걸었다. 오늘로 1주일째다.
"너무 마음에 담아 두지 마시소."
내가 이것저것 모두 귀찮다며 멍하니 있자 여관 아가씨가 걱정을 해 준다. 아무것도 하지 않을 것이다. 아무 생각도 할 수가 없다. 어제는 다카마쓰에 계신 어머니에게 전신환을 보냈다. 나는 이렇게 바닷바람을 쐬고 있다. 남자가 안절부절 하든 말든 내 알 바 아니다. 내게서 모든 것을 빼앗아 가 버린 남자니, 이 정도 심술은 아무 것도 아닐 것이다.

오노미치 해변에서 돌담으로 된 방파제에 배를 부딪치면서 그 남자의 아이를 낳지 않으려 했지만, 이제는 모두 마음 아픈 옛 이야기일 뿐이다.

어제 보낸 전신환으로 새아버지와 어머니가 한숨 돌리셨으면 좋겠다. 반짝거리는 해변에서 감은 머리를 나부끼며 걷고 있는데, 마을에서 신발가게를 하는 남자의 형님이 뒤에서 어이, 어이 하고 불렀다. 오랜만에 보는 형님. 오노미치의 집에 심은 귤나무와 오렌지나무를 가져다 준 그 모습 그대로 웃고 있다.

"뭐라 할 말이 없제요, 욕 봤제요."

바다가 파랗게 빛나고 있다. 아가씨 대신 그 형님과 둘이서 마을 변두리에 있는 남자의 부모님 집에 갔다. 바다 가까이까지 푸릇푸릇한 밭이 보이고 울창한 귤산이 바람에 웽웽 소리를 내고 있었다.

"갸는 맴이 약해서 말이제."

바닷 바람에 그을린 쓸쓸한 얼굴을 하고 형님은 말을 잇지 못했다.

집에서는 일흔이 된 노파가 쿵쿵 하고 쌀을 찧고 있었다. 소 한 마리가 상냥한 눈빛으로 나를 바라보았다. 나는 아무래도 들어가고 싶지 않았다. 어쩐지 이런 곳에 온 것 자체가 처량했다. 하얗게 이어지고 있는 바닷가 길을 나는 뒷걸음질치다시피 하며 여관으로 서둘러 돌아갔다.

6월 x일

상쾌한 아침 바람을 쐬이며 나는 섬을 향해 손수건을 흔들었다. 어디를 가도 도저히 어쩔 수 없는 일들뿐이다. 도쿄로 돌아가자. 내 지갑은 10엔짜리 다섯 장으로 두둑해졌다. 형님 집에서 받은 말린 가자미가 든 파란 바구니와 보따리를 안고 나는 깡충깡충 널빤지를 건너서 배에 올라탔다.

"조심하이소……"

"예! 저 근데 스트라이키는 이제 끝났나요?"

"직공 쪽이 한발 물러서서 타결이 되기는 했지만 힘이 있는 자들한테는 못 당하제요."

남자는 수면부족으로 눈을 꿈뻑꿈뻑하며 방파제로 내려 왔다.

"건강히 잘 지내다보면 언젠가 또 만날 수 있으니까요."

배 안에는 이슬에 젖은 야채가 잔뜩 쌓여 있었다.

아아, 어쩐지 바보가 된 것같이 쓸쓸해서 나는 휘파람을 불며 멀리 달려가는 섬의 항구를 돌아보았다. 두 사람이 검은 점으로 사라지자, 조용한 도크 위에 쨍그렁 쨍그렁 하고 쇠를 두들기는 소리가 났다.

　오노미치에 도착하면 절반 정도는 다카마쓰로 보내 줄까? 도쿄에 돌아가면 얼음장사를 해도 좋겠어. 굳이 한창 더운 여름에 여기저기 장사거리를 찾아다니지 않아도 된다. 올 연말에는 편안하게 살고 싶다. 나는 몸을 쭉 뻗어 달리는 배 위에서 파도에 손을 대 보았다. 손을 밀쳐내듯 파도가 하얗게 갈라진다. 다섯 손가락에 말이 뒤엉킨 실처럼 엉겨 붙어 축축 늘어진다.

　"이번 스트라이키는 너무 짧았다 마. ――"
　"참말로 어디 가나 불경기 뿐이데이."
　선원들이 유리창을 닦으며 이야기하고 있다.
　나는 다시 한 번 파란 바다 저 편에 있는 섬을 뒤돌아보고 있었다.

항구 마을의 여수

4월 ×일

ーー그날 밤
카페 테이블 위에
꽃바구니 같은 얼굴이 울었다
그게 그러니까
나무 위 까마귀가 울거라며

ーー밤은 괴롭다
두 손에 담긴 얼굴은
녹색 분에 지쳐
열두 시 바늘을 잡아당기고 있었다

요코하마에 온지 닷새 남짓. 카페 에트랑제의 검은 테이블 위에서 나는 이런 시를 써 보았다.

"나 뿐이야, 너랑 같이 있는 것은……너처럼 이렇게 피폐하고 쉽게 무너지는 여자를 누가 사랑하겠어?"

도쿄의 하숙집에서 그 남자는 주제를 알라는 식으로 말하곤 했다. 머물 곳도 의지할 남자도 밥을 먹을 곳도 없게 되자, 나는 작은 보따리를 싸면서 눈물을 펑펑 쏟았다. 그런 말을 하며 헤어진 남자인데, '너 편하라고 해 준 말이야. 나한테서 떨어져서 마음대로 하라구'라고 했다.

남자는 나를 안아서 엎어 놓고는 '너도 나처럼 병들게 할 거야'라고 하면서, 폐에서 나온 숨을 내 얼굴에 대고 후후 불었다. 그 날 밤 나는 남자의 하숙비를 벌기 위해 이런 곳까지 흘러든 것이다.

"고향으로 돌아가 봐요. 돈을 조금은 마련할 수도 있을 테니까……"

이런 말을 하며 돈을 마련하는 것이 나는 정숙한 여자라고 생각하기라도 했던 것일까?

"이제, 가게 뒷정리해 주세요."

마담 로아의 코끝이 기름으로 번들거렸다. 그것을 계기로 12시에는 폐점을 하는 것 같았다. 모모와레로 머리를 올려 묶은 오키쿠お菊와 오키미お君, 그리고 나 이렇게 세 명은 가건물 여급 방에 털썩 주저앉아 창문으로 불어오는 무거운 바닷바람을 맞고 있다.

"나, 도쿄로 돌아가고 싶어졌어."

오키미는 아이들 생각이 났는지 수건으로 얼굴을 닦으면서 굵게 묶은 머리에 바람을 집어넣고 있었다.

이곳의 마담 로아는 독일인으로 남편은 도쿄에 독일 맥주 사무실을 가지고 있다. 토요일에는 돌아온다고 한다. 호리호리하고 키가 큰 모습을 한 번 얼핏 보았을 뿐. 마담 로아는 고풍스런 스커트처럼 뚱뚱하고 말이 없는 여자다. 오키미의 남편 소개로 왔건만 돈이 될 것 같지는 않다. 요리사도 일본인이라 외국인들은 요리는 먹지 않고 늘 맥주만 마시고 갔다.

"나 네 남편 소개로 왔기 때문에, 실은 도쿄로 돌아가고 싶지만 말 못하고 있었어."

"바닷가에 가면 돈이 될 거라고 하더니 결국은 그 여자하고 새롱거리고 싶어서 그런 거겠지."

오키미의 남편은 오키미하고 아버지 벌 정도 될 만큼 나이를 먹었고 첩까지 두고 있었다. 오키쿠는 방파제의 파란 불빛을 보면서 옷도 벗지 않고 멍하니 서 있다. 나는 문득 작년 어느 추운 겨울날 오키미하고 이 바닷가에 온 일을 떠올렸다. 그리고나서 반 년 남짓, 이제 오키미하고는 만날 수 없다고 생각하면서도 어느쪽이라고 할 것도 없이 서로 찾아다니며 왕래를 하고 있는 것을 생각하면 저절로 미소가 지어진다.

열세 살에 아이를 낳은 오키미는 말했다.
"나는 아직 사랑이란 것을 해 본 적이 없어."
스물 둘에 아홉 살 되는 아이를 가진 오키미는 아이가 연인이라고 했다. 결혼생활이 불행한 오키미. 계모의 남자였던 지금의 남편에게 속아서 10년이나 그 남자를 위해 일을 했다고 한다. 10년을 일했다고 생각하니, 카페 여급을 첩으로 두기도 하고, 집안은 남자 하나를 둘러싸고 그녀에, 첩에, 계모에 참 이상한 생활도 다 있다. 어떤 취급을 받아도, 한 아이를 위해 일하고 있는 오키를 생각하면, 내가 힘든 것 정도는 그녀 입장에서 보면 장난일지도 모른다.

"불 꺼 주세요."
독일인은 빈틈이 없다고 하는데, 마담 로아가 하늘색 잠옷을 입고 우리들 방을 들여다보았다. 치익하고 전기불이 꺼진 방에서 나는 마치 동화 속에 나오는 개구리 소리 같은 소리를 들었다. 도쿄에 있는 남자, 어머니, 앞으로 어떻게 살까 등을 생각하니, 한 줄기 차가운 눈물이 볼을 타고 내린다.

4월 × 일

아홉 살이 된 오키미의 아이가 혼자서 오키미를 찾아왔다. 항구에는 배가 들어왔는지 자동차가 뻔질나게 가게 앞으로 달려간다.
아침.
마담 로아는 페인트 칠이 벗겨진 뒷베란다에서 뜨개질을 하고 있다.
"오키쿠에게 가게를 부탁하고 잠깐 방파제에 가지 않을래? 아이에게 보여 주고 싶어."
차가운 스프를 먹고 있는 내 옆에서, 오키미는 긴 바늘을 움직여 아이의 어깨를 걷어올려 징거 주고 있었다.

"오키미 씨 동생이야?"

뱃사람 출신인 나이든 요리사가 담배를 피우며 아이를 보고 있었다.

"네, 막내동생이에요.……"

"허, 그렇군. 몇 살이야? 혼자서 용케 잘 찾아왔네."

"……"

이가 하얀 소년은 쓸쓸한 듯이 말없이 씩 웃었다.

세 명이 손을 잡고 방파제로 갔다. 바닷가에는 빨간 홀수선이 떠 있는 배가 몇 척이나 정박해 있었다. 독일인 두 사람이 바다를 보고 있다. 4월의 푸른 바다는 수박 가루를 뿌린 듯이 반짝이고 있었다.

"저거 봐! 배야. 잘 봐 두렴. 저걸 타고 외국으로 가는 거야. 저건 기중기. 짐이 공중으로 올라가 있지?"

입에 초콜렛을 잔뜩 집어넣고는 아이는 아물아물 기쁜 눈빛으로 바다를 보고 있다. 선창에서 아래를 내려다보니 깊은 녹색의 물이 다리를 쭉쭉 잡아당길 것 같았다. 방파제를 사이에 두고 담배가게, 환전소, 대합실, 가로수 등이 초연하게 늘어서 있었다.

"엄마 물 먹고 싶어."

무릎이 다 드러난 오키미의 아들이 흰색 대합실에 있는 수도가로 달려가자, 오키미는 소매에서 손수건을 꺼내 아이 곁으로 걸어갔다.

"자, 이걸로 얼굴 닦으렴."

아아, 얼마나 아름다운 풍경인가? 그 아름다운 풍경에도 불구하고 제각각의 고민이 떠올랐다. 소년이 이 바닷가까지 찾아온 정열을 생각하니, 눈물이 날 것 같은 오키미의 심정이 어떨까 하는 생각이 들어 마음이 짠하다.

"쟤하고 방을 한 칸 빌려 살까 하는 생각도 있어. 하지만 모처럼 아버지가 있는데, 떼어 놓는 것도 좀 그렇고 해서 참고 있는 거야. 난 일만 하다 죽으려고 태어난 것 같아서 힘들어."

"아줌마! 호텔이란 게 뭐예요?"

문득 보니 방파제 옆 다리 옆으로 호텔이라는 글자가 보인다.

"여행을 하는 사람들이 자는 곳이야."

"아, 그래.……"

"근데, 얘야. 모두 집에 있지?"

"응, 아버지 집에 있어. 할머니도.……아줌마는 요즘 긴자에 다니는 데 집에는 늦게 와. 그래서 나랑 아버지가 역으로 마중을 가.……"

오키미는 묵묵히 바다를 바라보고 있다.

낮.

이세사키초伊勢佐木町에 가서 셋이서 중화메밀국수를 먹었다.

"저, 있잖아 나 사진 찍고 싶어. 같이 찍어 줄래?"

"나도 그렇게 생각했어. 또 언제 뿔뿔이 헤어질지 모르잖아요. 마침 잘 됐어. 우리 귀염둥이도 같이 찍어요."

중국 군대 같은 느낌이 나는 마을 전철을 타고 바닷가에서 가까운 사진관에 갔다.

"셋이서 찍으면 누군가가 죽는대. 그러니까 강아지라도 빌려서 같이 찍을까?"

오키미가 못생긴 강아지 인형을 무릎 위에 안고 아들하고 내가 서 있는 모습. 배경은 방파제 선창. 고풍스런 돛대가 숲의 나무들처럼 빽빽이 늘어서 있는 것이 보였다.

"애야, 오늘은 엄마 있는 데서 같이 자고 가렴."
"같이 돌아갈 거야.……"

오키쿠는 혼자서 레코드를 틀어 놓고 있었다. 마담 로아는 오늘은 도쿄로 외출. 의자 두 개를 나란히 놓고 요리사는 쿨쿨 자고 있었다. 받은 돈은 1엔도 채 안 된다. 나도 오키미 아들하고 도쿄로 돌아가야지 –

4월 × 일

"이렇게 평생 여행을 계속한다면 기분이 좋을 것 같아."

에뜨랑제 뒷문에서 커다란 짐을 하나씩 든 두 여자. 마담 로아는 딱하게도 1주일 남짓 정도 밖에 있지 못했던 우리 두 사람에게

급료 10엔씩을 봉투에 넣어 주었다.

"또 오세요. 여름에는 좋아요."

오키미와 달리 집이 없는 나는 다시 돌아가고 싶은 심정으로, 마담 로아를 돌아보았다. 말이 없는 여자는 야무진 법이다. 슈트를 입은 그녀는 2층에서 우리를 보고 있었다.

"괜찮다면 우리 집에 가자. 식구들이 한데 모여서 자는 데 뭐 어때?······그리고 있을 곳을 찾으면."

역에서 바나나 껍질을 벗기며 오키미가 이렇게 말해 주었다. 도쿄에 가 봤자 괴팍한 그 남자는 다시 나에게 손찌검을 할지도 모른다. 일단 오키미의 집에서 신세를 지자.

샌드위치를 사서 기차를 탔다. 기차 안은 벚꽃 마크를 붙인 상경하는 사람들로 넘쳐났다.

"벚꽃이 필 때는 이래서 싫다니까······"

간신히 의자 하나를 발견하고는 셋이서 같이 앉았다.

"아이하고 함께 하는 기차여행이라니 몇 년 만인지."

오키미네 판자집에 갔다.

"혼자서 간다고 해서 엄청 걱정은 되었는데, 가고 싶다 해서 내가 보냈어."

머리를 봉두난발을 한 노파가 누워서 담배를 피우고 있었다.

"일전에는 실례했습니다. 어쩐지 같이 돌아오고 싶어서 따라

왔어요."

긴 연립주택의, 삐걱거리는 마룻바닥을 밟으며 오키미의 남편이 나왔다.

"이런 곳이라도 괜찮다면 계시고 싶을 때까지 계세요. 좋은 곳이 또 있어요."

방안에는 아무렇게나 벗어 놓은 젊은 여자의 옷이 어질러져 있었다.

깊은 밤. 문득 잠에서 깨니,

"그 아이를 역까지 데리러 가라고 보낼 필요는 없잖아요. 당신이나 갔다 와요. 당신이 싫다면 내가 갔다 올게요."

짜증 섞인 오키미의 목소리가 나자 이윽고 달그락달그락 문 여는 소리가 나고 남편은 마중을 나가 버렸다.

"이봐. 오키미. 너도 참 어지간히 멍청하네. 이렇게나 무시나당하고.……"

반대쪽 끝에 누워 있던 노파가 입에 담기 힘든 욕을 하고 있다. 아아, 이게 뭔 일이란 말인가? 유리창문 너머로는 사르륵사르륵 봄날의 밤안개가 흐르고 있다.

같이 누워 있는 사람들. 깊은 밤 방안에 저마다의 고민이 가득해서 밝은 방이 있었으면 하는 생각이 들었다.

4월 x일

비.

종일 아이와 놀았다.

첩은 오히사ぉ久 씨라고 해서 광대뼈가 높은 여자였다. 오키미 쪽이 훨씬 부드럽고 아름다운데 인연이란 참 신기한 것이구나 하는 생각이 들었다. 남자란 도대체 어떤 존재인지.

"쳇, 바닷가는 그렇게나 경기가 나쁜가?"

오히사는 옷을 홀랑 벗고 머리에 기름칠을 하면서 머리를 빗고 있었다.

"너, 그게 말버릇이 뭐야……"

할머니가 솥을 닦으며 화를 냈다.

비.

찌무룩히 내리는 4월의 비다. 뒷골목 집 앞으로 비를 흠뻑 맞으며 야채장수가 수레를 끌고 지나간다. 하느님 같은 기분이 들었는지 오키미는 웃으며 야채장수와 한가로이 이야기를 하고 있었다.

"지금은 뭐든지 맛있을 철이죠.

비가 오는 날씨에 오히사하고 남편은 시내에 볼일이 있다며 나갔다. 할머니하고 아이하고 오키미하고 나 넷이서 식탁을 둘러싸고 밥을 먹었다.

"속이 다 시원하네. 촉촉이 비도 내리고 두 사람은 나가서 없고."

5월 x일

전에 살던 신주쿠의 집에 가 보았다. 오요시ぉⅢ 만이 남아 있고, 옛날에 있던 여자들은 아무도 없다. 새로 온 여자들이 꽤 많았고, 여주인은 병으로 2층에 누워 있었다. ――또 내일부터 신주쿠에서 일을 해야 하는 것인가? 마치 수렁에 빠진 것처럼 질척대고 있는 나. 우시고메牛込에 있는 남자의 숙소에 들러 보았다. 부재. 나무상자 위에 어머니한테서 온 편지가 있었다. 남자가 뜯어 보았는지 개봉이 되어 있었다. 새아버지의 대필로,

――그 애가 폐병이라는데 정말이냐? 제일 무서운 병이니 주의하거라. 달랑 혼자인 너한테 옮으면 어쩌나 하고 모두가 얼마나 걱정하고 있는지 모른다. 어머니는 너무 걱정이 돼서 요즘에는 금광金光[90] 님께 빌고 있다. 한번 돌아오는 게 어떻겠니? 할 이야기가 많단다. ――

아, 참! 얼마나 구차한 짓인지. 꼭 이렇게까지 하지 않아도 이미 헤어졌는데. 고향에 계신 내 부모님께 그 남자는 자기가 병이 들었다고 한 것 같다.……쓸 데 없는 참견이라는 생각이 들었다. 숙소의 식모 이야기로는, '여자 분이 자주 찾아와서 자고 가요'라고 했다.

포도주를 사왔다. 지금까지 평온했던 기분이 갑자기 심란해졌

---

[90] 금광교(金光敎)의 신앙의 대상.

다. 함께 고생을 한 사람인데……. 참 이런 지경까지 왔구나 했다. 거리에 부는 5월의 상큼한 바람이 가을바람처럼 내 몸을 파고 들었다.

밤.

아이하고 캬라멜을 구워 먹으며 놀았다.

5월 x일

6시에 일어났다. 어젯밤의 무전 취식의 일로 7시에 경찰에 가야했다. 졸려워서 골이 딩딩 아픈 것을 참고 아침 거리에 나가자 지저분한 포도 위에 빨강, 노랑 전단지가 이슬에 젖어 늘어진 채 햇빛에 반짝이고 있었다.

요쓰야四谷까지 버스를 타고 갔다. 아름다운 유리창에 보라색 사슴을 단 내 머리 위 댕기가 흔들거려 마치 창녀 같았다. 풋 하고 웃음이 나와 버렸다.

이런 여자라니……어떻게 이렇게 심하게 흔들리면서 악착같이 살아야만 하는 것일까? 참으로 우스꽝스러운 피에로의 모습. 씩씩하고 아름다운 차장! 비웃지 마세요. 나도 당신처럼 생기발랄한 차장이 되려고 한 적이 있었으니까요. 당신과 마찬가지로 식물원, 미쓰코시三越, 혼간지本願寺, 동물원 하고 시험을 본 적이 있어요. 근시라서 떨어졌지만 나는 씩씩한 당신이 부러워요.

신궁외원神宮外苑 으로 가는 길에 층계처럼 차츰 높아져 가는 높은 빌딩이 있었는데 그것이 경찰서였다. 팔손이나무 잎이 먼지를 잔뜩 뒤집어쓰고 있는, 동굴 같은 유치장으로 들어갔다. 어두운 형사실에는 차를 마시고 있는 남자, 뭔가를 기입하고 있는 남자, 피곤해서 누워 있는 남자. 이런 곳에까지 와서 어젯밤의 무전취식자를 만나야만 하는 것일까 하고 짜증이 났다.

여기까지 받으러 오지 않으면 10엔 가까이 되는 돈을 장부를 맞추기 위해 내가 물어내야 했다. 넘어져도 절대로 그냥은 못 일어나게 하는 카페의 구조. 결국은 손님과 여급 둘 사이의 문제다. 아아, 돈에 질질 끌려다니는 것이 너무나 싫었다. 가게 여자들이 달려들 대로 달려들게 가만히 있다가 계산을 할 때가 되니 뒷문으로 도망을 친 무전취식자를 생각하니 까닭 없이 웃음이 밀려올라왔다.

"대서방에 가서 신고서 써 오라구. 알겠어?"

허풍쟁이 같으니라구! 어제밤의 무전취식자가 여기에서는 대단한 영웅으로 여겨지기까지 한다. 대서방에 가서 서류를 작성하는데 한 시간 남짓이나 걸렸다. 차가 나오고 센베가 나왔다. 돈을 낼 때가 되니 센베 두 개까지 계산에 들어가 있었다. 깜짝 놀랐다.

신고서를 내고 인수인 같은 사람한테서 9엔 얼마를 받고 밖으로 나오니 벌써 한낮이다. 규율이니 규칙이니 하는 것들 침을 뱉어 경멸해 주고 싶었다.

카운터에 돈을 건네주고 2층으로 올라오니 모두들 일어나서 이불을 개고 있는 중이었다. 청소를 대충하고 누웠다. 5월의 구름은 순면처럼 둥둥 떠가는데, 나는 내 영혼을 걷어차고 막대기처럼 돌덩이처럼 길게 누워서 눈을 감고 있다.

슬퍼라. 가엾어라. 후미야. 어디 한 번 손뼉을 치며 혁명가라도 불러 볼까?

땅 끝에는 바다가 있네
흰 돛이 가네

5월 x일

도키時 짱이 자전거 타는 것을 가르쳐 준다고 해서, 청소를 끝내고 가게 자전거를 빌려 유곽 앞에 있는 넓은 길로 나섰다. 아침 햇살을 가득 받으며 죽 늘어선 창녀들의 2층 방 난간에는 얼룩진 이불들이 죽 널려 있었다. 아래쪽 사진 박스에는 장례식장 전단지처럼 첫 장사를 하는 여자들의 이름을 적은 흰 종이가 바람에 펄럭이고 있었다.

아침에 돌아가는 남자들의 모습이 마치 비오는 날 시커먼 우산 같다며 도키짱은 차갑게 웃으며 자전거를 타고 돌아다녔다. 머리를 모모와레로 올려 묶은 여자가 자전거를 타고 유곽길을 지나가니 남녀 가리지 않고 멈춰 서서 보고 간다.

"자, 유미 짱 타 봐. 뒤에서 밀어 줄게."

턱없이 밝게 돈키호테 흉내를 내는 것도 재미있다. 두세 번 타니 페달이 발에 익어 이리저리 핸들도 잡을 수 있게 되었다.

킹 오브를 열 잔 마시게 해 준다면
나는 당신에게 키스를 하나 던져 주지
오오, 가련한 여급

푸른 창문 밖으로 부딪치는 빗방울
자 거리도 인간도 돼지 임금님도
랜턴 불빛 아래
모두가 술이 되어 버렸네

혁명이란 북쪽으로 부는 바람인가!
술을 다 털어 넣었습니다
테이블 위 술에 새빨간 입술을 열고
불을 토했습니다

파란 에이프런을 입고 춤을 출까요
금혼식 아니면 캬라반
오늘밤의 무도곡은……

자 세 잔만 더

정신 똑바로 차리고 있으라구요?

네, 괜찮아요

나는 영리한 사람인데

정말이지 영리한 사람인데

나는 내 기분을

시덥지 않은 남자들에게

아낌없이 꺾인 꽃처럼

막 뿌리고 있습니다

아아 혁명이란 북쪽으로 부는 바람인가!

자자 생간이라도 꺼내 드릴 테니 이틀이고 사흘이고 누가 나를 조용히 재워 주지 않으려나? 내 몸에 있는 것 뭐든지 가져 가라구요. 생간이든 돼지우리든……진흙처럼 잠들고 싶다. 비누처럼 녹아 내려 하숫물에 술도 맥주도 진도 위스키도 다 흘려 보내라. 내 위장은 성냥 대용품이라구요……자, 내 몸이 필요하다면 공짜로라도 드리죠. 차라리 공짜로 선물을 하는 것이 미련도 없고 후련하니까. 술에 잔뜩 취해 의자째 벌렁 넘어진 나를 도키 짱은 말처럼 일으켜 주었다. 그리고 귀에 입을 대고 말하기를,

"신문으로 덮어줄 테니까 좀 누워서 자. 너무 취했잖아……"

내 이불은 신문이면 충분. 나는 구더기 같은 여자니까 취했다고 해도 결국 술이 깨면 도로아미타불. 손에서 하루가 쑥쑥 빠져나

가는 걸. 빨리 후미의 혁명이라도 일으켜야겠다.

6월 ×일

다이소지太宗寺에서 여급들의 건강진단을 하는 날이다. 비를
맞으며 오요시, 도키 짱 하고 셋이서 갔다. 고풍스러워 보이는 절
복도에서 울긋불긋 지친 몸을 한 여자들이, 배경과 오버랩되어 있
는 것처럼, 어울리지 않는 모던한 모습으로 무리지어 있다. 작은
병풍을 세워 놓기는 했지만 염라대왕도 영화의 붉은 깃발도 모두
훤히 보였다. 상반신을 드러내고, 떡 버티고 있는 공무원들 앞에서
우리는 입을 벌리기도 하고 가슴을 꾹꾹 눌리기도 했다. 뼛속까지
여급이 된 나는 새삼 내 자신을 돌아보려 해도 모두 멀리 달아나
버렸다. 오요시는 폐가 좋지 않아서 진단을 받는 것을 싫어했다.
도키 짱을 기다리면서 절 마당을 구경하고 있자니, 분홍색 자귀꽃
이 피어 있어서 고향을 여행했을 때의 추억이 떠올랐다.

밤.
폭죽을 사다가 불을 피웠다.
팁은 1엔 20전.

6월 x일

낮에 유카타를 한 필 사려고 시내에 나갔다가 우연하게도 풀이 푹 죽은 남자를 만났다. 싸우고 헤어진 두 사람이지만, 우연히 이런 곳에서 만나니 두 사람 모두 말없이 웃어 버리고 말았다. 장어를 먹고 싶다고 했다. 둘이서 장어덮밥을 먹으러 식당에 들어갔다. 어쩐지 마음이 편안하다. 유카타를 사려던 돈을 모두 쥐어 주었다. 환자는 불쌍한 법!……

어머니한테서 소포가 왔다. 내가 코가 안 좋다고 해서 바싹 말린 한약하고 버선하고 면으로 된 속옷을 보내 왔다.

카페에서 일을 한다고 하면 어머니는 얼마나 걱정을 하실까. 나는 큰 가게에서 카운터를 보고 있다고 거짓 편지를 썼다.

밤.

오키미가 찾아왔다. 지금 전당포에 가는 것이라며 커다란 보따리를 가져 왔다.

"이렇게 멀리 있는 전당포까지 왔어?"

"전부터 거래하던 곳이야. 이타바시板橋 근처에 있는 것은 돈을 쳐 주지 않아.……"

여전히 혼자 고생을 하는 것 같은 오키미가 불쌍하다.

"괜찮으면 메밀국수라도 먹고 가지 않을래? 사 줄게."

"아냐, 됐어. 사람이 기다리고 있어서. 또 올게."

"그럼 전당포까지 같이 갈게. 괜찮지?"

그 후 긴자 쪽에서 일하고 있다던 오키미에게는 젊은 학생 애
인이 생겼다.

"난 이제 결심했어. 난 오늘밤 도시에서 멀리 떠날 생각으로,
실은 네 얼굴을 보러 온 거야."

이렇게도 순정파인 오키미가 부러워서 견딜 수가 없다. 오키미
는 이것저것 다 내 던지고 나는 태어나서 처음으로 사랑다운 사랑
을 했다고 한다.

"아이도 버리고 가는 거야?"

"그게 제일 마음에 걸리지만, 이제 그런 말 하고 있을 수가 없
게 되었어. 아이를 생각하면 겁이 나지만 나 도저히 감당을 할 수
없게 되었어."

오키미의 새남자는 그다지 풍족해 보이지는 않았지만 젊은이
특유의 늠름하고 강인한 모습이 주변을 압도하고 있었다.

"너도 빨리 여급 일은 그만 둬. 제대로 된 일이 아니야."

나는 웃고 있었다. 오키미처럼 이것저것 모두 내던질 정열이
있다면 이렇게 혼자서 괴롭지는 않을 것이다. 오키미의 계모와 남
편은 나의 어머니의 아름다움하고는 비교가 되지 않는다. 아무리
내 사상과 맞지 않는 혁명이 온다 해도 천만 명이 되는 사람이 내
게 화살을 쏜다 해도 나는 어머니의 사상으로 살 것이다. 당신들은
당신들의 길을 가 주세요. 나는 지갑을 탈탈 털어 이렇게 용감하게
도시를 떠나는 두 사람을 축복해 주고 싶었다. 나에게 어머니가 절
대적인 존재인 것처럼 오키미의 유일한 아들을 나는 몰래 돌봐 주

어도 좋겠다고 생각했다.

거리에서는 별을 가득 이고 라디오가 세레나데를 부르고 있다.

내 소매에는 둥글게 말린 에이프런이 들어 있다.

밤의 노래. 도회의 밤의 노래. 메커니즘화된 세레나데여. 그렇게 아름다운 노래를 라디오는 활자처럼 거리의 공중에서 웅얼거리고 있다. 소음화된 밤의 노래. 인간이 기계에 먹히는 시대. 나는 담배가게 창문 앞에서 하양과 빨강 망토를 펼친 마드리갈이라는 담배를 사고 싶었다. 멋진 형락. 멋진 탐닉. 마드리갈의 달콤한 엑스터시. 거짓말이라도 하지 않으면 이 세상은 너무 바보 같아서 돌아다닐 수 없지 않은가?――자, 모두, 나는 뭐든지 원한다구요.

도키 짱은 문학서생과 싸움을 하고 있었다.

"뭐야, 이 거지 같은 자식! 50전 더 내고 옆 골목으로 여자나 사러 가란 말야!"

잔뜩 취한 문학서생이 담배 키스를 훔쳤다며 도키 짱이 소다수를 쭉쭉 빨아먹으며 고함을 지르고 있었다. 여주인은 병으로 2층에 누워 있다. 평소 여급들의 생피를 빨아먹고 있으니 잘 될 리가 없는 거야. 늘 저렇게 몸이 아프잖아. ……이렇게 말하며 오요시는 여주인이 병이 난 것을 고소해 했다.

6월 × 일

여주인은 급기야 입원을 하고 말았다. 배달부 간 짱이 병원에 가서 돌아오지 않아 도키 짱이 자전거로 배달을 다녔다. 바보 같은 도키 짱이 자전거 타는 모습을 보고 있으면 눈물이 날 만큼 재미있었다. 어쨌든 이 여자는 자기가 얼마나 예쁜지 잘 알고 있어서 재미있다. ——저녁때 목욕탕에서 돌아와 옷을 갈아입는데 아무 것도 없는 민자 유리 꼭대기에 별이 반짝반짝 빛나고 있었다. 아아, 나는 오랫동안 새벽 하늘을 본 적이 없다. 시골의 아침 하늘이 보고 싶었다. 밖에 귀신을 쫓는 소금을 갖다 놓고는 레코드를 틀어 놓으니, 목욕을 하러 갔던 여자들이 차례차례 돌아왔다.

"이제 슬슬 자칭 비행가가 올 시간이 된 거 아냐?……"

이 자칭 비행가는 기묘하게도 중화면 한 그릇과 라오주老酒 한 잔으로 네다섯 시간이나 허풍을 떨고는 팁을 1엔 놓고 돌아갔다. 딱히 마음에 둔 여자도 없는 것 같았다.

세 번째.

터키인 다섯 명이 들어와서 내 손님이 되었다. 맥주 한 다스를 가지고 오라고 하더니 차례로 병을 따서 건배를 한다. 마시는 방법이 상큼하다. 하얀 보따리 안에서 마치 트렁크처럼 풍금을 꺼내더니 풍금 띠를 어깨에 걸고 소리를 내기 시작했다. 마치 가을 산의 바람소리로 들리는 풍금의 음색, 모두들 신기해 하며 듣고 있었다. 내가 부르는 소리 잊었어? 무슨 소리인가 했더니 새장 속 새의 노래였다. 모자 아래 터키 모자를 하나 더 쓰고 아주 의기양양한 모습이었다.

"2층으로 올라갑시다."

젊은 터키인이 나를 무릎 위에 올려 놓고 앉더니 2층 쪽으로 자꾸 손가락질을 했다.

"2층이 있는 곳은 옆골목이에요."

"옆골목이라구? 잘 모르겠는데."

우리가 매춘부라도 되는 줄 착각한 것 같았다.

"우리들은 시계장수."

젊은이가 먼 이국에서 찍었는지 희안한 나무 아래에서 찍은 작은 사진 한 장씩을 주었다.

"2층에 올라갑시다. 나 이상한 사람 아냐."

"2층 없어요. 모두 그날 왔다가 그날 가요."

"2층 없어요?"

맥주 한 다스를 또 추가. 한 명이 콜드 비프를 주문하더니 오요시가 마음에 들었는지 뭔가 자꾸 접시를 가리키고 있다.

"큰일 났네. 나 영어 몰라. 유미 짱 무슨 말을 하는지 물어봐……"

"그 비행가한테 물어봐. 알지도 모르잖아."

"농담하지 말아. 발음이 달라서 몰라."

"아유, 비행가도 모른다면 정말 큰일이네."

"소스가 아닌 것 같아."

뭔가 겨자를 찾는 것 같기는 했지만 애석하게도 영어로 겨자를

뭐라 하는지 모르는 나는,

"옐로 파우다？"

라고 얼굴이 화끈거리기는 것을 참고 물어보았다.

"오, 예스! 예스!"

겨자를 잘 반죽을 해서 가지고 가니 모두 손가락을 탁탁 튀기며 기뻐했다. 자칭 비행가는 슬쩍 돌아갔다.

"터키의 천자天子는 뭐라 하지？"

도키 짱이 옐로 파우더 씨에게 기대어 물었다.

"천자가 뭔지 알 게 뭐야."

"그래, 나는 이 사람이 좋지만 뜻이 통하지 않으면 어쩔 수가 없지."

술이 돌았는지 풍금은 먼 향수를 불러일으키고 있다. 이층으로 올라가자고 했던 남자는 나한테 자꾸만 윙크를 하고 있었다. 일본인하고 아주 비슷한 인종으로 생각되는 터키 사람들이 사는 곳은 어떤 곳일까? 나는 웃으면서 물어보았다.

"당신 이름은 케마르파샤？"

다섯 명의 터키인들은 나에게 모두 예스 예스 하며 고개를 끄덕였다.

1926년

붉은 방랑기

9월 × 일

엉망진창인 모습을 하고 옛날 시간표를 넘겨 보았다. 어딘 먼 곳으로 여행을 떠나야지. 진실성이 없는 도쿄는 포기하고 산이나 바다의 자연의 공기를 마시러 가야지. 내가 시간표에 나와 있는 지도에서 고른 지역은 일본의 동해안에 있는 나오에쓰直江津라는 작은 항구마을. 아아, 바다와 항구의 여정旅情, 이것만으로도 상처받은 내 마음은 위로가 될 것이다. 하지만 위로라는 말은 지금은 필요하지 않다. 죽으면 안 되는 나, 살아 있어도 안 되는 나, 작부라도 되어서 어머니를 행복하게 할 돈이 필요하다. 어중간하게 오기가 있는 몸이 야심은 많다.

후지산富士山 – 폭풍우

정류장 대합실의 흰 종이에 지금 후지산은 폭풍우가 심하다고 적혀 있다. 흥! 후지산이 폭풍우가 심하든 말든 무슨 상관이냐. 보따리 하나를 들고 우에노에서 신에쓰선信越線을 타자, 아침 창문으로 보이는 풍경은 어느새 막막한 가을 경치였다. 창문을 가르며 지나가는 옥수수 잎은 뼈처럼 앙상하게 말라 버렸다.

인생은 모두 추풍만리秋風万里. 믿을 수 없는 것들만이 탁류처럼 범람하여 손톱 밑 때만큼의 값어치도 하지 못하는 여자가 기차를 타고 정처 없이 초라하게 여행을 하고 있다. 이상하게도 여수를 느끼자 눈커풀이 뜨겁게 부풀어올랐다.

화장실 냄새가 나는 3등 열차 구석에서 이초가에시로 말아올린 머리를 기대고 나는 멍하니 산으로 들어가는 기차에 흔들리고 있었다.

고향 마굿간은 멀리 떠났다.

꽃이 활짝 핀 달밤
항구까지 달려온 나였다

아련한 달빛과 붉은 방랑기여
목에 흰 머플러를 칭칭 두르고
기차를 사랑한 나였다

보따리 하나 달랑 들고 있는 내 모습. 나는 열심히 마음 약하게 뜨거운 것을 느끼며 보따리에서 오래된 시 원고와 피로 얼룩진 방랑일기를 꺼내 읽어 보기 시작했다. 몸이 움직이고 있는 탓인지 눈꺼풀 안쪽에서 뜨거운 것이 솟아올랐지만, 시나 일기장에서는 아무런 정열도 느껴지지 않았다. 그저 그뿐이었다. 한심한 이야기만

적으며 탐닉하고 있는 나.……

　기차가 다카사키高崎에 도착하자, 내 주위의 빈자리에 떠돌이 예능인으로 보이는 남녀 서너 명이 자리를 잡았다. 나는 멍하니 그들을 바라보았다. 그들은 나와 별 차이 없는 초라한 모습으로, 의자 위 선반에 있는 줄무늬 목면 보자기로 싼 낡은 샤미센과 오래되서 색깔이 변한 바구니가 그들의 힘겨운 생활을 이야기해 주었다.

　"누님 이쪽에 앉으시죠……."

　무리 중 여자는 딱 한 명이다. 누님이라고 불린 그녀는, 말아 올린 머리는 부슬부슬한데다가 낡은 유카타 차림. 한 서른 두셋은 되어 보인다. 흐트러진 옷 사이로 뭔가 요염한 분위기가 풍겨 영락한 가와이 다케오河合武雄[91]라고 해도 될 듯한 여자였다. 그 여자와 나란히 내 맞은편에 앉은 남자는 이마가 아주 희다. 쪼글쪼글한 곤색 기모노에 수건처럼 가늘고 낡은 허리띠를 둘둘 말고 신경질적으로 손톱을 깨물고 있었다. 내 앞에는 또 열예닐곱으로 보이는 남자 둘.

　"아, 너무 혹독하게 당했네,"

　눈동자를 데굴데굴 굴리는 덩치가 작은 남자가 주변을 한번 휘둘러보고 큰 사람에게 투덜거리자, 기차는 뒷걸음질을 치며 요코

---

91 가와이 다케오(河合武雄,1877.3.13.-1942.3.21)는 메이지시대 중기에서 쇼와(昭和) 초기에 걸쳐 활약한 신파 여자역 배우.

가와横川 역으로 다가갔다. 이 예능인들은 만담가들인 것 같았다. 맞은편에 있는 남자와 여자는 가끔씩 생각이 난 듯이 소곤소곤 이야기를 나누고 있었다.

"어머 뭐야. 아유, 기분 나빠!"

갑자기 괴상한 소리가 나더니 아이가 딸린 촌뜨기 같은 아주머니가 선반 위를 올려다보았다. 아주머니의 눈을 쫓아가 보니 예능인들의 소지품인 선반 위 바구니에서 거무칙칙한 핏물 같은 것이 뚝뚝 떨어지고 있었다.

"피 아냐?"

"나그네 양반! 당신 바구니에서 떨어지는 것 아니에요?"

등을 맞대고 앉아 있는 예능인 남녀에게 시골여자의 남편으로 보이는 남자가 큰 소리로 고함을 치자, 멍하니 창밖을 내다보고 있던 남녀는 허둥지둥 송구해 하며 바구니를 내려 뚜껑을 열고 있다.

여기에는 여기만의 생활이 있다. 나는 어쩐지 내 볼에서 욱신욱신 피가 흐르는 느낌이었다. 그 바구니 안에는 이가 나간 밥그릇과 붉은 칠이 벗겨진 거울, 분, 빗, 소스병이 뒤죽박죽 담겨 있었다.

"소스 마개가 열렸어요.……"

여자는 그렇게 혼잣말을 하면서 흰 손등에 지렁이처럼 흐르고 있는 소스를 핥았다. 그 처량한 바구니 이야기가 손님이 없어 공을 치고 있는 이 사람들의 며칠간의 생활을 고스란히 전해 주었다.

바구니가 다시 선반에 얹히자 다시 기차가 덜거덕거리는 소리.

내 앞에 있는, 제자로 보이는 남자들은 졸려운 표정을 짓고 있었다.

"아, 나도 참 한심해. 도쿄에 돌아가서 삼류극단에라도 들어갈까. 언제까지고 이 짓을 하고 있어 봐야 추워지기만하고,······"

제자들이 이런 이야기를 하는 것이 들렸는지 쪼글쪼글한 남색 기모노를 입은 남자는 눈을 한 번 번득이더니,

"어이! 단 짱. 요코가와에 도착하면 전보 치라고 했지."

라고 했다. 네 명 모두 어색한 표정들이다. 부부도 아닌 것 같은 두 사람의 말투 때문에, 나는 이 남녀가 이상하게도 인상에 남았다.

밤.

맨땅에 지어진 낡은 항구의 역. 불이 켜지기 시작하는 역 광장에는 하늘색 칠을 한 널빤지로 지은 서양 여관. 그 여관을 가로질러 처마 끝이 툭 튀어 나온 칙칙하게 찌든 거리. 스산한 바닷바람이 거세게 불어, 그렇게나 동경을 하며 찾아온 나의 항구에 대한 꿈은 산산이 부숴져 버리고 말았다. 이런 곳에서도 제각각 생활은 바빠 보인다. 어쩔 수 없이 역 앞에 있는 여관으로 돌아왔다. 유리창에 '이카야'라고 써 있다.

9월 ×일

아래층 복도에서는 수학여행을 온 학생들의 무리로 와자지껄 시끄럽다. 세면대에서 세수를 하고 있는데,

"나, 정어리 한 번 먹어 보고 싶어."

산골 남자 초등학생들이 신기한 듯이 생선 이야기를 하고 있다. 여관비 2엔을 내고 밖으로 나왔다. 구름이 낮게 드리워져 있다. 거리를 지나는 사람들은 차양 밑으로 다니고 있다. 허름한 극장을 지나자 긴 다리가 나왔다. 강인지 바다인지. 하늘색이 아주 파랗다.

멍하니 서 있자니 눈앞에서 쓰레기에 섞여 죽은 비둘기가 마치 구름을 찢어 놓은 것처럼 흘러가고 있다. 여행지에서 떠내려 가는 비둘기를 보고 있는 여자. 아아, 세상에 아무것도 바라는 게 없는 지금의 나. 딱히 나를 위해서 마음 아파해 줄 남자도 없고 문득 죽을 생각을 하니 뭔가 아주 밝은 느낌이 들었다.

다리 위에서는 짐수레와 사람들 발자국 소리가 시끄럽다. 떠내려가는 죽은 비둘기를 보고 있자지 행복이니 불행이니 다 헛된 꿈으로 여겨졌다. 새처럼 아름다운 모습을 하고 있으면 좋겠지만 죽은 몸을 비참하게 드러낼 것을 생각하니 참담했다.

역 옆에서 경단을 샀다.

"이 경단은 이름이 뭐예요?"

"아 예, 계속경단繼續団子이에요."

바닷사람들은 참 이름도 흉하게 짓는다. 경속軽俗경단이라니.[92] ……

---

[92] 일본어에서는 '繼續'과 '軽俗'의 발음이 '게이조쿠'로 같다. 이를 바탕으로 하는 말장난.

역 앞의 일그러진 벤치에 기대어 하얀 경속경단을 먹었다. 속을 먹고 있는데 죽을 생각을 하다가 그렇게 마음이 밝아진 것이 한심스럽게 여겨졌다. 아무리 벽촌이라고 해도 사람 사는 것은 다 똑같다. 끝까지 살아가야 한다. 시골이든 산골이든 내 인생은 있을 것이다. 유리 같은 내 감정은 말도 안 되게 슬프고 깨지기 쉽다. 시골이니 산골이니 하는 것은 동화 속 세계이다. 허름한 역 벤치에서 생각한 것은, 결국 진실성 없는 도쿄로 돌아가는 것이었다. 내가 죽으면 누구보다 어머니가 힘들어 할 것이다.

낮게 드리운 구름이 흩어지자 뿌연 재를 뒤집어씌우듯이 거세게 내리는 비. 바닷내음이 나는 여객과 어깨를 나란히 하고 이런 곳까지 온 나는 지난날 나의 감상을 경멸하고 싶어졌다. 참을성 없는 나. 어젯밤 여관에서 본 남자들이 이쪽을 보고 있다. 머리를 이초가에시로 묶어올리고 있으니 작부라도 되는 줄 착각하고 있는지도 모른다. 웃어 주자.

밤기차.

9월 ×일

다시 카페로 돌아옴. 미치고 팔짝 뛸 노릇이다. 미칠 듯이 남자가 그립다.

아아, 나는 모든 것을 잃은, 술에 취한 망나니입니다. 두들겨 패고 짓밟아 주세요. 거지와 다를 바 없는 나. 집도 없고 고향도 없고, 그리고 단 홀로 계신 어머니를 늘 울리는 나. 누가 뭐라 해도.…… 술을 마시면 까마귀 떼가 몰려옵니다. 나무가 술렁이고 있는 것 같은 내 심장. 에휴! 쓸쓸하니 잠자리를 박차고 심장이 노래하길.

의지가지할 곳 없는 박정함,

참으로 재미없는 오후미……

누군가 곤드레만드레가 된 내 입술을 훔쳐 갔습니다. 엉엉 울고 있는 내 목소리. 살짝 눈을 떠 보니 여자들의 흰 손이 내 어깨에 새처럼 나란히 놓여 있습니다.

"너무 많이 마셨어. 이 사람은 감정적이라서."

사할린에서 온 오요시가 누군가에게 내 이야기를 하고 있다. 나는 피가 거꾸로 솟을 만큼 창피한 생각이 들어 고개를 번쩍 들어 거울을 보았다. 내 얼굴을 이중으로 비추고 있는 거울 속에 나를 노려보고 있는 남자의 커다란 눈동자. 나는 여행에서 살아 돌아온 것이 기쁘게 생각되었다. 이렇게 달콤한 세상에서 나만 혼자 진실을 찾는 양 죽는 것은 어리석은 소치이다.

경속경단인가! 연극을 하는 눈빛으로 나는, 뭔가 생각이 있는 듯 쏘아보고 있는 남자의 얼굴 앞에서 귀신 흉내라도 내 볼까?……아무리 진실한 표정을 짓는다고 해도 술집 남자의 센티멘탈은 생맥주보다 덧없으니 말이다. 내가 술을 많이 마셨다고 카운터에서는 좋아하고 있다. 구더기 같은 것들!

후미코는 강하다.

10월 ×일

가을 바람이 불 무렵이 되었습니다. 쓸쓸한 것이 몸도 마음도 다 흩어져 버릴 것 같습니다. 열일곱 살 되는 아가씨가 할 듯한 말. 라디오는 탁한 목소리로 아이다를 부르고 있습니다.

"있잖아 유미 짱. 나 아무래도 아이가 생긴 것 같아. 지겨워……"

소슬한 바람이 부는 가을밤의 감상 때문인지, 말없이 책을 읽고 있는 나에게 미쓰 짱이 말을 붙인다. 아무도 없는 살롱 벽에 노란 장미꽃이 진한 향기를 풍기고 있다.

"몇 달 정도 됐어?"

"글쎄, 세 달 정도 된 것 같은데,……"

"어떻게 된 거야?……"

"나 지금 아이 생기면 안 돼. 어지간히 튼튼한지, 약을 먹어도 소용이 없어. ……"

"그럼 안 돼. 불쌍해라.……"

둘은 입을 다물고 말았다. 오뎅을 먹으러 간 여자들이 돌아왔다. 나를 노려보는 남자가 또 왔다. 걸핏하면 연극을 하는 양으로 여자를 어떻게든 해 보려는 사람 중에 제대로 된 사람은 없다. 이렇게 고상한 남자 앞에서는 입을 크게 벌리고 뭔가 우적우적 먹는 것 보다 좋은 방법은 없다. 나는 테이블 모퉁이에 대고 삶은 달걀을 깨어 오요시하고 같이 먹었다.

"오유미, 이리 와."

술에 취해 정신이 없는 여자의 예능을 또 보고 싶어요? 오늘밤은 신성한 오후미, 나는 밖으로 나가 거리에 부는 바람을 후욱후욱 들이마셨다. 에이프런을 벗고 나도 혼잡한 이 사람들 속으로 들어갈까?……노점이 비가 오듯이 죽 늘어서 있다.

"잠깐 말씀 좀 묻겠습니다. 댁에 여급 필요하신가요?"

옛날 스커트처럼 잔뜩 부풀린 보따리를 든 큰 여자가 인파에 밀려 내 앞까지 왔다.

"글쎄, 지금 네 명이나 있지만 아직 더 필요하다고 생각해요. 물어봐 줄까요? 기다려 주세요."

문을 밀자 그 남자는 취기가 돌았는지 오요시의 어깨를 두드리며 말했다.

"나는 아무래도 마음이 약해서 말야."

아 예, 어련하시겠어요.

데리고 와 보라는 여주인의 말을 듣고, 나는 부엌으로 들어가서 보따리를 든 여자를 불렀다. 그러자 갑자기 여자는 엉엉 울며 말했다.

"저는 시골에서 막 올라와서 처음인데요. 오늘밤 갈 곳이 없어서요. 제발 저를 써 주세요. 열심히 일할게요."

으실으실 추운 바람에 메린스로 된 꼬깃꼬깃한 홑옷 한 장을 걸친 그 딱한 여자는 이야기했다. 어차피 이런 카페는 여자이기만 하면 다 된다. 이 여자도 보따리만 없으면 거울을 보기 시작할 게 뻔하다.

"아주머니 아무래도 가게에 여자가 부족하니까 있게 해 주세요."

조슈上州 출신으로 누에고치처럼 살이 찐 그녀는 가파른 뒷 계단으로 보따리를 메고 2층 여급방으로 올라갔다.

"덕분에 감사합니다."

어두운 구석에 웅크리고 있는 여자의 굵고 흰 목덜미가 보였다.

"몇 살?"

"열여덟이에요."

"아유, 젊네……"

여자가 옷을 벗고 사브작사브작 준비를 하고 있는 것을 담배를 피우며 곁에서 보고 있자니, 어쩐지 눈시울이 뜨거워졌다. 아아, 어두움이라는 것은 어째서 이렇게도 좋은 것일까? 먼지가 가득한 어두운 불빛 아래에서 입술에 잔뜩 루즈를 바른 여자들이 있는 힘껏 노래를 부르고 있다.

"유미 짱! 그 사람 왔어."

언제까지고 이 어두운 구석에서 담배를 피우고 싶은데 요시 짱이 뭔가를 입에 잔뜩 넣고 먹으면서 올라왔다.

여자에게 에이프런을 빌려 주었다. 이상하게 손이 거칠게 터 있었다.

"저, 한 번 살림을 차린 적이 있어요."

"……"

"이제부터 열심히 일 할 테니까, 잘 부탁드립니다."

"이곳에 있는 사람들은 모두 똑같이 살아온 사람들이니까 모두 똑같이 하면 돼. 자리세는 15전이야. 그리고 가게의 것은 망가뜨리지 않도록 하고. 원래 가격의 세 배 정도는 물어내야 하니까 말야. 그리고 이 방에서 아주머니도 사장님도 여급도 요리사도 모두 같이 자는 거니까, 그 짐은 선반에 올려 놔."

"어머, 이렇게 좁은 데서요?"

"응, 그래."

아래층에 내려가자 노려보던 남자가 비틀비틀 걸어와서 내게 말했다.

"공휴일에 어디 안 갈래요?"

"공휴일이요? 호호, 호호. 저하고 어디 가면 돈이 꽤 들텐데요."

그리고 나는 허리를 툭 치며 말해 주었다.

"저 아기가 있어서 당분간 안 돼요."

1926년

술집 2층

12월 × 일

"이이다飯田가 말야. 인두로 때렸어.……지겨워졌어.……"

달려와서 아유, 잘 왔어 라고 말해 주기를 기대하고 있던 나는, 오랫동안 기다린 후에 어두운 골목길에서 터덜터덜 나온 다이코를 보니, 문득 자동차와 고리짝과 도키 짱이 뭔가 대단히 부담스러워서 오지 말 걸 하는 생각이 들었다.

"어떻게 해야 할까. 지금 와서 그 카페로 다시 되돌아갈 수도 없고, 잠깐 돌아보고 올까? 이이다 씨도 나를 만나는 것은 거북할 테니까……"

"예, 그럼 그러죠."

나는 운전수 요시늄 씨가 고리짝을 들어 주자 술집 뒷문에 있는 약국같이 좀 높은 곳에 내려 달라고 하고 이번에는 가볍게 도키 짱하고 둘이서 자동차를 탔다.

"요시 씨! 우에노에 데리고 가 줘."

도키 짱은 보기 싫은 고리짝이 없어졌기 때문에 밝고 환하게 내 두 손을 잡고 흔들었다.

"괜찮을까. 다이코라는 애, 네 친구 치고는 엄청 차가운 사람이야. 재워 줄까?······"

"괜찮아. 걔는 그런 사람이니까 신경 쓰지 않아도 괜찮아. 이 왕이면 큰배를 탔다고 생각해."

그래도 두 사람은 각자 이를 악물고 외로움을 참고 있었다.

"어쩐지 좀 불안해졌어."

도키 짱은 쓸쓸히 눈물을 글썽거리고 있었다.

"이제 이 정도면 괜찮겠지. 우리도 일을 해야 하니까."

10시 무렵이었다. 별이 반짝반짝 빛나고 있었다. 주산야十三屋라는 빗가게가 있는데서 자동차를 세워 달라고 하고는 도키 짱과 나는 작은 지갑을 서로 열려고 했다.

"온 시내를 태워 줬으니 뭐라도 좀 사 주지 않으면 미안하잖아."

요시 씨는 우리들 앞에 지저분한 손을 내밀었다.

"바보들! 오늘은 내가 전별선물을 한 거야."

요시 씨의 웃음소리가 커서 빗가게 사람들도 깜짝 놀라 우리를 쳐다보았다.

"그럼 뭔가 먹어요. 내 마음이 편치 않으니까."

나는 두 사람을 데리고 히로코지広小路의 단팥죽집으로 들어갔다. 요시 씨는 단 것을 좋아하니까 말이다.

-자 단팥죽 한 그릇 나왔고!

-자 한 그릇 더 나왔네!

엉뚱하기로 유명한 할아버지의 말투에도 쓸쓸한 지금의 두 사람으로서는 웃을 수가 없었다.

"요시 씨. 건강해야 해요."

도키 짱은 킁킁거리며 요시 씨의 사냥모자 안쪽 냄새를 맡으며 눈물을 글썽거렸다.

걸어서 혼고의 술집으로 돌아갔을 때는 벌써 열두시가 다 되었다. 깊은 밤 차가운 보도 위를 중화메밀국수집 등불이 비치고 있을 뿐 두 사람은 모두 입을 꼭 다물고 하얀 망토로 가슴을 여몄다.

술집 2층으로 올라가자 다이코는 없고 감색 가스리飛白[93] 를 입은 청년이 불기운도 없는 화로에 초라하게 손을 쬐고 있었다. 애인인가?……나는 어색해서 허공으로 눈길을 보냈다. 춥다. 이가 덜덜 떨린다.

"다이코가 안 돌아오면 우린 못 자는 건가?」

도키 짱은 내 어깨에 기대어 불안한 듯이 물었다.

"자도 돼. 당분간 여기에 있는다 했어. 이불 펴 줄게."

붙박이장을 여니 혼자 사는 외로운 냄새가 물씬 났다. 다이코도 외로운 것이다.…… 크게 나오는 하품을 삼키고 소매로 눈을 문지르고는 얇은 장롱 밑에 도키 짱을 재웠다.

"당신이 하야시林 씨죠?……"

그 청년은 안경을 번득이며 나를 보았다.

---

93 붓으로 살짝 스친 것 같은 잔무늬가 있는 천.

"저는 야마모토 도라조山本虎三입니다."

"아 그래요. 다이코 씨에게 말씀 많이 들었습니다."

참 어이없게도 저런 발을 갑자기 쭉 뻗으니 춥네요 라는 말이 나오면서 마음이 풀렸다. 이런저런 이야기를 하다 보니, 이 청년의 좋은 점이 차츰 눈에 들어왔다. 나는 그 사람을 열심히 사랑하는데요 라며 야마모토 씨는 눈물을 글썽거린다. 그리고 화로의 재를 가만히 만지작거리고 있었다.

다이코는 행복하겠구나.……나는 헤어진 지 얼마 안 되는 남자를 생각했다. 그렇게 내게 손찌검을 하던 그 남자에게 야마모토 씨의 순정의 십분의 일이라도 있다면, ……도키 짱은 쌔액쌔액 코를 골고 있다.

"그러면 저는 돌아갈 테니 내일 저녁에라도 오라고 전해 주시지 않겠습니까?"

벌써 2시도 넘었다. 청년은 또각또각 나막신 소리를 내며 돌아갔다. 다이코는 그 사람 사이에서 난 아이의 뼈를 들고 여기저기 전전하고 있는데 어찌된 것일까? 주위에는 부러진 인두가 흩어져 있었다.

12월 × 일

비가 내렸다. 저녁 때 도키 짱과 둘이서 목욕탕에 갔다. 돌아와서 머리손질을 하고 있는데 이이다 씨가 왔다. 나는 헤진 소매를 기우며 카페에서 배운 노래를 부르고 싶었다. 아아, 싫어졌다. 헤

어지고나서도 태연하게 여자 옆에 찾아오다니 이이다 씨도 참 이
상한 사람이다.……

"이렇게 비가 내리는데 가요?……"
다이코는 쓸쓸한 듯이 팔짱을 끼고 우리들을 보았다.

아사쿠사로 왔을 때는 저녁이었다. 퍼붓는 비를 맞으면서 한집
한집 도키 짱이 살기 좋은 집을 찾아다니다가 살기로 정한 곳은 카
페세계라는 집이었다.
"후미 짱, 어디 다른 곳으로 이사갈 때는 알려 줘. 다이코 씨에
게도 안부 전해 주고."
도키 짱에게는 정말로 사랑스런 구석이 있다. 야성적이고 예의
범절은 모르지만 좋은 점이 꽤 많았다.
"오랜만에 이별주라도 마실까?……"
"사 줄 거야?……"
"행동거지 조심하고. 미움 받지 않게."
미야코스시都寿司에 들어가서 술을 한 병 주문하고 우리는 기
분 좋게 나란히 앉았다. 비가 심하게 내려서 손님도 적고 임시건물
이지만 아늑한 집이었다.
"열심히 공부해야 해."
"당분간 못 만나겠네, 도키 짱. 나 한 병 더 마시고 싶어."
도끼 짱은 기쁜 듯이 손짓을 했다.

도키 쨩을 카페에 두고 돌아가니 다이코는 열심히 뭔가를 쓰고 있었다. 9시 쯤에 야마모토 씨가 왔다. 나는 혼자서 이부자리를 펴고 다이코보다 먼저 잤다.

12월 × 일

문득 잠에서 깨니 이불이 좁아서 다이코와 서로 끌어안고 자고 있었다. 두 사람 모두 웃으면서 등을 돌렸다.

"일어나렴."

"저 아무리 자도 졸려워요.……"

다이코는 흰 팔을 쑥 내밀어서 커튼을 제치고 햇빛을 올려다보았다.

또각또각 계단을 올라오는 소리가 들렸다. 다이코는 무의식적으로 팔을 쑥 집어넣고,

"자는 척 해요. 귀찮으니까."

라고 했다. 나와 다이코는 서로 끌어안고 자는 척 하고 있었다. 이윽고 미닫이문이 열리더니, 자나? 하고 부르며 야마모토 씨가 들어왔다. 그가 내 머리맡에 앉아서 좀 불쾌했다. 할 수 없이 눈을 떴다. 다이코는,

"이렇게 일찍 오면 어떻게? 아직 자고 있잖아요."

"하지만 일을 하는 사람은 아침이나 밤이 아니면 올 수가 없잖아."

나는 가만히 눈을 감고 있었다. 어떻게 되는 것인지. 다이코의 대응도 미적지근하다고 생각했다. 싫으면 싫다고 처음부터 말을 했으면 딱 발길을 끊었겠지.……이런 노래도 있지 않은가?

오늘부터 거리는 료안諒闇[94]이다. 낮부터 다이코하고 둘이서 긴자에 나가 봤다.

"있잖아 나, 원고를 써서 생활비 정도는 벌 수 있으니까 번거로운 그쪽 일은 그만두고 교외에 가서 살까 해.……"

다이코는 갈색 망토에 바람을 집어넣으며 쇼윈도우에서 전기 스탠드를 보며 그것을 사는 것이 유일한 이상인 것처럼 말했다. 걸을 수 있는 만큼 걷자. 긴자 뒷골목에 있는 얏코스시奴寿司에서 배를 채우고, 둘이는 흑백 장막이 쳐진 거리를 발걸음을 맞추어 돌아다녔다. 오늘은 두 사람의 축제다.

아침이고 밤이고 감옥은 어둡다……
언제나 귀신들이 창문으로 들여다본다

두 사람은 니혼바시日本橋 위에 와서 어린아이들처럼 난간에 손을 얹고 표표히 날아가는 하얀 갈매기를 바라보았다.

---

94 천황이 부모의 상을 당해 상복을 입는 기간. 원래는 1년간이었지만, 닌묘천황(仁明天皇) 때부터 13일간으로 변경.

일종의 흥분이 내게는 약이 되는 것인지도 모른다.

두 사람은 유치원 아이처럼
발걸음을 나란히 하고 거리 한쪽 귀퉁이를 걷고 있었다
똑같은 운명을 가진 여자들이
똑같이 눈과 눈을 마주보며
쓸쓸히 웃는다
제기랄!
웃어라! 웃어라! 웃어라!
겨우 여자 둘이 웃는 데
속절없는 세상을 신경쓸 필요는 없다
우리들도 거리의 사람들한테 지지 말고
고향에 세모 선물을 보내자

도미라면 좋겠다
맛있는 냄새가 기분이 좋다
내 고향은 저 멀리 시코쿠四国 해변
그곳에는 아버지도 계시고 어머니도 계시고
집도 울타리도 우물도 나무도 있다

저, 부탁할게요!
오에도 니혼바시お江戸日本橋 마크가 들어간

큰 광고용지를 붙여 주세요
기뻐할 일이 아무것도 없는 부모님은
얼마나 기뻐하며 여기저기 자랑을 하러 다니실까
– 이보소. 딸이 에도 니혼바시에서 사서 보냈는데 하나 드셔 보
이소.……

신슈 깊은 산골이 고향인
그녀도
갈색 망토를 펄럭이며
늘 보이던 하얀 이를 드러내며 외쳤다
– 내일은 내일의 바람이 불 테니까
있는 돈 없는 돈 탈탈 털어서 사 보내자……
점원이 가지고 온 나무상자에는
어묵튀김, 참깨로 양념한 연어, 도미구이

두 사람은 서로 닮은 웃음 감수성을 나누며
니혼바시에 섰다

니혼바시! 니혼바시!
니혼바시는 좋은 곳
하얀 갈매기가 날고 있다

두 사람은 어쩐지 쓸쓸히 손을 잡고 걸었다
유리처럼 딱딱한 공기를 헤치며 가자
두 사람은 수렁을 노래하며
부산스러운 거리에서 튕겨나갈 듯이 함께 웃었다

나는 음식에서 나는 정겨운 나무상자 냄새를 가슴에 꼭 껴안고
고향으로 보내는 세모 선물을 즐겼다.

12월 × 일

"오늘 밤에 쇼노庄野 씨가 놀러 와서요, 어쩌면 언니 시집 정도
는 내 줄지도 몰라요. 신문사 사장 아들이래요."

다이코가 이런 이야기를 했다. 다이코하고 둘이서 저녁을 다
먹고나서 옆방에 있는 군인출신 주식 매매업자라는 자식이 딸린
부부에게 초대를 받아서 놀러갔다.

"당신들은 한가롭군요."

다이코도 나도 생글거리고 있었다. 차를 마시면서 30분이나 이
야기를 하고 있자나 쇼노 씨가 찾아왔다. 인버네스 양복을 입고 있
는데 뭔가 치렁치렁한 모습이다. 이 사람은 혹시 술에 취한 것이
아닌가 할 정도로 헤롱거렸다. 하지만 사람은 좋아 보이는 도련님
이다. 나는 과자를 사 왔다. 화로에 불을 쬐이며 세 사람은 잡담을
했다. 이이다 씨와 야마다 씨 둘이서 들어왔다. 보통이 아닌 분위
기이다.

"바보 자식!"

이이다 씨가 처음 내뱉은 말은 이 말이었다. 다이코의 이마에 잉크병이 날아가고 침이 튀겼다. 나는 남자에 대한 반감이 치밀어 올랐다.

"무슨 짓들이에요? 그리고 다이코도 그렇지 이게 대체 어떻게 된 거야?"

다이코는 펑펑 눈물을 흘리며 흐느껴 울면서 말했다. 이이다가 못살게 굴면 야마모토의 좋은 점이 생각나요. 야마모토에게 가면 야마모토가 어쩐지 마음에 안 들어요.

"넌 어느 쪽을 진정으로 사랑하는데?"

이이다 씨는 악당이다. 나는 두 남자가 꼴 보기 싫었다.

"뭐야 당신들 참 잘들 하고 있네."

"뭐라구?"

이이다 씨는 나를 홱 노려보았다.

"나는 이이다를 사랑합니다."

다이코는 분명히 말을 하고는 이이다 씨를 올려다보았다. 나는 다이코가 미웠다. 이렇게나 수모를 겪고서……야마모토 씨는 수렁에 빠진 쥐처럼 풀이 죽어서 이불은 내 것이니까 가져 가겠다고 했다. 다이코는 재빨리 야마다 세이사부로山田淸三郞 씨에게로 도망을 쳤다. 나는 투덜거리면서 세 남자들과 밖으로 나왔다.

카페에 들어가서 술을 마시고 취하고 하더니 네 명은 점점 더

헤롱거리기 시작했다. 쇼노 씨는 하숙집에 가서 자고 가라고 했다. 이불이 없어서 추울까 싶었는데 나는 어느새 쇼노 씨와 함께 자동차를 타고 있었다. 혀꼬부라진 소리에 당할 재간이 있나. 나는 술에 취한 척 하는 데는 선수다. 두 사람은 이불 위를 허리띠로 반으로 나누고 잤다.

"야마모토 군이든 이이다 군이든 다이코든 나중에 알고 나면, 관계가 있었다고 할지도 몰라."

"말해도 상관없잖아요. 당신도 공명정대하다면 저도 공명정대해요. 하룻밤 재워 줘도 괜찮죠? 이불이 없으니 어쩔 수가 없어요."

나는 소박을 맞은 처녀. 어딘가 평생을 의지할 남자가 있을 것이다. 나는 내게 허락된 영역 안으로 팔다리를 뻗고 눈을 감았다. 다이코도 숙소가 생겼을까?……눈가에 뜨거운 눈물이 흘렀다.

"쇼노 씨! 내일 일어나면 밥 사 주세요. 돈도 빌려 주세요. 신문에 원고 쓸게요.……"

나는 아침까지 자면 안 된다고 생각했다. 남자의 흥분상태는 정치가와 같은 법이다. 안 된다고 생각한 순간 벌써 잠에 곯아떨어졌다. 내일이 되면 다시 어딘가로 갈 길을 찾아떠나야 한다고 생각한다.

12월 ×일

상쾌한 아침이다. 남자 한 명을 막아내고 나는 의기양양하게 술집 2층으로 돌아왔다. 다이코도 돌아와 있었다. 다다미 위는 무엇인가 탄 자국처럼 점점이 시커매져 있었고 다이코의 갈색 망토가 여기저기 흩어져 있었다.

"어제 쇼노 씨 네서 잤어."

다이코는 씩 웃었다. 마음대로 생각하라지. 나는 이제 될 대로 되라는 기분이 되었다. 다이코는 좋은 사람이 생겼다고 했다. 그리고 결혼할지도 모른다고 했다. 부러워 죽겠다. 지금은 그저 말없이 가만히 있고 싶다. 쓸쓸하긴 하지만 다이코의 얼굴은 갱생의 빛으로 빛나고 있었다.

나 혼자만 비참한 것 아닌가? 나는 꽉 찌그러들은 기분으로 방을 정리하고 있는 다이코의 하얀 손을 멍하니 바라보고 있었다.

1926년

잠자리가 없는 여자

2월 ×일

노란 수선화에는 뭔가 추억이 있다. 창문을 여니 이웃 가게에 불이 켜져 있고 2층에서 보이는 테이블 위에 노란 수선화가 고양이처럼 보였다. 아래층 부엌에서는 맛있는 저녁 냄새와 소리가 난다. 이틀이나 밥을 먹지 못해 욱신거리는 몸을 다다미 세 장짜리 크기의 방에 눕히고 있는 것은, 마치 고풍스런 나팔처럼 먼지가 쌓여 슬프다. 군침이 연기가 되어 모두 위장으로 되돌아가려는 것 같다.

그런데 멍하니 이런 공상을 할 때는 우선 고야가 그린 마야부인의 젖색 가슴살, 볼살, 취한 것 같은 미려하고 호화스러운 것에 대한 반감이 응어리처럼 밀려올라오고 내 위장은 여수旅愁에 푹 빠져 버리고 말았다.

밖으로 나왔다. 거리에는 생선냄새가 흐르고 있었다. 공원으로 들어서자 꽁꽁 얼어붙은 저녁 연못 위에서 아이들이 스케이트를 타며 놀고 있었다. 딱딱하게 군은 밥이라도 괜찮은데. 터서 까실까실한 입술에 공원의 바람은 너무 아프다. 아이들이 스케이트를 타며 놀고 있는 것을 보고 있자니 이상하게 갑갑한 생각이 들고 눈물이 난다. 어딘가 돌에 부딪히고 싶다. 귀도 코도 볼도 복숭아처럼 빨갛게 물든 아이들의 무리가 수세미로 문지르듯이 쉬익쉬익 소리를 내며 얼음 위를 미끄러져 가고 있었다.

한 줄기 희망을 품고 모모세百瀨 씨의 집에 가 보았다. 부재중이었다. 아는 사람 집에 왔다가 차갑게 바람을 맞으니 더 배가 고프고 괴로웠다. 집을 보고 있는 할아버지에게 양해를 구하고 집안으로 들어갔다. 낡아서 요괴로 보이는 화로에는 찔러 놓은 담배꽁초들이 물보라처럼 보였다. 벽에 잔뜩 쌓여 있는 책을 보고 있자니, 어쩐지 혀에 군침이 고이며 이렇게 많은 책들이 쌓여 있다는 사실이 묘하게 나를 유혹했다. 어느 것을 보아도 칵테일 제조법 책뿐. 한 권에 얼마정도로 팔 수 있을까. 중화메밀국수에 튀김덮밥, 스시덮밥 훔쳐서 빈속을 채우는 일은 나쁜 일은 아닌 것으로 생각되었다. 불기가 없는 화로에 두 손을 쬐고 있자니 그 책들의 무리가 큰 눈알을 이리저리 굴리며 나를 비웃는 것으로 보였다. 찢어진 장지문이 바람에 날리며 기묘한 노래를 부르고 있다.

아아, 결국은 유리창문 너머의 일이다. 한없이 모래에 푹푹 빠져드는 것 같은 나의 식욕은 바람이 휭휭 소리를 내는 공원 벤치 위에서 뒹굴거리게 할 수밖에 없었다. 쳇! 어쨌든 2 곱하기 2는 4다. 2전짜리 동전이 멋지게 살이 찐 수탉으로 변해 주지 않는 한, 내 위장은 영원히 지옥이다.

걸어서 연못 끝에서 센다키초에 갔다. 교恭 짱의 집에 갔다. 휭

한 집 한쪽 구석에서 교 짱도 세쓰 짱도 개구쟁이 짱구도 화로에 들러붙어 있다. 허겁지겁 밥을 한 그릇 얻어먹었다. 입 안 가득 밥을 잔뜩 집어넣었는데 세쓰 짱이 뭔가 한 마디 따뜻하게 말을 걸어주었다. 뭔가 가슴이 뭉클한 심정으로 입 안의 밥이 낡은 솜처럼 확 퍼지면서 뜨거운 눈물이 솟았다. 찝찔한 눈물을 머금고 엉엉 울다웃다 하니 짱구가 깜짝 놀라 장난감을 집어던지며 같이 울었다.

"어이! 짱구! 아주머니한테 지지 말고 더 크게 울어. 마음껏 기차처럼 큰 소리로 울어야지."

교 짱이 반짝이는 눈으로 짱구의 머리를 톡하고 치자 마치 마을을 떠도는 서커스 악대의 클라리넷처럼 짱구는 가락을 붙여 더 큰 소리로 울었다. 내 가슴에서 이상하게 뜨거운 것이 밀려올라왔다.

"도키 짱이라는 처녀는 어떻게 지내?"

"이달 초에 헤어졌어. 어디로 갔는지 잘 지내겠지?……"

"젊어서 가난에 지는 거지."

빨간 모직 셔츠 두 장이 있어서 한 장을 후시 짱에게 주려고 했다. 허연 피부가 추워 보였다. 누워 뒹굴뒹굴하며 천정을 보고 있던 교 짱이 요즘 지은 시라며 큰 목소리로 낭독해 주었다. 격하게 흩어지는 듯한 그 시를 듣고 있자니 나 혼자 굶느니 어쩌니 하는 문제가 마치 어린아이의 싸구려 과자처럼 로맨틱하고 감상적으로 여겨져 내 식욕을 비웃고 싶어졌다. 정말이지 도둑질도 부도덕하지는 않다는 생각이 들었다. 돌아가서 오늘밤에는 좋은 글을 써야

지. 흥분이 되어서 즐거운 마음으로 밤바람이 쌩쌩 부는 거리로 나
왔다.

> 별이 나팔을 불고 있다
> 찌르면 피가 뿜어져 나올 것 같다
> 헤진 구두처럼 버려진 하얀 벤치 위에
> 나는 마치 매춘부 같은 모습으로
> 무수한 별들의 차가움을 사랑하고 있다
> 내일 아침이 되면
> 하늘의 저 꽃들은 사라져 버리지 않을까?
> 누구라도 좋다!
> 사상도 철학도 경멸해 버렸다
> 하얀 벤치 위 여자에게
> 냄새 나는 키스라도 퍼 부어 주세요
> 하나의 현실은
> 잠시 굶주림을 채워 주니까요

집에 돌아가는 것이 너무나도 싫어졌다. 인간의 춘추란 이렇게
도 쓸쓸한 것인가! 벤치에 신발을 덜렁덜렁 들고 누워 있자니 별이
너무나 또렷이 보인다.

별이 된 여자!
별에서 태어난 여자!

머리 속이 또렷해지자 바람이 횡하고 지나가 바보처럼 슬퍼졌다.

깊은 밤. 말에게 쫓기는 꿈을 꾸었다. 옆방에서 웅얼거리는 소리에 머리가 아프다.

2월 ×일

아침부터 진눈깨비. 침상에서 두서없이 원고를 쓰고 있는데 주코+子가 놀러 왔다.

"나 아무데도 갈 곳이 없어. 이삼 일 재워 주지 않을래?"

날개를 뜯긴 귀뚜라미 같은 그녀의 자태에서 책갈피에 말린 꽃 냄새가 났다.

"쌀도 없어. 그래도 괜찮으면 며칠이고 있어."

"카페 손님은 모두 짐승 같아. 코끝만 빨개가지고는 진실한 구석은 눈꼽 만큼도 없으니까 말야.……"

"카페 손님만이 아니라 지금 세상은 물물교환이 아니면…… 요즘 세상은 인색한 거야."

"그런 곳에서 일을 하면 몸보다 신경이 더 먼저 지쳐 버린다니까."

주코는 허리띠를 다시마를 묶듯이 둘둘 말더니 그것을 베개 대신 베고 내 옷자락 옆으로 다리를 뻗고 이불속으로 기어들었다.

"아아, 극락이네! 극락이야!"

내 다리에 주코의 매끈매끈한 정강이가 닿자 그녀는 어린아이 같이 밀려올라오는 웃음 소리를 내며 우습다는 듯이 쿡쿡 웃었다.

추운 밤기운에 유리창문이 덜컹덜컹 소리를 내고 있다. 집이 없는 여자가, 귀여운 여자가 마음을 푹 놓고 내 옷자락 옆에서 자고 있다. 나는 참을 수가 없어서 벌떡 일어나 신문을 둘둘 말아 화로에 불을 피웠다.

"어때? 좀 따뜻해졌어?"

"괜찮아. ……"

주코는 이불을 얼굴까지 끌어올리고는 조용히 숨죽여 울고 있었다.

오전 1시. 둘이서 밖에 나가 중화메밀국수를 먹었다. 아침부터 아무것도 먹지 않은 나는 그 중화메밀국수가 모두 불이 되어 버린 것처럼 따뜻했다. 화로가 없어도 둘이서 이불 속에 들어가니 평화로운 기분이 들었다. 있는 힘껏 좋은 작품을 써야지.

2월 ×일

아침에 여섯 장정도 되는 단편을 완성했다. 이 여섯 장정도 되는 것을 가지고 잡지사를 도는 것이 우울해졌다. 주코가 식빵을 한 근 사왔다. 헌 신문을 태워 차를 끓이고 있는데 암담한 기분이 들어 이것저것 모든 것이 물거품처럼 덧없고 귀찮은 생각이 들었다.

"나 진지하게 가정을 갖고 안정을 찾고 싶어졌어. 보따리 하나 들고 여기 저기 카페니 바니 찾아 돌아다니는 거 마음이 놓이질 않아. ……"

"나는 가정 따위 갖고 싶은 생각 전혀 없어. 이대로 연기처럼 휙 사라져 버릴 수 있다면 차라리 그게 훨씬 나아."

"지겨워."

"차라리 전세계 사람들이 하루에 두 시간씩만 일을 하게 되면 좋을 것 같아. 그러면 나머지 시간에는 벌거벗고 춤을 출 수 있잖아. 어떻게 살아가야 할지 번거롭게 생각하지 않아도 될 텐데 말야."

아래층에서 방값을 내라고 재촉당했다. 카페에서 일하고 있을 때, 나에게 싸구려 화장품 케이스를 준 남자가 있었다. 그 남자한테라도 돈을 빌려 볼까 하는 생각을 한다.

"아아, 그 사람? 그 사람이라면 괜찮지. 유미 짱한테 홀딱 빠져 있었으니까.……"

엽서를 보냈다.

하느님! 이런 짓을 나쁘다고 야단치지 말아 주세요.

2월 × 일

생각다 못해 밤에 모리카와초森川町의 슈세이秋声 씨 댁에 가 보았다. 고향으로 돌아갈 거라고 거짓말을 하고 돈을 빌리는 수밖에 없었다. 내 원고를 부탁하는 것은 너무 창피했다. 둥글게 자른 레몬같이 생긴 전기스토브가 빨갛게 타오르고 있는데, 방안이 내 마음하고 오백 리는 떨어져 있는 것 같았다.

『사이犀』라는 잡지의 동인이라며 젊은 청년이 들어왔다. 이름을 소개를 받았지만 슈세이 씨의 목소리가 작아서 알아듣지 못 했다. 돈 이야기도 결국은 하지 못했다. 나중에 들어온 준코順子 씨의 화려한 웃음소리에 기가 질려 청년과 나, 슈세이 씨와 준코 이렇게 네 명은 밖으로 나갔다.

"저 선생님! 단팥죽이라도 먹어요."

준코 씨가 야회풍 머리에 손을 얹고 슈세이 씨의 가는 어깨에 기대어 걷고 있다. 내 마음은 쇠사슬에 묶인 개 같은 느낌이 들기도 했다. 너무 배가 고파서 단 것에 대한 나의 식욕은 한심하게도 개가 된 기분으로까지 추락해 버린 것이다. 누군가에게 애교를 떨어 나도 단팥죽을 같이 먹을 사람을 찾고 싶었다. 네 명은 엔라쿠켄燕楽軒 옆 언덕을 내려와서 바이엔梅園이라는 단팥죽 집으로 들어갔다. 검은 테이블에 앉아 안주로 차조기열매를 먹고 있자니, 아, 찻물에 만 밥을 배불리 먹어 보고 싶다는 생각이 들었다.

단팥죽 집을 나와 청년과 헤어져서 우리 세 사람은 고이시가와小石川의 고바이테紅梅停에 갔다. 가카스즈賀々寿々[95] 의 신나이부시新内節와 산코三好[96] 의 라쿠고落語에 감동을 받아 기분이 좋아졌다. 돈이 조금 있으면 이렇게나 즐거운 기분이 될 수 있다. 설마 신사와

---

95 가가스즈(加賀寿々, 1893.8.15.-1983.9.25)의 오기인 듯. 본명은 기타자와 기요시(北沢清). 조루리(浄瑠璃)의 일종인 신나이부시(新内節)의 배우.

96 야나기야 산코(柳家三好)를 말함. 라쿠고가(落語家). 생몰년 미상.

숙녀를 따라온 내가 찻물에 만 밥을 배불리 먹고 싶다는 공상을 하고 있다는 것을 누가 생각이나 하겠는가? 준코 씨는 만담도 재미가 없어졌다고 한다. 세 사람은 비 내리는 술집 뒷골목을 돌아다녔다.

"저 있잖아요. 선생님! 이번 여성 소설 제목 뭐라고 할까요? 생각해 주세요. 밋밋하면 진부하니까요.……"

준코 씨의 얄팍한 어깨가 박쥐 같았다. 단고자카団子坂에 있는 에비스에서 홍차를 마시고나자, 준코 씨는 추우니까 뭔가 냄비요리라도 먹고 싶다고 한다.

"어디 맛있는 집 알고 있어요?"

슈세이 씨는 어린아이처럼 눈을 빠끔거리며, "글쎄……"라고 했다. 나는 두 사람하고 헤어지려고 했다. 두 사람과 헤어져서 주코의 하오리를 가랑비에 적시며 단고자카 문방구에서 원고용지를 한 권 사서 돌아왔다. ─

─80전이다─

휴! 하고 온몸의 더러운 공기를 내뱉으며, 나는 내 자신을 마치 꼬리를 흔드는 강아지 같은 여자라고 큰소리로 비웃어 주었다.

돌아오니 방의 화로에서 타닥타닥 숯이 타고 있고, 보글보글 끓는 카레 냄새가 풍겨왔다. 낯선 빨간 보따리가 방 한 쪽 구석에 뒹굴고 있고, 뱀눈 모양을 한 새 우산이 흠뻑 젖은 채로 툇마루에 세워져 있다. 옆방에서는 또 오늘밤도 꽁치를 먹나보다. 주코의 하오리를 벽에 걸고 있는데 주코가 쿡쿡 웃으며 계단을 올라온다.

"오요시 짱이 와서 말야. 둘이서 목욕탕에 갔어."

모두 카페의 친구들. 이 여자는 하부사 유리코英百合子[97]를 닮아서 피부가 아름다운 여자다.

"주코 짱도 나가 버렸고 재미없어서 나와 버렸어. 이틀 정도 재워 줘요."

마치 솜이라도 채워 넣은 듯이 크게 틀어 올린 머리를 셀룰로이드 빗으로 빗으면서,

"여자들끼리 있는 것도 괜찮네……얼마 전에 도키 짱 만났어. 아무래도 생각대로 되지 않는지 다시 카페로 돌아온다든가 했어."

오요시 씨가 쌀도, 끓고 있는 카레도, 숯도 사다 주었다고 하며, 주코는 바지런히 밥상을 차리고 있었다.

오랜만에 밝은 기분이 되었다. 요가 좁아서 허리띠를 옆에 깔고 내가 가운데 누워 나란히 자기로 했다. 어쩐지 다다미 세 장짜리 방은 여자들의 숨결로 가득 찬 것 같았다. 자꾸 높은 곳에서 떨어지는 꿈 꾼다.

2월 ×일

신문사에 원고를 맡기고 돌아오니 엽서가 한 장 와 있었다. 오

---

97 하부사 유리코(英百合子, 1900.3.7.-1970.2.7). 일본의 여배우. 「방랑기(放浪記)」(1935).

늘밤 오겠다는 그 남자의 속달이다. 주코도 요시코도 일자리를 찾
으러 갔는지 방안은 불이 꺼진 것처럼 썰렁했다. 그 남자에게 돈을
빌려 달라고 할 수도 없는 노릇 아닌가?……주코와 의논을 해 볼
까? 묘하게 가슴이 설레인다.

그 화장품 케이스도 옷수선 가게 개업일이니 뭐니 해서 재미
삼아 할인가격으로 사온 것이다. 그리고 우연히 내 차지가 된 것으
로 딱히 준 사람도 받은 사람도 우연히 마주친 사이 외에 아무것도
아니다. 그렇게 엽서 한 장 써서 오겠다는 속달. 게다가 그 사람은
나이도 꽤 있다. 나는 이가 욱신거릴 만큼 심란했다.

밤. ─싸락 눈이 내리기 시작했다.

여자들은 아직 돌아오지 않았다. 화장품 케이스를 준 남자가
눈이 쌓인 사과 바구니를 들고 찾아왔다. 신이시여, 비웃지 말아
주세요. 나의 본능은 이렇게 추한 것은 아닙니다. 나는 말없이 화
로에 두 손을 쬐고 있었다.

"좋은 방에서 지내네."

이 남자는 마치 첩의 집에라도 온 듯이 오버를 벗고는 얼굴을
가까이 들이대고 말했다.

"그렇게 힘이 들어?……"

"10엔 정도는 언제든 빌려 줄게."

어두운 유리문을 눈이 광고전단지처럼 슥슥 지나간다.

남자는 내 두 손을 빵처럼 자신의 커다란 두 손 사이에 끼우더니 애매한 말투로, "그렇지?"라고 했다. 나는 참을 수 없는 증오가 일어 눈물을 뚝뚝 흘리며 남자에게 말했다.

"저 그런 여자 아니예요. 먹을 것이 없어서 돈만 빌리고 싶었다구요."

옆방에서 아내가 키득키득 웃는 소리가 들렸다.

"누구죠? 비웃는 게. 비웃고 싶으면 제 앞에서 웃어 주세요. 뒤에서 비웃는 건 치사해요."

남자가 나간 후에 나는 2층에서 바구니를 지구처럼 던져 버렸다.

1927년

자살 전

2월 ×일

나는 내가 완전 쓸데기 없는 여자라는 생각을 하지 않으려고 노력하고 있었다. 거리를 돌아다니는 부스스한 여자들을 보고 있으면 그렇게 살아도 흉하다고는 생각하지 않지만, 며칠 동안이나 먹지 못하고 가만히 옆방의 한가로운 웃음소리를 듣고 있으면 죽어 버리고 싶어진다. 살든 죽든 불필요한 존재라고 생각하기 시작하니 만사 모든 것이 부질없어 보였다.

종잡을 수 없는 초조함. 오늘 아침 내 위장이 절인 푸성귀만으로 찬 것처럼 내 머리도 바람이 숭숭 부는 것 같다. 극도의 피로감으로 살아 있는 시체 같은 느낌이다. 헌 신문을 열 번이고 스무 번이고 거듭 읽으며 방바닥에 가만히 누워 뒹굴고 있는 모습을 나는 살짝 거리를 두고 생각해 보았다.

내 몸은 비뚤어져 있고 마음도 비뚤어져 있다. 아무짝에도 쓸모없는 육체. 나는 이제 아무리 먹을 것이 없어도 카페에는 절대로 가지 않을 것이다. 내 마음은 아무 곳에서도 받아들여지지 않는데, 겉만 번지르르하게 생글거리며 웃을 필요는 없다. 받아줄 곳이 아무데도 없다면 그냥 바로 굶어죽으면 된다.

밤.

도시아키利秋가 도야마富山의 약부대에 쌀을 한 되 담아서 갖다 주었다. 이 남자한테는 몇 번이나 뒤통수를 맞았는데, 이런 아나키스트는 딱 질색이다.

"당신을 죽을 만큼 좋아해."

라고 선언을 해 주었다. 하지만, 그래 봐야 야마토관大和館에서처럼 아침이고 밤이고 멀리서 나를 감시하는 상태를 나는 좋아하지 않는다.

"이제 당분간 밥을 먹는 일은 휴업하려고 생각해요."

나는 문을 꼭 걸어 잠궜다. 배를 조금 채우고 싶어서 쓸데없는 일에 휘말리고 싶지는 않았다. 하지만 나는 먹고 싶었다. 아아, 내가 살기 위해서는 카페 여급이든 매춘부든! 열손가락에서 피가 솟구칠 만큼 추운 이 날씨. 그래 혁명이든 뭐든 다 덤벼 보라지. 잔다르크건 뭐건 다 날려 버릴 거야. 하지만 결국 빈 껍데기였다. 아래층 사람들이 목욕을 간 사이에 된장국을 몰래 훔쳐 먹었다. 한심하다, 후미코! 죽어 버려라.

일을 해도 전혀 먹고 살 수가 없으니, 지금까지 살림살이는 가늘고 길게가 방침이었다. 아, 1엔으로 대엿새나 먹고 산 일이 있었다. 죽는다는 선택지는 지금까지 아껴두고 있었지만, 내일이라도 자살을 할까 하고 생각하고는 잡동사니를 있는 대로 다 꺼내 방안에 어질러 놓았다.

살아 있는 동안의 후미의 체취. 정겹고 사랑스럽구나. 낡아서 너덜너덜해진 모슬린 옷깃이 때와 화장품에 더러워져서 번질번질해 보였다.

이 옷을 입고 나는 그 남자에게 안겼던 것입니다.

이 생각!

저 생각!

빨간 모슬린, 하얀 속바지가 있는 정사에 대한 환상과 엑스터시. 창백한 허벅지에 피가 끓어 오르는 고독한 여자. 내 유방을 쥐고 있는 두 손 안에는 옷이랑 허리띠랑 속바지랑 온갖 지저분한 것에서 나는 체취의 몽타주, 냄새의 편집물인가?

이 생각!……

저 생각!……

나는 이 초라한 엑스터시를 앞에 놓고, 결국은 조소를 당할 편지를 누구에게 쓸까 한다. 편지를 써서 조소를 당할? A에게 쓸까, B에게 쓸까, C에게 쓸까?……. 딸꾹질이 나는 내 인생관을 조금 맛보면 재미있어서 흥분이 된다.

"그래요. 나는 이렇게 당신을 사랑하고 있는데.……"

헌 신문 위에 흐트러져 있는 광고 위에는 재미있어 보이는 샐러드와 비프스테이크 이름. 미카미 오토키치三上於菟吉라니 좀 에너제틱해 보이는 비프스테이크인데 이것도 재미있다. 요시다 겐시치로吉田絃二郎라니 푸성귀와 새 이름 같아 보이는 이방인. 나는 두 사람에게 같은 편지를 써 봐야겠다고 생각했다.

바닷가를 따라 난 옥수수 밭에서
어떠한 바램도
뻣뻣한 이파리가 스산한 바람에 날아가는 것처럼
스물다섯 여자는
진심으로 목숨을 끊으려 한다
진실로 죽으려 한다

쭉쭉 자랄 대로 자란
옥수수는 허무하구나 옥수수 한 자루

아아, 이런 시를 편지 속에 넣다니, 그만 두자. 이자벨라 황후가 콜럼버스를 발견했을 때처럼 흥분해서, 나의 펜 끝은 이리저리 횡설수설. 아아, 솔로몬의 백합에 먹물을 흠뻑 적셔라!

2월 x일

아침 – 찬 서리.

저녁에는 눈이 올지도 모른다. 오랜동안 담배도 피우지 못했구나. 이 아름다운 아침, 잠에서 깨어 석유냄새가 풀풀 나는 새 신문을 읽고 싶다. 이웃집에서 나는 밥그릇 소리. 나하고는 상관없는 먼 곳의 소리.

어젯밤에 쓴 두 통의 편지. 나는 마음속으로 엷은 웃음을 띠며 바보 같다는 생각을 했다. 하지만 뭐 인생은 어느 쪽을 봐도 박정

하다. 진실 같지만. 그런데 문제는 내 가슴속에는 3전짜리 동전뿐
이라는 것이다. 이 3전짜리 동전에 센티멘탈을 담아 보내는 것은
상대방에게 모독이 되겠지만, 10전짜리 동전으로 7전의 거스름돈
을 받을 여유가 있다면 나는 이 두 통의 편지를 쓰지 않았을지도
모른다. ─ 일본식으로 제본한 너덜너덜한 「잇사 구집─茶句集」[98]을
꺼내어 읽는다.

 ─ 오늘도 역시 하릴없이 보내네 내일도 역시
 ─ 고향에서는 파리마저 사람을 물어뜯나니
 ─ 생각도 말고 보지도 않으려지만 나의 집인가

 좋은 시이다. 잇사는 철저한 허무주의자. 하지만 이 책을 단돈
몇 푼이라도 주고 팔 수 있지 않을까? ─ 계속 누워만 있었더니 몸
을 일으키자 삐걱삐걱 뼛소리가 난다. 손가락으로 원을 만들어 내
목에 둘러보니 가엾구나, 가여워. 아무도 기름을 쳐주지 않는데도
내 동맥은 펄덕펄덕 맑은 소리를 내며 피를 흘려 보내고 있다. 소
중한 동맥.

 편지 두 통.
 어느 쪽을 먼저 보낼까? 얼마나 맥없는 일인가. 요시다 씨에게
먼저 부치기로 했다. 걸어도 소리도 나지 않지만 힘찬 발걸음으로

---

98 잇사는 고바야시 잇사(小林一茶,1763.6.15.- 1828.1.5)를 말함. 마쓰오 바쇼(松尾芭蕉), 요
  사노 부손(与謝蕪村)과 함께 에도시대를 대표하는 하이카이시(俳諧師).

거리로 나갔다. 유시마텐신湯島天神에 가 보았다. 할아버지가 물레를 빙빙 돌리며 분홍색 솜사탕을 만들고 있었다.

이야, 이것 참 재미있다. 노스탤지어. 있는 듯 없는 듯한 분홍색 거품이 놋으로 된 통속에서 뿜어져 나오면 그것이 안개 같은 솜사탕이 된다. 오랫동안 꽃을 보지 못 한 내 눈에 다섯 개의 모란꽃처럼 보인다.

"할아버지! 2전짜리 주세요!"

아이들은 자신들의 머리만한 솜사탕을 아름다운 눈으로 좇았다. 아무도 없는 돌 벤치에 앉아 그것을 먹어야지……높은 곳에서 솜사탕을 입에 가득 넣고, 생각도 말고 보지도 않으려지만, 내 집인 양 막연히 고독을 사랑하는 것도 좋지 않은가?

"할아버지 3전짜리 주세요."

어이없이 푸성귀와 새에 대한 감상이 분홍색 솜사탕으로 바뀌고 말았다. 얼마나 아름다운 순간인가! 내 연상은 혀끝에서 눈물 젖은 사탕으로 바뀌어 버렸다.

눈을 딱 감고 우표를 붙이지 않고 요시다 씨 앞으로 쓴 편지를 우체통에 던졌다. 주소를 신초샤新潮社 쪽으로 해서 보냈는데 일소에 붙여질지도 모른다. 미카미 씨에게 쓴 편지는 찢어 버렸다. 너무나 화려하게 사는 사람에게 이런 자질구레한 현실 같은 것은 아무것도 아닐지도 모른다. -

가까이 있는 사람들을 생각하면 이상하게 가물가물하다. 솜사탕장수 할아버지는 이 추운 날씨에 이슬비가 내리는데도 물레를 빙글빙글 돌리고 있다. 벤치에 앉아 재를 뒤집어 쓴 것처럼 비를 맞으며 솜사탕을 빨아먹는 여자. 그 여자의 눈동자에는 먼 고향과 어머니와 남자. 내 마음에는 이런 쓰잘데기 없는 향수밖에 없단 말인가?

3월 x일

겉과 안을 다른 천으로 만든 허리띠와 책을 팔아서 2엔 10전. 책장수가 집까지 따라와서 하는 말이,

"이제 집을 알았으니 또 가지러 오겠습니다."

천만에요. 이제 내 장롱에는 매니아 작가의 머리처럼 잡동사니들뿐.

낮.

아사쿠사는 도회지에서 떨어진 작은 낙토. 흐흠! 어딘가 다락방에 사는 작가가 그런 말을 한 적이 있다. 아사쿠사는 천박해서 차마 봐 줄 수가 없다고. 한 달 동안 돼지처럼 부지런히 먹기만 했더니 머리만 거대해졌다. 영화와 제비와 에로. 얼굴을 거울에 비추어 보며 곰곰이 생각을 해 보았다.……그런데 아사쿠사의 제비는 모자를 흔들며 말했다.

"지상에 있는 모든 것을 먹고 질리면 그 다음에는 하늘을 먹을 생각입니다."

아사쿠사는 좋은 곳인가 보다. 불이 켜지기 시작한 아사쿠사의

큰 등롱 아래에서 내가 생각한 것은? 이 2엔 10전으로 아주 명랑하게 최후를 맞이하자. 뭔가 봄날 같은 저녁. 선향과 여자 냄새가 폴폴 풍겨 온다.

공원 극장 앞을 나오자 미즈타니 야에코水谷八重子[99] 일좌의 광고 깃발 중에 헤어진 남자의 파란 깃발이 나와 있다. 재미있는 일이다. 남보다 더 고상하게 마음의 벽이 생긴 그 남자와 나 사이. 모든 것은 조용히, 조용히. −

뒷문으로 돌아서 분장실 입구의 할아버지에게 물어보니 뚱한 표정. 복도는 음식을 먹은 빈 그릇들로 가득했고 양가집 규슈고 여학생이고 뭐고 할 것 없이 모두 뒤섞여 지낸다. 일그러진 유리창에 세워진 거울이 두 개. 몇 년 전에 본 기억이 있는 가방도 나뒹굴고 있었다.

"이야!"

하인풍으로 머리를 틀어 올린 남자가 들어왔다.

"너무 격조했습니다."

"잘 지내셨나요?"

아사쿠사 한 복판에 있는 극장에서 오랜만에 헤어진 남자의 목소리를 들었다.

"연극이라도 보고 가지 그래요. 한 가지 역만 더 하면 내 배역은 끝나니까 차라도 마시고 갈래요?"

---

99 미즈타니 야에코(1905.8.1.-1979.10.1). 다이쇼시대에서 쇼와시대에 걸친 여배우. 주요 작품에 『파랑새(青い鳥)』, 『대위의 딸(大尉の娘)』 등.

"네, 고마워요. 그런데 사모님도 지금 같이 뭔가 연기를 하나요?"

"아아, 그게. 죽었어요. 폐렴으로."

너무나 미워하는 마음으로 헤어진 여배우의 얼굴이 멀리서 떠올라 한동안 믿어지지 않았다. 이 남자는 너무나 진지한 표정을 하고 거짓말을 했으니까.⋯⋯

"거짓말이죠?"

"당신한테 왜 거짓말을 하겠어. 전부터 몸이 약했다구."

"정말이에요? 딱하게도.⋯⋯분장하세요. 저 당신 분장실 처음 봤어요. 분장실은 참 쓸쓸한 곳이군요."

남자와 이야기를 하고 있는데 키가 큰 젊은 무사가 칼 두 자루를 쥐고 들어왔다.

"아, 소개하지요. 이 사람은 미야지마 스케오宮島資夫 군의 동생으로 역시 미야지마 씨라는 사람이에요."

단단하고 탄력 있는 청년다운 어깨를 하고 있었다. 커다란 상투를 보고 있자니, 푸릇푸릇한 청춘이 느껴졌다. 이 남자도 꽤 나이를 먹었구나 라는 생각도 들었고, 가방 안에서 시 원고를 꺼내고 있는 것을 보니 이 사람이 배우가 된 것은 잘 못 된 것 같았다. 몸도 살이 쪘고 또 나이를 먹어서 점잖지도 않은 목소리여서, 이런 젊은 사람들만 있는 곳에 섞여서 연극을 하고 있는 것이 딱하게 여겨졌다. 나는 이 남자와 다바타에서 살림을 하고 있을 때, 처음으로 어깨에 징근 옷을 풀었던 것이 기억이 났다.

"내 연극을 봐 주세요. 그러면 옛날처럼 또 욕을 먹으려나?"

명함을 받고 분장실 밖으로 나왔다. 이제 어떻게 할까? 지금 와서 그 남자의 연극을 봐야 무슨 소용이 있냐 싶었지만, 큰 빗방울이 내 뺨을 때리기 시작해서 극장 안으로 들어갔다. 무대는 신부를 가둔 감옥으로 유녀 야에코八重子, 감옥의 간수, 무사. 감옥 옆에는 벚꽃이 흐드러지게 피어 있다. 작은 새는 소리를 내어 울고 있다. 터무니없이 긴 연극이다. 나는 무대를 바라보며 여러 가지 극약을 생각했다.

"신부님이시여. 제우스여!"

목소리가 좀 너무 크다. 나는 귀를 막고 감옥에서 하는 그 남자의 이야기를 듣고 있었다. 아름답디 아름다운 유녀 야에코가 감옥 밖으로 나오자 관중들은 떠나갈 듯이 박수를 쳤다. 확실히 아름답지만 그늘이 없는 모습. 나는 시시해져서 밖으로 나와 버렸다.

'차라도 한 잔 하자'고 했지만, 어차피 연이 안 되는 것을 언제까지고 바라볼 수도 없는 노릇이라 일체 연루되지 않기로. − −

약국을 찾아내고는 수면제 칼모틴을 작은 상자로 하나 샀다. 죽으면 그 뿐이고 조금 오래 잔다고 해도 행복한 도피 아닌가? 모든 것은 똑바로, 명랑하게.

3월 ×일

오색 테이프가 팔랑팔랑 춤을 추고 있었다. 어디에선가 폭죽이 터지는 소리가 귓전에 퍽퍽 울렸다. 비행기일까, 모터 보트일까, 나는 착각 속에서 하얀 포말을 일으키고 있는 바닷가 풍경을 그렸다. 은색 등대가 눈동자 안에서 참깨처럼 작게 보이는가 싶더니, 이번에는 눈동자가 마치 코끼리 배처럼 커다랗게 확대되었고, 내 몸은 바닥을 쿵쿵 울리고 있었다. 이것이 칼모틴이 일으키는 착각이다.

주코가 나의 드러난 가슴을 수건으로 덮어 주었다. 나는 죽고 싶지 않았다. 눈을 뜨자 눈꺼풀에 탄력이 없어서 부채가 접히듯이 감겨진다. 나는 죽고 싶지 않았다.

"미역하고 우엉 튀김하고, 5엔의 돈."

나는 눈물샘이 닫히지 않았다. 귀속으로 뜨거운 눈물이 주룩주룩 흘러든다. 머리맡에서 싹둑싹둑 소리를 내며 어머니한테서 온 소포를 풀어 주었다. 어머니가 5엔을 보내 주다니 여간한 일이 아니었다.

아래층에 있는 아주머니가 죽을 쑤어서 갖다 주었다. 찔러도 피 한 방울 안 나올 만큼 냉정한 사람의 후의라니. 몸이 나으면 이 5엔을 주고 시타야의 집을 나가야겠다.

"세탁소 2층이라는데 좋은 곳이야. 이사해."

죽지 못한 나를 가엾어해 주는 것은 남자나 친구들이 아니었다. 이 주코 혼자서 내 이마를 만져 준다. 나는 살아야겠다고 생각했다. 그리고 뭐든 좋으니 살아 남아 일을 하는 것이 참된 삶이라고 생각했다.

방랑기 이후의 인식

나는 사는 것이 힘들어지면 고향을 생각한다. 사람들은 흔히 죽을 때가 되면 고향을 찾는다고 하는데, 그런 말을 들으면 나는 고향이 더 간절하게 그리워진다.

매년 봄가을이 되면 경찰이 찾아와서 원적을 조사해 간다. 그럴 때마다 또 새삼 고향을 생각하게 된다.

"대체 당신의 진짜 고향은 어디예요?"

이런 질문을 받으면 나는 입이 탁 막힌다. 이런 질문을 자주 받으니까 말이다. 나는 실은 고향은 어디라도 상관이 없다. 여기저기 떠돌며 괴로움과 즐거움 속에서 자란 곳이 고향이다. 그러니까 이 방랑기도 여행지로서의 고향을 그리워하는 부분이 많다. 하지만 어느새 나이를 먹고 여러 가지 일에 여수를 느끼다보니 문득 진짜 고향이 어디일까 하고 생각을 해 본다.

나의 원적지는 가고시마현児島県 히가시사쿠라지마東桜島 후루사토온천장古里温泉場으로 되어 있다. 정말이지 멀리도 흘러 왔다는 생각이 든다. 나의 형제는 여섯인데 아직 오빠들은 본 적이 없다. 살았는지 죽었는지도 모른다. 언니 하나하고만 슬픈 추억이 있다.

　나는 밤중에 땅이 울리는 소리를 들으며 등불을 들고 언니와 온천에 간 기억이 있다. 고개를 들어 하늘을 보면 별이 반짝거렸다. 당시 섬은 휴대용 석유등인 칸델라를 사용하고 있었던 것 같다. 내게, "아고, 예쁘네."라고 말해 준 마을 아주머니들은, 모두 나를 보고 외지사람하고 결혼한 어머니 욕을 했다. 그런 일이 있은 지도 이제 열예닐곱 해가 된다. 아름다웠던 어머니는 몸에는 신경도 쓰지 않게 되었고 후루사토 이야기는 입 밖에도 내지 않게 되었다. 아버지가 다른 언니는 초등학생인 나를 데리고는 오쿠보大久保 씨의 저택 터에서 자주 청년을 만났다. 어머니를 닮아 아름다운 언니였다.

　"왜 후미코에게 이렇게 이가 끓게 놔 두는 거야?"

　"그게, 얘가 너무 고집이 세서 어떻게 할 수가 없어서 내버려 두는 거야.……"

　언니하고 청년이 이런 대화를 하는 것을 들은 기억이 있다. 매일 머리를 예쁘게 묶어 주었으면 좋겠다고 해도 들은 척도 하지 않는 언니 입에서 그런 거짓말이 나오는 것을 보니 언니가 미웠다.

　할머니는 나를 엄마가 데리고 온 자식이라고 해서 용돈도 주지 않았다. 나는 고쓰키강甲突川이 보이는 화장실에서, 강이 철철 넘쳐 범람하는 것을 보고 무슨 연상을 했는지 이런 낙서를 했다.

어른이 되면

저 물을 다 마시고 싶다

이런 기억을 갖고 있다. 섬에서는 푸릇푸릇한 여주가 많이 열린다. 봄에 시로야마城山에 소풍을 갔을 때 도시락을 여니 데친 죽순 세 조각만 달랑 들어 있어서, 오사카에서 철공장에 다니던 부모님이 얼마나 보고 싶었던지.

겨울이 다 되어 가던 어느 날 밤. 나는 혼자 모지門司까지 가는 거라고 했다. 오사카에서 모지까지 새아버지가 마중을 나온다고 했다. 아홉 살인 나는 5전짜리 동전 하나를 허리띠에 둘둘 말아 넣고 '모지행' 목찰을 허리춤에 차고 기차를 탔다. 어머니는 이렇게 도 무정했다. 꽃이라고는 아무것도 없었는지, 나는 문을 나서면서 손에 잡힌 호랑가시나무를 꺾어서 가지고 갔다. 모지에 도착할 때까지 그 호랑가시나무가지는 아주 싱싱했다. 모지에서 기선을 타자, 새아버지는 천정이 낮은 삼등객실의 어둠 속에서 물빛을 이용하여 내 머리의 이를 잡아 주었다.

가고시마는 나하고는 연이 먼 무정한 곳이다. 어머니하고 같이 다니면 가끔씩 소녀 시절 외로웠던 나의 생활이 생각난다.

"변소 갈 기가?"

"오셨는기요?"

어머니는 이런 말들을 고향을 나온 지 30년도 더 되었는데도, 도쿄 한복판에서 아무렇지도 않게 사용하고 있다.

오랫동안 소식이 없던, 우리를 힘들게 했던 언니가 다음과 같은 긴 편지를 썼다.

"어머니! 안녕하세요. 어찌 지내시는지 늘 걱정을 하고 있습니다. 저는 올봄에 아들을 낳았습니다. 돌아오는 5월은 어린이날이니 마음껏 축하를 해 주려고 해요."

나는 편지를 보고 얼마나 화가 났는지 모른다. 내 마음은 차갑게 얼어붙었다.

"어머니! 의리니 인정이니 그런 생각 다 버리세요. 우리가 얼마나 오랫동안 의리에 매달리고 인정에 매달렸어요? 그런데도 항상 이리 채이고 저리 채이고 하며 여기까지 왔어요. 나는 아기를 축하해 주는 게 아까운 게 아니에요. 기억나요? 어머니!"

언젠가 너무 힘이 들어서 매달리는 심정으로 언니에게 편지를 쓴 적이 있다. 언니한테서 답장이 왔다.

"나는 너를 동생으로 생각하지 않아. 나를 키워 주지도 않았으니, 어머니라 할 수도 없어. 그러니까 나는 너에게 어떤 의무도 없어. 먼 여행지에서 겨우 10엔의 돈이 없어 쩔쩔매는 당신들 모녀의 고통은 당연한 것이야. 고향과 자식을 버리고 가는 부모가 있다는 생각을 하면 악마라고 생각해. 앞으로 아무 부탁도 하지 말기를ー"

그 일이 있은 후, 나는 이 세상에는 새아버지와 어머니와 나 세 명뿐이라고 생각했다. 아무리 어려운 처지에 놓여도 어린 나와 어머니를 버리지 않은 새아버지의 진심을 생각하면, 나는 내가 할 수 있는 모든 것을 다해 은혜를 갚고 싶었다.

언니의 마음.

나의 마음.

이 둘은 말할 것도 없이 수천 리 떨어져 있다. 그런데도 마음껏 아기를 축하해 주었으면 좋겠다는, 몇 년 만에 온 언니의 편지를 보고 어머니는 뭔가를 보내 축하해 주고 싶은 것 같았다.

하지만 나는 지금도 언니의 그 편지를 미워하고 있다. 아무리 그러지 않으려 해도 미워하지 않을 수가 없었다. 진심으로 미웠다. 그런데도 어머니는, 지금 이때까지 따뜻한 말 한 마디 건네주지 않았던 후루사토 사람들이나 언니에게 뭔가 멋진 선물을 해서 놀래키고 싶은 것 같았다.

"어머니! 이 세상에 뭔가 보여 주고 싶다든가 뭔가 의리를 지키고 싶다든가 하는 그런 생각 필요 없지 않아요?"

아아, 하지만 어머니의 그 작은 바람을 들어주고 싶은 생각이 들었다. 나는 얼마나 배배 꼬였는지. 오랫동안의 인내가 나로 하여금 아무것도 믿지 못하게 만들어 버렸다.

아아, 스물다섯 여자 마음의 고통이런가!

멀리 바다색이 투명해 보인다

옥수수 밭에 우뚝 서 있는 스물다섯의 여자
옥수수여, 옥수수여!
이렇게나 가슴이 아프다니
스물다섯 여자는 바다를 바라보며
그저 멍하니 서 있을 뿐

하나 둘 셋 넷
옥수수 알갱이는 스물다섯 여자의
쓸쓸하고 아쉬워하는 혼잣말
파란 바닷바람도
노란 옥수수밭 바람도
검은 흙의 숨결도
스물다섯 여자의 마음을 적시는가

바닷가를 따라 난 옥수수 밭에서
어떠한 바램도
뻣뻣한 이파리가 스산한 바람에 날리는 것처럼
스물다섯 여자는
진심으로 목숨을 끊으려 한다
진실로 죽으려 한다

쭉쭉 자랄 대로 자란

옥수수는 허무하구나 옥수수 한 자루
이 자리까지 찾아온
스물다섯 여자의 마음은
진정 남자는 필요 없다고
그것은 슬프고 어려운 장난감이기에

진정 삶에 지쳤을 때
죽든 살든
그래도 외로운 체념
진정 친구는 그립지만
한 명, 한 명의 마음이기에

옥수수 잎은 모두 마음이 바쁘다
될 대로 되라
스물다섯 여자의 마음은
모든 것을 버리고 달리고 싶은 마음이다
한 쪽 눈을 감고
한 쪽 눈을 뜨고
아아, 어쩔 도리 없이
남자도 있었으면, 여행도 그립다

이렇게도 해야지

저렇게도 해야지
지루하게 실타래를 돌리며
멍하니 살아온 스물다섯의 여자는

옥수수 밭 밭이랑에 누워
더 깊이 잠들고 싶다

아아, 이토록
어쩔 도리 없이
스물다섯 여자의 마음은 헤메이는 것인가?

이것이 고작 내 인식의 한계이다. 그리고 요즘 나는 방랑기 속
괴로움 이상의 오뇌로 마음이 불꽃처럼 타오르고 있다.

자, 더 세게 나를 때려 눕혀라. 나는 흙이 무너져 내리는 듯한
격정이 밀려오면, 모든 것이 허무해지고 죽을 일과 고향 생각만 난
다. 하지만 젠장! 간혹 가다가 쌀 한 되가 아쉬웠던 그 시절을 생각
하면, 나는 내 자신을 파멸시키고자 하는 여러 가지 나쁜 생각을
극복하려고 노력한다. 싸우고 있다.

이 방랑기는 내 표피의 지극히 일부에 불과하다. 내 일기에는
눈을 딱 감고 잊고 싶은 나의 괴로운 과거가 아직 잔뜩 남아 있다.
나는 남아 있는 메모를 세월이 흐른 후에 다른 스타일로 써 보고

싶다. 어쨌든 이 두 권의 방랑기는 사랑스런 나의 자식이다. 내 삶의 결산서이다.

앞으로 나는 몰입을 할 생각이다. 어린아이처럼 천진난만한 모습으로, 진심으로 살아가고 싶다. 하지만 근 4, 5년 동안의 내 생활은 육체적 방랑이나 여수처럼 만만한 것은 아니었다. 갈 곳 없이 막다른 곳에 다다른 어두운 영혼. 나는 힘들게 신음하며 살아왔다.

어디까지가 진실이고 어디까지가 거짓인지 짐작할 수도 없는 부르주아와 프롤레타리아의 실상을 보며, 방랑기 이전의 뭔가 유쾌한 것이 이제는 정말 아무것도 없다는 사실을 알았을 때의 참잡함이라니.

하늘을 동경하고
땅을 동경하고

말없이 그저 아득하게 밉기만 했던 언니도 이제 어떻게든 축하를 해 줘도 좋지 않을까? 두려워하는 어머니의 마음을 평온하게 해 줄 것이다. 실은 축하해 달라며 솔직하게 말을 걸고 있는 언니한테 진실이 있는 것일지도 모른다. 말도 안 되게 배배꼬인 내 심정을 경멸하는 게 나을 것이다.

옥수수 밭 밭이랑에 누워
더 깊이 잠들고 싶다
이런 기분이다.

그래서 -
요즘 나는 가만히 입을 다물고 똑바로 내 일에 몰입하는 것이
유일한 염원이며 내가 갈 유일한 길이라고 생각하고 있다.

1930년

제3부

폐가 노래한다

3월 × 일

까마귀가 빛난다
도회의 하늘 위에서도 빛난다
까마귀가 하얗게 빛난다
꽃가루가 날리는 거리, 전봇대 꼭대기
흔들리네 흔들려
머물 곳 없는
폐가 노래한다 경치를 노래하는 짧은 노래

갈색 빗속을
나는 귀를 막고 걷는다
귀가 아프다 아프다고
빗속의 까마귀가 빛난다
몸부림치며 난다
아득한 거친 들판 바람의 꿈
폐가 노래한다 경치를 노래하는 짧은 노래

나는 왜 걷는 것일까
까마귀의 운명이다
까마귀처럼 어딘가에서 나는 태어났다
머물 곳 없는 밤
빛나며 난다
내가 빛나는 것이 아니다
사위의 광선이 와하고 웃는 것이다
나의 폐가 노래한다 그 뿐이다……

홀로 사는 고양이 홀로 사는 개
아무도 없는 길바닥의 돌맹이
이슬이 사라진다
까마귀의 하늘 빛나는 까마귀
못을 뽑듯이 매끄러운 빛
비틀비틀 그저 빛나는 까마귀
폐가 노래한다 폐만 혼자 노래할 뿐이다

두 개의 폐만이 나인 것 같은 느낌이 든다. 우편물이 돌아와서
그런가 한다. 『요미우리신문読売新聞』에 보낸 「폐가 노래한다」라
는 시. 시미즈清水 씨라는 사람한테서 온 것인데 가난한 여자의 시
는 너무 길어서 싣지 못하겠다는 편지다.
　겨우 8쪽 분량의 신문은 쓸 데 없는 시를 게재할 여지가 없다는

것이다. 피어레스 베드 광고가 나와 있다. 나는 이렇게 튼튼하고 세련된 침대에서 자 본 적이 한 번도 없었다. 타이거 미인여급 모집. 하얀 에이프런을 입고 긴 끈을 나비모양으로 뒤에서 묶고 맥주병 마개에 방울을 단 세련된 여급이 눈에 떠올랐다. 신문을 보고 있자니 진흙탕 수렛자국에 떨어진 소똥을 밟은 듯한 불쾌감이 몰려왔다.

그래, 어디 한 번 해 보자.

왜 이렇게 몸이 무거운지. 바나나가 떨이로 한 무더기에 10전. 물컹물컹 상한 것을 먹은 탓인지 온몸에 벌레가 들끓는 느낌이다. 아침 댓바람부터 어디에서인가 누가 다이쇼고토大正琴[100]를 무턱대고 연주하고 있다. 「폐가 노래한다」라는 시시한 시가 돈이 될 거라는 생각은 하지 않는다. 하지만 그래도 세상에는 별난 것을 좋아하는 사람이 한 사람쯤은 있을 것이다. 잠자리를 정리하고 미장원에 갔다. 긴쓰루향수金鶴香水를 한 병은 바른 것 같은 덩치가 큰 여자가 머리손질을 해 주었다. 냄새가 너무 심해서 소매로 코를 막고 싶었다. 머리가 아팠다. 안에서는 미용사 일가족이 총동원되어 벚꽃조화를 만드는 부업을 하고 있다. 눈이 번쩍 뜨이는 것 같았다. 이제 곧 꽃구경을 하는 계절이다.

머리를 모모와레로 묶었다. 싸구려 다리라서 아무래도 모양이 별로였고 눈썹과 눈꼬리가 치켜올라갔다. 2층에서 갑자기 여자목

---

100 두 줄의 쇠줄을 매고, 건반을 갖춘 간단한 현악기. 다이쇼시대(大正時代) 초기에 발명되었음.

소리로 '색골이네'라는 소리가 들렸다. 모두 깜짝 놀라 천정을 올려다보았다.

"또 대낮부터 시작이네. 우당탕탕 정신없어요. ——저렇게 취해서 아주머니를 못살게 구는 게 습관이니 원. ……"

미용사가 머리를 고정하는 핀을 꼽으면서 키득키득 웃고 있다. 다른 사람들도 모두 웃었다. 남편은 주식업자이고 아내는 고깃집 여종업원이라고 한다. 아침부터 술을 먹고 이불을 개는 일이 없는 부부라고 한다.

하얀 종이 장식끈으로 머리를 묶어 주었다. 머리를 묶은 값이 30전, 하얀 종이 장식끈 2전, 35전을 지불했다. 마치 머리 위에 과일 바구니를 이고 있는 느낌. 15일 만에 상쾌한 기분이다.

「폐가 노래한다」가 퇴짜를 맞았으니 이번에는 아이템을 바꿔서 동화를 가지고 가기로 했다. 가야초茅町에서 우에노로 나와 스다초須田町 행 전차를 탔다. 먼지가 나서 마치 노을진 저녁 같은 날씨. 어쩐지 사는 게 귀찮아졌다.

구로몬초黑門町에서 피에로의 붉은 복장을 한 떠돌이 악단 세 명이 탔다. 차안에 있는 사람들은 모두 키득거렸다. 젊은 피에로가 차표를 개찰하고 있다. 빨강, 파랑으로 얼룩덜룩한 줄무늬 복장에 얼굴은 화장을 하지 않아 더 기묘한 모습이다. 저런 모습을 하고 사는 사람도 있다. 일당은 얼마나 받는 것일까? ……나는 모르는 척 하고 창밖을 바라보고 있었는데 점점 이판사판이라는 생각이 들었다. 한 명 정도 나와 같이 살 남자는 없을까라고 말이다. 나를 좋아하는 사람은 모두 나처럼 가난뱅이다. 바람에 덜컹거리는 덧문처럼 마음이 들썩거린다. 그뿐이다.

긴자에 가서 다키야마초滝山町의 아사히신문사朝日新聞社에 갔다. 나카노 히데토中野秀人[101]라는 사람을 만났다. 하나야기 하루미花柳はるみ라는, 머리를 자른 하이칼라 여자와 산다고 소문이 난 사람이라 가슴이 두근거렸다. 세상 사람들은 다른 사람의 궁한 사정은 좀처럼 이해하지 못한다. 조만간 시를 봐 주십사하고 밖으로 나왔다. 나카노 씨의 빨간 넥타이는 멋있었다.

소개장도 없는 생면부지 여자의 시라니, 어느 신문사고 민폐다. 긴자거리를 걸었다. 광고에서 본 타이거라는 가게가 있었다. 그 옆에는 쇼게쓰松月라는 가게도 있다. 정신을 쏙 빼 놓을 만큼 예쁜 여자가 새초롬하게 흰 앞치마를 하고 들여다보고 있다. 가슴까지 올라오는 에이프런은 이제 한물 간 것일까? 강한 바람에 모래가 섞여 날려 왔다.

긴자 4초메四丁目에서 요리사로 보이는 남자가 지나가는 사람에게 판촉용 성냥을 하나씩 나눠 주고 있었다. 나도 받았다. 다시 뒤로 돌아가서 두 개나 받았다.

글을 써서 돈을 벌려고 생각했던 일이 마치 꿈처럼 먼일로 여겨진다. 겉으로 드러나는 생활은 이면의 생활과는 전혀 다른 것이다. 쇠고기 덮밥도 먹을 수 없으니 말이다. …….

---

101 나카노 히데토(中野秀人, 1898.5.17.−1966.5.13)는 일본의 시인, 화가, 평론가.

3월 ×일

하이네란 사람이 어떤 서양인인지 모르겠다. 달콤한 시를 쓴다. 연애시도 쓴다. 독일 어머니에 대한 시도 쓴다. 그리고 시가 팔린다. 이쿠타 슌게쓰生田春月[102] 라는 사람은 어떤 아저씨일까?……. 번역이라는 것은 밥을 다시 쪄서 볶음밥을 만드는 것과 같은 것일까? 하이네와 이쿠타 슌게쓰는 어떤 관계인지 모르지만, 서점 책장에 하이네가 태어났다. 우뚝 서 있다.

나는 무정부주의자다. 이렇게 거북살스러운 정치는 질색이다. 인간과 자연이 서로 어우러지고 온종일 생식 행위……그러면 되는 것 아닌가? 고양이도 밤새도록 불쌍하게 울며 돌아다닌다. 나도 그렇게 남자가 필요하다며 돌아다니고 싶다. 빗자루로 쓸어 버려야 할 만큼 남자가 많다. 바라몬婆羅門[103] 대사제의 반게半偈[104] 의 경이고 반야바라밀般若波羅蜜이고 다 필요 없는 것일까?……. 구더기가 끓고 있다. 내 몸에 구더기가 끓고 있다. 아침부터 물만 마시고 있다. 도둑이 되는 공상을 하고 있다. 누구든 문단속 잘 하시라. 보란 듯이 아주 나쁜 짓을 하고 싶다.

밤. 쇠고기덮밥을 먹고 로토 안약을 샀다.

---

102 이쿠타 슌게쓰(生田春月, 1892.3.12.-1930.5.19)는 일본의 시인. 하인리히 하이네 등 외국문학 번역가.

103 인도의 사종성(四種姓)중 최고의 계급으로 제사를 맡음.

104 설산게(雪山偈) 후반의 2구 즉 '생멸멸이(生滅滅已), 적멸위악(寂滅為楽)'을 말함.

5월 ×일

밤에 우시고메牛込의 이쿠타 조코生田長江[105] 라는 사람을 찾아 갔다. 이 사람은 나병환자라는 말을 들었는데, 그런 건 아무래도 좋았다. 시인이 되고 싶다고 하면 뭔가 길을 알려 줄지도 모른다.

나는 이제 70전밖에 없다. 「청마를 보았다蒼馬を見たり」라는 제목을 붙인 시 원고를 들고 갔다. 떠돌이 무사가 살 것 같은 낡은 집이었다. 전등이 무척 어두웠다. 어떤 귀신이 나올까 하는 생각이 들었다. 방 한쪽 구석에 조용히 있는데, 이쿠타 씨가 안에서 쑥 나왔다. 별 눈에 띨 것 없는 평범한 오시마大島[106] 기모노着物를 입고 있는 야윈 사람이었다. 얼굴 피부만 반짝반짝 빛이 난다. 목소리가 작고 친절한 사람이었다. 아무 말도 하지 않고 원고를 봐 주십사 했더니, 지금 당장은 볼 수 없다고 한다. 나는 70전 밖에 가지고 있지 않았기 때문에 온몸이 뜨거워졌다.

"어떤 사람의 시를 읽었습니까?"

"네, 하이네를 읽었습니다. 휘트먼도 읽었습니다."

고급스런 시를 읽었다는 사실을 이야기해 두지 않으면 안 될 것 같았다. 하지만 사실 하이네도 휘트먼도 지금 내 마음상태로는 만 리는 떨어져 있었다.

---

105 이쿠타 조코(生田長江, 1882.4.21.-1936.1.11)는 일본의 평론가, 번역가, 극작가, 소설가. 니체의 『짜라투스트라는 이렇게 말했다』, 단테의 『신곡』 등 번역.

106 오시마쓰무기(大島紬)를 말함. 가고시마현 남부 아마미군도(奄美群島)의 전통 직물. 혹은 그 직물로 만든 기모노.

"푸쉬킨을 좋아합니다."

나는 서둘러 사실을 말했다.

당신도 병이 들어 비참하기 짝이 없지만 나도 가난해서 비참하기 짝이 없습니다. 사백사병[107] 중에 가난보다 더한 것은 없다고 저희 어머니께서 입버릇처럼 말씀하십니다. 그래서 저는 죽임을 당한 오스기 바에大杉栄[108] 를 좋아합니다.

넓은 방. 어두운 도코노마床の間[109] 에 단면이 하얀 책들이 몇 권 쌓여 있다. 화류樺榴 책상이 하나. 더운 날씨에도 장지문을 닫아 놓았다. 갓이 없는 전등이 무척 어둡다. 멀리 떨어져 앉아 있었기 때문에 이쿠타 씨는 더 말라 보였다. 마흔 정도 되어 보였다.

안심을 하고 이쿠타 슌게쓰라는 사람을 찾아갈 걸 하고 생각했다. 일하는 할멈 같은 사람이 차를 갖다 주길래 벌컥벌컥 마셨다. 병이 든 사람을 모욕해서는 안 된다고 생각했다. 시 원고를 맡기고 돌아왔다. 어떻게든 되겠지. 어쩔 수 없다면 그 뿐.

우에노 히로코지 빌딩들의 일루미네이션이 어두운 하늘에 거품을 쏟아내고 있다. 보탄宝丹 약광고등도 눈이 부셨다. 단팥죽 한

---

107 불교 용어. 인간이 걸릴 수 있는 일체의 병. 인간의 몸은 땅, 물, 불, 바람의 네 가지로 조화를 이루고 있는데 그 조화가 깨지면 그 네 개가 각각 백한 가지의 병을 일으키고 다 합치면 사백사(四百四)가지 병이 된다는 것.

108 오스기 바에(大杉栄, 1885.1.17.-1923.9.16). 다이쇼시대 대표적 아나키스트. 사회주의자. 1912년 『근대사상(近代思想)』 창간. 관동대지진 때 헌병에게 살해당함.

109 일본식 방의 상좌(上座)에 바닥을 한층 높게 만든 곳. 벽에는 족자를 걸고, 바닥에는 꽃이나 장식물을 꾸며 놓음. 보통 객실에 꾸밈.

그릇 나왔어요 라는 탁한 목소리에 끌려 5전짜리 단팥죽 한 그릇을 먹었다.

야시장 불빛이 화려하다. 수중화水中花, 나프탈렌, 멜빵, 러시아 빵, 만능강판, 계란 거품기, 고서점의 빨간 표지의 크로포트킨[110], 파란 표지의 「인형의 집」. 페이지를 팔락팔락 넘기니 짙은 화장을 한 마쓰이 스마코의 무대사진이 나왔다. 장아찌 가게 쇼에쓰酒悦 앞은 수많은 인파가 산처럼 몰려 들고 있다. 인도인이 바나나를 떨이로 팔고 있다. 주산야十三屋라는 빗가게 앞에서 염가사艶歌師[111]가 바이올린을 켜고 있었다. '녹음도 무성한 백양나무의'……〈불여귀ほととぎす〉[112] 의 노래다. 꽤 고풍스러운 노래를 하고 있다. 잠시 멈춰 서서 들었다. 머리를 이초가에시로 묶은 중년 여성이 옆에 서 있었다. 옛날 사세보佐世保에 있을 때 나는 이 노래를 들은 적이 있었다. 뭔가 마음이 끌리는 정겨운 노래다. 염가사가 노래를 해줄 정도의 좋은 소설을 쓰고 싶다. 하지만 소설은 너무 장황해서

---

110 크로포트킨(Pjotor Alekseevich Kropotkin, 1842.12.9.-19212.8). 무정부주의자, 지리학자, 탐험가. 무정부주의자 바쿠닌의 그룹에 참가하여 활동 중 투옥되었다가 탈출하여 외국에 망명했다. 자서전 외에 『러시아 문학의 이상과 현실』(1905), 『상호부조론』(1902), 『청년에게 호소함』 등이 있다.

111 메이지(明治) 말기에서 쇼와(昭和) 초기에 장터에서 바이올린을 켜면서 신작 유행가를 부르며, 노래책을 팔던 사람.

112 도쿠토미 로카(德冨蘆花)의 소설 「두견새」(1898-99) 출현 후 10년 정도 지나 유행한 가요에 구제고등학교 제일고등학교의 기숙사 노래를 차용한 것. 노래 가사는 '녹음도 무성한 백양나무 그늘을 오늘밤 거처로 삼고 사랑하는 아내와 단 둘이 서로 울며 위로하며 헤어진 지 한 성상 그 때 아내는 내 두 손을 꼭 잡고 고개를 숙이며 어서 돌아오라고'임.

번거롭다. 루바시카를 입고 앞에서 끈을 길게 묶고 있는 염가사의 각진 얼굴이 『문장구락부』에서 본, 무로 사이세이室生犀星[113] 라는 사람하고 비슷하다.

골목으로 들어가서, 목욕을 하고 돌아온 아래층 아주머니를 만났다. 아주머니는 밤에 빨래를 널고 있었다.

"방세 좀 어떻게 좀 해 봐요. 정말 힘들어서요."

네네, 저도 정말 힘들어요, 사실 나도 계속 고생을 하고 있어요 라고 말하고 싶었다. 내일은 다마노이玉の井[114] 에 몸이라도 팔러 가야 하나 라고 생각했다.

5월 ×일

땅속의 벌레들이 울고 있다. 사륵사륵 소리를 내며 푸른 잎들이 싹이 트는 느낌이다. 한밤중이다. 유부초밥 장수가 온다. 그 목소리가 가까워졌다가 다시 멀어져 간다. 유부초밥은 맛있겠지? 달콤짭쪼름한 유부 속에 꽉 찬 밥. 국물이 흐를 것 같은 촉촉한 박나물. 아래층에서는 놀음이 시작되었다.

물고기 뼈의 뼈

흐르는 물에 뚝뚝 방울져서 이슬을 떨어뜨리는 강가의 풀

---

113 무로 사이세이(室生犀星, 1889.8.1.-1962.3.26)는 일본의 소설가이자 시인. 서정시를 중심으로 한 아름다운 작품 세계로 유명. 『사랑의 시집(愛の詩集)』, 『아니이모우토(あにいもうと)』, 『안즛코(杏っ子)』.

114 전쟁 전부터 1958년 매춘방지법 시행 때까지 도쿄 무코지마구(向島区)에 있었던 사창가.

물고기 뼈의 뼈

고사리색 구름 사이로 뜬 재

강물 속에서 안녕하세요 하는 인사

답답할 민悶이라는 글자 여자의 글자

민은 허벅지 사이에 있네

나긋나긋 냄새가 나는 허벅지 속에 있네

민이라는 글자여

물고기 뼈의 뼈

활을 쏘아 받치는 일필—筆

물고기 뼈의 뼈

다시 돌아오는 정애情愛

근심 수愁라는 글자 그 글자

천하의 모든 사람들이 입에 담는

뱃속에 있는

근심의 바다에 가라앉는 배舟여

일체의 무아無我!

○

이 거리에 여러 종류의 사람들이 모여든다

굶주림으로 타락하는 사람들

위축된 얼굴 병든 육체의 소용돌이
하층계급의 쓰레기통
천황폐하는 미치셨다고 한다
병들어 앓고 있는 사람들만 모여 있는 도쿄!

더 한층 무시무시한 바람이 분다
아아, 어디서 불어오는 바람인가!
정사情事는 만연하고 곰팡이가 슨다
아름다운 사상이라든가
선량한 사상이라는 것은 없다
두려움에 떨며 살고 있다
모두 무엇인가 두려워하고 있다

틈새로 보이는 창백한 천사
불가사의한 무한……
신비하게도 폐하는 미치셨다고 한다
빈약한 행위와 범신론자의 냄비
끊임없이 모여드는 사람들
무슨 일인가 저지르러 오는 사람들의 무리
거리의 커다란 시계도 미쳐서 고장 나기 시작했다

5월 x일

비.

위고의 「비참한 사람들」을 읽었다. 나폴레옹은 영웅이고 배경이 되는 워털루[115]가 바로 눈에 선하게 떠오를 만큼 훌륭한 사람이라고 생각했지만, 공화국을 홱 뒤집어 나폴레옹제국을 수립한 모순이 이상하게 마음에 걸린다. 그런 세상에서 단 한 조각의 빵을 훔친 남자가 19년이나 감옥에 들어가 있었다는 것도 신기하다. 단 한 조각의 빵 때문에 19년이나 감옥살이를 한 사람도 사람이고 그런 세상도 세상이다.

막과자집에 가서 1전에 엿을 다섯 개 사 왔다. 거울을 본다. 사랑스러웠지만 아무 소용이 없다. 갑자기 기름을 바르고 머리를 빗어 본다. 열흘도 넘게 머리 손질을 하지 못해서 두피가 너무나 화끈거리고 가려워서 어찌 해야 할지 몰랐다. 다리가 퉁퉁 부었다. 구멍이 뚫렸다. 보리밥을 잔뜩 먹었으면 좋겠다. 잔뜩 먹는다는 것이 문제다. 잔뜩 말이다.⋯⋯

나폴레옹 같은 전술가가 태어나서 이 사람 저 사람에게 10년 이상 감옥살이를 하게 했다. 인민은 마치 주판알 같다. 불행한 나라여. 아침부터 밤까지 하루 종일 먹는 것만 생각하는 것도 슬픈 삶이다. 대체 나는 누구란 말인가? 무엇이란 말인가? 어째서 살아서 움직이고 있단 말인가?

삶은 계란이 날아온다

---

115 벨기에의 워털루. 1815년 이곳에서 있었던 워털루 전투(Battle of Waterloo)에서 나폴레옹 1세는 영국, 네덜란드의 연합군 및 프로이센군을 맞아 격전하였으나 패하여 운명을 다했다.

붕어빵이 날아온다

딸기잼이 날아온다

호라이켄蓬萊軒의 중화메밀국수가 날아온다

아아, 메밀국수 가게 국물이라도 공짜로 먹고 올까? 위고 씨를 팔기로 했다. 50전 받기도 힘들 것이다.……

양심에 필요한 만큼의 만족을 퍼올려야 하나. 식욕에 필요한 만큼의 돈을 마련하여 살아가기에도 바쁘다. 나폴레옹제정 하의 천재에 대해. 어느 약장수가 군대를 위해 골판지로 된 신발밑창을 발명했고 그것을 가죽으로 속여 팔아서 일 년에 40만 루블을 벌었다고 한다. 어느 승려가 그저 콧소리만 내서 대주교가 되었고, 행상인이 대부업을 하는 여자와 결혼하여 7,8백만원의 돈을 벌었다. 19세기 중엽 프랑스의 어느 수도원은 해를 향하는 올빼미에 지나지 않는다고……세 번의 혁명을 거쳐 파리는 다시 희극의 연속.

나는 오늘 이제 이 위대한 위고의「레미제라블」과 헤어져야 한다.

천재는……이 작은 일본에는 없다. 미치광이가 있을 뿐. 아무도 천재를 본 사람이 없다. 천재는 사치품 같은 것이다. 일본인들은 미치광이만 봐 와서 장사를 지내는 것 밖에 할 줄 아는 게 없다.

가여우셔라. 미쳤다는 폐하도 실은 천재일지도 모른다. 칙어勅語를 둘둘 말아 안경처럼 눈에 대고 신하들을 보셨다는 전설이 있지만, 가엾은 폐하여. 당신은 슬픈 만큼 정직한 천재입니다.

하루 종일 비가 내린다. 엿하고 말린 다시마로 이슬 같은 목숨을 이었다.

5월 x일

「청마를 보았다」가 이쿠타 씨에게서 되돌아왔다. 햇볕에 쬐였다. 햇빛을 받자 종이는 바로 둘둘 말아올려졌다. 시는 죽음과 통한다고 하던가요. 그래요, 대답이 없는 것은 비겁한 일……

『소녀少女』라는 잡지에서 원고료 3엔을 보내 주었다. 반 년이나 전에 가지고 갔던 원고 10장. 제목은「콩을 보내는 역의 역장님 豆を送る駅の駅長さん」. 한 장에 30전이나 받다니. 나는 세계에서 제일 부자가 된 기분이었다. ——시집 같은 것 아무도 쳐다도 안 본다.

방세 2엔을 넣어 주었다. 아주머니는 갑자기 싱글벙글한다. 편지가 와서 도장을 찍는 것은 축제처럼 중대한 일이다. 서푼짜리 도장의 효용성. 살아 있는 것도 그렇게 나쁘지만은 않다. 갑자기 힘이 나서 부지런히 동화를 썼다. 귤상자에 신문지를 바르고 압정으로 보자기를 고정. 상자 안에서는 텍스 잉크도 위고도 질냄비도 생선도 모두 같이 동거. 쥐노래미를 한 마리 샀다. 쌀도 한 되 샀다. 목욕도 했다.「돼지 임금님」,「빨간 구두」모두 6장 씩. 목욕을 하고 나서인지 피부에서 비누 냄새가 폴폴 난다. 비누 냄새를 맡고 있자니 어쩐지 프랑스라는 나라에 가 보고 싶은 생각이 들었다. 일본보다는 살기 좋은 곳은 아닐까?……꿈에 나올 만큼 동경을 하고 있어 봤댔자 소용이 없다. 고양이가 기차를 타고 싶어 하는 심정과 같은 것 같다.

내 펜은 이상한 펜. 나는 지도 같은 것을 그려 보았다. 우선 조선까지 건너가고, 그리고나서 하루에 30리씩 가면 며칠째 되는 날 파리에 도착할까? 그 동안 먹고 마시지 않으면 안 되니까 일을 해야 한다.

좀 피곤해졌다. 밤에 쥐노래미를 구워 오랜만에 밥을 먹었다. 평화로운 기분이 되었다.

5월 x일

비릿한 바람이 분다
녹음이 싹터 온다
동틀 무렵 환해져 오는 거리가
석유색으로 빛나고 있다
고요한 5월의 아침

많은 꿈들이 뭉게뭉게 피어오른다
두개골이 웃는다
수인도 관리도 애인도
지옥문으로 갈 때는 다 같은 길동무
모두 서로 괴롭히면 된다
서로 책망하면 된다
자연이 인간의 생활을 정해 주는 것이지
그렇죠, 그런 거죠?

꿈속에서 전혀 모르는 사람을 만났다. 숙소 침상의 하얀 시트 위에 두개골 남자가 누워 있다. 나를 보자마자 손을 잡아끈다. 나는 조금도 무서워하지 않고 옆으로 가서 누웠다. 나는 색을 쓰기까지 했다. 잠이 깨자 불쾌했다. 침상 안에서 시를 썼다.

낫토 장수 아주머니가 지나갔다. 허둥지둥 낫토 장수 아주머니를 2층에서 불러 세우고 아래층으로 내려가니, 비가 갠인 탓인지 길이 석유색으로 빛나고 있다. 아직 아침 잠에서 깬 집이 별로 없다. 참새들만 바쁘게 석유색 길에 내려 앉아 놀고 있다. 어디에선가 비둘기도 찾아왔다. 밤꽃 향기가 진하게 풍겨 왔다. 낫토에 겨자를 넣어 달라고 해서 샀다.

나는 이제 내 자신만 생각하기로 되었다. 가족이 있는 따뜻한 가정이라는 것은 몇 십만 리나 멀리 떨어진 남 이야기이다. 마음 속으로는 하느님을 증오했다. 마음 편히 죽어 버리고 싶다고 입버릇처럼 이야기하는 여자가 있다. 그것이 나다. 실은 죽고 싶지 않지만, 나는 마치 토끼가 한숨 자는 것처럼 죽고 싶다는 말을 마음 편히 해 본다. 그렇게 하면 어쩐지 마음이 후련해진다. 마음이 후련해지는 것은 가장 돈들이지 않고 유쾌해 지는 일이다.

죽겠다는 말을 하면 금방 슬퍼지면서 왠지 참잡한 마음이 든다. 무엇이든 할 수 있는 듯한 기분이 든다. 용감하게 머리가 풍선처럼 부풀어오른다.

낮에 『요로즈초호万朝報』에 갔다. 담당자가 아직 오지 않았다고 해서 회사 앞에 있는 작은 밀크 홀에서 우유를 한 잔 마셨다. 인력거가 지나간다. 자동차가 지나간다. 자전거가 지나간다. 붉은 칠을 한 상자를 산더미처럼 어깨에 메고 메밀국수장수가 지나간다. 햇볕이 쨍쨍 내려쬐는 거리를 보고 있노라니,「폐가 노래한다」는 시를 들고 돌아다니는 내 자신이 싫어졌다. 아무도 모르는 곳에서 혼자서 발버둥칠 필요는 없다. 무엇보다도 대단히 졸작으로, 지금 세상에 폐 같은 거 아무도 신경 쓰지 않는다.……공기를 빨아들이는 거 아무래도 상관없는 것이다.

아아, 돈만 있으면 천 페이지 되는 시집을 출판하고 싶다. 친구도 없고, 돈도 없다. 단지 새끼거북이처럼 꾸역꾸역 양지쪽을 찾아 돌아다닐 뿐이다. 마치 나는 거지처럼 불쌍하다. 아무도 은혜를 베풀어 주지는 않는다. 상대도 해 주지 않는다. 아아, 와하고 아름다운 경치에서 돈다발이라도 떨어지지 않을까? 천 페이지 되는 시집을 낼 거야! 제목은 '남자의 뼈'. 제목은 더 잔혹해도 괜찮다.

이름도 없는 여자의 시 같은 거 사 주지 않아도 된다. 곧 천 페이지 되는 시집을 출판할 거야. 마치 불단처럼 번쩍 번쩍 하는 시집! 덕지덕지 예쁜 그림을 집어넣고 덤으로 하나 더 시집용 오르골도 끼워서 아름다운 소리 안에서 시가 튀어 나오는 식으로……기상천외한 시집을 내고 싶다. 어딘가 호색한 부자 신사 없을까? 천 페이지 되는 시집을 내 주면 나는 알몸으로 물구나무를 서 줄 수도 있다.

신문사에 갖다 돌아오는 길은 항상 슬프다. 넓은 사막에서 길을 잃은 것처럼 의지가지 할 데 없는 막막함. 바람이 휭휭 부는 가운데 나 혼자 돌아다니는 느낌이다. 귀신이라도 괜찮으니까 누군가를 만나고 싶다. 떨려온다. 걸으면서 울고 있다. 눈물이란 것은 신기한 것이다. 그저 미적지근한 물, 몹시도 마음이 저려 오는 물, 사람의 정처럼 위로해 주는 물, 과장의 물. 걸으면서 울면 정말 편하다. 바람이 바로바로 말려 준다. 손수건도 필요 없다. 소매도 더럽히지 않는다.

나베초鍋町의 문방구에서 하도롱지[116]로 된 봉투를 샀다. 우체국에서 봉투 겉에 주소를 쓰고 「폐는 노래한다」를 아사히신문사에 보냈다. 어떻게든 되겠지 하는 공상을 할 만큼 용기를 냈다. 울면서 돌아다녀서 볼이 땡기는 느낌이다. 향기가 좋은 문학적 크림은 없을까? 오랫동안 크림도 분도 바른 일이 없다. 과일가게에는 체리가 한창이다. 한 소쿠리에 10전. 아사쿠사에 갔다.

온통 식료품점만 눈에 들어온다. 효탄연못 근처에서 삶은 달걀 두 개를 사 먹었다. 함순의 「굶주림」이라는 소설이 생각났다. 대낮부터 훤하게 켜진 일루미네이션과 악대, 화려한 여러 가지 깃발. 오페라, 활동사진, 나니와부시浪花節 3관 공통 10전. 이곳만은 대만원의 성황이다.

---

116 갈색의 질긴 양지의 일종. 원어는 네덜란드어 patroonpapier.

나는 갑자기 배우가 되고 싶어졌다. 하얀 망토를 걸친 이반 모주힌[117]. 상당히 괜찮은 남자다. 디스템퍼로 그린 것으로 이반 모주힌은 좀 교태를 부리고 있다. 활동사진은 오랫동안 본 적이 없다. 달걀 트림이 나온다.

우체국에서 부친 시는 아직 배달이 안 된 것 같다. 취소를 하러 가고 싶어졌다. 시를 쓴다는 것이 인생에 무슨 필요가 있을까?…… 빨리 정리가 되길. 아무 할 말이 없다. 무심한 하늘은 한없이 파랗다. 나는 밤이 좋다. 나는 밤처럼 빨리 나이를 먹고 싶다. 빨리 서른이 되고 싶다. 장의사집 마누가가 되어 향냄새가 나는 밥을 먹게 될지도 모른다. 아니면 젊고 가난한 외과의 학생과 동거를 하다가 살아 있는 채로 해부가 되어도 괜찮다. 나는 세상이 고달퍼졌다. 뱃속을 열십자로 갈라서 창자를 다 집어내면 구더기가 열을 지어 간다고 해도 당연하다. 나는 어차피 수렁에서 태어났으니까. 불쌍히 여길 필요도 없다. 어디에나 흔히 있는 여자다. 훔쳐 먹는 것을 좋아하며 비극을 좋아하고 고상 떠는 사람은 질색이고…… 하지만 고상을 떠는 사람도 여자하고 잠은 자지 않나? 같은 말이지만, 의식주가 충족되면 제일 먼저 품격이 필요해진다.

---

117 이반 모주힌(Ivan Mosjoukine, 1889.9.26.-1939.1.18)은 러시아 제국, 프랑스의 배우이자 각본가. 작품에 「스페이드의 여왕」(1916), 「악마의 총아」(1929) 등.

아사쿠사는 좋은 곳이다. 모두가 있는 대로 흥분상태다. 온몸에 활기가 가득하다. 일루미네이션이 점점 또렷해진다. 누구나 공통으로 자연스럽게 마음이 가는 곳. 삼각형 산모양으로 잔뜩 퍼담은 노란색 5전짜리 아이스크림! 아아, 차가운 아이스크림! 그 옆은 질그릇가게. 오뎅집에서는 접시만큼이나 큰 동그랑땡을 집어 먹고들 있다.

십자가를 긋는 방법은 잘 모르지만, 아아 하느님 하고 기도를 하고 싶어졌다. 전심 전령을 다 받쳐서 여호와여. 푸시킨은 품격이 있는 시만 썼다. 그리고 사람의 영혼을 황홀하게 한다. 내 시는 너무 고약하다. 사람들은 모두 자신을 사랑한다. 누구라도 모두 자신에게 반한다. 다른 사람은 보이지 않는다. 그래서 내가 아무리 먹고 싶다는 시를 써도 안 되는 것이다. 몸은 완전히 녹초가 되었고, 빨래비누도 없다.

집으로 돌아가고 싶은 생각도 없다. 밤새도록 아사쿠사를 돌아다니고 싶다. 가네쓰키도鐘撞堂 뒤에 작은 여관들이 즐비하다.
"당신 남자 없어?"
혼자 멍하니 돌아다니고 있는 내게 여관 지배인이 말을 붙였다.
"열일고여덟 됐나?"
나는 우스워졌다. 아사쿠사에 밤이 왔다. 모두 반짝반짝 빛이 나며 활기를 띠고 있다. 악대 소리가 울려퍼진다. 바람은 정말로 시원하고 내 젖가슴은 한 관은 되는 것처럼 무겁다. 감성이 미쳤다. 한 번 보고 이 아가씨 재밌네 라는 표정이다. 야스기부시安来節[118] 간판에 기대어 잠시 쉬었다. 몹시 밝고 활기찬 분위기로 바닥을 쿵쿵 딛는 소리, 피리를 불어대는 군중들. 으랏차차 목청을 높이는 합창. 일본의 노래는 원시적이고 육체적이다. 잔뜩 상기되어 있다. 모든 것이 상기되어 흥분하고 있다. 축제 때 깃발이 올라가는 것처럼 상기되어 있다. 점잖은 바지를 입는 것이 싫어서 시타오비下帯[119] 한 장 두르고 돌아다니고 있다. 원래는 원시민족이지만 좀 나쁜 물이 들어서 화상을 입은 것이다.

대수롭지 않은 화상이야. 그러니 연고를 발라 처치하면 될 거야.…… 고뇌를 내세워 봤자 어차피 거짓된 문명. 첫째 빛나는 일루미네이션이 무자비하다. 거죽을 벗겨 속속들이 들여다보이게 하는 이상한 빛이다. 미인이 전혀 미인으로 보이지 않는다. 불빛으로 빛나는 하늘, 숨막히는 광채 속에서 사람들은 밀치락달치락하고 있다. 나도 밀치락달치락하고 있다.

그래 역시 일본은 황금의 섬!

1924년

---

118 시마네현(島根県)의 민요로 '미꾸라지춤(どじょう踊り)'이라는 우스꽝스런 춤을 포함하는 종합민속예능. 다이쇼시대에 전국적으로 인기.
119 음부를 직접 가리기 위하여 따로 허리에 두르는 천.

십자성

7월 ×일

산처럼 두꺼운 노트는 없을까? 베개처럼 두꺼운 노트. 머릿속에 쌓여 있는 모든 것을 잔뜩 채워 넣고 도망치지 못하게 하고 싶다. 어머니, 사생아는 기죽지 않아요. 아무리 집안이 좋아도 영락하여 처량한 신세가 되는 귀족도 있어요. 귀족이란 고작 문장紋章[120]에 불과해요. 접시꽃 문장이 훌륭하다고 하지만 나는 역시 국화나 오동 문장이 좋아요.

나는 부러진 연필처럼 픽 누워 잔다. 세상은 여러 가지 일로 떠들썩하다. 주니소十二社의 연필공장 물레 소리가 드륵드륵 귀에 울린다. 상쾌한 바람이 불고 있는데, 나는 방바닥에 누워 뒹굴거리고 있다. 그저 멍하니 슬퍼할 뿐. 실은 죽고 싶은 마음이 조금도 없으면서 그 사람에게 죽을지도 모르겠다는 편지를 쓰고 싶어졌다. 전

---

120 '문장(紋章)'이란 귀족의 가문(家紋). 접시꽃은 도쿠가와 이에야스(德川家康)의 가문으로 이에야스가 천하통일을 했을 때의 권위를 상징. 오동나무 문장은 도요토미 히데요시(豊臣秀吉)의 가문으로 정권을 상징. 국화문장은 천황, 황실의 가문.

혀 죽고 싶지 않으면서도 죽고 싶다고 생각하는 적도 있다. 공상이 코끼리처럼 부풀어오른다. 코끼리가 물에 불어 비틀비틀 기어서 돌아다닌다.

어디에서인가 연어를 굽는 냄새가 난다. 그 사람이 달려와 줄 수 있게 긴 편지를 쓰고 싶지만 종이도 없고 잉크도 없다. 신주쿠 고슈야甲州屋 진열장에 있는 만년필이 전봇대처럼 불쑥 눈에 떠오른다. 2엔 50전이었던가? 종이는 매끈매끈한 것이 자유자재라서 좋지만 이쪽은 빈털터리. 아아, 탐욕스럽지 않은가?

매미가 시끄럽게 울어 댄다. 방안을 둘러보았다. 도코노마도 없고, 책장도 없고 옷장도 없다. 이 더운 날씨에 어머니는 아직도 플란넬 옷을 입고 있다. 많이 입어 바랜 플란넬 옷을 입고 아까부터 양배추를 사각사각 썰고 있다. 방 한쪽 구석에 판자때기를 놓고. 정말로 아름다운 모습이다. 우리는 양배추만 먹고 있다. 소스를 뿌려서 고기도 없이 양배추를 먹고 있다. 그것은 그러니까 빈껍데기 같은 요리이다. 꿈속에서 일어난 일이다. 하얀 밥그릇도 본 적이 없다. 생선은 물론이다. 생선가게 앞을 눈을 감고 숨을 죽이고 지나간다. 쥐놀래미에 도미에, 고등어에, 벤자리에 다랑어 신사. 프랑세 마마이[121] 라고 해서 가끔 나한테 이야기를 하러 오는 피리부는 할아버지가, 아아 도데라는 양반은 돈이 아쉽지 않았던

---

121 알퐁스 도데의 소설 「방앗간 소식」의 피리 부는 할아버지의 이름.

소설가지? 라고 한다. 「방앗간 소식」은 사치스럽기 짝이 없는 이야기라 주니소의 지저분한 방앗간하고는 전혀 다를 것이다. 하이쿠俳句라도 지어 보고 싶지만 아무래도 센류川柳[122] 처럼 되어 버린다. 바람만 불어도 하이쿠를 짓고 싶어진다. 매미소리만 들어도 아아 하고 한숨이 섞여 나온다.

자, 이제 슬슬 시간이 되었다. 가구라자카神楽坂 야시장에 장사를 하러 갔다. 와라다나藁店의 이발소 주인이 덧문을 빌려 도미구이집 옆에 가게를 냈다.

7월 x일

아침부터 비.

어쩔 수 없이 어머니와 목욕탕에 갔다. 기모노를 벗자 기운이 났다. 페인트로 그린 후지산 그림이 장막을 친 것 같다. 소나무가 네다섯 그루 있고 그 옆에 가오花王의 비누 광고. 배가 산더미 같이 나온 못 생긴 아주머니 하나가 거울 앞에서 콧노래를 부르고 있다. 어째서 저렇게 배가 마구 나오는 것인지 나로서는 이해가 안 된다. 어쩌다 배가 저렇게 되었을까? 그래도 보고 있자니 아주 귀엽다. 둥그런 배에 몇 번이고 물을 끼얹는다.

---

122 하이쿠(俳句)는 일본의 5·7·5의 3구(句) 17음(音)으로 되는 단형(短型)시. 센류는 하이쿠와 음수율은 같지만 계절어와 같은 형식적 제약이 없다.

창밖에서는 누군가 휘파람을 불며 지나간다. 새아버지는 홋카이도에 가고나서 감감 무소식. 일이 좀처럼 뜻대로 되지 않는 모양이다. 나도 휘파람을 불어 보았다. '아! 그대였던가, 파티 속에서.'[123] 그리운 여학교 시절이 문득 머리에 떠올랐다. 다카라즈카宝塚[124] 가극학교에 가 보고 싶었던 적도 있었다. 시골로 떠도는 배우가 되고 싶은 적도 있었다. 첫사랑이었던 사람은 동급생 간호사와 결혼을 해 버렸다.

여기에서 오노미치까지는 몇 천 리나 떨어져 있다. 마치 버러지 같은 인생이다. 도쿄에는 좋은 일이 잔뜩 있을 것 같았는데 실은 아무것도 없다. 벌거숭이가 되어 있을 때가 가장 행복하다.

어머니는 개수대 한쪽에서 웅크리고 빨래를 하고 있다. 나는 욕조에 몸을 턱까지 담그고 휘파람을 불고 있다. 알고 있는 노래를 다 불러 본다. 나중에는 아무렇게나 곡조를 붙여 분다. 아무렇게나 부는 게 더 느낌이 좋고 애절한 기분이 든다. 어젯밤 읽은 유진 오닐[125] 의 「밤으로의 긴 여로(Long Day's Journey into Night)」 속의 이반, 너 그 에미나 만나고 싶어서 웅얼거리고 있는 거지, 그런 주제에 에미나가 찾아오면 너 돼지우리에 있는 돼지처럼 투덜거리는

---

123 베르디의 오페라 『춘희』의 비올렛타가 귀족 알프레도를 사랑하는 마음을 표현한 아리아 〈아! 그대였던가〉의 일부.

124 한큐(阪急) 전철이 운영하는 여성으로만 이루어진 일본의 가극단.

125 유진 오닐(Eugene O'Neill, 1888.10.16.-1953.11.27). 미국의 극작가. 「지평선 너머」(1920), 「느릅나무 그늘 밑의 욕망」(1924), 「밤으로의 긴 여로」(1933). 1936년 노벨 문학상 수상.

거지 라는 장면이 생각났다. 나는 이제 아가씨는 아니지만 뭔가 아가씨 같은 기분이 든다.

밤에 거센 비바람이 불었다. 전깃불을 낮게 해 놓고 작은 주판을 튕긴다. 아무리 주판알을 튕겨 보아도 돈이 나오지는 않는다. 어머니는 연필을 핥으며 장부를 정리. 아무리 주판알을 튕겨도 원래 본바탕이 멍하고 들떠 있어서 그런지 전혀 계산이 되지 않는다. 계속해서 틀린다. 그래도 단 한 명의 육친이 곁에 있는 것은 온기가 느껴져서 좋다.

하나花 짱, 네에⋯⋯나는 목이 길다. 목이 길어서 아무데나 자유자재로 목을 돌릴 수 있다. 기름도 핥을 수 있고 남자도 핥을 수 있다.[126]

8월 × 일

만세바시万世橋 역에 갔다. 빨간 벽돌로 된 지저분한 건물. 히로세広瀬 중령[127] 동상이 비를 맞고 있다. 만소万惣[128] 과일가게의 새빨간 수박이 눈에 들어왔다. 나는 역 입구에서 하얀 손수건을 들고 서 있기로 했다. 어떤 남자가 내 어깨를 두드릴지는 모른다. 후타

---

126 일본어 'なめる'는 '핥다'는 뜻도 있고 '얕보고 덤빈다'는 뜻도 있다.
127 히로세 다케오(広瀬武夫, 1868.7.16.-1904.3.27). 해군 군인. 러일전쟁에서 공훈을 세워 '군신(軍神)'으로 신격화됨.
128 히로시마현에 본사가 있는 수퍼마켓 체인.

바극단双葉劇団 지배인은 어떤 모습을 하고 전차에서 내릴까?

오래된 연못 개구리 뛰어드는 물소리 풍덩古池や蛙かわず飛び込む水の音.[129] 나는 그 개구리다. 일이 없어서 오래된 연못에 풍덩 뛰어드는 것이다. 힘이 들 것이라는 것은 생각하면 안 된다. 그저 풍덩 뛰어들 뿐이다.

안경을 쓴 키가 큰 남자가 내 앞을 지나가더니 다시 핵 뒤돌아섰다. 자신 만만한 차림.

"광고를 보고 온 사람?"

"네, 그래요."

그 남자는 걷기 시작했다. 나도 개처럼 그 남자 뒤를 따라갔다. 설마 나를 밤에 장사를 하는 그렇고 그런 여자로 생각하는 것은 아니겠지. 나는 오늘은 깜짝 놀랄 만큼 하얗게 분칠을 하고 나왔다. 갓 상경한 시골처녀의 그림이다. 빗속을 걸어 스다초須田町까지 가서 작은 밀크 홀에 들어갔다. 이 남자도 별로 돈이 없는 것 같았다. 후타바극단이라는 것은 시골을 돌아다니는 극단이라고 한다. 여배우가 적어서 지금 당장이라도 연습을 해도 된다고 했다.

가슴포켓에서 하얀 손수건이 삐어져 나와 있다. 뭔가를 잊은 듯한 희미해 보이는 얼굴이다. 직감적으로 싫은 느낌이 팍 온다. 어떤 일을 하더라도 상관이 없기는 한데 이런 남자한테 속는 것은 질색이다. 샐러리는 일하기 나름이라지만, 나는 문밖으로 내리는

---

129 마쓰오 바쇼(松尾芭蕉)의 하이쿠.

비만 바라보았다.

5전짜리 우유 두 잔을 얻어 먹었다. 나는 우유를 굳이 애써 마시고 싶지는 않다. 갓 튀겨낸 커틀릿이 먹고 싶다. 내가 이력서를 내밀자 그 남자는 담배를 피워 지저분한 손가락으로 쫙 펼쳐 보고는 주머니에 집어넣었다. 이 남자는 이력서보다 내 몸이 필요한지도 모르겠다.

보일로 된 유카타에 우산을 든 초라한 여자의 모습은 이 남자한테는 오히려 좋은 상대일 것이다. 간다의 미사키초三崎町의 호텔에 사무실이 있다고 해서 따라가 보았지만, 인사를 나온 식모는 손님은 처음이라는 표정이다. 사무실이란 것은 공상 속 사무실. 아무것도 없는 방이 이상하게 불안정해 보이는 분위기다. 그 남자도 거짓말만 해서 나도 거짓말만 했다. 세상은 제법 재미있지 않은가?

연필 공장의 물레 소리가 드륵드륵 귀에 들어왔다. 어떤 연극을 해 보고 싶냐고 하길래, 「사라야시키皿屋敷」[130]의 오키쿠라는 역, 「돈도로대사どんどろ大師」[131]의 오유미おゆ 그리고 카튜샤 같은 것을 열거해 보았다. 아름다운 막이 보인다. 손님이 문을 두드린다. 뭣하면 2층에서 편지를 읽는 오카루お軽도 상관없다. 기쿠지로菊次郎라는 여자역을 하는 아름다운 모습을 기억하고 있기 때문에 내 공상은 자유자재로 펼쳐졌다. 기쿠지로도 마쓰스케松助도 사단

---

130 사라야시키(皿屋敷)란 오키쿠(お菊)의 망령이 우물 속에서 매일 밤 '한 장, 두 장…'하며 접시를 세는 정경이 나오는 괴담의 총칭.
131 초연은 1902년 8월.

지_{左団次}도 이 남자는 아무것도 모른다. 같이 놀고 싶다고 했지만, 나는 이제 연극을 하는 기분이 들어 마음이 내키지 않아서 싫다고 하고 자리를 떴다.

갑자기 놀고 싶다니 이상하지 않은가 하며 서둘러 아래층으로 내려오니, 식모가, "아유, 메밀국수가 왔어요."라고 했다. 메밀국수가 담긴 붉은 옻칠을 한 둥근 소쿠리가 겹쳐져 있었지만, 생긋 웃고는 밖으로 나왔다. 우산을 쓰는 것도 잊고 비를 맞으며 돌아다녔다. 덜커덩 거리는 기차 소리만 들린다. 사방팔방 전차의 신음소리다.

유감스럽게도 붉은 옻칠을 한 메밀국수 소쿠리가 눈에서 떠나지 않는다. 그 남자는 메밀국수를 네 소쿠리나 먹을까? ……메밀국수가 먹고 싶다.

'항간에 비가 내리는 것처럼' 하며, 어디에서인가 누군가 노래를 불렀다. 묵직한 비. 싫은 비. 불안해지는 비. 윤곽이 없는 비. 공상적이 되는 비. 가난한 비. 밤에 장사를 할 수 없게 하는 비. 목을 매고 싶게 만드는 비. 술을 한 되 정도 벌컥벌컥 마시고 싶게 하는 비. 여자라도 술을 먹고 싶어 하는 비. 흥분을 하게 하는 비. 사랑을 하고 싶게 하는 비. 어머니 같은 비. 사생아 같은 비. 나는 빗속을 정처 없이 걸었다.

8월 ×일

근심을 담은 입안의 노래는
노래가 되지 않는구나 연기조차도

긴 줄 속에 서 있자니, 여자라는 것은 깃발처럼 바람에 날리게 된다. 결론부터 말하자면 이 긴 줄 속에 있는 여자들도 그저 잘 먹고 살 수만 있다면 이런 줄을 서지 않아도 될 것이다. 뭔가 일자리를 원한다는 사실 하나로 묶여 있는 것에 지나지 않는다.

실업은 정조가 없는 여자처럼 사람을 피폐하고 황폐하게 만든다. 단돈 30엔의 월급을 받을 수 없다니 대체 어찌된 일인가? 5엔만 있으면 아키타秋田 쌀 한 되를 살 수 있다. 꼬들꼬들 갓 지은 밥에 단무지를 얹어서 말야. 그게 바램의 전부지. 어떻게든 안 될까?

줄은 조금씩 줄어들고, 웃으며 나오는 사람, 실망하며 나오는 사람. 문 앞에 서 있는 우리들은 조금씩 초조해진다.

야채도매상에서 단 두 명의 여사무원을 뽑는데 백 명 정도 되는 사람들이 죽 늘어서 있다. 드디어 내 차례가 되었다. 이력서를 살펴보고는 먼저 인품과 몸가짐, 용모 등으로 결정을 한다. 잠시 세워 두더니 엽서로 통지를 해 주겠다는 대답. 이런 일은 늘 있는 일이라 익숙한 일이지만 참 재미없다. 불행한 신세라는 생각이 든다. 눈에 띄게 아름답다면 그것만으로 멋진 일일 것이다. 나에겐 아무 것도 없다. 그저 튼튼한 몸이 있을 뿐.

살아 있고 그래서 뭔가 생활을 하며 살아간다고 하는 인간의 소중한 삶이 늘 무참한 실패뿐이다. 타락을 하기에 딱 좋은 맞춤형 인생. 고용주는 비할 데 없는 형안을 가지고 있다. 이런 여자는 써 주지 않을 것이다.

하지만 만약 고용을 해 주어서 월급을 30엔이나 받을 수 있다면 피눈물을 토하면서라도 열심히 일하고 싶은데…… 이제 날씨가 좋은 날을 봐 가며 밤에 시장에서 장사를 하는 것은 싫어졌다.

정말 싫다. 흙먼지를 잔뜩 들이마시며 눈 앞에 서 있는 사람들을 살짝 올려다보며 웃는 짓은 지긋지긋하다. 비굴해진다. 나는 우선 아무래도 넓은 러시아에 가고 싶다. 남편 바린[132]. 남편 바린. 확실히 러시아는 일본보다 훨씬 클 것이다. 여자가 적은 나라는 얼마나 좋을까?

잉크를 사서 돌아왔다.
어떻게든 만나 뵙고 싶습니다
돈이 있었으면 좋겠습니다
단돈 10엔이라도 괜찮습니다
마농 레스코와 유카타와 나막신을 사고 싶습니다
중화메밀국수 한 그릇 먹고 싶습니다
가미나리몬雷門의 스케로쿠助六[133]를 들으러 가고 싶습니다

---

132 러시아어 'барин'의 발음. 귀족, 특권계급의 사람, 땅 임자, 주인의 뜻.
133 가부키 18번의 하나이자 나가우타(長唄).

조선이든 만주든 일을 하러 가고 싶습니다
단 한 번이라도 뵙고 싶습니다
정말로 돈이 있었으면 좋겠습니다

편지를 써 보았지만 아무 소용이 없다. 그 사람에게는 이미 아내가 있다. 다만 위로 삼아 노래 가사를 적어 볼 뿐.

밤.
잠이 오지 않아 불을 켜고 너덜너덜해진 유진 오닐을 읽는다. 집주인 목수장이가 밤새도록 도르래를 돌리며 장난감 팽이를 만들고 있다. 누구라도 밤낮으로 일을 하지 않으면 먹고 살 수 없는 세상이 되었다. 모기 때문에 짜증이 났지만 모기장이 없이 살고 있기 때문에 접시에 톱밥을 태워서 방안에 연기가 자욱하다. 그래도 모기가 있다. 튼튼한 모기다. 귀찮은 모기다. 어머니에게 유카타를 사 주고 싶지만 도리가 없다.

8월 × 일

상쾌한 날씨다. 눈이 부실 만큼 푸르른 주니소. 연못 주위로 안장이 없는 말을 끌고 가는 남자가 있다. 말은 비로드 같은 땀을 흘리고 있다. 매앰 매앰 매미가 울어대고 있다.
얼음집 깃발은 꿈쩍도 하지 않는다. 나도 어머니도 등에 잡화를 지고 걷고 있다. 정말로 덥다. 도쿄는 더운 곳이다. 신주쿠까지

가는 전차값을 절약해 나루코자카鳴子坂에 있는 미요시노三好野에서 구운 경단꼬치 다섯 개를 사 먹었다. 차는 얼마든지 추가해서 먹을 수 있다. 아아, 좀 행복한 기분.

오닐은 이름 없는 뱃사람으로 줄곧 떠돌았고, 어렸을 때는 말도 못하는 악동이었다. 커서는 부에노스아이레스행 범선을 타고 거칠고 모험에 가득 찬 생활을 했다고 한다. 훌륭해지고 나면 이런 신상 이야기도 아 그렇구나 하고 생각하게 된다. 나도 연극을 써 볼까? 기상천외한 연극. 아니면 피도 눈물도 없는 작품. 오닐도 줄곧 비참하기만 했던 것은 아닐 것이다. 때로는 콧노래가 절로 나올 만큼 기분이 좋을 때도 있었을 것이다.

작은 미인은 짐을 지고 비틀비틀 더운 거리를 돌아다닌다. 아무래도 괜찮다. 이제 될 대로 되라라. 길바닥에 또렷이 비치는 그림자는 거북이처럼 바닥을 기고 있다. 불쌍한 어머니는 왜 나를 나으셨을까? 사생아라는 것은 아무래도 괜찮지만 어머니에게는 잘못이 없다. 무슨 잘못이 있단 말인가? 세계 어딘가에 있는 황후라도 사생아를 낳을 수 있다. 세상이란 그런 것이다. 여자는 아이를 낳기 위해 산다. 어려운 과정을 거칠 것이라는 생각은 하지 않는다. 남자가 좋으니까 몸을 맡길 뿐이다.

가구라자카神楽坂의 이발소에서 물을 얻어 마셨다. 오늘은 축일이라서 저녁 때부터 번잡해 질 것이라 한다. 예쁜 게이샤들이 많이 돌아다닌다. 산나물 장수에 금붕어 장수도 나와 있다. 오늘은 수중화를 파는 아주머니 옆에 자리를 잡았다.

가게를 차려 놓고는 돗자리 위에 우산을 펴고 앉았다. 석양이 얼마나 뜨겁던지. 석양은 어디에서 오는 것일까? 바람 한 점 없는 바다에 쨍쨍 내리쬐는 햇살처럼 덥다. 인파는 엄청 많은데 바지도 양말도 속옷도 좀처럼 팔리지 않는다. 어머니는 시타야에 심부름.

지붕을 이치마쓰市松[134] 종이로 바른 방울벌레 장수가 앞에 있는 철물점 옆에 자리를 잡았다. 탕약 장수가 지나간다. 반들반들 닦은 요리통을 들고 유카타를 입은 남자가 자전거에 한쪽 발을 올려 놓고 언덕을 미끄러져 달려간다. 시끌벅적한 거리의 모습이다. 우산을 쓰고 웅크리고 있는 여자에게 눈길을 주는 사람은 한 명도 없다.

염라대왕의 혀는 한 길이나 되는
시뻘건 석양
졸아붙어 버릴 것 같은 하늘의 바다

슬픔이 스며든 코의 모양
그 맞은편으로 발사하는 한 줄기 번득임
딱히 살고 싶지도 않다
그저 설렁설렁 방해가 되지 않을 정도로 생존할 뿐

막막한 명토冥土의 오솔길에서 피어나는

---

134 자잘한 정사각형 모양의 일본 전통 종이.

아스라한 연기 연기
추찰推察하듯이 떠돌지도 않고
내 청춘은 썩어서 재가 된다

진실을 이야기해 주세요
그저 그것이 알고 싶을 뿐
거지 같은 흙먼지 속에서
가까이 보이는 무지개 세계가
달팽이를 잔뜩 떨치고 있다
하나하나 굴러 떨어져서 풀잎의 이슬이 되어
몽롱한 세계로 사라져 간다
나쁜 뜻은 조금도 없는 나약한 삶
피도 없고 냄새도 없는 달팽이의 세계

아아 꿈의 세계여
꿈의 세계에 있는 호사스런 사람들을 저주해야지
아무 이유도 없이 더운 석양에 대한 공포

나는 바싹 말라가는 우산 아래에서 붉은 석양을 조용히 바라보
고 있었다.

'1923년'

제7초음관(第七初音館)

9월 ×일

　음식점에 들어가서 문득 젓가락통이 지저분한 것을 보면 나한테는 잘 못된 것이 없나 하고 생각한다. 다른 사람의 혀에 닿은, 칠이 벗겨진 젓가락 한 벌을 꺼내 덮밥을 먹는다. 마치 개와 같은 모습이다. 지저분하다는 생각도 없다. 인류고 뭐고 필요 없다. 그저 맛있다는 감각만으로 정어리 구이를 뜯어 먹는다. 작은 접시에는 절인 야채.

　언제까지고 나는 불안하다. 천하게 개처럼 기어 다니는 주제에, 죽고 싶어 하는 주제에, 누군가를 속여 먹어야겠다고 생각하는 주제에, 내게는 아무런 힘이 없다. 소매도 옷깃도 때에 절어 번들번들하다. 차라리 알몸으로 돌아다니고 싶을 지경이다.

　식당을 나와서 도자카動坂에 있는 고단샤講談社에 갔다. 너덜너덜한 판대기 속에서 북적거리는 사람들의 무리를 보고 있자니 이상한 기분이 들어 들어가지 못하고 말았다. 고단샤라는 곳이 벼룩의 소굴로 여겨졌다. 문명이고 뭐고 없다. 그저 지저분하고 너덜너덜한 긴 판대기가 꽂혀 있을 뿐이다. 어제 하룻밤만에 쓴「새쫓는

여자鳥追い女」라는 원고가 돈이 될 거라는 생각은 할 수 없게 되었다. 나미로쿠浪六[135]와 같은 것을 쓴다는 것은 먼 남 이야기이다.

나는 하숙비를 낼 수 없다. 요 며칠 동안 눈치가 보여 하숙집 밥을 가급적 먹지 않고 있다. 강담講談 같은 것을 쓸 수도 없으면서 눈이 새빨개져서 나미로쿠를 본받아 작품을 써 보았지만, 결국 한 푼도 돈이 되지 않는다. 빨간 우편자동차가 지나간다. 매우 행복해 보인다. 그 안에는 어음이 잔뜩 들어 있을 것이다. 어디에서 누구에게 보내는지 모르지만, 한 장 한 장 팔랑팔랑 떨어지지 않을까?

고이시가와小石川에 있는 하쿠분칸博文館에 갔다. 누구세요 라며 현관에서 수위가 나올 것 같다. 폐가와 같다. 시골 병원 대기실 같은, 다다미가 깔린 대기실로 안내를 받았다. 몹시 지쳐 보이는 사람들이 제각각 기다리고 있다. 그 사람들이 나를 빤히 보고 있다. 마치 애보는 애처럼 옷소매를 어깨에 징그고 있는 나를 이상한 듯이 바라보고 있다. 설마 「새쫓는 여자」라는 강담을 쓰고 있다고 생각하지는 않을 것이다.

나는 이치요一葉[136]라는 이름이 마음에 든다. 오자키 고요尾崎紅

---

135 무라카미 나미로쿠(村上浪六, 1865.12.18.-1944.12.1)는 일본의 소설가. 1891년 『우편호치신문(郵便報知新聞)』에 소설 「초승달(三日月)」을 써서 일세를 풍미하였다. 협객소설을 특기로 하며 발빈소설(撥鬢小說)이라 불렸다. 살아생전에 『나미로쿠 전집(浪六全集)』이 나왔으며, 『당세오인남(当世五人男)』(1896)이 대표작.

136 히구치 이치요(樋口一葉,1872.5.2.-1896.11.23)를 말함. 일본의 여류소설가. 「키재기(たけくらべ)」, 「흐린 강(にごりえ)」, 「주산야(十三夜)」 등을 발표하여 문단에서 절찬을

葉[137] 도 좋다. 오구리 후요小栗風葉[138] 도 좋다. 훌륭한 사람들에게는 모두 엽葉자가 붙어 있어서 나도 강담을 쓸 때는 고요五葉 정도로 할까 라고 생각했다. 빛 바랜 여름 하오리羽織를 입은 키가 큰 남자가 나왔다. 나는 가슴이 두근거렸다. 오지 말걸 하고 생각했다.

조만간 살펴보고 대답을 해 드리겠습니다 라고 하며, 나의 보기 흉한 원고는 생판 모르는 사람의 손에 건너가 버렸다. 서둘러서 하쿠분칸을 나와 심호흡을 했다. 그래도 나는 아직 살아 있으니까. 너무 괴롭히지 말아 주세요. 하느님! 나는 실은 남자 같은 거 아무래도 괜찮다. 돈이 갖고 싶어 죽겠다. 고리대금업을 하는 사람들은 어디에 살고 있는 것일까? 식물원에 들어갔다. 아름다운 석양. 두레박이 떨어지듯 급히 저무는 가을해. 그 기세에 나도 곤두박질쳤다. 우울한 공상 속 불꽃놀이. 아아 강담이라니 한심한 생각을 했다.

나무그늘에서 맥고모자를 쓴 나이든 여자가 유화를 그리고 있다. 기량이 상당히 좋다. 잠시 정신없이 구경을 했다. 기름냄새가 코를 찌른다. 이 사람은 만족스럽게 먹고 살 수 있는 것일까? 잔디에서 아이들이 뛰노는 그림이다. 주위에는 아이들이 한 명도 없지

받음. 24세에 폐결핵으로 요절.

137 오자키 고요(尾崎紅葉, 1868.12.16.~1903.10.30). 소설가. 1886년 겐유샤(硯友社)를 조직하고 회람잡지 『가라쿠타문고(我楽多文庫)』 간행. 작품에 「다정다한(多情多恨)」(1896), 「금색야차(金色夜叉)」(1897~1902) 등.

138 오구리 후요(小栗風葉, 1875.2.3.-1926.1.15). 소설가. 구성의 치밀함과 미문체가 특징. 대표작에 「귀갑학(龜甲鶴)」, 「청춘(青春)」 등.

만 그림 속에는 두 아이가 웅크리고 앉아 있다. 화가가 되고 싶은 생각이 들었다.

하얀 싸리 꽃이 피어 있는 곳에 누웠다. 풀을 뜯어 씹어 보았다. 어쩐지 조심스럽게 행복감이 느껴진다. 석양이 점점 더 붉게 타오른다. 행복인지 불행인지 생각해 본 적도 없는 삶이지만, 이 순간은 잠시 행복했다. 풀에 엎드려 곰곰이 생각하다 보니 눈가에 눈물이 흘러 나온다. 아무 생각 없는 물 같은 것이지만 눈물이 나오면 이상하게 고독한 기분이 든다. 이런 삶도 크게 힘들지는 않지만 하숙비를 낼 수 없다는 사실은 아무래도 괴롭다. 하늘은 무한한데 인간만 아둥바둥하고 있다.

석양이 타오르는 하늘에는 기적이 있는데, 보잘 것 없는 인간의 삶에는 아무런 기적이 없다는 것이 슬프다. 문득 헤어진 남자에 대해 생각해 본다. 미운 적은 있었지만, 지금은 그렇지도 않다. 밉다는 생각은 모두 잊혀졌다.

지금은 눈앞에 요염한 하얀 싸리 꽃이 피어 있지만, 곧 겨울이 오면 이 꽃도 줄기도 모두 말라서 바스락 거릴 것이다. 그것 참 쌤통이다. 남녀 사이도 그렇겠지? 「두견새」의 나미코는 천 년이고 만 년이고 살고 싶다고 하지만 세상을 너무 모르는 것이다. 꽃은 1년 만에 시들지만, 인간은 50년이나 장수를 한다. 아, 지겹다.

나는 천황에게 직접 상소를 하는 공상을 한다. 나를 보시고 문득 내가 마음에 들어서 함께 좋은 곳에서 살자고 말씀하시는 꿈을 꾼다. 꿈은 인간에게 있어 소중한 자유다. 천황께 찬 술과 오뎅을 드리면 틀림없이 맛있다고 하실 것이다.

나는 왜 일본에 태어났을까? 시칠리아인이라고 있다고 한다. 음악을 아주 좋아한다고 한다. 나는 시칠리아인이 어떤 인종인지 본 적이 없다. 갑자기 외래어들이 소리를 내고 있다. 바람이 불면서 석양이 차차 창백해지고 있다.

9월 x일

날이 밝아 오고 있지만 어쩔 도리가 없다. 어젯밤은 이불을 팔기로 하고 안심을 하고 잤지만, 이렇게 서늘해지니 이불을 팔 수도 없다. 가사이 젠조라는 사람의 소설처럼 어찌 할 수 없을 것 같다. 나는 딱히 술을 마시고 싶은 욕심도 없지만 살아갈 방법이 없다.

염교절임과 맛있는 강낭콩을 먹고 싶다. 휘발유도 사고 싶다. 아침에 집에 돌아가는 학생이 있는지 슬리퍼 소리를 내며 2층으로 올라가는 소리가 들린다. 여기에서 요시와라吉原[139] 까지는 그다지 멀지 않을 것이다. 요시와라에서는 여자를 얼마에 사 줄까 하고 생각해 본다.

---

139 요시와라 유곽(吉原遊廓) 터를 말함. 요시와라 유곽은 에도막부(江戸幕府)에 의해 공인된 유곽으로, 니혼바시(日本橋)에 있다가 1657년 메이레키(明暦)의 대화재 이후 아사쿠사(浅草)로 이전.

자 이제 아침이 되었으니 활동개시 준비. 참새가 재잘재잘 지저귀고 있다. 날씨는 더없이 쾌청. 유리창으로 감나무 잎이 보인다. 부엌 쪽에서 작은 노랫소리가 들린다. 나는 문득 이 하숙집 식모가 될까 하고 생각한다. 손님방에서 식모방으로 전락해 갈 뿐이다. 급료는 필요 없다. 그저 먹여 주고 비바람을 피할 수 있게만 해 주면 된다.

이 방에 먼저 살던 제국대학 영문과 학생이 벽에 나이프로 낙서를 새겨 놓았다. 에덴동산이란? 나도 모른다. 젠 체 하는 이 대학생은 낙제를 해서 고향으로 돌아갔다고 하는데 내게는 돌아갈 고향이 없다.

다다이즘 시라는 것이 유행하고 있다. 별 볼 일 없는 뻔히 속이 들여다보이는 시. 말장난. 영혼이 없다. 필사적으로 정직하게 말을 하지 못한다. 그저 될 대로 되라다. 그래서 나도 한 번 지어 보아야지 하고 눈을 감고 「검은 우산과 까마귀蝙蝠傘と鳥」라는 시를 지어 본다. 눈을 감고 있으면 어두운 곳에서 자꾸자꾸 연상이 이어진다. 이상한 생각만 이어진다. 무엇보다 우선 냄새에 대한 추억이 떠오른다. 그리고 축축한 눈물이 콧소리를 내게 한다. 독수리에게 낚아 채인 것처럼 소리도 나지 않는 비명을 지른다. 내 유방이 천 관은 되는 무게로 산더미 같은 우동가루처럼 덮쳐 온다. 손톱 끝에 하얀 별이 떠 있다. 좋은 일이 있을 것이라 하지만 믿지 않는다.

오랜동안 호청을 씌운 적이 없는 요 위에서 나는 비릿한 냄새를 맡으며 누워 있다. 이것이 진정한 에덴동산이다. 이불은 연극할 때 쓰는 캔버스 깃발로 만든 것으로 온통 얼룩투성이다.

　　소년원 출신 누구 누구
　　용서해 주세요 라는 말을 하루에 몇 번
　　주세요 주십시오
　　빗속에 서서 구걸하는 모습
　　불안한 신음
　　세상 누구와도 연락을 하지 못한다

　　소년원 출신의 후미코 씨
　　인간이 아닌 얼음덩어리
　　19세기 일본어의 옛
　　눈이 도네요
　　길거리가 위험하다구요?
　　무슨 말씀이신지

　　소년원은 관립
　　제국대학도 관립
　　단지 그 차이가 있을 뿐

　미닫이 문이 살짝 열렸다. 젊은 남자가 들여다보고 있다. 누구
지? 허둥지둥 문이 닫힌다. 여기는 우체국 아닌가요라고 한다. 나

하고 자고 싶으면 어서 들어 오시라지.

일어나자마자 세수도 하지 않고 밖으로 나왔다. 우유배달부가 노란 페인트칠을 한 수레를 힘차게 끌며 지나간다. 고학생치고는 청결하다. 니시가타초西片町로 나왔다. 슬슬 뜨거운 태양이 떠오르기 시작했다. 운송업자 사무실 앞에 있는 공동수도에서 세수를 하고 물을 벌컥벌컥 마시니 만복満腹의 법열. 내친 김에 손에 물을 묻혀 머리 손질을 했다.

네즈로 돌아가서 교지로恭次郎 씨 집에 가 볼까 생각했지만, 세쓰節 짱에게 또 우는 소리를 하게 될 것 같아서 그만두었다. 신선한 아침공기를 맞으며 그저 걷는다. 대학교 앞에 가 보았다. 과일가게에는 사과를 닦아 윤을 내고 있는 남자가 있다. 몇 년 동안이나 입에 대 본 적이 없는 사과의 환영이 현실에서는 반짝반짝 빨갛고 동그랗게 빛나고 있다. 감도, 포도도, 무화과도 비취색 물방울이 들을 듯한 냄새.

"사이얀카네, 닷사, 사이얀카네, 온다붓테붓테, 온다, 랏단다리라아아오오……"

타고르의 시라고 하는데 뜻도 모르면서 하필이면 내가 이런 처지에 있을 때 노래를 부른다.

다카하시 신키치高橋新吉[140] 는 좋은 시인이네

---

[140] 다카하시 신키치(高橋新吉, 1901.1.28.-1987.6.5). 다다이스트 시인. 대표작에 『다다이스트 신키치의 시(ダダイスト新吉の詩)』(中央美術社, 1923).

오카모토 준岡本潤[141] 도 멋지고 좋은 시인이지

쓰보이 시게지壺井繁治[142] 가 검은 루바시카 차림으로 장어의 침상 같은 하숙집에 사는데, 이 역시 선량무비한 시인. 얼룩덜룩 벌 모양 자켓을 입은 하기하라 교지로萩原恭次郎[143] 는 프랑스풍의 정열적 시인. 그리고 모두 더 할 데 없이 가난한 것은 나와 마찬가지.……

네즈의 곤겐 부처님이 있는 경내에서 쉰다. 왠지 효험이 있을 것 같다. 마음이 평온해진다. 비둘기가 있다. 지진이 났을 때 이곳에서 노숙을 한 일이 생각난다.

네즈의 곤겐 뒤에 다랑어포를 파는 큰 가게가 있다. 그 집 아들이 네즈 모라는 활동사진 배우라고 한다. 아직 한 번도 본 적은 없지만, 필시 잘생긴 남자일 것이다. 센다기초로 돌아가는 모퉁이에 작은 시계가게가 있다. 교지로 짱의 집 앞을 지나서 의학전문대학이 있는 곳으로 언덕을 올라갔다. 밤이 되면 이곳은 귀신이 나온다는 언덕.

---

141 오카모토 준(岡本潤, 1901.7.5.-1978., 2.16). 시인, 각본가. 대표작에 『범죄자는 누구인가(犯罪者は誰か)』(1945).

142 쓰보이 시게지(壺井繁治, 1897.10.18.-1975.9.4). 시인. 공산당원. 대표작에 시집 『과실(果実)』(1946), 『쓰보이 시게지 시집(壺井繁治詩集)』(1948), 평론집 『저항의 정신(抵抗の精神)』(1949) 등.

143 하기하라 교지로(萩原恭次郎, 1899.5.23.-1938.11.22). 시인. 쓰보이 시게지 들과 시지 『적과 흑(赤と黒)』 창간. 다다, 혹은 미래파적 전위시 발표. 제1시집 『사형선고(死刑宣告)』(1925) 등.

낮 안개 향기로운 낮 안개
우리 엄마 어깨 주변의 안개
손톱은 말하지 않고
햇빛도 눈부신 낮 안개여
오리무중 속을 헤엄치는
여자 달마가 흐느껴 우는 안개

아아 산타마리아
안장이 없는 말을 둘러싼 안개
낮 안개는 침대의 은박지
스사노오노미코토[144] 의 사랑의 안개
돈도 없는 날 먼지 뭉치
끊임없이 자아내는 물레
낮 안개 슬픈 낮 안개

갑자기 사방의 초목이 잎을 뒤집은 것처럼 이상한 날씨. 안개 같은 것이 자욱하게 끼어 있다. 언덕 중간에 있는 전봇대에 기대어 본다. 부글부글 뜨거운 물이 끓는 듯한 소리가 난다. 대낮에 요괴가 나타났나? 나는 배가 고프다구. 갑자기 온몸이 떨리기 시작한다. 어떻게 살아가야 할지 화가 난다. 소리를 내어 울고 싶다.

---

144 일본 신화에서 가장 오래된 신.

야에가키초八重垣町의 야채가게에서 옥수수 두 자루를 사서 하숙집으로 돌아왔다. 다트의 기세로 방에 가서 옥수수 껍질을 벗겼다. 축축한 옥수수의 갈색 수염 속에서 상아색 알갱이들이 줄을 지어 나왔다. 굽고 싶다. 바삭바삭 구워서 간장을 발라 먹고 싶다.

하숙집 화로에 휴지를 태워 끈기 있게 옥수수를 구웠다.

9월 x일

어머니한테서 10엔짜리 어음이 왔다. 고맙고 황송했다. 모든 것이 나무아미타불의 심정이다.

소나기. 하숙집에 5엔을 냈다. 점심밥이 들어왔다. 졸인 다시마에 유부졸임, 밀기울을 넣은 맑은 장국. 작은 찬합에 과분한 밥. 비를 보면서 혼자서 조용히 식사를 하는 유쾌함. 적은 몇 만 리나 떨어져 있는데 앞으로 일을 하겠다고 의기탱천. 식사를 한 후에 조용히 엎드려 동화를 쓴다. 얼마든지 쓸 수 있을 것 같은데 좀처럼 써지질 않는다. 소나기는 서향 창문 문틀 안에까지 잔뜩 쳐들어와 흥건하다.

밤에도 하숙집 밥
곤약, 고로케, 다시마 맑은 장국. 남은 밥은 주먹밥을 만들어 두었다. 밤이 깊어지자 노무라 기치야野村吉哉[145] 씨가 옷자락을 걷어 올리고 놀러왔다. 전신이 흠빡 젖어서 입술이 엄청 빨갛다.『중앙공론中央公論』에 논문을 썼다고 한다.『중앙공론』이라는 건 어떤 것인지. 지바 가메오千葉亀雄[146]가 권력자라고 해서 이 사람 소개로 글을 썼다고 한다. 딱히 훌륭하다는 생각도 들지 않지만 존경하는 마음을 표현하지 않으면 미안한 것 같아서 감탄하는 척 했다. 담배를 엄청 피워대는 사람이다. 다다미 네 장 반짜리 방이 연기로 자욱하다. 2층에서 만돌린 소리가 난다. 학생은 모두 부자인 데다가 시간도 여유가 있는 사람들뿐이다. 요시와라에 가는 학생들도 있다. 당구를 치러 가는 학생들도 있다. 하숙집에서 귀한 손님 취급을 받는 학생들은 항상 놋대야를 들고 목욕을 다닌다.

　노무라 씨와 주먹밥을 나눠 먹었다. 삼각형 달이니 별이니 하는 시를 읽어 주었지만 통 모르겠다. 시를 쓰려면 우는 것이든 웃는 것이든 정직해야 한다. 가난한데 더해서 거짓말을 쓸 필요는 없다. 하쿠슈를 좋아한다고 했더니 노무라 씨는 웃었다. 하쿠슈는 탐닉하는 시인. 사람들에게 많이 읊어지는 시인이다. 참새를 좋아하

---

145 노무라 기치야(野村吉哉, 1901.11.15.-1940.8.29). 일본의 시인. 다다이즘 운동에 참가.『담담(ダムダム)』,『감각혁명(感覚革命)』,『신흥문학(新興文学)』등에 시, 평론 게재. 만년『동화시대(童話時代)』창간, 주재. 시집에『별의 음악(星の音楽)』,『삼각형 태양(三角形の太陽)』등.

146 지바 가메오(千葉亀雄, 1878.9.24.-1935.10.4). 평론가, 저널리스트. 평론『신감각파의 탄생(新感覚派の誕生)』으로 신감각파의 명명자가 됨. 저서에『고뇌의 근대예술(悩みの近代芸術)』,『펜의 종횡(ペン縦横)』등.

는 시인. 지렁이 집을 가진 시인. 규슈의 흙에서 태어난 시인.

12시 무렵에 교지로 짱에게 간다며 노무라 씨가 다시 옷을 걸어올리고 돌아갔다. 미닫이문을 열고 복도를 살짝 엿보고 기쁜 마음이 된다. 다리가 엄청나게 휜 사람이다.

1월 x일

시부야의 우롱차를 파는 가게 햣켄다나百軒店에서 시 전람회가 있다. 돈 잣키라는 재미있는 인물을 만났다. 단발머리를 하고 의자 사이로 춤을 추며 돌아다닌다. 종이가 없어서 신문지에 시를 적어 보여준다.

황송하지만 말씀 드립니다
저는 그저 숨을 쉬고 있는 여자
백만 엔보다는 50전밖에 모른다
쇠고기덮밥은 10전
파와 개고기가 들어 있네
작고 눈사람 같으며
자주 우는 짜증쟁이

아니 이제 됐어
남자 같은 거 어떻게 되든 상관없어
서로 끌어안고 자기만 할 뿐

15전짜리 잔 술
접시에 놓여 있지만
엉덩이만 커서 세상을 속이지
술에 취하면 좋아지는 기분
천 번이고 만 번이고 노래를 부르고 싶다고

그 어디엔가
내 고향은 없는 걸까
포도나무 아래 둘이 만나
서로 다가가
한 송이 파란 포도알을 먹고
그대와 이야기하리 종일토록
종일토록……

11시에 귀가. 도겐자카의 고서점에서 파코 이바니에스[147] 의
『메이플라워호メイ・フラワア号』를 샀다. 40전이다. 역 근처 술집에
서 아카마쓰 겟센赤松月船[148] 과 술을 마셨다. 다시마말이 두 개와
잔 술. 말도 안 되게 용감해졌다.

---

147 파코 이바니에스(Paco Ibanez, 1934.11.20.-). 스페인의 음유시인.
148 아카마쓰 겟센(赤松月船, 1897.3.22.-1997.8.5)은 일본의 시인, 조동종 승려. 사토 하루
　　오(佐藤春夫), 무로 사이세이(室生犀星)들과 문학활동을 시작. 『기원(紀元)』, 『문예시
　　대(文藝時代)』에 참가.

하숙집 귀환은 12시. 쥐죽은 듯 고요한 현관에 커다란 금고가 자리를 차지하고 있다. 저 안에는 무엇이 들어 있을까? 세면대에 가서 물을 마셨다. 냉냉하다. 귀뚜라미가 울고 있다. 문득 재미가 없어졌다. 하루하루가 무위이다. 대체 어떻게 되는 것인지 알 수가 없다. 한 번 시골에 돌아가 보고 싶어졌다. 하숙집을 나갈 필요가 있다. 밤에 도망을 치려면 도망칠 곳을 생각해 두어야 한다. 뒹굴거리며 『메이플라워호』를 읽는다. 난파선의 술집이 매우 마음에 들었다.

10월 x일

시인은 한솥밥을 먹는 공산당이다. 가지고 있는 것은 평등하게 사용한다. 빚도 그에 상당한다. 당장의 목적은 그저 먹는데 있을 뿐. 인명종식人命終熄하기 일보 직전에 허둥지둥하고 있을 뿐이다. 천재는 한 명도 없다. 자신만이 천재라고 생각하기 때문이다. 그렇기 때문에 우리들은 다다이스트. 그저 뭔지 모르지만 감각이 예민하고 걸핏하면 격해지고 신념을 자주 입에 담는다. 아무것도 없는 주제에 일단 여기에서 출발하는 수밖에 없다.

바람이 불어서 이런 저런 남자 생각을 하고 있다. 누구한테 도망을 가면 좋을까 생각한다. 하지만 생각해 봤자 아무 소용이 없다. 용기만 있을 뿐. 어쨌든 상대를 놀래킬 전술이므로 창피하다. 또 만돌린 소리가 들려온다. 새장 속 새가 아주 부럽다. 아아, 미칠 것 같다.

이렇게나 동화를 쓰고 강담을 써도 한 푼도 돈이 되지 않다니. 잉크 값도 드는데 말이다.

낮부터 바람을 가르며 일거리를 찾으러 다녔다. 아무것도 없다. 사람이 남아돈다. 미인은 여기저기 널려 있다. 단지 젊다는 것만으로는 아무 소용도 없다. 간다神田의 고서점에서 이바니에스를 팔았다. 20전에 팔렸다. 40전 짜리가 20전으로 하락해 버렸다. 구단시타九段下의 노노미야사진관野 宮写真館 옆 조화 도매상에서 여공을 모집하고 있다. 어쨌든 손재주가 없어서……장미꽃도 튤립으로 만드는 것 같다. 일급 80전은 나쁘지는 않다. 불안해지기 전에는 이상하게 구역질이 난다. 토할 것도 없는데 이상하게 불안한 상태가 된다. 야스쿠니신사靖国神社는 효험이 있나? 우선 정중하게 인사를 하고 이모아라이자카—口坂 쪽으로 걸어갔다.

아마테라스오카미天照大神[149] 시절에는 사람들이 이렇게 남아돌지는 않았겠지. 미인도 이렇게 지천으로 널리지는 않았겠지. 아마테라스오카미는 알몸으로 동굴 사이를 들여다보셨다. 거울, 구슬, 어검은 어디에서 구하신 걸까? 신기하다. 닭은 어디에서 태어난 것일까? 아아, 옛날에는 틀림없이 좋았겠지.

그 즈음이 되면 가을 바람이 꼭 분다. 생선장수는 정신을 쏙 빼

---

149 일본 신화의 해의 여신. 일본 황실의 조상.

놓을 만큼 예쁘다. 폭풍우로 홍어가 되든 말든 물고기는 육지로 꾸역꾸역 올라온다. 가슴에 노란 갈비뼈가 붙은 군복을 입고 근위 기마대가 삼각 깃발을 들고 바람 속을 달려간다. 말도 먹고 있다. 기마대 병사들도 먹고 있다. 어디에서인가 거문고 소리가 난다. 두부집에서는 큰 냄비에 기름을 넣고 두부를 튀기고 있다. 짐수레에 양동이로 비지를 잔뜩 싣고 있는 인부가 있다. 술집 앞에서는 수돗물은 틀어 놓은 채로 어린 점원이 한 되짜리 술병을 닦고 있다. 된장통이 죽 늘어서 있고 조미료나 야채절임, 쇠고기통조림이 죽 늘어서서 빛을 내고 있다. 히토쿠치자카의 정류장 앞에 있는 미요시노三好野에는 콩을 넣은 찹쌀떡이 산처럼 쌓여 있다. 미요시노에 들어가서 한 접시에 10전 하는 지엣밥과 찹쌀떡을 두 개 사서 차를 두 잔이나 마시고 벽에 있는 거울을 들여다보았다.

못 생긴데다가 진지한 맛이라고는 조금도 없다. 머리카락도 마치 가발집 간판처럼 덥수룩하고 틀어 올린 머리도 숱이 부족해서 다 풀려 가고 있다. 세기가 바뀌어 갈수록 사람도 대량으로 증가한다. 비극의 원천지는 도쿄만이 아닐 것이다. 시골 여학교에서는 피타고라스의 정리를 배우고 춘희 노래를 부르며 『유미바리즈키弓張月』[150] 를 읽던 아가씨가 지금은 이렇게 초라한 모습으로 살고 있다. 찹쌀떡 가루가 입술에 잔뜩 묻어서 마치 애보는 애가 손가락으로 집어 먹는 모습이다.

---

150 교쿠테이 바킨(曲亭馬琴)의 작품 『춘설 유미바리즈키(椿説弓張月)』(1807-11).

밤.

심기일전하여 다시 동화에 계속 매달렸다. 바람은 점점 더 거세졌다. 술에 잔뜩 취한 학생이 2층 복도에서 식모를 희롱하고 있다. 가끔씩 목소리가 작아진다. 누군가 2층에서 안마당에 대고 소변을 보고 있는지 식모가 안 된다고 야단을 치고 있다.

양귀비는 바람에 날린다
마른풀의 관속으로 기어가는 애수
아래턱으로 웃음을 몰아내며
가만히 숨죽이며 보는 것이 인생
산 저쪽에는 구름 뿐
딱하게도 마른 말 구름을 타고
행복이 찾아올 것이라고 믿는 것이 잘못
지옥에 떨어져라 살아서
지옥에 떨어져서 기어다니네
양귀비가 있는 곳으로 떨어지네
강박적 선의의 고문대拷問台
운명 속의 교섭
가시 투성이 청춘
남자가 잘못한 것이 아니다
모두 여자가 예쁘지 못해서이다
자유가 아무렇게나 있을 것 같아?

마음대로 괴롭히는 호기심의 통조림공장
싸구려 샘플들만 늘어서 있네

밤이 깊어지면서 바람도 잦아들고 주위는 온통 평야 같다. 동화 속 일본제 한넬레[151] 는 살아 움직이지 않는다. 첫째로 나는 한넬레와 같은 외로운 소녀는 싫다. 그래도 일본제 한넬레를 쓰지 않으면 책장수들은 인정해 주지 않는다. 한 장에 30전 하는 원고료는 기분 좋은 법이다. 열 장을 써서 우선 3엔. 열흘은 족히 먹고 살 수 있다.

훌륭한 동화작가가 되고 싶은 생각은 없다. 기껏해야 죽을 때까지 시를 쓰다가 쓰러져 죽을 것이다. 어머니 죄송해요. 후미코는 여기까지예요. 여기까지 하고 죽을 거예요. 누구의 잘못도 아니다. 게으름을 피울 생각은 추호도 없지만 아무래도 태생이 홀로서기를 할 수 없는 것 같다. 가난한 것은 아무렇지도 않지만, 죽는 것은 아프다. 목을 매는 것도 기차에 치이는 것도 물에 뛰어드는 것도 모두 아프다. 그래도 죽을 생각을 하고 있다.

단 한 번이라도 좋으니까 어머니에게 45엔의 돈을 보낼 수 있는 처지가 되면 좋겠다고 공상을 하며 운 적도 있다. 이로하라는 정육점 여종업원이 될까 한다. 하다못해 편지 속에 10엔 짜리라도

---

151 게르하르트 하우프트만 (Gerhart Hauptmann, 1862-1946)의 희곡 「한넬레의 승천(Hanneles Himmelfahrt)」의 주인공. 의붓아버지 마테른의 학대로 연못에서 자살하려는 열네 살 소녀 한넬레가 죽기 직전 경험한 환상적 이야기를 다룬 2막극이다.

한 장 넣어 보내야지.

하숙생활은 지긋지긋하다. 수입도 없는데 작은 밥통의 밥을 먹고 싶으니 만큼, 하숙생활을 하면 시간이 너무 빨리 간다. 시간이 너무 빨리 가서 할 말이 없다. 첫째, 무엇인가를 쓰는 것은 신기한 일이다. 그래도 나는 소설이라는 것을 써 보고 싶다. 시마다 세이지로島田清次郎[152] 라는 사람도 순식간에 장편을 썼다고 한다. 소설은 어렵다고는 생각하지만 말이 히힝거리는 것 같은 것을 쓰면 된다. 열심히 숨을 헐떡이며 말이다.

어머니 안녕하세요. 이제 곧 주소가 바뀝니다. 다시 또 누군가와 함께 살려고 합니다. 어쩔 수 없어요. 신발이 뜯어져서 질퍽질퍽 물이 들어오는 불쾌한 느낌입니다. 소설을 써 봤자 어쩌면 별소용 없을 지도 모릅니다. 언제나 무슨 일이든 퇴짜를 맞아서 실망하는 일들뿐이니까요. 혼자 있으면 의욕이 생기지 않아요.
내가 생각해도 전혀 옳다는 판단이 들지 않는다. 자신이 없어지면 인간은 조잡해진다. 확실하게 이것이 사랑이다 싶은 경험도 없다. 그저 시를 쓰고 있을 때만 무아무중인 세계.

---

[152] 시마다 세이지로(嶋田清次郎, 1899.2.26.-1930.4.29)는 소설가. 대표작은 『지상(地上)』(1919).

하숙생활이란 것은 인간을 관리형으로 만들어 버린다. 힐끔힐끔 주변을 살핀다. 별 볼 일 없는 인간이 되어 버린다. 월말에는 이불을 말리고 시골에서 온 어음을 받으러 간다. 단지 그렇게 하숙생활은 흘러 가는 것이겠지? 내 일이 아니야. 여기 있는 학생들 일이라구.……하이네형도 없고 체홉형도 없다. 단지 자신을 잃어 가는 훈련을 받고 있을 뿐.

동화를 마무리하고 한밤중에 목욕탕에 갔다.

1924년

우는 여자

10월 ×일

초저녁 등불 초저녁 섬들 조용히 잠드네
바다 저 밑바닥은 물고기 군락
조용히 이야기하는 비밀 이야기
물고기의 속삭임 물고기의 질투
멀리 낙조가 보이네
지상에는 종이 한 장으로 밤이 오는 전조
인간들은 신음하며 잠들어 있다
초저녁 섬들 초저녁 등불
병사들은 고향을 떠나고
학생들은 고향으로 돌아가네
남 일이 아니라고 속삭이며
사람들은 신음하며 살아가네
이 세상에 평화가 있는 것인가?

이와오코시[153]가 끈적거리는 감촉이다

인생이란 무엇일까?……

고문의 연속이지

인간은 한없이 괴로운 것

언젠가는 이 섬들도 사라져 갈 것이다

소와 닭만이 살아남아

이 두 동물이 서로 섞여

날개가 돋은 소

벼슬 달린 소

뿔이 돋은 닭

꼬리가 있는 닭

영원한 것이 있을까?

영원은 귓가에 부는 바람이다

초저녁 등불 섬들은 그저 떠 있다

유모차처럼 흔들리고 있다

고고학자들도 멸망해 버릴 것이다.……

율법이 없으면 죄는 죽은 것이다. 아아, 아브라함도 다비드도 얼마나 먼 신인가? 소설이란 어떤 형식으로 쓰는 것인지 모르겠다. 단지 그저 공상을 하는 것만은 아닐 것이다. 죄를 쓴다. 그린

---

153 오사카의 명물과자.

다. 선은 어리석은 것이라고 상대하지 않는다. 악덕에만 마음을 태운다. ……세월이 흐르면 잊혀져 가는 죄. 가만히 바라다보고 있자니 두서없이 머리가 아파 온다. 내 육체는 점점 구워지는 생선처럼 흥분을 한다. 누군가와 부부가 되지 않으면 몸이 진정되지 않게 된다.

하숙집은 남자들의 서식처이자 낙서에 있는 에덴동산처럼 조용히 이 심야를 항해하고 있다.

소설을 쓰고 싶다고 생각하면서도 모든 것이 거추장스러워 어쩔 도리가 없다. 기러기가 울고 있다. 나는 정말 시인인 것일까? 시는 인쇄기계처럼 얼마든지 쓸 수 있다. 다만 그냥 마구 쓸 수 있다는 것일 뿐이다. 한 푼도 돈이 되지 않는다. 활자화되지도 않는다. 그런 주제에 무엇인가를 맹렬하게 쓰고 싶다. 매일 화재를 끌어안고 돌아다니는 것 같은 것이다.

문자를 늘어 놓는다. 모양이 갖춰진 것인지 어쩐지 의문이다. 이것이 시라는 것일까?

연초恋草[154] 를 수레에 일곱 수레

사랑하는 마음

내 마음도

---

154 사랑하는 마음이 격하게 불타오르는 모습을 풀이 무성하게 자라는데 비유하여 표현한 말.

옛날에 훌륭한 느카타額田 모 씨[155] 라는 여자가 읊은 노래도 엉터리인 것일까? ……나는 누에처럼 열심히 실을 토한다. 그저 아무런 기교도 없이. 매일매일 실을 토한다. 위장이 텅 비도록 실을 토하고 죽는다.

돈 한 푼 되지 않는다는 것이 불행한 것도 아니며, 운이 나쁘다고 단정하며 덤벼들 일도 아니다. 희망이 없는 항해 같은 것이기는 하지만, 어딘가 떠 있는 희망의 섬이 보이지 않을까 하며 초조해한다.

유진 오닐의 희곡 「포경선」을 읽고 외로워졌다. 책을 읽으면 책이 모든 것을 말해 준다. 사람의 말은 종잡을 수가 없지만, 책으로 쓰여진 글은 사람의 마음을 확실히 사로잡아 마지 않는다.

이제 곧 겨울이 온다
하늘이 그렇다고 한다
이제 곧 겨울이 온다
산의 나무가 그렇다고 한다
가랑비가 이야기를 해 주러 달려왔다
우체부가 둥근 모자를 썼다

---

155 느카타노 오키미(額田王, 생몰년도 미상). 아스카시대(飛鳥時代) 황족 시인. 덴무천황 (天武天皇)의 비.

밤이 이야기하러 왔다
이제 곧 겨울이 온다
쥐가 이야기하러 왔다
천장 위에서 쥐가 보금자리를 만들기 시작했다
겨울을 등에 지고
많은 인간들이 시골에서 찾아온다

동화를 지어 보았다. 팔릴지 어떨지는 모른다. 기대는 전혀 하지 않고 그냥 아무렇게나 썼다. 쓰다보면 막히고 그러면 또 다시 쓴다. 산더미처럼 많이 쓴다. 바다처럼 많이 쓴다. 내 생각은 그것뿐이다. 그러면서도 머리속에서는 쓸 데 없는 생각이 들기도 한다.

그 사람도 그립다. 이 사람도 그립다. 부처님, 나무아미타불. 목을 매고 죽을 결심이 서면 그것으로 괜찮을 것이다. 그 결심 앞에서 나는 소설을 하나만 써야지. 모리타 소헤이森田草平[156] 의 『매연煤煙』 같은 소설을 써 보고 싶다. 깊은 밤에 야나카谷中 묘지 쪽으로 산책을 갔다. 한없이 반짝이는 무수한 별빛. 무슨 목적으로 걷고 있는지는 모르지만 그래도 나는 걷는다. 안마사 두 명이 피리를 불면서 크게 웃으며 지나간다. 하계下界는 땅에 닿을락 말락 안개

---

[156] 모리타 소헤이(森田草平, 1881.3.19.-1949.12.14)는 작가, 번역가. 대표작은 『매연(煤煙)』(1910-1913).

가 자욱하며 가을이 깊어감을 느끼게 했다.

석수장이 집 새 돌의 흰색이 엄청 가벼워 보인다. 나는 울었다. 갈 곳이 없어서 울었다. 돌에 기대어 본다. 언젠가는 나도 묘지석이 될 때가 올 것이다. 언제인지는.……나는 귀신이 될 것인가?……귀신은 아무것도 먹을 필요도 없고 하숙비를 독촉당할 걱정도 없다. 육친에 대한 감정. 보은을 해야 한다는 별 볼 일 없는 가책. 모두 다 연기와 같이 부질없다.

덧문 안에서 석수장이 집 가족들의 목소리가 난다. 아직 인연이 없는, 누구의 묘비가 될지도 모르는 새 돌에 둘러싸여 석수장이는 평화롭게 자고 있다. 아침이 되면 또 망치를 휘두르며 부지런히 돌을 쪼아 돈으로 만들 것이다. 어느 일이나 다 마찬가지이다. 돌에 걸터앉아 있자니 엉덩이가 시려 온다. 일부러 몸을 고독에 침잠하고 있는 모습을 하고 있자 쉴 새 없이 눈물이 흐른다.

평화롭게 덧문을 닫은 골목길이 아득하게 계속되고 있다. 성선 지하철 소리가 난다. 향기로운 꽃냄새가 풍기고 있다. 나는 항상 배가 고프다. 조금이라도 돈이 있으면 나는 오노미치로 돌아가고 싶다.

나는 다마가와多摩川에 있는 노무라野村 씨하고 같이 살까 한다. 아무래도 혼자서는 살아갈 자신이 없다. 아무도 지나가지 않은, 별이 빛나는 어두운 길을 따라 묘지 쪽으로 걸어 보았다. 무서운 일이 있으면 일부러 부딪혀 보고 싶은 피폐한 기분이다. 재미가 없으면 옷을 걷어올리고 기어서 돌길을 돌아다니고 싶을 정도이다. 미친 사람이란 바로 이런 사람을 말하는 것이겠지.……결국 나는 무엇을 추구하는 것일까 하고 생각해 본다. 돈이 있었으면 한다. 잠깐 만이라도 안착할 장소가 있었으면 한다.

낯선 골목에서 골목으로 빠져 나가 돌아다녔다. 아직 잠을 자지 않고 떠들썩하게 이야기를 하는 집도 있다. 조용히 잠이 든 집도 있다.

10월 x일

단고자카에 있는 도모야 시즈에友谷静栄[157] 씨의 하숙집에 갔다. 『두 사람二人』이라는 동인잡지를 내는 이야기를 했다. 돈 10엔도 융통할 수 없는 처지에 잡지를 낸다는 것은 불안하지만 도모야 씨가 어떻게든 해 줄 것이 틀림없다. 풍족하게 사는 사람들의 생활은 낯설다고나 할까 뭐라 딱히 표현을 할 길이 없다.

도모야 씨가 가자고 해서 둘이 목욕탕에 갔다. 자그마한 두 사람의 나체가 아침 거울에 비치고 있다. 마이욜[158] 의 조각 같은 두

---

[157] 생몰년도 미상의 시인. 경성에서 여학교 졸업. 시인 오노 도자부로(小野十三郎)와 5년간 동거. 하야시 후미코와 시 팜플렛 『두 사람』을 3호까지 간행.

[158] 아리스티드 마이욜(Aristide Bonaventure Jean Maillol, 1861.12.8.-1944.9.27). 19세기에서 20세기 전반에 활동한 프랑스의 조각가, 화가. 주요작품에 「파라솔을 든 여인(Woman with a Parasol) 」(1895), 「지중해(Mediterrane)」(1902~1905), 「루이 오귀스트 블랑키 혹은 속박 속의 몸짓 (Louis-Auguste Blanqui or Action enchaînée)」(1906), 「밤(The Night) 」(1920),

사람의 모습이 고양이가 장난을 하고 있는 것 같았다. 불현 듯 나는 외국에 가고 싶어졌다. 바나나를 머리에 잔뜩 이고 있는 인도인이 있는 도시라도 괜찮다. 어딘가 멀리 가고 싶다. 여자 뱃사람은 될 수 없을까? 외국배에 간호사 같은 직업은 없을까?

시를 써 봤댔자 평생 가난에서 벗어나지 못하고 무엇보다도 굶어서 말라 죽을 수밖에 없다. 내가 구리시마 스미코栗島澄子[159] 만큼 미인이라면 더 행복하게 살 수 있었을 텐데.……도모야 씨도 아름다운 여성이다. 이 사람은 온몸에 자신감이 충만해 있다. 피부색이 가무잡잡하지만 그 피부의 색에서는 야생 과일 향기가 난다. 내 알몸은 완전 긴타로金太郎[160]. 그냥 뒤룩뒤룩 살이 쪘다. 품위 없이 엉덩이가 크다. 단 것을 먹는 것도 아닌데 자꾸 살이 찐다. 뒤룩뒤룩 살이 잘도 찐다.

도모야 씨는 목덜미에 분을 덕지덕지 발랐다. 거무스름한 피부가 눈처럼 엷게 녹아 버린다. 오랫동안 분칠을 한 적이 없어서 나는 남자아이처럼 거울 앞에 서서 체조를 해 본다. 문득 이대로 전

「강(The River)」(1938~1943).

159 구리시마 스미코(栗島すみ子, 1902.3.15.-1987.8.16). 메이지, 다이쇼시대 인기 여배우. 대표작에 「트렁크(トランク)」(1921), 「금색야차(金色夜叉)」(1922), 「두견새(不如帰)」(1922), 「진주부인(真珠夫人)」(1927).

160 사카타노 긴토키(坂田金時)의 어렸을 때 이름으로 얼굴이 붉고 살이 찐 아이를 대표한다.

차길까지 달려가서 돌아다니면 이상하겠지 라는 생각을 한다. 알몸으로 거리에 나갈 수가 있을까?……어떤 노래엔가 그런 가사가 있었는데, 좋아해 주는 사람이 아무도 없다면 나는 그 사람 앞에서 알몸으로 울어 볼까 하고 생각한다.……

목욕탕에서 돌아와 도모야 씨와 함께 단고자카에 있는 기쿠소 바菊そば라는 메밀국수집에 들렸다. 메밀국수 위에 올린 김 향기가 훌륭하다. 하늘도 환하게 쾌청. 정원에는 커다란 흰 국화가 소면처럼 하얀 종이 받침 위에 피어 있다. 기형적으로 큰 국화송이다.

목욕을 하고 나서 메밀국수를 먹는 것은 지극히 행복한 일. 『두 사람』은 500부 정도 찍어서 18엔 정도로 팔자고 이야기가 되었다. 8페이지 분량으로 종이는 질이 좋은 고급 종이로 해 준다고 한다. 나는 메이센銘仙[161] 하오리를 저당잡힐 일을 생각한다. 아마 45엔은 빌려 줄 것이다.

썼다. 그저 그렇게 할 뿐. 필사적으로 썼다. 서양시인인 양하는 것은 어떨까? 잘난 척은 잠시 보류. 먹고 싶을 때는 먹고 싶다고 쓰고 반했을 때는 반했다고 쓰면 된다. 그러면 되는 것 아닌가? 하늘이 아름답다든가 그릇이 예쁘다든가 하며, '아아'라는 감탄사만 써서 속일 일이 아니다. 나는 조만간 본격적으로 다다이즘 시를 쓸 것이다.

---

161 꼬지 않은 실로 거칠게 짠 비단.

제3부   우는 여자 441

돌아오는 언덕길에서 우연히 이소리 신타로 씨를 만났다. 이렇게 날씨가 서늘한데 엉덩이까지 옷을 걷어올렸다. 사지 기모노에 딱딱한 허리띠. 나는 하숙집으로 돌아가는 것이 내키지 않아서 도자카로 나와서 센다기초 쪽으로 걸어갔다. 서늘한 거리에 악대들이 지나간다. 아이소메 쪽에서 일고一高[162] 쪽으로 빠져 봤다. 제국대학 은행나무가 금빛을 하고 있다. 레스토랑 엔라쿠켄燕楽軒에서 꺾어져 봤다. 기쿠후지菊富士호텔이라는 곳을 찾았다. 우노 고지宇野浩二[163] 라는 사람이 오랫동안 묵었기 때문이다. 소설가는 시인 같지 않아서 좀 무섭다. 귀신 같은 이야기를 꺼내면 이쪽이 무섭다. 그러면서도 어쩐지 만나 보고 싶다.

누워서 소설을 쓰는 사람이라 한다. 환자인가? 누워서 쓰는 것은 어려운 일이다. 호텔은 금방 찾았다. 벌벌 떨며 들어갔는데 식모가 싹싹하게 안내를 해 준다. 우노 씨는 파란 이불을 덮고 누워 있었다. 정말 누워서 글을 쓰는 게 틀림없다. 스페인사람처럼 귀밑머리가 긴 사람. 소설을 쓰고 있는 사람은 방안까지 뭔가 충만한 느낌이었다. '이야기를 하듯이 쓰면 될 거예요.'라고 했다. 나는

---

162 1886년 개설된 구제 제일고등학교(第一高等学校)의 약칭. 1945년 이후 도쿄대학 교양학부로 통합.

163 우노 고지(宇野浩二, 1891.7.26 ~ 1961.9.21). 일본의 소설가. 세속에 물들지 않으면서 고요하고 평안한 느낌을 주는 독자적 작품을 확립. 주요 저서로는 『고목이 있는 풍경(枯木のある風景)』, 『자식을 빌려주는 집(子を貸し屋)』(1923) 등.

마음속으로 그게 그렇게 마음대로 되지 않아요 라고 대답했다. 어수선한 방. 누군가 찾아왔다고 해서 서둘러 물러났다. 아아, 우노 고지한테까지 가기에는 전도가 너무 요원하다. 우노 고지라는 이름은 좋은 이름이다. 누워서 글을 쓸 수 있다니 대단한 사람이라고 생각된다. 이야기를 하듯이 쓴다는 것이 문제다. 그게 참, 나는 써 봤자 아무 소용이 없다.

작가의 방은 어쩐지 무시무시하고 기분이 나쁘다. 돌아다니면서 여자 미술 생도의 보라색 하카마색이 그윽하게 느껴졌다. 소설이란 시시한 것인지도 모른다. 사람들은 활기차게 돌아다니고 이야기하며 살고 있다. 거리를 돌아다니는 것이 소설보다 재미있다.

저녁때 하숙집으로 돌아왔다. 노무라 씨가 일요일에 놀러 오라는 메모를 남기고 갔다. 횅한 방안에 앉아 본다. 안정이 되지 않는다. 누워 있는 우노 고지의 흉내라도 내 볼까 생각했지만, 살이 쪄서 두 팔꿈치가 저릴 것이 분명하다. 저녁 무렵의 하숙집은 떠들썩하다. 모두 돈을 지불하고 있으니 음식 찌는 냄새도 부럽다.

1924년

겨울 나팔꽃

12월 ×일

아침부터 눈이 계속 내리는 가운데, 아이를 업은 요시芳 짱하고
밖에 나갔다. 쌓일 것 같지만, 함박눈은 의외로 빨리 녹아 버린다.
간에이지寬永寺 언덕을 지나가는 도중에 교지로 씨를 만났다. 친구
집에서 잤다고 하며 낯선 두 남자와 나란히 추운 아이소메 쪽으로
내려갔다.

교지로 씨는 좋은 남자다. 그 사람은 거짓말을 하지 않는다. 하
지만 나는 교지로 씨의 시는 전혀 이해가 안 된다. 교지로 씨를 보
면, 바로 오카모토 씨 생각이 난다. 나는 오카모토 씨가 좋다. 도모
야 씨의 남편이라는 사실이 몹스 거슬린다. 하지만 남자라는 존재
는 나 같은 여자는 안중에도 없다.

너무나 추워서 언덕 중간쯤의 절 앞에 있는 붕어빵집에서 붕어
빵을 10전어치 샀다. 요시 짱하고 걸어가면서 먹었다. 나머지 두
개를 한 개씩 나누어 겨드랑이 사이 살에 직접 대 보았다.

"앗, 뜨거워."

요시 짱이 웃었다. 나는 붕어빵을 위장 부근에 대 보았다. 알싸

하게 피부가 따끈해져서 기분이 좋다. 손난로를 품고 있는 것 같았다. 견딜 수 없는 외로움이 위속으로 전해져 왔다. 눈이 내리는 간에이지 언덕. 다 올라가니 우구이스다니 역에 놓인 육교. 육교를 건너 갓파자카合羽坂로 나와서 미리 부탁을 해 둔 중개업소에 갔다. 이나게稻毛 여관의 식모와 아사쿠사 쇠고기집이 나한테는 제일 잘 어울린다.

오요시는 아이를 데리고 이나게로 가겠다고 했고 나는 아사쿠사가 좋다고 결정했다. 굳이 먼 이나게 여관의 식모가 되지 않아도 될 것이라고 생각했지만, 오요시 씨는 이나게를 매우 마음에 들어했다. 아이가 소아천식이라서 바닷가에서 일하는 것이 아이를 위해 좋다는 것이다. 아이는 사생아로 아버지는 대의사代議士[164] 라고 하는데, 그것도 정말인지 어쩐지 나로서는 알 수 없다. 예쁘지도 않은 오요시에게 그런 남자가 있을 것 같지도 않았고, 첫째 그것이 정말이라면 굳이 이나게까지 갈 필요도 없을 것이다. 나는 수수료 3엔을 내고 손해를 본 기분이 들었다. 보증인이 필요하지 않은 것이 무엇보다 다행이다.

아사쿠사 고서점에서 헌『문장구락부文章俱樂部』를 보고 샀다. 노란 색 페이지 광고에 19세 천재 시마다 세이지로 저『지상地上』이라는 광고가 눈에 띄었다. 열아홉 살 나이는 천재라고 하기에 잘 어울리는 나이인지도 모르겠다. 나도 천재는 늘 꿈꾸지만 이 천재

---

164 국회의원 '중의원 의원(衆議院議員)'의 속칭.

는 배가 고픈 것에만 마음이 빼앗겨 범재로 끝나 버릴 것 같다

　도대체 어디에 가면 평화롭게 밥을 먹을 있는 것인가? 밥을 굶
고서는 아무것도 사랑할 생각이 들지 않는다. 첫째 이렇게 추워서
는 모든 것이 움츠러든다. 홑옷을 겹쳐 입고 꼬질꼬질 더러워진 메
린스 하오리 차림으로는 제대로 된 일자리를 구할 수가 없다.

　아사쿠사에 갔다. 공원 안에서 우동을 한 그릇씩 먹고, 내친 김
에 배 위에서 식은 붕어빵도 꺼내 먹었다. 우동집 처마 자락 끝으
로 싸락눈이 섞인 차가운 바람이 불어든다. 곤로 두 개 에서 불꽃
이 정신없이 인다. 불길이 거세다. 뜨거운 차를 몇 잔이나 마셨다.
오요시는 포대기를 풀어 아이를 내려 놓고 젖을 먹이고 기저귀를
갈아 주고 있다. 홈빡 젖은 기저귀 냄새가 불쾌해서 견딜 수가 없
었다. 여자만 궁핍한 팔자가 되는 것 같다. 평생 아이는 갖고 싶지
않다고 생각했다. 아이는 몇 번이나 귀엽게 재채기를 했다.
　8전에 산 버선에도 구멍이 났다. 나는 젊은데도 발이 까슬까슬
건조하다. 땅딸보다. 도기로 된 너구리인형 같다. 어차피 그런 것
이다. 그죠, 관음님. 나는 당신 따위 떠받들며 모실 생각 없어요.
더 괴롭혀 주세요. 이익이라는 것은 부자들한테나 진상하시죠.
　우동 트림이 나온다. 정말 싫다. 우동에 무슨 철학이 있겠어.
천재는 카스테라를 먹고 있겠지? 우동 인생. 나는 그런 주제에 고
상함이라든가 문학, 음악, 회화 같은 것에 무관심할 수가 없다. 「폴

과 비르지니Paul et Virginie」[165] 라니 귀여운 소설 아냐? 이 세상에는 「오블로모프Oblomov」[166] 도 있습니다. 오네긴 님[167], 그럼 이만 총총. 한 번이라도 좋으니까 나와 사랑을 이야기할 사람은 없는 것일까?……내일부터 쇠고기집 여종업원이라니 슬프다. 도살업자가 잔뜩 찾아온다. 지옥의 냄비에서 끓여 주는 역은 결국 처녀귀신. 아아, 한심한 인생이네요.

나는 여배우이고 싶다. 아사쿠사는 사람들의 물결. 갈 곳 잃은 떠돌이들의 도시이다.

12월 x일

고마가타駒形의 미꾸라지요리점 근처에 있는 홀리네스 교회 옆옆의 지모토라는 가게. 우선 그 가게 앞을 두세 번 왔다 갔다 하며 동정을 살펴보았다. 어젯밤 소금덩어리가 부숴져서 가루가 되었다. 햇살이 희미하게 비치는 판자로 된 울타리. 다른 사람의 집은 무섭다. 소 우牛 자가 갑자기 몰려와서 북적거릴 분犇 자로 보인다. 아아, 내게는 절호의 기회라는 것이 없다. 나는 젊다. 젊으니까 기

---

165 프랑스의 베르나르댕 드 생-피에르(Paul et Virginie, 1737.1.19.-1814.1.21)의 1787년 소설.

166 이반 곤차로프(Ivan Goncharov, 1812.6.18.-1891.9.27)의 1859년 소설.

167 오네긴(Onegin). 러시아의 시인 푸시킨의 운문소설 『오네긴』(1831)의 주인공. 1820년 대의 러시아 청년 귀족으로 하는 일 없이 경조부박한 오네긴은 맑고 깨끗한 처녀 타치아나의 진실한 사랑을 물리치고 놀이 삼아 친구 렌스키와 결투하여 그를 죽이고 말았다. 그는 러시아의 이 곳 저 곳을 방랑한 뒤에 이제는 사교계의 여왕이 되어 있는 타치아나를 만나 처음으로 마음을 고백하였으나 거절당한 뒤 떠나갔다.

회를 잡고 싶다.

지모토 입구로 들어갔다. 부엌의 젊은 남자가 큭 하고 웃었다. 뻗친 머리가 귀를 덮수룩하게 덮고 있는 것이 우스운 것인지도 모르겠다. 유행이란 것은 내게는 전혀 어울리지 않지만 역시 요즘 유행하는 스타일은 흉내를 내보고 싶다.

여종업원 방에서 빠꼼이 내다보는 얼굴이 있다. 원숭이처럼 주름살투성이인 여주인이 된다는 것도 아니고 안 된다는 것도 아닌 표정으로,

"그래요, 일해 보세요."

라고 하는데 시원하기 그지없다. 가진 것이라곤 보따리 하나. 우선 아침식사로 덮밥 한 그릇에 간모도키[168] 한 접시. 아아, 너무 기뻐서 나는 무릎을 꿇을 정도로 당황하고 말았다.

사랑이란 것은 뻔 한 것
참으로 사랑이란 쉽게 져 버린다네
밥 한 그릇에 무너져 내리는 거지의 즐거움
콧물을 훌쩍거리며 마음을 내던지고
밥을 먹는 평안한 모습
이것도 내 몸이네 진정한 나의 몸이여
아아, 모든 것을 잊게 하는 굶주림의 수행

---

168 두부를 으깨 마늘, 연근, 우엉 등을 섞어 기름으로 튀긴 요리.

꼬리를 흔들며 먹는 오늘의 밥

무숙자無宿者가 걸어가는 길

온통 광야로 변한 항간의 바람

아아, 무정한 바람이라 한탄하는 내 신세

기름이 떠서 걸죽한 국물에 잠긴 쇠고기 냄새. 토할 것 같다. 여종업원들은 다 합쳐서 여덟 명이라고 하는데, 다섯 명이 출퇴근이고 가게에서 먹고 자는 사람은 세 명. 하나같이 예쁘지는 않다. 귀를 덮수룩하게 덮는 것은 이상하다고 하며 즉시 미장원으로 데리고 갔다. 이초가에시로 묶는다고 했다. 나는 아직 모모와레가 어울리는 젊은 나이인데. 이초가에시로 해야 한다고 해서 실망을 했다. 덕지덕지 바를 분도 사야 한다. 어쨌든 목욕탕에 가서 목만 하얗게 바르니 이상하다. 목욕탕에 같이 간 스미澄 씨가 미소노御園의 분이 제일 좋다고 가르쳐 주었지만, 이미 이초가에시로 묶고 돈은 다 내 버렸으니 분은 이삼일 빌리기로 했다.

저녁때부터 여종업원 방은 아주 떠들썩하다. 아기에게 젖을 먹이는 여자도 있다. 모두 스물 대여섯은 되어 보이는 여자들뿐. 내가 아직 소매를 어깨까지 징그고 있다고 하자 키득키득 웃는다. 오요시한테서 빌린 기모노의 화장이 길어서 그런 것이라고 설명하려다 귀찮아져서 그만두었다. 모두 오십보백보로 그렇고 그런 처지에 심술궂은 이 사람들에게 화가 났다.

아침에 나를 보고 큭 하고 웃은 요리담당자는 요시쓰네 씨라고
했다. 조리실에 불통을 들고 불을 가지러 가자,

"당신, 서양식 머리보다 지금 그 머리가 훨씬 잘 어울려."

라고 말해 주었다. 그리고,

"어이, 귤 먹어."

라고 하며 작은 귤을 두 개 던져 주었다. 요시쓰네 씨는 사다쿠
로定九郎 같은 느낌으로 요이치베与市兵衛[169] 를 죽일 것 같은 무시
무시한 얼굴을 하고 있다.

이삼일 동안은 홀에 나가지 못하고 심부름만 했다. 불을 나르
고 신발 정리를 했다. 맥주나 술도 날랐다. 열두 시나 되어야 간판
을 내린다. 다리가 땡길 정도로 파김치가 되고 만다. 마른 참억새
와 새장 속 새가 즐겁게 노래를 한다. 아아, 이래서는 내 신세가 소
牛처럼 북적거릴犇 뿐이다. 시 한 줄 쓸 기력도 다 소진될 것 같다.
그렇게나 밥을 먹고 싶다고 바라면서……저녁은 고봉으로 담은
밥에 오징어졸임. 감사하게 먹으면서 빵만으로는 살 수 없다는 생
각을 한다.

내 존재에 대해 신경을 쓰는 사람이 아무도 없는 만큼 편안한
생활이다. 요시쓰네 씨는 몹시 친절하다.

---

169 『가나데혼 주신구라(仮名手本忠臣蔵)』의 등장인물로 딸을 유곽에 판 돈을 가지고 집
으로 가는 길에 사다쿠로(定九郎)에게 살해당해 금품을 빼앗긴다.

"당신 이런 곳 처음이야?"

"네,……"

"남편은 있어?"

"아니요."

"태어난 곳은 어디지?"

"단바丹波의 산속이요."

"허, 단바는 어디지?"

글쎄, 나도 잘 모른다. 말없이 조리실을 나갔다. 우선 고작 한 달 일할 것이라고 한 일터이다. 여종업원 방에 와서 한 숨 돌린 것은 밤 2시 넘어서이다. 나는 정신이 몽롱해졌다. 지저분한 목침에 덜 마른 수건을 대고는 베고 누웠다. 여자들은 누워서 설날을 어떻게 보낼까 이야기하고 있다. 어떤 남자한테 무슨 일을 당하고 이 남자한테 무슨 도움을 받았다는 둥. 아, 이런 사람들한테도 남자가 있나 싶어 묘한 기분이 든다. 오요시는 오늘은 아이를 데리고 이나게에 갔나보다.……나는 이곳에 있을 수 있는 만큼 있다가 다마가와多摩川의 노무라 씨에게 시집을 갈까 하고 생각한다. 더 이상 생각해 봤자 거기 밖에 믿을 구석이 없다.

12월 x일

요시쓰네 씨가 할 이야기가 있다고 한다. 무슨 이야기인가 하고 요시쓰네 씨를 따라 아침 거리를 걸었다. 진흙이 파헤쳐진 고마가타 거리에서 슬슬 공원 쪽으로 갔다. 롯쿠六区[170] 안에는 깃발의 행렬. 날품팔이 일꾼들이 어슬렁거리고 있는 효탄연못까지 오자 요시쓰네 씨는 종이에 싼 박피薄皮 만두 세 개를 꺼내 주었다.

"당신 몇 살이지?"

"스무 살,……"

"허, 젊어 보이네. 나는 열일고여덟은 됐나 싶었는데."

내가 웃으니 요시쓰네 씨는 머리를 긁적거리며 웃었다. 통소매로 된 무명옷을 입고 지저분한 나막신을 신고 있는 모습은 영락없는 사다쿠로. 할 이야기가 있다면서 좀처럼 이야기를 시작하지 않는다. 아, 그런가 하고 생각한다. 전혀 기쁘지 않은 것도 아니지만 어쩐지 좋아할 사람도 아닌 것 같다. 맑은 연못 주위는 지저분하고 춥다. 요시쓰네 씨는 삶은 계란 네 개를 샀다. 소금이 딱딱하게 붙어 있는 것이 한 개에 5전. 연못을 보며 이가 시릴 만큼 차가운 삶은 계란을 먹었다. 잎이 다 떨어진 등나무 아래에서 누더기를 입은 아이들 둘이 딱지치기를 하며 놀고 있다.

"나 몇 살로 보여?"

키가 큰 요시쓰네 씨가 두꺼운 입술 안에 계란을 잔뜩 물고 물었다.

"스물다섯 정도?"

"농담하지 마. 아직 징병검사 전이라구.……"

---

170 아사쿠사 롯쿠(浅草六区). 영화관이 즐비한 환락가.

어이쿠 그런가 하고 깜짝 놀라고 말았다. 남자의 나이는 도대체 알 수가 없다. 아, 그렇게 젊은가 하고 갑자기 편안해진 기분으로,

"당신은 어디 출신?"

하고 물어보았다.

"요코하마야."

아아, 바다가 보이는 곳이구나 라고 생각했다.

"당신은 왜 쇠고기집 같은데 있는 거지?"

"불경기라서 혼자 먹고 살 수 있는 곳이 아무데도 없으니까. 징병검사가 끝나면 장래를 생각해 볼 생각이야."

지저분한 연못 위에 던져 버린 계란 껍질이 반짝반짝 반사되고 있다. 별 이야기도 없다. 우울한 악대 소리가 난다. 돌길은 어제 내린 눈이 녹아 질척거리고 있다. 춥다. 관음님께 절을 하러 나카미세仲店로 갔다. 요시쓰네 씨가 갑자기 작은 목소리로,

"우리 집에 가지 않을래?"

라고 했다.

"어디?"

"마쓰바초松葉町에서 2층을 빌려 어머니하고 살고 있어. 어머니는 다른 집에 일을 하러 가서 안 계셔."

나는 요시쓰네가 너무 젊어서 가는 게 내키지 않는다. 어린애 주제에 좀 거북해서 견딜 수가 없다.

"어때?"라고 물어보길래, 나는,

"싫어."라고 했다.

요시쓰네 씨는 다시 걷기 시작했다. 나도 걸었다. 다만 너무 추워서 견딜 수가 없었다. 걷는 것은 아무렇지도 않은데 나는 사랑을 한다면 이제 좀 묵직한 남자가 좋다. 요시쓰네 씨가 사는 2층 셋집에 갈 생각은 추호도 없다. 요시쓰네 씨는 나카미세에서 작은 수공예품 핀을 사 주었다. 나는 한발 먼저 가게로 돌아왔다.

출퇴근하는 사람들은 아직 오지 않았다. 작은 핀이 무척 아름답다. 스미澄의 거울을 빌려 머리에 꽂아 보았다. 별 특별할 것도 없는 얼굴이지만 흰 목이 신기하게 애닮게 느껴졌다. 어쩐지 창녀가 된 듯한 섬짓한 기분이 들었지만, 은근히 자신감도 생겼다.

말이 핀을 꽂았다
비틀거리며 짐을 끄는 말
땀을 한 됫박이나 흘리며
그저 숙명에 끌려가는 말

고삐에 묶여 끌려가는 말
때때로 하얀 한숨을 토하고 있다
아무도 보는 사람은 없다
때때로 격렬한 기세로 오줌을 싸며
엉덩이에 채찍을 맞으며
언덕을 오르는 짐말

대체 어디까지 걷는 것일까
무의미하게 걷는다
아무 생각도 할 수가 없다

따분해서 연필을 핥으며 시를 썼다. 여자들은 이런저런 신상 이야기를 하고 있다. 누군가 내 핀을 보고,

"어머 예쁜 핀 샀네?"

라고 했다. 나는 모두에게 보란 듯이 자랑을 하고 있는 것 같았다.

『문장구락부』를 읽었다. 이쿠타 슌게쓰[171] 선選이라는 난에 투고시가 많이 실려 있다. 밤에 요시쓰네 씨가 또 귤을 주었다. 이 가게도 섣달 내내 바쁘다고 한다. 조리담당자가 내가 요시쓰네 씨한테 귤을 받는 것을 보고 놀렸다.

떠돌이신세이기는 하지만 꿈은 제각각 다양하다. 쓸쓸하기는 쓸쓸한 때이다. 요시쓰네 씨라는 이름은 한자가 '義経'라고 한다. 요시쓰네 씨는 선량 그 자체로 보이지만, 아무래도 이야기가 잘 맞을 것 같지가 않다. 내가 이 사람이 사는 2층에 가서 잔대 봤자 내 인생에 별일도 없을 것 같다. 이 사람하고 같이 산다고 해 봐야 나는 틀림없이 곧 헤어질 것이다. 요시쓰네 씨는 평화로운 사람이다.

---

171 이쿠타 슌게쓰(生田春月, 1892.3.12.-1930.5.19). 시인. 하이네 등의 외문문학 번역. 시집 『영혼의 가을, 마음의 단편(靈魂の秋 心の斷片)』(1917), 번역 『하이네시집(ハイネ詩集)』(1919).

12월 x일

세밑 대방출 경기는 정말이지 엄청나다. 나는 이제 겨우 손님 앞에 나갈 수 있게 되었다. 팁은 꽤 받지만 가끔 여자들이 심술을 부려 빼앗겨 버리는 일도 있다. 요시쓰네 씨가 말했다.

"너, 책 읽는 거 엄청 좋아하네. 너무 많이 읽으면 근시가 될 걸."

나는 너무나 우스웠다. 이미 옛날에 근시가 되었다구. 이나게의 오요시한테서 편지. 사정이 여의치 않아서 설 전에 다시 도쿄로 돌아오고 싶다는 이야기. 아이는 계속 감기에 걸려서 백일해가 심하단다. 오요시는 목수하고 부부가 되었다고 한다. 아무래도 먹고 살 수가 없어서, 아이가 있어도 된다고 해서 잘 됐다 싶어 목수하고 부부가 되었으니, 공부를 할 거라면 방 하나 정도는 빌려 줄 수 있다는, 신나는 이야기다.

나는 설 명절에는 노무라 씨에게 가고 싶다. 노무라 씨는 빨리 같이 살자고 한다. 그 사람도 가난한 시인. 여기에서 처음으로 보라색 메이센 옷감 두 마를 샀다. 금 5엔이다. 연말까지는 옷단과 하오리 안감을 살 수 있을 것 같다. 오늘은 미장원에 다녀오다가 요시쓰네 씨를 만났다. 또 할 이야기가 있다고 한다. 요시쓰네 씨는 갑자기, '이건 플라토닉 러브야'라고 했다. 나는 우스워서 키득 키득 웃었다.

"플라토닉 러브라니 그게 뭐야?"

"반했다는 것이겠지."

나는 어쩐지 꼭 노무라 씨가 아니더라도 괜찮을 것이라고 생각했다. 요시쓰네 씨하고 같이 살아도 될 것 같은 느낌이 들었다. 추워서 밀크 홀에 들어갔다. 커다란 컵에 우유를 찰랑찰랑 따라 주었다. 요시쓰네 씨는 홍차가 좋다고 했다. 오늘은 내가 대접을 했다. 겨자씨를 뿌린 팥빵을 시켜 먹었다. 보라색 소가 부드러운 것이 무지 맛있었다. 금 20전을 지불했다.

요시쓰네 씨는 다달이 5,60엔 정도는 번다고 한다. 아이가 생겨도 힘들지는 않을 거라고 했다. 나는 오요시의 지저분한 아이 생각이 나서 소름이 끼쳤다.

"나는 시집을 갈 생각은 없어. 공부를 하고 싶어. 요시쓰네 씨는 더 젊은 열예닐곱 정도 되는 신부가 좋을 거야.……"

요시쓰네 씨는 묵묵히 듣고 있다가 잠시 후 물었다.

"무슨 공부지?"

무슨 공부냐고 물으니 나도 곤란했다.

"나는 여학교 선생님이 되고 싶어."

요시쓰네 씨는 이상하다는 표정을 지었다. 나도 이상한 느낌이 들었다. 뭔가 죄를 짓는 듯한 꺼림칙한 기분이다. 저녁때부터 비. 요시쓰네 씨는 무지 정중하다. 플라토닉 러브라고 한 얼굴이 갑자기 중학생처럼 보인다.

스미의 손님에게 불려가서 술을 꽤 마셨다. 조금도 취하지 않는다. 손님은 제국대학 학생들 뿐이다. 요시쓰네 씨하고 비슷한데 모두 너무 앳된 얼굴들이다.

"이 사람은 책만 읽고 있어."라고 스미가 말했다.

"무슨 책을 읽고 있는데?"

땅딸막하고 키가 작은 학생이 내게 술을 따르며 물었다. 나는 '사루토비 사스케'[172] 라고 대답했다. 모두 와하고 웃었다. 사루토비 사스케가 왜 웃기는지 나는 이해가 되지 않았다. 취한 기운에 고야다카오紺屋高尾[173] 를 웅얼거려 보였다. 모두 깜짝 놀랐다.

학생이란 그런 것인가 보다. 너무 취해서 여종업원 방으로 물러났는데 속이 울렁거리며 토할 것 같았다. 요시쓰네 씨가 들여다보러 왔길래 잘 됐다 싶어 세숫대야를 갖다 달라 했다. 시큼한 것이 모두 나왔다. 다 토했다.

"요시쓰네 씨"

"왜?……"

"거기에 서 있지 말고 소금물이라도 가져다 줘."

요시쓰네 씨는 바로 소금물을 만들어다 주었다. 허리띠를 풀자 50전짜리 동전이 짤랑짤랑 방바닥에 떨어진다.

"무리해서 마시니."

"음, 플라토닉 러브라서 마신 거지. 당신 그렇게 말했잖아.……"

요시쓰네 씨가 갑자기 쭈그리고 앉아 내 등을 언제까지고 쓰다듬어 주었다.

1924년

---

172 사루토비 사스케(猿飛佐助)는 강담이나 다쓰카와문고(立川文庫)의 소설에 등장하는 밀정.
173 샤미센(三味線) 반주에 노래하는 로쿄큐(浪曲) 혹은 라쿠고(落語)의 하나로, 다이쇼시대 말에 유행.

술안경

12월 × 일

불을 피우고 싶어서 빈 숯가마니와 낙엽을 모아 훨훨 태웠다.
나는 이런 조건에서 살아갈 힘이 없다. 조금도 없다. 중요한 것을
찾아서 태워 버리고 싶어졌다. 방안에 들어가서 중요한 것을 찾아
보았다. 노무라 씨의 시 원고 세 장 정도를 꺼내 불 위에 그슬려 보
았다. 타 버리면 이 시는 재가 될 것이라 생각하자, 밉기도 미웠지
만 어쩐지 용기가 나지 않아서 안 되겠다고 생각하고 다시 원래 자
리에 되돌려 놓았다.

나는 아무것도 할 수 없다. 점점 용기가 없는 여자가 되어 가고
있다. 오늘 아침 우리들은 목숨을 걸고 싸웠다. 그리고 남자는 제
하고 싶을 만큼 하고 밖으로 나가 버렸다. 뒷수습을 하는 것은 나
다. 장지문은 찢어지고 커튼도 찢어지고 접시고 밥그릇이고 성한
것이 없다. 가난하다는 것이 이렇게도 우리들의 심신을 피폐하게
만든다. 잔혹할수록 노골적으로 된다. 나는 남자가 이렇게 미운 적
이 없었다. 발로 걷어 채여서 부엌 찬장에 꿀어 박혔을 때는, 이 사
람이 나를 정말로 죽이겠다 싶었다. 나는 어린아이처럼 소리를 지

르며 울었다. 몇 번이나 걸어 채여 아프다기 보다는 배려심이라고
는 없는 남자의 마음이 미웠다.

　거의 매일 나는 남자의 원고를 잡지사에 가지고 갔다. 전혀 팔
리지 않았다. 이제 더는 가고 싶지 않다고 농담처럼 던진 말이 그
렇게나 화가 났을까? ……나는 아무리 힘들더라도, 마음에 없이
생글거리지는 않을 것이라 생각했다. 아무래도 가고 싶지 않을 때
가 가끔은 있는 법이다. 영문도 모르는 곳에 심부름을 가는 것은
견딜 수가 없다. 자기가 가면 될 것 아닌가. 나는 이제 그런 가혹한
심부름은 지긋지긋하다.

　밥을 먹고 살 수도 없는데 그렇게 한가한 소리 하지 말라고 고
함을 질렀다. 밥을 먹고 살 수 없다고 해도 나는 이제 거지가 되는
기분은 참을 수가 없다. 불에 태우면서 나는 이번엔 꼭 헤어지겠다
고 생각했다. 그런 주제에 돈 한 푼 없이 집을 뛰쳐나간 남자를 생
각하며 속절없이 울었다. 어떻게 하고 있을지 가여웠다.
　길 아래 잉어가 노니는 연못이 석유색으로 빛나고 있었다. 주
인집 식모로 보이는 이가 〈마른 갈대〉라는 노래를 부르며 옆길로
지나가고 있었다. 주인은 미야타케 가이코쓰宮武骸骨라는 사람이
라고 한다. 집에서 한참 떨어진 언덕 위에 저택이 있어서 그 사람
들을 본 적은 없다. 나의 집은 다다미 여섯 장짜리 단칸방에 붙박
이장과 부엌, 벽은 흙벽은 없고 함석으로 되어 있는데, 전에는 창

고였던 것 같다. 나는 이곳으로 이사를 와서 벽에 신문지를 이중으로 발랐다. 이불은 노무라 씨의 것으로 충분하다고 해서 하숙집 방세를 보태고 3엔 정도 남은 돈으로 커튼과 쌀을 사서 시집을 온 것이건만,……불에 태우면서 이런저런 생각을 한다. 이제 이것으로 내 인생이 끝난 것일지도 모른다. 나는 죽고 싶었다. 이제 이런 삶이 귀찮다. 혼자 살기에는 외롭고 둘이 되면 더 힘들다고 생각하니, 이상하게도 세상이 덧없게 느껴졌다.

밤에 뜯어진 커튼을 꿰매면서 여러 가지 공상을 했다. 불기 없이 얼어붙을 듯한 깊은 밤. 발자국 소리가 날 때마다 귀를 쫑긋 세운다. 멀리서 다마가와행 전차가 웽웽 소리를 낸다. 너무 조용해서 귓속이 멍하니 울린다. 앞으로 어떤 일이 일어날지 짐작이 되지 않는다. 어떻게든 되겠지 하는 생각도 해 본다. 아침부터 밥을 먹지 않아서 온몸이 으스스하다. 호랑이처럼 느릿느릿 기어다니고 싶은 격렬한 기분이 든다.

방안을 깔끔하게 정리하고 잠자리를 폈다. 여기도 시트는 없는 잠자리. 잠옷이 없어서 나는 알몸으로 잔다. 물에 뛰어든 것처럼 차갑다. 이불 위에 기모노를 척하고 덮었다. 기모노 냄새가 난다. 가끔씩 베개 맡에서 잉어가 튀어 오른다. 깊은 밤 가도를 트럭이 땅을 울리며 언덕을 올라간다.

모독은 삼가 주시길

나는 불평도 불만도 없다

아아, 백방으로 손을 써 봐도

이 모양 이 꼴

하느님도 웃고 계시네

때도 때이니 만큼

나는 다시 순례를 나간다

때는 왔다 신의 나라는 가까워졌다

그대 회개하고 복음을 믿으라

아아 여자 사루토비 사스케 복장으로

하늘을 날아 불구덩이를 건너

핏방울 튀기며 나는 싸운다

복음은 천둥소리 같은 것일까?

잠시 여쭙습니다

아무래도 배가 고파 견딜 수가 없어서 나는 다시 차가운 기모
노를 입고 곤로에 불을 지폈다. 물을 끓여서 대나무껍질에 붙은 한
입 정도 되는 된장을 물에 풀어 마셨다. 중화메밀국수가 너무나 먹
고 싶었다. 돈이 10전도 없는 것은 나락으로 떨어진 것이나 마찬가
지이다. 초가지붕 위에서 자갈 같은 것이 뚝뚝 떨어지고 있다. 이
곳은 언덕 위에 있는 단독주택. 요괴가 나오거나 말거나. 교카[174]

---

174 이즈미 교카(泉鏡花, 1873.11.4.-1939.9.7). 소설가로 낭만주의, 환상문학, 관념문학을 창

처럼 연못의 잉어가 펄떡펄떡 튀어 오르고 있다. 뜨거운 된장물을 홀짝이는 내 머리에는 필시 커다란 귀라도 돋아날 것이다.……미칠 것 같았다. 도저히 어쩔 수 없다고 생각하면서 깊은 밤에 그 사람이 팥빵을 잔뜩 사들고 돌아올 것 같은 느낌이 들었다. 어렴풋이 발자국 소리가 나서 나는 맨발로 밖으로 나가 보았다. 눈이 왔나 싶을 만큼 사위는 달빛으로 밝다. 뼈마디가 쑤실 만큼 춥다. 두 사람이 문 앞에서 딱 마주치면 얼마나 기쁠까?……

멀리서 들리던 발자국 소리는 어디론가 사라졌다. 유리문을 닫고 다시 곤로 옆에 앉았다. 일어나 앉아 봤댔자 추운 건 마찬가지지만, 누울 생각도 들지 않는다. 뭔가 써 볼까 해서 책상에 앉아 보았지만 무릎이 찢겨 나갈 듯이 추워서 도무지 견딜 수가 없다. 조금 쓰다 말았다. 박고지라도 좋으니 뭔가 먹고 싶다.

12월 x일

아침. 느닷없이 어머니가 얼굴이 새빨개져서 찾아왔다. 찾고 찾아 왔다고 하며 작은 보따리를 앞뒤로 나누어 메고 유리문 밖에 서 있었다. 나는 허걱 하고 소리를 질렀다. 아아, 무슨 일이란 말인가. 하마마쓰浜松에서 샀다는 먹다 남은 기차 도시락이 하나. 삶은

작. 대표작에 「야행순사(夜行巡査)」(1895), 「외과의(外科室)」(1895), 「데루하 교겐(照葉狂言)」(1896), 「고야 히지리(高野聖)」(1900) 등.

계란이 일곱 개. 오렌지가 두 개. 이것이야말로 진정 신의 나라에서 온 복음이란 생각이 들었다. 나를 주려고 새로 산 속치마에 싼 멸치. 게다가 어머니의 갈아입을 옷과 머리손질 도구들. 세수도 하지 않고 나는 나무냄새가 풀풀 나는 도시락을 먹었다. 얇게 썬 빨간 색 어묵, 말린 매실, 우엉볶음. 실곤약과 고기조림. 아작아작 종횡무진으로 맛을 본다.

시골도 재미가 없다고 한다. 불경기가 바닥을 치고 있다고 어머니는 탄식을 했다. 얼마 가지고 있냐고 아무리 물어도 60전밖에 가지고 있지 않다고 한다. 어쩔 셈이냐고 야단을 해 보기도 한다. 사오일 정도 재워 주면 새아버지도 팔 물건을 가지고 올 거라고 한다.

된서리가 내린 아침이었지만 따사로운 햇살이 방안 가득 들어왔다. 재워 드리고 싶어도 이불이 없다고 해 보았지만, 이대로 이 사람을 어디로 내쫓는단 말인가?…… 방석 세 장을 잇고, 큰 이불을 한 장씩 나누어 어떻게든 해서 재울 수밖에 없었다. 햇빛이 비치는 곳으로 이불을 끌어다가 어머니를 누우라고 했다. 어머니는 방 모습을 보고 나의 궁핍한 생활을 이미 눈치챘는지 아무 말 없이 하오리를 벗고 이부자리 속으로 들어갔다. 나는 작은 화로에 어젯밤 쥐불놀이를 하던 재를 넣어 불을 지폈다. 이윽고 물이 부글부글 끓었다. 찻잎도 없어서 도시락에 있는 매실 말린 것을 넣어 뜨겁게 해서 어머니에게 마시라고 했다.

아버지는 싸구려 와지마輪島 칠기를 떼다가 도쿄에서 팔 거라고 했다. 도쿄에는 백화점이라는 편리한 것이 있다는 사실을 모르는 것이다. 야시장에서 늘어 놓고 팔아 봐야 얼마 팔리지도 않는다. 나는 난처해졌다. 삶은 계란을 하나 까서 먹었다. 나머지는 남자에게 먹여 주고 싶었다.

"도쿄도 불경기니?"

"엄청 불경기예요."

"어디나 다 마찬가지네.……"

말린 매실을 빨아대며 어머니가 불안한 표정을 짓고 있다. 이번 남자는 어떤 사람이고 무엇을 해서 먹고 사는지 그런 것도 어머니는 묻지 않았다. 천만 다행이다. 물어봐도 어쩔 도리가 없다. 어머니는 수건을 깐 빈 찻통을 베고 잠시 잤다. 입을 벌리고 기분 좋게 자고 있다.

점심때가 지나서 노무라 씨가 돌아왔다. 어머니를 소개하려고 하는데 용케 피해서 책상에 앉아 책을 읽기 시작했다. 어머니와 나는 부엌 판자 사이에 이불을 깔고 앉았다. 물을 끓여 계란 네 개에 오렌지 두 개를 책상 옆으로 가지고 가서 어머니가 가지고 온 것이라고 했더니, 쌀쌀맞게 그저 먹고 싶지 않다고 하며 쳐다보지도 않는다. 나는 확 열을 받아 삶은 계란을 남자 머리에 꽉 내리치고 싶은 심정이었다. 얼마나 배배 꼬인 사람인가 하는 생각에 참을 수가 없었다. 이 사람은 아직도 화가 나 있는 것일까?…… 옹고집에 고집불통인 점이 나는 불안했다. 나는 쓰다 만 시 원고를 꼬깃꼬깃 둘둘 말아 방 한쪽 구석에 내팽개쳐 버렸다. 그것을 다시 주워서 주름을 펴는 동안 어쩐지 서글픈 생각이 들어 아무에게도 들리지 않게 몰래 울었다. 어찌해야 좋을지 나도 몰랐다. 어머니는 숨을 죽이듯이 부엌 곤로 옆에 웅크리고 앉아 있다. 울만큼 울고나자 다시 기분이 싹 개운해져서 이제 어떻게 되든 상관없다는 생각에 울적했던 마음이 가벼워졌다. 어머니가 초라한 모습으로 나를 보고 있길래, 나는 혀를 날름 내밀어 보였다. 눈물을 흘리지 않으려 용을 쓰며 혓바닥을 내밀고 있자니 관자놀이와 코의 심이 찡하고 아프다.

부엌 바닥으로 내려가서 구겨진 주름을 편 원고를 마루 밑에 숨겨 둔 보따리 안에 집어넣었다. 보면 안 되는 나쁜 이야기만 적혀 있다. 오랫동안 써 놓은 한심한 이야기들뿐이지만, 어쩐지 버려지지 않아서 가지고 돌아다니고 있는 나의 시. 이것이야말로 돈 한 푼 되지 않는다. 몇 번이나 태워 버리려고 하다가도, 10년 정도 지나서 이런 일도 있었지 저런 일도 있었지 하고 생각하는 것도 쓸데 없는 일만은 아닌 것 같았다.

아무래도 견딜 수가 없어서 외출 준비를 했다. 어디라고 갈 곳을 정해 놓은 것은 아니지만, 일단 어머니를 데리고 나가 이야기를 잘 해야 한다. 나는 숯가루를 화로에 깔아 불을 푹 덮은 후에, 주전자를 올려 놓았다. 두 개 남은 계란을 어머니에게도 까 주었다. 어머니는 소리도 내지 않고 계란을 삼키듯 먹었다.

"어머니하고 잠깐 밖에 나갔다 올게요."

이렇게 말하며 책상 옆으로 다가갔지만, 남자는 여전히 거들떠보지도 않는다. 둘이서 밖으로 나갔을 때는 뱃속부터 안도의 한숨이 나왔다. 나는 몇 번이나 심호흡을 했다. 나라는 여자가 그렇게나 싫을까 하는 생각이 들었다. 완전히 자신이 없어졌다. 단지 나는 너무 젊을 뿐이다. 아무것도 모르는 것인지도 모른다. 그래도 나는 아무런 악의가 없다구요 하는 변명 같은 기분이 들기도 했다. 어쩌다가 약간의 돈이 들어와서 5전으로 두부를 사고 3전으로 말린 정어리 눈을 사고 3전으로 단무지를 사서 반찬이 세 가지나 된다고 하면 별것 아닌 것을 자랑한다고 잔소리를 하고, 어쩌다 목욕탕에 가서 다른 여자들처럼 목에 분칠을 하고 돌아오면 네 목은 자라목이라서 굵고 못생겼다고 한다. 어떻게 하면 좋을지 나도 모르겠다. 이 남자와 평생 같이 지내다 보면, 강철처럼 단련이 되어서 울지도 않고 웃지도 않는 여자가 될 것 같았다. 나는 품에 넣고 온 계란을 까서 어머니한테 하나 더 드시라고 입가에 가져다 주었다. 이제 먹고 싶지 않다고 해서 기분이 나빴다. 억지로 먹게 했다.

나는 돌아다니면서 문득 전에 헤어진 남자 집에 가서 10엔 정도 돈을 빌려 볼까 하는 생각이 들었다. 연극을 하는 사람이기 때문에 멀리 흥행 여행이라도 갔으면 끝장이라고 생각했지만, 운을 하늘에 맡기고 시부야에 가서 시전을 타고 간다에 가 보았다. 거리는 흥청거리고 있었고 어디나 연말 대방출. 밝은 등불이 밤하늘을 밝히고 있다. 정류장 옆에는 부채로 북을 두들기며 지나가는 사람들이 있었다. 기성 양복점들이 죽 늘어서 있다. 어머니는 갈색 골덴 상하의를 15엔에 손에 넣고 새아버지에게 딱 맞을 거라며 한 동안 바라보고 있었다. 돈 만 있으면 무엇이든지 살 수 있다. 돈만 있으면 말이다.

나는 양복을 보기도 하고 번화한 진보초神保町 거리를 구경하기도 하지만 생각이 좀처럼 정리가 되지 않았다. 겨우 결심을 하고 어머니를 길에서 기다리라고 하고 그 사람 집에 가 보았다. 골목길을 들어가니 생선을 굽는 냄새가 났다. 부엌문으로 들여다보니 그 사람 어머니가 깜짝 놀라 나를 쳐다보았다. 어머니는 당황한 모습으로 말을 더듬으며 목욕을 하러 갔다고 했다. 나는 휭하는 체념의 바람을 느꼈다. 어떻게 되든 상관없다고 생각했다. 서둘러서 안녕히 계시라고 인사를 하고 나오려는데 그 사람이 수건을 들고 돌아왔다. 나는 만나자마자 10엔을 빌려달라고 했다. 안개가 자욱한 골목길 안에서 남자는 당혹스러워 하는 모습으로 집으로 들어갔다. 그리고 곧 무슨 말인가 하면서 5엔짜리 지폐를 가지고 와서 이것밖에 없다고 하며 내 손에 쥐어 주었다. 나는 숨도 쉴 수 없을 만큼 몸이 굳었다. 죄를 짓는 느낌이 들었다. 당신의 평화를 깨러 온 것은 아니야. 아름다운 부인하고 잘 사세요 라는 말을 하고 싶었다. 나는 마치 내가 마치 뜨내기 교군꾼같이 비열하게 느껴졌다. 연극에 나오는 도둑같아 너무너무나 싫은 느낌이 들었다.

골목 밖으로 달려 나오자 양복점 앞에서 어머니가 기가 폭 죽어서 나를 기다리고 있었다. 어머니는 내 얼굴을 보자마자 말했다.

"어디 변소 없을까? 어떻게 하지. 너무 추워서 다리가 땡겨서 움직여지지가 않아."

나는 과감하게 어머니를 업고 근처 식당으로 갔다. 식당 문을 여니 숨이 턱 막힐 만큼 수증기가 자욱했고, 석탄 스토브가 타닥타닥 타올라 따뜻했다. 어머니를 의자에 내려 놓지도 못하고 나는 바로 화장실을 쓰겠다고 하고 데리고 갔다. 허리가 굽혀지지 않는다고 해서 남자 변소에서 뒤를 향하게 하고 몸을 잡아 주었다.

이유도 없이 눈물이 흘러 견딜 수가 없다. 눈물이 멈추질 않는다. 남자들의 잔혹함이 온몸으로 느껴지는 것 같았다. 딱히 누구의 잘못이랄 것도 없지만, 이런 운명이 된 내 자신의 처지가 너무나 슬프고 비참해서 견딜 수가 없었다.

나는 오늘부터 글 쓰는 남자를 좋아하는 것은 그만두기로 결심했다. 수레꾼도 괜찮고 목수라도 괜찮다. 그런 사람하고 같이 살아야 한다. 나도 이제 오늘까지만 시를 쓰고 이제 딱 그만 두려고 결심했다. 내 시를 재미삼아 읽는 것은 참을 수가 없다. 다다이즘 시라고 사람들은 말한다. 내 시가 다다이즘 시라니 말도 안 된다. 나는 나라는 인간에게서 연기를 내뿜고 있는 것이다. 누가 이즘으로 문학을 할 줄 알고! 단지 인간의 연기를 내뿜는 것이다. 나는 연기를 머리 꼭대기에서 내뿜고 있는 것이다.

어머니를 스토브 옆 의자에 앉혔다. 방석을 빌려 허리를 높게 해서 편하게 해 드렸다.

"밥하고 모듬 냄비, 그리고 술 한 병 주세요."

술이 15전, 모듬 냄비가 2인분에 60전. 밥이 한 공기에 5전. 나는 뜨거운 술을 어머니의 잔과 내 잔에 따랐다. 술이 거품을 내고 있다. 잔이 또 눈물에 뿌옇게 흐려져 보이지 않는다. 나는 잇달아 서너 잔을 마셨다. 술에 가슴이 타들어 가는 것 같았다. 벽에 있는 거울 옆에서 학생 둘이 석간을 읽으며 볶음밥을 먹고 있었다. 어머니도 눈을 감고 잔을 입에 갖다 대고 있다. 술을 두 병째 주문해서 또 혼자 마신다. 정신이 몽롱해 진다. 어머니는 모듬 냄비의 국물을 접시에 담은 밥에 부어 맛있게 먹고 있다.

공복에 술을 마셔서 그런지 엄청 취한다. 나는 나막신을 벗고 의자에 앉았다. 두 손으로 얼굴을 가리고 있자 방안이 시소처럼 흔들흔들 흔들린다. 아무 생각도 나지 않았다. 몸이 흔들흔들 흔들리고 있을 뿐. 꼴사납고 천한 여자는 바로 나다. 그래 그렇지.……정말 그래. 구더기가 쏟아져 내릴 것 같다.

술에 거품이 뜬 것을 혹하고 불었다. 부글부글 끓어 오르는 술. 무서운 술. 뒤죽박죽이 되는 술. 천만 가지 생각이 휙 사라지게 하는 술. 누가 등을 쓰다듬어 주었으면 하게 하는 술. 젊은 여자가 술을 마시는 것을 이상한 표정으로 학생들이 보고 있다. 세상 사람들이 보기에는 확실히 이상할 것이다. 어느 정도 몸이 녹았는지 어머니도 의자 위에 똑바로 앉았다. 나는 너무나 우스웠다.

"괜찮아?"

어머니는 돈 걱정을 하고 있는 모양. 나는 아무래도 지금 이곳만이 안주할 장소라는 느낌이 든다. 아무데도 가고 싶지 않다.

　모두 해서 1엔 4전을 지불했다. 4전은 야채절임 값이란다. 경채 절임에 단무지 두 조각이 딸려 나왔다.

　붉은 빛이 비치는 산들. 바울은 그가 죽임을 당하는 것을 괜찮다고 했다. 그 날 예루살렘에 있는 교회에 대대적인 박해가 시작되었다.……아아, 모든 것을 오늘부터 장사지내라. 오늘부터 모든 것을 장사지내야 한다.

　세타瀨田에 돌아간 것은 10시. 나는 우선 모락모락 김이 나는 만두를 주인에게 바쳤다.――노무라 씨는 벌써 이불 속에 누워 있었다. 책상 옆에 내가 놓아 둔 채 그대로 계란과 오렌지가 아직 남아 있었다. 나는 방에 선 채로 공포를 느꼈다. 발끝이 떨렸다. 벽쪽을 향한 채 꼼짝도 않는 사람을 보고는 취기에 몽롱했던 정신이 확 맑아졌다. 나는 부숴진 고리짝을 꺼내 그 안에 방석을 깔고 어머니를 그 안에 앉혔다. 빨리 날이 밝았으면 좋겠다. 곤로에 나무 조각을 태워 방을 따뜻하게 했다.

　신문지를 접어 어머니 하오리 밑어 넣어 주었다. 무릎에도 방석을 덮고 나도 고리짝 뚜껑 안에 앉았다. 마치 표류선을 타고 있는 모습이다. 곤로의 생나무가 타닥타닥 소리를 내는데 무어라 형언할 수 없이 따뜻하게 들렸다. 내년에는 나도 스물 하나다. 빨리 이 힘든 해가 지나갔음 좋겠다. 하느님, 나를 얼마든지 혼내 주세요. 더 때려 주세요. 더, 더, 더,……나는 손이 시려워 어깨까지 걸어올린 하오리를 북북 찢어서 소매로 손을 감쌌다. 피를 토하고 뒈질 때까지 하느님 저를 때려 주세요.

내일은 카페라도 찾아서 어머니를 여관에라도 모시고 가야겠다고 생각했다. 따뜻한 만두를 보자기에 싸서 어머니의 아랫배에 넣어 드렸다. 나는 너무나 추워서 나무조각을 찾아서 태웠다. 눈물이 날 정도로 연기가 매울 때도 있다. 역 대합실에 있는 셈 치면 아무렇지도 않다. 누워 있는 사람은 죽은 사람처럼 꼼짝도 안 한다. 전신으로 깨어 있어 그 사람도 틀림없이 괴로울 것이다. 괴로워서 꼼짝도 못 하는 것이다.

12월 x일

저녁노을처럼 빨간 여명. 숯이 없어서 나는 아래층에 있는 잉어집 마당 끝에서 나무조각을 훔쳐왔다. 곤로에 주전자를 올려 놓고 물을 끓였다. 책상 옆에 있는 오렌지를 하나 집어다가 어머니에게 오렌지주스를 짜서 거기에 뜨거운 물을 부어 마시게 했다.

자, 이제 나도 승천해야 한다. 역 근처에 있는 잡화상에 가서 쌀을 한 되 샀다. 덧문이 아직 한 장밖에 열려 있지 않았다. 어두운 봉당으로 들어가니 부엌 쪽에서 떠들썩한 아이들의 목소리가 나고 구수한 된장국 냄새가 났다. 사람들이 단란하다고 하는 것이 이렇게 따뜻하고 기분 좋은 것인가 하고 부러운 생각이 들었다. 남자를 위해 배트 두 갑을 샀다. 야채절임을 반 근 샀다.

집에 돌아와 보니, 어머니는 아침햇살이 비치는 젖은 툇마루에서 손거울을 세워 놓고 틀어 올린 작은 머리를 쓰다듬고 있었다. 남자는 기름이 번지르르한 좋지 않은 안색을 하고 입을 벌리고 자고 있다.

팔레르모의 눈

1월 × 일

    모욕의 고문에도,……무엇이든. 그저 말없이 웃고 있는 내 얼굴. 얼굴은 웃고 있다. 집어던져 버려야 할 쓰레기 같은, 만사가 멍충이 같은 나이지만 마음속으로는 귀신 같은 생각을 하고 있다. 그 사람을 죽여 버리고 싶은 생각이 든다. 이 지경에 이르렀으니, 나의 작은 명예 따위 이제 회복의 여지가 없다.

    기괴하고 괴로워서 숨이 끊어질 듯한 삶! 그리고 돈이 한 푼도 없다. 사납게 으르렁거리는 생각들이 가슴속에서 소용돌이친다. 오늘밤 눈처럼 말이다. 눈이여 내려라. 펑펑 내려서 쌓여라. 그래서 이 거리를 다 파묻어라. 질식할 만큼 내려서 쌓여라. 오늘밤에도, 이 눈 내리는 밤에도, 어딘가에서 틀림없이 아이를 낳는 여자가 있을 것이다. 눈이라는 것이 싫다. 그리고 너무 너무 슬프다. 진흙탕 속 움막들 사이로 난 길에 있는 여관 지붕 위에도 눈이 내리고 있다. 피폐해져서 눈동자를 이리저리 굴리며 소리를 내 보고 싶을 만큼 스산한 기분이다.

    그저 남자 옆에서 도망을 쳤다는 사실 한 가지만 박수갈채를 받을 일. 하느님, 당신은 대체 나더러 어쩌라는 것인지요. 죽어야 되나요? 살아 있게 해서 도저히 어찌할 수 없게 궁지로 몰아넣는 것은 너무 슬프지 않나요? 나를 몰아넣은 컴컴한 다다미 여섯 장짜리 방. 우선 쓰레기통 같은 냄새가 난다. 해골같이 비실거리는 노인 한 명과 여자 네 명. 나만 아직 어깨까지 옷을 징글 만큼 젊다. 다만 젊다는 것은 말만 그럴 뿐. 여자로서의 값어치는 전혀 없다구요.…… 술을 한 되 정도 마시고 잔뜩 취해서 눈 내린 거리를 알몸으로 돌아다녀 보고 싶다.……그래요, 마시게 해 준다면 한 되고 두 되고 마실 수 있다구요.

나는 탁자 위 소형 전구에 의지하여 내 시를 읽어 보았다. 정말이지 내장을 모두 꺼내서 보여주기라도 할 듯이, 속마음을 다 드러내며 쓰는데도 전혀 돈이 되지 않는다. 어떤 이야기를 쓰면 돈이 될까? 이제 때리거나 하지 않는 마음 따뜻한 남자는 없는 것일까? 삐뚤빼뚤 무엇이 어떻다라고 써 봤자, 그렇지 하고 봐 주는 사람은 한 명도 없다.

상한 고등어를 먹고 토한 것 같은 기분이다.……어머니는 나를 안고 새근새근 주무신다. 때때로 눈바람이 유리문을 두드리고 있다. 중화메밀국수집 날라리 음색이 희미하게 들린다. 글을 써 보겠다는 것은 이상하기 짝이 없는 일. 너 같은 빙충이가 뭘 하겠어?

내일은 변두리 카페에라도 들어가서 우선 배가 터지도록 밥을 먹어야 한다. 우선 먹을 것. 그리고 얼마간의 돈을 모을 것. 고문! 고문! 고문! 나도 그 정도로 살아갈 권리는 있을 것이다.……

모두 의기양양한 표정으로 살아가고 있다. 할아버지가 일어나서 담뱃대로 담배를 피우기 시작했다. 추워서 마음 놓고 잠을 잘 수가 없다고 투덜거리고 있다. 궁금하지도 않은 할아버지의 이야기. 이틀 정도 전까지는 요쓰야四谷의 요시吉라는 요리집에서 신발을 정리하는 일을 하고 있었다고 한다. 심보를 나쁘게 써서 자식은 한 명도 없다고 한다. 때로는 양로원에 들어가는 일도 생각하지만 뭐니뭐니 해도 사바의 즐거움에는 미치지 못한다, 하루 이틀 쯤 먹지 않아도 사바의 고통은 즐거움이다, 라며 할아버지는 재미있는 이야기를 한다. 벌써 65세라고 한다. 내 인생은 암검살暗劍殺[175]의 연속으로 좋지 않은 일들뿐이라며 웃고 있다. 암검살이 뭔지 잘 모르겠다. 비열한 삶과는 다른 것 같다. 요는 삼린망三隣亡[176]만 계속된다는 말이겠지. 매일 마음속으로 도와줘요, 도와줘요 하고 노래를 부르듯 신음하고 있을 뿐이다. 전기블랜[177]을 마신 것처럼 신음하고 있다.

"할아버지, 다마노이 아세요?"

"아아, 알지."

"가불 해 줄까요?"

"아아, 그야 해 주지."

"저 같은 사람한테도 해 줄까요?"

"그럼 해 주고말고.…… 자네, 거기 갈 생각인가?"

"가도 상관없을 것 같아요. 죽는 것 보다는 낫잖아요."

---

175 구성(九星) 방위(方位) 중 가장 불길한 방위. 이를 범하면 부모는 자식에게, 주인은 하인에게 살해된다고 함.

176 구성의 방위 중 하나. 이 날 건축을 하면 불이 나서 세 이웃을 망친다 하여 꺼리는 날.

177 브랜디 비슷하게 만든 혼성주의 상표명.

할아버지는 두 손으로 벗겨진 머리를 문지르며 입을 다물고 있었다.

1월 x일

날씨가 순식간에 확 개였다. 현기증이 날만큼 반짝이는 눈 풍경. 마흔쯤 되어 보이는 여자가 이초가에서 머리를 하고 침상에 앉아 맛있게 배트를 피우고 있다. 시트도 없는 무명 요의 때가 번들거리고 있다. 신문지를 바른 벽. 가장자리가 없는 다다미. 천정은 얼룩투성이. 눈이 녹아 흐르는 홈통. 가만히 귀를 기울이고 있자니 토통 통통 토통하고 2월의 첫 오일午日에 치는 북소리처럼 눈 녹는 소리가 들린다.

사람들은 모두 일어나서 제각각 길을 나설 차림을 하고 있다. 나는 창문을 열고 지붕의 눈을 받아 세수를 했다. 레이트 크림Lait Cream[178] 을 바르고 볼에 해처럼 동그랗게 연지를 찍었다. 머리는 꼬리빗으로 세워서 마치 만두처럼 귀를 덮은 모양으로 묶었다. 귀가 가려워서 기분이 나쁘다.

까마귀가 울고 있다. 성선이 윙윙 울리고 있다. 아시히마치旭町의 아침은 완전 진흙탕 같다. 그래도 모두 살아서 여행을 떠날 생

---

[178] '레이트(LAIT)'는 화장품 브랜드명. 히라오 산페이 상점(平尾賛平商店)이라는 화장품 메이커에서 만들었으며 '레이트'는 '젖'이라는 의미. 프랑스어를 화장품명으로 사용한 일본최초의 기업. 1878년 개업하여 1954년 폐업.

각을 하는 가난한 마을.

내 옆에서 자고 있는 서른쯤으로 보이는 여자는 은시계를 가지고 있다. 옛날에는 잘 살았다고 어젯밤 몇 번 이야기를 했는데, 보라색 면직 벨벳 버선은 흙투성이이다. 별 쓸 데도 없는 보따리를 우리들은 세 개씩이나 들고 있다. 딱히 목적도 없이 다마가와를 도망쳤다. 이 여관이 유일한 낙천지 팔레르모Palermo[179]

아득히 천리만리 빛나고 있다. 애매한 것은 하나도 없다. 그저 눈이 녹아 질척거리는 길을 가는 마음이 무겁다. 마른 십자가 전봇대가 햇빛에 빛나고 있다. 타락하기에는 딱 좋은 길동무들뿐이다. 맨몸으로 살아가는 것은 지긋지긋하다. 화족華族의 자동차에라도 치여, 오, 가까이 오라 하는 상황이 될 수는 없을까? 젊다는 것은 외로운 것이다. 젊다는 것은 별것 아닌 것이라구.……내 손은 만두처럼 부어 올라 있다. 짧은 손가락이 갈라지는 곳에 보조개가 있다. 여학교 시절 선생님은 딤플(보조개) 손이네 라고 하셨다. 웃고 있는 손. 내 손은 아직도 웃고 있다.

촌뜨기 식모처럼 잘 부탁한다는 저자세를 취하고 있으면 아무도 상대를 하지 않을 것이다. 다마노이에서 가불도 할 수 없을 것

---

179 이탈리아 시칠리아 섬 북서부 도시.

이다. 우선 어머니를 숙소에 남겨 놓고 쓰노하즈角筈를 벗어나 진 흙길을 카페에서 카페로 돌아다녀 보았다. 아침 카페의 뒷문은 지저분하고 슬프다. 용기를 내라, 용기를 내 라고 웅얼거려 보았지만 소용이 없다. 샛별金の星이라는 가게에서 일을 하기로 했다. 샛별이란 이름뿐으로 지옥별이라고 하고 싶을 만큼 빈약한 가게. 우선 이곳에서 화려하게 시작하기로 했다. 사창가게가 죽 늘어서 있어서 손님들이 상당히 있다고 한다. 부엌에서 여자 아이가 내게 소금을 뿌린 센베를 하나 주었다. 눈물이 왈칵 쏟아지려 한다. 헌옷가게에서 15전짜리 버선을 한 켤레 샀다.

숙박비는 한 명에 35전. 당분간은 둘이서 70전 선불인 이 숙소가 안주의 장소. 혼고本郷의 바에서 굴튀김과 흰 쌀밥을 일인분 사서 어머니와 둘이서 점심으로 먹었다.

저녁에는 샛별에 출근. 여자는 나를 포함하여 세 명. 내가 가장 젊다. 『부활』의 네플류도프는 어디 없을까 하고 생각한다. 아무 걱정 없이 표정만으로 '있잖아요'라고 애교를 부려야 한다면, 좀 못생겼어도 한번 실력을 발휘해서 팁을 받아야 한다. 아아, 팁이란 무엇일까? 구걸과 하나 다를 바 없다. 전신전력을 다해, '있잖아요'하며 애교를 부려야 하는 장사. 글을 써서 먹고 사는 일은 요원한 일이다. 이제 눈이 보이지 않아요 라며 냄새 나는 변소에서 혀를 낼름 내밀어 보았다. 글을 쓴다는 희망 같은 거 이제 없다. 아무런 전망도 없다. 시를 쓴다는 것은 더없이 어리석은 짓이다. 보들레르가 뭐냐? 하이네의 풍성한 넥타이는 장식품이라구. 정말이지 그 사람들은 어떻게 먹고 살았던 것일까?……

누자봉 부자베. 빠르동 무슈. 죄송합니다. 잠깐 실례합니다 라는 말이라고 한다.

여주인에게 하오리를 맡기고 2엔을 빌렸다. 1엔 50전을 어머니에게 드리고 전찻길에 있는 도미노유富の湯에 갔다. 큰 거울에 비친 모습은 우선은 우량아. 조금도 어른스럽지 않은 뒤룩뒤룩한 분홍색 알몸. 목부터 위는 솥단지를 뒤집어쓴 모습. 여급들이 들어와서 우글거린다. 수다를 떨고 있다. 때밀이가 바쁘게 여자들 어깨를 톡톡 두들기고 있다. 페인트로 그린 폭포 그림. 화장품이나 산부인과 광고가 눈에 들어온다. 며칠 만에 목욕을 하는지 이상하다.

거리는 눈이 녹아서 어렴풋한 네온사인이 몽롱해 보인다. 임시이름을 요도기미淀君[180] 라 할까? 「박쥐 야스 씨蝙蝠の安さん」[181] 의 오야스 씨로 할까?……사단지左団次의 「기리히토하桐一葉」[182] 의 무대가 눈에 선하다. 아아, 도쿄에서는 참 여러 가지 일들이 있었구나 라고 생각한다.……힘든 일만 있었는데, 그 힘든 일은 행복

---

180 요도기미(淀殿, 1569.?-1615.6.4). 전국시대(戦国時代)에서 에도시대 초기에 걸친 인물. 도요토미 히데요시의 측실.

181 1933년 아키야마 고사쿠(秋山耕作) 감독에 의해 제작된 쇼치쿠(松竹) 영화.

182 쓰보우치 쇼요(坪内逍遥) 작 가부키. 1894년 11월부터 1895년 9월에 걸쳐『와세다문학(早稲田文学)』에 연재. 1904년 3월 도쿄좌(東京座)에서 초연.

한 일 앞에서는 맥없이 잊혀진다. 돈도로대사[183]의 활을 풍자하여 유미코月子라는 이름으로 했다. 활은 튼튼해서 최소한 위로가 된다. 휙 하고 과녁을 맞혀 주세요.

좀체 알 수 없는 손님을 상대로 해서 2엔의 수입이 있었다. 우선 기쁘기 그지없다. 진흙투성이 길에 나 있는 야시장 고서점에서 『체홉과 톨스토이의 회상チェホフとトルストイの回想』[184]을 50전에 샀다. 1924년 3월 18일 인쇄. 아아, 언제쯤 되면 나도 이런 책을 쓸 수 있을까?

'누구나 글을 쓸 때는 처음과 끝은 줄여야 한다고 생각합니다. 그래서 우리들 소설가는 거짓말을 하기 쉽습니다. 그리고 짧게 써야만 합니다. 될 수 있는 한 짧게 ……'

체홉은 이런 이야기를 하고 있다.

11시 무렵 손님이 잠깐 끊겼다. 가게 한쪽 구석에서 책을 읽고 있는데 가쓰미勝美 씨라는 덩치가 큰 여자가, "당신 근시군요."라고 했다. 또 한 사람 오노부信 씨. 아이가 둘이나 있고 출퇴근을 한다고 한다. 가쓰미 씨는 피부가 검어서 솜에 옥시풀(옥시돌)을 묻혀 얼굴을 닦고 있다. 나는 분을 바르지 않기로 했다. 나는 얼굴을 손질할 생각이 조금도 없다. 가쓰미 씨만 입주 근무다. 아침에 소금

---

183 오사카에 있는 젠푸쿠지(善福寺)의 통칭.

184 고리키 저, 고마쓰바라 슌(小松原雋) 역으로 1924년 슈에이카쿠(聚英閣)에서 간행.

센베를 준 여자아이가 메린스로 된 소매 없는 옷을 입고 가게에 나왔다. 야위고 병이 든 아이다. 내일은 다이소지에 서커스가 있으니까 같이 보러 가자고 내게 말했다. 긴 목으로 하는 묘기도 있다 한다. 소형 전구 아래에서 독서.

1월 x일

아사히초旭町로 돌아온 것은 2시. 파김치가 되었다. 오늘도 같은 멤버. 어쩐지 도저히 잠이 오지 않아 소형 전구 아래에서 독서.

1월 x일

아, 깜짝 놀랐다. 톨스토이라는 작가는 백작이었다고 한다.

소위 톨스토이의 무정부주의라는 것은 주로 기초적으로 우리 슬라브족의 반국가주의를 표현하는 말로, 그것은 진정한 국민적 특징이며 예부터 우리들 몸속에 각인되어 표류하며 떠돌고자 하는 우리들의 욕망입니다.

러시아 역사의 영웅인 작가 톨스토이가 백작님이었다는 사실을 나는 여태까지 몰랐다. 백작인데 객사를 한 것이다.
어머니, 러시아인 톨스토이가 화족이래요. 놀랄 일이다. 나는 묘한 기분이 들어서 온몸이 오싹해졌다.

"공부 열심히 하네."

은시계 아주머니가 머리를 빗으며 웃었다. 정말로 공부하고 있어요.……톨스토이가 화족출신이란 사실은 처음 알았다. 깜짝 놀랐다. 나는 톨스토이의 종교적 경향은 알고 싶지 않지만 톨스토이의 예술은 아름다워서 내 가슴을 휘젓는다. 당신은 몰래 맛있는 것을 먹고 있었겠죠? 『안나 카레리나』, 『부활』. 아, 도저히 참을 수 없는 위대함. ……

풀이 폭 죽어서 샛별에 출근. 헤어진 사람 따위는 아득히 먼 희미한 추억이 되어 버렸다. 단돈 30엔의 돈만 있으면 나는 장편을 써 보고 싶다. 하늘에서 떨어지려나?……하룻밤 정도는 돼지우리 같은 곳에서 자도 상관없다. 30엔 정도 은혜를 베풀어 줄 사람 없으려나.……

테이블을 닦고나서 의자 다리를 닦았다. 아아, 무의미한 일이다. 물을 뿌려서 놋쇠로 된 문을 닦았다. 아아, 견딜 수가 없어졌다. 손이 보라색으로 부어 올라왔다. 울고 있는 딤플 손. 여자아이가 비둘기 피리를 불고 있다. 창녀들이 줄을 지어 가게 앞을 지나간다. 모두 창백한 얼굴을 하고 목에만 분을 바른 묘한 옷차림. 시마다島田[185] 로 머리를 틀어 올리고서 묶은 빨간 머리끈 술을 내린 머리 모양. 하오리 기장이 길어서 촌스러워 보였다. 어둡고 거친

---

185 시마다마게(島田髷). 여자 머리 모양의 하나. 처녀나 결혼식 때에 틀어 올리는 헤어스타일.

겨울 하늘 아래로 기묘한 행렬이 지나간다. 아무도 이상하게 여기지 않는다. 이런 행렬을 이상하게 여기는 사람은 아무도 없다.

오늘은 레이스 장식이 있는 에이프런을 샀다. 여급들의 트레이드 마크다. 도쿄의 애수를 노래하기에 어울리는 쌀쌀한 날씨. 발이 시려워서 목욕을 그만두고 의자에 앉아서 독서를 했다. 정말이지 춥다. 새로 산 에이프런의 풀냄새가 싫다.

밤.
직인으로 보이는 네다섯 명의 남자가 내 손님이 되었다. 커틀릿, 굴튀김, 볶음밥 그리고 열 몇 병의 술. 토하며 우는 이도 있는가 하면 화를 내며 트집을 잡는 이도 있다. 가만히 보고 있으면 꽤 재미있다. 한 시간 정도 지나자 창녀가 나오는 집으로 출정을 간다고 한다.
아아, 세상은 넓은 것 같다. 어떤 여자들이 이 남자들을 상대하게 될지 딱하다는 생각이 든다. 다마노이에 가지 않길 잘했다고 생각했다. 오늘 본, 시골에서 팔려 온 처녀들의 행렬의 이런 저런 모습이 떠올랐다.
가쓰미 씨는 벌써 어지간히 취해서 노래를 부르기 시작했다. 손님은 두 명. 두 명 모두 인버네스천의 양복을 입은 꽤 있어 보이는 행색. 오노부는 가끔씩 레코드를 틀어 놓고 마른 오징어를 먹고 있다. 오늘밤에는 장사가 잘 돼서 안에서 화로가 나왔다. 가쓰미의 손님은 나한테도 술을 따라 주었다. 아무런 맛이 없다. 대여섯 잔을 비웠다. 조금도 취하지 않는다. 안경을 쓴 나이 든 남자가, 날 보고 열일곱이냐고 물었다. 웃고 싶지 않은데 웃어 보였다. 이런 내 모습이 나 자신도 싫었다.

여덟 시에 저녁을 먹었다. 오징어 조림을 먹으면서 그 사람은 지금쯤 무엇을 먹고 있을까 하고 안쓰러운 마음이 든다. 결점이 없는 훌륭한 사람인 것 같기도 했다. 서로 어색한 마음은 헤어지고 얼마 안 있으면 싹 사라져서 후련해지는 법이다. 홀딱 반한 것처럼 편지라도 써서 얼마 안 되는 어음하고 같이 보내 주고 싶은 기분이 들었다.

간판을 내린 한 시 넘어서도 손님이 있었다. 가쓰미는 완전히 취해서 나는 어디에서 왔냐는 둥 언제 어디로 돌아갈 거라는 둥 이상한 노래를 부르고 있다. 좁은 가게 안은 담배 연기로 자욱하다. 떠돌이 장삿군이나 꽃장수 등이 연신 들어온다. 으악 하고 미친 사람처럼 소리를 지르고 싶다. 가쓰미는 취해서 화롯가 이불속에 들어가서 볶음밥을 먹고 있다. 기름이 타는 불쾌한 냄새가 난다.

두 시 반에 귀가. 오늘밤에는 할아버지가 없는 대신 아이가 딸린 부부가 자고 있다. 수입 3원 80전. 버선이 시커매져서 기분이 나쁘다. 작은 전구를 당겨다 놓고 독서. 점점 더 잠이 안 온다.

모두 단순하게 써야 한다. 피터 세묘노비치가 마리아 이바노브

나[186] 와 어떻게 결혼했는지 그것만으로 충분합니다. 그리고 또 왜 심리적 연구, 모습, 진기 등 소제목을 붙이는 것일까요? 모두 단순한 거짓말입니다. 소제목은 될 수 있는 한 간단하게 당신 마음에 떠오르는 대로 붙이면 되는 것으로 다른 것을 붙이면 안 됩니다. 괄호나 이텔릭체, 하이픈도 될 수 있으면 적게 사용할 것, 모두 진부합니다.

――과연 듣고 보니, 나도 그렇게 생각합니다만, 젊은 기분일 때는 좀처럼 그게 쉽지가 않아요. 진기한 것에 매력을 느끼죠. 하지만 나도 조만간 언젠가 체홉처럼 될 수 있겠죠. 조만간 말이예요.……

생각만 소용돌이를 치며 이마 위를 흐른다. 쏴쏴 소리를 내며 흘러간다. 그리고 결국은 마음이 초조해져서 아무것도 쓸 수 없다. 이대로는 아무것도 할 수 없다. 설마 나이를 먹고서도 카페 여급으로 있을 것이라고는 생각되지 않는다. 어떻게든 하느님께 도움을 구하고 싶다. 노트를 꺼내 무엇인가 쓰려고 연필을 들어 보기는 하지만 아무 말도 떠오르지 않는다. 헤어진 사람 생각이 날 뿐이다.

앞일은 모두 오리무중. 그러니까 나는 이런 생각을 한다는 내용의 소설이라도 쓸 수 없을까 하고 생각한다. ……

---

186 톨스토이의 『부활』의 등장인물들.

어머니는 고향으로 돌아가고 싶다고 한다. 당연한 일이다. 나도 시골에 가서 오랜만에 상쾌한 시골 공기를 맡고 싶지만 이렇게 푼돈을 벌고 있어서야 아무 일도 되지 않는다.

흙속의 유리

2월 × 일

아침 이슬은 배보다 하얗고
멀리 보이는 눈물 속 유리
처참한 흙속의 돌
추위 속에 핀 꽃도 얼어붙는다고
무정한 피부색은
큰 소리로 항간에 부는 바람에
혼자서 걷는다 그저 걷는다

오수 바닥처럼 끈적끈적
이 쇠약해진 위장을
비웃을 수도 없는 사람들뿐
제각각 자신의 생각을 어깨에 걸치고
덧없는 세상이라며 신에게 묻는다

사람 사는 세상은 재이러니
자욱한 숨결도 물거품이라

그 물거품이 떴다 가라앉았다
남자가 그립다고 노래하네
지옥의 불길이 일어
거친 숨결로 이야기하네

어떻게든 해 달라고 부탁할 사람도 없고
언젠가는 오겠지 하고 기다려도 보람도 없이
덧없는 세상 콩깍지에서 튀어나오는 콩처럼
덧없는 것은 흙속의 유리
바람에 날리어 빛나는 흙속의 유리

선악귀천, 온갖 음향 속에 나는 몰래 조용히 살고 있는 한 마리 아메바. 어머니를 시골로 돌려 보낸 지 이틀째. 마음속으로 이제 모든 것은 여기까지가 적당한 삶이라고 정했다. 아무래도 죽기는 싫다. 아무래도 살아가야만 하는 인간의 욕심. ——노무라 씨한테서 엽서가 왔다. 적혀 있는 주소로 이사를 했다. 어찌어찌 활기 있는 생활을 회복했다. 한 번 왔으면 좋겠다. 일전에 보낸 편지는 고맙다. 돈은 확실히 받았다.

갑자기 마음만 먼저 달려간다. 우시고메 사카나마치肴町에서 시전철을 내려서 우시고메 우체국으로 걸어갔다. 주야은행晝夜銀行 옆을 돌아 아와모리야泡盛屋 앞으로 들어간 곳에 붉은 칠을 한 작은 아파트. 2층 7호실이라고 가르쳐 주어서 문을 두드렸다. 아무 것도 없는 휑뎅그레 한 방이다.

어딘가 외출을 하려는 참이었는지 그 사람이 모자를 쓰고 서 있었다. 나는 갑자기 마구 웃어 댔다. 그 사람도 히죽 히죽 웃었다. 아주 좋은 곳에 이사를 했네 라고 하니, 시집을 한 권 내서 앞으로 형편이 아주 좋아질 것이라고 했다. 그래도 방안은 휑뎅그래 하다. 노무라 씨는 지금 식당에 밥을 먹으러 가려는데 50전 빌려 달라고 한다. 같이 집밖으로 나갔다.

아와모리야 앞에서 작업복을 입은 할아버지가 술에 취해 쓰러져 있다. 포렴 안은 사람들로 북적거렸다. 공중목욕탕처럼 손님이 바글바글했다.

이이다바시飯田橋까지 걸어서 쇼치쿠식당松竹食堂이라는 곳으로 들어갔다. 테이블 위는 모래투성이. 튀김덮밥에 모시조개국, 고등어 조림으로 다시 부부가 된 것 같은 기분이 들었다. 이 사람하고 같이 있는 것은 가슴이 막막하다고 생각하면서도, 나는 또 밝은 기분이 되어 응응 하며 좋다는 대답만 해 주었다. 이 사람하고 같이 살면서 울기만 했던 것은 모두 잊어버렸다.

노무라 씨는 요즘은 시 원고료도 어느 정도 좋아졌다고 했다. 신초샤라는 곳은 시 한 편에 6엔이나 준다고 한다. 부러운 이야기다. 식당을 나와서 다시 우시고메까지 걸었다. 우체국 있는 곳에서, 노무라 씨는 수염이 엄청 많은 땅딸막한 사람하고 정중하게 인사를 했다. 사사키 도시로佐々木俊郎라는 사람인데 신초샤에 있는 사람이라고 한다. 아아, 그래서 그렇게 정중하게 인사를 해야 했던 거구나 라고 생각했다.

나는 마음속에서 딩 하고 종이 울리는 듯한 쓸쓸한 기분이 되었다. 글을 쓴다는 것은 비참한 일이라고 생각했다. 무엇보다 1년에 한 번 정도 6엔의 원고료를 받아서는 먹고살 수 없다고 하니, 그 사람은 욱하는 표정으로 바람 속에 퉷퉷하며 침을 뱉었다.

아파트 앞에서 잘 가라고 인사를 하자, 그 사람은 나 같은 거는 거들떠 보지도 않고 2층으로 얼른 올라가 버렸다. 나는 어떻게 해야 할지 난감했다.

아침 안개여, 두 사람이 일어난 부엌이구나

다마카와 시절 두 사람의 초라한 생활이 생각나서 나는 나막신을 든 채 2층으로 올라갔다. 문을 열자 노무라 씨는 모자를 쓴 채 책을 읽고 있다. 나는 진정 이 사람을 좋아하는 것인지 싫어하는 것인지 내 자신도 모르겠다. 가만히 앉아 있다 보니, 할 수 없이 카페로 돌아가야 겠다는 생각이 들었다.

"그럼 이만 돌아갈게요. 조만간 다시 올게요."

이렇게 말하니 그 사람은 옆에 있던 나이프를 내게 던진다. 작은 나이프는 다다미에 꽂혔다. 나는 아아, 하고 마음속으로 한숨을 쉬었다. 이 사람은 아직 이 나쁜 버릇을 버리지 못한 것이다. 세타瀬田에서 살 때도 그는 내게 몇 번인가 나이프를 집어던졌다. 이대로 일어서면 노무라 씨는 내 몸을 발로 걷어찰 것임에 틀림없기 때문에 꼼짝도 하지 않았다. 비가 올 듯한 차디찬 하늘이 멍하니 눈에 비친다.

누군가가 문을 노크했다. 나는 일어서서 문을 열었다. 젊은 낯선 남자가 서 있다. 나는 그 사람을 구세주처럼 생각하고 어서 들어가시라고 하고, 살짝 신발을 집어들고 복도로 나왔다. 노무라 씨가 뭐라 하면서 복도로 나왔지만 나는 서둘러 밖으로 나갔다. 감기에 걸린 것처럼 머리가 아픈 것 같았다.

요코데라마치橫寺町의 좁은 길을 걸으면서 나는 문득 아사쿠사에 있는 요시쓰네 씨가 떠올랐다. 플라토닉 러브라고 했던 요시쓰네 씨의 마음이 지금의 나에게는 고마웠다. 혼자 있으면 거친 여자가 된다.

밤.

잔뜩 취해서 노래를 부르고 있는데 노무라 씨가 불쑥 들어왔다. 나는 손님 앞에서 노래를 부르던 입술을 살짝 오므리며 입을 다물어 버렸다. 내 차례는 아니었지만 그 사람에게 돈이 없는 것은 뻔했다. 가슴이 시큼해졌다.

가쓰미가 꽈리를 불며 술을 가지러 갔다. 나는 허리 아래가 들썩들썩하는 기분이 들었다. 가쓰미를 몰래 뒷문으로 데려가서 그 사람은 내가 아는 사람인데 돈이 없다고 알려 주었다. 가쓰미는 납득을 하고 밖으로 나갔다. 나는 그대로 유곽 쪽으로 걸어갔다. 다다미가게의 간晉 씨를 만났다. 어디 가느냐고 해서 담배를 사러 간다고 하자, 간 씨는 스시를 사 주겠다며 포장마차로 된 스시집으로 데려갔다. 간 씨는 조루리浄瑠璃의 일종인 신나이부시新内節를 잘하는 사람이다. 서양세탁소 2층에 첩을 두었다는 소문이 있다. 시간을 천천히 들여서 돌아와 보니, 노무라 씨는 아직도 있었다. 옆에 가서 이야기를 했다. 술을 마시고 볶음밥을 먹고 평화로운 표정이었다. 나는 어떤 희생을 치러도 상관없다고 생각했다. 노무라 씨는 10시 무렵에 돌아갔다.

땅속으로 빨려 들어가는 느낌이 들었다. 애정이라는 것이 있을 리가 없다는 사실을 스스로 깨달았다.

2월 x일

아침에 오쿠보大久保까지 심부름을 갔다. 집세를 내러 간 것이다. 얼마 들었는지 모르지만 두툼한 봉투를 보니 이것만 있으면 한두 달은 편안히 살 수 있을 것이라 생각되었다. 오쿠보의 집주인은 커다란 분재상. 장부에 수취를 했다는 도장을 찍어 주고 차를 한 잔 주어서 마시고 돌아왔다.

신주쿠 거리는 횡했다. 꽃집 창문에 삼색 제비꽃과 히아신스, 장미가 흐드러지게 피어 있었다. 꽃은 아주 행복하다. 전차로에 있

는 무사시노관에서는 「칼리가리 박사ヵリガリ博士」[187]. 활동사진을 본 지도 오래 되어서 보고 싶었다.

걸으면서 꾸벅꾸벅 존 것 같았다. 평화로운 기분. 고요히 잠들어 있는 유곽 속을 지나가 본다. 어느 집이나 처마에 벚꽃 조화가 피어 있다.

뒷골목 노란 하늘에
톱날을 세우는 소리가 난다
매춘의 거리에 아른거리는 꽃 2월의 꽃
수족관 물에 떠 있는 금붕어 색 여자 사진
조방꾸니는 이불을 말리고 있다
저 멀리 아득히 생각을 달리고 있는 엷은 햇살에
2층 창문마다 거울이 되어 빛난다

매춘은 언제나 여자의 황혼기
정성스런 화장이 더욱더
희생은 아름답다고만 생각하는 이야기
안장이 없는 말, 땀을 흘리는 라마裸馬
경주를 할 때마다 하얀 숨을 토하네
아아, 이 승마감

---

187 1919년에 제작한 독일 표현주의 영화의 걸작품의 하나.

기수는 눈을 가늘게 하고 허벅지로 조인다
이상한 표정으로
흥분하고 있는 구경꾼
유곽에서 말을 고르고 있다

잡화점에서 대학노트 두 권을 샀다. 40전이다. 칸이 작은 원고 용지는 보는 것만으로도 끔찍하다. 그 사람이 생각나기 때문이다. 그 사람은 그 작은 칸에 달이 삼각형이라고 쓰고 별이 직선이라고 쓴다. 살아서 피를 토하는 것을 보고 싶다. 무엇보다 첫째는 코를 벌름거리며 숨을 들이마실 것. 둘째는 입에 먹을 것을 잔뜩 집어넣을 것. 배고픈 것은 딱 질색이다. 여자는 아무하고라도 자기 위해서 산다. 지금은 그런 심정이다.

갑자기 마음이 바뀌어 다시 우시고메를 찾아갔다. 노무라 씨는 부재. 가구라자카 거리를 하릴없이 돌아다녔다. 고서점에 서서 책읽기. 이 정도는 나도 쓸 수 있다고 생각하면서 고서점 문을 나서니 제법 날씨가 쌀쌀한 것이 마음이 얼어붙을 듯 춥다. 아무것도 할 수 없는 주제에 생각만 미친 사람 같다. 다시 책방에 들려 보았다. 손에 잡히는 대로 아무렇게나 팔랑팔랑 책장을 넘긴다. 어쩐지 마음이 가벼워졌다. 그리고 다시 밖으로 나오니 마음이 허전하다. 돌아다니는 것이 부질없이 여겨졌다. 모든 것이 손을 쓰기에 너무 늦어진 수술 같아서 죽을 날만 기다리는 마음처럼 불안했다.……

가게로 돌아가니 벌써 청소가 다 되어 있었다. 의대생 세 명이

홍차를 마시고 있었다. 2층으로 올라가서 방바닥에 엎드려 뒹굴뒹굴하고 있었다. 입안에서 누에고치처럼 한없이 실을 토해내 보고 싶어졌다. 슬픈 것도 아니면서 눈물이 났다.

2월 x일

비. 목욕탕에 갔다 돌아오는 길에 우시고메에 갔다.

목덜미 쪽에 분을 발라서 너무나 여급 같다며 노무라 씨가 야단을 쳤다. 그래요, 나는 여급이니까 어쩔 수 없지 않아요 라고 대답했다. 여급이 왜 나쁘냐고. 무슨 일이든 하지 않으면, 남이 먹여 살려 주지 않으니까 말이다.⋯⋯이제 내가 일하는 곳에 오지 말라고 하니까 노무라 씨는 재떨이를 집어 내 가슴에 던졌다. 눈에 입에 재가 들어왔다. 폐의 퍼가 뚝 부러진 느낌이었다. 문 쪽으로 도망을 치자 노무라 씨는 내 머리채를 잡아서는 방바닥에 내동댕이 쳤다. 나는 죽은 척 할까 생각했다. 눈꼬리가 올라가며 고양이에게 잡아먹히는 쥐가 된 느낌이었다. 두 사람 사이는 뭔가 잘못되었다고 생각하면서도 남녀의 인력이 작용하고 있다. 내 배를 발로 몇 번이나 걷어찼다. 이제 내가 돈을 한 푼이라도 가져다 줄까 보냐 하는 생각이 들었다.

지바 가메오 씨가 친척이라고 하니 그 사람한테 이야기해 볼까 하는 생각도 했다. 나는 움직일 수가 없어서 다리에 하오리를 덮고 새우잠을 잤다.

저녁이 되어서 잠이 깼다. 그 사람은 다른 쪽을 향해 책상에 앉아 있다. 뭔가 쓰고 있다. 양은대야에 있는 수건을 집어 보니 딱딱하게 얼어 있다. 멍하니 갓 없는 전등불을 보고 있자니 어머니에게 돌아가고 싶어졌다. 폐의 뼈가 아무래도 아프다. 재떨이는 깨진 채여기저기 흩어져 있다.

빨리 가게로 돌아가고 싶은 생각도 들지 않는다. 이대로 아침까지 누워 있고 싶었다. 추워서 몸이 부들부들 떨리고 있다. 감기에 걸렸는지 골이 딩딩 울리며 아프다. 살짝 일어나서 머리를 다시묶었다.

그 날 밤 일어나지 못해서, 지갑을 꺼내 그 사람한테 카레난반[188]을 두 개 주문해 달라 해서 둘이 먹었다. 아무 할 이야기가 없어서 둘이서 사이좋게 잤다.

2월 x일

아침. 아직 비가 내린다. 싸락눈 같은 비. 술이라도 한 잔 하고싶은 날이다. 이부자리 속에서 한없이 이런저런 생각을 한다. 노무라 씨는 빨간 입술을 하고 잔다. 폐병을 앓고 난 입술이다. 폐병은말똥을 달여 마시면 좋다는 이야기를 누군가에게 들은 적이 있다.이 사람의 거친 심성은 폐병 때문이라는 생각이 들자 소름이 오싹

---

188 카레난반(カレ―南蛮). 카레 우동에 대해 카레소스를 얹은 메밀국수를 말함.

끼친다. 다마가와에서 피를 토한 적이 한 번 있다. 하나 밖에 없는 손수건을 내가 뜨거운 물로 소독하는 것을 보고 노무라 씨는 엄청 화를 낸 적이 있다.

이제 이것으로 끝이다. 정말 헤어져야겠다고 생각했다. 어디에선가 된장국 냄새가 난다.

보라색깔이 바래는 것도 꿈의 행방이런가

누군가 읊은 노래 구절이 생각이 났다. 괜스레 외국에 가고 싶어졌다. 인도 같은 더운 나라에 가고 싶다. 타고르라는 시인도 인도사람이라고 한다.

노무라 씨는 왔다 갔다 하다가 다시 살림을 합치면 된다는 말을 하기는 했지만, 나는 마음속으로 그럴 생각이 없다는 것을 분명하게 자각했다. 나는 멍한 표정을 하고 맞아 주는 상대가 되는 것이 이제는 지긋지긋했다. 낙천가인 양 하는 것도 질색이다. 당신이 때리지만 않는다면 돌아오고 싶다고 거짓말을 했다.

가게로 돌아온 것은 점심 무렵. 찐 간모도키하고 찬밥. 숨 쉴 틈도 없이 허겁지겁 목구멍으로 넘긴다. 근처 약국에서 사쿠라코 桜膏 파스를 사다 관자놀이에 붙였다. 가슴뼈가 아파서 가슴에도 사쿠라코를 몇 장이나 붙였다.

가여워라 틀어박혀 있는 히야신스
보라색 꽃잎
연홍색 수술
냄새가 난다 냄새가 난다
비구니의 어깨

창해에 떠도는 사체
그루터기의 잔뿌리 물결치며
냄새가 난다 냄새가 난다
멀리서 몰려오는 파도소리
파도머리는 모두 북쪽으로

엎드려 쉬는 것은
사체의 화로
희미한 냄새
현실에 지쳐 염불
하품 섞인 어느 날의 태양

내가 작곡을 마음대로 할 수 있다면 이런 노래를 부르고 싶다.

3월 x일

화창하게 개인 좋은 날씨. 요시쓰네 씨 생각이 나서 공휴일인 것을 잘 됐다 싶어 혼자서 아사쿠사에 가 보았다. 그리운 고만도 駒形堂.[189] 1전짜리 증기선을 타 보고 싶었다. 석유색 스미다가와隅田川를 보고 있자니 귤껍질, 나무조각, 퉁퉁 불은 고양이 시체 같은 것들이 떠내려 온다. 강 맞은편에 있는 커다란 굴뚝에서 연기가 뭉게뭉게 피어오른다. 고마가타바시駒形橋 옆에 있는 홀리네스 교회. 아아, 저기는 역시 그냥 지나가고, 요시쓰네 씨를 만날 생각도 없다. 미꾸라지 요리집에 들어가서 새까만 신발표를 집었다. 다다미 위에 죽 늘어선 테이블과 면으로 된 얄팍한 방석. 야나가와나베柳川鍋[190] 에 술을 한 병 시켰다. 베레모를 쓴 지배인 같아 보이는 남자가 옆에서 보고 깜짝 놀란 표정이다. 젊은 여자가 벌건 대낮에 술을 마시는 게 이상하겠지요? 그러는 데는 그럴 만한 사정이 있겠지죠. 구메 헤이나이[191] 의 성은 이혼을 한 아내의 성이 아니었던가.……술을 마시면서 문득 그런 생각을 했다. 베레모를 쓴 남자가 말을 붙였다.

"기분이 좋아 보이네."

보푸라기가 인 폭이 좁은 허리띠에 작은 만년필 머리가 나와

---

189 아사쿠사 센소지(浅草寺)로 가는 길에 있는 사당.
190 푼 계란에 미꾸라지를 넣어 만든 냄비요리.
191 구메 헤이나이(久米平內, 1616.2.20.-1683.7.29). 에도시대 전기의 무사이자 검술가.

있다. 그 남자도 술을 마시고 있다. 가게 앞에 자전거가 죽 늘어서며 손님이 점점 늘어났다. 마치 천정에서, 아지랑이가 춤을 추듯 담배연기가 뭉게뭉게 피어오른다. 술을 좀 마시니 기분이 좋아졌다. 미꾸라지탕에 메기된장국, 야채절임과 밥, 거기에 술 한 병에 80전. 어쨌거나 무슨 말이라도 떠들어 대고 싶은 기분으로 밖으로 나왔다. 넓은 길을 어슬렁어슬렁 걸었다. 니텐몬二天門[192] 쪽으로 돌아가 보았다. 여전히 북적거리는 인파로 정신이 없다. 벌거벗은 인형을 팔고 있는 노점상에서 한 동안 인형을 바라보았다. 역시 예쁜 것부터 팔려 나간다. 한낮의 네온사인이 화창한 햇빛에 희미하게 빛나고 있다. 가네쓰키도에서 공원 쪽으로 슬슬 걸어갔다.

아는 사람 하나 없는 산보였다. 약간 취한 기분. 정말이지 정든 아사쿠사의 냄새. 아와시마淡嶋님[193]이 있는, 작은 연못 위의 다리까지 가서 잠깐 쉬었다. 비둘기가 무리지어 있다. 선향가게에서 선향냄새가 난다. 아아, 어느 쪽을 봐도 낯선 타향이다. 먼지를 잔뜩 품은 바람이 분다. 모든 소리가 서커스 악대처럼 들린다.

연못 바위 위에 등딱지가 말라붙은 거북이가 느릿느릿 돌아다니고 있다. 이제 곧 좋은 일이 있을 거라고 말해 주는 것은 아닐까 하며, 고개를 쑥 빼고 있는 거북이의 표정을 정신없이 바라보고 있었다. 그러니까 좋은 일이 좀 있게 내 생각도 좀 해 주세요 라고 거

---

192 아사쿠사에 있는 무형문화재 문. 1618년 건축.
193 와카야마시(和歌山市)의 아와시마신사(淡嶋神社)의 신으로, 주로 부인병에 효험이 있으며 화류계 여성들이 많이 믿었다.

북이에게 말을 걸어 보았다. 욕심 내면 안 돼. 네, 알고 있습니다. 뭘 원해? 네, 돈이 많이 있었으면 좋겠어요. 남자는 필요하지 않은가? 네, 남자는 필요 없어요. 당분간 필요 없어요. 그게 정말인가? 네, 정말이예요. 남자는 귀찮아요. 힘들어서 같이 못 살겠어요. 저는 어떻게 하면 좋을까요? 그건 나도 몰라. 너무 매정하게 그렇게 말씀하지 마세요. ――거북이와 이야기를 하는 것은 재미있다. 혼자서 중얼중얼 거북이와 이야기를 하고 있다.

발밑의 돌을 주워 지저분한 연못에 첨벙 하고 던졌다. 거북이 목이 움츠러들었다. 목을 움츠리는 모습이 어쩐지 보기 싫었다. 왓하고 웃고 싶어졌다. 이렇게 번화한 곳에 있으면서 나도 거북이도 너무 고독하다. 관음님이 다 뭐냐고 고함을 지르고 싶어졌다. 신발을 신은 채 커다란 사당 안으로 뚜벅뚜벅 걸어 들어갔다. 어두운 안쪽에 고기잡이불처럼 등불이 흔들흔들 빛나고 있다.

저녁에 신주쿠로 돌아왔다. 갈 곳도 딱히 없어서 가게로 돌아왔다. 2층에서 가쓰 짱이 큰 소리로 나니와부시를 부르고 있다. 불도 켜지 않고 어둑어둑한 곳에서 노래를 부르고 있다. 아아, 저것이 경성경국傾城傾国 이라고 해서 돈만 있으면 마음대로 되는 것인가, 나도 역시 사람의 자식이구나……기분 나쁜 목소리다.

피곤해서 모포를 꺼내 펴고 누웠다. 아아, 이래가지고서는 평생 이렇게 끝나겠구나. 아무래도 안 되겠다. 뭔가 정신이 번쩍

들 만한 일 없을까? ……뭔가가 폭발적인 사건은 없을까? 하느님.……모포가 너무나 인간스럽다.

어두운 바깥에서 '미인 님'하고 어떤 남자가 어떤 여자를 부르는 소리가 난다. 오늘 주인 부부는 아이를 데리고 나리타成田 씨에게 갔다. 여주인의 어머니가 집을 봐 주러 와 있다. 요리사 오 씨라는 할아버지가 우리들에게 볶음밥을 해 주었다.

가쓰 짱이 아래층에서 위스키를 훔쳐 왔다. 사제 조니 워커. 어둠 속에서 둘이 위스키를 병 째 돌아가며 마셨다. 몸이 한 길 정도 길어진 느낌이다. 문명인이 할 짓은 아니지만, 뭐 이런 여자들을 불쌍히 여겨 주세요. 나는 술에 취하면 코피가 나올 만큼 용감해지는 것 같다.

1926년

하느님과 겨(神樣と糠)

6월 × 일

살찐 달이 사라졌다
악마에게 채여 갔다
모자도 벗지 않고 모두 하늘을 올려다보았다
손가락을 핥는 자
파이프를 입에 문 자
목소리를 높이고 있는 아이들
어두운 하늘에서 바람이 웅얼거린다
목구멍에서 고독의 기침이 울린다
대장장이가 불을 피운다
달은 어딘가로 사라져 갔다
숟가락 같은 싸락눈이 내린다
서로 으르렁거리기 시작한다

돈을 걸고 달을 찾으러 간다
어딘가 난로에 달이 처박혀 있다
사람들이 그런 이야기를 하며 난리를 친다
그리고, 어느 새
인간들은 달도 잊고 살아간다

스티너의 『자아경』. 볼테르[194] 의 철학. 라블레[195] 의 연애편지.
모두 인생에 대한 거절장이다. 살아 있는 것이 수치인 것이다. 노
동은 신성하다며 누군가 추켜세우며 가난한 사람에게 그런 미명
을 붙여 주었다. 참을 수 없을 만큼 빈민을 경멸하고 무학문맹無學
文盲을 무시하기 위해 여러 가지 규칙이 아무렇게나 제조된다. 빈
민은 태어나면서부터 사생아처럼 영락해 간다.

행복의 마차는 일찍이 이런 무리들 사이를 순식간에 달려서 지
나가 버린다. 모두가 전송을 한다. 그저 멍하니 울부짖는다. 달을
도둑맞은 것 같은 심정이 된다. 허공에 떠 있는 행복한 금화 같은
달은 사라졌다. 달조차 만인의 소유물은 아닌 것이다.ㅡㅡ나는 귀
족이 너무 싫다. 피부에 탄력이 없는 불구자와 같다.

오늘도 난텐도는 취한들이 가득하다. 쓰지 준辻潤[196] 의 대머리
에 립스틱이 묻어 있다. 아사쿠사 오페라관에서 기무라 도키코木村
時子[197] 가 발라 준 립스틱이라고 자랑. 모인 사람들은 미야지마 스

---

194 볼테르 (Voltaire, Francois-Marie Arouet, 1694.11.21.-1778.5.30). 18세기 프랑스의 대표적
   계몽사상가. 대표작은 『자디그』, 『캉디드』.

195 프랑수아 라블레 (Francois Rabelais, 1494.2.4.-1553.4.9). 프랑스의 의학자, 인문학자, 설
   화 작가. 대표작에 『팡타그뤼엘(Pantagruel)』(1533)과 『가르강튀아(Gargantua)』(1535).

196 쓰지 준(辻潤, 1884.10.4.-1944.11.24). 번역가이자 사상가. 일본 다다이즘의 중심 인물.
   대표작에 『천재론(天才論)』(1914).

197 기무라 도키코(木村時子, 1896.3.12.-1962.11.13). 일본의 가수, 여배우, 성우. 오페레타
   풍의 동요 레코드 『자메코의 하루(茶目子の一日)』로 알려짐.

케오, 이소리 신타로, 가타오카 뎃페이片岡鉄兵[198], 와타나베 와타루渡辺渡[199], 쓰보이 시게지, 오카모토 준.

이소리 씨, 우리 집에는 금으로 된 차솥이 몇 개나 있다고 소리를 지르고 있다. 왜 그런지는 모르겠지만 마음이 외로워서……와타나베 와타루가 실눈을 뜨고 노래를 하고 있다. 나는 석가모니의 시를 낭독했다. 인간, 될 대로 되라 하는 기분이 된다는 것은 정말이지 유쾌한 법이다. 될 대로 되라 하고 생각하는 가운데 여러 가지 광채가 나온다. 검은 루바시카를 입은 쓰보이 시게지와 폭이 좁은 허리띠를 맨 가타오카 뎃페이가 히죽히죽 웃고 있다. 쓰지 준이 번역한 스티너가 아무리 팔려 봤댔자 세상은 별로 바뀌지도 않는다. 일본이라는 곳은 그런 곳이다. 옴짝달싹 할 수 없는 왕국. ──돌아오는 길에 가고마치(カゴ町)의 와카쓰키 시란若月紫蘭[200] 씨 댁에 들렀다. 도기 뎃테키[201]의 연극 이야기를 했다.

기시 데루코岸輝子[202] 씨는 검은 옷을 입고 있다. 나는 이 사람의

---

198 가타오카 뎃페이(片岡鉄兵, 1894.2.2.-1944.12.25). 다이쇼, 쇼와시대 전기의 소설가. 대표작에『계속 돌아다니는 남자(歩きつづける男)』(改造社, 1930),『붉은 색과 녹색(朱と緑)』(コバルト社, 1946).

199 와타나베 와타루(渡辺渡, 1857-1919.6.29). 일본의 광산학자. 제국대학 교수. 저작에『시금술범론試金術汎論』등.

200 와카쓰키 시란(若月紫蘭, 1879.2.10.-1962.7.22). 일본의 극작가, 연극연구가, 번역가. 대표작에『야차의 목 모험괴담(夜叉の首 冒険怪譚)』(1907), 번역『파랑새(青い鳥)』등.

201 도기 뎃테키(東儀鉄笛, 1869.7.24.-1925.2.4). 메이지, 다이쇼 시대의 아악가(雅楽家), 작곡가, 배우. 작곡에 가곡「상암(常闇)」, 와세다대학 교가「미야코의 서북(都の西北)」등.

202 기시 데루코(岸輝子, 1905.5.1.-1990.5.10). 여배우. 남편 센다 고레야(千田是也)들과 함께 극단〈배우좌(俳優座)〉창설. 대표작에『들개(野良犬)』,『하얀 거탑(白い巨塔)』등.

음색이 좋다. ——배우란 어떤 것일까?……나는 자신이 없지만 그저 이렇게 다니고 있을 뿐이다. 그리고 요카난[203] 을 외우고, 오 펠리아를 무턱대고 흉내내어 낭독을 한다. 시인도 되고 싶다. 배우 도 되어 보고 싶다. 그리고 화가도 되어 보고 싶다.

젊음 주위에는 마법처럼 여러 가지 본능이 두려워하는 기색도 없이 우글거리고 있다. 이 젊은 사람들 중에 명배우가 얼마나 나올 지 모르겠지만, 이 자리에 앉아 있을 때만큼은 행복의 문 앞에 서 있는 느낌이다. 시란 씨의 저택을 한 발 나서자 이유도 없이 내 자 신의 미래에 환멸이 느껴졌지만, 낭독을 하고 있는 동안은 행복한 느낌이다.

오늘 밤에는 스트린드베리[204]의 『뇌우OvÄder』(1907)에 대한 강 의가 있었다.

돌아오는 길에 보니 가고마치의 넓은 초원에 반딧불이가 날아 다니고 있었다. 집에 도착한 것은 12시. 하쿠산白山까지 먼 길을 걸 어서 돌아왔다. 임시로 숯집 2층 다다미 네 장반짜리 방에 거주. 방세는 4엔. 자취를 하는 사람에게는 숯을 한 무더기에 20전에 팔 아서 연료 걱정은 없다. 귤 상자로 만든 책상에 앉아 또 일. 대체

---

203 오스카 와일드의 동명 희곡의 주인공.

204 요한 아우구스트 스트린드베리(Johan August Strindberg sv-August Strindberg. 1849.1.22.- 1912.5.14). 스웨덴의 극작가, 소설가. 대표작에 『아버지(adren)』(1887), 『다마스쿠스로 (Till Damaskus)』(1898-1904).

동화를 몇 개 쓰면 물건이 될지 모르겠다. 신데렐라 같은 것, 이솝 우화 같은 것, 그 어느 것도 전혀 아무 반향이 없다.

주위가 온통 숯 냄새다. 숯 냄새가 나서 견딜 수가 없다. 하느님, 하느님은……둥글고 복슬복슬할까요, 각이 지고 뾰족뾰족할까요, 어떤 모양을 하고 있을까요 당신은? 수염을 기르고 눈을 감고 고사리처럼 하얀 날개를 늘어뜨리고 있나요? 덥수룩하고 속이 비어 있나요? 하느님! 대체 당신은 진정 제 주변에 있는 것인지 없는 것? 인지 가르쳐 주세요. 아마 나 같은 사람 옆에는 오지 않겠죠? 하느님! 진정 당신은 인간이 있는 곳에 존재하고 있는 것인가요, 아닌가요? 제게는 전혀 보이지 않네요. 그런데도 저는 보이지 않는 당신에게 손을 모으고 기도합니다. 아무도 보고 있지 않으니 어리광을 부리며 눈물을 흘리며 조용히 당신에게 기도합니다. 어떻게든 이 이솝이야기가 내일의 양식이 되게 해 달라고. 그 편집자의 목을 졸라 주세요. 파이프를 물고 거만하게 두 시간이나 그 어두운 현관에서 기다리게 했어요. 자신의 엉터리 동화를 권두에 싣고 뻐기는 저 편집자를 혼내 주세요. 어쩌다 팔리면 중간에서 돈을 일부 가로채죠. 하루 종일 밥그릇 같은 나이트 캡을 뒤집어 쓰고 파이프를 물고 있는 것이 하이칼라라고 생각하는 사람.

너무 무명인 사람의 작품은 싣고 싶지 않다고 한다. 독자인 어린아이들이 유명인인지 무명인인지 알게 뭐냐 말이다. 열심히 써 보았는데 별로인가요 라고 필사적으로 매달린다. 나는 몇 시간이나 기다린 끝에 조롱만 당하고 말았다. 한 장에 30전이라도 좋고

20전이라도 좋으니까 받아 주세요 라고 부탁을 해 본다. 그러면 특별히 받아 줄게요 라며 일전에도 10장에 1엔 50전을 주며, 열심히 공부해야 해요, 안데르센이라도 읽으세요, 라고 했다. 네, 안데르센을 읽겠습니다. 현관을 나오자마자 후하고 숨이 터져 나왔다.

그 편집자 자식 전차에라도 치여서 죽었으면 좋겠다고 생각했다. 잡지도 보내 주지 않는다. 책방에서 서서 읽고 있는데 내 동화가 어느새 그의 이름으로 당당하게 권두를 장식하고 있다. 나의 「수선화와 왕자水仙と王子」가 머리도 꼬리도 싹 바꿔치기가 되어서 그림까지 들어간 상태로 제대로 나와 있다.

다음 원고를 가지고 갈 때는 나는 그런 것은 전혀 모르는 표정을 하고 생글생글 웃고 있어야 한다. 또 두 시간이나 기다리고 계속 웃는 표정을 짓는 데는 질려 버렸다. 아아, 정말 싫다. 한숨이 나온다. 하느님! 이런데도 악인들이 활개를 치게 그냥 내버려 두는 것인가요?

동화가 싫어지면 시를 쓴다. 하지만 시도 전혀 팔리지 않는다. 한 번 봅시다 하고는 모두 안개처럼 잊혀진다.

하느님. 대체 저는 어떻게 살아가야 할지 모르겠어요. 당신은 어디에 계시는 건가요?

6월 x일

아침에 머리가 무거워 휘청휘청 하는데도, 혼고 모리카와초森川町의 잡지사에 갔다. 전차로에서 샤워 캡을 쓴 남자를 만났다. 웃고 싶지 않지만 정중하게 웃으며 인사를 했다. 그 남자는 회사에 갈 때도 시집 같은 것을 읽으며 걷는다.

현관의 어두운 봉당에서 벽에 기대어 또 기다릴 준비를 한다. 작은 여자아이가 나와서 싫은 눈빛을 하며 나를 보고는 쑥 들어갔다. 「빨간 구두赤い靴」라는 원고를 펼쳐 놓고 나는 언제까지고 같은 줄을 읽고 있다. 이제 더 이상 손을 댈 곳도 없지만 언제까지고 벽을 보며 서 있을 수는 없는 것이다.

아아, 역시 연기를 해야겠다고 생각했다. 시계는 열두 시를 가르키고 있다. 두 시간 이상이나 기다렸다. 많은 사람들이 출입을 하는 데 방해가 되지 않게 신경을 쓰면서 서 있는 게 너무 한심해서 밖으로 나왔다. 그 남자는 왜 그리 냉혹하고 무정한지 좀체 알 수가 없다. 무력한 사람을 괴롭히는 것이 기분이 좋은 지도 모른다.

네즈 곤겐 뒤에 있는 하기하라 교지로의 집에 갔다. 세쓰 짱은 빨래. 아이가 달려들었다. 아침도 점심도 먹지 않아 온몸이 공기가 빠진 것처럼 힘이 없다. 아이가 달려드는 바람에 엉덩방아를 찧었다. 교 짱도 돈이 한 푼도 없다고 했다. 교 짱은 마에바시前橋에 돈을 마련하러 간다고 한다.

긴자의 다키야마마치滝山町까지 걸었다. 주야은행 앞에 시사신보사時事新報社가 있다. 『소년소녀少年少女』라는 잡지는 비교적 잘 나간다는 이야기를 들어서 가 보았다. 담당자는 아무도 없어서 원고를 맡기고 밖으로 나왔다. 주위에서 온통 식욕을 돋는 냄새가 소용돌이치고 있었다. 기무라야木村屋 가게 앞에는 갓구운 팥빵이 쇼윈도우에서 뿌옇게 보이고 있다. 보라색 소가 들어간 맛있는 빵. 대체 어디에 계시는 누구의 뱃속을 채우는 것일까?……

긴자 욘초메四丁目 거리에는 무시무시한 순사가 몇 명이나 서 있다. 누군가 황족이 지나간다고 한다. 황족은 대체 어떤 얼굴을 하고 있을까? 평민들의 얼굴보다 잘 생겼을까?

천천히 걸어서 카페 라이온 앞에까지 갔다. 문득 뒤를 돌아보니 길에 나와 있는 천막에 '광고접수처,『미야코신문都新聞』'이라는 전단지가 붙어 있고, 그 옆에 작게 광고 접수 당담 여성 모집이라고 나와 있었다. 천막 안에는 테이블 하나에 의자 하나. 옆으로 다가가니 중년 남자가, "광고하실 건가요?"라고 묻는다. 접수 담당자를 찾는다고 해서 왔다고 하니까, 이력서를 내라고 한다. 이력서를 쓸 종이를 살 돈이 없다고 하자 그 남자는 깜짝 놀란 표정으로, "그러면 여기에 간단하게 써 주세요. 내일 한 번 와 보세요."라고 친절하게 일러 주었다. 까슬까슬한 종이에 연필로 이력서를 써서 건네주었다.

이 주변에는 카페의 여급모집 광고가 많다고 한다. 황족이 지나가신다고 해서 거리는 쥐 죽은 듯이 조용하다. 모두 고개를 숙이고 움직이지 않는다. 순사의 샤벨 소리가 난다. 사람들의 행렬 맞은편에는 자동차들이 보란 듯이 지나간다. 자동차 안의 여자의 얼굴이 탈처럼 하얗다. 단지 그런 인상 뿐. 민중들은 헉헉 거리는 숨

소리를 내며 빠르게 걷기 시작한다. 마음이 놓인다.

내일 와 보라는 말을 듣고 나는 갑자기 기운이 났다. 일급 80전
이라고 하는데 나에게는 과분한 돈이다. 전차요금은 따로 지급해
준다고 한다. 눈꼬리에 있는 사마귀가 그 남자를 마음씨 좋은 사람
으로 보이게 했다.

"내일 오겠습니다." 하고 걷다 보니 그 사람이 천막에서 나와
서 나에게 아무 말도 하지 않고 10전짜리 동전을 하나 쥐어 주었
다. 인사를 하다가 그만 눈물이 흘렀다. 하느님이 아주 잠깐 옆에
와 준 것 같은 따뜻한 행복을 느꼈다. 집요하게 배고픔이 옆에 들
러붙어 있는 내게 내일부터 행복해질 것 같은 예감의 바람이 부는
것 같았다. 오늘 아침 쌀집에서 받은 겨를 뜨거운 물에 타서 먹은
일이 아득하게 여겨졌다. 몸을 활짝 펴고 일을 하는 수밖에 방법이
없다고 생각했다. 팔리지도 않는 원고에 집요하게 미련을 두는 것
은 너무 바보 같은 짓이다. 「빨간 구두」 원고는 그대로 또 사라져
버릴 것이 뻔하다.

그 황족 부인은 어떤 별에서 태어난 사람일까? 탈처럼 하얀 얼
굴이 눈을 내리뜨고 있었다. 어떤 것을 드시고 어떤 생각을 가지고
계실까? 가끔은 화도 내지겠지? 그런 고귀한 분도 아이를 낳는다.
단지 그 뿐이다. 인생이란 그런 것이다.

저녁때부터 비.

우산이 없어서 내일 아침 일을 생각하면 우울해진다.

늦은 밤까지 비. 어딘가에서 창포 꽃을 본 것처럼 보라색 색채가 도는 추억이 눈꺼풀 속을 흐른다.

6월 x일

앞은 라이온이라는 카페이고 그 옆은 폭 여섯 자 정도 되는 넥타이 가게. 좁은 가게 안에 넥타이가 발처럼 잔뜩 걸려 있다.

오늘로 나흘째다. 세 줄 광고 접수로 바쁘다. 한 줄에 50전인 광고료는 비싼 것 같지만, 여러 사람들이 광고를 부탁하러 온다. ――모집 나이 15세에서 30세까지, 의복상담, 신주쿠 주니소 무슨 무슨 집이라는 식으로 신청자의 주문을 세 줄로 정리해서 접수를 하는 것이다. 아사쿠사 마쓰바초 카페 드래곤에서 여인麗人을 구한다고 해서 나는 여러 가지 공상을 하며 접수를 한다.

태양이 쨍쨍 내리쬐는 거리를 아름다운 여자들이 지나간다. 나는 아직 오래 입어 바랜 플란넬 천으로 된 옷을 입고 있었다. 견딜수 없을 만큼 더웠다. 조만간 유카타라도 한 벌 사야겠다.

눈앞에 있는 카페 라이온에서는 눈이 번쩍 뜨일 만큼 화려한 메린스를 입은 여급들이 드나들고 있었다. 세상에는 아름다운 여자들도 많구나 하고 생각했다. 마치 인형처럼 제일등급 미인을 모집하고 있음에 틀림없다.

이렇게 화려한 거리는 아마 문학하고는 연이 없을 것이다. 돈만 있으면 어떠한 형락도 마음껏 가능하다. 그 흐름의 소리를 나는 천막 안에서 가만히 응시하고 있다. 가끔 거지도 지나간다. 신 같은 존재는 지나가지 않는다. 대신 점심 때 샐러리맨들은 모두 이쑤시개를 입에 물고 산보를 하고 있다.

나는 천막 안에서 이런 저런 공상을 한다. 테이블 서랍 안에는 가장자리가 삐죽삐죽한 커다란 50전짜리 동전이 쌓여 간다. 이것을 가지고 도망을 치면 어떤 죄가 될까?……광고주들은 모두 영수증을 가지고 오니까 광고가 아무리 기다려도 나오지 않으면 소리를 지르며 따지러 올 지도 모른다. 돈이 이 정도 있으면 어디든 다 여행할 수 있다. 외국에도 갈 수 있을지 모른다. 이 정도 돈을 가지고 어딘가로 가는 기차를 탄다. 그리고 그것이 죄가 되어 두 손이 묶인 채 감옥에 간다. 공상을 하고 있자니 머리가 멍해진다. 이 절반을 어머니에게 보내 주면 어떤 좋은 사람을 찾았나 하고 시골에서는 깜짝 놀랄지도 모른다. 그 사람하고 둘을 모두 부를 수도 있다.

이상적인 동인잡지를 낼 수도 있고 자비출판으로 아름다운 시집을 낼 수도 있다. 테이블 열쇠를 가만히 바라보고 있자니 마음이 설레인다. 서랍을 열고 돈을 센다. 백 엔 이상이나 쌓여 있다. 대단하다. 은화가 쌓여 있는 곳에 손바닥을 딱 대 본다. 정신이 아득해지며 유혹을 느낀다. 이곳에 나 외에는 아무도 없다. 네 시가 되면 눈꼬리에 사마귀가 있는 그 사람이 돈을 가지러 온다. 죄인이 되는 기적. 무슨 죄목이 되고 감옥에는 얼마나 있게 될까? 하느님이 이런 마음을 주신 것이다. 하느님이 말이다.

'아침부터 밤까지' 은행원이 된 기분이 들기도 한다. 프러시아의 프레데릭은 '누구나 자기자신의 방법으로 자신을 구원해야 한다'고 했다. 아아, 누군가 돈을 가지고 이 천막을 찾아왔다. 나는 연필을 핥으며 주문자를 대필하여 세 줄짜리 문장을 만든다. 모두 속마음은 아름다운 노예를 구하는 것이다. 그 속마음을 세 줄로 표현하는 것이 나의 일. 이제 머리속에는 시도 동화도 아무것도 없다.

긴 소설을 쓰고 싶다고 생각한 적은 있어도 그것은 단지 생각뿐이다. 생각만 할 뿐 그 한 순간이 어딘가로 싹 도망을 친다. 화류병원 광고를 부탁하러 오는 의사도 있다. 정말이지 예기모집과 화류병원은 충실하다. 얄궂은 웃음이 밀려 올라왔다. 모든 파우스트는 여자에게 결혼을 약속해 놓고 바로 여자를 버린다. 삼행광고에도 여러 가지 세상이 반영되고 있다. 그 증거로는 산파 광고도 매일 찾아온다는 것이다. 아이를 입양을 보내고 싶다든가 입양을 하고 싶다든가. 광고를 쓰면서 나는 사생아를 낳으러 가는 여자의 신음소리를 듣는 것 같았다. 그리고 나는 매일 사마귀 씨한테 일급 80전을 받고 혼고까지 터덜터덜 걸어서 돌아갔다.

소년원, 양로원, 광인병원, 경찰. 비밀탐정. 스틱 걸. 네즈 주변의 아마추어 매춘 여관. 세상의 모든 것이 도회의 배경이 된다. 어느 작가가 말하기를, 3만 명의 작가 지망자 꽁무니에 붙을 생각이라면 당신도 뭔가 써 와……아아, 끔찍한 영혼이다. 나를 두 시간이나 기다리게 한 그 편집자 근성은 조금도 바뀌지 않았다.

나는 평생 이 보도 위 천막에서 광고접수로 끝날 용기가 없다. 천막 안은 6월의 태양으로 찌는 듯이 덥다. 먼지를 뒤집어쓰고 나는 기껏해야 작은 연필을 끄적거리며 살아갈 뿐이다.

홋카이도 어딘가에서 탄광이 폭발했다고 한다. 사상자가 다수 나올 전망. ……긴자의 보도는 요염하며 끈적끈적하게 덥다. 태양은 종횡무진이다. 신문에는 주식으로 대부호가 된 스즈키 모여성이 병이 들었다는 이야기가 실려 있다. 고작 주식으로 돈을 번 여자의 병이 어떻게 되든 범죄는 내 신변에 멈춰 서 있다. 주식이라는 것이 무엇인지 나는 모른다. 그냥 호박이 넝쿨째로 굴러들어온 것 같은 행운일 것이다. 인간은 태어날 때부터 뭔가의 영향에 덧없는 몸을 가장하고 있다. 삼만 명의 꽁무니에 붙어 소설을 써 봤자, 그게 뭐 무슨 소용이 있느냐 말이다. 운이 따르지 않으면 도저히 운신을 할 수 없다.

밤에 혼자서 아사쿠사에 갔다. 영화관 악대소리를 듣는 것이 기분이 좋았다. 누군가 일본의 몽마르트라고 했다. 내게는 아사쿠사만큼 유쾌한 곳은 없다. 얏쓰메장어집 골목에서 30전 하는 덮밥 초밥을 큰맘 먹고 사 먹었다. 차를 실컷 마시고 가게 앞에 있는 금붕어를 잠시 구경하다가, 엽서가게에서 야나기 사쿠코[205]의 브로마이드를 한참 바라보았다.

어느 골목이나 축축한 바람이 분다. 문득 시를 쓰고 싶어졌다. 걸으면서 눈을 가늘게 하고 바라본다. 아무데서도 상대를 해 주지

---

205 야나기 사쿠코(柳咲子, 1902.11.3.-1963.3.20), 1920년대 영화배우. 쇼치쿠영화(松竹映画)에 많이 출연. 주요 출연 작품에 『여자와 해적(女と海賊)』, 『대위의 딸(大尉の娘)』, 『오덴 지옥(お伝地獄)』 등.

않는 재능. 그 편집자를 생각하면 소름이 오싹 끼친다. 남의 원고를 감쪽같이 바꿔치기 하는 남자. 이 불쾌함은 평생 잊을 수 없을 것 같다. 내게도 증오의 표정이 있다. 늘 웃고 있어서는 안 된다. 행복한 사람들은 웃는 표정을 하고 마음속으로는 질식할 것 같은 기분으로 있는 것을 이해하지 못할 것이다. 나는 그런 사람 앞에서 웃고 있으면 뇌 안에서는 호흡이 멈출 것 같은 질식감에 사로잡힌다. 하나의 불운 때문에 그렇게 되는 것이다. 잔혹한 사람의 마음. 체홉의 「알비온의 딸」 같은 것이다.

초밥집에서는 찻기둥[206] 이 두 줄이나 떠서 눈을 감고 그 점괘를 꿀꺽 마셔 버렸다. 그래서 너는 천박하다는 것이다. 정말 사소한 것에 기대를 걸고 싶어 한다. 고작 광고 접수나 받고 있는 여자인 주제에 누가 무엇을 해 준다고 하는 거냐며, 하느님 같은 존재가 속삭인다. 또 그 겨. 햇볕 냄새가 날 듯한 겨ㅡㅡ 돌아오는 길에 갓파바시合羽橋로 빠져서 아이소메초 쪽으로 나가는 곳에서 쓰지준의 아내라는 고지마 기요 씨를 만났다.

아이소메의 야시장에서 러시아인이 기름으로 튀겨서 흰 설탕을 뿌린 러시아빵을 팔고 있었다. 두 개 샀다.

현실로 돌아오자 일급 80전은 아주 고마웠다.

1924년

---

206 엽차를 찻잔에 부을 때 곧추 뜨는 차의 줄기. 길조(吉兆)라 함.

니시카타초(西片町)

7월 ×일

옅은 구름 4년에 걸친 도쿄의
틈새로 비어저 나와
추억은 이 공기를 흐리게 하고
오후에 그치는 비

매미 울음 소리 그물코 같네
가슴 울리다 잠시 그쳤다 다시 도는 피
니시카타초 어느 울타리에 핀 들장미
여기 저기 휘 부는 바람

작은 시인이여
하릴 없이 떠도는 시인
가난하여 짤랑거리는 동전도 없는 시인
무거운 적막감에 눌려
떠도는 곳은 나그네의 꿈속
어디에서인가 들려오는 거문고 소리

사라지는 소리 사라지는 소리

니시카타초의 조용한 아침
금붕어가 쉬고 있는 처마 밑에
원을 그리며 가라앉는 물에서
빨간 꼬리지느러미로 어렴풋이 추는 춤

목이 마르다
새하얀 이는
물에 잠긴다
기쁘게 비파나무과일에 떨어지는 물방울
훔쳐 먹는 뜰 그늘
시어서 찡그리는 혀는
영어英語와 같다

불쾌한 바이블의 가죽 표지
축축하게 냄새나는 개가죽 벗기는
니시카타초 저택의 냄새
비파나무 과일은 썩은 채
나뭇잎 사이로 비치는 햇살에 보이는 상처 입은 고양이
고요에 둘러싸인 니시카타초

금붕어집 밀짚모자가 중얼거린다
시인도 쭈그려 앉는다
동그랗게 비치는 물거울
구름에 떠 있는 금붕어들의 합창
생사 어찌 될지는 아직 모른다
그저 이 모습으로 있을 동안 먹자

서양 세탁의 페인트 차
흰 도기 표찰과 벨
시간이 멈춘 한 순간의 아침
이 집들은 모르는 척 악을 미워한다
페인트 차는 뒤를 쫓는 시인
어디에서인가 거짓 울음소리
세상에 대고 소리를 지를 아무것도 가지지 못한 시인
개벽이란 오늘 아침을 말하는 것
어제는 이미 사라지고
남은 것은 오늘 바로 지금의 현실 뿐
내일이 올 것인가……
내일이 있을는지 시인은 모른다

7월 x일

얼룩에 얼룩이 진

푸르른 인생의 저쪽

무겁고 가볍게 살아가는 얼룩

등불에 몰려드는 하루살이

그저 질질 끌려 살아가다

홀연히 사라져도 모르고

희망이 있는 듯한 얼룩진 얼굴

악념원한惡念怨恨에 찬 그 날 그 날의 삶

어차피 죽을 날이 닥치기 전까지는

미슈킨 공작207 의 분노와 절망

하필이면 많고 많은 얼굴 중에 어두운 얼굴

즐거운 세월을 보내는 인생은

덧없이 희룽거리는 것

참을성 있게 질리지 않고

M보턴을 풀렀다 잠궜다

번득이며 솟아오르는 불꽃의 숨

얼룩덜룩 참을성 있는 후안厚顔

자꾸만 뇌동雷同하는 얼룩

가끔은 수국의 지위와 명예

207 도스토예프스키의 『백치』의 주인공.

하녀가 냄비를 닦는 예쁜 모습

가볍게 무겁게 충돌하는 얼룩
바닥 어딘가에는 충효
교창交窓에는 욕심 많은 풍류
아아 나는 하녀가 되어서
매일 매일 냄비를 닦는다
얼룩의 위선!

내가 왜 이런 곳에 있는지 모르겠다. 단지 뭔가 가정다운 따뜻함을 동경해서 와 있는 것 같은 애매한 기분뿐. 5엔의 수당으로는 어찌할 수가 없다. ──주인은 대학 선생이라고 한다. 무엇을 가르치고 있는지는 전혀 모른다. 영국에 가 있던 경력이 있다고 한다. 매일 아침 빵으로 식사. 우유 한 병. 면도를 하고 하늘색 우산을 들고 출근을 한다. 대학까지는 엎어지면 코 닿을 곳인데도 우산 장식이 필요한가 보다. 더우나 추우나 움직이지 않는 성격이다. 역사를 가르친다고 하는데 나는 한 번도 강의를 들어 본 적은 없다. 부인은 연상으로 벌써 쉰 정도는 된 것 같다. 깊이 조각한 탈 같은 얼굴에 문패로 쓰는 도자기처럼 짙은 화장을 했다.
　부인의 조카가 한 명 있다. 윤기 없는 적갈색 머리로 귀를 덮은 모양으로 묶고 거울만 보고 있다. 이마가 턱없이 넓고 눈이 작은 것이 마치 송사리 같다. 서른을 넘었다고 하는데 목소리가 아름답다. 이렇게 더운데 항상 버선을 신고 있는 딱딱한 성격. 나는 이 다미코民子의 맨발을 본 적이 없다.

기쁜 일이든 슬픈 일이든 나는 내 인생에 권태를 느끼기 시작했다. 우연히 솟아오르는 체험. 그런 것은 지긋지긋해서 두 손 두발 다 들었다. 남자와 함께 사는 것도 싫고, 술집에서 밤에 일하는 것도 오래할 일이 못 된다고 하면 결국 식모라도 되는 수밖에 없지만, 이것도 내 성격에는 맞지 않는다. 오늘로 사흘째인데, 어쩐지 힘이 든다. 이곳 덧문을 여닫는 것이 어려운 것만큼이나 어쩐지 낯선 일들뿐이다.

강한 자부심이 꺾여 버렸다. 딱히 편할 것도 없지만 편하게 지내지 않는 대신, 정말이지 조금이라도 시간적 여유가 있었으면 한다. 식모 처지에 한 밤중까지 책을 읽고 있어서는 부리기 힘들 것이 틀림없다. 이쪽도 마음이 편치는 않지만 오늘밤에는 꼭 불을 일찍 끄고 자야지 라고 생각하면서도 어두워지면 머리가 더 맑아지며 정신이 말똥말똥해진다. 지난 세월과 앞으로 닥칠 일들이 번거롭게 떠올랐다 허공으로 흩어지듯 눈동자 안에서 여러 가지 글들이 정신없이 날아가 버린다.

빨리 노트에 적어 두지 않으면 이 글들은 재빨리은 사라져 버려서 잊혀질 것이다.

할 수 없이 불을 켜고 노트를 끌어당긴다. 연필을 찾는 동안 아까 번득이며 떠올랐던 글들은 깨끗이 잊혀져서 한 조각도 생각이

나지 않는다. 다시 불을 껐다. 그러자 또 다시 아기 울음소리 같은 풋풋한 글들이 눈꺼풀에서 빛난다. 점점 피곤해졌다. 어느새 꾸벅 꾸벅 졸며 꿈을 꾼다. 천막 안에서 광고 접수를 하는 꿈, 아사쿠사의 거북이. 부드러운 삶이라는 것은 내 인생에서는 이미 다 타 버렸다. 자기 착각인가. 이상한 광기의 연속. 그저 한쪽 구석에서 영락해 가는 무의미함. 함순의 「굶주림」 안에는 아직 무엇인가 음모가 섞인 희망이 있다. 내 자신의 삶이 무의미함을 알게 되었을 때 느끼게 된 불쾌함은 서툰 악보처럼 리듬이 맞지 않는 둔탁한 계음으로 언제까지고 귓전을 울리고 있다.

7월 ×일

날이 더워서 가슴과 등에 땀이 흐른다. 허리띠를 꽉 묶고 있어서 더 덥다. 매미가 맴맴 하고 울어 대고 있다. 부엌에서 물을 몇 잔이나 마셨다. 창문에 장식되어 있는 팔손이 잎이 더워 보인다. 내일은 일단 휴가를 내서 센다기로 돌아가려 생각했다.

이렇게 하고 있다가는 아무것도 안 된다. 5엔의 수입으로는 시골에 돈을 부쳐줄 수도 없다. 마음이 담긴 아름다운 세계란 아무데도 없다. 자신이 자신 스스로를 비하할 뿐이다. 자부심이라는 것이 제일 먼저 내 자신을 불우한 처지로 몰아넣고 있다. 글을 쓰고 싶은 기분 따위로는 아무 것도 할 수 없으면서도, 기발한 생각만 하다가는 결국 내 스스로 내 자신을 경멸하고 비웃기만 할 뿐. 남들에게는 말할 수 없지만 내 자신이 우습다. 제대로 된 글을 아무것도 쓸 수 없으면서, 머릿속에서 항상 글들이 명멸하고 있는 것은 웃기는 일이다. 고작 시골 촌뜨기 주제에 대체 문학이 무어란 말인가? 신이시여. 내게는 이상한 인생이 종종 있다. 그리고 그쪽으로 흘러간다. 뭔가를 해 본다. 그리고 그 무엇인가는 성공하지 못하고 끝나 버린다. 자신이 없어진다.

실패는 사람을 주눅들게 한다. 남자에도 일에도 나는 걸려 넘어지기만 한다. 딱히 누구의 잘못이라고 원망을 하는 것은 아니지만, 이렇게도 자주 하느님은 나라는 보잘 것 없는 여자를 괴롭히신다. 하느님은 심술쟁이이다. 당신은 전율이라는 것을 느낀 적이 없겠지?……

시끄러운 소리를 내며 약장수가 골목입구로 들어왔다. 장사꾼들을 볼 때마다 행상을 하는 새아버지 생각이 난다. 가끔 50엔 정도 척 보내 줄 수 없을까 하고 생각한다. 옆집 울타리 밑에 키가 큰 해바라기가 뒤를 향해 피어 있는 것이 보인다. 내세에는 꽃으로 태어나고 싶다는 처량한 생각이 든다. 해바라기의 노란색은 관용의 색채. 그 색채의 원 안에 자연만이 뭔지 모를 기쁨을 떠돌게 하고 있다. 인간만이 고뇌를 느낀다는 말이 이상하게 여겨졌다. ——부인은 조만간 니가타新潟로 귀향을 한다고 한다. 빨리 이 집을 나가야 한다.

저녁에 야에가키초八重垣町의 바느질 집으로 부인의 여름 하오리를 찾으러 갔다. 밖으로 돌아다니니 마음이 놓였다. 어느 거리나 모두 물이 뿌려져 있었다. 오늘은 아이소메의 첫 축일이라며, 어느 야채가게 앞에서 사람들이 이야기를 하고 있다. 바나나가 맛있어 보였고 수박도 나와 있었다. 수박도 오랫동안 먹은 기억이 없다.

문득 시골에 돌아가고 싶은 생각이 들었다. 빨간 하카마를 입은 교환수로 보이는 여자들 서너 명이서 신나게 떠들며 내 앞을 지나갔다. 다이쇼고토 소리가 난다. 계절에 맞는 저녁 풍경. 돈 만 있으면 여행도 할 수 있는데 이 계절다운 계절이 아까웠다. 스무 살 내 청춘은 언제까지고 일자리를 찾아 비틀비틀 사그라들어 가는 것일지도 모르겠다. 되는 대로 떠도는 생활은 이제 물렀다. 나답게 안주할 곳이 좀처럼 나타나지 않는다.

인생이란 이렇게 뭔가 뒤죽박죽 다가왔다가 굳이 혼탁한 쪽으로 괴로운 쪽으로 따분한 쪽으로 흘러가 버린다. 그리고 사람들은 부주의하게 감기에 걸린다. 어디에서 감기에 걸렸는지 알지 못한다. 밤에 송사리 여사가 울고 있다. 무슨 원인인지는 모르지만 울고불고 난리다. 흰 커버를 씌운 방석이 쌓여 있는 어두운 곳에서 울고 있다. 서재는 고요하다.

부엌에서 혼자서 식사. 매일 매일 미지근한 된장국과 밥. 절인 오이를 하나 몰래 꺼내서 먹었다. 아아, 가끔은 잼을 바른 빵이 먹고 싶다.

사모님이 작은 목소리로 꾸짖는 소리가 난다. 은혜를 원수로 갚았다는 목소리가 들린다. 학자 집이라고 해도 여러 가지 일이 있다.

허세덩어리이던 송사리 여사가 풀이 폭 죽었다. 그리고는 소리를 내어 운다. 여자의 우는 소리가 아름다워 마음이 일렁인다. 될 대로 되라 하는 기분으로 또 절인 가지를 꺼내 먹었다. 신 국물이 혀에 가득하다.

바람 한 점 없이 숨 막히는 더위. 풍경이 가끔씩 우울하게 소리를 낸다. 내일은 이 집을 나가야 한다. 어쨌든 모기가 많아서 견딜 수가 없다. 부엌을 정리하고 수도에서 몸을 씻다가 각다귀한테 엄청 물렸다. 피부가 약해서 바로 불룩 부어 올랐다. 유카타를 빨아서 밤새 널어 두었다. 달빛이 아름다운 밤이다. 사진처럼 흑백 그림자가 생겨 좁은 마당 여기저기에 사람이 하얗게 서 있는 것 같은 착각이 들었다.

7월 × 일

탁한 물속을 달리는 작은 물고기 눈에도 맑은 한 여름 하늘이 빛나고 있다. 아마 모범적이라는 사람만큼 싫은 말도 없을 것이다. 돌아다니는 사람 모두가 그렇다. 다리 두 개를 번갈아가며 움직이며 마치 눈앞에 희망이 매달려 있는 것처럼 악착같이 행진을 한다.

이 세상에 어떤 모범이 있을까? 사람을 엄청 괴롭히며 뻔뻔하게 거짓말을 하며 자기 자신만 귀하게 생각하는 인간. 입으로는 인류니 인도주의니 하며 저 송사리 여사를 멋지게 속였을 것이 틀림없다. 그 애인은 평생 버선을 신고 살지 않으면 품격이 없다고 교육을 했을지도 모른다. 여자에게는 반항하는 자세가 없다. 금방 홀쩍홀쩍 울기 시작한다.

　밤에 히데코英子 씨하고 우에노에 있는 스즈모토鈴本에게 갔다.
네코하치猫八[208] 의 흉내, 가미나리몬 스케로쿠[209] 의 「주게무寿限
無」이야기는 재미있다. 아아, 못해 먹을 것은 고용살이. 센다기로
돌아와 우물에서 샤워를 했다.

　빨래를 널러 나가 바람을 쐬고 있자니, 별이 너무나 아름답다.
땅속의 벌레들이 울고 있다. 모기가 앵앵 거린다. 깊은 밤까지 어
디에선가 목탁을 두드리는 소리가 난다. 오랜 세월 동안 니시카타
초에서 살아온 것 같다. 히데코 씨는 이삼일 지나서 오사카로 돌아
간단다. 그 후의 일은 그 때 가서 생각하면 된다. 하다못해 이삼 일
만이라도 말없이 푹 자고 싶다.

7월 ×일

　점심때가 되어서 요미우리신문사読売新聞社에 가서 시미즈清水
씨를 면회했는데 결국 시를 돌려받았다. 돌아오는 길에 교 짱에게
들렀다. 이곳도 살림살이가 여의치 않은 모양이다. 교 짱과 툇마루
에서 낮잠. 빙수를 열 잔은 마시고 싶은 심정으로 잠이 깼다. 세쓰

---

208 에도야 네코하치(江戸家猫八)는 동물 성대모사를 하는 흉내내기의 배우. 2대를 제
　　외하고는 초대의 직계로 이어짐. 초대의 본명은 오카다 신키치(岡田信吉, 1868.4.3.-
　　1932.4.6). 2대째는 라디오에서, 3,4대는 텔레비전에서 인기를 모았다.
209 가미나리몬 스케로쿠(雷門助六)는 라쿠고가의 명칭으로 현재는 9대째.

짱은 아이를 기둥에 묶어 놓고 빨래.

아무데도 갈 곳이 없어 막막한 심정으로 툇마루에서 발을 덜렁덜렁하고 있는데 바깥 골목에서 우울한 노래를 부르며 악대가 지나간다. 새장 속의 새도 지혜가 있는 새는 사람들 몰래 만나러 온다.……어쩐지 그 노래가 내 처지를 읊은 것 같아서 마음이 씁쓸해졌다. 마당 한쪽에 작은 분홍색 조선나팔꽃이 잔뜩 피어 있다. 오랜만에 꽃이 피어 있는 것을 정신없이 바라보았다. 교지로 씨가 좀체 돌아오지 않는다. 지갑을 탈탈 털어 가마아게우동[210]을 두 개 주문해서 세쓰 짱과 먹었다. 돈은 돌고 도는 것, 언젠가는 느릿느릿 다시 돈이 들어오는 일도 있겠지.

아이소메의 축일은
싸구려 장사꾼들로 가득
가루가 잔뜩 묻은 하얀 조선 엿
반딧불이 장수에 벌레 장수
대로의 마술사들은 갈채를 잔뜩 받고
카친멘드 엿음료
겁쟁이의 산보
카바나이트 냄새가 나는 등불
바나나장수의 질끈 동여맨 수건

---

210 삶아서 물을 빼지 않은 우동.

그러니까 말이지, 저 굵은 바나나가 썩는다구

고무관으로 듣는 축음기
호머의 시라도 되는가
심산深山의 왜솜다리와 같은 초저녁
솜의 물을 빨아들인 큰조아재비가 푸르다
수중화는 컵 안에서 한 뭉텅이
알펜의 고산식물답게
남자를 파는 가게는 한 집도 없다
마른 바다 꽈리의 붉은 색
심장이 입을 다물고 걷는다

아아 다섯 시간이 지나면
또 어떤 인생이 찾아올 것인가
불가능 속으로 후퇴해 가는 다리
조금씩 생각이 빛깔이 변화한다
깨가 들어간 엿을 입에 넣고 빤다
툇마루에는 끈이 없는 보물상자

7월 × 일

히데코가 같이 오사카에 가지 않겠냐고 한다. 오사카에 갈 생각은 없지만, 오카야마에는 돌아가고 싶다. 오랜만에 어머니도 만나고 싶다. 히데코의 남편에게 10엔을 빌렸다. 오카야마까지만 가면 돌아오는 것은 어떻게든 될 것이다. 낮에 니시카타초에 짐을 가지러 갔다. 송사리 여사가 짐과 50전짜리 동전 6개를 주었다. 이 책은 당신 것 아닌가요 하며 『이세모노가타리伊勢物語』[211]를 꺼내다 준다. 예, 제 것이에요 라고 하자, 아니요, 이것은 우리 책이에요 라고 한다. 뭔가 석연치 않아, 이것은 제가 야시장에서 산 것이라고 하며 부엌에 언제까지고 서 있었다. 송사리 여사 알아보고 오겠다고 하고는 물러가더니 한참 후에 말없이 와서는, '제법 공부가 네'라고 하며 갖다 주었다. 책이라는 것은 식모 처지에 읽는 것이 아니라고 생각했던 것이 틀림없다. 책이 있었나요 라고 묻자, 송사리 여사는 대답을 하지 않는다. 아이고, 그래 봤자, '옛날에 한 남자 있었다' 라는 내용이다. 별것도 아니다.

밤에 히데코와 히데코의 아이와 셋이서 도쿄역에 갔다. 기차를

---

211 헤이안시대(平安時代) 중기의 우타모노가타리(歌物語)로 작자, 성립시기 미상. 아리와라노 나리히라(在原業平)로 추정되는 남자를 주인공으로 하는 와카(和歌)에 얽힌 단편 이야기집. 처음에는 나리히라의 노래를 중심으로, 니조황후(二条后)나 사이구(斎宮)와 같은 신분이 높은 여성들과의 금지된 사랑에 대한 노래에서 호색한의 이야기로 바뀐다. '옛날에 한 남자가 있었다'로 시작하는 한 남자의 연애이야기가 대표적임.

타는 것도 오랜만이지만 어쩐지 도쿄에 미련이 있는 기분이 들었다. 헤어진 사람이 갑자기 그리워졌다. 어머니 선물로 80전짜리 보일 유카타를 샀다.

플랫홈은 조용하고 양식 냄새가 난다. 전송하는 사람들도 드문드문 보인다. 홈으로 서늘한 바람이 불고 있다. 유창한 도쿄언어에도 이제는 고별. 요코하마를 지날 무렵부터 차안이 조용해졌다. 히데코가 야마키타山北 은어초밥을 샀다. 반씩 먹었다. 히데코의 남편은 목수인데 비할 데 없이 착한 사람이다.

아무 신경 쓸 일 없이 한없이 기차여행을 하고 싶을 만큼 평온하다. 어제까지만 해도 기차를 타고 오카야마로 돌아갈 생각은 꿈도 꾸지 못한 만큼 너무나 즐거웠다. 지난 일은 지난 일이고 다시 뭔가 인생의 방향이 바뀌어 가겠지. 앞으로는 보면대가 없는 인생이 펼쳐질 것이다. 나는 그렇게 생각한다. 내 자신의 운명이 어찌 될지 전혀 모르지만 틀림없이 운명의 신에게 뭔가 생각이 있으실 것이다. 끔찍한 일도 종종 있기는 하지만 이 기차를 탈 수 있다는 행복은 참으로 고마운 일이다. 다시 도쿄로 돌아갈 일이 생기면 10엔의 돈은 몸이 부숴져 가루가 되는 한이 있더라도 갚아야 한다. 니시카타초 안녕!

무슨 일이든 뜻대로 되는 인생이다. 대단한 일을 생각해 봤자 운명을 거스를 수는 없다. '옛날에 한 남자가 있었다'는 아니지만, 아아 이런 일도 있었지 저런 일도 있었지 하며 어두운 창문을 보고 있자니, 전원의 등불이 점점 뒤로 사라져 간다. 조금도 잠이 오지 않는다. 사소한 편력을 한 번 시도한 것이 나로 하여금 점점 더 용기를 내게 한다. 무슨 일이든 필사적으로 달려드는 수밖에 없다. 이제 시 같은 것은 절대로 쓰지 않을 것이다. 시를 쓰고 싶은 원망願望이나 정열은 이 상황에서 어찌할 도리가 없다. 대시인이 되어 봤자 사람들은 관심도 없다. 미친 사람이 되지 않는 이상 이 참담한 환경에서 벗어나야 한다고 생각했다. 밤 구름이 또렷하게 보인다.

1926년

갈라티아 [212]

8월 × 일

오카야마의 우치산게內山下에 도착한 것은 아홉시 무렵. 하시모토橋本에서는 아직 모두 안자고 일어나서 더위를 식히고 있었다. 한 달 정도 전에 새아버지도 어머니도 모두 오노미치로 돌아가셨다고 해서 실망을 했다. 하룻밤 신세를 지고 내일 이른 기차로 오노미치로 가기로 했다. 하시모토는 새아버지 누나의 집이다. 여학교에 다니는 딸이 둘. 어렸을 때 본 적이 있지만 오랜만에 만나서인지 두 사람 모두 키가 큰 아가씨가 되어 있었다.

큰 딸 기요코淸子와 공중목욕탕에 가서 목욕을 한 후 은행 옆에 있는 포장마차에서 생강이 들어간 시원한 엿음료를 마셨다. 무엇보다도 돈이 없다는 것이 괴롭다. 오노미치까지 가는 기차요금 이야기는 내일 아침에 꺼내 보기로 했다. 무슨 일을 하고 있는지는 아무도 물어보지 않는다. 그것도 다행이다. 오카야마는 조용한 도시라고 생각했다. 철썩철썩하는 파도소리. 무더워서 잠이 오지 않

---

212 갈라티아(Galatia). 소아시아 중앙부를 이루는 지역의 고대명.

는다. 언제라도 도살이 될 것 같은 불안한 상태가 가슴을 조여 온다. 돈이 백 엔이라도 있으면 사람들이 나를 이렇게 모른 체 하지는 않을 것이라는 생각이 든다.

여학교 2학년인 미쓰코光子가 2층에서 늦게까지 영어 노래를 부르고 있다.

트윙클 트윙클 리틀 스타 Twinkle twinkle little star,
하우 아이 원더 왓 유 아 how I wonder what you are.
업 어버브 더 월드 소 하이 Up above the world so high,
라이크 어 다이아몬드 인 더 스카이 like a diamond in the sky.

나도 이 노래는 배운 적이 있다. 뭔가 아득한 옛날 일 같다. 새 아버지가 오카야마의 학의 알鶴の卵이라는 과자를 사 주신 일이 생각났다.

아침에 부엌에서 밥을 먹으러 오라고 했지만 돈 이야기는 꺼내지 못했다. 모처럼 이곳에 왔으니 친구한테 가 보겠다고 하고 밖으로 나갔다. 학창시절 친구를 만나러 가 봤자 딱히 반갑게 맞아 줄 친구도 없다. 거리의 더위가 반사가 되어 땀범벅이 된 채 번화한 거리로 나갔다. 좁은 상점가에는 천막이 죽 쳐져서, 어둡고 서늘한 그림자를 만들고 있었다. 어느 상점도 유서가 깊은 느낌이 든다. 무작정 아오키青木라는 서양 식기점을 찾아보았다. 전락을 해서 무일푼이 된 같은 반 친구의 방문만큼 민폐는 없을 것이라 생각된다.

얼결에 아오키라는 하이칼라한 서양 식기점을 발견했다. 한참 동안 진열대 앞에 서서 커피잔이나 찻잔, 오리 재떨이, 스커트를 활짝 펼친 서양인형으로 된 겨자통을 바라보았다. 녹색 페인트 칠을 한 진열대 속에서 번쩍번쩍 빛나는 금색, 붉은색, 코발트색. 도기의 서늘함. 메린스 기모노에 하얀 에이프런을 한 예쁜 아이가 가게 앞으로 나왔길래 나카네 요시코中根慶子 씨 있냐고 물어보았다. 아이는 바로 안으로 들어갔다. 나는 진열대의 유리에 얼굴을 비춰 보았다. 움푹 들어간 접시 바닥에 부은 내 얼굴이 올라가 있다. 곱슬곱슬한 머리가 귀를 덮고 있다. 아아, 덥다, 더워. 물레방아 소리가 귀에 들린다. 오래 입어 빛이 바랜 나루토鳴戸 산 가스리. 소매는 꼬질꼬질하다. 허리띠는 붉은색과 흰색의 날염 메린스. 빨면 보풀이 일어 부슬부슬 흘러 내릴 것 같은 싸구려. 버선과 나막신은 오사카의 우메다역梅田駅에서 히데코에게 얻은 것.

나카네는 나오자마자 어머나 하고 깜짝 놀랐다. 오노미치의 학교를 졸업한지 4년. 한 번도 만나지 못하고 오늘에 이르렀다. 곤색 가스리를 입은 단정한 모습. 정말이지 영락해 버린 내 모습은 짐차에 치인 다시마 같은 기분이었다. 나카네는 빛이 바랜 수수한 색의 긴 파라솔을 들고 나와서 공원에 가자고 했다.

일본에서도 유명한 공원이라 한다. 공원에 갈 기분이 아니었지만 할 수 없이 공원에 따라갔다. 나카네는 말수가 적다. 아직 결혼을 하지 않았다고 하며 내게는 소설을 쓰고 있느냐고 물었다. 소설 이야기는 꿈속 이야기 같아서 그만두었다. 도쿄에서 있었던 이런 저런 일들을 이야기하면 깜짝 놀랄 것이다.

공원은 덥고 별 볼일 없는 곳이었다. 경치를 구경하는 데는 아무 관심도 없다. 젊은 탓인지 모르겠지만 기름에 볶는 듯한 매미소리가 시끄럽다. 연못가를 고등학교 학생들이 회색 옷을 입고 나막신을 신고 돌아다닌다. 모두 늠름하게 보였다. 나카네는『카인의 후예ヵインの末裔』[213]를 읽었냐고 물어보았다. 나의 도쿄 생활이 피폐해서 그런 조용한 것은 읽고 있을 수 없었다.

적송나무 그늘에 찻집이 있었다. 나카네는 그곳으로 들어갔다. 물에 담궈 놓은 라무네를 두 개 주문했다. 얼음을 갈아서 그 위에 레몬에이드를 부어 마셨다. 혀끝이 짜릿짜릿했고 그 깊은 맛은 청량했다. 많은 소년들이 매미를 잡으며 놀고 있다. 폭 잠든 것 같은 공원의 경치다. 꼭 묶인다. 연결된다. 거절할 수 있다. 마음이 갈피를 잡지 못해 라무네 병의 구슬을 딸랑딸랑 흔들고 있을 뿐. 오노미치에 가는 여비. 2엔 50전 있으면 양갱을 사서 갈 수 있다. 저 맞은편에는 해가 쨍쨍 내리쬐고 있다. 이쪽은 깊이 그늘져 있고 긴 평상에서 안경을 쓴 남자가 입을 벌리고 낮잠을 자고 있다. 얼음 깃발이 흔들리는 색채. 눈을 문지르며 주위를 둘러보고 있지만, 이 경치도 기차를 타고나면 잊어버릴 것이 틀림없다. 소매 안에 지갑을 집어넣고 몰래 얼음과 라무네 값을 계산했다.

---

213 아리시마 다케오(有島武郎, 1878-1923)의 소설. 홋카이도(北海道)의 척박한 땅과 그곳에서 노동력을 착취당하는 소작농들의 고된 현실을 그리고 있다. 자연에 길들여지지 않은 천성과 지칠 줄 모르는 강인한 체력의 소유자 니에몬(仁右衛門)이 그 주인공이다. 작자 아리시마 다케오의 사회인식과 기독교적 배경이 돋보이는 작품이다.

나카네도 도쿄에 가고 싶다며 드문드문 이야기를 했지만, 나는 건성으로 듣고 동전을 세고 있다. 예전에 사이가 좋았던 만큼 의미도 없이 공원 경치를 바라보고 있어야 하는 것이 한심해서 슬펐다. 얼음과 라무네 값을 지불하니 4전이 남았다. 허세꾼에 거짓말쟁이에 체면을 차리느라 나카네에게 여비를 빌리는 것을 단념.

점심 전에 하시모토로 돌아가 용기를 내어 2엔 50전을 아주머니에게 빌렸다. 두 여학생은 갑자기 경멸하는 눈빛으로 나를 본다. 그 눈빛이 제일 싫었다. 나는 마치 범죄자가 된 듯 풀이 폭 죽어 점심때쯤 역으로 갔다. 양갱을 사지 않고 도시락을 샀다. 삼등 대합실에서 도시락을 먹었다. 매점에서 파란 바나나를 두 개 샀다. 5전이다.

얼마 안 되는 돈이 이렇게나 용기를 준다. 공원에서 마음 편히 라무네를 마셨으면 좋았을 것을. 잔돈을 계산하면서 벌벌 떨며 마신 것을 생각하니 화가 났다. 나카네는 딱히 싫은 친구도 아닌데 구역질이 날 만큼 싫어졌다. 대접을 한데다가 벌벌 떨며 나카네에게 저자세로 말을 하고 있던 내 자신이 견딜 수 없이 싫어졌다. 소설은 팔려? 아니 안 팔려. 어떤 소설을 쓰고 있어? 어떤 것이냐 하면 동화 같은 거지. 일일이 사과를 하며 대답을 하고 있는 것 같은 비참함이 이야기를 하고 있으면서도 아아 안 돼, 안 돼라고 하며 나카네에게 밀려 버렸다. 노예근성. 늘 굽실굽실. 어떻게든 해 달라고 할 생각도 없으면서 웃는 표정을 짓고 머리를 조아려 보인다.

시나 소설을 쓴다는 것은 회사에서 근무하는 것 하고는 다르다고, 마음속으로 투덜거리며 변명을 하고 있다.

오노미치에 도착한 것은 밤.

길바닥의 더위가 훅하고 옷자락 안으로 들어왔다. 땅땅 하고 쇠를 두드리는 소리가 난다. 바다냄새가 난다. 전혀 그립지도 않으면서 그리운 공기를 마신다. 쓰치도土蟹 거리는 아는 사람들 투성이라서 어두운 선로를 따라 걸었다. 별이 반짝반짝 빛나고 있다. 벌레는 사위에서 울어대고 있다. 하얀 망촛대 꽃이 철로를 따라 아련하게 피어 있다. 진무천황神武天皇[214] 을 기리는 신사 사무소 뒤에서 소학교의 높은 돌계단을 올려다본다. 오른쪽은 높은 나무다리. 이 육교를 건너 맨발로 학교에 다니던 일이 떠올랐다. 선로를 따라 난 좁은 골목길로 나오자, '"반요리" 안 필요하세요?'하며 어부가 넓적한 대야를 머리에 이고 소리를 지르며 돌아다니고 있었다. 밤 낚시로 잡은 생선을 밤에 들려 판다고 해서 '반요리晩選=晩寄り'라고 하며 어촌에서 여자들이 팔러 오는 것이다.

지코사持光寺 돌계단 아래 어머니가 세들어 살고 있는 2층집을 찾아갔다. 질척거리는 바깥변소 옆에 나팔꽃이 환하게 피어 있었다. 어머니는 2층 빨래를 너는 곳에서 목물을 하고 있었다. 오노미치는 물이 부족해서 한 통에 2전을 내고 물을 산다.

---

214 일본 제1대 천황으로서 전설의 인물.

2층으로 올라가니 어머니는 깜짝 놀란다. 천정이 낮고 2층 차양에 닿을락말락한 둑방 위에 선로가 나 있다. 노란 다다미가 뜨거울 정도로 열을 받아 있었다. 뚜껑이 달린 낯익은 책상자가 있다. 책상자 위에 금광님이 모셔져 있다. 목욕을 하고 나더니 대야의 물에 빨래를 담그며 어머니는 목이라도 매고 싶다고 했다.

새아버지는 밤놀이를 가서 부재중. 요즘에는 도박에 정신이 팔려 일도 내팽개치고 빚만 늘어서 야반도주라도 해야겠다고 한다.

나는 허리띠를 풀고 알몸으로 뜨거운 다다미 위에 엎드렸다. 상행 화물열차가 빛을 발하며 창문 앞을 달려갔다. 집이 흔들린다. 붙박이장도 없고 아무것도 없는 지저분한 방.

8월 x일

사랑하는 이여, 그대 이 한 가지 잊지 말라. 주 앞에서는 하루가 천 년 같고 천 년은 하루와 같다. 벽에 붙인 헌 신문에 이런 종교란이 있다. 사랑하는 이여인가. 세상 풍파에 찌들려 제대로 피어 보지도 못한 인생. 갈갈이 찢긴 마음이 지금 천정이 낮은 이 방에서 문득 눈을 떴다. 밤새도록 그리고 아침에도 쉼 없이 기차가 달린다. 「물고기 마을魚の町」이라는 소설을 쓰고 싶어졌다. 아래층 노인네와 새아버지는 같이 나가서는 오늘 아침까지도 돌아오지 않는다.

아침해가 벽 안쪽 끝까지 비쳐 들어 덥다. 선로 둑방에는 온통 채송화로 가득하다. 기름에 달달 볶이듯이 매미가 시끄럽게 울어

대고 있다. 점심 지나서 기차로 황태자께서 통과하신다고 하여 선로가의 빈밀굴은 밤까지 창문들을 열면 안 된다는 하달이 내려왔다. 빨래는 거둬 들이고 지저분한 것은 정리를 해야 한다. 어머니는 빨랫대를 정리하고 조리를 신고 기왓장을 청소하고 있다. 황태자가 대체 어떤 분인지 우리들은 모른다. 아무것도 모르지만 존경해야 한다. 점심때부터 선로 위를 순사 둘이 돌고 있다.

장지문을 닫고 알몸으로 체홉의 「지루한 이야기」를 읽었다. 너무 더워서 나무 계단에서 뒹굴거리며 책을 읽었다. 「풍금과 물고기 마을風琴と魚の町」 문득 이런 제목으로 오노미치 이야기를 써 보고 싶어졌다. 어머니는 청소를 마치고 흰 보따리로 된 큰 짐을 메고 장사를 하러 나섰다. 아래층 아주머니가 겨자가 들어간 우무를 한 그릇 주었다. 이제 곧 황태자님께서 지나가십니다.……근처 여자들이 소리를 지르고 있다. 덜커덩덜커덩 땅을 울리며 황태자께서 타신 열차가 지나간다. 찢어진 장지문 사이로 내다보니 창문 앞 둑방 위에서 순사가 최고의 경례자세를 취하고 있다. 순사의 어깨에 커다란 잠자리가 앉아 있다. 하얗고 투명한 날개가 떨리고 있다. 기차 창문 속으로 하얀 커버가 희끗희끗 보이고 얼굴이 붉은 남자가 책을 읽고 있는 모습이 휙 지나갔다. 진정한 필름 하나가 선로를 휙 가르며 사라져갔다. 순사가 고개를 들었다. 찢어진 장지문 안으로 재빨리 내 머리를 쑥 집어넣었다.

인내심 강한 빈민. 힘이 쭉 빠졌다. 그 뿐이다. 다시 장지문을 꼭 닫았다. 부담이 되어도 생글생글 웃으며 바닥에 무릎을 꿇고 있다. 그저 그 뿐인 삶. 순식간에 지나간 황태자의 삶과 어떤 차이가 있는 것일까?……황태자님은 시원한 기차 안에서 책을 읽고 있다. 나는 더운 방에서 체홉의 「지루한 이야기」를 읽고 있을 뿐이다.

책 상자 안에 오래된 내 노트가 있었다. 학창 시절의 일기. 별 것도 아니다. 베르테르에게 열을 올리고 있는 감상. 이토 뱌쿠렌伊藤白蓮[215] 의 사랑의 도피행각을 노라 같다고 썼다. 당분간은 이대로 필사적으로 소설을 써 볼까 한다.

저녁때부터 비. 어머니가 머리에 기름종이를 쓰고 돌아왔다. 손바구니에 익어서 활짝 벌어진 무화과를 선물로 사 오셨다. 오노미치에서는 무화과를 '당감唐柿'이라고 한다.

새아버지는 돌아오시지 않는다. 어머니는 경찰서에 끌려간 게 아닌가 하고 걱정을 하고 있다. 비가 와서 서늘해져서 노트에 소설 같은 것을 좀 써 보았지만 금방 싫증이 났다. 별 것 아니었다. 『이세모노가타리』완독.

글을 써서 먹고 살 생각은 단념하는 것이 좋을 것 같다. 아무래도 써지지가 않는다. 작곡가가 듣는 귀가 없는 것을 잊고 음색 공상만 하는 것과 같다. ……그냥 고독에 밀려다니기만 해 가지고서는 한 글자도 쓸 수 없다. 바닷가 마을로 돌아와서 나는 아직 바다

---

[215] 1921년 10월 20일, 후쿠오카의 탄광왕 이토 덴우에몬(伊藤伝右衛門)의 처이자 가인 야나기하라 뱌쿠렌(柳原白蓮)이 사회운동가인 미야자키 류스케(宮崎龍介)와 사랑의 도피행각을 일으켜 센세이션을 일으켰다.

를 보지 못했다.

　밤이 깊어져서야 새아버지가 돌아왔다. 클립 셔츠 위에 모직 배두렁이를 하고 있는 풍채는 너무 징그러웠다. 돈도 없으면서 시키시마를 뻑뻑 피우고 있었다.

　도쿄는 경기가 좀 어떻노?

　도쿄는 불경기예요.

　나도 이자 좀 어찌 해 볼려는디 당최 생각대로 되지 않는데이.

　너무나 더워서 어머니하고 밤늦게 바닷가로 더위를 식히러 가서 다도쓰多度津를 왕래하는 오사카상선이 발착하는 곳에서 잠시 쉬었다. 노점에서 아이스찰떡과 엿음료를 팔고 있다. 더워서 속곳 차림으로 바닷물에 들어갔다. 속곳이 위로 떠오르는 바람에 파란 인이 번쩍번쩍 빛난다. 과감하게 깊은 물속으로 쑥 들어가서 헤엄을 쳐 보았다. 가슴이 꽉 조여지는 것 같아 기분이 좋다.

　어두운 물 위에서 조각배가 모기장을 치고 램프를 밝히고 있는 것이 몹시도 시원해 보인다. 비가 개인 탓인지 해변은 쥐죽은 듯 조용하다.

　센코지千光寺 등불이 산 위 나무들 사이에서 언뜻언뜻 빛나고 있다.

8월 x일

　「풍금과 물고기 마을」이 조금 진척되었다.

　소설이라는 것을 어떻게 써야 하는지 잘 모르겠다. 그저 주저리주저리 말도 안 되는 이야기를 노트에 쓰면서 내 자신이 울고 있으니 짜증이 난다. 모기가 많아서 밤에는 일절 쓰지 못했다. 첫째 소설이라는 것을 쓰는 감정이 존재하지 않기 때문이다. 금방 시나 노래처럼 되어 버린다. 사물을 해부할 힘이 없다. 느끼는 게 좋다. 단지 그뿐이다. 관찰이 허술해서 마치 동화같다.

도쿄로 돌아가려면 20엔을 변통해야 한다는 사실이 머릿속을 어른거린다. '사람들이 시켜서 사도가 된 것도 아니요, 사람이 맡겨서 사도가 된 것도 아니요, 예수 그리스도께서 그리고 그분을 죽은 사람들 가운데서 살리신 하나님 아버지께서 임명하심으로써 사도가 된 나 바울'[216] 소설을 쓰는 필자의 진심이 울리지 않는다면 신은 사람의 겉모습만 취하시지는 않을 것이다. 내게 그런 재능이 있다는 생각이 들지는 않는다. 글을 써도 써도 퇴짜를 맞고 그래도 부끄러워하지 않는 뻔뻔스러움. 지리멸렬한 심리의 저변을 지난다. 작은 물고기의 그림자를 쫓는 것 같다. 그럴듯하게 활자가 늘어선다. 피를 토하며 쓴 것은 보기도 힘들고 읽기에도 힘들다.

경찰의 눈도 빛이 난다. 무정부주의라는 것은 노래가 아니다. 그것을 바라는 염원은 이 세상 어딘가에 있지만……동화 속 세상을 노리는 평화로운 짐승 정도의 이상적 세계. 황태자가 지나가신다고 해서 하루 종일 장지문을 닫고 숨을 죽여야 하는 나. 나는 그

---

216 성경의 갈라디아서 제1장 1행.

런 계급이다. 그리고 황태자님은 순식간에 구름 저편으로 사라져 가는 사람이다. 어째서 그런 사람을 존경하며 살아야 하는가?

경비를 서는 순사도 살아 있다. 어깨에 앉은 잠자리도 살아 있다. 장지문 안에는 아무렇게나 알몸으로 체홉에 매달려 있는 사람도 있다.

오노미치에 돌아온 것이 후회되었다. 고향이란 멀리 두고 그리워하는 것이다. 설령 타향에서 빌어먹는다고 해도 고향은 다시 돌아올 곳이 아니라는 것을 절감했다. 죽고 싶지도 않고 살고 싶지도 않은 무위 무료한 기분으로 오늘도 노트에 「풍금과 물고기의 마을」을 계속해서 쓴다.

어머니도 다시 한 번 도쿄에 가서 밤에 장사를 하고 싶다고 했다. 나는 새아버지하고 헤어져 주기만 한다면 얼마나 잘 된 일일까 하고 생각하지만, 어머니는 이것도 상황을 봐가며 해야 한다며 조금만 더 참으라고 한다. 새아버지는 오늘아침부터 또 도박을 하러 나갔다. 어머니만 몸이 가루가 되도록 일을 한다.

단지 나와 어머니만 오래도록 고통의 연속에만 매달려 살고 있는 것 같다. 차라리 내가 남자로 태어났다면 하고 생각한다. 어머니가 번 돈은 모두 아버지의 도박 밑천으로 사라져 버린다.

밤에는 어머니와 둘이서 해변에 나가 노점에서 드디어 우동을 사 드렸다. 집에 있으면 빚쟁이들이 찾아와서 귀찮다고 해서 또 어두운 밤에 해수욕. 바닷물은 지저분하고 흐물거리며 장례식 냄새가 났다. 조만간 좋은 일도 있겠제……어머니가 불쑥 그런 말을 했다. 나는 선창 쪽으로 헤엄쳐 갔다. 인이 타오른다. 무카이시마向島의 도크에서 사람이 부르는 소리가 난다. 이래서는 아무런 전망도 없다.「풍금과 물고기 마을」원고를 도쿄로 가지고 가 봤자 쨍하고 팔자가 펼 날이 올 것 같지도 않다. 조금만 더 조금만 더 하며 차갑고 어두운 물 쪽으로 헤엄을 쳐 간다.

이윽고 돌계단으로 돌아와서 맨살에 미지근한 옷을 입었다. 젖은 옷을 짜고 있자니 우동 트림이 나온다. 피부가 확 땡기는 느낌이 든다. 자연스레 따뜻한 기분이 되어 맹렬하고 격한 사랑을 해보고 싶어졌다. 여러 가지 기억의 바닥에서 남자와의 추억이 하나 둘 떠올랐다.

흉가나 마찬가지로 보이는 2층집. 갓 없는 전등 아래서 어머니와 나는 알몸으로 더위를 식히고 있다. 화려한 불빛을 내뿜으며 상행열차가 달려간다. 부럽다.

아무래도 도쿄에 가고 싶었지만 때가 때이니만큼 돈 20엔을 변통하기 어렵다. 어머니는 풀이 죽어 있다. 10엔이라도 구할 수 있으면 좋겠다고 생각했다. 모기향을 피우고 작은 밥상에 노트를 폈다. 이제 계속 이어서 쓰는 수밖에 없다. 달콤해서 아무래도 이상한 소설이다. 환영만으로 마무리를 지으려는 플롯. 더위 탓인지도 모른다. 배불리 먹지 못한 탓인지도 모른다. 머릿속에 막 떠오르는 생각이 있는 탓인지도 모르겠다.「풍금과 물고기 마을」이라는 타

이틀 뿐이다. 생활의 피로에 압도되어 오히려 환영만 새록새록 눈 앞을 스치는 플롯.

왜 언제까지고 이렇게 살아야 하나 라는 생각이 든다. 어머니 는 연필을 핥으면서 장부를 적고 있다. 딱히 큰 금액도 아닌데 장 부를 적고 있는 모습은 대단히 진지하다. 진흙에 발이 빠져 옴짝달 싹 할 수 없는 생활이다.

헤어져요. 응, 헤어질까 혀.

헤어지라구요. 그리고 도쿄에 가서 둘이서 일하면 하루하루 밥 은 먹고 살 수 있어요.

밥을 먹는 것도 중요하지만 새아버지를 버리고 갈 수도 없는기 아이가?

헤어져요. 이제 나이도 나이니만큼 남자 따위 필요 없잖아요. ……

네는 소설을 쓰면서 그렇게 잔혹한 말을 하는기가?……

나는 입을 다물어 버렸다. 걱정도 즐거움 중의 하나로 오늘까 지 함께 해 왔던 어머니와 새아버지의 연을 내 입장에 비추어 생각 해 보았다. 어머니는 행복한 사람이다.

나는 부질없이 열심히 노트에 글을 쓰고 있다. 이제 의지할 사 람이 아무도 없다. 내 일은 내가 알아서 힘껏 노력하지 않으면 살 아갈 수 없다. 하지만 도쿄에서 유명한 시인도 오노미치에서는 아 무 소용이 없다. 그래도 상관없다고 생각한다. 나는 오노미치가 좋다. 반요리 필요없능교?⋯⋯하며 생선을 팔러 다니는 목소리가 골목에서 들려온다. 갓잡아 올린 팔딱거리는 작은 생선을 소금에 구워 먹고 싶다.

그날 밤 새아버지는 아래층 할아버지와 경찰에 넘겨졌다. 밤이 깊어서야 어머니는 아래층 아주머니하고 몰래 어딘가로 나갔다.

1926년

제4부 미완

신이세모노가타리

11월 × 일

때까치가 해자 맞은편에서 시끄럽게 울어댄다. 요쓰야미쓰케
四谷見附에서 다메이케溜池로 나와서 다메이케 뒤편에 있는 류코도
竜光堂라는 약국 앞을 지나 도요카와豊川 신사 앞 전차로로 나왔다.
전차로 선로를 넘어 장신구가게 옆에서 롯폰기六本木 거리로 나와
이케다야池田屋 건어물상 앞에서 이케다池田 씨를 불렀다.

　이케다 씨가 환한 얼굴로 나왔다. 오늘은 보기 드물게 야회마
키夜会巻[217]로 상당한 미인이다. 가게 앞에는 명란젓, 연어, 대구포
등 맛있어 보이는 것들이 잔뜩 진열되어 있다. 두 사람은 버선가게
골목을 돌아 사카이酒井 자작 저택의 고색창연한 문 앞을 걷는다.
오늘은 신토미좌新富座에서 스미조寿美蔵[218]의 연극이 있다고 한다.
몹시도 도쿄 토박이다운 이케다 씨의 연극이야기. 오늘은 스미조
가 수건을 뿌리는 날이므로 아무래도 빨리 회사에서 나와 가는 것

---

217 뒷머리에서 좌우로 고리를 만들어 감아 올린 속발(束髮).
218 이치카와 스미조(市川壽美藏)로 가부키 배우의 약칭. 이 때는 제6대 스미조(1886-1971)
　로 추정.

이라며 엄청 들떠 있다. 아카사카赤坂의 연대聯隊가 가까이에 있어서 회사에 도착할 무렵에는 늘 나팔소리가 울려퍼지고 있다.

소학신보사小学新報社라는 곳이 나의 근무지. 구관 2층 일본식 방에 책상이 도합 여덟 개 정도 있고 우리는 매일매일 신문의 봉띠를 썼다. 오늘은 가고시마鹿児島와 구마모토熊本를 할당받았다. 아직 시간이 일러서 창가에서 이케다 씨하고 미야모토宮本 씨하고 셋이서 잡담. 일급을 어떻게든 해서 월급으로 받고 싶다는 이야기. 일급 80전으로는 도저히 어떻게 살 수가 없다. 요쓰야미쓰케에서 시전 전차삯을 절약해 봐야 우리 식구 셋이서는 도저히 먹고 살 수가 없다. 이케다 씨는 부모한테 얹혀 살고 있어서 버는 돈은 모두 용돈으로 쓴다고 한다. 부러운 이야기이다. 8시 10분 전. 모두 모였다. 나는 늘 그렇듯이 가장 어둡고 안 좋은 자리에 앉았다. 간부인 도미다富田 씨가 지시를 해서 창가 자리에는 좀처럼 앉을 수가 없다.

소학교 편람의 활자도 작아서 근시인 나로서는 시간이 다른 사람의 두 배는 걸린다. 안경을 사고 싶어도 80전 일급으로는 그날그날 먹고 살기 바빠 안경을 살 계제가 못 된다. 이제 곧 11월 첫 유일酉日의 장이 설 것이다. 도미 씨는 오늘은 이초가에시로 머리를 묶었다. 이 사람은 오시마 핫카쿠大島伯鶴[219]를 좋아한다고 하

---

219 강담사의 이름으로 여기서는 제2대 째 오시마 야스토시(大島保利, 1879.4.8.-1946.4.2).

며, 한도 끝도 없이 요세寄席[220] 이야기만 한다.

수신인 이름을 쓰는 것이 귀찮아졌다. 멍해진다. 문득 보니 옆에 있는 모래 벽에 아침햇살이 가물가물 움직였다. 환등 같았다. 이케다 씨도 도미다 씨도 오시마 하오리 차림으로 일급 80전을 받는 여사무원으로 보이지는 않는다. 이케다는 눈은 작지만 게이샤가 되면 좋았을 것 같은 미인이다. 건어물 가게 딸이라서 그런지 늘 어딘가에 여드름이 나 있다.

어쨌거나 부부가 헤어진다는 것은 좀처럼 쉬운 일은 아닌 것 같다. 부부라는 것은 묘한 인연이라는 생각이 든다. 어젯밤에도 새아버지와 어머니는 그렇게 보기 싫도록 싸웠으면서도 오늘 아침에는 의외로 무슨 일이 있었냐 싶은 모습이다. 새아버지와 어머니가 헤어져 주기만 한다면 나는 어머니와 단 둘이서 몸이 가루가 되도록 일을 할 생각이다. 실은 나는 새아버지가 싫었다. 늘 마음이 약하고 줏대가 없어서 어머니의 지시가 없으면 무엇 하나 하지 못하는 새아버지가 화가 났다. 새아버지는 헤어져서 혼자 살다 젊은 아내를 얻으면 자기 스스로 꽤 일을 할 수 있을 것 같은 사람이다. ……어머니가 기가 센 것이 미워졌다.

또 비파 소리가 들린다. 딱히 이 일에 싫증이 난 것은 아니지만 오랫동안 계속할 일은 아니라고 본다. 그렇다고 해도 고요한 이 근

---

220 사람을 모아 돈을 받고 재담·만담·야담 등을 들려 주는 대중적 연예.

처의 저택들은 얼마나 행복한 사람들의 집들뿐인지 신기하게 생각된다. 아침부터 비파를 타고 피아노를 치는 조용한 계급이 있나 생각하니 태어나면서부터 복을 받은 사람들인 것 같다. ——점심 무렵부터는 신문 발송.

신문의 파란 잉크가 덜 말라서 봉띠를 쓸 때마다 팔부터 손까지 문신을 한 것처럼 파랗게 물이 든다. 다이쇼천황과 황태자의 사진이 정면에 실려 있다. 다이쇼 천황은 정신이 좀 이상하다고 하는데 이렇게 사진으로 보니 훌륭하다. 가슴은 국화 같은 훈장으로 가득하다. 인쇄상태가 좋지 않아서 천황도 황태자도 온 얼굴에 수염이 난 것처럼 보인다.

풀을 바르는 일, 봉띠를 붙이는 일, 현縣별로 묶는 일, 밖으로 운반하는 일. 사위는 뿌연 먼지로 가득하여 모두 옷자락을 끈으로 묶고 머리에는 수건을 썼다. 발송하는데 시간을 잡아먹어 일이 모두 끝난 것은 5시 넘어서이다. 메밀국수를 한 그릇씩 사 줘서 먹고 해가 질 녘에 거리로 나왔다. 이케다는 연극에 늦었다고 잔뜩 골을 내며 서둘러 돌아갔다. 요쓰야 역에서는 해가 완전히 넘어가서 될 대로 되라 하고 야시장 구경을 하면서 신주쿠까지 걸었다.

집에 돌아가고 싶은 생각이 전혀 들지 않는다. 집에 돌아가서 부부 싸움을 보고 있어야 할 것을 생각하면 견딜 수가 없다. 두 사람 모두 가난하고 소심하지만 마음이 나쁜 사람들보다 다루기가 더 어렵다고 생각되었다. 야시장을 구경하며 돌아다녔다. 닭꼬치 냄새가 난다. 밤이슬이 내리는 가운데 신주쿠까지 죽 이어진 야시장의 불빛이 반짝반짝 화려해 보인다. 여관, 사진관, 장어집, 접골, 샤미센교습소, 월부로 파는 마루니丸二 가구점, 이 일대는 옛날에는 창녀촌이었다던가 해서 가옥들이 주욱 늘어서 있다. 다이소지太宗寺에는 서커스 광고가 걸려 있었다.

가도 가도 시끌벅적한 야시장의 연속. 참으로 팔 물건들이 이렇게도 많구나 하는 생각이 들 정도다. 오늘은 히가시나카노東中野까지 걸어갈 생각으로 포장마차에서 한 그릇에 8전 하는 쇠고기덮밥을 먹었다. 고기로 여겨지는 것은 작은 것 한 점. 나머지는 양파뿐. 밥은 우쓰노미야宇都宮의 천정[221] 만큼이나 잔뜩 담아 주었다.

쓰노하즈角筈의 호테이야 백화점은 건축 공사가 한창으로 밤에도 공사장에 밝은 불이 켜져 있다. 신주쿠 역의 높은 나무다리를 건너 담배 전매국 옆으로 해서 나루자카鳴子坂 쪽으로 걸었다. 사락사락 소리를 내며 밤안개가 내리는 느낌이다. 난부 슈타로南部修太郎[222] 라는 소설가의 「밤안개夜霧」라는 소설이 문득 생각났다.

집에 돌아온 것은 아홉시 가까이 되어서. 새아버지는 목욕탕에 가고 없었다. 부엌에서 벌컥벌컥 물을 마셨다. 어머니는 화로에서

---

221 우쓰노미야성 천정사건(宇都宮城釣天井事件). 에도시대인 1662년 우쓰노미야번의 번주인 혼다 마사즈미(本多正純)가 우쓰노미야성에 천정을 매달아 놓았다가 떨어뜨려 도쿠가와 히데타다(德川秀忠) 암살을 기도했다는 혐의를 받은 사건. 실제로는 그런 장치는 존재하지 않았음.

222 난부 슈타로(南部修太郎, 1892.10.12.-1936.6.22). 소설가, 번역가. 「수도원의 가을(修道院の秋)」(1916)로 주목을 받아 미타파(三田派)의 작가로서 작품 발표. 그 외의 작품에 「젊은 입옥자의 수기(若き入獄者の手記)」(1924) 등.

비지를 볶고 있었다. 딱히 늦었네 라는 말도 하지 않는다. 자기 자신만 생각하는 사람이다. 코를 킁킁거리며 비지를 볶고 있다. 냄비를 들여다보니 검게 탔다. 무엇을 해도 서툴다. 파도 갈색이 되었다. 강렬한 어머니의 아집이 불쌍했다. 방 한쪽 구석에 벌러덩 누웠다. 계곡 바닥으로 떨어지는 듯한 공허한 생각 뿐. 비굴해져서 사는 보람이 아무것도 없는 내 자신이 있어야 할 장소가 이상하게 둥실둥실 떠오르는 것 같다. 몸통을 거친 새끼줄로 꽁꽁 묶어 기중기로 하늘 높이 매달고 싶은 듯한 피로감을 느낀다. 아버지하고는 헤어지뿔까 하고 어머니가 툭 한 마디 던진다. 나는 말이 없다. 어머니는 작은 목소리로 일이 이렇게 되니께말여 하고 중얼거리듯 말한다. 나는 남자 따위는 아무래도 좋았다. 더 산뜻한 운명은 없을까 하고 생각한다. 새아버지가 사들인 와지마輪島 칠기 밥상이 이제 몇 개 안 남아 있다. 이것이 없어지면 또 다른 상품을 사들일 것이다.

계속해서 장사를 바꾸어 한 가지 장사를 진득하니 하지 못 하니, 새아버지와 어머니는 초조한 것일 게다. 처음부터 12엔의 집세도 지불하지 못하고 매일 복닥복닥 어수선하게 지내고 있다. 무엇보다 제대로 된 집을 빌리려 들지 말고 시골로 돌아가서 싸구려 여관에서 자취생활을 하며 둘이서 마음 편히 지내는 편이 좋을 것 같다. 모처럼 겨우 나 혼자 살 수 있을 만큼 안정이 되어 가자 두 사람이 들이닥쳐서 언제까지고 같은 상태가 반복되고 있다. 도쿄에서 헤어져 봤자 새아버지는 당장 그날부터 사는 게 곤란해 질테니께

말이제라며 어머니는 또 한 마디 툭 던졌다. 나는 눌어붙어 냄새가 나는 냄비를 부엌으로 가지고 갔다. 어머니는 어이없어 했다. 무엇을 해도 쓸 데 없어 보이는 어머니의 요리가 마음에 들지 않았다. 나는 타닥타닥 타오르는 화로의 불을 재로 덮고 법랑 주전자를 올려 놓았다.

"뭣 땜에 그리 골을 내는기라? 네 도시락 반찬 만들어 주려고 불을 피우는 건디 말이제. ……"

나는 그런 시커먼 비지 반찬 같은 거 어찌 되는 상관없다. 입을 꾹 다물고 누워서 소매에 머리고 얼굴이고 푹 집어넣고 있자, 어머니는 갑자기 시끄럽게 코를 훌쩍거리며 우리가 짐이 되면 오늘밤에라도 짐을 싸서 돌아가겠다고 했다. 목면 안감의 옷자락에서 가을 냄새가 났다. 계절의 냄새. 위안의 냄새. 옷자락 안에서 눈을 뜨니 모오카真岡 무명천의 네모난 모양이 불빛에 비치어 보인다. 니는 아버지를 왜 안 좋아하는기가 하고 어머니는 울면서 말한다. 엄마보다 스무 살이나 젊은 남자를 아버지라고 부르게 하지 말아 달라고 반박한다. 어머니는 신음을 하며 푹 엎드려 버렸다. 네는 운이라는 게 있었다는기가? ……남자 운이 나쁜 것은 너도 마찬가지가 아니냐 하는 것이다.

"네는 여덟 살 때부터 그 새아버지가 양육했다 아이가? 십이 년이나 키워 줬는데 지금 와서 싫다고 할 수는 없는기라."

"아니, 나를 키워 준 게 아니예요."

"여핵교에도 다녔다 아이가? ……"

"여학교？무슨 말씀이세요. 학교는 내가 배돛을 만드는 공장에 다니면서 다닌 것 잊었어요? 여름방학에는 식모살이도 가고 행상도 다니고. 나는 내가 벌어서 살았다구요. 학교를 나오구 나서도 조금씩이라도 돈을 보내 드린 것은 잊었어요?"

나는 소매 안에서 고함을 치며 하지 않아도 될 말을 했다.

"네도 참 독한 아 아이가?……"

"아아, 이제 이렇게 복닥거리며 살 바엔 부모자식 연을 끊고 어머니는 새아버지하고 아무데라도 가요. 나는 내일부터 매춘을 하든지 뭐 다른 일을 하든지 해서 내 일은 내가 알아서 할게요."

소매 안에서 눈물이 솟구쳤다. 아버지의 나막신 소리가 나서 나는 뒷문으로 휙 나와서 가와조에마치川添町를 걸었다. 하얀 젖빛 안개가 자욱했고 밭 여기저기에 드문드문 인가의 등불이 반짝인다. 가와조에마치라고 해 봐야 도쿄중에서도 이곳은 교외 중의 교외, 무 밭의 흙냄새가 향기롭다. 딱히 어디 갈 데가 있는 것도 아니다.

상자같이 작은 히가시나카노역으로 나와 유료 낚시터 옆 덤불 속 길 쪽으로 걸어갔다. 역 앞의 커다란 술집만이 밤안개 속에 밝은 불빛을 반사하고 있다. 별은 반짝반짝 빛나고 있었다. 참을성 있게. 무슨 일이든 참을성이 있어야 해. 여차하면 고후행甲府行 기차에 치여 죽는 것도 화려하고 짜릿한 공상. 하지만 하느님, 지금 이대로 죽을 수는 없어요.

11월 x일

호우. 바닥의 흙을 다 쓸어가 버릴 만큼 큰비. 옷자락을 걷어 올리고 회사에 갔다. 이케다는 곤색 가스리에 빌로드 옷깃이 달린 우비를 입고 있다. 상당히 멋진 우비다. 오늘은 도시락은 없다. 점심은 빗속을 헤치고 롯폰기까지 가서 메밀국수를 먹고 메밀국수 차를 잔뜩 먹었다. 걸쭉한 메밀국수 국물에 고추를 넣어 마셨다.

롯폰기 고서점에서 오스기 바에의 「옥중기獄中記」와 마사키 후조큐正木不如丘[223] 가 편집하는 『요쓰야문학四谷文学』이라는 헌 잡지, 도손藤村[224] 의 「아사쿠사 소식浅草だより」이라는 감상집 세 권을 80전에 샀다. 「옥중기」는 이제 너덜너덜해졌다.

도미타 씨가 아자부의 에치주라는 요세에 가지 않겠냐고 모두에게 권유했지만 나는 비가 와서 거절하고 일찍 집으로 왔다. 하루 종일 비가 억수로 쏟아진다. 이 비가 그치면, 마침내 계절은 겨울로 들어설 것이다. 버선을 빨아 화로에 말린다. 새아버지도 어머니도 빗소리를 들으며 우두커니 있다.

좌우 어느 쪽으로도 결정하기 힘든 숙명

---

[223] 마사키 후조큐(正木不如丘, 1887.2.26.-1962.7.30). 작가이자 의사. 대표작에 「속새의 가을(木賊の秋)」,「현립병원의 유령(県立病院の幽霊)」 등.

[224] 시마자키 도손(島崎藤村, 1872.3.25.-1943.8.22). 시인이자 소설가. 『문학계(文学界)』에 참가하여 낭만주의 시인으로서 「와카나슈(若菜集)」 등 출판. 소설로는 「파계(破戒)」,「봄(春)」 등으로 자연주의 작가의 대표. 그 외에 「집(家)」,「신생(新生)」,「동트기 전(夜明け前)」 등.

비극은 단지 우스운 이야기
대답을 기다릴 것도 없이
그저 지금은 빗소리의 울림
우량雨量은 됫박으로 잴 수 없고
그저 팔짱을 끼고 상황을 지켜볼 뿐

희생을 지불하고 있는 것은 아니다
불가능한 겨울 장미
고독과 신비를 의지하는 가난한 삶
남들은 혁명의 책을 쓰고
나는 와하하 하고 웃는다
그저 무슨 일이고 우습다
진지하게 괴로워할 줄 모르는 성질

자신의 운명을 개척하라고 하지만
운명은 식빵이 아닙니다
어디에서부터 나이프를 대면 좋을지
인생의 수렵은 최대한 성대하게
코를 벌름거리고
눈물을 흘리며 훌쩍이고
침을 삼키며
두 다리로 버티는 것이다

질서의 목표는 블루와 블랙

가설 속에서 조용히 쥐를 먹는다

그 영묘한 맛과 방향芳香

아아, 로맨스의 가설

모두에게 묵살되어 자신의 생피를 홀짝인다

조금씩 조금씩 짠 피

혁명이란 윤기 있는 싱거운 양갱

우무 우무 우무 같은 진흙

한 인간이 고독하여 싸운다

많은 사람들은 필요없다

집안이나 국적으로는 밥을 먹고 살 수 없다

강담을 써야겠다고 생각했다. 소세키漱石[225] 의 강담조로 미토
코몬水戶黃門[226] 을, 그리고 도손조로 간결하게 당견 곤베[227]를, 그리

---

225 니쓰메 소세키(夏目漱石, 1867.2.9.-1916.12.9). 일본 소설가 겸 영문학자. 그의 작풍은
당시 전성기에 있던 자연주의에 대하여 고답적, 관상적(觀賞的)인 입장이었으며, 주요
저서로는 『호토토기스(ホトトギス)』에 발표한 「나는 고양이로소이다(吾輩は猫であ
る)」, 「도련님(坊っちゃん)」, 「런던탑(倫敦塔)」, 「산시로(三四郎)」, 『「행인(行人)」, 「마
음(こゝろ)」 등.

226 미토 고몬(水戶黃門, 1628.7.11.-1701.1.14). 에도시대 미토(水戶)번의 번주 도쿠가와 미
쓰쿠니(德川光圀)의 별칭. 은거하며 일본 각지를 만유하며 세상을 개혁.

227 당견 곤베(唐犬權兵衛.?-1686). 에도시대의 협객. 무사 집앞을 지나다 달려든 당견(唐
犬) 두 마리를 때려 죽여서 이런 이름이 붙음.

며, 오가이鷗外[228] 의 명석한 문체로 사쿠라 소고로[229] 를 그린다. 칼을 쨍그렁쨍그렁 부딪히며 접전을 벌이는 음산한 협객물은 내 성격에 맞지 않지만 팔 물건은 상품답게 장식을 해서 자유자재로 바꿀 수 있어야 한다. 아쿠타가와의 『주마등影燈籠』 등도 매력적인 작품 중 하나다.

오늘밤부터는 추워져서 우리 식구 세 명은 아무래도 한 이불 속에서 자야 한다. 두 사람이 누워 있는데 나중에 이불 속에 다리를 쑥 집어넣는 게 영 싫다. 아아, 어디서 이불이 두 채라도 떨어지지 않으려나. 한기가 몸을 파고든다. 어머니와 새아버지는 벌써 이불 속에서 등을 맞대고 드르렁드르렁 코를 골고 있다.

전등을 낮게 달아 놓고 펜 끝에 잉크를 듬뿍 묻혀 종이 위에 뚝뚝 떨어트려 본다. 좋은 생각이 날 것도 같은데 신묘한 영감은 좀처럼 떠오르지 않는다. 오갈 데 없는 이 가난한 노부부가 자는 모습을 옆에 놓고 보니 가슴에 메인다. 벽 끝에 전등을 다시 달아 놓고 작은 밥상에 앉는다.

두세 페이지나 시만 계속 적어 대고 강담은 한 줄도 못 썼다. 함석 지붕을 요란하게 두드리는 빗발 소리에 머리가 깨질 것 같다.

---

228 모리 오가이(森鷗外, 1862.2.17.-1922.7.9). 일본의 작가, 의사. 메이지시대의 대표적 문인. 서구의 고전 및 낭만시를 번역한 『오모가게(於母影)』(1889)를 내는 등 유럽 문예 소개에 힘써 신체시(新體詩)에 큰 영향을 주었으며, 잡지를 발간하면서 시작에 전념, 일본 낭만주의의 선구가 되었다. 대표작에 「청년」(1909), 「기러기(雁)」(1911) 등.

229 사쿠라 소고로(佐倉惣五郎, 생연도 미상~1653.9.23). 에도시대전기 시모사노쿠니 사쿠라번(下総国佐倉藩)의 의민(義民).

운명이 다한 워털루이다.

　네나 나나 남자복이 없다는 어머니의 말이 생각나서 문득 '남자운'이라는 소설을 써 보고 싶은 생각이 들었지만, 그것도 우울하고 한심한 것 같아서 그만두었다. 근본이 잡초 같은 사생아라서 남자복이라는 것은 입바른 소리에 불과하다. 『이세모노가타리』는 아니지만, 옛날에 한 남자가 있었다, 성격이 사나워서 거지를 비웃으며 거지만도 못한 가난한 생활을 한다고 하여 여자에게 자살을 하자고 하였더라, 여자 싫다고 소리치며 무릎걸음으로 다가가 함께 자자며, 그저 그 일에만 정신이 팔리게 하려고, 끈이라는 끈은 모두, 날붙이라는 날붙이는 모두 치워 버렸더라.……

　비는 추적추적 조용히 소리를 내며 내린다.

이전짜리 동전(二錢銅貨)

8월 ×일

고가선 아래를 지나간다. 덜컹거리며 기차가 북쪽으로 달려간다.

숨을 헐떡거리며 저 기차는 어디로 가는 것일까? 난 이제 싫다. 이것도 저것도 다 싫다. 풀숲에서 풍기는 훗훗한 열기를 담은 바람이 분다. 어머니가 배가 아프다고 한다. 둑방에 올라가서 잠깐 쉬어 보라고 했다. 정로환을 먹고 싶다고 하지만 오미야초大宮町까지 가기에는 멀다.

햇볕이 쨍쨍 내리쬔다. 어쩜 이리 해가 내리쬘까 한다. 짐에 기대어 잠시 쉬었다. 오늘밤에는 오미야에서 자고 싶지만 참고 돌아가려면 돌아갈 수도 있겠는데, 무엇보다 장사가 안 되는 게 제일 문제다. 눈을 감고 있자니 무지개처럼 정신이 아득할 정도로 피곤하고 머리가 띵 할 정도로 덥다. 얼굴에 수건을 뒤집어썼다. 어머니는 잠시 쭈그려 앉아 힘을 내 볼까 한다고 한다. 삼일이나 변비 증세라며 아무래도 머리가 뽀개질 것 같다고 한다.

"수선 떨지 말고, 그 쪽에 잠깐 앉아 계세요."

"알았다 마, 근데 종이 좀 없는기가?"

나는 짐 속에서 신문지를 찢어 어머니에게 건넸다. 갈수록 태산이고 엎친 데 덮친 격. 모두 유령 같은 운명의 앙화를 입은 사람들뿐이다. 어디 두고 보라지. 그런 운명 따위 확 쳐서 날려 보낼 테니까. 너무 괴롭히지 말라구. 어이 거지 같은 자식! 나는 푸른 하늘에 대고 남자처럼 욕을 내뱉어 본다. 나는 이런 삶은 싫다구. 상쾌한 바람이 분다. 그것도 쩨쩨하게 조금씩 조금씩 분다.

어머니는 옷자락을 걷어올리고 풀숲에 쭈그리고 앉았다. 주먹만큼 작다. 죽어 버려. 뭐 하러 사는 거지? 몇 년 더 살아 봐야 뭐가 다르겠어. 넌 어때? 살고 싶어. 죽고 싶지 않다구.…… 조금은 사랑도 해 보고 싶고, 밥도 실컷 먹고 싶다.

매미가 시끄럽게 울어 대고 있다. 이렇게나 논밭이 드넓게 펼쳐져 있는데 모두 낮잠들을 자느라 행상인 따위 쳐다도 안 본다. 풀에 누워 뒹굴거리자 온몸이 땅속으로 가라앉는 것 같은 기분이다. 둑방 위로 또 화물열차가 지나간다. 석재를 싣고 달린다. 목재도 실려 있다. 도쿄는 목수일이 한창 바쁠 때이다. 저런 돌들로 집을 짓고 거기에는 누가 사는 것일까? 누워서 휘파람을 분다.

"아직 안 나왔어요?"

가끔씩 어머니에게 말을 붙여 준다. 사람이 쭈그리고 앉아 있는 모습은 천하의 황제라도 초라해 보일 것이다. 황후도 저런 모습으로 쭈그리고 앉을까? 금 젓가락으로 집어서 보드라운 비단에 싸서 깨끗한 물에 툭하고 떨어뜨릴 지도 모른다.

나와 너는 마른 갈대, 꽃도 피지 않는 마른 갈대…… 큰 소리로 노래를 불렀다. 정말이지 사람을 홀릴 만큼 매력적인 목소리이다.

처량 맞게도 이렇게나 사람이 없는 한낮. 질식할 것 같다가도 이렇게 공기가 맑으면 기분이 좋아질 수밖에 없다. 오로지 공기만이 운명의 혜택이다. 절세미인으로 태어나지 못한 것이 너의 잘못이지……어디나 널려 있는 정도의 여자를 세상 사람들은 쳐다도 안 본다고.

"아아, 겨우 나왔데이."

"많이?"

"많이 나왔제."

어머니는 일어서서 천천히 옷자락을 내렸다.

"전망이 너무 좋은기라."

"이런 곳에 오막집을 짓고 살면 좋겠네."

"그라제, 밤에는 시원할 기다……"

볼일을 잘 봐서 기분이 좋은지 어머니는 내 옆에 와서 이가 빠진 셀룰로이드 빗으로 머리를 빗는다. 오미야초에 가서 목욕을 하고 싶어졌다. 나막신을 벗으니 끈이 있던 자리를 빼고는 발이 코끼리다리처럼 더러워져 있다. 젊은 여자의 발이라고는 생각되지 않았다. 발톱은 아무렇게나 자라 있다. 발가락 사이에 먼지가 꼬여 있다. 나도 볼일을 보러 갔다. 가랑이 사이로 휘휘 바람이 들어왔다. 맨발은 기분이 좋다. 살이 너무 쪄서 이 두 다리의 허벅지만 해도 20킬로는 나갈 것 같다. 눈 아래로 자전거가 달려간다. 따끈따끈한 현미빵 장수다. 내가 가랑이를 벌리고 있는 것도 모르고 마치 공이 굴러가듯이 한길을 달려가 버렸다. 풀이 차츰 젖어갔다. 등 뒤에서 또 기차가 온다. 땅이 울려서 발바닥으로 전해진다.

오미야초로 나간 것은 세 시. 정신이 아득할 정도로 덥다. 야채 가게 앞에는 산더미 같은 오이. 맛있어 보이는 것으로 두 개를 사서 어머니와 둘이서 깨물어 먹었다. 소금이 있으면 더 맛있겠지. 둘이서 분담을 해서 길 양쪽 처마 밑에서 소리를 지르며 갔다.

"크레이프[230] 셔츠와 잠방이 안 필요한가요? 싸게 해 드릴게요."

대답을 해 주는 곳은 아무 데도 없다. 어머니가 창호가게 처마 밑에 앉았다. 뭔가 사 주는 모양이다. 서른 채나 돌아다녔다. 그리고 나서야 겨우 제재소에서 한 번 보자고 해 준다. 이마에 수건을 질끈 동여맨 남자 세 명이 땀을 닦으며 다가왔다. 나는 재빨리 재목 위에 짐을 펼쳤다. 톱밥 냄새가 시원하다.

"오사카에서 떼 온 물건이라 아주 싸요. 수출을 하고 남은 거예요."

"누님은 참 탐스럽게 살이 쪘네. 남편은 있나?"

나는 마음속으로 픽하고 웃었다. 뭐가 있는지 나도 내 상태를 확실히 모르겠다. 위아래로 3엔 50전 하는 것을 50전이나 깎아서 세 벌을 팔았다. 잠시 하느님께 감사했다. 무엇이라도 하다 보면 얼어걸리는 것이 있는 법이다. 다시 짐을 지고 길모퉁이를 돌아선다. 어머니는 온 데 간 데 없다. 어차피 오미야 역에서 만나면 된다.

오미야는 전혀 재미가 없는 도시다. 도쿄로 돌아온 것은 오후 7

---

230 프랑스어 크레이프(crêpe). 바탕에 오글쪼글한 잔주름을 잡은 얄팍한 직물의 총칭.

시 무렵. 비가 내리고 있었다. 억수같이 퍼붓는 빗속을 금붕어처럼 흔들거리며 강변을 따라 돌아왔다. 오늘은 15일. 짤막해진 양초에 불을 붙였다. 개구리가 울고 있다. 숯이 없어서 근처 숯가게에서 한 무더기에 20전 하는 숯을 사다가 밥을 지었다. 이웃 막과자집 2층의 학생이 다이쇼고토를 켜고 있다. 어디에서인지 메물국수 국물을 우려내는 냄새가 난다. 위장이 부르르 떨려 견딜 수가 없다. 세상에 기적은 없는 법이다. 황족으로 태어나지 못한 것이 죄다. ……나는 총리대신에게 러브레터를 보내 볼까 하고 생각한다. 밤에 고골리의 「코」를 읽었다. 코가 외투를 입고 방랑을 한다. 그리고 하릴없이 칠칠치 못하게 독자에게 아양을 떨며 거짓을 섞은 생각이 허공으로 사라져 간다.

　힘들면 힘들수록 뭔가 살아갈 맛이 난다. 안정된 인생을 보장받기 위해서는 때로는 싫은 일도 해야 한다. 이대로 무심하게 지낼 수는 없다. 내게도 그런 화려한 인생이 찾아올까?……이대로 영원히 아무 일 없이 빈궁의 연속일까? 돈만 있으면 좀 더 나아질까? 박정한 세상이다. ――그런 주제에 무슨 생각을 하는 건가? 내 자신도 나를 제대로 알 수가 없다. 정직하고 성실하고 인정이 있는, 그런 것이 가난한 사람들의 째째한 근성이다.……아무것도 없으니 하다못해 정직하게 쭈뼛쭈뼛하며 동전만 계산하고 있다. 이웃집 대학생은 다이쇼고토를 켜면서 부모한테서 돈이 와서 고깃집 여자와 연애를 하고 있다. 복 받은 인생이다.

달이 뜬 밤에 여린 야채로 끓인 국과 쌀밥, 벤케이 씨[231]는 이상이 작았다. 그런데 나는 벤케이 씨의 그 이상도 터무니없는 사치라고 생각한다. 다른 사람하고는 아무 인연도 없다. 나는 나만의 삶을 살 뿐. 20킬로나 되는 허벅지를 달고는 가끔씩 남자생각도 한다. 어디 좋은 사람 없을까? 하다못해 열흘만이라도 배불리 먹여줄 남자는 없을까 하고 생각한다. 그래도 말이지 이렇게 가난하게 온몸을 벼룩에게 뜯기고 있으면 서글프다. 정말이지 나는 태어나지 말았어야 할 부류의 여자니까 말이다. ……나는 말하고 부부가 되어도 상관없다고 생각한다. 정말이지 거추장스럽고 무거운 몸 필요 없고, 코 만 달고 돌아다니고 싶다. 고골리도 그 긴 소설에서 그런 기분을 어필하고 싶었을 것이다.

언제 잠이 들었는지
조용히 잠이 들어 꿈을 꾼다
그저 먹는 꿈 남자 꿈
특별히 잔혹한 웃기는 꿈
귓속에서 가락을 맞추려는 욕심
횡횡 활소리를 내며
깨진 밥그릇을 붙이는 중국인의 꿈

---

231 무사시보 벤케이(武藏坊弁慶, ?-1189.6.15). 헤이안시대 말기의 승병. 히에산(比叡山)의 승려로 무술을 좋아하여 요시쓰네(義経)를 만나 그의 종자가 되어 마지막까지 충성을 다했다. 괴력의 소유자 혹은 호걸의 대명사.

달려서 따라갔다가는 퇴짜를 맞고
언제 그랬냐는 듯이 까마귀처럼 운다
뻔뻔스런 주제에 때로는 울고 싶어진다
누구를 물어뜯어 상처를 낸 적도 한 번 없는
비칠거리는 쥐의 푸념
기형적으로 남자와 자고 싶어하는 탐욕
그날그날 먹고 살 수 있으면
우선 학자는 논문을 쓴다
그런 것이겠지만

나는 진열을 보고 있으면 된다
모두 손에 쥐어 보여줄 힘이 솟는다

8월 × 일

시타야의 네기시根岸에 풍경을 사러 가서 둥근 모자통에 풍경을 잔뜩 담아 커다란 짐을 등에 지고 걸었다. 얇은 유리알에 은도금을 한 것이 한 다스에 84전. 한심한 이야기이지만 이것을 넉줄고사리화분에 매달아 색지를 붙여서 판다는 것이다. 땀에 홈빡 젖어 기분이 몹시 나쁘다. 날이 활짝 개었다. 마치 홍법대사를 등에 없고 있는 것처럼 덥다.

밤. 돈 한 푼 없이 새아버지 상경.

히로시마도 오카야마도 불경기라 장사가 안 된다는 이야기.

나는 이 사람과 떨어져서 살고 싶다. 같이 살고 있으면 썩어서 찐득찐득해질 것 같다. 마음 속에서는 항상 우발적 살인을 생각하고 있다. 차차 범인이 된 것 같은 공포감에 사로잡힌다. 나도 죽어 버리면 된다고 생각하면서 인간은 이렇게 보기 드문 심리 상태에 빠질 수 없는 법이라고 생각한다. 평온하게 살아가기 위해서는 하루하루 먹을 양식이 없어서는 안 된다. 심리적으로 딸꾹질이 자꾸 나서 괴롭다. 생각의 끝은 결국 돈이 필요하다는 것이다. 돈만 있으면 단순히 몇 년은 살 수 있다. 앞으로 신기한 일이 일어날 것 같지는 않다. 충분히 만족스런 마음을 가질 수가 없다. 앞집 짐마차 집에서 술주정뱅이의 노랫소리가 들려온다. 불똥처럼 폭발해 버리고 싶다. 다시 한 번 저 격심한 대지진이 찾아오지는 않는 것일까? 어디를 가도 맛있어 보이는 빵들이 진열되어 있다. 먹어 본 적도 없는 말랑말랑한 빵의 얼굴. 흰 피부. 만져 볼 수도 없는 빵.

깊은 밤에 함순의 「굶주림」을 읽는다. 이 소설의 굶주림은 아직 천국이다. 마음대로 생각할 수도 있고 돌아다닐 수도 있는 나라 사람의 소설이다. 진화(에볼루션)와 혁명이라는 말이 나온다. 나에게는 그럴 인내심도 지금은 없다. 질퍽질퍽한 갈망의 소용돌이 속에서 아무 생각 없이 살아갈 뿐이다. 분한 생각이 들면 그때그때 작은 칼로 낙서를 하고 싶어지는 삶을, 신이시여 알고 계신가요?……단지 이렇게 팔짱을 끼고 고사리화분에 풍경을 달고 있다. 바보같이 시원해 보인다며 사가는 사람들의 얼굴이 눈에 어른거린다. 이제 인생을 어떻게 해야 할지 생각해 봐야 한다.

주눅든 마음으로 깊은 밤에 가와조에 거리를 걷는다. 그저 옷자락을 걷어올리고 말없이 걷는다. 별 같은 것은 눈에 들어오지도 않는다. 별 따위 나는 내 눈에서 모두 흘려 보내 버린다. 그 뿐이다. 옷을 엉덩이까지 걷어올리고 돌아다니고 있으니, 지나가는 사람들은 미친 여자인가 해서 살짝 피해서 지나간다. 나는 히죽히죽 웃었다. 남자가 오면 일부러 그쪽으로 부리나케 걸어간다. 남자는 성큼성큼 나에게서 도망을 친다. 마음속에서는 질풍노도가 일면서도 살면서 처지가 다 다르다는 사실을 차차 깨닫는다. 나 말고 다른 사람들은 움직이고 있고 그 사람들이 모두 제각각 우울해 보인다.

나는 하시라도 매춘을 할 것 같은 추한 내 마음상태에 깜짝 놀란다. 그리 놀랄 일도 아니지만 사소한 동기로 언제라도 내 자신을 자포자기하는 마음으로 버려 버릴 수 있는 소지가 있는 것이다. 더운 탓인지 나는 점점 더 원시적으로 되어 하다못해 오늘밤 만이라도 평범하게 있을 수 없다며 초조해졌다. 민폐는 어디에나 굴러다니는 것이라고 생각하면서도 창문에 비친 등불을 보면 돌을 던지고 싶어지는 것은 어쩐 일일까?

작은 제한 속에서 살아가고 있을 뿐이다. 그곳을 벗어날 수도 없고 그 안으로 들어갈 수도 없다. 예수 그리스도의 말씀이다. 그리스도가 베들레헴 태생이라니 이상하다. 대체 예수 그리스도가 그 옛날에 살아 있기는 했던 것일까? 아무도 본 사람도 없고, 구원받은 사람도 없다. 석가모니의 경우도 이상하다.

태양이나 달을 신으로 여기는 고도孤島의 인종들이 훨씬 더 현실적이고 진실성이 있다. 신이란 고작 사람의 형상을 하고 있는 희극일 뿐. 이 고통스런 환경을 이상하게 여기는 사람은 아무도 없다.

8월 × 일

오늘은 삼린망三隣亡[232] 이라서 장사를 나가도 별 볼 일이 없을 거라며 어머니도 새아버지도 늦잠. 매앰매앰 무더운 소리를 내며 매미가 울고 있다. 앞에 있는 외양간 짐수레에는 하얀 비지가 산더미처럼 쌓여 있고, 파리가 들깨를 뿌린 듯이 이리저리 날아다니고 있다. 비지가 먹고 싶어졌다. 파를 넣어서 기름에 볶으면 맛있을 거야.

집에 있는 것이 싫어서 또 짐을 지고 혼자서 나갔다. 딱히 대수로울 일도 없지만 늘 삼린망 같은 인생이라 오늘같이 좋은 날씨를 놓치는 것도 이상한 이야기다. 오쿠보에 나갔다가 조스이浄水에서 담배전매청으로 나가 신주쿠까지 걸었다. 펄펄 끓는 기름 같은 날씨다. 누케벤텐拔弁天으로 나가서 한 집 한 집 돌아다녀 보았지만 크레이프 셔츠를 사 주는 집은 없다.

요초초余丁町 쪽으로 나가서 땡볕 속을 느릿느릿 돌아다녔다. 거북이가 기어다니는 것 같은 내 그림자가 퍽 우스웠다. 미타케 야스코三宅やす子[233] 의 집 앞을 지나갔다. 훌륭한 여자임에 틀림없다.

---

232 구성(九星)의 미신의 하나. 이 날 건축을 하면 불이 나서 세 이웃을 망친다하여 꺼리는 날.
233 미타케 야스코(三宅やす子, 1890.3.15.-1932.1.18). 작가이자 평론가. 가토 히로유키(加

문앞 돌계단에 앉아 잠깐 쉬었다. 미타케 씨는 아침밥도 먹지 않은 여자가 자신의 집앞에 앉아 있으리라고는 상상도 못할 것이다. 대문 안에서 남자 아이가 놀고 있다. 머리가 큰 아이다

와카마쓰초로 나와서 다시 어디가 어딘지 모를 좁은 골목 안을 돌아다녀 보았다. 배가 고파서 도저히 걸을 수가 없었다. 막연한 생각에 사로잡혔다. 첫째 더워서 정신이 아득해지는 것 같다. 우무라도 먹고 싶었다. 등은 땀으로 흠뻑 젖었다. 다리로 땀방울이 줄줄 흐른다. 하숙집을 들여다보았지만 학생은 모두 귀성을 해서 너무나 한산하다.

무엇 때문에 이런 곳까지 걸어 왔는지 도통 알 수가 없다. 솔직히 말하자면 장사를 하고 싶은 마음보다도 그저 나의 센티멘탈리즘에 이끌려 돌아다니고 싶은 심산이었는지도 모른다. 돌아다녀 봐야 좋은 일도 없다고 하면 그것이 또 나를 슬프고 처량하게 한다며, 마음이 약해져서 나막신을 질질 끌며 걷는다. 집에 있어 봐야 부모님 얼굴도 보기 싫은, 그런 처지라는 것이다. 같은 이불 안에서 언제까지고 서로 끌어안고 자는 부모의 모습이 싫었다. 고상해지고 싶어도 고상해질 수가 없다. 부모가 성가셔서 견딜 수가 없다. 어딘가에 가서 딱 혼자 살고 싶다. 아아, 그런 생각을 하며 걷자 또 눈물이 뚝뚝 흐른다. 찝찌름한 눈물을 혀끝으로 핥고 있나

藤弘之)의 질녀. 나쓰메 소세키에게 사사. 곤충학자 미타케 쓰네카타(三宅恒方)와 결혼. 1921년 남편이 죽자 23년 잡지『우먼 카렌트(ウーマン·カレン)』창간. 평론「미망인론(未亡人論)」, 소설「분류(奔流)」등.

싶었는데, 어느새 언제 그랬냐는 듯이 다시 등의 짐을 흔들흔들하며 걷는다. 달팽이 같은 나의 짜리몽땅한 그림자. 목욕을 하고 시원하게 머리를 감는 몽상. 목줄기에서 가슴에 걸쳐 까슬까슬 땀띠 딱지가 생겨 참을 수가 없다.

언젠가 고이시카와小石川의 하쿠분칸博文館에 소설을 가지고 갔다가 지금은 현상소설은 하고 있지 않다고 거절을 당했었는데, 지금 생각하면 시마다 세이지로는 얼마나 머리가 잘 돌아가는 사람이었던지. ……행상도 안 되고 글을 쓰는 것도 안 된다면 다마노이에 몸을 파는 수밖에 없지. 미요시노三好野에서 삼각 콩떡을 한 접시 시켜 먹었다. 미지근한 차를 꿀꺽꿀꺽 목구멍으로 넘긴다.

여전히 하등한 취향, 겁쟁이에 나약하고, 그런 주제에 누군가 뭔가를 베풀어 주기를 기다리는 이 정신 상태. 은혜를 받고 싶은 마음 하나로 살아가는 것 같다. 그러니까 나는 말이지, 그러니까라는 소설을 쓰고 싶다. 베르테르의 한탄과 조금도 다르지 않은 그런 것이다. 베르테르의 글은 기분 좋게 미끄러지듯 흘러간다. 달콤하기가 더 이상 비할 데 없는 매혹적인 글이다. 나는 더욱더 남자에 대한 증오가 커졌다. 문학은 순 거짓말로 탄생한다. 작자는 겉으로만 그럴싸하게 뻔뻔하게 말한다. 음탕하고 인자한 스타일로 시골 독자들을 현혹한다. 싫지 않은가?

차라리 간다의 직업소개소에 가서 다시 그 분홍색 카드녀가 되어 볼까 생각한다. 한 달에 30엔만 있으면 다시 조용히 글을 쓸 수 있다. 방바닥에 엎드려서 28매에 8전하는 원고지를 써서 없애는 통쾌함. 가끔은 전기블랜 한 잔 정도 기울이며 노숙의 꿈을 잇는 디오게네스[234]의 현실. 재미도 없는 이런 일상을 깔끔하게 마무리 짓고 싶다.

쉭쉭 증기를 내뿜으며 살아가야 하구 말구. ……햇님. 어째서 그렇게 쨍쨍 뜨겁게 내리쬐며 괴롭히는 것인가요? 덥다. 정말이지 더워서 죽을 것 같다. 어딘가 커다란 얼음 덩어리는 없을까? 고래 처럼 바닷물을 쭉 내뿜어 보고 싶다.

물건을 1전어치도 팔지 못하고 저녁에 귀환.

양배추에 소스를 뿌려 보리밥과 먹었다. 새아버지는 고사리를 팔러 가서 없다. 어머니는 속바지 한 장 차림으로 빨래. 나도 옷을 홀딱 벗고 우물물을 끼얹었다.

『소녀화보少女画報』에서 원고가 되돌아왔다. 침을 발라 봉투를 뜯었다.

「기적의 숲奇蹟の森」이라고 멋을 부려 제목을 붙였는데, 원고는 생각지도 못하게 되돌아왔다. 그야 기적이 있을 리가 없지. 독실한 신자 집안의 소녀가 팔레스티나의 땅을 지배하는 이야기 거들떠 보지도 않고 무시하는 것은 사필귀정. 혼자 흥분해서 세계 최고의 작품으로 생각한 것도 한 순간. 아아, 이 마음의 먼지도 나비처럼 진부해져 버렸다.

---

234 디오게네스(Diogenes ho Seleukeus). 고대 그리스의 철학자. 생몰년 미상. 기원전 150년경 의 사람. 스토아 학파인 제논(Zenon)의 후계자. 저서는 「저명 철학자들의 생애와 기록」.

우물물을 끼얹고 후끈 더워진 몸으로 방바닥에 엎드려 다소간 앞날의 일을 생각했다. 불빛을 보고 나방이 붕붕 소리를 내며 날아든다. 무엇보다 귀찮은 것은 모기부대의 고문이다.

헌 『문장구락부』를 꺼내 읽었다. 소마 다이조[235]의 신주쿠 유곽 이야기는 재미있다. 아내는 도리코 씨라고 하는데 글로 보면 미인인 것 같다. 아아, 세상은 넓다. 매일 뭔가 맛있는 것을 먹으며 부부가 함께 느긋하게 야시장을 산책하는 세계도 있다. 이런 이야기도 써 보고 싶고 저런 이야기도 써 보고 싶다. 쓰고 싶은 것은 산더미처럼 많은데 내가 쓴 것은 한 장도 팔리지 않는다. 그럼 그 뿐이다. 배배 꼬인 이름도 없는 여자의 못난 작품. 어떤 길을 걸으면 가타이花袋[236] 같은 소설가가 되고 슌게쓰春月[237] 같은 시인이 될 수 있는 것일까? 사진 같은 소설이 좋은 것이라 한다. 있는 것을 있는 그대로, 이상한 세상이다. 가끔은 무지개도 보인다고 하는 소설이

---

235 소마 다이조(相馬泰三, 1885.12.29.-1952.5.15). 소설가. 『요로즈초호』에 입사하여 『부인평론(婦人評論)』 기자. 1912년 다니자키 세이지(谷崎精二), 가사이 젠조(葛西善藏), 히로쓰 가즈오(広津和郎)들과 『기적(奇蹟)』 창간. 1914년 「시골의사의 아들(田舎医師の子)」이 데뷔작. 대표작은 「가시밭길(荊棘の路)」(1918).

236 다야마 가타이(田山花袋, 1872.1.22.-1930.5.13). 소설가. 오자키 고요(尾崎紅葉) 밑에서 수행. 후에 구니키다 돗포(国木田独歩), 야나기타 구니오(柳田國男)들과 교류. 「이불(蒲団)」(1907), 「삶(生)」(1908年), 「아내(妻)」(1909), 「시골교사(田舎教師)」(1909) 등의 작품으로 자연주의 문학의 대표.

237 이쿠타 슌게쓰(生田春月, 1892.3.12.-1930.5.19). 시인, 번역가. 낭만적, 허무적 시풍. 시집에 『영혼의 가을(霊魂の秋)』, 『감상의 봄(感傷の春)』, 번역에 『하이네시집(ハイネ全集)』 등.

나 시는 안 되나 보다. 먹고 살 수 없으니까 무지개를 보는 것이다. 아무 것도 없으니까 천황의 마차 옆에 가 보고 싶은 생각도 드는 것이다. 진열상자 안에 보드랍게 부풀어오른 빵이 있다. 누구의 위장으로 들어가는 것일까?

알몸으로 뒹굴고 있으니 기분이 좋다. 모기에 물려도 아무렇지도 안다. 나는 꾸벅꾸벅 졸면서 20년이나 후의 일을 공상한다. 그래도 여전히 아무 일도 해내지 못하고 행상을 계속하고 있다. 아이를 대여섯 명이나 낳고 남편은 어떤 남자일까? 열심히 일을 해서 어쨌든 그날 그날 밥을 굶지 않게 해 주는 사람이면 다행일 것이다.

모기에 너무 많이 물려서 다시 땀 냄새 나는 얇은 옷을 입고 방바닥에 새우처럼 몸을 둥글게 말고 종이를 폈다. 쓸 게 아무것도 없으면서 여러 가지 글자가 머리 속에서 왔다 갔다 한다. 「2전짜리 동전」이라는 제목으로 시를 쓴다.

파랗게 녹이 슨 2전짜리 동전이여
외양간 앞에서 주은 2전짜리 동전
크고 무거워서 핥으니 달다
뱀이 꾸불거리는 모양
1901년 생이라는 각인
먼 옛날이구나
나는 아직 태어나지도 않았지

아아, 아주 행복한 감촉
무엇이든 살 수 있는 감촉
피가 얇은 만주도 살 수 있다
커다란 엿이 네 개
재로 닦아 반짝반짝 빛을 내어
역사의 때를 벗기고
내 손 위에 올려 놓고 가만히 바라본다

마치 금화 같다
번쩍번쩍 빛나는 2전짜리 동전
문진으로도 써 보고
알몸이 된 배꼽 위에 올려 놓아도 본다
사이좋게 놀아 주는 2전짜리 동전이여

1924년

| 작가 소개 |

■ 하야시 후미코

하야시 후미코(林芙美子, 1903.12.31.-1951.6.28)는 1903년 야마구치현山口県 모지시門司市에서 태어났다. 어머니는 가고시마鹿児島 온천장의 딸 하야시 후쿠ふく이며, 아버지는 어머니보다 열네 살 연하의 행상인 미야타 아사타로宮田麻太郎이다. 주위의 결혼 반대로 혼인신고는 하지 못하고 1907년 와카마쓰시若松市로 옮겨와서 사업은 번창했으나 아버지는 바람을 피웠고 동거는 파탄을 맞이하였다. 어머니는 1910년 자신보다 스무 살이나 연하인 지배인 사와이 기사부로沢井喜三郎와 집을 나와 여인숙에서 생활하며 규슈 탄광촌에서 행상을 하며 떠돌다 히로시마広島 오노미치尾道에 정착하는 불우한 유년시절을 보낸다. 그러나 고등여학교 시절부터 문학적 재능을 보이며 졸업 후 작가가 되고자 꿈을 품고 상경하여 많은 작품을 남긴다.

성인이 되어 상경을 한 후에는 식모, 행상인, 여급, 주식회사 사무원, 백화점 점원 등 다양한 직업과 남자들 사이를 전전하며 파란만장한 삶을 살았다. 그와 같은 어려운 상황 속에서도 작가로서 글을 쓰고 싶은 욕망은 그녀를 살아가게 하는 버팀목이 되었고, 1926년 스물셋에 데즈카 료쿠빈手塚緑敏과 결혼하여 생활의 안정을 찾으며 작가생활을 시작하여, 삶의 체험에서 얻은 강인한 생명력과 서민성으로 밝고 시정詩情 넘치는 독자적인 문학세계를 만들어 냈다. 그녀의 작가로서의 활동 시기는 다음과 같이 세 시기로 구분할 수 있다.

제1기는 「방랑기」 출판 이후부터 1937년 중일전쟁 발발 이전까지의 작가로서의 청춘기, 성장기라 할 수 있다. 1930년에는 『방랑기放浪記』가 베스트셀러가 되자, 그 인세로 그 해 가을 하얼빈, 창춘長春, 펑티엔奉川, 푸순撫順, 진저우金州, 칭타오青島, 상하이上海, 난징南京, 항저우抗州, 쑤저우蘇州 등 중국 대륙을 여행하였다. 이후에도 국내 전국 각지로 강연여행을 다녔으며 조선, 시베리아 등을 여행했다. 이 시기 첫 대표작 「풍금과 물고기가 있는 마을風琴と魚の町」(改造社, 1931), 「청빈의 서淸貧の書」(改造社, 1933)를 집필하였다. 1931년에는 또 인세로 대륙을 통해 기차로 파리, 런던 등 유럽여행을 하고 귀국길에서는 상하이에서 노신을 만나기도 한다. 그리고 한 때 공산당에게 자금 기부를 약속하고, 기관지를 배포하여 나카노中野 형무소에 9일간 구류되는 어려움에 처하기도 한다. 이후에는 생활파로부터 탈피하여 「굴牡蠣」(改造社, 1935), 「울보쟁이泣虫小僧」(改造社, 1935)를 발표하여 호평을 받고 영화화되기도 한다.

제2기는 중일전쟁 발발 시기에서 전시색이 강화되는 1940년 대 전반으로 이 시기에는 전쟁협력 작품을 집필한 시기이다. 중일 전쟁이 발발한 1937년『매일신문』특파원으로 난징, 상하이에 파 견되었다가 1938년 1월 귀국하였다. 1938년 9월 한커우漢口를 공 략했을 때는 내각정보부에 의해 조직된 펜부대의 일원으로 상하 이에 파견되었다. 이 때 파견된 여성작가는 22명중 요시야 노부코 吉屋信子와 후미코 2명뿐이며, 그녀의 활약상에 대해『아사히신문 은朝日新聞』은 '수훈 갑'으로 평가하였다. 이를 계기로 종군을 결심 한 그녀는『마이니치신문每日新聞』트럭을 타고 한커우에 제일 먼 저 도착하여 주목을 받고, 12월에 귀국하여 전국 각지에서 종군 보 고 강연을 하였다. 1940년에는 북만주, 조선에서 강연을 하였고, 1942년 10월에는 보도반원으로서 남방(인도, 자바, 보루네오)에 파견 되어 1943년에 귀국하는 등 여류종군작가로서 활약하였다. 이와 같은 종군체험은 르포「전선戰線」(朝日新聞社, 1938.12),「북안부대北 岸部隊」(中央公論社, 1939.1)와「파도波濤」(朝日新聞社, 1939),「어개魚介」 (改造社, 1935)등의 작품으로 결실을 맺는다.

제3기는 1944년부터 2년간의 소개 생활을 끝내고 전후 작품활 동을 시작한 1946년부터 만년에 이르는 시기로, 이 때 그녀는 문학 적 생애의 최정점을 맞이한다. 남편이 전선에 동원되어 3년 동안 노인과 네 아이를 기르며 견딘 농촌 여인을 덮친 비극을 그린「눈 보라吹雪」(1946.1), 출정했다 복원한 군인을 남편으로 둔 아내 이야 기를 그린「비雨」(1946.2)를 비롯하여,「방목放牧」(1946.5),「인간세계人間世界」(1946.7)「기러기雁」(1946.10),「윤락淪落」(1946.12),「꿈 하나夢一夜」(1947.6),「채송화松葉牡丹」,「만국晚菊」등, 전장에서 돌 아온 복원병, 전쟁미망인과 같은 전후 어두운 시정을 그린 수작 을 발표했다.「만국」으로 1949년 일본여류문학자상을 수상하고 작가로서 문학의 총결산인「뜬구름浮雲」을 발표함으로써 대성을 거두었다. 이후 새로운 작풍을 시도한「밥めし」을 연재하던 도중 1951년 심장마비로 47세의 삶을 마쳤다.

　이와 같이 여류소설가로 사회 저변의 서민들의 생활을 주로 그 린 그녀는, 문단에 등장할 무렵에는 '궁핍을 파는 아마추어 소설 가', 그 다음에는 '겨우 반 년 동안의 파리체재를 파는 어정뱅이 소 설가', 그리고 중일전쟁에서 태평양전쟁기는 '군국주의를 북과 피 리로 선전한 어용소설가' 등 늘 비판의 표적이 되었고, 전후에는 '보통 일본인의 슬픔'을 그린 작가로 평가받고 있듯이 파란만장한 작가의 삶을 살았다고 할 수 있다. 그럼에도 불구하고, 그녀의 문 학은 자유분방한 삶의 태도와 강인한 생활경험에서 출발하여 예 술성 있는 객관문학으로 성장하는 성공을 거둠으로써 다른 여성 작가들 사이에서 이채를 발하며 오늘날까지 독자들 사이에 살아 있다.

| 작품 소개 |

　『방랑기』는 작자의 21세부터 23세까지 자신의 문학적 재능을 믿고 상경할 무렵부터 쓰기 시작한 일기를 바탕으로 한 자전소설로, 1928년 창간된 『여인예술女人芸術』에 10월부터 「가을이 왔다秋が来たんだ」라는 제목으로 연재가 시작되었다. 당시 하세가와 시구레(長谷川時雨, 1879-1941)는 여성작가에 의한 여성을 위한 잡지 『여인예술』 발간을 위해 새로운 재능을 지닌 작가를 찾고 있었고 그때 편집자가 채택을 하지 않고 쌓아 둔 원고 속에 묻혀 있던 후미코의 「노래일기歌日記」를 발견해서 「방랑기」로 개제하여 연재를 시작한 것이다. 이후 1930년 7월 개조사에서 〈신예문학총서新鋭文学叢書〉의 한 권으로 간행되었다. 본서에서 번역한 것은 2012년 론소샤論創社에서 히로하타 겐지広畑研二가 편집한 4부 구성으로 된 복원판 『방랑기』로, 제1부는 〈신예문학총서〉로 간행된 『방랑기』(改造社, 1930), 제2부는 동 총서로 간행된 『속방랑기続放浪記』(改造社, 1930), 제3부는 전후에 제1부와 제2부에서 누락된 일기를 골라 간행한 『방랑기 제3부(放浪記第三部)』(留女書房, 1949)이며, 미완의 제4부는 종래에는 작가가 제3부의 서문에서 구상을 예고하고 그 일부만을 발표했다고 하는 점을 근거로 지금까지 제3부로 취급되어 왔

던 〈신이세이야기〉와 〈이전동화〉로 이루어졌다. 따라서 제1부부
터 제4부의 사건은 시간적으로 이어진 것이 아니라 각각 원래 일
기 전체에서 내용에 따라 선별적으로 발췌한 것이다.

　작품의 내용은 '나는 숙명적으로 방랑자다. 나는 고향이 없
다.', '따라서 내게는 여행이 고향이었다'라는 모두로 시작되며,
'한 곳에 안주할 줄 모르고 끊임없이 방랑하며 늘 새로운 곳, 새로
운 사람, 새로운 일을 찾아 방랑하는 '나'의 일기이다. '나'는 행상
을 해서 먹고 사는 새아버지를 따라 규슈일대를 잡화나 당물唐物을
팔러 다닌다. 그녀는 초등학교만 하더라도 십 수 번을 옮겨다니고,
일곱 살때부터 끝없는 방랑을 시작한다. 이와 같은 방랑은 작가를
꿈꾸며 상경한 후에도 이어져, 생활을 위해 행상이나 노점상은 물
론이고 카페를 전전하고 봉투쓰기, 광고대서, 식모, 셀룰로이드 인
형공장, 백화점 판매원, 주식회사 사무원등 온갖 직업을 전전하며,
일하는 젊은 여성이 증가한 모던 도시 도쿄에서 일하는 여성의 상
징이 된다. 그러나 이렇게 적극적으로 발버둥을 쳐도 늘 하루하루
먹고 살기에도 벅차고 하나뿐인 어머니가 찾아왔지만 이불이 없
어 방석을 깔고 차가운 방에 재우며 눈물을 흘린다. 게다가 여고시
절 친구인 첫 남자를 따라 상경하여 그가 대학을 졸업할 때까지 뒷
바라지를 하지만 결국 배신당한 후, 배우, 작가 등 여러 남자 사이
를 오가며 폭언과 폭력으로 학대를 받고 배신을 당하기도 한다.

　그러나 이와 같은 생활상의 곤란을 겪으면서도 '힘들면 힘들수
록 뭔가 살아갈 맛이 난다. 안정된 인생을 보장받기 위해서는 때로

는 싫은 일도 해야 한다'라고 하며 미래에 대한 희망을 버리지 않는다. 또한 수많은 남자들로부터의 배신에도 불구하고 끊임없이 남자를 필요로 하는 자신의 본능을 자각하고, '미칠 것 같았다. 도저히 어쩔 수 없다고 생각하면서 깊은 밤에 그 사람이 팥빵을 잔뜩 사들고 돌아올 것 같은 느낌이 들었다. 어렴풋이 발자국 소리가 나서 나는 맨발로 밖으로 나가 보았다. (중략) 두 사람이 문 앞에서 딱 마주치면 얼마나 기쁠까?', '20킬로나 되는 허벅지를 달고는 가끔씩 남자생각도 한다. 어디 좋은 사람 없을까?'라는 식으로, 그것을 있는 그대로 당당하게 표현한다.

이와 같이 어려움 속에서도 강인한 삶의 의욕을 지탱하는 것은 무엇일까? 그것은 다름 아닌 자신의 문학적 재능에 대해 희망을 갖고 끊임없이 문학을 탐구하며 자신의 생활과 감정을 글로 표현하고자 하는 욕구였다. 그녀는 경제적 어려움과 불우한 가정환경에 좌절하고 매춘, 도둑질, 자살을 생각하며 눈물을 흘리는 가운데에서도, 시를 짓고 동화를 쓰며 원고를 들고 여기저기 출판사, 신문사를 찾는다. 그리고 하기하라 교타로萩原恭次郎, 오카모토 준岡本潤, 쓰보이 시게지壺井繁治, 도모야 시즈에友谷静栄, 쓰지 준辻潤 등 아나키스트 시인들, 지적 보헤미안들과 교류하며, 도모야 시즈에와 『두 사람二人』이라는 동인지를 발행하며 뛸 듯이 기뻐하기도 한다. 거절당해도 절대 포기할 줄을 모른다. 이와 같은 문학에 대한 열정이 그녀의 삶은 지탱하는 힘이었던 것이다. 그리고 이와 같은 자유분방한 삶을 사는 '나'의 일기는 그 삶만큼이나 시, 일기, 독

백, 독서의 내용 등을 넘나드는 재기발랄하고 서정적 문체로 거침없이 그려지고 있다.

이상과 같이 작가를 목표로 상경하여 자유분방한 연애를 되풀이하고 먹고 살기 위해 수많은 직업을 찾아 방랑하는 파란만장한 삶을 그리고 있는 이 작품은 폭발적인 판매부수를 기록하며 80만 부의 대베스트셀러가 되었다. 쇼와시대 초기 경제의 불황과 전운이 고조되어 가는 가운데 불안한 삶을 사는 사람들에게, 부모도 없이 집도 없이 고향도 없이 먹고 살기 위해 직업을 전전하며 이 남자에서 저 남자에게로 옮겨다니면서 가난과 남자들의 배신에도 좌절하지 않고 작가로서의 재능을 믿고 밝고 강하게 미래로 나아가는 한 여성의 꿋꿋하고 밝은 삶은 많은 용기를 준 것이다.

이와 같은 「방랑기」가 당시 독자들에게 얼마나 공감을 불러일으키며 위로와 희망이 되었는지는, 「밥めし」등 네 편의 소설을 연재하는 인기절정의 상황에서 심장마비로 죽자, 신주쿠 자택에서 역까지 2000여명 운집하여 그녀를 추모한 독자들의 애정으로도 미루어 짐작할 수 있다. 이들은 대부분 아이를 데리고 나온 평범한 주부나, 「방랑기」를 청춘의 책으로 전장까지 가지고 갔던 남자들이었다. 또한 작품이 나온 지 반세기 후 연극화되어 1500회를 넘어 공연되었다는 사실 역시, 작자 후미코가 「방랑기」를 통해 독자들 사이에 계속 살아 있음을 보여준다.

1903년

    1903년 12월 31일 후쿠오카福岡 현 규슈九州시 모지구 고모리
에 555번지(門司市大字小森江555番地)에서 아버지 미야타 아
사타로宮田麻太郎, 어머니 하야시 기쿠林キク의 딸로서 출생.

    출생지는 야마구치山口 현 시모노세키下関 출생설(전집 연보)
과 이노우에 사다쿠니(井上貞邦, 기타큐슈시 모지구의 외과의사)가
주장한 현재의 후쿠시마 기타큐슈시 모지구 고모리에 출생의
두 가지 설이 있다. 제적등본의 발견에 따라 고모리에 출생설
이 정당성을 획득했다.

    본적지는 어머니의 고향 가고시마鹿児島 현의 후루사토古里
온천.

    아버지 아사타로의 호적에 후미코フミコ를 넣기를 거부하여
외숙부의 호적에 편입되어 하야시 후미코라는 이름이 됨.

1910년 7살

    기쿠는 지배인 사와이 기사부로沢井喜三郎와 함께 후미코를
데리고 가출. 사와이는 포목 행상을 함.

    4월, 나가사키의 가쓰야마소학교勝山小学校 입학, 사세보佐世保

구루메久留米, 시모노세키下関, 모지, 도바타戸畑, 오리오折尾 등 10곳 이상의 소학교를 전전.

책 대여점에서 책을 빌려 문학서를 섭렵. 소학교 고학년에는 도쿠토미 로카德富蘆花의 『불여귀不如帰』, 고스기 덴가이小杉天外의 『마풍연풍魔風恋風』 등을 읽음. 학교를 쉬면서 부업, 행상, 날품팔이를 하는 생활.

1918년 15살

3월, 오노미치시립쓰치도소학교尾道市立土堂小学校 졸업.

4월, 오노미치시립고등여학교(4년제) 입학. 학자금을 마련하기 위해 여공과 조츄女中 봉공, 도서관에서 국내외 문학서를 섭렵. 아키누마 요코秋沼陽子 라는 필명으로 시를 지방신문에 투고.

1922년 19살

오노미치시립고등여학교 졸업. 고등여학교 시절 연인 오카노 군이치岡野軍一를 의지하여 상경하여 동화를 쓰고, 목욕탕 잡일, 어머니를 대신하여 가게를 봄.

1923년 20살

대학을 졸업 후 취업한 오카노와의 결혼이 가족들의 완강한 반대로 좌절되어 커다란 충격을 받고 헤어짐. 이 무렵의 일기가 후에 『방랑기放浪記』가 됨. 필명 후미코芙美子를 사용.

1924년 21살

단신 상경. 죠츄, 여공, 여급 등을 전전. 시를 『일본시인日本詩
人』, 『문예전선文芸戦線』 등에 기고. 우노 고지宇野造二를 방문,
소설작법을 듣고 결정적인 영향을 받음. 히라바야시 다이코
平林たい子와도 알게 됨.

1925년 22살

후미코의 시적 재능을 높이 산 시인 노무라 요시야野村吉哉와
동거. 신주쿠新宿 카페의 여급으로 일함.

1926년 23살

노무라 요시야와 헤어진 후미코는 혼고本郷의 술집 2층 셋집
에서 히라바야시 다이코와 기숙. 「풍금과 물고기가 있는 마
을風琴と魚の町」 집필.
12월, 화가 지망생 데즈카 료쿠빈手塚緑敏과 결혼.

1928년 25살

8월, 하세가와 시구레長谷川時雨가 주관하는 『여인예술女人芸
術』에 시 「수수밭黍畑」 발표.
10월, 「봄이 왔다秋が来たんだ」에 「방랑기」라는 부제를 붙여
『여인예술』에 발표하여 호평을 받음.

1930년 27살

7월, 『방랑기』를 〈신예문학총서〉로 가이조샤改造社에서 간

행, 베스트셀러가 됨.

인세로 8월부터 2개월 동안 중국을 여행.

11월, 『속방랑기續放浪記』를 가이조샤에서 간행.

1931년 28살

11월, 조선, 시베리아를 경유해 서구여행. 주로 파리에서 체재하며 연극, 오페라, 음악회, 미술관을 돌며 독서, 집필에 전념. 「청빈의 글清貧の書」을 『가이조』에 발표. 우노 고지로부터 극찬.

1932년 29살

파리에서 런던에 걸쳐 1개월 정도 체재. 나폴리, 중국 등을 거쳐 6월 귀국.

1933년 30살

9월, 일본공산당중앙위원회 기관지 『아카하타アカハタ』를 구독하고 공산당에 자금 기부를 약속했다는 용의로 나카노경찰서中野警察署에 1주일간 유치됨.

1937년 34살

12월, 난징(南京) 함락에 즈음하여 마이니치신문사每日新聞社의 여성 특파원으로 중국에 파견.

1938년 35살

1월, 중국에서 귀국.

9월, 중국 한커우漢口 작전에 즈음하여 내각정보부에서 종군
작가(펜부대)의 일원으로 상하이에 파견되어 이후 단독 행동
으로 육군병원을 시찰하고 이나바부대稲葉部隊에 종군. 도중
아사히신문사朝日新聞社의 트럭을 타고 한커우에 들어감.

12월, 전쟁기『전선戦線』을 아사히신문사에서 간행.

1939년 36살

1월, 종군일기『북안부대北岸部隊』를 중앙공론中央公論에서 간
행.

「파도波濤」를『아사히신문』(5월 완결)에 연재.

10월, 결정판『방랑기』를 신초사新潮社에서 간행.

1940년 37살

1월, 「10년간十年間」을『부인공론婦人公論』에 연재. 북중국 여행.

11월, 고바야시 히데오小林秀雄 등과 조선에 강연 여행.

1941년 38살

9월, 아사히신문사에서 전지위문으로서 사타 이네코佐多稲子
등과 함께 만주 각지를 시찰.

1942년 39살

10월, 보도반원으로 싱가포르, 인도차이나, 자바, 보르네오

등 남방南方에서 8개월 체재.

1943년 40살
5월, 남방에서 귀국.

1944년 41살
남편 료쿠빈의 고향에 가까운 나가노현 간바야시上林온천으로 소개疎開. 소개 중 「눈보라吹雪」 집필. 8월, 간바야시온천上林温泉을 정리하고 귀경. 월말에 가쿠마온천角間温泉으로 소개.

1945년 42살
10월, 소개지로부터 시모오치아이下落合 자택으로 돌아옴.

1946년 43살
1월, 「눈보라」를 『인간人間』(창간호)에 발표.
2월, 「비雨」를 『신초』에 발표.
12월, 『부초うき草』를 단초서방丹頂書房에서 간행.

1947년 44살
1월, 「문절망둑河沙魚」을 『인간』에 발표.
4월, 「방랑기(제3부)」를 『일본소설日本小説』에 연재.
8월, 「소용돌이치는 바다うず潮」를 『마이니치신문每日新聞』에 연재.

1948년 45살

11월, 「만국晩菊」을 발표,

1949년 46살

「만국」으로 제3회 여류문학상 수상.

2월, 「뼈骨」를 『중앙공론』, 「수선화水仙」을 『소설신초小説新潮』에 발표.

4월, 「다운타운下町」을 『별책 소설신초』에 발표.

11월, 「뜬 구름浮雲」을 『후세쓰風雪』(1950년 8월까지)에, 그 이후는 『문학계文学界』(1950년 9월~1951년 4월)에 연재하여 완결.

1950년 47세

12월, 의사로부터 요양을 권유받았으나 과로 때문에 지병 심장판막증이 심해짐.

매월 1주일간 아타미시熱海市 모모야마장桃山荘에 집필을 위해 체재.

1951년 48세

4월, 「밥めし」을 『아사히신문』(6월까지)에 연재.

6월 28일, 심장마비로 사망.

7월 1일, 자택에서 가와바타 야스나리川端康成 장의위원장 하에 고별식을 집행.

김효순金孝順

고려대학교 글로벌일본연구원 교수, 전 한국일본학회 산하 일본문학회 회장. 고려대학교와 쓰쿠바대학에서 아쿠타가와 류노스케 문학을 연구하였고, 현재는 식민지시기에 일본어로 번역된 조선의 문예물에 관심을 갖고 연구하고 있다. 주요 논문으로 「태평양전쟁 하에서 의지하는 신체와 모방하는 신체―최정희의 「야국초」와 하야시 후미코의 「파도」를 중심으로-」(『한일군사문화연구』제16집, 2013.10) 등이 있고, 역서에 『조선속 일본인의 에로경성조감도-여성직업편-』(도서출판 문, 2012), 『재조일본인 여급소설』(역락, 2015), 『재조일본인이 그린 개화기 조선의 풍경: 『한반도』문예물 번역집』(역락, 2016), 다니자키 준이치로의 『열쇠』(민음사, 2018), 편저서에 『동아시아의 일본어문학과 문화의 번역, 번역의 문화』(역락, 2018) 등이 있다.

일본 근현대 여성문학 선집 11

하야시 후미코 林芙美子1

초판 1쇄 발행일 2019년 3월 31일

지은이 하야시 후미코
옮긴이 김효순
펴낸이 박영희
편집 박은지
디자인 박희경
표지디자인 원채현
마케팅 김유미
인쇄·제본 태광인쇄
펴낸곳 도서출판 어문학사
　　　서울특별시 도봉구 해등로 357 나너울카운티 1층
　　　대표전화: 02-998-0094 / 편집부1: 02-998-2267, 편집부2: 02-998-2269
　　　홈페이지: www.amhbook.com
　　　트위터: @with_amhbook
　　　페이스북: https://www.facebook.com/amhbook
　　　블로그: 네이버 http://blog.naver.com/amhbook
　　　　　　다음 http://blog.daum.net/amhbook
　　　e-mail: am@amhbook.com
　　　등록: 2004년 7월 26일 제2009-2호

ISBN 978-89-6184-914-2 04830
ISBN 978-89-6184-903-6(세트)
정가 20,000원

이 도서의 국립중앙도서관 출판예정도서목록(CIP)은 서지정보유통지원시스템 홈페이지(http://seoji.nl.go.kr)
와 국가자료공동목록시스템(http://www.nl.go.kr/kolisnet)에서 이용하실 수 있습니다.
(CIP제어번호: CIP2019014688)

※잘못 만들어진 책은 교환해 드립니다.